भारत बोध
सभ्यता का नवोन्मेष तथा विकसित भारत की संकल्पना

भारत बोध

सभ्यता का नवोन्मेष तथा विकसित भारत की संकल्पना

सम्पादक

डॉ० दयानिधि मिश्र

डॉ० उदयन मिश्र

प्रलेक प्रकाशन

प्रलेक प्रकाशन

PRALEK PRAKASHAN

(an Imprint of ''PRALEK PUBLISHING HOUSE PVT. LTD.'')

मुख्य कार्यालय : 702, जे-50, ग्लोबल सिटी, विरार (वेस्ट), मुम्बई, महाराष्ट्र-401303
दिल्ली एनसीआर ऑफ़िस पता : 03/सी, ज्ञान खण्ड-4, इंदिरापुरम्, गाजियाबाद, उ.प्र.-201014

E-mail : pralek.prakashan@gmail.com
Website : www.pralekprakashan.com
दूरभाष : + 91 7021263557

भारत बोध : सभ्यता का नवोन्मेष तथा विकसित भारत की संकल्पना
डॉ. दयानिधि मिश्र

Bharat Bodh : Sabhyata Ka Navonmesh Tatha
Viksit Bharat Ki Sankalpana
Dr. Dayanidhi Mishra
Dr. Udayan Mishra

ISBN : 978-93-5869-50-52

प्रथम सजिल्द संस्करण : 2026

आवरण एवं पुस्ततक सज्जा : प्रलेक स्टूडियो

(प्रलेक प्रकाशन का लोगो मिक्की पटेल की तूलिका से।)

पुरोकथन

बनारस में पढ़ाई के दौरान विद्यानिवास मिश्र जी से परिचय हुआ था। डा० जगन्नाथ उपाध्याय और विद्यानिवास मिश्र जी सहित कुछ विद्वानों का एक समूह उस समय काशी के बौद्धिक जगत का सिरमौर था। उससे कुछ साल पहले एक विशाल जन-आंदोलन बनारस की सड़कों, गलियों और आस-पड़ोस के जिलों में उमड़ पड़ा था। उसका प्रभाव वे लोग ही अनुभव कर सकते हैं जिन्होंने उसमें हिस्सा लिया। बोल या लिखकर उसे शब्दबद्ध तो किया जा सकता है, लेकिन अनुभव में नहीं उतारा जा सकता। वह आंदोलन 1965 में शुरू हुआ और तब तक चला जब तक लालबहादुर शास्त्री की केन्द्रीय सरकार ने अपनी भूल सुधार न ली। किसी दुर्भाग्य के क्षण में भारत सरकार के नेतृत्व को सेकुलरिज्म के लिए यह जरूरी लगा कि काशी हिन्दू विश्वविद्यालय से 'हिन्दू' शब्द हटा दिया जाए। उसके लिए एक विधेयक संसद में लाया गया। विरोध में पूरा बनारस सड़क पर आ गया। उस आंदोलन में कौन नहीं था जो न सक्रिय रहा हो। उससे कोई अछूता नहीं रह सकता था। हरिश्चंद्र इंटर कॉलेज में पढ़ाई कर रहा था और उस आंदोलन में रात-दिन लगा रहा। उस आंदोलन से मेरे जीवन की दिशा बदल गई।

उसी हिन्दू आंदोलन ने मेरे भीतर एक जिज्ञासा को जन्म दिया। वह आंदोलन था तो सिर्फ हिन्दू शब्द को विश्वविद्यालय के नाम में बनाए रखने के लिए, लेकिन उससे हिन्दू शब्द की व्यापकता का दर्शन भी आंदोलन में हुआ क्योंकि तब अखबारों में उस विषय पर खूब लेख छपे। वे विद्वानों और हिन्दू धर्म के अध्येताओं के थे। उन लेखों से जो चेतना पैदा हुई वह हिन्दू धर्म को जानने की जिज्ञासा में परिणत हुई। मुझे याद है कि बचपन से ही अखबारों को पढ़ने में मेरी दिलचस्पी रही है। वह आज भी है। अखबारों और पत्रिकाओं को पढ़ते हुए जो लेख मेरी रुचि और उपयोगिता के होते हैं, उन्हें निशान लगाना और फाइल में सुरक्षित रखने की एक आदत हो गई है। बात 1977 की है। उन दिनों अखिल भारतीय विद्यार्थी परिषद का एक कार्यकर्ता था, इस नाते जहाँ-तहाँ जाता रहता था। एक दिन नवभारत टाइम्स के रविवारीय में पंडित विद्यानिवास मिश्र का हिन्दू धर्म पर लेख पढ़ा। अंत में यह सूचना थी कि यह लेखमाला है। हर रविवार को छपेगी। नवभारत टाइम्स के

राष्ट्रीय संगोष्ठी 'भारत-बोध : स्वरूप और आयाम' में प्रस्तुत उद्घाटन भाषण।

रविवारीय का मैं संकलन करने लगा। जहाँ तक मुझे याद है, क्रमशः 11 लेख छपे। जब 12वाँ नहीं छपा तो मैं आगरा गया। वहाँ विद्यानिवास मिश्र जी से मिला। उनसे समय-समय पर मिलता रहता था। उनसे मिलना एक तीर्थयात्रा होती थी। वे उन दिनों कन्हैयालाल माणिकलाल मुंशी हिन्दी विद्यापीठ आगरा के निदेशक थे। उसी परिसर में उनका निवास था। वह परिसर सुंदर था। उनसे भेंट होने पर मैंने पूछा कि आपका लेख नहीं छपा, कारण क्या है? क्या आपने उसे पूरा कर दिया है?

विद्यानिवास जी सहज व्यक्ति थे। मेरे प्रश्न से उन्हें कोई उलझन नहीं हुई। उन्होंने लेखमाला बंद होने की पूरी दास्तान सुनाई। उसका सार यह है कि जैन समाज के कुछ प्रभावशाली लोगों ने बहुत शोर मचाया। अपना दबाव टाइम्स ऑफ इंडिया के प्रबंधन पर इस प्रकार बनाया कि वह लेखमाला रुक गई। उनका तर्क था कि एक जैनी मालिक के अखबार में हिन्दू धर्म पर लेखमाला क्यों छप रही है! अहिंसा की नींव पर खड़े एक पंथ के प्रभावशाली लोगों की मानसिक हिंसा का वह लेखमाला शिकार हो गई। उस लेखमाला की दो विषेशताएँ इस समय अत्यंत महत्वपूर्ण है। वास्तव में नवभारत टाइम्स के सम्पादक सच्चिदानंद हीरानंद वात्स्यायन 'अज्ञेय' ने विद्यानिवास मिश्र जी से हिन्दू धर्म पर लिखवाना प्रारंभ किया। यह पहली बात है। यह विशेष इसलिए है क्योंकि अज्ञेय जी उचित समझते तो 'दिनमान' साप्ताहिक के अपने संपादकत्व काल में भी ऐसी लेखमाला शुरू करा सकते थे। उन्होंने इसके लिए 1977 के उस वर्ष को चुना जब भारतीय समाज ने इंदिरा गांधी की तानाशाही को नकार कर लोकतंत्र को पुनः स्थापित कराया। समय की माँग थी कि लोकतंत्र सही राह पर चले। उसका ज्ञान-विज्ञान और तंत्र हिन्दू धर्म में है। इसलिए उन्होंने हिन्दू धर्म के मर्मज्ञ को फुसलाया कि लेख लिखो। इन दो विद्वानों की युति से जो शुरुआत हुई, उसमें आगत भविष्य की ऐसी आहट थी जिसे आज हम स्पष्टता से अनुभव कर सकते हैं। हम जानते हैं कि अनुभव अपने आप में विस्तार होता है। जिस विचारधारा के भगीरथ रूप विद्यानिवास मिश्र जी अपने लेखों में दिखते हैं, उस विचार का विस्तार होता अब तो कोई भी देख सकता है। यह आज कौन है जो नहीं मानेगा? हर कोई मानेगा।

विद्यानिवास जी के वे लेख समय की शिला पर अमिट हैं। उन लेखों को 2025 में जब उनकी जन्मशती पर हम पढ़ते हैं तो एक बात बार-बार हमारे मन-मस्तिष्क पर चोट करती है। वह हम से एक प्रश्न रह रहकर पूछती है। यह प्रश्न किसी एक व्यक्ति मात्र का नहीं है। एक व्यक्ति तक सीमित भी नहीं है। यह हर उस व्यक्ति के लिए है जो विद्यानिवास जी से परोक्ष या

प्रत्यक्ष परिचित है। उनकी जन्मशती पर यह प्रश्न पहले से अधिक महत्त्वपूर्ण हो गया है। प्रश्न क्या है? यह है कि हम आज पंडित विद्यानिवास मिश्र को किस रूप में विशेषकर याद करें।

यह प्रश्न हमारे सामने है। इससे विमुख होकर विचार किया ही नहीं जा सकता। इसके सम्मुख होकर विचार करना समय की माँग है। अफसोस की बात यह है कि विद्यानिवास मिश्र के व्यक्तित्व की इस धुरी को पहचान प्राप्त नहीं हुई है। उनके प्रसंशकों की बहुत बड़ी संख्या है। उनमें साहित्यकार, संस्कृत साहित्य के विद्वान, पत्रकार और सजग-सचेत-सुविज्ञ पाठक आदि हैं। अगर कोई सर्वे करे और पूछे कि विद्यानिवास मिश्र जी की पुस्तकों और लेखों से आप उन्हें किस रूप में याद करेंगे, तो मेरा अनुमान है कि सबसे अधिक संख्या में लोग उन्हें एक ललित निबंधकार बताएँगे। काशी हिन्दू विश्वविद्यालय में पढ़ाई के दौरान जब-जब चर्चा हुई तो हमारे पढ़ाकू साथी यही कहते थे। मैं भी यही मानता था। वर्षों बाद मेरी यह धारणा बदली। इसका कारण उन लेखों में है जो उन्होंने नवभारत टाइम्स में लिखे। उन लेखों को पढ़ने के बाद मुझे पुनर्विचार की जरूरत 1977 में महसूस हुई। उन लेखों से विद्यानिवास मिश्र जी मेरे मन में आज भी बहुत ऊँचे आदर स्थान पर विराजमान हैं।

उन लेखों से बनी एक किताब आई। वह है, 'हिन्दू धर्म : जीवन में सनातन की खोज'। लेकिन इस पुस्तक में केवल वे लेख ही नहीं हैं, यह अपनी तरह की अकेली पुस्तक है। इसे पलटना प्रारंभ करेंगे तो पहले पन्ने पर ही 'आभार' शीर्षक से ऐसी बातें हैं जो इस पुस्तक का महत्त्व समझने में सहायक हैं। विद्यानिवास जी ने पहला ही वाक्य इस प्रकार लिखा है, 'हिन्दू धर्म पर यह पुस्तक लिख गई, कैसे लिख गई, मुझे खुद बड़ा अचरज होता है।' फिर उन्होंने इसका उत्तर भी इन शब्दों में दिया है, 'बातों ही बातों में यकायक संकल्प बुलवा लेने वाले श्रद्धेय भाई (श्री सच्चिदानंद हीरानंद वात्स्यायन) और निरंतर संकल्प की पूर्ति के लिए उकसाने वाले आदरणीय भैय्या साहब (पंडित श्रीनारायण चतुर्वेदी) ने यह पुस्तक मुझसे लिखा ली।' वे बताते हैं कि नवभारत टाइम्स में दो लेख छपे तभी राधाकृष्ण प्रकाशन के ओमप्रकाश जी ने उनसे यह वादा ले लिया कि वे किताब छापेंगे। काफी पहले अर्थात् 1967 में डा० राममनोहर लोहिया ने विद्यानिवास जी से अनुरोध किया था कि हिन्दू धर्म दर्शन पर विवेचनपूर्ण विचारों का संकलन वे करें। उसे डॉ० लोहिया 'जन' पत्रिका में एक विशेषांक के रूप में छापना चाहते थे। विद्यानिवास जी ने लिखा, 'वह बात तो पूरी नहीं हुई, पर आज उन्हें स्मरण करके मन में तृप्ति होती है।

आज समय बदला है। जिस समय पंडित विद्यानिवास मिश्रजी के लेख नवभारत टाइम्स में छपे, तब हिन्दू धर्म पर लिखना एक बौद्धिक साहस था। क्योंकि हवा अनुकूल नहीं थी। वातावरण भी हिन्दू विरोध का ज्यादा था। राजनीति उसी हवा और वातावरण में कदम-ताल कर रही थी। उन लेखों से बनी पुस्तक कोई पढ़े और समझने का प्रयास करे तो सबसे पहले यह प्रश्न मन में कौंधता है कि पंडित विद्यानिवास मिश्र को किस रूप में विशेष रुप से जानना चाहिए? मेरा सुझाव है और यह मेरा मत भी है कि विद्यानिवास जी एक दार्शनिक हैं। वे सिर्फ दार्शनिक नहीं हैं। जब मैं यह कहता हूँ कि वे सिर्फ दार्शनिक नहीं हैं तो कोई भ्रम न हो इसलिए स्पष्टीकरण जरूरी है कि ऐसा कहने का मेरा अभिप्राय क्या है। दार्शनिक की एक परिभाषा है। जो सोचता है और दूर की सोचता है वह दार्शनिक होता है। वे सिर्फ दार्शनिक नहीं हैं, वे द्रष्टा भी हैं। जो भविष्य में देख पाता है वह द्रष्टा होता है। दार्शनिक तो सोच-विचार में पड़ा रहता है, लेकिन द्रष्टा सही दिशा दिखाता है। वह इसमें समर्थ होता है कि सही राह का निर्देश कर सके। इस प्रकार विद्यानिवास मिश्र जी में दार्शनिक और द्रष्टा का समन्वय हुआ है। यही उनकी मौलिकता है।

हिन्दू धर्म पर बोलने-लिखने वाले महापुरुषों की एक शृंखला है। राजनारायण बोस से एनी बेसेंट तक। स्वामी विवेकानंद ने विश्व मंच से हिन्दू धर्म को समझाया। श्री अरविन्द ने उत्तरपाड़ा भाषण से एक संदेश हर भारतीय को दिया, जिसमें मनुष्यता का मर्म था। वह ईश्वरीय प्रेरणा थी। वैश्विक चेतना के लिए हिन्दू धर्म की सनातनता का प्रवाह था। स्वतंत्र भारत में उस प्रवाह के जहाँ अनेक पुरुष हुए वहीं ऐसे राजनेता भी छाए रहे जो हिन्दू नाम सुनते ही अपनी भाव-भंगिमा और बोल-व्यवहार से बताते रहते थे कि हिन्दू होना पोंगापंथी होना है, प्रतिक्रियावादी होना है और पीछेदेखू होना है। ऐसे वातावरण के प्रभाव और दुष्प्रभाव के बीच भी अपना स्वभाव बनाए रखने वाले व्यक्ति थे, पंडित विद्यानिवास मिश्र, जिन्हें हमें महापुरुष कहना और मानना चाहिए। यह संभव है अब हम उनके हिन्दू धर्म पर विचार को जानें। ऐसे महापुरुषों को जानने के लिए संस्थान आवश्यक होता है। क्या ऐसा कोई संस्थान बन सका है? आयोजन होना एक बात है और संस्थान का निर्माण बिल्कुल दूसरी बात है। उसी शृंखला में 1977 में विद्यानिवास जी ऐसे विद्वान के रूप में सामने आते हैं, जो भविष्य में जब-जब हिन्दू धर्म पर विमर्श होगा तो उनका लिखा, बोला और सोचा हुआ बड़ा उपयोगी समझा जाएगा। उस कड़ी में पंडित विद्यानिवास मिश्र ने स्वतंत्र भारत की भ्रमित राजनीति को हिन्दू

धर्म की राह दिखाई। उसे विचार का एक वैज्ञानिक आधार दिया। हर भारतीय का जो स्वभाव है उसको उन्होंने लक्षणों, स्वरूपों और पद्धतियों से अपनी पुस्तक में लिखा, जिसे पढ़कर समझा जा सकता है। उनकी पुस्तक हिन्दू धर्म की एक व्यवहारिक यात्रा है। जिसमें सनातन का तत्व है। इस पुस्तक में विद्यानिवास मिश्र जिस हिन्दू धर्म का विवेचन करते हैं वह परम व्यावहारिक है। इसीलिए वे भूमिका में लिखते हैं कि 'हिन्दू धर्म वर्तमानजीवी धर्म है,वह सत्य और ऋत का गठबंधन है।' यह वाक्य वास्तव में आनंद कुमार स्वामी की पुस्तक, 'हिन्दुइज्म एंड बुद्धिज्म' का सार है। जिसे उस पुस्तक को पढ़ने का सौभाग्य प्राप्त नहीं हुआ, उसके लिए अपनी पुस्तक में विद्यानिवास जी ने इन पंक्तियों को पाद टिप्पणी में दिया है, 'भारतीय परंपरा सनातन जीवन-दर्शन परंपरा का एक रूप है और इसलिए ऐसे सनातन विश्वजनीय सत्यों को यह आत्मसात किए हुए है, जिन्हें किसी काल से कोई भी समुदाय अपना सकता है। हिन्दू इसलिए हमेशा तैयार रहता है कि उसके पवित्र ग्रंथों का उपयोग दूसरे करें और अपने सत्य के बोध के लिए अतिरिक्त एवं संभाव्य प्रसारण के रूप में इसे रखें। पर हिन्दू साथ ही यह भी कहेगा कि संस्कृतियों की सहमति की बात शाश्वत सत्य की ऊँचाई पर ही संभव है।'

विद्यानिवास जी की पुस्तक को बार-बार पढ़ने की जरूरत है। मेरी सलाह होगी कि पुस्तक की भूमिका में उन्होंने जो लिखा है उसे सबसे पहले पढ़ना चाहिए। अगर कोई उसे पढ़े तो हिन्दू धर्म के शाश्वत मूल्यों का महत्त्व इस रूप में समझ में आएगा कि ये मूल्य अतीत, वर्तमान और भविष्य में एक सेतु बनाते हैं। जिससे एक विश्वदृष्टि प्राप्त होती है। वह पश्चिम से अलग और अपने-आप में मौलिक किस प्रकार है, यह भी समझने में कोई कठिनाई नहीं होती। इस दृष्टि से देखने पर यह सार तत्व समझ में आ जाता है कि मनुष्य और प्रकृति में एक समन्वय है। वह कैसे बेहतर बने और बना रहे, इसकी एक व्यवस्था करनी पड़ती है। उस व्यवस्था के लिए दर्शन, संस्कृति, कला और साहित्य की रचना होती है। इन पर हिन्दू धर्म की गहरी छाप कहाँ-कहाँ है, इसे विद्यानिवास जी ने अपनी पुस्तक में समझाया। कुछ भ्रम जो हैं और बने हुए हैं, उन्हें दूर करने के लिए उन्होंने स्पष्ट किया है कि भारत में ज्योतिष विद्या सृष्टि विद्या भी है।

उन्होंने हिन्दू धर्म के विराट रूप को समझाने के लिए लिखा है कि 'विज्ञान के जिन क्षेत्रों में प्राचीन हिन्दू उपलब्धियाँ दिखती हैं, उनमें कृषि, भवन-निर्माण, धातु विद्या, रसायन, नौका-निर्माण और वस्तु-निर्माण प्रमुख है।' इसे उन्होंने विस्तार से लिखा है। फिर एक प्रश्न पूछा है। वह यह है कि

'जिस धर्म ने भौतिक-आध्यत्मिक विकास को समानांतर चलाया वह धर्म आज के फैलते हुए विश्व में यकायक क्यों इतना अप्रासंगिक हो गया है और हम क्यों इस धर्म के बारे में क्षमायाची भाव रखते हैं?' यह प्रश्न उन्होंने जनता राज के भ्रमित समय में उठाया था। यही प्रश्न उन्हें द्रष्टा के ऊँचे आसन पर बैठाता है। तब इस प्रश्न का महत्त्व थोड़े से लोगों के ध्यान में आया। उन्होंने सिर्फ प्रश्न ही नहीं उठाया, एक उत्तर भी दिया, जिसमें समाधान है। 'जिस परिवेश-विद्या (इकोलॉजी) की चर्चा का आजकल फैशन है, उसकी मूल स्थापना हिन्दू-चिन्तन के समीप है, जैव-सृष्टि में कोई चीज नष्ट नहीं होती, वह पुनः नया जैव-रूप धारण करती है। इसलिए जीवन-विनाश का अविवेकपूर्ण अभियान असंतुलन ला सकता है।' इसके उदाहरण देकर वे बताते हैं। उस वर्णन में जाए बगैर यह कहा जा सकता है कि विद्यानिवास जी समय से आगे थे। तभी वे लिख सके कि 'यदि हिन्दू ज्ञान-विज्ञान की सबसे महत्वपूर्ण उपलब्धि आज जो प्रासंगिकता रखती है, वह है हिन्दू धर्म से अभिभावित उसका सर्वभूतात्मभाव, समस्त जड़-चेतन सत्ताओं में एक जीवनधारा, एक चैतन्य प्रवाह को स्पंदित देखना (समस्त क्षणों में एक सनातन देखना), समस्त बूँदों में एक अव्यक्त महासागर देखना। आदमी जब इस रूप में देखता है तो एक मायने में तो छोटा हो जाता है, क्योंकि उसका अहंकार टूट जाता है, पर दूसरे मायने में वह बड़ा हो जाता है, क्योंकि सबका हित देखने वाला स्वयं 'सब' बन जाता है।'

विद्यानिवास जी को याद करते हुए हमें हमेशा यह ध्यान रखना होगा कि वे बार-बार यह कहते हैं कि हमें अपने को आज के विश्व के संदर्भ में फिर जाँचना चाहिए। इसलिए भी जाँचना चाहिए क्योंकि निरंतर अपने धर्म को जाँचते रहना इस धर्म की पहली माँग है। उन्होंने यह भी लिखा कि कैसे खुद को जाँचें। इसके लिए एक फार्मूला दिया। वह यह है कि इसकी चिन्ता हमें ज्यादा नहीं करनी चाहिए कि हिन्दू धर्म दुनिया में फैल रहा है या नहीं फैल रहा है, वह दूसरे को आलोकित कर रहा है या नहीं कर रहा है, केवल यह चिन्ता करें कि हिन्दू धर्म हमें क्यों नहीं आलोकित कर रहा है। इस फार्मूले में एक जीवनदृष्टि है। सोचने का एक ढंग है। इस ढंग से अगर सोचें तो हिन्दू धर्म को देखने का हमारा दृष्टिकोण सम्यक होता जाएगा। इसमें हिन्दू होकर सोचने का मंत्र है, जिससे हिन्दू होने का अनुभव प्राप्त किया जा सकता है।

इसी आवश्यकता को पूरा करने के लिए उन्होंने नवभारत टाइम्स में लेख लिखे। उसे पुस्तक रूप दिया। उन्होंने यह प्रश्न स्वयं से पूछा कि हिन्दू धर्म पर बहुत सारी पुस्तकों के होते हुए भी एक और पुस्तक क्यों वे लिखें?

इसका उत्तर देने से पहले उन्होंने एक प्रश्न किया कि 'हम क्यों सतही और कभी-कभी द्वेष या आत्महीनता से प्रेरित आलोचनाओं से घबराकर अपने धर्म से उदासीन बने हुए हैं।' उस उदासीनता को कैसे दूर करें? अपने प्रश्न का उन्होंने उत्तर भी दिया और एक समाधान भी दिया कि 'हम क्यों नहीं अपने हाथ से, अपनी कुल्हाड़ी से अपने निरंतर परिवर्तनशील धर्म की सूखी डालें काटने के लिए कदम बढ़ाते हैं, दूसरों द्वारा काटी गई फल-फूल से लदी डाल के सूखे हुए रूप को धर्म मानकर क्यों कुंठित हैं—इसी भाव को उकसाने के लिए यह छोटा-सा संकल्प मैंने लिया।' उस संकल्प से पुस्तक बनी। जिसका उल्लेख मैं बार-बार करना चाहता हूँ।

वे सुधार की एक प्रक्रिया का सुझाव दे रहे हैं। सुधार की भावना पैदा हो, इसके लिए वे प्रेरणा दे रहे हैं। यही हिन्दू धर्म और समाज में जब सहज ढंग से होता है तो धर्म और समाज की जीवंतता बनी रहती है। जब यह प्रक्रिया रुक जाती है तो जड़ता आती है, जिसे तोड़ने के लिए स्वामी विवेकानंद, स्वामी दयानंद, स्वामी श्रद्धानंद, महात्मा गांधी जैसे महापुरुषों को अथक प्रयास करना पड़ता है। संस्था के तौर पर राष्ट्रीय स्वयंसेवक संघ भी उसी प्रक्रिया को बढ़ाने और बनाए रखने में सौ साल से संलग्न है। जब हिन्दू समाज को अंग्रेज दो टुकड़े में बाँटना चाहते थे, जिसके लिए 1932 में कम्युनल एवार्ड घोषित किया था, और वह अगर बना रहता तो भयानक परिणाम होता। महात्मा गांधी ने उसके खिलाफ आमरण अनशन कर आत्मबलिदान तक जाने का निर्णय किया। महामना पंडित मदनमोहन मालवीय के प्रयास से उन्हें आत्मबलिदान नहीं करना पड़ा। एक समझौता हुआ जो पूना पैक्ट कहलाया। उससे ब्रिटिश प्रधानमंत्री रेमसे मेकडोनाल्ड ने भी माना और अपने कम्युनल एवार्ड को वापस लिया। विद्यानिवास मिश्र की पीड़ा उसी क्रम में है कि क्यों हिन्दू धर्म में जड़ता ने अपनी जगह बना ली है? क्यों हिन्दू आत्महीनता का शिकार है? इन दोनों बातों से समाज में विघटन के लक्षण, कारण और परिणाम प्रकट होते रहते हैं। उनमें से एक जो बड़ी चिन्ता का कारण वर्षों से बना हुआ है, वह धर्मांतरण है। इस बारे में चिन्ता जितनी अंग्रेजों के समय में थी स्वतंत्रता के बाद भी उसका समाधान नहीं हुआ। जब-जब ऐसा होता है तो संत महात्मा और हिन्दू समाज चौंक जाता है। उसकी तंद्रा टूटती है। जैसे 1982 में मीनाक्षीपुरम की घटना से टूटी थी। विद्यानिवास मिश्र जी इस बात को रेखांकित कर रहे हैं कि हिन्दू धर्म और समाज में सुधार की प्रक्रिया निरंतर चलती रहे।

इस पुस्तक में डॉ० संपूर्णानंद का एक प्रसंग है। हम जानते हैं कि डॉ०

संपूर्णानंद स्वाधीनता सेनानी थे। उत्तर प्रदेश के मुख्यमंत्री थे। स्वाधीनता आंदोलन में वे एक चर्चित नाम थे। अपनी बेबाकी के लिए जाने जाते थे। मुझे अनेक प्रसंग याद आ रहे हैं। उनमें से एक का यहाँ उल्लेख कर रहा हूँ। वे उस समय बनारस के नगरदक्षिणी क्षेत्र से कांग्रेस के उम्मीदवार होते थे। उनके सामने जनसंघ के नेता और बड़े वकील द्विवेदी जी चुनाव लड़ते थे। कम्युनिस्ट पार्टी के नेता रुस्तम सैटीन भी उम्मीदवार होते थे। चुनाव का संग्राम देखने लायक होता था। मतदान के पहले वाली शाम को बनारस के लोगों की साँस अटक जाती थी। इस बात पर विचार शुरू हो जाता था कि कहीं ऐसा तो नहीं होगा कि डा० संपूर्णानंद हार जाएँ। इसलिए जनसंघ के वोटर और समर्थक भी अपना वोट उन्हें देकर कम्युनिस्ट पार्टी के मुकाबले उनको जिताते थे। उनकी जीत से लोग संतुष्ट होते थे कि बनारस की नाक कटने से बच गई। 1967 में वे राजस्थान के राज्यपाल थे। उसी समय उन्होंने विद्यानिवास मिश्र जी को बुलाया। जो कहा वह पुस्तक में इस प्रकार है, 'स्वर्गीय संपूर्णानंद जी (जिन्हें मैं बाबूजी ही कहता था) ने एक बार जयपुर में बड़ी देर तक बात की और कहा कि यह बात तो समझ में आती है कि आदमी अपने धर्म में जो उसके विवेक के अनुसार अग्राह्य हो उसका परित्याग करे, जिन्हें जड़ रूढ़ि मानता है उन्हें निर्मम होकर तोड़े और जिसे ग्राह्य समझता है उसका वरण करे, उसका और विकास करे, पर यह बात बिल्कुल बेतुकी और साथ ही खतरनाक लगती है कि आदमी अपनी चली गई राह से तटस्थ हो जाए, किनारा कस ले और दूसरा कोई उस राह के बारे में जो भी कहे उसका न प्रतिरोध कर सके, न उसे परख सके। स्वर्गीय बाबूजी ने मुझसे कहा कि आज पढ़ा-लिखा हिन्दू अपने को हिन्दू कहने से भी कतराता है, इस स्थिति की भयावहता को दूर करने के लिए कुछ करना चाहिए। उनकी आज्ञा पालन करने के उत्साह ने मुझे नए सिरे से सोचने के लिए प्रेरित किया।'

डॉ० संपूर्णानंद की यह वेदना बहुत स्वाभाविक थी। इसे समझने के लिए एक उदाहरण देना आवश्यक है। 'भारत के महान योगी' शृंखला के लेखक विश्वनाथ मुखर्जी ने तीन-चार खंड के पुरोवाक् में लिखा है कि 'डॉ० संपूर्णानंद जी भी साधक थे।' योग विज्ञान का उन्होंने गहरा अध्ययन किया था। इस बारे में उन्होंने बहुत कुछ लिखा है। विश्वनाथ मुखर्जी हमें डॉ० संपूर्णानंद के व्यक्तित्व के उस पहलू से परिचित कराते हैं जो अज्ञात-सा है। अपनी पुस्तक की प्रेरणा के लिए विद्यानिवास मिश्र जी ने अपने गुरूदेव और पिता को इस तरह याद किया है, 'मेरे स्वर्गीय गुरुदेव पंडित क्षेत्रेशचंद्र चट्टोपाध्याय ने अपने ऋषिकल्प जीवन से हिन्दू धर्म के तपोमय आचरण

और स्वाधीन चिन्तन का प्रतिमान उपस्थित किया। मेरे पूज्य पिताजी स्वर्गीय पंडित प्रसिद्धनारायण मिश्र और मेरे पूज्य पितृव्य स्वर्गीय पंडित मुनिश्वर मिश्र ने अपनी अप्रतिहत आस्तिकता का संस्पर्श दिया। गाँव में पैदा होने के आकस्मिक सुयोग ने मुझे अनपढ़ स्त्रियों के कंठ से उचरे गीतों में सृष्टिमात्र के लिए मनुष्य-चित्त की व्याकुलता की अभिव्यक्ति देखने की शक्ति दी और हिन्दी भाषा की निष्ठा ने 'आँखिन देखी' कहने वाले संतों की ऋजुता और गहराई में अद्वितीय जीवन-साक्षात्कार की भाषा की छाँह दी। विदेश में कई बार जाने से बार-बार खराद पर चढ़ने का अवसर मिला। अनेक विदेशी (केवल ऐतिहासिक और भौगोलिक परिभाषाओं से विदेशी) बंधुओं की हिन्दू धर्म-जिज्ञासा ने आत्मनिरीक्षण के लिए विवश किया। 'उन्होंने अंत में यह लिखा कि 'मैं इस पुस्तक के द्वारा दूसरों को उकसा सकूँगा या नहीं, यह नहीं जानता, पर यह जानता हूँ कि इस उकसाव के कारण मैं अपने को हिन्दू मानते हुए तृप्ति और आश्वस्तता कुछ अधिक मात्रा में अनुभव करने लगा हूँ।'

'हिन्दू धर्म-जीवन में सनातन की खोज' पुस्तक का पाँचवाँ अध्याय अत्यंत महत्वपूर्ण है। यह है, 'हिन्दू धर्म और लोकशास्त्र'। इस अध्याय के प्रारंभ में विद्यानिवास जी ने अपने ढंग से एक स्पष्टीकरण दिया है। उन्होंने लिखा है कि 'अभी तक मैंने अपनी बात जितनी कही, उसके समर्थन में शास्त्र का यथासंभव उद्धरण दिया, इससे यह भ्रम उठना स्वाभाविक है कि हिन्दू धर्मशास्त्र से बँधा हुआ धर्म है, पोथी धर्म है, वह जीवनधर्म में नहीं है, जीवनधर्म तो वह होता है जो 'आँखिन देखा' हो।' इस स्पष्टीकरण से वे अपने पाठक को एक निष्कर्ष पर विवरण सहित पहुँचाते हैं। वह यह कि शास्त्र और लोक में भेद नहीं है। उसे समझने की जरूरत होती है। 'उनको समझने के लिए उन्हें तो पूरा देखना ही पड़ता है, उनके साथ लोकाचार को भी देखना होता है, क्योंकि शास्त्राचार लोक से ही प्रमाणित होता है और लोकाचार भी शास्त्र बनकर ही प्रतिष्ठित होता है।' यह एक प्रक्रिया है जो समय और काल की आवश्यकता के अनुसार चलती है और अपना स्वरूप ग्रहण करती है। हिन्दू धर्म कैसे पोथी धर्म नहीं है, इसे उन्होंने बहुत सारे उदाहरणों से समझाया है। यह बताया है कि धर्म के नाम पर जो रूढ़ियाँ बन जाती हैं उसे लोक में आंदोलन के जरिए रोकने के तमाम उदाहरण इतिहास में मिलते हैं। आंदोलन से जो परिणाम प्रकट होता है उसे शास्त्र में प्रतिष्ठा प्राप्त हो जाती है। ऐसी परस्पर आदान-प्रदान की रीति रही है। उन्होंने लिखा है कि 'शास्त्र और लोक का आदान-प्रदान निरंतर होता रहा है। आज भी हो रहा है।'

विद्यानिवास जी ने अपना अनुभव भी इस तरह साझा किया है, 'मैंने

स्वयं अपने आस-पास में जिस जीते-जागते हिन्दू धर्म का स्पर्श पाया है, उसमें वेदमंत्र और लोकगीत, शास्त्रीय विधिविधान और लोकाचार—दोनों को एक-दूसरे के पूरक रूप में ही पाया है।' इसके उदाहरण देकर वे कहते हैं कि 'हिन्दू धर्म लोकसंग्रही धर्म है, उसका लोक बहुत विशाल है, वह किसी जाति, किसी चेहरे, किसी नस्ल, किसी का हो सकता है, लोक होना चाहिए। लोक के दो अर्थ हैं, एक अर्थ है प्रकाश, प्रकाश का स्वभाव है प्रसरण, सब तरफ फैलना; दूसरा अर्थ है 14 भुवन। तीसरा अर्थ है प्रकाश और भुवन जैसी फैली हुई प्रकृति का मनुष्य, सामान्यजन जो देखता है, पर अपने लिए और केवल अपनी आँख से नहीं देखता है, वह आँख खोलकर देखता है और 'सब' को देखता है, सब में एक को देखता है। लोक और शास्त्र एक दूसरी की आँख हैं।' 'दूसरे शब्दों में कहें तो शास्त्र हिन्दू धर्म की दाहिनी आँख है, सूर्य है, सविता है, विवेक है, ज्ञान है, तर्क प्रज्ञा है और उसकी बाईं आँख है।... हिन्दू धर्म ज्ञानमय भाव है, न वह ज्ञानरूप है, न विश्वास रूप, न कोरा भावरूप, भाव और ज्ञान अलग होते हैं तो हिन्दू धर्म खंडित होता है।'

उन्होंने इसे इस तरह समझाया है कि 'जब-जब ऐसे खंडन के अवसर आए हैं तब-तब लोक ने अपने को मथा है।' पुराणों की बेनकथा का वे उदाहरण देते हैं। इसी तरह कठोपनिषद में नचिकेता की कहानी के जरिए वे बताते हैं कि शास्त्र के अक्षरशः पालन से जो कर्मकांड निकलता है उसके विरुद्ध नचिकेता ने एक उदाहरण प्रस्तुत किया। इस तरह वे कहते हैं कि 'श्रीकृष्ण ने गीता में उपनिषदों के शास्त्रीय चिन्तन से सही रास्ता निकाला।' आधुनिक काल का उदाहरण वे इस तरह देते हैं, 'आज भी बहुत कुछ वैसी ही स्थिति है, परमहंस रामकृष्ण ने अपने जीवन से, स्वामी विवेकानंद ने अपनी व्याख्या से, स्वामी दयानंद ने अपनी तेजस्विता से, लोकमान्य तिलक और महात्मा गांधी ने अपनी लोक भावना से हिन्दू-शास्त्र को नई दिशा दी। जहाँ कहीं हमारे सोचने में ठहराव आ गया था, वहाँ-वहाँ उन्होंने गतिशीलता दी, पर एक असंतुलित विजातीय शिक्षा के बोझ ने और एक मूल्यहीन राजनीतिक व्यापार ने (विशेष रूप से स्वाधीनता-प्राप्ति के बाद) ऐसा किया कि इस देश का हिन्दू शास्त्र-विमुख हो गया।'... 'तंत्र भी हिन्दू-शास्त्र है, पर केवल वही हिन्दू-शास्त्र नहीं है। वेद, पुराण, दर्शन, काव्य, शास्त्रों के मूर्तरूप प्राचीन हिन्दू मंदिर, चित्र, शिल्प और संगीत ये सभी हिन्दू-शास्त्र हैं, जीवन को जो भी आस्वादनीय बनाता है, वह सब हिन्दू-शास्त्र है। हिन्दू-शास्त्र निरंतर लिखा जाने वाला शास्त्र है।'

उनका यह मत आज 2025 में भी अत्यंत सटीक है कि 'आज

आवश्यकता है हिन्दू शास्त्रों के गहरे और व्यापक अनुशीलन की। नए शंकराचार्य की प्रतीक्षा करने से नहीं बनेगा। भारत की सामाजिकता के नाम पर, जो भारत की मुख्यधारा है, उसको उपेक्षणीय मान लिया गया है और यही हमारे आधुनिक जीवन की त्रासदी है।' इसे वे विस्तार से समझाते हैं। 'हमने मान लिया है कि जो कुछ शास्त्रीय चिन्तन है, वह कूड़ा है, जो कुछ उसके विद्रोह से उद्‌भूत चिन्तन है, वही शिव है, हमने देखने की कोशिश नहीं की है या देखा भी है तो अपनी आँख मूँद ली है कि बुद्ध-वचन में उपनिषदों की प्रतिध्वनि है, कबीर में शैवागम की व्यवस्थित प्रक्रिया है। जिसे हम लोकतत्व कहते हैं, वह शास्त्र का ही प्रसरण है, आज यह अवश्य है कि इस लोकतत्व में चाहे वह गीत हो, चित्रकला हो, शिल्प हो, नृत्य हो, नाट्‌य हो, लीला हो या फिर और कुछ न सही, केवल अनपढ़ आदमी के सोचने का ढंग हो, उसमें शास्त्र का सत्व अधिक सुरक्षित है, शास्त्रों का जिस रूप में अध्ययन और विवेचन हो रहा है, उसमें कम सुरक्षित है। समग्र रूप से हिन्दू शास्त्रों के परस्पर संबंध को परखने की जितनी आवश्यकता आज है, उतनी कभी नहीं थी। यदि इस्लामी अध्ययन-विभाग, बौद्ध अध्ययन-विभाग और तुलनात्मक धर्म-दर्शन-विभाग सोचे जा सकते हैं तो कोई कारण नहीं हिन्दू धर्म-दर्शन-विभागों की बात न सोची जाए। न इस्लामी धर्म-अध्ययन मुसलमान मात्र के लिए होना चाहिए, न हिन्दू धर्म-अध्ययन विभाग हिन्दू मात्र के लिए होगा। तो क्यों इससे लोग कतरा रहे हैं, विश्वविद्यालयों में वेद, पुराण-इतिहास और धर्मशास्त्र पुरुष और प्राचीन विद्या के अंतर्गत कर दिए गए हैं, पर उनके द्वारा व्याख्यात जीवित हिन्दू धर्म को कहीं स्थान नहीं है।'

उन्होंने लिखा कि 'मैं हिन्दू धर्म को लोक और शास्त्र कहता हूँ तो मेरा अभिप्राय इतना ही है कि वह कोरा ज्ञान नहीं है, कोरा भाव नहीं, यह केवल मनु या पंतजलि या व्यास नहीं, वह केवल कबीर, रैदास या गांधी नहीं, वह विचारक, भावक और भाविक सबको मिलाकर है। इस समग्रता में उसका अनुशीलन और अनुभावन हो, तभी वह अपने लिए और विश्व के लिए स्वस्तिकर होगा।' इस समय यह पुस्तक पूरे भारतीय समाज को दिशा देने में समर्थ है। यह पुस्तक जब लिखी गई थी तब की परिस्थितियों का इस पर कहीं-कहीं प्रभाव है। लेकिन अयोध्या आंदोलन की सफलता और उसकी चरम उपलब्धि ने इस पुस्तक को शाश्वत स्वरूप प्रदान कर दिया है, जिसमें लोक और शास्त्र के समन्वय की शिक्षा है। यही आज की अनिवार्यता भी है। संवाद और समन्वय आज राष्ट्रीय अभीप्सा है। राष्ट्रीय स्वर है। राष्ट्रीय संदेश है। इसे सुनने और समझने की जरूरत है।

इस पुस्तक के परिशिष्ट में 'हिन्दू जीवन दर्शन' शीर्षक से विद्यानिवास जी का एक पत्र है। यह पत्र यूरोपीय जिज्ञासा का समाधान है। विद्यानिवास मिश्र जी उन विद्वानों में हैं जो वैश्विक समझ के आधार पर हिन्दू धर्म संबंधी पश्चिम की जिज्ञासा को शांत कर सकते थे। उन्होंने रोमानिया के दार्शनिक निकोलाई ज्वेर्या के पत्र के उत्तर में एक लेख लिखा। यह लेख हिन्दू जीवन दर्शन को पूरी तरह समझाता है। इसी तरह परिशिष्ट में एक बातचीत है। 'विदेशी हिन्दू धर्म में क्या देखता है?' इसका उल्लेख मैं इसलिए कर रहा हूँ क्योंकि लोगों को जानना चाहिए कि विद्यानिवास जी जहाँ भारतीय को हिन्दू धर्म समझा सकते थे वहीं वे विदेशियों को भी समझाने में समर्थ थे। यह बातचीत वाशिंगटन विश्वविद्यालय में स्थापत्य शास्त्र के प्रोफेसर जे० डब्ल्यू० वरकर्मा कुर्टिस से उनकी हुई थी।

छठे दशक में जब काशी हिन्दू विश्वविद्यालय में पढ़ाई कर रहा था तब एक ज्ञान यात्रा का क्रम हमने चलाया। उस समय काशी हिन्दू विश्वविद्यालय में 22 होस्टल होते थे। हर होस्टल के कॉमन रूम में रविवार को एक गोष्ठी की जाती थी। उसकी शुरुआत डा० हरिहरनाथ त्रिपाठी के व्याख्यान से हुई थी। उन्होंने तब यह बताया था कि इतिहास को समझने के लिए हमें पुराणों को आधार मानना चाहिए। यह बात तब नहीं थी। आज यह कहने वाले अनेक विद्वान हो गए हैं। लेकिन हरिहर नाथ त्रिपाठी का जो दूसरा कथन था वह आज संशोधन की माँग कर रहा है। वे कहते थे कि पुरातात्विक खुदाइयों से इतिहास को नहीं जाना जा सकता है। लेकिन प्रधानमंत्री नरेंद्र मोदी के एक दशक से ज्यादा के कार्यकाल में जो 5-6 खुदाइयाँ हुई हैं उससे हमारे इतिहास का काल-विस्तार हुआ है। ताजा उदाहरण सिनोली खुदाई का है। वहाँ चार हजार साल के इतिहास का जीवंत प्रमाण मिला है। यह पहली खुदाई है जहाँ रथ मिला है। इसी तरह धौलवीरा में एक बड़ा संग्रहालय बन रहा है जिससे यह साबित होता रहेगा कि कभी यह बंदरगाह था जहाँ से जहाज व्यापार के लिए आते-जाते थे। कालीबंगा और राखीगढ़ी की खुदाइयों से इतिहास के अनेक अकाट्य प्रमाण मिले हैं। अब हम विश्वासपूर्वक कह सकते हैं कि भारत का एक विस्तृत अतीत रहा है। देश, समाज और हर पीढ़ी जब अपने विस्तृत अतीत को जानने में समर्थ होती है तो वही इस देश में भारतबोध है।

दिनांक : 05 जनवरी 2026

राम बहादुर राय

अध्यक्ष, शासी मंडल

इंदिरा गांधी राष्ट्रीय कला केंद्र, नई दिल्ली

प्रयोजन

प्रख्यात भारतविद् आचार्य विद्यानिवास मिश्र (1926–2005) भारत और भारतीयता के प्रमुख व्याख्याता के रूप में ख्यात रहे हैं। संस्कृति-विमर्श उनकी सुदीर्घ सारस्वत साधना का केंद्रीय पक्ष रहा है और उसके प्रामाणिक अनुशीलन और प्रस्तुति के सतत प्रयास में वे आजीवन संलग्न रहे। उनके साहित्य का बहुलांश संस्कृति के पाठ, विश्लेषण और उससे जुड़े संवाद पर केंद्रित है। परंपरा बंधन नहीं, स्परूप-विमर्श, अस्मिता के लिए, भारतीय चिंतनधारा, भारतीय परंपरा, गंगा तट से भूमध्य सागर तक, लोक और लोक का स्वर, महाभारत का काव्यार्थ, रामायण का काव्य-मर्म; तंत्र, कला और आस्वाद; देश, धर्म और साहित्य; कालिदास से साक्षात्कार; नदी, नारी और संस्कृति, The Structure of Indian Mind, The Creative Indian Mind आदि अनेक ग्रंथों के प्रणयन के साथ उन्होंने अनेक ग्रंथों का संपादन भी किया था। अभिरुचि, नवभारत टाइम्स और साहित्य अमृत नामक पत्रिका का संपादन भी किया था। उन्होंने भारतीय संस्कृति और पाश्चात्य चिंतन के बीच संवाद का भी आयोजन किया। उनके जन्मशती के अवसर पर यह सर्वथा उचित होगा कि भारत-बोध को केंद्र में रखकर विचार किया जाय।

भारत एक आधुनिक गणतंत्र है, जिसकी आयु पचहत्तर वर्ष की है पर भारतीय सभ्यता का इतिहास कम से कम पाँच हजार वर्ष प्राचीन है। ज्ञान-विज्ञान के क्षेत्र में भारत की उपलब्धियाँ विश्वविश्रुत हैं। भारत आर्थिक दृष्टि से भी समृद्ध था। दुर्भाग्य से भारत लंबी अवधि तक मुस्लिम अधिकार में और तदुपरांत अंग्रेजी उपनिवेश के रूप में शासित हुआ। इस परिस्थिति में पहुँचने का कारण भी भारत का वैभव ही था जिसे लूटने के लिए बाहर के विदेशी आक्रमणकारियों की लिप्सा बड़ी तीव्र हो चली थी।

भारत पर नाना प्रकार के बाह्य और अनर्गल प्रभाव पड़ने आरंभ हुए। सनातन संस्कृति में भारत जिसको 'आर्यावर्त' और 'जंबूद्वीप' आदि नामों से अभिहित किया जाता था, वह 'हिंदुस्थान' और 'इंडिया' कहलाने लगा और भारत, भारतीय और भारतीयता आदि की मौलिक सार्थकता दृष्टि से ओझल-सी होने लगी। हमारी पहचान पर पाश्चात्य मानसिकता का सघन ठप्पा इतना गहरा पड़ा कि भारतीय संविधान में भी शुद्ध भारत नहीं बल्कि 'इंडिया दैट इज़ भारत' कह कर ही देश का नामकरण किया गया। इसे लेकर संविधान सभा में बहस हुई थी और तब इस प्रयोग को अपनाया गया—'इंडिया यानी भारत'।

यही संविधानसम्मत आधिकारिक नाम बना। देश इंडिया है जिसका अर्थ होता है भारत। यद्यपि कला-कौशल, व्यापार, शस्त्र और शास्त्र सभी दृष्टियों से भारत की चिर नवीन संस्कृति की विशिष्टता अकाट्य है तथापि कदाचित पश्चिमी मानसिकतावश अंग्रेजी प्रभुत्व की सार्वभौमिकता के भ्रम के चलते ऐसा हुआ रहा होगा, किंतु बात मात्र नाम की नहीं है। भारत, भारतीय और भारतीयता जैसे शब्द-प्रयोग एक समृद्ध संस्कृति के सार्थक वाचक हैं।

भारत की कला, कौशल, शस्त्र और शास्त्र सब पर इस चिर नवीन संस्कृति की विशिष्ट छाप है। भारतीय दृष्टि में सब अस्तित्ववान वस्तुओं में एक आधारभूत अविभाज्य निरंतरता का आग्रह प्रबल रहा है। इसके अंतगर्त सभी प्राणियों में एक ही तत्व को अविभक्त रूप में देखा जाता है। यह संस्कृति धर्म को जीवन का आधार मानती है, समस्त विश्व में परस्पर संबद्धता पर बल देती है। क्योंकि **'सर्वं खल्विदं ब्रह्म'** प्रमुख विचार है। भारत की विश्व-दृष्टि व्यापक है। यहाँ का मानस विविधता को स्वाभाविक मानते हुए एक से अनेक होने को स्वाभाविक उद्विकास मानता है। एक सत्य कई दृष्टियों से समझा जाता है— **'एकं सत् विप्राः बहुधा वदंति'**। साथ ही चारों ओर से आने वाले विचारों का स्वागत करने की प्राचीन परंपरा वैदिक काल से आ रही है—**आ नो भद्राः क्रतवो यांतु विश्वतः।** यहाँ **बहुजन हिताय बहुजन सुखाय** सहज भाव से स्वीकार किया गया। यहाँ का सांस्कृतिक उद्‌गार वसुधैव कुटुम्बकम् की उदार भावना को ध्वनित करता है। भक्ति आंदोलन ने पूरे भारत में लोक कल्याण की क्रांति के रूप में जन-जन को प्रभावित किया था।

पाश्चात्य प्रभाव में भारत और भारतीयता को लेकर नाना प्रकार के भ्रम प्रचलित होते रहे हैं, जिनसे भारत की छवि विकृत हुई है। इन सबके बीच भारतीयता की अवधारणा संदेह का विषय बना दी गयी। ऐसे में आज कई लोग भारत को एक सामाजिक-सांस्कृतिक इकाई मानने से कतराने लगे हैं। तथापि यह उल्लेखनीय है कि अपनी बहुलताओं के साथ भारत सतत विकास के मार्ग पर अग्रसर है। विकसित भारत-2027 के संकल्प के साथ भारत की वर्तमान प्रगति आश्वस्त करने वाली है।

ऐसे परिदृश्य में 'भारत-बोध : स्वरूप और आयाम' विषय पर इंदिरा गांधी राष्ट्रीय कला केंद्र, नई दिल्ली; मालवीय मूल्य अनुशीलन केंद्र, काशी हिन्दू विश्वविद्यालय; अन्तरराष्ट्रीय सांस्कृतिक केंद्र, काशी हिन्दू विश्वविद्यालय, वाराणसी तथा विद्याश्री न्यास, वाराणसी के संयुक्त तत्वावधान में 17-18 दिसम्बर 2025 को एक राष्ट्रीय संगोष्ठी आयोजित की गयी। इस सारस्वत आयोजन के

संदर्भ में वित्तीय सहयोग और मार्गदर्शन के लिए इंदिरा गांधी राष्ट्रीय कला केंद्र, नई दिल्ली और उसके अध्यक्ष पद्मभूषण श्री राम बहादुर राय, सदस्य सचिव श्री सच्चिदानंद जोशी, अधिष्ठाता प्रो० रमेश चंद्र गौड़ और क्षेत्रीय निदेशक अभिजीत चंद्र दीक्षित को है। इनके प्रति हम चिर कृतज्ञ हैं।

आयोजन में अभ्यागत पद्मश्री मालिनी अवस्थी एवं सर्वश्री अवधेश प्रधान, हरदत्त शर्मा, राकेश मंजुल, सदाशिव कुमार द्विवेदी, रामसुधार सिंह, प्रकाश उदय, प्रवेश भारद्वाज तथा समस्त विद्वत्जनों के प्रति हार्दिक आभार व्यक्त करता हूँ।

श्रद्धेय अच्युतानन्द मिश्र जी का मुझे निरंतर स्नेह मिला है और उनकी उपस्थिति इस आयोजन की सफलता को सुनिश्चित करती है। मालवीय मूल्य अनुशीलन केंद्र के समन्वयक प्रो० संजय कुमार, जिन्होंने सुन्दर सभागार उपलब्ध कराया, के प्रति हृदय से आभारी हैं।

भारत के विविध आयामों के पर्यालोचन के लिए कार्यरत सुधीजनों से आधार पीठिका तैयार करने का अनुरोध किया गया जिससे गोष्ठी सार्थक हो सके।

हमें प्रसन्नता है कि विद्वानों ने हमारा अनुरोध स्वीकार किया और अपने आलेख उपलब्ध कराये जिसका सुखद परिणाम इस पुस्तक के रूप में आपके सामने है जिसके लिए हम सर्वश्री रामेश्वर मिश्र 'पंकज', मीरा द्विवेदी, सरोज कौशल, अनंत मिश्र, कृष्णकांत शर्मा, विद्याविन्दु सिंह, राजवंत राव, नर्मदा प्रसाद उपाध्याय, चितरंजन मिश्र, नंदकिशोर आचार्य, विश्वास पाटील, अजयेंद्रनाथ त्रिवेदी, ब्रजेन्द्र पाण्डेय, अम्बिकादत शर्मा, नीरजा माधव, राजेश कुमार व्यास, श्यामसुंदर दूबे, भगवत् शरण शुक्ल, अरविंद मोहन, विजय शर्मा, मिथिलेश कुमार तिवारी, सुप्रिया पाठक, हीरामन तिवारी, गिरीश्वर मिश्र, राजेन्द्र रंजन चतुर्वेदी, संजय कुमार, अरुण कुमार त्रिपाठी एवं अच्युतानंद मिश्र के प्रति हार्दिक आभार।

इस आयोजन की योजना बनाने एवं इस पुस्तक को अंतिम रूप देने में प्रो० गिरीश्वर मिश्र का अप्रतिम योगदान रहा। इसके लिए उन्हें स्नेहाशीष। सम्पादन में सहयोग के लिए प्रो० उदयन मिश्र को अनेकशः आशीष। यह पुस्तक इतनी अल्पावधि में प्रकाशित हो सकी जिसका श्रेय प्रलेक प्रकाशन और उसके प्रबंध निदेशक श्री जितेन्द्र पात्रो के धैर्य तथा श्रम को है। इस हेतु श्री पात्रो को साधुवाद।

दयानिधि मिश्र
सचिव
विद्याश्री न्यास
वाराणसी

अनुक्रम

■

भारत-बोध की पीठिका

दयानिधि मिश्र

भारत-बोध पर केंद्रित यह आयोजन हिंदी जगत के मूर्धन्य हस्ताक्षर, भाषाविद और भारत विद्या के प्रमुख अध्येता पंडित विद्यानिवास मिश्र से जुड़ा हुआ है। हिंदी की ऊर्जा, लोक-जीवन की उदात्तता और संस्कृत का वैभव तीनों का संश्लिष्ट रूप मिश्र जी के व्यक्तित्व में प्रकट होता है। यही स्वर सहज रूप में उनके समस्त रचना-कर्म में भी ओत-प्रोत है। ऐसा करना उनका साध्य भी था जिसकी बेचैनी ही उनको अनेक विषयों और लोगों से संवाद के लिए उकसाती रहती थी। उनके मन में यदि एक ओर प्रगाढ़ और अजस्र सनातन का प्रवाह मिलता है तो दूसरी तरफ़ देश के प्रति तीव्र अनुराग भी है। उन्होंने बड़े यत्न से संस्कृति की संवेदना विकसित की थी। देश-विदेश की यात्राएँ हों, देशी-विदेशी विद्वानों के साथ संवाद हो, मिश्र जी भारत और भारतीयता के सरोकारों के प्रति सदैव सजग रहते थे। काशी उन्हें बड़ी प्रिय थी और सक्रिय जीवन का एक बड़ा हिस्सा, तीन दशक से ज़्यादा ही, उन्होंने यहीं व्यतीत किया था। काशी उनके मनोजगत में विराजमान थी। ऐसे में उनकी जन्मशती के अवसर पर भारत-बोध को लेकर इस चिंतनपरक आयोजन का काशी में होना सर्वथा उचित ही है।

मिश्र जी का रचना-संसार विपुल और विस्तृत है। अनेक विद्वानों और मित्रों के सहयोग से कई वर्षों के प्रयास के बाद उसे 21 खंडों में व्यवस्थित रचनावली के आकार में प्रभात प्रकाशन तथा महात्मा गांधी अंतरराष्ट्रीय हिंदी विश्वविद्यालय, वर्धा द्वारा संयुक्त रूप से प्रकाशित किया गया है। इस रचनावली के संपादन के कार्य में मुझे यही समझ में आया कि मिश्र जी उस संस्कृति के व्याख्याता हैं जिसमें लोक और शास्त्र दोनों ही समादृत हैं, एक दूसरे के पूरक हैं और उनके बीच आवाजाही है। मानना पड़ेगा कि उनका पूरा लेखन इन्हीं की जुगलबंदी की कोशिश है। ऐसा करते हुए सर्जना के विभिन्न

'भारत-बोध : स्वरूप एवं आयाम' विषय पर इंदिरा गाँधी राष्ट्रीय कला केंद्र के सहयोग से आयोजित राष्ट्रीय संगोष्ठी में दिया गया बीज वक्तव्य।

क्षेत्रों में मिश्र जी ने परम्परा को सतत प्रवाह के रूप में देखा और उसे जीते हुए, पहचानते हुए और उस पहचान को दूसरों तक पहुँचाते हुए अपनी राह तलाशी। सकल विश्व को परिवार की तरह देखने वाली भारतीयता—यत्र विश्वः भवत्येकनीडम्—उनके लिए वैश्विकता से किसी भी तरह कमतर न थी। वेद कहते हैं नाना धर्म वालों और विविध भाषाओं को बोलने वालों का भरण-पोषण एक माँ की तरह यह पृथ्वी करती है। जैसे शरीर के अंगों की भूमिका तभी तक रहती है जब तक वे शरीर के अंग रहते हैं उसी तरह भारत की विविधता का सत्य भी यहाँ की संस्कृति की सत्ता से जुड़ कर ही बनता है। टुकड़ों में बाँट कर देखने की दृष्टि केवल दिग्भ्रम ही पैदा करती है।

भारतीय चिंतन के प्रति मिश्र जी का अटूट आग्रह एक ऐसे साहित्य-साधक की चेष्टा के रूप ग्रहण किया जाना चाहिए जो देश पर पड़ने वाले प्रत्यक्ष और परोक्ष औपनिवेशिकता के प्रभावों से अनेक स्तरों पर लगातार टकराता और जूझता है। आप इसे जातीय स्वाभिमान की अभिव्यक्ति भी कह सकते हैं, जो किसी भी समाज के लिए प्राण सरीखी होती है पर दुर्भाग्य से जिसका पानी भारत के बड़े समाज में कुछ मरता-सा दिख रहा है। यह आग्रह उन्हें अपने कई समवयस्कों से अलग करता है जो इसके परित्याग में प्रसन्न हो रहे थे। स्वतंत्रता मिलने के बाद के पाँच-छह दशकों तक यह सब बड़े विश्वास के साथ आधुनिक बनने या होने की राष्ट्रीय विकास-यात्रा के क्रम में आयोजित हुआ। औपनिवेशिकता का प्रतिरोध न होने की वजह से हम इस मुग़ालते मे बने रहे कि शायद यही आधुनिकता, विकास और प्रगति की राह है। फलतः औपनिवेशिक प्रभावों को प्रत्यक्ष और परोक्ष रूप से आत्मसात करते रहे और अवसरानुकूल लाभ-हानि पाते रहे।

ऐसे में भारत की मौलिक पहचान बिखरती और बिलाती गई। भारत वर्ष में भारत की पहचान कैसे की जाय यह हमारे बीच विवादग्रस्त या 'कंटेस्टेड' होता गया। भारत को इंडिया होना पड़ा और संविधान में कहा गया 'इंडिया दैट इज भारत'। अपनी-अपनी रुचि से भारत की कई छवियाँ और कई प्रतिमाएँ बनती गईं। फलतः भारतीयों के लिए भारत अजनबी बनता गया और अब भारत-बोध पर संगोष्ठी की आवश्यकता आ पड़ी है ताकि शकुंतला की खोई अँगूठी मिल जाय और अभिज्ञान के सहारे हमारे लोक देवता को अपने होने की चिन्हारी मिल जाय और उसी के साथ स्मृति भी वापस लौट आए। स्मृति के बिना कोई कुछ भी नहीं होता है।

स्मृतिहीनता अंततः विनाश का पर्याय हो जाती है। श्रीमद्भगवद्गीता का वचन कि 'स्मृतिभ्रंशात् बुद्धिनाशो बुद्धिनाशात् प्रणश्यति' हमारे जातीय

विस्मरण के मामले में भी लागू होती है। पंडित विद्यानिवास मिश्र का पूरा साहित्य ही भारत का अभिज्ञान सरीखा प्रतीत होता है। वही उनकी समस्त लेखन-यात्रा का मुख्य प्रयोजन बना रहा। मिश्र जी की बहुमुखी भूमिकाएँ 'अध्यापन, प्रशासन, लेखन, संपादन, अनुवाद, पत्रकारिता, अध्ययन और अनुसंधान' सभी इसी प्रयोजन से जुड़ती हैं। इन सब में वह हिंदी की सांस्कृतिक संवेदना पर मनुष्य को उदात्त और संस्कारवान बनाने की दृष्टि से विचार करते थे। एक व्यापक विश्व-दृष्टि के साथ वे 'भारतीय' में निहित विशालता को रेखांकित करते रहे। वे मनुष्य और प्रकृति के संबंध को केंद्र में रख कर विचार करते थे। विस्तृत अध्ययन-क्षितिज के साथ मिश्र जी की रससिक्त बौद्धिकता परम्परा और आधुनिकता के दो फाँकों के बीच निरंतरता की तलाश करती रही ।

जीवन में मानवीय मूल्य और भावनात्मक सरसता को प्रतिष्ठित करने के लिए समर्पित सहृदय मिश्र जी गाम्भीर्य और विनोदप्रियता के साथ धर्म, दर्शन, कला, प्राकृतिक सौन्दर्य को उद्‌घाटित करते रहे। धरती का राग उनके गद्य में कभी संगीत की तरह बजता है तो कभी चित्रमयता के साथ कटु, तिक्त, काषाय सभी रसों के यथार्थ का स्वाद दिलाता है। साहित्य उन्मथित करता है और मिश्र जी के अनेकानेक ललित निबंध ऐसे हैं जिन्हें पढ़ कर पाठक का चैतन्य स्फुरित होता है। वह अपने आपसे और दूसरों से प्रश्न करने के लिए उद्यत होता है।

जीवंत गद्य के धनी मिश्र जी के व्याज से आज भारत बोध के प्रश्न को समझने का यह प्रयास इसलिए भी सामयिक है कि वह आम जीवन में व्याप्त हो रही विरसता या रसहीनता को तोड़ने का और स्वयं को लोक से और लोक को विश्व से जोड़ने का मार्ग प्रशस्त करेगा। वह बतायेगा कि जीवन जीवन संभावना का नाम है। भारत मूल रूप से इसी भाव को भौतिक और आध्यात्मिक दोनों ही स्तरों पर रूपायित करता है।

हमारी कामना है कि भारत, जो विशाल वृक्ष की भाँति सुशोभित है, उसकी जड़ों को अभिसिंचित करने का प्रयास सफल हो जिससे यह वृक्ष पुष्पित-पल्लवित हो और उसकी छाया में सभी जीवनदायी प्राणदायी वायु प्राप्त कर सकें। एक कौरवों का रूपक है जिसमें दुर्योधन एक क्रुद्ध वृक्ष है जिसकी जड़ अंधे और अज्ञानी धृतराष्ट्र हैं, क्रोध स्वरूप दुर्योधन तना है। कर्ण दुर्योधन का आधार है, षड्यंत्रकारी शकुनि शाखा है और दु:शासन अधर्म का फल-फूल है। दूसरी और पाण्डव युधिष्ठिर का धर्म और ज्ञान का वृक्ष है जिसकी जड़ या मूल श्रीकृष्ण है जो ब्रह्म/ईश्वर और परमात्मा हैं, तना अर्जुन

हैं जो धैर्य और कर्तव्य के मूर्तमान रूप हैं। शाखा भीम हैं अपरिमित शक्ति और साहस से भरे। फल-फूल अर्थात् परिणाम नकुल और सहदेव हैं। महाभारत ज्ञान का वृक्ष है और वृक्ष जीवन का प्रतीक है। महाभारत बताता है कि जीवन में आने वाले सुख और दुख के आने के बाद भी वृक्ष की भाँति ही मनुष्य को अविचलित रहना चाहिए। वृक्ष पक्षियों की रक्षा करता है और पक्षी वृक्ष की। वे उसके बीजों को बोते हैं। धर्म का चिंतन और बोध हो तथा उसकी स्थापना हो तभी जीवन बच सकेगा। मेरी सोच में भारत को उसके राजनैतिक और भौगोलिक रूप में देखना अपर्याप्त है। भारत एक जीवन-दृष्टि और मूल्य-बोध को व्यक्त करता है। यही उसका विशालतर प्रयोजन है।

■

भारत-बोध की देशज दृष्टि

गिरीश्वर मिश्र

सम्प्रति 'देश', 'राष्ट्र' और 'विकास' जैसी अवधारणाओं को केंद्र में रख कर चलने वाली चर्चाओं और विमर्शों में 'भारत' की वास्तविक प्रकृति या स्वभाव प्रमुखता से ध्यान का विषय बन रहा है। सभ्य समाजों में अस्मिता को परिभाषित करना और उसे पहचान कर स्थापित करना मुख्य सरोकार होता गया है। आज मीडिया की प्रमुखता के साथ देश, राज्य, राष्ट्र और गणतंत्र जैसे संप्रत्यय राजनय समेत तमाम विषयों के लिए केंद्रीय होते गए हैं। आधुनिक सभ्यता के बढ़ते कदम के साथ क्रूरता, बर्बरता, छल और बेईमानी के विविध प्रकार देखने को मिल रहे हैं। तकनीकी प्रगति के साथ युद्ध, नरसंहार तथा लूटपाट के नए-नए रूप सामने आ रहे हैं। ऐसी स्थिति में विकसित, विकासशील और अविकसित देशों के बीच की खाई बढ़ती जा रही है।

तादात्मीकरण और अस्मिता-निर्माण देश-काल की परिस्थितियों के साथ अनुबंधित होता है। इस कारण इस प्रक्रिया को लगातार चलते ही रहना चाहिए। संवेदनशील होने के कारण इस पर विचार के लिए आवश्यक सतर्कता के साथ परिपक्व वैचारिक विवेक भी जरूरी है। महात्मा गांधी का हिंद स्वराज जो 1909 में प्रकाश में आया था एक विशेष उदाहरण के रूप में स्मरण में आता हैं जिसका उद्देश्य गुलाम भारत में आजाद भारत देश का एक नक्शा खड़ा करना था। यह भविष्योन्मुखी परिकल्पना का प्रखर उद्गार था। देश की अस्मिता को परिभाषित करने का एक विशेष प्रसंग आज के राजनैतिक सामाजिक परिदृश्य में तैर रहा है। भारत के स्वतंत्र गणतांत्रिक स्वरूप की शती मनाने के क्रम में 'विकसित भारत' की परिकल्पना आज चर्चा में है। यह कल्पना की गई है कि अगले पच्चीस वर्षों तक भारत को 'विकसित देशों' की श्रेणी में पहुँचा दिया जाएगा जिसका मुख्य परिणाम एक अतिसम्पन्न कई ट्रिलियन डालर की अर्थ व्यवस्था वाले देश का निर्माण होगा। यह संकल्प वंदेमातरम् गान के डेढ़ सौवीं जयंती के अवसर पर सभी के लिए अत्यंत सुखद और हृदयग्राही है।

एक अति विशाल गणतंत्र के रूप में भारत यद्यपि एक आधुनिक देश है पर उसका अस्तित्व अत्यन्त प्राचीन है। वर्ष 1947 उत्तर औपनिवेशिक काल का औपचारिक आरम्भ है। इस तरह अमेरिका, इंग्लैंड और फ्रांस आदि देशों की तुलना में इसे नया देश कहेंगे। किंतु भारत का विचार और उसकी अनेक समृद्ध अवधारणाएँ गहरे अतीत में छिपी हैं। भारत का मौलिक स्वरूप एक विकसित सभ्यता के रूप में सहस्राब्दियों से विद्यमान रहा है। इस समृद्धि ने विदेशी आक्रांताओं को लगातार आकृष्ट किया और उन्होंने देश का शोषण भी किया जिसकी पराकाष्ठा अंग्रेजी राज के लगभग दो सौ वर्ष के बीच हुई जिसमें आर्थिक और बौद्धिक रूप से पंगु बनाने की भरपूर कोशिश हुई। दूसरी ओर भारत की सजीव विरासत हमारे पास है जो सभ्यता की निरंतरता की गवाही दे रही है। एक जीवंत सभ्यता की सुदीर्घ निरंतरता आश्चर्यकारी है खास तौर पर जब प्राचीन यूनानी, मिश्र तथा रोमन सभ्यताओं का आज कोई अता पता ही नहीं है। भारतीय संस्कृति की यह अक्षुण्णता उस विशिष्ट संस्कृति की आंतरिक जीवनी शक्ति को उजागर करती है।

आज जब भारतीयता पर विचार प्रासंगिक हो रहा है तो इसकी जीवनी शक्ति पर ध्यान दिया जाना चाहिए। भारत के समग्र बोध को सांस्कृतिक दृष्टि से देखना समझना इसलिए भी जरूरी है कि औपनिवेशिक प्रभाव में सोचने समझने की आदतें और खाँचे अधिकांशतः पश्चिम से आयातित रहे हैं। भारत में ब्रिटिश राज यूरोपीय उपनिवेशवाद द्वारा अपना वैश्विक वर्चस्व स्थापित करने की विशाल परियोजना का हिस्सा था। यह भी उल्लेखनीय है कि भारत में ईसाई यूरोपीय लोगों का आगमन व्यापार की छद्म आड़ में शुरू हुआ था। यह भी सर्वविदित है कि अमेरिका, कैरेबियाई देशों, अफ्रीका, ऑस्ट्रेलिया और दुनिया के अन्य क्षेत्रों में इन लोगों ने स्थानीय लोगों का बर्बर संहार किया जाता रहा।

भारत की सभ्यता, उसकी संस्कृति और परम्परा एक अलग तरह की दृष्टि प्रस्तुत करती है जो कई ढंग से हमें प्रेरित करती है। भारत को उसके स्वभाव के साथ ग्रहण करते हुए देश के लिए मार्ग तय करना आज देश की एक महत्वपूर्ण सांस्कृतिक जरूरत है। इस प्रसंग में पंडित विद्यानिवास मिश्र का चिंतन हमें एक मार्गदर्शक दृष्टि प्रदान करता है। वे संस्कृति के प्रश्न अपने लेखन में निरंतर उठाते रहे हैं। निबंध विधा के प्रमुख हस्ताक्षर और भारतीय ज्ञान परम्परा के व्याख्याता मिश्र जी ने विचारपूर्वक भारतीय वेश-भूषा, सात्विक आहार और सहज आचरण का स्वेच्छया वरण किया। वे सांस्कृतिक विवेक के साथ आचरण की पवित्रता और शुचिता को मूल्यवान मानते रहे।

वैसा करना उन्हें न केवल आनंदित और आश्वस्त करता था बल्कि कार्य के लिए ऊर्जा और चुनौती भी देता था। मिश्र जी भाषा, साहित्य, दर्शन, कला, इतिहास और संस्कृति आदि विषयों के साथ में अध्यवसायपूर्वक जुड़े रहे। वे अपने को भारतीय और पाश्चात्य चिंतन दोनों से अद्यतन करते रहते थे। अपने संसर्ग में आने वाले छात्रों, अध्येताओं और मित्रों को भी वे सदैव अकादमिक और सांस्कृतिक कार्यों में निबद्ध करते रहते थे। यह कर्मठता उन्हें पंडित क्षेत्रेश चंद्र चट्टोपाध्यय, महापंडित राहुल सांकृत्यायन, राजर्षि पुरुषोत्तमदास टंडन, तथा कवि लेखक स० ही० वात्स्यायन 'अज्ञेय' जैसे लोगों के साथ कार्य करने से आ सकी थी। यहाँ पर भारत की अवधारणा के प्रसंग मिश्र जी के विपुल चिंतन के कुछ ऐसे पक्षों की ओर ध्यान दिलाने का प्रयास किया गया है जो प्रायः अलक्षित और उपेक्षित रह जाते हैं।

मिश्र जी भारत वर्ष की देशज अवधारणा को स्पष्ट करते हुए कहते हैं 'माता भूमि, भारती वाक् और राष्ट्र की वैदिक अवधारणाओं का ही पल्लवन भारतवर्ष है। यह राज्य नहीं, आधिपत्य नहीं, यह वर्ष है। वर्ष का अर्थ वृष्टि है, वर्ष का अर्थ ऊर्जा प्रवाह है, वर्ष का अर्थ काल प्रवाह और उसी अर्थ से लगा हुआ काल प्रवाह की वर्षात्मक इकाई है। वर्ष का अर्थ प्रजनन है, सृष्टि है, संतानवाहिता है भारत के साथ जुड़कर यह सभी अर्थ एक साथ स्फुरित हो उठते हैं' (पृष्ठ 38)। भारतीय मन से भारत की पहचान' एक सीमित राष्ट्रीयता के दबाव में नहीं है। देश के साथ लगाव प्रदेशों के वैशिष्ट्यों से एक साथ स्मरण से अधिक साकार और सगुण होता है तथा देश बड़ा व्यापक है और भरा हुआ है, पृथ्वी और आकाश कहीं भी कोई जगह खाली नहीं है, कोई शून्य का अंतराल नहीं है, यह भाव हमारे अनुष्ठानों में व्याप्त रहा है। इस समय शिक्षित मन में या तो एक संकरापन आ गया है, देश हमारा विस्तार न रहकर हमारा संकोचन हो गया है या देश विश्वयारी के मोह में तिरोहित हो गया है इसीलिए इस शिक्षित मनके लिए परंपरा की अपेक्षा और अधिक बढ़ गई है, बिना इसके वह खंडित रहेगा।' (पृष्ठ 39)

मिश्र जी की दृष्टि में भारत भौतिक और राजनैतिक संरचना से अधिक 'विचारों, भावों और संस्कारों की राशि या भाव धारा' है। वे मानते हैं कि 'भारतीय होने का अर्थ है, सब की चिंता रखना क्योंकि सब हम में हैं हमारे भीतर नदी है, पहाड़ हैं, पेड़ हैं, पशु हैं, पक्षी है।' सबसे जुड़ने और एक दूसरे की निर्भरता तथा पूरकता न कि सबसे विच्छिन्नता या निरंकुश स्वच्छ्न्दता स्वतंत्र होने की निशानी होती है। मिश्र जी आज सर्वव्यापी हो रही इस अनर्थकारी विसंगति की ओर भी ध्यान दिलाते हैं कि स्वतंत्र होने और निर्भर

होने के द्वंद्व तीव्र हो गए हैं। वह इस स्थिति को रेखांकित करते हुए कहते हैं कि हमारे यहाँ बच्चा एक ओर स्वतंत्र होना चाहता है, आधुनिक होना चाहता है दूसरी और पिता पर आश्रित भी रहना चाहता है, पिता की कमाई भी खाना चाहता है। इस प्रसंग में वे ऋण की अवधारणा की ओर ध्यान आकृष्ट करते हैं। ऋण-पूर्ति के बाद ही स्वाधीनता मिलती है।

वे कहते हैं कि 'भारतीय होना सर्वमय होने की अकांक्षा से गर्भित है परंतु आज की शैक्षिक सांस्कृतिक प्रवृत्तियाँ इसके विरोध में खड़ी हैं। मिश्र जी के शब्दों में अंग्रेजों ने 'हमसे हमारापन छीनकर 'मैंकार', 'तुकार' हमारे ऊपर ओढ़ा दिया है और उसे डेढ़ सौ वर्षों से धारण करते-करते शिक्षित समाज उसे ही अपनी चमड़ी मानने लगा है। उसी के कारण हमारा जीवन अनेक विडंबनाओं का शिकार हो गया है। इसका प्रमुख परिणाम हुआ है कि 'जातिहीन समाज की बात करते हुए भी हम जातिसुरक्षावादी हो गए हैं क्योंकि जाति व्यक्तिगत स्वार्थ और अभ्युदय में राजनीतिक और आर्थिक दृष्टि से एक साधन हो गई है, विश्व यारी की बात करते-करते हम भारतीयता के सबसे मूल्यवान अंश को प्रगति में रोड़ा मानने लगे हैं।' (पृष्ठ 6)

आज की प्रचलित आधुनिक दृष्टि औपचारिक है और कानूनी व्यवस्था के तहत राष्ट्रीय नागरिकता और भारतीयता को पर्याय मान लिया गया है जो जीवन की वास्तविकता को पूरी तरह नहीं प्रस्तुत करता। यह भ्रम की स्थिति है। मिश्र जी की मानें तो 'भारतीयता भीतर भिना हुआ भाव है, लबादा नहीं'। वे कहते हैं 'राष्ट्र का अर्थ है सुशोभित होने का साधन और सुशोभित होने का अर्थ ही है सबके साथ सामंजस्य से रहना एक दूसरे का पूरक रहना।' वे अपनी बात स्पष्ट करते हुए कहते हैं कि 'नेशन शब्द नस्ल से या प्रजाति से जुड़ा हुआ है, उसमें अलग हित, अलग अधिकार की बात निहित है। राष्ट्र भूगोलवाची शब्द भी नहीं संस्कृतिवाची जरूर है। मनुष्य के मन में सदियों सदियों साथ रहने और एक दूसरे का सुख-दुख बंटाने के कारण कुछ संस्कार पड़ते हैं, कुछ स्मृतियाँ तह की तह बैठती जाती हैं। कुछ अभिप्रेरक मूल्य घर करते जाते हैं, संस्कृति इन सब का निथरा हुआ प्रवाहशील रस है। भारतीय संस्कृति जिन मूल्यों से परिचित होती रही है, उनमें समस्त प्राणियों का कल्याण सत्य की खोज सब की मुक्ति की चाह प्रमुख हैं।' मिश्र जी की यह टिप्पणी बड़ी सारगर्भित और विचारणीय है कि 'हमने तथाकथित पुनर्जागरण की झोंक में भारतीय राष्ट्रीयता की बात शुरू की पर सही भारतीयता की पहचान हमने नई परिस्थितियों में आगे नहीं बढ़ाई।' (पृष्ठ 7)

मिश्र जी पूछते हैं 'यह इंडियन यह भारतीय क्या है? केवल एक क्षेत्र विशेष का निवासी है, नागरिक है या कुछ और? क्या भारत में जन्म लेने वाला या भारत से प्रवजन करने वाला भारतीय है या अपने को भारतीय मान लेने वाला, चाहे कहीं भी जन्मा हो, भारतीय हो जाता है, केवल कुछ विचारों की साझेदारी मात्र से कहीं का भी व्यक्ति भारतीय हो जाता है या भारत की राजनीतिक इकाई का घटक नागरिक हो जाने से भारत की राष्ट्रीयता के प्रति प्रतिबद्ध हो जाने मात्र से कोई भारतीय हो जाता है। इन प्रश्नों का कोई दो टूक उत्तर नहीं हो सकता क्योंकि अंततः इन सभी कोटियों के लोग भारतीय हैं पर अकेले किसी एक कोटि में भारतीयता नहीं सीमित की जा सकती (पृष्ठ 30)।

मिश्र जी समावेशी दृष्टि को भारतीयता का अभिलक्षण बताते हुए यह स्थापित करते हैं कि 'काटना भारतीयता नहीं है, समेटना और समेटकर बड़ा होना भारतीयता है। भारतीयता की गंगा में अनेक स्रोतों के जल मिले हैं उसमें असंख्य-असंख्य लोगों को पोषित करने की क्षमता है। इसमें वेद, त्रिपिटक, जैन आगम, पुराण काव्य दर्शन के अलावा यूनानी अरबी ताजिकीय ज्ञान विज्ञान फारसी काव्य तिरुक्कुरल, तोल्काप्पियं, गिरिजनों और घुमंतुओं के आख्यान गीत, असंख्य लोक कथाएँ भिन्न-भिन्न भाषाओं में कविताएँ अनेक शैलियों के चित्र और स्थापत्य भारत के साथ जुड़े हुए विचार (विदेशी या स्वदेशी) सब सम्मिलित हैं। किसी एक को भी काटकर अलग करना उचित नहीं है। ये सभी संवादी हैं एक-दूसरे से भिन्न देखते हुए एक-दूसरे से जुड़ने और छेड़खानी करने के लिए लाचार हैं।'

समसामयिक राजनैतिक, आर्थिक, सामाजिक विविध प्रकार के दबावों के बीच सामाजिक स्तर परकदाचित हम भीरु हो गए हैं जिसके कारण समग्र की बात नहीं कर सकते। हम लोग समग्र को अनेक चीजों का योग समझते है। मिश्र जी समग्र को सबसे कुछ अलग मानते हैं जो सब में है पर सबसे अलग है क्योंकि वह सब होने का भाव है अलग-अलग दिखने या पहचाने जाने का भाव नहीं। इस संदर्भ में साम्प्रदायिकता (कम्यूनलिस्म) के प्रश्न को भी उठाते हैं जो आज देश के सामाजिक ढाँचे को नकारात्मक रूप से प्रभावित कर रहा है। उनके अनुसार 'सांप्रदायिकता अलग-अलग संप्रदायों के स्वातंत्र्य के अस्वीकार में उपजती है। यदि एक संप्रदाय दूसरे संप्रदाय की आचार-पद्धति को उतनी दूर तक सम्मान दे, जितनी वह घृणा-द्वेष से प्रेरित नहीं है तो संप्रदाय रहे भी, सांप्रदायिकता नहीं पनपेगी। सांप्रदायिकता हमारे यहाँ घृणा से कम, भय से अधिक पनपी है। इस भय को दूर करना आज की सबसे बड़ी

समस्या है। भारतीयता की खोज की यही सही पहचान होगी कि हम यह भय दूर कर सकें' (पृष्ठ 10)। *मिश्र जी दृढ़ता से कहते हैं कि वास्तविकता की खोज के लिए खुले और निर्भीक मन की आवश्यकता है और भय दूर करने पर ही ही सही और व्यापक पहचान बनती है और बनेगी।*

भारत एक देश है। मिश्र जी देश की बात करते हुए एक महत्वपूर्ण संकेत देते हैं। वे कहते हैं 'देश का अर्थ एक सीमा नहीं है, एक मंजिल है, निर्देश है यहाँ जाओ, यहाँ आओ, इधर जाओ, यहाँ जाना है, इस ओर जाना है, सारे पंथों का एक निर्देश देश है और प्रदेश उसकी उँगली है, उसकी शिरा है, उसकी नाड़ी है, जो देश के रहते ही प्रभावित होती है, देश के न रहने पर प्रवाहित नहीं होती। देश से ही वह प्रादेशिक नाड़ी शक्ति पाती है। वे ध्यान दिलाते हैं कि इसी कारण से सारे हिन्दुस्तान में अनेक भाषाओं के रहते हुए एक संकल्प था, एक काल गणना थी, संवत्सर अलग-अलग थे, तिथि एक थी, पर्व एक थे, और सारे अनुष्ठानों में एकता थी (पृष्ठ 17)।

महाभारत का संदर्भ देते हुए मिश्र जी युधिष्ठिर के विचार को उद्धृत करते हुए कहा है कि 'नृशंस नहीं होना, करुण होना ही धर्म है, यही सारे धर्म की कसौटी है और इस कसौटी पर जो खड़ा नहीं उतरता वह कितना भी पराक्रमी क्यों ना हो कितना भी विजेता क्यों न हो वह छोटा हो जाता है'। बड़े देश की पहचान भी यह आनृशंस्य है, यह करुणा है, दूसरे की परिस्थिति को समझकर एक उदार तितिक्षा है।

मिश्र जी भारतीय जीवन और चिन्तन के को उसकी परम्परा में रखकर देखना श्रेयस्कर मानते हैं क्योंकि 'परंपरा अपनी जमीन होती है, उस जमीन से कटकर कोई विकास अपना विकास नहीं होता। परंपरा जीवन के साथ-साथ जीवन की धारा भी होती है और उसका एक लक्ष्य होता है, ऐसा पूर्णत्व जो कभी अपूर्ण न हो, ऐसा अव्यय भाव जो कभी चुके नहीं' (पृष्ठ 24)।

मिश्र जी परम्परा को लेकर व्याप्त भ्रम की ओर संकेत करते हुए कहते हैं 'प्रायः यह बात कही जाती है कि भारतीय समाज परंपरा-प्रधान रहा है। परन्तु इसका आशय यह नहीं है यह समाज अतीत से बँधा हुआ समाज है। यह समाज इतिहास से बँधा नहीं रहा है। मिश्र जी मानते हैं कि *'इस स्थिति का दुतरफ़ा असर पड़ा। यह उसकी कमजोरी भी रही है, शक्ति भी। पश्चिम के इतिहासबद्ध समाज से संपर्क में आने पर परंपरा को इतिहास से जोड़ने की कोशिश हमने डेढ़-दो सौ वर्षों से की और हमने अपनी ऐतिहासिक परंपरा का एक आकार भी खड़ा किया। पर जो लोग इस आकार के भावातिरेक में बहे, वे परंपरा से बिछड़ गए। हमने परंपरा*

तो जरूर छोड़ी, पर हम नई रूढ़ियों में बंधकर कहीं अधिक संकुचित हो गए, क्योंकि रूढ़ि अपनी होती है तो गति रुक जाती है, किन्तु अगति नहीं होती, पर पराई रूढ़ि यदि प्रगति के रथ पर सवार हो जाती हो तो अगति होती है। हमारे सामाजिक सोच की प्रक्रिया में जाने कितनी नई रूढ़ियाँ बन गई हैं' (पृष्ठ 23)। मिश्र जी मानते हैं कि इस तरह की रूढ़ि विकास में बाधक होती है। वे विज्ञान की अवधारणा पर विचार करते हुए प्रचलित वैज्ञानिक वस्तुवादिता की आलोचना की है। वे कहते हैं कि वैज्ञानिकता के नकली दंभ ने हमको ऐसा निपट वस्तुवादी बना दिया है कि हम देश से, संस्कृति से, देश की बहुरंगी वसुधामयी प्रकृति को निरी पृथक वस्तु मानने लग गए हैं और हमारी सहज आत्मीयता उनके प्रति कम होने लगी है। आज विज्ञान के चिन्तन में भी हम इतने पिछड़े हुए हैं, उसका भी कारण यही है कि विज्ञान भी रूढ़ि के रूप में हमारे साक्षर मानस में आसन जमा चुका है। वह प्रयोग प्रशिक्षण में रह नहीं गया है। इस रूढ़िबद्ध तथाकथित वैज्ञानिकता ने हमको एक ओर से अपने प्राकृतिक परिवेश के प्रति एकदम निर्मम और उदासीन बना दिया है, जो हमें तमाम भेदों के बीच रहते हुए भी याद दिलाता रहता है कि हम जितने भीतर हैं उससे अधिक बाहर बाहर जो भी संपन्नता है विपन्नता है हर्ष है दुख है वह हम हैं।

मिश्र जी के अनुसार 'भारत की परंपरा की सबसे बड़ी क्षमता उसका स्वीकार भाव है। स्वीकार भाव इस अर्थ में नहीं कि हम अपने कार्य में दूसरी विचारधाराओं को समा सकते हैं, दूसरी उपधाराओं को अपनी धारा में मिल सकते हैं बल्कि इस अर्थ में कि इस परायेपन की बात ही नहीं सह पाते। हमें कोई पराया नहीं लगता। सब अपने लगते हैं। हम न रंगों पर जाते हैं, न पूर्वजों पर, न, शक्लों पर, हम जाते हैं मनुष्य के भीतर की उस बेचैनी पर जो मनुष्य को न शरीर रहने देती है, न भाषा उसे मन और भाव बना देती है। आज के विश्व में स्वीकार भाव की जितनी माँग है उतनी कभी ना रही होगी। (पृष्ठ 25)।

इस परंपरा का दूसरा गुण है इसकी बौद्धिक निर्भयता। मिश्र जी कहते हैं '*आज बड़े से बड़ा सांस्कृतिक विवेचन निर्भय नहीं हो सकता। यह परंपरा निर्भय ना होती तो वेदों, पुराणों के बाद मानस नहीं रचा जाता, न कबीर पैदा होते ना रामकृष्ण परमहंस। परंपरा प्रत्येक उपलब्धि का विसर्जन करती चलती है, उपलब्ध की आसक्ति से बांधना नहीं चाहती'* (पृष्ठ 26)।

भारतीय परंपरा के प्रदेय की चर्चा करते हुए मिश्र जी कहते हैं कि '*इस परम्परा की सबसे बड़ी विरासत है जीवन में रस की तलाश। जीवन में रस*

की तलाश ही अमरत्व है। जीवन में रस या आस्वाद का अर्थ यह नहीं कि हम केवल चखते हैं। उसका अर्थ है कि जीवन आस्वाद बनता है, सुख का भी और दुःख का भी-पर न छोटे सुख का न छोटे दुख का, हम जीवन का कोई भी अंश हेय नहीं मानते। हम उसे खंडों में नहीं बाँटते। पूरे जीवन को एक संपूर्ण आस्वाद के रूप में देखते हैं। वह आस्वाद न मीठा होता है, न कड़वा, वह कषाय होता है, आम्र मंजरी के आस्वाद की तरह, तांबूल के आस्वाद की तरह या पके आँवले के आस्वाद की तरह इसलिए बुढ़ापा भी भयभीत नहीं करता, वह धीरज जगाता है। वह मृत्यु की आशंका से त्रस्त नहीं होता, उसकी प्रतीक्षा करता है। मरना समाप्त के रूप में होता ही नहीं मरना पुनः प्रारंभ होता है जीवन के सीमांत के रूप में मृत्यु की पहचान हमारे लिए बेगानी है। हमारी परंपरा की यही विशेषता हमारे लिए सबसे अधिक महत्व रखती है'। (पृष्ठ 27)।

मिश्र जी पश्चिमी और भारतीय चिन्तन के मध्य अंतर करते हुए बताते हैं कि *'जहाँ पश्चिमी चिन्तन में मनुष्य पार्थिव सृष्टि के फल का भोक्ता है और समूची सृष्टि का श्रेष्ठ उसके लिए उपभोग है, वह सृष्टि के शिखर पर स्थित है, वहाँ भारतीय चिन्तन में मनुष्य साध्य न होकर साधन है—चेतन-अर्द्धचेतन-अचेतन सृष्टि के बीच सामंजस्य और साझेदारी की भावना स्थापित करने के लिए। वह सृष्टि की प्रक्रिया के अनंत केन्द्रों में स्वयं संचरणशील है, किसी किसी एक शिखर या बिन्दु पर ठहरा हुआ नहीं है।'* (पृष्ठ 186)

दुर्भाग्यवश हमारे बौद्धिक संस्कारों के दीर्घ काल के पश्चिमीकरण ने हमारे सोचने विचारने की शैली को अनर्गल, प्रतिबंधित और प्रदूषित किया है। इसलिए विकल्प की ओर हम देख ही नहीं पाते और पश्चिम का मानसिक अंधानुकरण हमें अनुबंधित किए हुए है। फलतः हमें समस्याओं को परिभाषित करने और उनका समाधान निकालने के देशज वैचारिक उपाय हमारे ध्यान में ही नहीं आते। इसकी जगह आरोपित यथार्थ के चश्मे से स्वयं को पहचानने की कोशिश आत्मसंशय को जन्म देती रही जिसके चलते आत्मविश्वास भी कम हुआ। जिस भूमि को जंबू द्वीप, आर्यावर्त, भारत, इंडिया और हिन्दुस्तान आदि विभिन्न नामों से जाना जाता है वह अज्ञात काल से निरंतर प्रवाहित होने वाली सनातन मानव सभ्यता का आधार है। 'भारत' का प्राचीन वर्णन अक्सर इसकी प्राकृतिक सुषमा और इसके जीवंत सांसारिक रूप द्वारा किया जाता है। पृथ्वी सूक्त 'माताभूमिः पुत्रोहम् पृथिव्याः' का उद्घोष करता है। इसके साथ ही वेदों में भी उल्लेख है कि यहाँ विभिन्न धर्मों को मानने वाले और विभिन्न

भाषाएँ बोलने वाले लोग रहते हैं और धरती (वसुंधरा) उन सब का पालन-पोषण ठीक उसी तरह करती है, जैसे कोई गाय अपने बछड़ों का पालन-पोषण करती है। अनेक साहित्यिक और पुरातात्विक साक्ष्य 'भारत' के एक जीवित रचना होने की पुष्टि करते हैं जो आज भी यहाँ के अधिसंख्य निवासियों के मन और आत्मा में जीवित है। भारत की चेतना की आंतरिक शक्ति ने उपनिवेशवाद के भारी प्रभाव का भरसक प्रतिरोध किया था और कई दूसरी संस्कृतियों और सभ्यताओं की तुलना में खुद को सुरक्षित रख सकी। यह ज़रूर हुआ कि उपनिवेशवाद के प्रभाव में देश की अंतरात्मा सुप्त हो गई जो स्वतंत्र भारत में भी कुछ अर्थों में यही स्थिति बनी रही।

यह भ्रम भी खूब प्रचारित है कि भारत को एक राष्ट्र के रूप में बाँधने का काम अंग्रेज आकाओं का योगदान है। अखंड भारत का विचार और सभ्यता का भारतीय स्वरूप उपनिवेशवादियों की देन था, किसी भी तरह स्वीकार्य नहीं है। यह ज़रूर है कि औपनिवेशिक अनुभव ने धर्म, शिक्षा, पर्यावरण, स्वास्थ्य और विकास के बारे में हमारी सोच को प्रभावित किया। औपनिवेशिक विरासत को ढोने का नतीजा अपनी संस्कृति के बारे में शर्म, पिछड़ेपन की भावना और औपनिवेशिक स्रोत से सीखने और उनके जैसा बनने की लालसा के रूप में व्यक्त हुआ। इस क्रम में स्वदेशी विचारों से वंचित करने और यूरोपीय दृष्टिकोण को थोपने का काम जारी रहा। भारत 'राष्ट्र राज्य' की अपेक्षा सभ्यता की अवधारणा को व्यक्त करता है। भारत विभिन्न समुदायों और संस्कृतियों का एक समुच्चय है जो हर किसी को अपनी विशिष्ट पहचान बनाए रखने का अवसर देता है। कहने की जरूरत नहीं कि भारत को एक सांस्कृतिक-राजनीतिक इकाई और एक जीवंत सभ्यतागत शक्ति के रूप में समझने और आचरण में लाने की ज़रूरत है। यह सोच देश की स्वाभाविक और आंतरिक दृष्टि को ध्यान में रखते हुए प्रगति की नई इबारत लिखने का निमंत्रण बन जाता है।

दुर्भाग्य से भारत में ब्रिटिश काल में स्थापित संस्थाओं और प्रक्रियाओं में औपनिवेशिक दृष्टिकोण इतना गहराई से समा गया कि उसे अपने नुकसान का अहसास ही नहीं हुआ। सभ्यता के व्यापक अर्थ को खोने का सबसे घातक प्रभाव मनुष्य और प्रकृति के बीच के पारस्परिक संबंधों की समझ पर पड़ा। मानव-केन्द्रितता, भौतिकवाद और उपभोक्तावाद की विचारधारा मुख्य रूप से यूरोपीय उपनिवेशवाद की देन है। इसने भारत की उस स्वदेशी सोच को दुर्बल किया जिसमें समुदाय, ज्ञान-विस्तार और अर्थशास्त्र सभी प्रकृति के इर्द-गिर्द स्थापित थे। प्रकृति के साथ रहना और उस पर हावी न होना ही

भारतीय विश्वदृष्टि थी। इसमें पशु, पेड़ और धरती, संपूर्ण चराचर जगत का सम्मान किया जाता था क्योंकि सभी में एक ही तत्व की उपस्थिति को मान्यता दी जाती थी। संपूर्ण विश्व में अंतर्सम्बन्ध, अन्योन्याश्रयता और पूरकता महसूस की जाती थी। औपनिवेशिक हस्तक्षेप एक ही नीति और रणनीति पर आधारित था जिसमें आर्थिक विकास और औद्योगीकरण का एक ही मॉडल पूरे विश्व में लागू किया गया। इस औपनिवेशिक परियोजना के तहत विज्ञान और प्रौद्योगिकी का भी विकास हुआ। स्थानीय सार्वजनिक प्रणालियों को धता बताते हुए पूंजीवादी अर्थव्यवस्था, औपचारिक संगठन और न्याय व्यवस्था की स्थापना की गई।

ब्रिटिश औपनिवेशिक काल में न केवल आर्थिक शोषण हुआ, बल्कि भारत की शिक्षा व्यवस्था, सामाजिक समरसता और सांस्कृतिक चेतना पर लागातार प्रहार किया गया तथा उसे अव्यवस्थित करके भ्रम की स्थिति पैदा की गई। इसके विकल्प के रूप में ज्ञान-परंपरा और कानून-व्यवस्था आदि का अंग्रेजी संस्करण कानूनी रूप से लागू किया गया।

भारत के सभ्यतागत परिचय को निरर्थक करार देते हुए उसके स्थान पर राष्ट्र-राज्य की पहचान को आधुनिक और उपयोगी घोषित किया गया। उपनिवेशीकरण के साथ ही एक प्रकार से स्वदेशी समाज, विचार और व्यवस्था का भयानक दोहन और मनो-सांस्कृतिक हाशियाकरण शुरू हुआ। यह इतना प्रभावी हुआ कि उपनिवेश में अधीनस्थ लोग अपनी ही संस्कृति और स्वदेशी पहचान से मुँह मोड़ने लगे। सृजनात्मकता और मौलिकता की जगह पर आत्म-अस्वीकृति और फिर असंगत नए को अपनाने की मुहिम चल पड़ी। इन सबका दबाव इतना भारी था कि भारतीय विचारकों के योगदान को भी प्रायः नजरअंदाज किया गया और महात्मा गाँधी, गुरुदेव टैगोर और श्री अरविन्द आदि के दृष्टिकोण को लगभग किनारे कर दिया गया। स्वतंत्र भारत के प्रारंभिक नेतृत्व का दृष्टिकोण पश्चिमी दुनिया के अनुकूल एक नए भारत का निर्माण करना था, जिसमें वैज्ञानिक सोच और आधुनिकता प्रबल हो। इसके लिए अंग्रेजों द्वारा चलाई जा रही कई चीजों को कुछ सतही बदलावों के साथ चालू रखा गया। विदेशी मानकों और प्रथाओं को अपनाने को प्रमुखता मिली और पश्चिम जैसा दिखना और होना आधुनिकता का पर्याय बन गया। गणतंत्र के रूप में आकार लेने के बावजूद भारत उपनिवेशवाद के चंगुल से मुक्त नहीं हो सका। लगभग दो शताब्दियों के ब्रिटिश शासन के दौरान शिक्षा, कानून-व्यवस्था, भाषा-प्रयोग, नागरिक जीवन और विश्व-दृष्टिकोण के मामले में हम पश्चिमोन्मुखी होते गए और सारी व्यवस्थाएं उसी

उधार के नजरिए से लागू की जाने लगीं। इसका परिणाम अनेक प्रकार की विसंगतियों और भ्रांतियों के रूप में सामने आया।

भारतीय दृष्टि, जैसा कि पंडित विद्यानिवास मिश्र ने दर्शाया है, अनेक प्रकार से जीवन जीने और आध्यात्मिक होने का अवसर देती है। यानी इसमें लघु से विराट होने की गुंजाइश बनी रहती है। भारत निश्चित रूप से विविधता और विशालता के संदर्भ में सभ्यता की एक समावेशी अवधारणा को व्यक्त करता है जो आज कठिन समय में प्रासंगिक वैकल्पिक सोच को आगे बढ़ाती है ।

नोट—उद्धरणों का संदर्भ 'भारत की पहचान' (2023), नेशनल बुक ट्रस्ट, नई दिल्ली।

■

भारत बोध : देशज, चिन्तन और लोक मानस में भारत की अवधारणा

रामेश्वर मिश्र पंकज

भारत विराट देश है और ज्ञान की इसकी परम्परा भी विश्व में अत्यंत प्राचीन है। इस कारण जीवन के अनुभवों का उतना ही विराट संसार भारत के लोक मानस में जीवंत है। जिसमें जीवन–रूपों की विविधता का बोध है और जीवन की अनन्तता का बोध है। मनुष्यों और उनके समुदायों की विविधता का बोध तथा कार्य क्षेत्रों की विराटता का बोध है। यह समुच्चय शास्त्रों में तो है ही, लोक मानस में भी इसकी स्मृति और बोध दोनों ही सहज विद्यमान है।

वस्तुतः सनातन धर्म के उपासक इस विराट क्षेत्र में अत्यन्त प्राचीन काल से मनुष्यों के सामाजिक व्यवहार और आचरण के विषय में स्पष्ट नियम विस्तार से प्रचलित और प्रतिष्ठित रहे हैं। इसीलिए व्यक्तियों और समुदायों के विषयों में भी यहाँ वैविध्य की पहचान रही है। केवल व्यवस्थित सुसंस्कृत अभिजनों में ही नहीं, व्यापक लोक जीवन में भी यह पहचान सुरक्षित और चिह्नित रही है। इसीलिए व्यक्ति के लिए अनन्त अवकाश लोक जीवन में मान्य है और समाज जीवन के संदर्भ में समाज की प्रत्येक इकाई के लिए अधिकार, मर्यादाएँ और कर्तव्य भी स्पष्टता से प्रतिपादित है।

लोक जीवन में व्याप्त इस ज्ञान के कारण मनुष्यों की आधारभूत अस्मिता के सभी आयामों को भारत में महत्व प्राप्त रहा है। व्यक्ति किसी परिवार यानी कुल में ही जन्म लेता है। अतः किसी कुल का अंग होना उसकी प्राथमिक पहचान है। इस प्रकार कुल जो है, वह दैहिक सामाजिक इकाई है। इसी प्रकार प्रत्येक कुल अपने पूर्वजों और मूल पुरूषों का तथा उनके मूल स्वभाव और संस्कारों का स्मरण रखें, यह भी एक स्वाभाविक प्रकृति और आकांक्षा है। गोत्र और प्रवर के रूप में इस पहचान को जीवन्त रखने का प्रयास होता है। इस प्रकार गोत्र और प्रवर संस्कारगत सामाजिक इकाइयाँ हैं।

इसी तरह गुणों और कर्मों के अनुसार व्यक्तियों के जो वर्ग परिकल्पित किये गये अथवा पहचानें गये, उनका शास्त्र और लोक दोनों में महत्व है। इन्हें

वर्ण कहते है। वर्ण गुण कर्मों के विभाग के अनुसार रची गई सामाजिक इकाई है। ज्ञान की साधना ही मनुष्य के जीवन को सार्थक बनाती है अत: किसी भी व्यक्ति के विद्या वंश की प्रतिष्ठा उसकी ज्ञानात्मक सामाजिक इकाई की प्रतिष्ठा है। मनुष्य के जीवन की जो आध्यात्मिक जिज्ञासा है और खोज है, उसे सम्प्रदाय के रूप में ज्ञानात्मक सामाजिक इकाई के रूप में मान्यता दी गई है।

प्रत्येक व्यक्ति किसी निश्चित परिवेश में ही रहता है। अत: उसका गाँव या मोहल्ला या क्षेत्र उसकी भौगोलिक सामाजिक इकाई है। जीवन को चार मुख्य कालखण्डों में विभाजित कर प्रत्येक खण्ड को एक आश्रम का नाम दिया गया है, जो जीवन विभागात्मक सामाजिक इकाई है। इसी प्रकार प्रत्येक व्यक्ति और प्रत्येक परिवार जिस वृत्ति के आधार पर जीविका चलाता है, उस वृत्ति के अनुसार किये गये विभाग को श्रेणी कहते है। जब व्यक्ति समुदाय में रहते है तो उनके बीच न्याय की प्रभावी आकांक्षा के लिए न्यायिक इकाइयाँ भी आवश्यक होती है। भारत में इन न्यायिक इकाइयों को पंचायतें कहा जाता रहा है। कुल की पंचायत, गाँव की पंचायत, खाप की पंचायत और उससे ऊपर की पंचायतें इस प्रकार की न्यायिक इकाइयाँ है। किसी भी महत्वपूर्ण प्रश्न पर भिन्न-भिन्न मत आने की स्थिति में शास्त्र और परम्परा के अनुसार उसका निर्णय किये जाने से सभी को संतोष होता है। इसके लिए विद्यामूलक सामाजिक इकाइयाँ भी हमारे यहाँ रही है, जिन्हें शिष्ट परिषदें कहते रहे हैं। इन सभी इकाइयों को अपनी-अपनी मर्यादा में अनुशासित रखने के लिए और न्यायपूर्ण व्यवहार सुनिश्चित रखने के लिए तथा न्याय और मर्यादा को भंग करने वालों को दंडित करने के लिए एक सर्वोपरि व्यवस्था है जिसे राज्य कहा जाता रहा है।

ये सब इकाइयाँ सामाजिक इकाइयाँ है। समाज के सम्यक व्यवहार के लिए इन इकाइयों का होना आवश्यक है। परन्तु व्यक्ति की सत्ता को इन सब से विराट और व्यापक माना गया है। इस प्रकार भारतीय लोक जीवन में व्यक्ति एक ब्रह्मांडीय इकाई है। इसीलिए मानव धर्म शास्त्र में महाराज मनु ने कहा है—

त्यजेदेकं कुलस्यार्थे, ग्रामस्यार्थें कुलं त्यजेत्।
ग्रामं जनपदस्यार्थें, आत्मार्थे पृथ्वीं त्यजेत्॥

अर्थात सामाजिक व्यवहार के स्तर पर कुल के कल्याण के लिए उसके किसी सदस्य व्यक्ति का कल्याण समायोजित किया जा सकता है और आवश्यकतानुसार उसको मर्यादित किया जा सकता है। इसी प्रकार ग्राम के

कल्याण के लिए किसी कुल का त्याग करना पड़ सकता है या उसके कल्याण को सीमित करना पड़ सकता है। जनपद के कल्याण के लिए किसी ग्राम के साथ भी यही व्यवहार करना पड़ सकता है। इसी प्रकार व्यक्ति आत्म बोध के लिए, अपने जीवन के सर्वोच्च लक्ष्य के लिए शेष सभी इकाइयों की उपेक्षा कर आत्म ज्ञान की साधना के लिए जा सकता है, क्योंकि वह केवल सामाजिक इकाई नहीं है, उसके भीतर जो आत्म सत्ता है, वह परमात्म सत्ता का अंश है और इस अर्थ में वह सभी सामाजिक इकाइयों से ऊपर एक ब्रह्मांडीय इकाई है। परन्तु यह केवल आत्म ज्ञान और ब्रह्म ज्ञान के लिए ही व्यवस्था है। सामाजिक जीवन जीते हुए व्यक्ति को सामाजिक इकाइयों की मर्यादा में ही रहना होगा।

इस तरह व्यक्तियों और समुदायों तथा संस्थाओं के विषय में इतना व्यापक और विराट बोध भारत में रहा है। यह केवल भारत की ही विशेषता है क्योंकि विश्व के अन्य सभी समाजों के इतिहास में प्राचीन काल में अथवा आज से 500 वर्षों पूर्व तक ऐसा व्यापक बोध लिखित रूप में नहीं मिलता। विशेषकर इस समय जो दो प्रमुख मजहब विश्व में प्रभावी है, उनके पास उनके मार्गदर्शक शास्त्र एक-एक पुस्तक ही है। मुसलमानों के लिए कुरान और ईसाईयों के लिए बाइबिल। कुरान और बाइबिल दोनों में जीवन के लिए बोध प्रद कतिपय संदेश है और जीवन सूत्र है। परन्तु किसी में भी न तो राज्य की व्यवस्था और संचालन तथा नियमन का एक भी सूत्र है और न ही समाज के विविध वर्गों या सामुदायिक इकाइयों का स्पष्ट वर्गीकरण है और न ही उनके परस्पर व्यवहार के विषय में विस्तार और व्यवस्थित चिन्तन है। ऐसा चिन्तन और उस चिन्तन की स्मृति केवल हिन्दू समाज में है, केवल भारतीय समाज में है। यह स्मृति और ज्ञान केवल पुस्तकों में नहीं है अपितु लोक व्यवहार में पूरी तरह प्रतिष्ठित है। यह भारत की अर्थात् हिन्दू समाज की अद्वितीय विशेषता है।

इन सभी व्यवहारों और क्रियाओं के लिए एक गतिशील व्यवस्था लोक जीवन में है और अत्यंत प्राचीन काल से वह व्यवस्था गतिशील है। इसीलिए वह देश और काल के अनुरूप विविध रूप भी सहज ही ले लेती है। साथ ही उसके आधारभूत तत्व सम्पूर्ण लोक जीवन में सर्वमान्य है।

उदाहरण के लिए, अपने कुल और कुल समूह का प्रत्येक भारतीय गौरवपूर्वक स्मरण करता है। इसी प्रकार अपने पूर्वजों की स्मृति के लिए वह विविध क्रियाओं, उत्सवों, समारोह और नित्य तर्पण आदि के समय अपने गोत्र और पूर्वजों का नाम सहित उल्लेख करते हुए उनकी पुण्यस्मृति को

जीवन्त रखता है। यह अत्यंत प्राचीन काल से सतत गतिशील व्यवहार है क्योंकि धर्मशास्त्रों में ये सब व्यवहार रूप वर्णित और विवेचित है।

धर्मशास्त्रों का प्रणयन अत्यंत प्राचीन काल में हुआ था। ईस्वी सन के प्रारंभ के कई हजार वर्ष पूर्व से धर्मशास्त्र हैं। शतपथ ब्राह्मण में तथा पारस्करगृह्यसूत्र और बोधायनधर्मसूत्र में धर्मशास्त्रीय प्रावधानों का विशद प्रतिपादन है। कल्पसूत्र और गृह्यसूत्र इन विषयों पर प्रकाश डालते हैं। कल्पसूत्रों में श्रुति सम्मत यज्ञों तथा यज्ञ वेदियों आदि के विषय में सूत्र दिये गये हैं और साथ ही गृह्यसूत्रों में अवश्यमेव करणीय संस्कारों का और वर्णाश्रम धर्म का प्रतिपादन हुआ है।

कल्पसूत्र मुख्यतः चार प्रकार के हैं—

1. श्रौत सूत्र 2. गृह्यसूत्र 3. धर्मसूत्र 4. शुल्व सूत्र।

सूत्र की परिभाषा विष्णुधर्मोत्तर पुराण में यह है— ''अल्पाक्षरमसन्दिग्धं शाश्वद् विश्वतोमुखम्। अक्षोभमनवद्यं च सूत्रं सूत्रविदो विदुः॥' (अल्प शब्दों में मूल तत्व को सुस्पष्ट एवं प्रशांत ढंग से सर्वग्राह्य रूप में प्रस्तुत करना सूत्र का लक्षण है)।

कल्प वह है जो वेदविहित कर्मों की क्रमपूर्वक व्यवस्था को प्रस्तुत करे।

''कल्पोवेदविहितानां कर्मणां अनुपूर्वेण कल्पना शास्त्रम्।''

शतपथ ब्राह्मण में जहां उपनयन संस्कार का उल्लेख है, वहीं मेधाजनन और आयुष्य संस्कारों का भी उल्लेख है। पारस्कर गृह्यसूत्र में विवाह संस्कार, पुंसवन संस्कार, सीमन्तोन्नयन संस्कार, सोष्यन्तीकर्म, जातकर्म, मेधाजनन, आयुष्यकर्म, नामकरण, निष्क्रमण, अन्नप्राशन, कर्णवेध, उपनयन आदि संस्कारों की विवेचना है। चूड़ाकर्म और केशान्त, उपनयन, समिदाधान, अभिवादन, भिक्षाचरण, गुरूसेवा, ब्रह्मचारिवस्त्रादिनिरूपण, स्नातक लक्षण एवं स्नातक नियम, निरूपण, लुप्त संस्कार प्रयोग निरूपण, आग्नेयशुक्रीयव्रत-निरूपण, गोदानवेदारम्भप्रयोगनिरूपण, समावर्तन, उपाकर्म, श्रवणाकर्म, अनध्याय, उत्सर्जनप्रयोग, हलप्रवर्तन, इन्द्र यज्ञ प्रयोग निरूपण, पृषातकप्रयोग, सीतायज्ञ, नवप्राशन, आग्रहायणीकर्म, स्त्रस्तरारोहणकर्म, अष्टकाकर्म, शालाकर्म, दासवशीकरण निरूपण, शूलगवकर्म, वृषोत्सर्ग तथा अन्त्येष्टि निरूपण आदि विस्तार से दिये गये हैं। इसके साथ ही अर्ध्यपशुनिरूपण, अवकीर्णिप्रायश्चित, सभाप्रवेश, रथारोहण, हस्त्यारोहण, नैमित्तिकदोषनिवारण, अधीताविस्मरणोपाय, स्नान निरूपण, सन्ध्योपासन निरूपण, तर्पणप्रयोग, श्राद्धनिरूपण, विप्रा-वाहनादिपूजान्तनिरूपण, अग्नौकरणादिविसर्जनान्तनिरूपण, पार्वणश्राद्धप्रयोग-

निरूपण, एकोदिष्टनिरूपण, एकादशाहकृत्यनिरूपण, सपिण्डीकरणनिरूपण, तृप्तिनिरूपण, अक्षय्यतृप्तिजनकपदार्थनिरूपण, काम्यश्राद्धनिरूपण, यमलजनन-शान्तिनिरूपण, शौचनिरूपण, भोजननिरूपण, उत्सर्गप्रयोगनिरूपण आदि विधियाँ विस्तार से दी गई हैं।

इससे ज्ञात होता है कि अत्यंत प्राचीन काल से भारतीय मनुष्यों के सामाजिक व्यवहार एवं आचरण के विषय में इतने स्पष्ट नियम प्रचलित रहे हैं। इसी प्रकार बौधायनधर्मसूत्र में धर्म और शिष्ट की लक्षण मीमांसा के साथ धर्मभेद, विद्वत परिषद तथा तदुपरांत ब्रह्मचर्य, उपनयन, वेदाध्यनन, स्वच्छता, प्रसाधन और अभिवादन के नियम, स्नातक के कर्तव्य, शौच एवं शुद्धि, भिक्षान्न की पवित्रता का ध्यान, भूमिशुद्धि, भोजनशुद्धि, अन्न एवं फल-फूल के सेवन की विधि, शारीरिक पवित्रता, क्षौरकर्म, मलमूत्र त्याग की विधि, ब्राह्मण के कर्म, राजा एवं राज्य संबंधी विवेचना, पशुओं संबंधी विवेचना, पवित्रता के विस्तृत नियम, मिट्टी के पात्रों को बरतने के नियम, यज्ञाग्नि एवं यज्ञविधि, विवाह एवं संतान तथा अशुद्धिकारक कर्म, व्यभिचार एवं दंड, भोजन एवं भोजनोपरान्त शुद्धि, संध्या उपासना की विधियाँ, तर्पण विधियाँ, पंचमहायज्ञ विधियाँ, अन्न की पवित्रता एवं अपवित्रता, पितरों की संतुष्टि, ब्रह्मयज्ञ विधि, सन्यास विधि, वृत्ति एवं वृत्तिभेद, वानप्रस्थ एवं ब्रह्मचारी के लिये पालनीय नियम, प्रायश्चित, अश्वमेघ यज्ञ आदि सभी विधियाँ विस्तार से दी गई हैं। मानवीय गुणों और दोषों की भी विस्तृत विवेचना है। इस तरह ये क्रमशः सामाजिक आचरण के नियमों का विस्तार से प्रतिपादन करते हैं।

एक विराट सुव्यवस्था और राज्य के द्वारा उसकी निरंतर रक्षा के कारण सामाजिक आचरण के इन नियमों में देशकाल के अनुरूप लचीलापन भी रहा और साथ ही प्राचीनतम काल से निरंतरता भी बनी हुई है। सभी धर्मशास्त्रों ने चारों ही आश्रमों के लिये दिनचर्या और विशेष कर्तव्यों की भी विस्तार से विवेचना की है। इसके साथ ही विवाह के प्रकार, विवाह की विधियां, विवाह के उद्देश्य, विवाह के समय के आचार एवं व्यवहार तथा आह्निक कृत्यों एवं तर्पण आदि की तथा पंचमहायज्ञों की विवेचना है। दिवस विभाजन, देवयज्ञ, देवपूजा, षोडश उपचार विधि, वैश्वदेव एवं बलि, मनुष्य यज्ञ, भोजन, भोज्य अभोज्य विचार आदि पर भी विपुल साहित्य है। दान सामाजिक आचरण का अत्यंत महत्वपूर्ण विषय है और इस पर धर्मशास्त्रों एवं पुराणों में विस्तार से विवेचना की गई है। इष्टकर्म एवं पूर्तकर्मों की विशद व्याख्या से समाज जीवन अनुशासित और गतिशील रहता रहा है। गृहस्थों, वानप्रस्थों और सन्यासियों तीनों के द्वारा करणीय आचरण एवं पालन योग्य सजगता का

शास्त्रों में विस्तार से वर्णन है। इसके साथ ही विविध प्रकार के यज्ञों का विस्तृत निरूपण है और यज्ञ की संपूर्ण प्रक्रिया भी शास्त्रों में विश्लेषित है।

राजा एवं राज्य, राज्य के सभी अंगों पर तथा प्रत्येक अंग की विशेषताओं पर धर्मशास्त्रों ने प्रकाश डाला है। राज्य के सभी अंगों को स्वस्थ एवं पुष्ट रखने के लिये नियम और व्यवहार प्रतिपादित किये गये हैं। व्यवहार अर्थात् न्याय की विधियां भी संपूर्ण विस्तार के साथ धर्मशास्त्रों में प्रतिपादित हैं।

सामाजिक जीवन में व्यावसायिक एवं आध्यात्मिक दोनों ही पक्षों का गहराई से चिन्तन एवं अनुशासन धर्मशास्त्रों में किया गया है। मंदिर एवं देवपूजा, मंदिर निर्माण एवं प्रतिमा निर्माण की विधियां तथा उपासना संबंधी विवरण भी धर्मशास्त्रों का प्रिय विषय है। इसके साथ ही तीर्थों एवं तीर्थयात्राओं तथा व्रत एवं उपवास और त्यौहारों के विषय में भी विस्तृत निरूपण किया गया है।

धर्मशास्त्रों के अध्ययन से ये तथ्य प्राप्त होते हैं कि सर्वप्रथम तो उनमें पृथ्वी एवं ब्रह्मांड के स्वरूप के विषय में विवेचन है। इसके बाद इस सृष्टि की क्रियाओं के समझने के लिये काल की मीमांसा की गई है और काल के स्वरूप पर अत्यन्त सूक्ष्म तथा गहन चिन्तन किया गया है।

उपनिषदों एवं सभी पुराणों में यह बात बारम्बार कही गई है कि सृष्टि अनादि है और प्रलयकाल में इसका लय मूल प्रकृति में होता है परन्तु उसे सृष्टि का विनाश नहीं कहा जा सकता। अपितु अत्यन्त संकुचित मूल रूप ही कहा जा सकता है। प्रत्येक प्रलय के उपरांत पुनः सृष्टि का क्रमशः विकास होता है। इस प्रकार सृष्टि अनादि भी है और अनंत भी है क्योंकि वह ब्रह्म (परमसत्ता) की ही अभिव्यक्ति है।

सृष्टि का नया विकास और फिर यथासमय प्रलय और लय अनेक बार हो चुके हैं और अब तक अनेक मनवन्तर हो चुके हैं।

वैदिक काल में भी काल शब्द दो अर्थों में प्रयुक्त होता था। एक है सामान्य अर्थ में काल। दूसरा महाकाल जो सृष्टि का मूल है तथा परमतत्व यानी परमसत्ता की ही एक और संज्ञा एवं विशेषण है।

अथर्ववेद में कहा है—"काल उस महान अश्व पर आरूढ़ होकर गतिशील रहता है जो महान अश्व सात रश्मियों से नियंत्रित है। उस अश्व की हजारों आंखें हैं और वह कभी भी जीर्ण नहीं होता तथा उसमें वीर्य (शक्ति एवं ओज) की प्रचुरता है। उस अश्व पर केवल दृष्टा ज्ञानी कवि ही आरूढ़ हो सकते हैं। वह अश्व जिस रथ को हाँकता है उस रथ के चक्र समस्त भुवन

हैं। काल ने ही सब भुवनों को एक कर रखा है और वही समस्त भुवनों में घूमता रहता है। काल ही समस्त लोकों का भरणकर्ता है और वही भुवनों का पोषक भी है। इस प्रकार वह भुवनों का पिता भी है और पुत्र भी। उससे श्रेष्ठतर कोई अन्य तेज नहीं है। काल में ही मन समाहित है और काल में ही प्राण समाहित हैं तथा समस्त नाम काल में ही समाहित हैं। समस्त प्राणी (जीव) और समस्त जगत उसकी ही संतति हैं और उसी से सब आनंदित रहते हैं।'' अथर्ववेद (19/54/5)

महाभारत में भी कहा है—

कालः पचति भूतानि कालः संहरते प्रजाः।
कालः सुप्तेषु जागर्ति कालो हि दुरतिक्रमः॥

(स्त्रीपर्व, अध्याय 2, श्लोक 24)

अर्थात् काल ही प्राणियों का पाचन करता है, वही प्रजा का संहार करता है। जब सब सोते हैं तब भी काल ही जागता है। काल का उल्लंघन अत्यन्त कठिन है।

शांतिपर्व में भी कहा है—

अनीशस्याप्रमत्तस्य भूतानि पचतः सदा॥
अनिवृत्तस्य कालस्य क्षयं प्राप्तो न मुच्यते।
अप्रमत्तः प्रमत्तेषु कालो जागर्ति देहिषु॥
प्रयत्नेनाप्यपक्रान्तो दृष्टपूर्वो न केनचित्।
पुराणः शाश्वतो धर्मः सर्वप्राणभृतां समः॥
कालो न परिहार्यश्च न चास्यास्ति व्यतिक्रमः।
इदमद्य करिष्यामि श्वः कर्तास्मीति वादिनम्॥
कालो हरति सम्प्राप्तो नदीवेग इव द्रुमम्।

(शांतिपर्व, अध्याय 227, श्लोक 94, 95, 96 एवं 98)

अर्थात् काल ही सबका ईश है, स्वामी है। काल का स्वामी कोई नहीं है। वह सदा अप्रमत्त रहता है और समस्त महाभूतों को पकाता रहता है। वह कभी निवृत्त नहीं होता और उसकी अधीनता से मुक्त कोई भी प्राणी नहीं हो सकता। समस्त देहधारी जीव प्रमाद में पड़ते रहते हैं। परन्तु काल कभी भी प्रमाद में नहीं पड़ता। वह सदा अप्रमत्त रहकर जागता रहता है। उसे हटाने की सामर्थ्य किसी में भी नहीं है। किसी को उसे कभी पीछे करते नहीं देखा गया। काल ही पुराण अर्थात् सनातन है और वही धर्म है तथा समस्त प्राणियों के प्रति वह समभाव रखता है। उसका परिहार नहीं हो सकता और उसका उल्लंघन भी नहीं हो सकता। सामान्यतः मनुष्य सोचते ही रह जाते हैं कि

आज यह करूँगा और कल वह पूरा करूँगा। परन्तु काल उन्हें सहसा उसी प्रकार हरण कर ले जाता है जैसे अपने किनारे के वृक्ष को वेगवती नदी सहसा बहा ले जाती है।

इस प्रकार काल संबंधी विराट दार्शनिक चिन्तन के साथ ही धर्मशास्त्रों में सभी विवेचनाएँ की जाती हैं। मनुस्मृति ने परमात्मा को ही काल और उसके विभागों का सर्जक कहा है। (यह श्लोक आर्यसमाज द्वारा प्रकाशित मनुस्मृति में अध्याय 1 में 26वाँ श्लोक है और चौखम्भा संस्कृत संस्थान द्वारा प्रकाशित मनुस्मृति में अध्याय 1 का 24वाँ श्लोक है।)

कूर्म पुराण, वायु पुराण, भागवत पुराण, ब्रह्म पुराण और विष्णु पुराण में भी काल की महत्ता का गायन किया गया है। कूर्म पुराण ने काल को महेश्वर कहा है।

प्राचीन काल से ही काल के सूक्ष्मातिसूक्ष्म विभाजन देखे जाते हैं। क्षण, लव, निमेष, काष्ठा, कला, मुहूर्त, याम (प्रहर या दिन का आधा भाग), अहोरात्र, अर्धमास, मास, ऋतु, अयन, संवत्सर (वर्ष), युग, मन्वन्तर, कल्प, प्रलय एवं महाप्रलय। पुराणों में भी निमेष से प्रलय या कल्प तक के काल-विभाजन उल्लिखित हैं।

भारतीय ज्ञान परंपरा में और इस ज्ञान परंपरा के वाहक धर्मशास्त्रों में मनुष्य को इस विराट सृष्टि का ही एक महत्वपूर्ण अवयव देखा और माना गया है। इसीलिये मानवीय व्यवहारों को काल के व्यापक परिप्रेक्ष्य में ही देखा जाता है। इसीलिये प्रत्येक कार्य के लिये शुभ और अशुभ मुहूर्त का विचार आवश्यक है। इसीलिये धर्मशास्त्रों में काल की विवेचना विस्तार से की गई है और काल निर्णय धर्मशास्त्रों का एक मुख्य विषय है।

इसके साथ ही मनुष्यों को भिन्न-भिन्न जनपदों में भिन्न-भिन्न सामाजिक संस्थाओं और इकाइयों के माध्यम से विवेचित किया गया है। तदनुसार जिस कुल और गोत्र में व्यक्ति का जन्म होता है, उसके प्रति उसके दायित्व एवं कर्तव्यों की विवेचना के साथ ही ग्राम और जनपद जैसी बड़ी होती इकाइयों के संदर्भ में भी दायित्वों और कर्तव्यों का निर्धारण किया गया है। इसके साथ ही आत्मसत्ता को सर्वोपरि मानते हुये आत्मबोध के लिये समस्त सीमाओं से परे जाकर आत्मज्ञान की साधना को सर्वोच्च महत्व दिया गया है। इसीलिये कहा गया है—"आत्मानं सततं रक्षेद्।"

मानव जीवन की प्रत्येक इकाई के विषय में और आत्मज्ञान तथा परमसत्ता के ज्ञान की साधना के विषय में धर्मशास्त्रों में गहन, गंभीर विवेचनाएँ हैं। सृष्टि के संचालक सार्वभौम नियमों का इन सभी विवेचनों के

मूल में केन्द्रीय स्थान होता है। इन सभी विषयों और अनुशासनों पर जितने विस्तार से भारतीय या हिन्दू धर्मशास्त्रों ने विवेचना की है, वे ज्ञात विश्व में अपवाद या दुर्लभ ही हैं। इसीलिये धर्मशास्त्रों में प्रतिपादित समाजशास्त्र को विस्तार से समझना सम्पूर्ण मानव जाति के कल्याण के लिए आवश्यक है, भारत बोध के लिए तो वह अनिवार्य ही है।

ऐसा नहीं है कि ये बातें केवल शास्त्रों तक सीमित है। वस्तुतः हिन्दू समाज का सम्पूर्ण लोक जीवन इन शास्त्रों में प्रतिपादित जीवन रूपों से ही भरा हुआ है। प्रत्येक हिन्दू के जीवन में 16 संस्कार होते ही है। पंडित विद्यानिवास मिश्र जी ने अपनी कालजयी रचना "हिन्दू धर्मः जीवन में सनातन की खोज" में इन सभी संस्कारों की संक्षेप में सुन्दर चर्चा की है और उन्होंने बताया है कि गर्भाधान, पुंसवन, सीमंतोन्नयन, विष्णुबलि, जातकर्म, नामकरण, निष्क्रमण, अन्नप्राशन, चौलकर्म, अक्षरारम्भ, कर्णवेध, उपनयन, वेदारम्भ, केशांत, समावर्तन, विवाह, अंत्येष्टि आदि सभी संस्कार हिन्दू जीवन में आज भी यथावत प्रतिष्ठित है।

विवाह, उद्वाह, परिणय और पाणिग्रहण का अर्थ भी उन्होंने समझाया है और लाजाहोम तथा सप्तपदी का भी। सप्तपदी किन सात प्रतिज्ञाओं की द्योतक है, यह भी अच्छी तरह समझाया है। सात भांवरें, सप्तपदी नहीं है। वे तो अग्नि की परिक्रमा हैं। सप्तपदी वस्तुतः अग्निवेदी से उत्तर की ओर चावल की सात ढेरियों पर वर-वधू के द्वारा एक-एक पैर रखते हुए की जाने वाली सात प्रतिज्ञाएँ है। तीन दिन पूर्ण संयम के बाद चतुर्थी को ही समागम की अनुमति है, जो संयत भोग की दीक्षा है। विविध लोकाचारों को भी विद्यानिवास जी ने सुन्दर रीति से समझाया है। ये लोकाचार अपनी विविधता के साथ राष्ट्रव्यापी है।

वानप्रस्थ षोडश संस्कारों का अंग नहीं है। अतः वह सबके लिए अनिवार्य नहीं है। संन्यास की पात्रता ही सब में नहीं होती। क्योंकि जैसा विद्यानिवास जी ने कहा है—"संन्यास आश्रम वस्तुतः निर्वर्णता की स्थिति का प्रारम्भ है। इसीलिए उसमें शिखा-सूत्र तथा अग्नि सेवन का परित्याग करना होता है। स्वयं के शरीर को शव मान लेना संन्यास का प्रथम चरण है।" वह स्थिति आये बिना संन्यास की पात्रता नहीं होती। नारायण के साथ एकात्म भाव होकर ही संन्यासी विचरण करता है। वह स्तर प्राप्त हुए बिना संन्यास वेश धारण करना पांखड और पाप है। सर्वत्र नारायण दर्शन संन्यासी का लक्षण है। भक्त का और संत का लक्षण है। गृहस्थ का नहीं। राजनेता का भी नहीं। इसीलिए जो राजनेता या गृहस्थ संन्यासी की भाषा बोलते है और सर्वत्र

नारायण दर्शन का दावा करते है, वे पाखण्डी और धूर्त होते है क्योंकि सर्वत्र नारायण का दर्शन करने वाला तत्काल गृहस्थ आश्रम छोड़ देगा। वह किसी के प्रति पत्नी या संतति का भाव नहीं रख सकता। किसी एक को अपना विशेष संबंधी नहीं कह सकता—चाचा, चाची, ताऊ, ताई, मामा, मामी, साला, जीजा, बहन, बेटी, बुआ, फूफा, अपना-पराया, मित्र-शत्रु आदि कोई भाव नहीं रख सकता। धर्म और अधर्म, पुण्य और पाप का विचार अवष्य रखेगा, परन्तु संबंध विशेष का कोई भाव नहीं होगा। इसी प्रकार राजा सर्वत्र नारायण दर्शन करने पर किसी को अपनी प्रजा नहीं मानेगा, किसी को मित्र या शत्रु नहीं मानेगा, राजकोश का रक्षण और परिवर्धन नहीं करेगा तथा किसी को दंड नहीं देगा और किसी को भय भी नहीं देगा। अतः वह राजधर्म का पालन कर ही नहीं सकता। इसलिए जो राजनेता या राजा सम्पूर्ण विश्व को ही अपना कुटुम्ब कहे अथवा सम्पूर्ण संसार को राममय बताये और सर्वत्र मेरे आराध्य प्रभु ही मुझे दिखते है, यह कहे, वह पाखण्डी और धूर्त होता है।

अंत्येष्टि को अग्नि संस्कार कहा जाता है तथा अंतिम यज्ञ भी कहा गया है। मंत्रपूर्वक प्रार्थना की जाती है कि आप उसी पथ से जाये, जिस पथ से हमारे पूर्व पितर गये है और वहाँ पहुँचें जहाँ राजा यम और वरूण (जो नैतिक मूल्यों के देवता है) विराजते है। इसी प्रकार काल की विराटता की बात भारतवर्ष के महत्वपूर्ण कवियों ने भी बार-बार कही है और लोक जीवन की कहावतें भी इसी अर्थ में प्रयोग में है।

हिन्दू धर्म के स्वरूप पर प्रकाश डालते हुए विद्यानिवास जी ने बताया है कि मनुस्मृति, महाभारत और उपनिषदों में बताया गया है कि सत्य, ऋत, अहिंसा, दान, तप, संतोष, पवित्रता, शांति, दया, क्षमा, लोक-लज्जा, व्यवहार में सीधापन, ज्ञानपूर्वक कार्य करना एवं ध्यान एकाग्र करना, ये मूल धर्म है। नित्य धर्म और नैमित्तिक धर्म की भी उन्होंने सुन्दर विवेचना की है। अपने शरीर को धर्म का साधन मानते हुए उचित पोषण देने का और जागरूक रहकर कर्त्तव्य पालन को अनुष्ठान की भांति लेने का भाव तथा अपराजेय आशा एवं कल्याण भावना भारत के जन-जन का धर्म कहा गया है। सृष्टि के उद्देष्य के साथ स्वयं को जोड़ने का निरंतर प्रयत्न आवश्यक है। ऋषियों, देवताओं और पितरों के प्रति कृतज्ञता का भाव आवश्यक कहा गया है। भोजन किस भाव से पकाया, परोसा, किया जा रहा है, ये सब भी भारत में धर्म बोध का सहज अंग रहे है।

भोजन केवल पेट पालना या ऐन्द्रिक आस्वाद नहीं है। धर्म भावपूर्वक ही भोजन तथा समस्त दैनन्दिन कार्य करने चाहिए। लोक संग्रह और लोक

यात्रा के साधन उचित ही हो, अनुचित न हो, इस पर शास्त्रों में भी बल है और लोक मानस भी यही आग्रह रखता है।

विद्यानिवास जी ने स्मरण दिलाया है कि नैमित्तिक धर्म भी दो प्रकार के हैं—नियत और अनियत। काल चक्र या ऋतु चक्र से जुड़े नैमित्तिक धर्म तथा पूर्त कर्म अनियत धर्म है। कूप, वापी, तड़ाग खुदवाना-बनवाना, उद्यान लगाना, पथ एवं राजमार्ग बनवाना, लोगों के लिए आश्रय और धर्मशालाएँ बनवाना, मंदिर बनवाना तथा पाठशालाएँ-विद्या केन्द्र बनवाना पूर्त कर्म है। ये शक्ति तथा सामर्थ्य के अनुसार करना चाहिए। दान भी नैमित्तिक कर्म है परन्तु वह नियत और अनियत दोनों प्रकार का है।

मंदिर दर्शन और पूजा—ये व्यक्ति के स्तर पर श्रद्धा और स्वतंत्रता से करणीय कार्य है। इसीलिए पर्व, उत्सव, त्यौहार के समय सामुदायिक पूजा तो स्वाभाविक है, क्योंकि वह सामाजिक संगठन का ही माध्यम है। परन्तु इसके अतिरिक्त नित्य पूजा निजी साधना है। वह सामुदायिक रूप से नहीं हो सकती क्योंकि अपने बोध स्तर, चेतना स्तर के अनुरूप परमात्मा से जुड़ना- सब का भिन्न-भिन्न ही होता है। वह कोई सैनिक अभ्यास या राजनैतिक संगठनात्मक अभ्यास नहीं है। मस्जिदों और चर्चों में जो सामुदायिक क्रियाएँ होती हैं, वे वस्तुतः सामाजिक संगठन का अंग है। वे अध्यात्म का अंग नहीं है। हिन्दुओं की पूजा विशुद्ध आध्यात्मिक साधना है। सामुदायिक पूजा एक प्रकार से सामूहिक आध्यात्मिक प्रशिक्षण है। वह पूजा के लिए मानसिक तैयारी का भाग है, परन्तु उससे आगे की साधना निजी ही होती है। निजी पूजा सामुदायिक पूजाओं से आगे का चरण है, जब जीव परमात्मा से स्वयं के चित्त को एकाग्र करता है। अतः वह सामुदायिक हो ही नहीं सकती। वह सघन अध्यात्म साधना है। अतः सदा व्यक्तिगत ही होती है। आप अपने मन, बुद्धि, चित्त, भावना, संकल्प और आकांक्षा के साथ ध्येय से एकाकार अकेले ही हो सकते है। सामूहिक चित्ततंत्र जैसी कोई चीज नहीं होती। चित्त का कोई एक भाव सामूहिक हो सकता है और होता भी है। परन्तु चित्ततंत्र सामूहिक नहीं होता। अन्यथा एक जीवात्मा की मुक्ति से सम्पूर्ण सृष्टि का लय हो जायेगा। हिन्दू बोध परम्परा में यह सब ज्ञान है। अहिन्दू पंथों में ऐसी सूक्ष्मता और गहराई नहीं है। इसीलिए वे सामुदायिक इवादत, प्रेयर आदि करते है।

पंडित जी ने ''स्वरूप विमर्श'' के लेख ''राजनीति और मूल्य-1'' में स्मरण दिलाया है कि वैदिक साहित्य में राजा शब्द वरुण, यम और सोम के लिए ही प्रयुक्त हुआ है। वरुण नैतिक मानों के देवता है और वे मनुष्य की सत् प्रवृत्ति को जाँचते रहते है। यम धर्म के पर्याय है और परम सत्य के

उपदेष्टा है। सोम विराट भाव की साधना करने वालों के राजा है। इसीलिए मिश्र जी ने लिखा है कि यह धारणा कि राजनीति मूल्यहीन होती है, बड़ी भ्रांत धारणा है। वस्तुतः सत्ता और राजनीति को एक मानने से यह भ्रांत धारणा उत्पन्न होती है, परन्तु सत्ता तो राजनीति का एक बहुत छोटा अंश है। राजनीति वस्तुतः सम्पूर्ण जीवन के संचालन के लिए व्यवस्था है। सत्ता राजनीति के उद्देश्य की पूर्ति का साधन है। राजनीति वस्तुतः ब्रह्मांड स्थापक और ब्रह्मांड नियामक सिद्धांतों का एक लघु रूप है। अतः यह सनातन है और राजा द्वारा निर्मित नहीं है। राजा राज्य का विधायक है। राज्य राजा का विधायक नहीं है। अतः राज्य में विधायिका शक्ति को अंतर्निहित मानना भारतीय राजनीति की अवधारणा को नहीं जानना और और नहीं समझना है। राजनीति का आधार सनातन धर्म है। राज्य व्यवस्था उस सनातन धर्म को सुनिश्चित करने वाली और उसके अनुसार कार्यकलाप करने वाली व्यवस्था है। राजा अकेले राजा नहीं है। राज्य के साथ अन्य है और उन सातों अंगों से युक्त राजा ही वस्तुतः राजा है। सात अंग के दायित्वों का सम्यक निर्वहन ही राज्य तंत्र का आधार है। इस प्रकार राज्य की भारतीय अवधारणा में लोकदृष्टि समाहित है और साथ ही एक अलौकिक प्रयोजन भी समाहित है।

उन्होंने यह भी लिखा है कि—राज्य लोककल्याण के लिए है और ऐसे कल्याण के लिए है जो प्रत्यक्ष दिखाई पड़े। वह परमार्थ का विकास नहीं करता। परमार्थ का विकास व्यक्ति ही करता है। राज्य को ऐसा तो नहीं होना चाहिए कि वह परमार्थ के विकास की संभावना ही समाप्त कर दे। तुमुल कोलाहल कलह में हृदय की बात ही कहीं न चूक जाए, यह शंका आज उपस्थित हो रही है। जाति, भाषा, क्षेत्र—जैसे विभाजन भाव समय और धर्म अक्षम्य, यह बात भी तथाकथित एकता की सिद्धि में बाधक ही लगती है। सभी प्रकार के विद्वेष को समाप्त करने के लिए कानून से तो काम चलेगा नहीं। कानून तो पहले से ही मौजूद है। मगर काम चलेगा तो धर्म के भाव के व्यापक प्रसार से और असली और नकली धर्म का विवेक रखने से। यह सही है कि यह काम सरकार का नहीं, पर ऐसे काम के लिए वातावरण तैयार करना सरकार का काम है और वह वातावरण सरकार की न्याय-बुद्धि से अपने आप तैयार होता है।

इसीलिए विद्यानिवास जी ने लिखा है कि ''हमारे समाज की दुर्बलता साधारण जनता नहीं है। दुर्बलता साधारण जनता को परिचालित करने वाले वे लोग हैं, जो अखबारों में लिखते हैं, शिक्षा देते है, किसी न किसी रूप में सार्वजनिक संपर्क में बने रहते हैं और समाज को ऐसी सेवाएँ देते हैं, जो

विशेषज्ञता की माँग करती है इस वर्ग के लोग अपने हितों से बाहर हित की बात नहीं सोचते और सोचते भी हैं तो खुलकर कहना नहीं चाहते। उन्हें भय घेरे रहता है कि खुलकर कहेंगे तो उन पर कोई न कोई लेबल चिपका दिया जाएगा, जिसके कारण वे संकट में पड़ सकते हैं। इसका परिणाम यह हुआ है कि सिद्धांतवादी राजनीति करने वाले पंगु हो गए है उनको कहीं से भी कोई समर्थन नहीं है।''

वे कहते हैं—''अपेक्षा तो यह की जाती है कि सब जगह अंधकार हो जाए तो भी अकेला एक छोटा सा दीया बड़े जतन से हवा बचाते हुए ले चलने का साहस बुद्धिजीवी में आए, परन्तु हुआ यह है कि पूरा बुद्धिजीवी वर्ग अंधकार से आतंकित हो गया है जनता उतनी नहीं हुई है। बिना लाग-लपेट के दो-टूक बात करने का साहस पराधीन अवस्था में था और आज स्वाधीन हो जाने पर वह साहस नहीं रह गया। इसका एक ही कारण है—अपनी सुविधाओं से चिपकाव। हम यह भी नहीं देखते कि ऐसे लोग अभी भी है, जो सुविधाओं से चिपके नहीं है, जिनके लिए किसी पद पर रहना, न रहना महत्व नहीं रखता।''

''राजा से या शासक से भारत का लोक क्या अपेक्षाएँ रखता है, यह इसी से प्रमाणित है कि हज़ारों-हजार वर्ष बीत जाने पर आज भी यहाँ के लोक के मान में राम ही सर्वश्रेष्ठ राजा है। उसका कारण बताते हुए विद्यानिवास जी ने अपने आलेख 'राममय संस्कृति' में लिखा है कि ''हमारी संस्कृति का एक हिस्सा है अमूर्त विचार और दूसरा है उस संस्कृति का मूर्तिमान रूप। यह मूर्तिमान रूप, यह प्राण-पुरुष है श्रीराम। वे कहते हैं—संस्कृति का एक हिस्सा ऐसा होता है, जो भीतर-भीतर सक्रिय रहता है और दूसरा हिस्सा बाहर संचारिणी दीपशिखा का कार्य करता है। पहला हिस्सा है अमूर्त विचार, दूसरे में आते हैं उस संस्कृति के मूर्तिमान् रूप, उसके प्राण-पुरुष राम भारतीय संस्कृति के प्राण-पुरुष हैं। वे इतिहास-पुरुष भी हैं, पर यह भूमिका गौण है, उनकी मुख्य भूमिका सदा उपस्थित और श्वास-प्रश्वास में उपस्थित, गीतों में, जपों में उपस्थित, आँखों में उपस्थित, कानों में उपस्थित होकर भारतीयों की जीवन-यात्रा का संबल बने रहने की है और वे हमारे संबल हैं। कालिदास ने राम के राज्य का वर्णन एक श्लोक में ही बड़े सटीक ढंग से किया है—

तेनार्थवाँल्लोभपराङ्मुखेन तेनघ्नता विघ्नभयं क्रियावान्।
तेनास लोकः पितृमान् विनेत्रा तेनैव शोकापनुदेन पुत्री॥

राम को राजा पाकर लोग धनी थे, क्योंकि उसके धन पर राजा की

लोलुप दृष्टि नहीं थी, लोग स्वेच्छा से अपनी सीमा के भीतर राज्य संचालन के लिए धन देते थे। राम कभी उगाहते नहीं थे, लोग अपने-अपने दिए कार्य को निर्बाध रूप से कर सकते थे, क्योंकि राजा रामचंद्र यह सुनिश्चित करते थे, किसी को कर्तव्यपालन में कोई बाधा न दे। राजा राम को पाकर जिनके पिता नहीं रहे थे, वे अपने को पितृमान् सनाथ पाते थे। राम जब विनय के प्रकाश हों तो बहुत बड़ा आश्वासन रहता है। जिनके पुत्र नहीं थे, उन्हें राम पुत्र का सुख देते थे, पुत्र और करता क्या है, सिवाय दुख-शोक हरने के। राम से बड़ा दुख-शोक हरनेवाला कौन है? कालिदास ने इस श्लोक में राजा और प्रजा के संबंध की बात-भर नहीं की है, उन्होंने ऐसे मनुष्य की बात की है, जिनके पास जाएँ तो लगेगा मनुष्यता के सत्य का विकिरण हो रहा है, मानवीय करुणा की धारा बह रही है, मानवीय रिश्तों की सुवास बगर रही है, मानवीय संस्पर्श की ऊष्मा पुलकित कर रही है। कालिदास ने उन्हें विनेता कहा, नेता नहीं। नेता अपने पीछे-पीछे चलने का आवाहन करता है, विनेता बुलाता नहीं, लोग बस खिंचे चले जाते हैं, उस अकेली राह पर जिस पर राम चल रहे हैं, उस राह के काँटे फूल बन जाते हैं, उनके चरणों के संस्पर्श से, उनकी असीम ममता से। जिस राह पर चलते हैं, उनके दोनों ओर दीपमालिका जल उठती है, राह रोशनी से नहा उठती है। राम जिस राह पर चलते हैं, वह कितनी भी घुमावदार क्यों न रही हो, सीधी हो जाती है क्योंकि राम सीधे हैं। वे शील, स्नेह और समता की सीमा हैं। उनके साथ चलने में बड़ा विश्वास भीतर होता है कि वे सबमें हैं, राव-रंक, बाल-वृद्ध सबके हैं और बिल्कुल अपने हैं। वे कोई भेदभाव नहीं करते।

वे हर टूटी हुई बाँह के आसरा बन जाते हैं, हर फूटी आँख की पीर झेलते हैं। भारतीय संस्कृति सीधा रास्ता है, सबके लिए खुला रास्ता है, चुने लोगों के लिए ही नहीं है। जो भी सच्चाई की निष्ठा अपने जीवन में उतार पाए, वह इस रास्ते आए, राम की बाँहों में उसे जगह मिलेगी। इस रास्ते में अपनी ही सच्चाई-सच्चाई नहीं होती, पूरी संस्कृति की सच्चाई ही सच्चाई है, सबमें समभाव देखना, सबको एक-दूसरे के लिए आकांक्षी पाना, संपूर्ण जीवन की एकता बनाए रखने के लिए किसी को दुखाना नहीं, दूसरे के सुख में सुख, दूसरे के दुख में दुख अनुभव करना और पराए को अपना बनाने में अपना परम अर्थ देखना। राम यह सच्चाई जीते हैं और हमारे लिए जीते हैं, यह मन में आए तो भारतीय संस्कृति अपने आप हृदयंगम हो जाए।''

विद्यानिवास जी ने स्मरण दिलाया है कि—''इस संस्कृति को कोरी आध्यात्मिक मानकर इसे सामान्य लोक से कुछ अलग करने की लोग कोशिश

करते हैं, ऐसे लोग रोजमर्रा की जिन्दगी में कैसे यह संस्कृति अपने को झलकाती रहती है, इसकी उपेक्षा कर जाते हैं। यह संस्कृति संस्थाओं, प्रासादों और विद्या केन्द्रों तक सीमित नहीं है, यह घर-आँगन तक जन संकुल से दूर-से-दूर विजन तक, रहस्यमय गुहा की साधना से नदी की रेती के फैलाव तक चाँदनी की तरह छिटकी हुई है। इस संस्कृति की पहचान साधारण किसान की उस उदारता में है, जो हर दाने पर किसी का नाम पढ़ता है और सबको नाई-धोबी, बढ़ई-लुहार, यहाँ तक कि चिरई-चुरुंग को हिस्सा देकर अनाज घर के भीतर लाता है, वह यह सब करते हुए अभिमान नहीं पालता—मैंने अनाज उपजाया, सबको दिया, क्योंकि सबने अनाज उपजाया, मैंने नहीं। इसकी पहचान करघे पर कबीर के भजन गाते हुए वस्त्र बुनते हुए बुनकर की मस्ती में है, ''सुखमन तार से बीनी चदरिया अपनी सुषुम्ना नाड़ी के तार से यह चादर बुन रहा हूँ।''

''इस संस्कृति की पहचान बियाबान जंगल में से उठती हुई चरवाहे की टेर में है ''गोइठवा बीने जाइब रे मधुबनवा''। मैं मधुमास से माते-महमहाते वन में सूखी कंडियाँ बीनने जाऊँगा। वसंत की पुकार न सुनते हुए जीवन के कठोर यथार्थ की सुधि लिए हुए, वन में हवा कुछ गरम हो रही है, घर का चूल्हा ठंडा न रहे, इसकी चिन्ता करती है संस्कृति। यह संस्कृति गाँव के छोटे-छोटे मेलों में सालभर बाद मिली ननद-भौजाइयों की भेंट-अँकवार में उच्छ्वसित होती है, हुमकती है, 'बहिनी कइसे रहलू' (बहन, कैसे रही)। हाँ यह कलह-द्वेष-ईर्ष्या-हिंसा-आतंक से संत्रस्त धुँअठे हुए वातावरण में भी आटे की चक्की गाँव में दूर से आवाज कर रही है, इसकी उपेक्षा करके उस घर की पुरानी चक्की पर बैठी हुई बेटे-बहू के शहर चले जाने के बाद अकेली पड़ी माँ के साथ बैठ जाती है और कौशल्या के साथ तन्मय हो जाती है—
'कबने बिरछ तर भीजत होइहैं राम लखन दोउ लरिकवा हो राम।'

(किस पेड़ के नीचे दोनों बच्चे राम-लक्ष्मण खड़े होंगे, वर्षा से बचने के लिए और भीग रहे होंगे)। बादल थोड़ी देर वहाँ से हट जाओ, दूसरी जगह बरस लो। मेरे राम का मुकुट न भीगे मेरे लक्ष्मण का कमरबंद न भीगे, मेरी सीता का सिन्दूर न भीगे। सब-सब ममताओं के विदा होने पर भी एक ममता कहीं-न-कहीं बची हुई है। इस संस्कृति को रमने वाले राम चैत की खड़ी दुपहर में जन्म लेते हैं।''

लोक मानस में व्याप्त भारत-बोध को विद्यानिवास जी ने अपनी सैकड़ों रचनाओं के द्वारा स्पष्ट किया है, स्मरण किया है, साकार किया है। भारतीय लोक के दैनिक जीवन में भारत बोध व्याप्त है। पौराणिक कथाओं, आख्यानों,

लोकगीतों, लोककथाओं और कर्मकांडों के द्वारा भारत–बोध लोक में जाग्रत रहता है। लाखों वर्षों से निरंतर जाग्रत है। तीर्थयात्राएँ, भागवत आदि महापुराणों की कथाएँ, महान यज्ञ और विविध देवी–देवताओं की स्तुति में होने वाले जागरण में यह भारत बोध जीवन्त है। चारों धाम, 52 शक्तिपीठ, द्वादश ज्योतिर्लिंग तथा नाथों और सिद्धों-संतो के राष्ट्रव्यापी स्थान इस बोध को जाग्रत रखते है। महाभारत में जम्बूखण्ड विनिर्माण पर्व में संजय धृतराष्ट्र से जिस भारत का वर्णन करते है, यवन जनपद से चीन तक और उत्तरी ध्रुव से हिन्द महासागर तक विस्तृत वह भारत लोक मानस में अपने तीर्थों, ज्योतिर्लिंगों, शक्तिपीठों, धर्मकेन्द्रों तथा दिव्य कथाओं एवं आख्यानों के द्वारा जीवन्त रहता है। लोक के लिए ही शास्त्र है और शास्त्रमय जीवन्त ही लोक जीवन है। भारत में शास्त्र और लोक एकाकार है। यूरोपीय ईसाइयों के "फोक" और "क्लासिकल" से हमारा लोक और शास्त्र नितांन्त भिन्न और विरोधी स्थितियाँ एवं अस्तित्व है। भारतीय लोक के दैनिक जीवन में भारत बोध और भारत के शास्त्र व्याप्त है। भारत का अध्यात्म, ज्ञान और तत्व भारत के लोग प्रतिदिन जीते है। दैनिक क्रियाओं में, गीतों में, कर्मकांडों में, संस्कारों में, पर्वों, उत्सवों और त्यौहारों में, दुःख की अभिव्यक्तियों और धैर्य के संकल्पों तथा शीलमय व्यवहार एवं न्याय की दुर्दम्य आकांक्षाओं में भारत–बोध जीवन्त है। भारत का भौगोलिक, ऐतिहासिक और अध्यात्मिक बोध हमारी तीर्थयात्राओं, मंदिरों, पूजा केन्द्रों और कथाओं, आख्यानों में स्पंदित है। इस प्रकार लोक मानस में निरंतर लहराता भारत बोध सत्य है, सनातन है, सार्वदैशिक है और सार्वकालिक है। विद्यानिवास जी ने अपनी रचनाओं के द्वारा लोक मानस में व्याप्त इसी भारत बोध को हम सबके सामने प्रस्तुत किया है।

■

भारतबोध परिकल्पना और उसके विविध आयाम

मीरा द्विवेदी

भारत-बोध एक बहुआयामी अवधारणा है। यह केवल राष्ट्र की भौगोलिक सीमा में आबद्ध न होकर उसकी सांस्कृतिक, धार्मिक, ऐतिहासिक और आध्यात्मिक चेतना में समग्रतया व्याप्त है। यह भारत के आत्मिक स्वरूप को संस्कृति, परम्परा, विचारधारा, जीवन-दृष्टि के साथ वैश्विक भूमिका को अभिव्यक्त करने वाले समग्र और सूक्ष्मबोध में व्यक्त करती है। आयातित विचारधाराओं पर निर्भर न रहकर भारत के अतीत, वर्तमान और भविष्य को उसकी मूल संस्कृति, जीवन-मूल्यों, ज्ञान परम्पराओं और इतिहास के सन्दर्भ में देखना, समझना और उसे जीवन में अपनाना भारतबोध का मर्म है। इसके प्रमुख आयाम निम्नलिखित हैं—

1. भौगोलिक आयाम (Geographical Dimension)—किसी भी देश का भौगोलिक विस्तार उसके प्राकृतिक वैविध्य, नदी, पर्वत, वन, समुद्र आदि भौतिक परिवेश का परिचायक है। भारतबोध में केवल भारत की भौगोलिक सीमाओं का अंकन करना ही पर्याप्त नहीं हो सकता है। इसकी पृष्ठभूमि में यह समझना अत्यन्त महत्वपूर्ण है कि भारत एक भौगोलिक इकाई के साथ-साथ ही सांस्कृतिक, धार्मिक, ऐतिहासिक और आध्यात्मिक चेतना का समन्वित बोध भी है।

प्राकृतिक विविधता एवं जीवन्त भूगोल

भारतवर्ष के उत्तर में स्थित हिमालय केवल भौगोलिक रक्षा-प्राचीर नहीं, अपितु भारत की आत्मा का प्रतीक है। यह तपस्या, ज्ञान और अध्यात्म का केन्द्र रहा है। इसकी कन्दराओं में तप:पूत ऋषियों और मुनियों ने मानवमात्र के कल्याण के लिए अध्यात्मतत्त्व का अनुसन्धान किया। कैलाश, बदरीनाथ, केदारनाथ, गंगोत्री, यमुनोत्री आदि यहाँ के पावन साधना तीर्थ हैं। कविकुलगुरु कालिदास ने इसे 'देवतात्मा' मानकर स्तवन किया है।[1] दक्षिण में हिन्द महासागर

---

1. अस्त्युत्तरस्यां दिशि देवात्मा हिमालयो नाम नगाधिराजः।
पूर्वापरौ तोयनिधीवगाह्य स्थितः पृथिव्यां इव मानदण्डः॥ —कुमारसंभव 1/1

व्यापार, संस्कृति और आध्यात्मिक यात्राओं का द्वार रहा है। पूर्व में ब्रह्मपुत्र की घाटियाँ और पश्चिम में थार का मरुस्थल परस्पर विपरीत स्थितियों में होते हुए भी भारतीय जीवन एवं दर्शन को गहराई से प्रभावित करते हैं।

नदियाँ—गंगा, यमुना, गोदावरी, कृष्णा, कावेरी आदि के तट पर महान् सभ्यताएँ विकसित हुईं। ये नदियाँ भारत की सांस्कृतिक चेतना और धार्मिक जीवन की संपोषिकाएँ हैं। भारतीय परम्परा में नदियाँ 'मातृस्वरूपा' और 'देवीस्वरूपा' मानी जाती हैं।[2]

वनक्षेत्र—वन केवल फल, पुष्प, काष्ठ की आपूर्ति के संसाधन न होकर ज्ञान-विज्ञान और साहित्य साधना का आश्रयस्थान रहे हैं। वाल्मीकि, व्यास, वशिष्ठ जैसे ऋषियों का वास इन्हीं में रहा तथा रामायण, महाभारत, पुराण एवं कालिदास साहित्य आदि के प्रसंग वन-जीवन से गहराई से जुड़े हैं और भारत की विराट सनातन संस्कृति के संवाहक रहे हैं।

सप्त-सिन्धु प्रदेश से अखण्ड भारत तक की भू-चेतना

भारत की भौगोलिक विविधता न केवल उसकी सांस्कृतिक समृद्धि की जननी है, बल्कि वह भारत-बोध का आधार भी है। सप्त-सिन्धु की वैदिक परम्परा से लेकर अखण्ड भारत की सांस्कृतिक चेतना तक, भारत का भूगोल स्वयं एक जीवन्त सभ्यता की कहानी कहता है, जिसे समझे बिना भारत को समझना अधूरा है।

ऋग्वैदिक काल में वर्णित 'सप्तसैन्धव क्षेत्र' (वर्तमान पंजाब, हरियाणा, सिन्ध और अफगानिस्तान का कुछ भाग) भारतीय सभ्यता का प्रारम्भिक केन्द्र था। कालान्तर में यही भू-भाग विस्तारित होकर 'भारत' कहा गया। भागवतपुराण, विष्णुपुराण आदि की पौराणिक परम्परा में यह क्षेत्र 'जम्बूद्वीप' के रूप में वर्णित है। जम्बूद्वीप में भारतवर्ष सहित नौ वर्ष अन्तर्निहित हैं—इलावृतवर्ष, भद्रावर्ष, हरिवर्ष, केतुमालवर्ष, रम्यकवर्ष, हिरण्यमयवर्ष, उत्तरकुरुवर्ष, किम्पुरुषवर्ष और भारतवर्ष। प्रत्येक वर्ष से किसी न किसी देवता, मनु या महापुरुष की उपासना और शासन का सम्बन्ध बताया गया है। जैसे हरिवर्ष में प्रह्लाद द्वारा नृसिंह-पूजा, किम्पुरुषवर्ष में हनुमान् द्वारा श्रीराम-पूजा आदि।

विष्णुपुराण में भारत के अखण्ड रूप की कल्पना और अधिक स्पष्ट आकार ले लेती है। यहाँ उत्तर में स्थित हिमालय से लेकर दक्षिण समुद्र तक की भूमि को भारत और वहाँ के निवासियों के लिए भारती पदों का व्यवहार

2. ऋग्वेद, 2/4/16

किया गया है।[3] वस्तुतः यह चेतना केवल भूमि-खण्डविशेष के लिए नहीं है अपितु 'माता'[4] और 'जननी'[5] के रूप में भारतीयों की वात्सल्यमयी आत्मिक अनुभूति है। वैदेशिक आक्रान्ताओं और औपनिवेशिक प्रभाव से आज भारतवर्ष हिन्दुस्तान और इण्डिया नाम से प्रसिद्ध हो गया है। अखण्ड भारत की संकल्पना केवल राजनीतिक नहीं, बल्कि सांस्कृतिक और आध्यात्मिक दृष्टि से भारत की भावना को एकीकृत करती है। बहुविध विविधताओं के उपरान्त भी यह अवधारणा 'एक भारत, श्रेष्ठ भारत' के विचार में आज भी विद्यमान है।

2. ऐतिहासिक आयाम (Historical Dimension)

भारत-बोध का ऐतिहासिक आयाम भारत की आत्मचेतना का वह स्तम्भ है जो इस राष्ट्र के सांस्कृतिक समुत्थान, सामाजिक परिवर्तन, राजनीतिक संघर्ष और आध्यात्मिक उत्कर्ष को कालक्रम में अभिव्यक्त करता है।

सिन्धु-सरस्वती सभ्यता, वैदिक काल, बौद्ध-जैन परम्परा, मौर्य, शुंग, कुषाण एवं गुप्त युग से लेकर आधुनिक भारत तक की ऐतिहासिक चेतना कालान्तर में मुस्लिम आक्रान्ताओं और औपनिवेशिक दासता के विरुद्ध स्वतन्त्रता संग्राम की गौरवगाथा से लेकर अद्यावधि इसकी गरिमामयी परम्परा रही है और इस अवधि में इसने अनेक उत्थान एवं पतन देखे हैं।

सिन्धु-सरस्वती सभ्यता—भारत का इतिहास पश्चिमी दृष्टिकोण से केवल 1500 ई०पू० से आरम्भ होता है। वस्तुतः भारत की सभ्यतागत जड़ें सनातन हैं। सिन्धु-सरस्वती सभ्यता (हड़प्पा सभ्यता) भारत की सबसे प्राचीन और उन्नत सभ्यताओं में से एक है। हड़प्पा, मोहनजोदड़ो, लोथल, कालीबंगा जैसी नगर सभ्यताएँ सामाजिक संगठन, व्यापार, नगर नियोजन, लिपि, और धार्मिक प्रतीकों की दृष्टि से अद्वितीय थीं। ये सभ्यताएँ भारत की सांस्कृतिक निरन्तरता का प्रारम्भिक स्रोत हैं, जिससे भारतबोध की ऐतिहासिक गहराई स्पष्ट होती है। पक्की ईंटों के घर, जल निकासी प्रणाली, ग्रिड आधारित सड़कें और मानकीकृत माप-तौल इस सभ्यता की उन्नत विकसित सोच को प्रदर्शित करते हैं। यह भारत की वैज्ञानिक और सामाजिक दृष्टि की प्राचीन परम्परा को प्रमाणित करता है। सरस्वती नदी के तट पर बसी यह सभ्यता वैदिक परम्परा से भी जुड़ी मानी जाती है। ऋग्वेद में सरस्वती को 'अम्बितमे

3. उत्तरं यत् समुद्रस्य हिमाद्रेश्चैव दक्षिणम्।
वर्षं तद् भारतं नाम भारती यत्र सन्ततिः॥ —वि०पु० 2.3.1
4. माताः भूमिः पुत्रोऽहं पृथिव्याः। अथर्ववेद, 12/1/12
5. जननी जन्मभूमिश्च स्वर्गादपि गरीयसी। —वाल्मीकि रामायण, युद्धकाण्ड

नदीतमे देवितमे' कहा गया है।[6] वैदिक ग्रन्थों में बार-बार वर्णित यह नदी इस सभ्यता के केन्द्र में रही है। भारतबोध में सरस्वती केवल एक नदी नहीं, बल्कि ज्ञान, संस्कृति और आध्यात्मिकता की प्रतीक है।

हड़प्पा और मोहनजोदड़ो के उत्खनन में मातृदेवी और प्रकृति देवी की मूर्तियाँ मिलीं हैं, जो भारतीय परम्परा में प्रकृति और स्त्री शक्ति की पूजा का नैरन्तर्य प्रमाणित करती हैं। पशुपति की आकृति (शिव के रूप में) भारत की आध्यात्मिक चेतना का प्रारम्भिक संकेत है। सिन्धु-सरस्वती सभ्यता का विस्तार वर्तमान भारत, पाकिस्तान और अफगानिस्तान तक था। यह दर्शाता है कि भारतबोध की अवधारणा सीमाओं से परे एक सांस्कृतिक और आध्यात्मिक एकता की भावना है।

वैदिककाल ज्ञान और संस्कृति का शिखरयुग था। वैदिक युग में भारतीय समाज का दार्शनिक और सांस्कृतिक आधार स्थापित हुआ। चारों वेद, ब्राह्मण, आरण्यक, उपनिषद् भारत की धार्मिक व्यवस्था और आध्यात्मिक चेतना का मूल स्रोत हैं। समाज में वर्ण, आश्रम, यज्ञ, ऋतु-पर्व, देवताओं का पूजन आदि अवधारणाएँ इसी काल में प्रतिष्ठित हुईं। ऋषियों की जन हितकारिणी चेतना से भारत केवल भूमि का खण्ड नहीं अपितु तप, ज्ञान और धर्म की कर्मभूमि बना।

बौद्ध-जैन परम्परा—यह श्रमण परम्परा तप, अहिंसा और करुणा को मूल बनाकर प्राणिमात्र के कल्याण के लिए अग्रसर हुई। ईसा पूर्व 6ठी शताब्दी में बुद्ध और महावीर का आविर्भाव हुआ, जिन्होंने तप, करुणा, अहिंसा और त्याग को केन्द्र में रखकर समाज को दिशा दी। बौद्ध धर्म ने भारत को समग्र एशिया में सांस्कृतिक पहचान दी, विशेषत: श्रीलंका, तिब्बत, चीन, जापान आदि में। जैन धर्म ने अहिंसा, अनेकान्तवाद और अपरिग्रह जैसे सिद्धान्तों से भारत-बोध को समृद्ध किया।

मौर्य और गुप्त युग—यह काल राजकीय एकता और सांस्कृतिक उत्कर्ष का काल था। मौर्य काल (321-185 ई० पू० में चन्द्रगुप्त मौर्य और सम्राट् अशोक जैसे शासकों के नेतृत्व में भारत पहली बार एक विशाल राजनीतिक सत्ता के रूप में संगठित हुआ। अशोक ने भेरी घोष (सैन्य अभियान) के साथ ही धम्मघोष (धर्मप्रचार) के माध्यम से सांस्कृतिक एकता तथा नैतिक चेतना का वैश्विक प्रसार किया।

गुप्त युग—(319-550 ई०)—कला, साहित्य, विज्ञान, गणित,

6. अम्बितमे नदीतमे देवितमे सरस्वति।
अप्रशस्ता इव स्मसि प्रशस्तिमम्ब नस्कृधि॥ ऋग्वेद, 2/41/16

ज्योतिष, दर्शन का स्वर्णकाल माना गया। आर्यभट्ट, चरक, वराहमिहिर जैसे मनीषियों ने इस युग को भारत के रचनात्मक और वैज्ञानिक बोध की दृष्टि से उत्कर्ष प्रदान किया।

मध्यकालीन भारत : संघर्ष, समन्वय और सन्त परम्परा—इस काल में मुस्लिम आक्रमण और सत्ता की स्थापना हुई, किन्तु भारत की मूल सांस्कृतिक चेतना समाप्त नहीं हुई। कबीर, तुलसी, सूर, रसखान, रविदास, हरिदास, मीराबाई, गुरुनानक आदि ने भक्ति आन्दोलन के माध्यम से संस्कृति के समन्वय और भाषा के लोकाभिमुखीकरण की भूमिका निभाई। दाराशिकोह जैसे मुस्लिम विचारक द्वारा उपनिषदों के फारसी अनुवाद में प्रवृत्त होना भारत की दार्शनिक परम्परा की सर्वस्वीकार्यता का ही अभिनव आयाम था।

औपनिवेशिक दासता : संघर्ष और पुनर्जागरण—18वीं शताब्दी में अंग्रेज़ों द्वारा उपनिवेशवाद की स्थापना ने भारत की सामाजिक, आर्थिक और सांस्कृतिक पहचान पर आघात किया। इस समय राजा राममोहन राय, स्वामी विवेकानन्द, दयानन्द सरस्वती, बाल गंगाधर तिलक, महर्षि अरविन्द जैसे धार्मिक-सांस्कृतिक पुनर्जागरण के अग्रदूतों ने भारत की गौरवशाली सुप्तप्राय: चेतना को पुन: जाग्रत किया। जनता को आत्ममन्थन का अवसर दिया कि 'हम कौन थे?', 'क्या हो गये?' और 'हमें क्या होना चाहिए?'

स्वतन्त्रता संग्राम की गौरवगाथा—सन् 1857 के प्रथम स्वतन्त्रता संग्राम में मंगल पाण्डे, रानी लक्ष्मीबाई, तात्या टोपे जैसे वीरों के बलिदान ने राष्ट्रबोध को नई दिशा दी। 20वीं शताब्दी में गाँधीजी के नेतृत्व में सत्याग्रह, असहयोग, भारत छोड़ो आन्दोलन के रूप में स्वन्त्रता आन्दोलन के संघर्ष को एक तीक्ष्णता प्राप्त हुई। इस समय भारत केवल भौगोलिक इकाई नहीं, बल्कि एक राष्ट्र की आत्मा बनकर उभरा।

आधुनिक भारत—सन् 1947 में स्वतन्त्र भारत का उदय हुआ। यह स्वराष्ट्र बोध की भावना से ओतप्रोत नव-निर्माण का समय था। भारतीय संविधान ने सर्वधर्म समभाव, लोकतन्त्र, समता, सामाजिक न्याय आदि मूल्यों को आत्मसात् कर आधुनिक भारत-बोध की नींव रखी। सांस्कृतिक गौरव और अपनी विश्वगुरु की स्मृति के साथ आज का आत्मनिर्भर भारत पुन: वैश्विक भूमिका की ओर बढ़ रहा है। वस्तुत: भारत का ऐतिहासिक आयाम उसकी अन्तरात्मा की यात्रा है। इस इतिहास में केवल तिथियाँ नहीं, बल्कि भारत की आत्मपरकता, सहिष्णुता, आध्यात्मिकता और संघर्षशीलता निहित है। सिन्धु के तटों से चलकर स्वतन्त्रता की देहरी तक पहुँची हुई चेतना ने अनेक उत्थान-पतन देखे हैं। इसका भौतिक कलेवर अनेक बार क्षतविक्षत भी हुआ।

किन्तु अपनी जिजीविषा के बल पर पुनः-पुनः उठकर राष्ट्रवाद की अलख जगाना भारतबोध के कारण ही सम्भव हो पाया।

3. दार्शनिक एवं आध्यात्मिक आयाम (Philosophical & Spiritual Dimension)

भारत-बोध के अन्तर्गत वह दृष्टि समाहित है जो भारत को केवल एक देश नहीं, अपितु एक जीवन्त आत्मा, एक सनातन चेतना और एक वैश्विक मार्गदर्शक सत्ता के रूप में देखती है। इस दृष्टि का मूलाधार दार्शनिक जिज्ञासा एवं आध्यात्मिक साधना है। केवल वेदों, उपनिषदों और शास्त्रों में नहीं, लोकाचारों, यौगिक साधना पद्धतियों और सामाजिक व्यवहारों में भी दार्शनिक-आध्यात्मिक चेतना का प्रतिबिम्ब देखा जा सकता है। वेदों का रहस्यवाद, उपनिषदों की अद्वैत-चिन्तनधारा, सांख्य, योग, न्याय, वैशेषिक, मीमांसा द्वारा अनुसन्धित आत्मा, ब्रह्म, मोक्ष, पुनर्जन्म के सिद्धान्त, जैन-बौद्ध-दर्शनों की करुणा और भक्ति-सम्प्रदायों की आत्मनिष्ठ भक्ति सभी मिलकर भारत की दार्शनिक चेतना का निर्माण करते हैं।

उपनिषद् भारतीय दर्शन और अध्यात्म बोध की शिखर उपलब्धि हैं। यहाँ आत्मा और ब्रह्म की अद्वैत चेतना उद्घाटित होती है। 'अहं ब्रह्मास्मि', 'तत्त्वमसि', 'सर्वं खल्विदं ब्रह्म' जैसे महावाक्य केवल दार्शनिक सूत्र नहीं, बल्कि भारत की आत्म-चेतना की आधारशिला हैं। आदि शंकराचार्य ने इस अद्वैत वेदान्त को व्यापक दर्शन के रूप में स्थापित किया और भारत में चारों दिशाओं में चार मठों की स्थापना करके न केवल भारत को आध्यात्मिक दृष्टि से अपितु भौगोलिक और सांस्कृतिक दृष्टि से एकता के सूत्र में बाँधने का उपक्रम किया।

भारत की दार्शनिक परम्परा एकवर्णीय नहीं, अपितु विविध दृष्टिकोणों का समन्वय है। कपिल मुनि का सांख्य द्वैतात्मक दृष्टि से प्रकृति और पुरुष का विश्लेषण कर जीव के लिए कैवल्य का मार्ग प्रशस्त करता है। महर्षि पतंजलि का अष्टाङ्ग-योग मार्ग चित्तवृत्ति निरोध द्वारा आत्मसाक्षात्कार का माध्यम है। न्याय और वैशेषिक प्रमाण, तर्क और पदार्थ के विश्लेषण से सत्य की प्राप्ति का मार्ग उन्मीलित करते हैं। पूर्व मीमांसा यज्ञ-कर्म और धर्म की प्रामाणिकता की व्याख्या करते हैं। उत्तर मीमांसा (वेदान्त) ब्रह्म-विज्ञान और मोक्ष की उपासना है। उपनिषदों को ही आधार बनाकर रामानुज, मध्व, वल्लभ, निम्बार्क आदि भक्त सन्तों ने भक्ति को मोक्ष का सबसे प्रबल साधन मानकर सामान्य जनता के लिए भी मोक्ष का मार्ग प्रशस्त किया। भक्ति सम्प्रदायों में समर्पण, प्रेम और ईश्वर के साथ आत्मा के सम्बन्ध की व्याख्याएँ

विशेष हैं। सन्तों की सुदीर्घ परम्परा ने जाति, लिंग और वर्ग की सीमाओं को लाँघते हुए धर्म को लोकमूल्यों से जोड़ने का स्तुत्य कार्य किया।

वैदिक दर्शन की उक्त शाखाएँ आत्मा, ब्रह्म, मोक्ष और पुनर्जन्म की अवधारणा पर अपना चिन्तन प्रस्तुत करती हैं। भारत का आत्मबोध नित्य, स्वतन्त्र, सर्वव्यापी आत्मा को स्वीकार करता है।[7] ब्रह्म सत्यस्वरूप, चैतन्यमय, अनन्त और निराकार है, जो समस्त विश्व का मूल कारण है। न केवल मृत्यु के पश्चात् मुक्ति है, बल्कि जब आत्मा संसार से परे स्वयं में स्थित हो जाती है तब जीवन की अवस्था में भी मोक्ष सम्भव है। पुनर्जन्म का सिद्धान्त कर्म के सिद्धान्त से जुड़ा है। यह मान्यता भारतीय संस्कृति में नैतिक उत्तरदायित्व और आत्म-संयम को आधार देती है।

दर्शन के वैदिक सिद्धान्तों के अतिरिक्त चार्वाक, बौद्ध, जैन सदृश दृष्टियों ने भी भारतीय जनमानस को प्रभावित किया। गौतम बुद्ध ने अनात्मवाद, क्षणिकवाद और दुःख-निवारण के लिए अष्टाङ्ग मार्ग का प्रतिपादन किया। उनका दर्शन करुणा, नैतिक अनुशासन और मध्यममार्ग पर आधारित है। जैन दर्शन में महावीर स्वामी आदि पच्चीस तीर्थंकरों द्वारा प्रतिपादित अनेकान्तवाद, अहिंसा, स्याद्वाद और कर्म सिद्धान्त भारत-बोध की नैतिक और व्यावहारिक चेतना को गहराई प्रदान करते हैं।

भारत-बोध का दार्शनिक और आध्यात्मिक पक्ष केवल शास्त्रार्थ नहीं, बल्कि जीवन की गहराइयों को जानने, जीने और जगत् से जुड़ने की साधना है। सभी दर्शनों ने आचार के रूप में धर्म-दर्शन का व्यावहारिक पक्ष रखा, जिसमें सत्य, अहिंसा, ब्रह्मचर्य, अपरिग्रह जैसे जीवनमूल्य सम्मिलित हैं। अद्वैत की व्यापक दृष्टि, भक्ति की आत्मीयता, बौद्ध-जैन दर्शन की नैतिकता और योग की अनुशासित साधना आदि तत्त्व मिलकर भारत को एक आध्यात्मिक प्रयोगशाला बनाते हैं। ये भारत को एक ऐसा सांस्कृतिक राष्ट्र बनाते हैं जिसकी चेतना आज भी समग्र विश्व को शान्ति, करुणा और समरसता का मार्ग दिखा सकती है।

4. राजनैतिक एवं सामाजिक आयाम (Political and Social Dimension)

भारत-बोध की व्यापक और गहन आत्मचेतना राजनैतिक और सामाजिक दृष्टि से भी विशेष महत्व रखती है, क्योंकि यही भारत को एक जीवन्त, बहुलतावादी और समावेशी राष्ट्र के रूप में स्थापित करती है। भारत का इतिहास इस बात का साक्षी है कि यहाँ प्राचीन काल से लेकर आधुनिक

7. न हन्यते हन्यमाने शरीरे। — भगवद्गीता 2/20

समय तक शासन और समाज दोनों में ऐसी परम्पराएँ रही हैं, जिन्होंने समता, सहिष्णुता और लोककल्याण को सर्वोच्च मूल्य माना है।

प्राचीन राजनैतिक दृष्टि में गणराज्यों की परम्परा उल्लेखनीय है। बौद्धकालीन गणराज्य जैसे लिच्छवि, शाक्य और मल्ल समाज-निर्णयों को सभा और समिति की सहमति से संचालित करते थे। यह परम्परा आधुनिक लोकतन्त्र की जड़ों को सम्पुष्ट करती है। सम्राट अशोक की धर्मनीति करुणा, अहिंसा, सहिष्णुता और जनहित पर आधारित थी, जिसने शासक को केवल सत्ता का प्रतीक न मानकर नैतिक नेतृत्वकर्ता के रूप में प्रतिष्ठित किया। कौटिल्य का अर्थशास्त्र भी जनकल्याण मूलक राज्य की संकल्पना को प्रस्तुत करता है, जिसमें राजा को प्रजा हित का रक्षक और न्याय का दाता माना गया।[8] इस प्रकार प्राचीन भारतीय राजनैतिक चेतना का आधार जनता का हित और धर्माधिष्ठित शासन रहा।

आधुनिक भारत में यह परम्परा संविधान के माध्यम से पुनः मूर्त रूप धारण करती है। 1950 में लागू भारतीय संविधान भारत को लोकतान्त्रिक, समाजवादी और धर्मसहिष्णु गणराज्य घोषित करता है। मौलिक अधिकार, समान अवसर, सामाजिक न्याय और भाषाई-सांस्कृतिक संरक्षण जैसी व्यवस्थाएँ भारत-बोध की आधुनिक अभिव्यक्तियाँ हैं। संविधान ने विविधता को कमजोरी न मानकर शक्ति में बदलने का मार्ग दिखाया, जिससे 'विविधता में एकता' की वैदिक अवधारणा[9] सुदृढ़ हुई।

सामाजिक दृष्टि से भारत-बोध का मूल भाव समन्वय और सहअस्तित्व है। विदेशी शासन के परिणामस्वरूप जाति और वर्ग आधारित विषमताओं को समाप्त करने का प्रयास भक्ति आन्दोलन और समाज सुधारकों ने किया, जबकि आधुनिक संविधान ने अस्पृश्यता का उन्मूलन और आरक्षण की व्यवस्था कर सामाजिक समता को सुनिश्चित करने का प्रयत्न किया है। धार्मिक विविधता भी भारत की सामाजिक शक्ति है। हिन्दू, मुस्लिम, बौद्ध, जैन, सिख, ईसाई आदि समुदायों ने परस्पर सहजीवन की परम्परा निभाई और सर्वधर्म समभाव को प्रतिष्ठित किया। इसी प्रकार लिंग आधारित असमानताओं को दूर करने के लिए भी निरन्तर प्रयास हुए। वैदिक काल की गार्गी और मैत्रेयी जैसी विदुषी स्त्रियों की परम्परा आधुनिक भारत में महिलाओं की शिक्षा और राजनीतिक प्रतिनिधित्व द्वारा पुनर्जीवित हुई। संविधान के अनुच्छेद

8. प्रजासुखे सुखं राज्ञः प्रजानां च हिते हितम्।
नात्मप्रियं हितं राज्ञः प्रजानां तु प्रियं हितम्॥ अर्थशास्त्र (कौटिल्य) 1/29

9. समानो मन्त्रः समितिः समानी समानं मनः सह चित्तमेषाम्। ऋग्वेद, 10/19/3

14, 15 और 16 स्त्री-पुरुष समानता की संवैधानिक स्वीकार्यता के प्रमाण हैं।

भारत-बोध की राजनैतिक और सामाजिक यथार्थ शक्ति लोकतान्त्रिक परम्परा, समन्वयी समाज और नैतिक राजनीति में निहित है। जब आज सामाजिक विषमता, धार्मिक तनाव या राजनीतिक असहिष्णुता जैसी चुनौतियाँ सामने आती हैं, तब भारत-बोध की यही बहुस्तरीय चेतना समाधान का मार्ग प्रशस्त करती है। इस प्रकार, राजनैतिक और सामाजिक दृष्टि से भारत-बोध एक ऐसे राष्ट्र का आदर्श प्रस्तुत करता है जो न्याय, समता, सहिष्णुता और जनकल्याण पर आधारित है।

5. सांस्कृतिक आयाम (Cultural Dimension)—

भारत-बोध जीवन्त सांस्कृतिक अनुभूति है, जो भारत को भौगोलिक सीमाओं से परे एक विशिष्ट सांस्कृतिक सत्ता के रूप में स्थापित करती है।[10] बहुआयामी जीवन-दर्शन, कलात्मक सौंदर्यबोध, धर्म और अध्यात्म पर प्रतिष्ठित लोकपरम्पराएँ भारत की सांस्कृतिक प्रतिच्छवि का निर्माण करते हैं। जिसने भारत को मात्र 'राष्ट्र' नहीं, बल्कि एक 'सांस्कृतिक राष्ट्र' के रूप में पहचान दी है।

भारतीय सांस्कृतिक दृष्टि का मूल तत्त्व विविधता में एकता है। भाषा, वेशभूषा, आस्था और भौगोलिक विविधताओं के बावजूद भारतीय समाज को एक सूत्र में बाँधने वाली चेतना 'वसुधैव कुटुम्बकम्' और 'सर्वे भवन्तु सुखिनः' जैसी मान्यताओं में व्यक्त होती है। जहाँ पाश्चात्य संस्कृति 'स्व यानि व्यष्टि' को प्राथमिकता देती है, वहीं भारत की संस्कृति 'हम यानि समष्टि' की चेतना को प्रतिष्ठित करती है। यही सह-अस्तित्व और सार्वजनीन कल्याण की भावना भारतीय संस्कृति को विशिष्ट बनाती है।

कलात्मक परम्पराएँ भारत-बोध की सांस्कृतिक दृष्टि की सशक्त अभिव्यक्ति हैं। नाट्य, नृत्य और संगीत भारतीय समाज में केवल मनोरंजन के साधन नहीं, बल्कि यज्ञीय विधि के प्रतिरूप और आत्मिक सन्तोष के साधन माने गए हैं। भरतनाट्यम, कथक, ओडिसी जैसे नृत्य योग के साधन बनकर आध्यात्मिक चेतना को मूर्त रूप देते हैं। इसी प्रकार शिल्पकला और चित्रकला धर्म और सौन्दर्य के अद्भुत संगम के रूप हैं। अजंता, एलोरा, खजुराहो, कोणार्क जैसी कृतियाँ इसका पुष्कल प्रमाण हैं। लोककलाओं में मधुबनी या वारली जैसी चित्रकला के प्रतिरूप जनजीवन और पर्यावरण से जुड़ी संवेदनाओं का सजीव चित्रण करते हैं।

---

10. सर्वा आशा मम मित्रं भवन्तु... । —अथर्व० 19/15/6
यत्र विश्वं भवत्येक नीडम्। —यजुर्वेद 32/8

पर्व और उत्सव भारतीय सांस्कृतिक दृष्टि से अत्यन्त महत्वपूर्ण हैं। होली, दीपावली, ओणम, नवरात्र, बिहू आदि सामुदायिक चेतना और प्रकृति से संवाद के अवसर हैं। ऋतुचक्र के अनुरूप ये उत्सव समाज को एकजुट करने और सह-अस्तित्व का सन्देश देने वाले सांस्कृतिक आयाम हैं।

धर्म और साहित्य में भारत-बोध की सांस्कृतिक दृष्टि और भी सुदृढ़ रूप से दिखाई देती है। रामायण और महाभारत केवल महाकाव्य नहीं, बल्कि सांस्कृतिक आदर्शों की प्रतिष्ठा करने वाले धर्मग्रन्थ हैं। राम मर्यादा पुरुषोत्तम के रूप में आदर्श जीवन का मार्ग दिखाते हैं और कृष्ण धर्म-संस्थापक तथा नीति-पुरुष के रूप में सांस्कृतिक चेतना को सशक्त बनाते हैं। इसी तरह पुराण, जातक एवं पंचतन्त्र कथाएँ नीति, धर्म, करुणा और लोकव्यवहार का ऐसा समन्वय प्रस्तुत करती हैं, जो भारतीय लोकजीवन की नैतिकता और संवेदनशीलता का आधार है।

वर्तमान वैश्विक परिप्रेक्ष्य में भारत-बोध की सांस्कृतिक दृष्टि और भी प्रासंगिक हो उठी है। योग, आयुर्वेद, ध्यान, नाट्य-कला आदि अब विश्व-स्तर पर भारत के सांस्कृतिक निर्यातक बन चुके हैं। जी-20 सम्मेलन का आदर्श वाक्य 'वसुधैव कुटुम्बकम्' इसका प्रत्यक्ष उदाहरण है कि भारतीय सांस्कृतिक दृष्टि आज विश्व में सहसंवाद और सन्तुलन की नई राह दिखा सकती है। ऋग्वेद, भगवद्गीता, नाट्यशास्त्र जैसे मानवता के उपकारक ग्रन्थ संयुक्त राष्ट्र संघ के द्वारा Memory of the world register अंकित करके वैश्विक धरोहर के रूप में सम्मानित किए गये हैं। अतः कहा जा सकता है कि भारत-बोध की सांस्कृतिक दृष्टि केवल अतीत की गौरवगाथा नहीं है, बल्कि वर्तमान की आत्मचेतना और भविष्य की दिशा है। यह हमें विविधता में एकता, कला में साधना, साहित्य में जीवन-दर्शन और धर्म में सार्वभौमिक मूल्यों की अनुभूति कराती है। यही सांस्कृतिक दृष्टि भारत को विश्वपटल पर सहअस्तित्व और लोकमंगल की वैश्विक भूमिका निभाने योग्य बनाती है।

6. आर्थिक आयाम (Economic Dimension—भारत-बोध की संकल्पना केवल ज्ञान, अध्यात्म, संस्कृति या दर्शन तक सीमित नहीं है, उसमें आर्थिक चेतना भी उतनी ही महत्त्वपूर्ण है। भारतभूमि ज्ञान और धर्म की जननी के होने के साथ ही व्यापार, उत्पादन और आर्थिक आत्मनिर्भरता की दृष्टि से भी विश्व में अग्रणी रही है। अर्थ को पुरुषार्थ चतुष्टय में स्थान देकर जीवन के लिए आवश्यक माना गया है। भारत-बोध का आर्थिक आयाम भारतीय जीवन-दर्शन में सदैव नैतिकता, आत्मनिर्भरता और सामाजिक समरसता से जुड़ा रहा है।

प्राचीन भारत में रेशम मार्ग और समुद्री व्यापार के माध्यम से भारतीय वस्त्र, मसाले, रत्न और धातुएँ चीन, मध्य एशिया, रोमन साम्राज्य और अफ्रीका तक पहुँचती थीं। गुजरात स्थित लोथल सिन्धु घाटी सभ्यता का अत्यन्त विकसित बन्दरगाह नगर था, जहाँ सुव्यवस्थित गोदी, गोदाम और व्यापारिक बाजारों के प्रमाण मिलते हैं। यहाँ से मेसोपोटामिया, फारस और अरब देशों तक व्यापार किया जाता था, जिससे भारतीय समुद्री तकनीक और वाणिज्यिक संगठन की प्राचीनता स्पष्ट होती है। दूसरी ओर, केरल का मुजिरिस बंदरगाह, दक्षिण भारत के रोमन, यूनानी और अरब देशों से व्यापार का प्रमुख माध्यम था। यह मसालों, रत्नों और वस्त्रों के निर्यात के लिए प्रसिद्ध था। प्राचीन तमिलसंगमसाहित्य में प्राचीन व्यापारिक कार्यकलापों का विस्तृत वर्णन मिलता है। इन दोनों बन्दरगाहों ने भारत को विश्व व्यापार के मानचित्र पर स्थापित किया और यह सिद्ध किया कि भारत प्राचीन काल से ही वैश्विक आर्थिक एवं सांस्कृतिक आदान-प्रदान का अग्रणी केन्द्र रहा है। तक्षशिला, मथुरा, पाटलिपुत्र और उज्जयिनी जैसे नगर भी व्यापारिक समृद्धि के केन्द्र थे। कालिदास उज्जियनी के बाजारों की भव्यसमृद्धि का उल्लेख किया है। कौटिल्य ने लोकसंसृति की आधारभूत विद्याओं में वार्ता के रूप में कृषि, पशुपालन, वाणिज्य और कर नीति की वैज्ञानिक विवेचना प्रस्तुत की है।[11] इन्हीं नीतियों पर चल कर भारत 'सोने की चिड़िया' कहा गया।

औपनिवेशिक काल में यह आर्थिक शक्ति ब्रिटिश शोषण की भेंट चढ़ गई। भारत के कुटीर उद्योग नष्ट किए गए, कर व्यवस्था ने किसानों को जकड़ लिया और भारतीय बाजार विदेशी वस्त्रों से भर गए। इसके प्रतिरोध में स्वदेशी आन्दोलन और खादी ने आर्थिक स्वावलम्बन का सन्देश दिया। गांधीजी ने ग्राम स्वराज्य के माध्यम से यह प्रतिपादित किया कि भारत की असली आत्मा ग्राम्य जीवन, कुटीर उद्योग और आत्मनिर्भरता में निहित है। चरखा और खादी केवल वस्त्र नहीं थे, बल्कि आत्मनिर्भर भारत-बोध के आर्थिक और सांस्कृतिक प्रतीक थे।

स्वतन्त्र भारत ने योजनाबद्ध विकास, औद्योगीकरण, हरित और श्वेत क्रान्तियों के माध्यम से आर्थिक आत्मनिर्भरता की दिशा में कदम बढ़ाए। वित्तीय संस्थाओं की स्थापना और सार्वजनिक क्षेत्रों का विस्तार आधुनिक भारत की आर्थिक रीढ़ बना। कालान्तर में उदारीकरण और वैश्वीकरण की

11. आन्वीक्षिकी त्रयी वार्त्ता दण्डनीतिश्च इति विद्या: । —अर्थशासत्र 1/2/1

कृषिपाशुपाल्ये वणिज्या च वार्ता, धान्युपशुहिरण्यकुप्यविष्टिप्रदानाद् औपकारिकी

—अर्थशास्त्र 1/4/1

नीतियों ने भारत को विश्व अर्थव्यवस्था से जोड़ा। आज भारत IT, फार्मा, अन्तरिक्ष, डिजिटल भुगतान और स्टार्टअप्स के क्षेत्र में महत्त्वपूर्ण अग्रणी वैश्विक भूमिका निभा रहा है।

भारत-बोध की आर्थिक दृष्टि का सार यह है कि अर्थव्यवस्था केवल धनार्जन का साधन नहीं, बल्कि समाज और मानवता के कल्याण का माध्यम है। इसमें कृषि, प्राचीन व्यापारिक परम्पराएँ, गांधीजी का ग्राम स्वराज्य, स्वदेशी का दर्शन और आधुनिक उद्यमशीलता सब मिलकर यह बताते हैं कि भारतीय अर्थचेतना मूलतः सन्तुलन, आत्मनिर्भरता और नैतिकता पर आधारित है।

7. भारत-बोध के वैज्ञानिक एवं तकनीकी आयाम (Scientific & Technological Dimensions of Bharata-Bodha)

भारत-बोध की अवधारणा इसके वैज्ञानिक और तकनीकी आयामों में भी देखी जा सकती है। भारत का विज्ञान और तकनीक आज वैश्विक बौद्धिक धरोहर के रूप में मान्य है। भारतीय परम्परा ने जीवन को केवल अध्यात्म तक सीमित न रखकर तथ्याधारित वैज्ञानिक दृष्टि से भी देखा और समाज के कल्याण हेतु विभिन्न अनुशासनों का विकास किया। गणित और खगोलशास्त्र के क्षेत्र में आर्यभट, भास्कराचार्य और वराहमिहिर जैसे आचार्यों ने अद्वितीय योगदान दिया। शून्य और दशमलव पद्धति का प्रतिपादन, ग्रहों के गति की वैज्ञानिक व्याख्या, गुरुत्वाकर्षण का संकेत तथा बीजगणित-कलन की विधियाँ भारतीय विद्वानों की मौलिक देन हैं। यही नहीं, बौधायन सूत्र में पायथागोरस प्रमेय और छन्दशास्त्र के मेरुप्रस्तार में पास्कल त्रिकोण का पूर्वज्ञान भारतीय गणित की प्राचीनता को प्रमाणित करता है। आयुर्वेद और चिकित्सा विज्ञान में चरक और सुश्रुत ने शरीर-विज्ञान, औषधि निर्माण और शल्यचिकित्सा की परम्परा को समृद्ध किया। 300 से अधिक शल्यक्रियाओं का उल्लेख तथा त्रिदोष सिद्धान्त आज भी चिकित्सा विज्ञान में प्रासंगिक हैं। इसी प्रकार वास्तुशास्त्र और नगर नियोजन में हड़प्पा-सिन्धु सभ्यता से लेकर अजन्ता-एलोरा, कोणार्क और खजुराहो जैसे मन्दिरों तक भारतीय स्थापत्य-विज्ञान का उच्च रूप दृष्टिगोचर होता है। दिल्ली का लौह स्तम्भ धातु विज्ञान का अनुपम उदाहरण है।

योग और ध्यान भारतीय विज्ञान की वह धरोहर है जिसे आधुनिक मनोविज्ञान और न्यूरो-विज्ञान भी स्वीकार करता है। पतंजलि का योगसूत्र मानसिक स्वास्थ्य और जीवन-प्रबन्धन की वैज्ञानिक प्रणाली के रूप में वैश्विक स्तर पर मान्य है। WHO द्वारा AYUSH को समर्थन मिलना और

कोरोना काल में भारतीय औषधियों व प्राणायाम की प्रासंगिकता इसका प्रमाण है।

भारत की वैज्ञानिक चेतना केवल विज्ञान और तकनीक तक सीमित न रहकर पर्यावरण और पारस्थितिकी विज्ञान की दृष्टि में भी प्रतिबिम्बित होती है। पंचमहाभूतों की आराधना, वृक्ष-पूजन और नदियों का संरक्षण प्राकृतिक विज्ञान और पारिस्थितिक सन्तुलन की प्राचीन समझ को दर्शाते हैं। ब्राह्मण-आरण्यक ग्रन्थों में वर्णित अग्निहोत्र परम्परा वनस्पति और पर्यावरण विज्ञान की नींव है। इस प्रकार भारत-बोध में विज्ञान और तकनीकी विषयक दृष्टि सन्तुलित जीवन, स्वास्थ्य, पर्यावरण संरक्षण और आध्यात्मिक-भौतिक सामंजस्य का मार्ग प्रस्तुत करती है। आज की वैश्विक चुनौतियों के समाधान में भारतीय विज्ञान के मूल्यों की सार्थकता और भी बढ़ जाती है। अतः भारत-बोध का वैज्ञानिक आयाम न केवल अतीत की स्मृति है, बल्कि भविष्य की दिशा भी है।

8. भारत-बोध की समग्र संकल्पना में नारी का स्थान—

भारत-बोध की समग्र संकल्पना नारी विषयक दृष्टि के बिना अपूर्ण है। नारी केवल सामाजिक इकाई न होकर भारत की सांस्कृतिक, दार्शनिक, ऐतिहासिक और आध्यात्मिक चेतना की संवाहिका रही है। वैदिक युग से लेकर आधुनिक भारत तक उसकी भूमिका ने न केवल समाज को दिशा दी, बल्कि भारतीयता की मूल आत्मा के निर्माण में निर्णायक योगदान भी किया। वैदिक युग की ऋषिकाएँ—लोपामुद्रा, घोषा, अपाला, गार्गी और मैत्रेयी आदि इस तथ्य की साक्षी हैं कि भारतीय स्त्री केवल गृहस्थ जीवन तक सीमित न रहकर ज्ञान, दर्शन और तर्क की ऊँचाइयों तक पहुँची। गार्गी का जनक सभा में याज्ञवल्क्य से ब्रह्मज्ञान पर प्रश्न करना स्त्री की बौद्धिक स्वतन्त्रता का प्रमाण है। पौराणिक साहित्य में दुर्गा, काली, सरस्वती, लक्ष्मी आदि देवियाँ शक्ति-संस्कृति की वाहिकायें हैं। सीता, सावित्री और द्रौपदी स्त्री की मर्यादा, संकल्प और प्रतिरोध का बहुआयामी चित्र प्रस्तुत करती हैं।

भक्ति आन्दोलन में लल्लेश्वरी, मीराबाई, जनाबाई आदि ने न केवल धार्मिक समर्पण का स्वर उठाया, बल्कि सामाजिक बन्धनों को तोड़कर स्त्री की आत्मनिर्भरता और स्वतन्त्रता का उद्घोष किया। मध्यकालीन और स्वतन्त्रता संग्राम में रानी चेन्नमा, रानी लक्ष्मीबाई, अहिल्या बाई होल्कर आदि सत्ता, संघर्ष और नीति-निपुणता की जीवन्त प्रतीक हैं। आधुनिक काल में सावित्रीबाई फुले ने शिक्षा के क्षेत्र में अग्रणी भूमिका निभाई, वहीं कस्तूरबा गांधी, सरोजिनी नायडू, अनी बेसेन्ट और अरुणा आसफ अली आदि ने

स्वतन्त्रता संग्राम में सक्रिय भागीदारी दी। साहित्यिक क्षेत्र में क्षमाराव, रमा चौधरी, लीलाराव, महादेवी वर्मा, अमृता प्रीतम और मन्नूभण्डारी जैसी लेखिकाओं ने स्त्री की संवेदनाओं को साहित्यिक चेतना का अंग बनाया।

इस प्रकार, नारी दृष्टि से भारत-बोध का अध्ययन यह स्पष्ट करता है कि भारतीय स्त्री शोषिता या पराधीन नहीं, बल्कि सर्जिका और नेतृत्व करती है। भारत ने नारी को शक्ति, श्रद्धा, सृजन और संघर्ष की वाहिका मानकर समावेशी चेतना का विकास किया। आज जब वैश्विक स्तर पर स्त्री-अधिकार समानता और आत्मनिर्भरता की बात होती है, तब भारतीय परम्परा में ऐसे असंख्य उदाहरण मिलते हैं जो नारी की गरिमा और सक्रियता को पश्चिमी नारीवाद से भी गहरी और व्यापक दृष्टि से प्रस्तुत करते हैं।

निष्कर्षत: कहा जा सकता है कि भारत-बोध एक बहुआयामी अवधारणा है, जो भारत को केवल एक भौगोलिक इकाई के रूप में नहीं, बल्कि उसकी सांस्कृतिक, धार्मिक, ऐतिहासिक और आध्यात्मिक चेतना के समुच्चय के रूप में देखती है। यह अवधारणा भारत की सुदृढ़ राजनैतिक चेतना और सामाजिक समरसता का आधार है। इसमें प्राचीन गणराज्य परम्पराएँ, अशोक की धर्मनीति, चाणक्य का अर्थशास्त्र, और आधुनिक भारत का संवैधानिक लोकतन्त्र सम्मिलित हैं। सामाजिक स्तर पर जाति, वर्ग, धर्म और लिंग आधारित विविधताओं के बीच समन्वय और समरसता की चेष्टा भारत-बोध का अभिन्न अंग है। सांस्कृतिक, दार्शनिक और भाषिक पक्षों के साथ-साथ आर्थिक समृद्धि भी इसमें आधारभूत भूमिका निभाते हैं। प्राचीन व्यापार-व्यवस्था से लेकर उपनिवेशकालीन शोषण, स्वदेशी आन्दोलन और गाँधी के ग्राम स्वराज्य के स्वप्न तक, भारत की अर्थनीति स्वावलम्बन के आलोक में देखी जा सकती है। भारत-बोध में वैज्ञानिक और तकनीकी योगदान का भी केन्द्रीय स्थान है, जिसमें शून्य और दशमलव की खोज, आयुर्वेद, खगोलशास्त्र, गणित, वास्तुशास्त्र, योग और पर्यावरण चेतना जैसी परम्पराएँ सम्मिलित हैं। इसके अतिरिक्त, भारत के प्राकृतिक भूगोल—नदियाँ, पर्वत, वन और समुद्र भी सांस्कृतिक-दार्शनिक दृष्टि से भारत-बोध का अंग हैं। इस प्रकार, भारत-बोध भारत की आत्मा, संस्कृति, परम्परा, विचारधारा, जीवन-दृष्टि और वैश्विक भूमिका की समग्र और सूक्ष्म समझ को व्यक्त करता है, और भारत को एक जीवन्त चेतना के रूप में परिभाषित करता है।

■

संस्कृत साहित्य में भारत बोध

सरोज कौशल

शौर्य परम्परा श्रेष्ठा तथा कर्त्तव्यनिष्ठता।
बलिदानबलं यत्र-तत्र नास्ति पराजयः ॥

—जनविजय 16/41

राष्ट्रस्य जीयाज्जन एक आत्मा प्रभुत्वसत्ता च जनस्य जीयात्।
अन्यायमुज्जासयितुं च जीयात् क्रान्तिविस्फुलिङ्गप्रतिभाविवेकः ॥

—जनविजय 15/58, परमानन्दशास्त्री

राष्ट्र की आत्मा जीवित रहे, जनता के प्रभुत्व की सत्ता चिरञ्जीविनी हो। क्रान्ति के स्फुलिंग की प्रतिभा का विवेक अन्याय को उखाड़ फेंकने के लिए विद्यमान रहे।

'संस्कृत' मात्र एक भाषा ही नहीं है अपितु हमारे राष्ट्र की अस्मिता भी है। सर्वाधिक प्राचीन भाषा का गौरव भी संस्कृत को ही प्राप्त है। इस भाषा का प्राचीन गौरव जितना देदीप्यमान है, समकालीन साहित्य-सर्जना भी उतनी ही तेजस्विनी एवं प्रखर है। बीसवीं शताब्दी संस्कृत काव्य-रचना हेतु उर्वरता का काल सिद्ध हुआ। स्वातंत्र्य पूर्व तथा स्वातंत्र्योत्तर काल—इन दो कालखण्डों में संस्कृत के रचनाकारों ने राष्ट्रभक्ति तथा परतन्त्रता-मुक्ति की धारा में काव्य-रचना की। संस्कृत की कवि-परम्परा ने जिस स्वराज्य-विमर्श का उद्घोष किया उसमें प्रतिपद ओज का सम्वर्धन दृष्टिगोचर होता है।

बीसवीं शताब्दी के संस्कृत साहित्य को यदि हम दो मुख्य भागों में विभाजित करें तो स्वतन्त्रता संग्राम एक मानदण्ड के रूप में प्रतीत होता है। स्वतंत्रता प्राप्ति से पूर्व में रचा गया संस्कृत साहित्य तथा स्वतंत्रता संग्राम के पश्चात् रचा गया संस्कृत साहित्य। इस युग के समस्त रचनाकारों ने स्वतन्त्रता संग्राम की प्रमुख प्रवृत्तियों तथा क्रान्तिनायकों को अपने काव्य का प्रमुख विषय बनाया। यदि सूक्ष्मेक्षिकया आलोचना की जाये तो इस कालखण्ड में राष्ट्रबोध अथवा स्वराजविमर्श ही मुख्यरूप से काव्यप्रयोजन रूप में उभरा।

समकालीन अनेक संस्कृत कवियों ने स्वतन्त्रता आन्दोलन में क्रान्तिकारी

के रूप में भी भूमिका निर्वहन किया और लेखनी के माध्यम से भी जन-जन के मन को आन्दोलित किया। एक-एक कवि व्यक्तित्व की उदात्तता एवं विराटता के कारण सांस्थानिक व्यक्तित्व का मूर्तिमान् रूप था। उनकी कवितायें अग्निपथ को प्रशस्त करती थीं। महर्षि अरविन्द की भवानी भारती, पण्डिता क्षमाराव की सत्याग्रहगीता और शङ्करजीवनाख्यानम्, पण्डित अम्बिकादत्त व्यास का शिवराजविजय तथा क्रान्तिनायकों और सन्तों के चरित को विषय बनाकर रचे गये साहित्य ने क्रान्ति के पथ पर दीपशिखा प्रज्वलित की।

महर्षि अरविन्द एक दार्शनिक तथा महायोगी के रूप में सुप्रथित हैं, इन्होंने स्वतंत्रता संग्राम में एक क्रान्तिकारी के रूप में भाग लिया। अलीपुर जेल में इन्हें अनेक दिव्य अनुभूतियाँ हुईं तथा इन्होंने 'भवानी-भारती' जैसे अद्‌भुत काव्य की रचना की। यह राष्ट्रीय अस्मिता से ओत-प्रोत काव्य है। महर्षि अरविन्द की यह मान्यता थी कि राष्ट्रीय पुनर्जागरण के लिए भारत की अध्यात्म-चेतना को जागृत करना नितान्त अपेक्षित है। इस कविता में अग्निशिखायें देदीप्यमान होती हुई प्रतीत होती है। कवि वर्ग भेद तथा वर्ण-भेद को विस्थापित कर राष्ट्रमङ्गल के लिए सम्मिलित उद्यम का आह्वान करता है—

ये के त्रिमूर्तिं भजतैकमीशंये चैकमूर्तिं यवना मदीयाः।
माताह्वये वस्तनयान् हि सर्वान्निद्रां विमुञ्चध्वमये शृणुध्वम्॥[1]
वे सब सुनें पूजा करते जो त्रिमूर्ति की,
और यवन जो पूजा करते एकमूर्ति की।
माँ बुला रही तुम सब मेरे बेटे।
निद्रा त्यागो और सुनो जो कहती हूँ मैं॥

कवि प्रत्येक देशवासी को जागृत और स्फूर्त करना चाहता है, चाहे वह किसी भी प्रान्त का हो अथवा सम्प्रदाय का हो अथवा धर्म का हो। जब राष्ट्ररूपी महान् लक्ष्य सामने हो तो सम्प्रदाय तथा वर्ग-वर्ण के संकुचित आवरणों का छिन्न-भिन्न हो जाना ही अनिवार्य हो जाता है। महर्षि अरविन्द 'उत्तिष्ठ देहि' उठो और राष्ट्र को अपना सर्वस्व प्रदान करो अथवा अपने कर्त्तव्यपूर्ति के लिए कृतप्रतिज्ञ हो जाओ, ऐसा आह्वान पुनः-पुनः करते हैं।

'उत्तिष्ठ भो जागृहि सर्जयाग्नीन्.....
उठो, उठो रे जागो जागो, तुम तो हो
प्रत्यक्ष तेज उस परमपुरुष के, उर में
आग ज्वलित है एक चिरन्तन सबके।

1. भवानी भारती, 24

आज दहन कर दो बैरी को,
फिर निर्द्वन्द्व विहार करो॥[2]

भवानी के वचनों में मानो साक्षात् अग्नि ही विद्यमान है। उस भवानी के आह्वान से तो प्रमादी से प्रमादी व्यक्ति भी राष्ट्र के लिए सन्नद्ध हो सकता है—

आह्वान कर भारत के उन वंशधरों का
जिनमें आग चिरंतनता की सदा जल रही।
तुम जीतोगे समर, डरो मत, उठो सुप्त सिंहों! उठो

'उत्तिष्ठोतिष्ठ सुप्तसिंहा:!' यह आह्वान ओजस्विता की पराकाष्ठा का सूचक है। ऐसी अग्निगर्भिता वाणी से ओत-प्रोत रचना संस्कृत कविता को तत्काल में जितनी सार्थकता प्रदान करती है, एतत्काल में भी यह कविता हमें उसी रूप में आन्दोलित करती है।

जब रक्षक अपना कर्त्तव्य विस्मृत कर देते हैं और भोगों में निमग्न हुए अपने कुल को कलंकित कर रहे हों तो ऐसे सत्ता-मदचूर शासकों का कवि ही मार्गप्रदर्शन कर सकता है। कठोर शब्दों में उपालम्भ देने का सामर्थ्य ही कवि को 'क्रान्तद्रष्टा' के विरुद से विभूषित करता है—

कः क्षत्रबन्धुर्भवनेषु गूढो
मद्येन कटाक्षैश्च विलासिनीनाम्।
धर्मान्यशो दुर्बलं विस्मृतोऽसि
युध्यस्व भो वञ्चक रक्षधर्मान्॥[3]
महलों के भीतर छुप-छुप कर
राजन्य कौन यह भ्रुविलास-मदिरा में डूबा
धर्म और यश भूल गया दुर्बल! रे वञ्चक !
उठ, अब कर तू युद्ध
और रक्षा कर अपने धर्मों की।

जब 'रक्ष धर्मान्' कहा जा रहा है तो यहाँ धर्म एक व्यापक अर्थ का सम्प्रेषक है। संस्कृत के कवि ने 'धर्म' पद का प्रयोग कभी संकुचित अर्थ में नहीं किया। यह कवि का साहस है कि वह सत्ताधीशों को भी उपालम्भ देने में समर्थ है। यह संस्कृत कवि की निर्भीकता वस्तुतः लाघनीय है।

अरविन्द ने उत्तेजक शब्दों के प्रयोग से भारतीय जन के स्वाभिमान को जागृत करने का कर्त्तव्य निर्वाह किया—

---

2. भवानी भारती, 18
3. भवानी भारती, 19

क्लीब! जियोगे कब तक ऐसे
वृथा प्रहारों को सह-सह कर........
म्लेच्छजनों का चरणामृत पीकर
यह कौन गर्व कर रहा विप्र होने का
म्लेच्छस्य पूतश्चरणामृतेन गर्वं
द्विजोऽस्मीति करोति कोऽप्यम् ?[4]

संस्कृत के कवि के ये तेवर, भाषा तथा भाव की उद्दीप्तता सभी को आश्चर्यचकित करती है तथा जन-जागरण रूपी प्रयोजन का भी सन्धान करती है। यह संस्कृत-कविता का वस्तुतः अग्निपथ है। वह शासकों को भी चुनौती देती है तथा प्रजा के समक्ष प्रतिसत्ता रचने का विकल्प भी स्थापित करती है।

96 श्लोकों में रचा गया यह काव्य आकार की दृष्टि से तो लघुकाव्य के अन्तर्गत परिगणित किया जायेगा परन्तु अर्थसौष्ठव की दृष्टि से यह महाकाव्यरूप रचना प्रतीत होती है। इसका अंग्रेजी अनुवाद अरविन्द आश्रम, पाण्डिचेरी तथा हिन्दी अनुवाद मुरलीधर चाँदनीवाला के द्वारा प्रकाशित किया गया है।

नवजागरण परम्पराओं के सम्वर्धन मात्र का काल नहीं है अपितु नूतन परम्पराओं और प्रतिमानों की स्थापना का काल है। इससे पूर्व संस्कृत कविता के ऐसे ओजस्वी स्वर की तो कोई कल्पना भी नहीं कर सकता था।

महर्षि अरविन्द केवल क्रान्तिकारी ही नहीं थे अपितु भारतीय शास्त्र-परम्परा के उदात्त चिन्तक थे। 'गीता-प्रबन्ध' जैसे ग्रन्थ को रचकर वे भगवद्गीता की तद्युगीन व्याख्या प्रस्तुत कर रहे थे। 'गीता-प्रबन्ध' में योगी अरविन्द ने कर्म की विलक्षणता का अद्भुत गान किया है। व्यवहार में कर्म की महत्ता का प्रतिपादन ही उनका उद्घोष प्रतीत होता है।

इनके अतिरिक्त बालगंगाधर तिलक का गीता-रहस्य, महात्मा गाँधी का अनासक्त योग और विनोबा का गीता-प्रवचन, आचार-शास्त्र के रूप में सबके मार्गदर्शक बने। राष्ट्र को ऐसा नेतृत्व प्राप्त हुआ जो कर्मयोग के साथ-साथ चिन्तन की उदात्तता से भी गौरवान्वित था।

पं० अम्बिकादत्त व्यास ने 'शिवराजविजय' नामक छत्रपति शिवाजी के जीवन को आधार बनाकर यह ऐतिहासिक उपन्यास रचा गया। सर्वप्रथम 1901 में इसका प्रकाशन हुआ। कवि का यह उपन्यास पाश्चात्य तथा बांगला उपन्यासों से बहुत प्रभावित है। इसमें निरूपित घटनायें कल्पित न होकर वास्तविक प्रायः हैं। बंकिमचन्द्र चट्टोपाध्याय जैसे बंगाली कवियों ने जिस

4. भवानी भारती, 17

उद्देश्य को सामने रखकर 'आनन्दमठ' सदृश कृति की रचना की होगी, उसी उद्देश्य से पं० अम्बिकादत्तव्यास ने शिवराजविजय का सर्जन किया।

वस्तुतः यह धर्म-संस्कृति के ध्वंस की कुचेष्टाओं के प्रति विद्रोह का काव्य है, राष्ट्र के गौरव का स्मारक है। राष्ट्र की जयचेतना का मन्त्रोच्चार है और राष्ट्रीय अस्मिता तथा स्वाभिमान के जागरण का गीत है।

व्यास जी ने ऐसे समय में शिवराजविजय लिखकर राष्ट्रीय प्रेम से परिपूर्ण महाराज शिवाजी का आदर्श हमारे सम्मुख रखा, जब 1857 में प्रथम स्वाधीनता संग्राम की विफलता के पश्चात् जनता में भय तथा आतंक व्याप्त था। ऐसे विकट काल में शिवराजविजय ने देशभक्तिपूर्ण कथानक के माध्यम से जनता में शंखनाद का पवित्र कार्य किया।

जिस विलासिता और व्यसन के कारण हिन्दू राजाओं का पतन हुआ उसी विलासिता और भोग के कारण मुस्लिम शासकों का भी पराभव हुआ। उनके अत्याचारों का वर्णन करते हुए व्यासजी कहते हैं—

'क्वचिद् दाराअपरियन्ते, क्वचित् धनानि लुण्ठ्यन्ते क्वचिदार्तनादाः, क्वचिद् रुधिरधाराः, क्वचिदग्निदाहः, क्वचिद् गृहनिपातः इत्येव श्रूयतेऽवलोक्यते च परितः।'

शिवाजी अन्य हिन्दूराजाओं में अपवाद रूप थे क्योंकि न तो उनमें दुर्बलतायें थीं और न ही स्वार्थलिप्सा। वे पराक्रमी, राजनीति में पारङ्गत एवं कुशल प्रशासक थे, उनकी व्यूह रचना ओजस्विता एवं धीरता अपूर्व थी। इसीलिए उन्होंने विशाल सेना वाले मुस्लिम शासक के विरुद्ध विजय प्राप्त की थी। ऐसे सफल प्रयोग वाले चरित्र को लेखनी के माध्यम से अम्बिकादत्त व्यास ने जन-जन के मध्य जीवन्त कर दिया।

समकालीन संस्कृत साहित्य में पण्डिता क्षमाराव ने संस्कृत काव्यरचना में यथार्थ बोध अथवा युगबोध का सूत्रपात किया और सत्याग्रह गीता के माध्यम से राष्ट्र के जीवन चरित की अद्‌भुत व्याख्या की है। पण्डिता क्षमाराव ने शासन के सूत्रों की व्याख्या करते हुए कहा—

भारतं शासितुं शक्यं धर्मेणैव हि केवलम्।
न स्वार्थलोलुपत्वेन, न च निर्घृणभावतः॥

भारत पर केवल धर्म के द्वारा ही शासन किया जा सकता है, न कि स्वार्थ से लोलुप होकर तथा न ही नृशंस बनकर। वस्तुतः यह अंग्रेज शासकों के प्रति क्षमाराव की चेतावनी मात्र नहीं थी अपितु भावि-शासकों को भी पण्डिताक्षमा राव ने शासन-सूत्र का संकेत किया है। स्वार्थपूर्ण प्रवृत्ति तथा नृशंस मनोभाव से कोई भी शासक अथवा नेतृत्व सफल नहीं हो सकता है।

पं० क्षमाराव ने अनेक रूढ़ियों को तोड़ा। उनकी घोषणा हमें आन्दोलित करती है, जब वे कहती हैं कि सुजाति का सबसे बड़ा चिह्न शील ही है, न तो जाति और न ही आजीविका सुजाति का अवधारण करते हैं।

शीलं चिह्नं सुजातस्य न जातिर्न च जीविका।

—सत्याग्रहगीता

अयोग्य व्यक्ति यदि अधिकारसम्पन्न हो जाता है तो वानर के हाथ में उस्तरा (शस्त्रपाणि:कपिर्यथा) देने के समान कार्यनाश निश्चित है। शासक का परम धर्म है—प्रजा का अनुरंजन करना। 'चिन्तितं लोककल्याणं राज्ञा वा सचिवेन वा।' राजा तथा सचिव का कर्त्तव्य यही है कि वे अहोरात्र लोककल्याण में संलग्न रहें। ऐसा चिन्तन संस्कृत की समकालीन कवि-परम्परा ने अनेक विधाओं के माध्यम से किया है।

स्वतंत्रता संग्राम तथा महापुरुषों की समष्टि का अवदान, इससे कोई भी साहित्य अस्पृष्ट नहीं रह सका। संस्कृत के रचनाकारों को भी राष्ट्रबोध ने आन्दोलित किया और उन्होंने राष्ट्रबोध अथवा स्वराजविमर्श को अपनी रचनाओं के केन्द्रीय भाव रूप में निरूपित किया।

अनेक कवियों ने अपने काव्यप्रयोजन को भी परम्परा-प्राप्त प्रयोजनों से पृथक् निर्दिष्ट किया। गोस्वामी बलभद्रप्रसाद शास्त्री अपनी कृति के प्रयोजन को बताते हैं—

भूयात् कृतिर्मे जनचेतनार्थं यूनामसौ चेतसि शङ्खनादः ॥[5]

मेरी रचना जनचेतना के लिए युवाओं के हृदय में शङ्खनाद का काम करे।

राष्ट्रवादी धारा से जुड़कर गीति विधा में नया प्राण फूँकने वाले हरिदत्त पालीवाल निर्भय तथा रामनाथ पाठक प्रणयी भी अतिमहत्त्वपूर्ण कवि के रूप में स्मरणीय हैं। इनके गीतों में अग्निज्वाला सा कवि व्यक्तित्व और ओजस्विता का अद्‌भुत स्तर है।

मधुकर शास्त्री ने तीर्थंकर स्वामी पर आधारित 'श्रीमहावीरसौरभम्' नामक महाकाव्य की भी रचना की। यद्यपि यह काव्य महावीर पर आधारित है तथापि इसमें भी कवि ने राष्ट्रीय बोध का सुन्दर गुम्फन किया है।

इन्द्रभूते व्यक्तिसेवा न मे जात्वपि रोचते।
जनार्चेव जिनार्चाऽस्ति जनतेव जनार्दनः ॥

इन्द्र के समान ऐश्वर्यसम्पन्न व्यक्तियों की सेवा मुझे कदापि रुचिकर नहीं लगती है। जन-जन का अर्चन ही वस्तुतः जिनार्चा है क्योंकि जनता ही जनार्दन है। यह संस्कृत-कवि की विशद तथा पवित्र भावना है कि वह जन-

5. तदेव, पृ० 172

जन में जिन दर्शन अथवा जनार्दन दर्शन करता है। लोक के प्रति कवि की भावना उदात्त भावभूमि का स्पर्श करती है। कवि प्राचीन कथाभूमि में भी युगधर्म को अंकुरित करने में सफल हुआ है।

भरतपुर के मेवाराम कटारा पङ्क की एकांकियों के भरतवाक्य में हम राष्ट्र के प्रति प्रकट की गई भावना को राष्ट्रबोध के उत्कृष्ट उदाहरण के रूप में देखते हैं—

राष्ट्रे सदा मदीये तु हिंसा भवेत्कदापि न
यौतुकोत्कोचहीनश्च बन्धुवैरं न वर्धयेत्।
संगच्छेयुः यदा सर्वे संवदेयुश्च भारताः,
स्वातन्त्र्योऽपि सुराष्ट्रस्य तिष्ठेच्च सुखसम्पदा॥

—नरबलिः, पृ० 50

मेरे राष्ट्र में कभी भी हिंसा न हो। दहेज तथा रिश्वत से रहित राष्ट्रजीवन हो। बन्धुवैर कभी न बढ़े। सभी भारतीय सदा साथ-साथ गमन करें। स्वतन्त्र सुराष्ट्र की सम्पत्तियाँ निरन्तर सम्वर्धित होती रहें।

वैद्य सत्यनारायण शास्त्री ने भारतदिग्दर्शनम् नामक त्रयोदशसर्गात्मक महाकाव्य की रचना की। पारम्परिक महाकाव्य संविधानक में कथावस्तु आदि की दृष्टि से यह पृथक् रीति वाला महाकाव्य है। भारत माता ही इसमें नायिका है। इस काव्य के सप्तम् सर्ग में काव्य-नायिका भारती के दिल्ली गमन का प्रसंग है, जहाँ वह विकृत राजनीति को जन्म देने वाले दुराचारी नेताओं को देखती है। विभिन्न धर्मावलम्बियों को परस्पर झगड़ते हुए देखती है। उनकी तुच्छ मानसिकता के कारण वह अन्यत्र गमन करती है, जहाँ भारतीय समाज में फैली कुप्रथाओं से उद्विग्न होती है। विदेशियों का अन्धानुकरण, प्राचीन शिक्षा नीति की दुर्गति आदि के द्वारा कवि शास्त्री सभी को आन्दोलित करने का प्रयास करते हैं। स्वतन्त्रता प्राप्ति के पश्चात् ऐसी दुर्दशा की तो हमने कल्पना भी नहीं की थी।

डॉ. नारायण शास्त्री काङ्कर ने 'रचनाभ्युदय' नामक महाकाव्य के 21 सर्गों में विभिन्न विषयों का सम्मिश्रण कर भिन्न-भिन्न सर्गों का नामकरण भी पृथक्-पृथक् किया है। चतुर्थ सर्ग गणतन्त्र सर्ग है, जिसमें भारतीय गणतन्त्र का अभिनन्दन, प्रजावर्ग हेतु सुख-सुविधाओं की कामना तथा गणतन्त्र से नायकों को सद्बुद्धि देने की प्रार्थना की है। कविवर काङ्कर जी ने स्वराज्य को सुराज्य में परिवर्तित करने का उद्घोष करते हुए कहा—

स्वराज्यमेतद् गणतन्त्ररूपम्,
भवेत् सुराज्यं न पुनः स्वराज्यम्।

तुच्छैके पिण्डार्थमपि प्रहारं,
करोतु कस्मिन्नपि कोऽपि यत्र॥

वे स्वराज्य को सुराज्य में परिणत करने के पक्षपाती हैं। स्वराज को कवि ने स्वार्थपूर्ण तुच्छ प्रवृत्ति का सूचक माना है और सुराज्य उत्तम नीतिपूर्ण राष्ट्रनीति का प्रतीक है। कोई भी नेतृत्व मनोगत नीति से राष्ट्ररूप इकाई का संचालन नहीं कर सकता है। सर्वजनहिताय तथा सर्वजनसुखाय मन्त्र से ही सुराज्य की स्थापना सम्भव हो सकती है।

इस पृथिवी पर जड़-चेतन का जितना समुदाय है, उसमें एकमात्र मनुष्य ही उचित-अनुचित का विवेक होने के कारण सर्वश्रेष्ठ है। अतएव उसे स्वतंत्रता की साधना करते हुए अपनी मातृभूमि के बंधच्छेद का व्रत धारण करना चाहिए—

जड़-चेतन-समुदाये तु च यः सर्वश्रेष्ठः,
उचिताऽनुचितविवेकशील-जीवेषु ज्येष्ठः।
स तु समीहते न कथं स्वातन्त्र्यं साधयितुं,
मातृभूमि-बन्धच्छेद व्रतमाराधयितुम्॥[6]

विद्याधरशास्त्री ने 'राष्ट्रजीवनम्' काव्य में अन्वय तथा व्यतिरेक से कथन करते हुए महत्त्वपूर्ण सूत्र प्रदान किये—

बुद्धिर्यस्मिन् बलं यस्मिन् यस्मिन् कोषस्य सद्व्ययः।
राष्ट्रं तत्सर्वसम्पन्नम् भवेद् राष्ट्रशिरोमणिः॥[7]

जिसमें बुद्धि होती है, जिसमें बल तथा कोष का सद्व्यय होता है वह राष्ट्र सर्वसाधन-सम्पन्न होता है तथा राष्ट्रशिरोमणि कहलाता है। व्यतिरेक विधि से कवि ने राष्ट्र की अवनति के कारण भी निर्देशित किये हैं—

राष्ट्रे यस्मिन् कलिर्दम्भः स्वार्थबुद्धिश्च जृम्भते।
विश्वासो न मिथः कश्चित् पतनं तस्य निश्चितम्॥[8]

जिस राष्ट्र में लोग दम्भी हों, स्वार्थबुद्धि वाले हों, तथा अविश्वासी हों, उस राष्ट्र का पतन निश्चित है। राष्ट्रोन्नति में बाधक तत्त्वों की परिगणना करते हुए विद्याधर शास्त्री ने इनसे सावचेत किया है।

श्री पद्मशास्त्री का 'स्वराज्यम्' काव्य भारत की भास्वरता का ओजस्वी वाणी में गुणगान करता है। कवि लेखनी के माध्यम से स्वकीय पद्यपुष्पों से 'स्वराज्य' को प्रदान करने वाले वीरों का अभिनन्दन करता है—

6. प्रतापचरितम्, 7/12
7. राजस्थान के संस्कृत कृतिकारः शंकरलाल शास्त्री, पृ० 326
8. राजस्थान के संस्कृत कृतिकारः शंकरलाल शास्त्री, पृ० 326

स्वराज्यार्पितदेहेभ्यः स्वराज्यप्राप्तिकाम्यया।
समर्प्यते स्वराज्यं वै पद्मपुष्पैर्मयाधुना॥ —1/7

जिन वीरों ने स्वराज्यप्राप्ति की कामना से स्वराज्य के लिए अपने शरीरों की आहुति प्रदान कर दी, उनके लिए मैं पद्मपुष्पों के माध्यम से यह 'स्वराज्यम्' नामक रचना समर्पित करता हूँ। राष्ट्रबोध का प्रबल भाव इस काव्य में पदे-पदे परिलक्षित होता है। लोक उसकी यशः गाथा गाता है जो वैभव से आकृष्ट नहीं होता अपितु वैभव को विघ्नरूप मानता है—

समग्रविश्वप्रभवो विभवो विघ्नयत्यसौ।
त्रिवर्गतृणवन्मत्वा लोकास्तं पर्युपासते॥ —स्वराज्यम् 1/14

पद्मशास्त्री जी ने जिस निर्भीकता से छद्मवेषधारी नेताओं पर कटाक्ष किये हैं, उनका पूरा काव्य स्वराज्य के प्रति कवि की उद्दाम भावभूमि की गाथा प्रतीत होता है। ऐसे अनेक काव्य राजस्थानीय संस्कृत कवियों के द्वारा रचे गये। इन सभी काव्यों में राष्ट्रबोध के अनेक आयाम अनावृत्त होते हैं। ये काव्य ऐतिहासिक घटनाओं एवं स्वतंत्रता के योद्धाओं का प्रामाणिक प्रलेख हैं। इस प्रकार का ओजस्वी साहित्य भावि-पीढ़ी के लिए वस्तुतः धरोहर-रूप है, जिससे कि अभिप्रेरणा के नित-नूतन द्वार उन्मीलित होंगे।

पं. शिवदत्त शर्मा चतुर्वेदी ने 'किन्तुशतकम्' में राष्ट्रभक्ति के सन्दर्भ में कहा—

धर्मो देशो राष्ट्रमिति शब्दाः प्रोन्नताः किन्तु।
धूर्तमुखैर्निर्गमनादेते सर्वे निरर्थका जाताः॥

धर्म, देश, राष्ट्र—ये सभी शब्द बहुत उन्नत अर्थ प्रदान करते हैं परन्तु धूर्तों के मुख से निर्गत होने पर ये अपना अर्थ खो देते हैं अर्थात् निरर्थक हो जाते हैं। सम्भवतः यह उद्घोष वर्तमान में अधिक प्रासंगिक प्रतीत होता है, जब राष्ट्र के नाम पर भाषण तो बहुत महान् अर्थपूर्ण दिये जाते हैं परन्तु राष्ट्र के प्रति कर्त्तव्य में सर्वथा विपरीतता पाई जाती है।

संस्कृत कवियों की निर्भीकता भी प्रशंसनीय है। सत्तातन्त्र के समक्ष प्रतिसत्ता रचने का साहस विरले कवियों में ही होता है। निरन्तर अधोगमन करने वाली राजनीति का संज्ञान लेते हुए कवि कहता है—

लोकतन्त्रहट्टेऽस्मिन् पण्यं शासनसूत्रकम्।
सः क्रीणाति हि राज्यत्वं यो वाणिज्यविधौ क्षमः॥

लोकतन्त्र रूपी बाजार में शासनसूत्र क्रययोग्य हो गया है। जो वाणिज्यविधि अर्थात् मोलभाव करने में चतुर होता है वही इसे खरीद लेता है। क्या लोकतन्त्र वस्तुतः वाणिज्यतन्त्र में परिणत हो गया है? क्या वाणिज्य ने

लोकमत को विस्थापित कर दिया है? यह प्रश्न संस्कृत कवि उत्थापित करता है और लोक की चेतना को झंकृत करता है। शोषकों का आतंक संस्कृत कवि को पीड़ित करता है। महाराजदीन पाण्डेय 'विभाष' ने संस्कृत ग़ज़ल में अपनी चिन्ता को अभिव्यक्त करते हुए कहा—

कुत्र वा पिप्पलो वटश्चेतौ।
सर्वतः शोषकोत्कटः को वा॥ —काक्षेणवीक्षितम्, पृ० 32-33

पीपल और बरगद कहाँ चले गये? चारों ओर ये शोषक यूकिलिप्टस ही हैं क्या? कवि विभाष ने पीपल और बरगद कहाँ चले गये? इस अंश में लक्षणा के माध्यम से भारत की गौरवपूर्ण परम्परा के ह्रास पर चिन्ता प्रकट की है। यह अंश शोषण करने वाले तन्त्र पर कटाक्ष करता है। आचार्यश्रीनिवास रथ ने वर्तमान की विषमता का पूर्वाभास कर लिया था। यहाँ न तो पराक्रम की स्थापना की जाती है, न ही योग्यता और सामर्थ्य की समीक्षा की जाती है, जो कुछ भी पौरुषोचित प्रतीत होता है, वह वानर को ही प्रदान किया जाता है—

यदत्र पौरुषोचितं प्लवङ्गमाय दीयते। (तदेव गगनं सैव धरा)

अपनी काव्यप्रतिभा के प्रकाश से संस्कृत जगत् को आलोकित करने वाली कवयित्री डॉ० नलिनी शुक्ला ने स्वतन्त्रता-प्राप्ति के पश्चात् घटित दुर्दशा पर व्यंग्य करते हुए कहा—

मन्ये स्वतन्त्रता प्राप्ता धूर्तैरेव हि केवलम्।
तेषामेव भृताः कोषाः सज्जनाः क्षीणतां गताः॥ —प्रकीर्णम्

मानो स्वतन्त्रता तो धूर्तों के द्वारा ही प्राप्त की गई है। उन्हीं के कोष भरे हुए हैं, सज्जन जन तो शोचनीय अवस्था को प्राप्त हो रहे हैं। जब आचार्य जगन्नाथ पाठक कहते हैं कि दुर्दशा को प्राप्त अपने देश को देखकर राजघाट विलाप कर रहा है, शान्तिवन दुःखी हो रहा है, तो वह देश के लिए अपने प्राणों की बलि देने वाले महात्माओं के बलिदान का स्मरण कराता है और प्रत्येक नागरिक को कर्त्तव्य-पालन हेतु आन्दोलित करता है।

राज्ञो घट्टं विलपति, शान्तिवनं वर्तते विषीददिव।
शक्तिस्थलमनुताम्यति दर्शं दर्शं निजं देशम्॥

—विच्छित्तिवातायनी

संस्कृत कवि परम्परा के शलाका पुरुष आचार्य राधावल्लभ त्रिपाठी ने अपनी कविताओं के व्याज से राष्ट्र एवं समाज चिन्तन को समसामयिक सन्दर्भों में प्रस्तुत किया है। जनतालहरी में कवि ने भारतीय जनता की वर्तमान दशा का संज्ञान लिया है—

गच्छति पुरतो देशः पुनरिह पश्चात् प्रधृष्यते जनता।
कोऽयं समाजवादः प्रगतिर्वा कीदृशी सेयम्॥ —जनता लहरी

देश तो आगे जा रहा है जबकि जनता पीछे धकेली जा रही है। यह कैसा समाजवाद है अथवा कैसी प्रगति है? कवि का अभिप्राय यह है कि जनता की प्रगति से ही देश की प्रगति सम्भव है। यदि देश की जनता का उन्नयन नहीं होता तो देश का उन्नयन अपूर्ण है अथवा दिवास्वप्न ही है।

संस्कृत कवि–परम्परा ने काव्य रचना के प्रयोजन का भी उद्घोष करते हुए 'राष्ट्रदेव का भी उद्घोष करते हुए' राष्ट्रदेव प्रबोधन को काव्य प्रयोजन स्वीकार किया है। गोस्वामी बलभद्र–प्रसाद शास्त्री का कथन द्रष्टव्य है—

'यह देश कुटिल प्रचार करने वाले, आचारहीन लोगों से चारों ओर से घिरा हुआ है। मेरी रचना जनचेतना के लिए युवा लोगों के हृदय में शंखनाद का काम करे।'

देशः समन्तात् कुटिलप्रचारैराचारहीनैः परिवीक्षितोऽयम्
भूयात् कृतिर्मे जनचेतनार्थं यूनामसौ चेतसि शङ्खनादः॥

—चक्रव्यूहम्

आचार्य अभिराजराजेन्द्र मिश्र ने वर्तमान की विकटता को रेखांकित करते हुए कहा—

पापमार्गे यदारभ्य पादं धृतम्।
उन्नतिद्वारमुच्चैस्ततोऽपावृत्तम्॥

जब से पापमार्ग में पैर रखा है तब से उन्नति का उच्च द्वार खुल गया है। यह कथन हमें आत्मावलोकन हेतु प्रवृत्त करता है। भ्रष्टाचरण के तात्कालिक लोभ मनुष्य को मृगतृष्णा के समान आकर्षित करते हैं और तदनन्तर नाश अवश्यम्भावी है।

डॉ० हर्षदेवमाधव ने हाइकू (जापानी कविताविधा) के माध्यम से व्यक्तित्व के संकुचित स्वरूप पर प्रहार करते हुए कहा—

पुरसंस्कृतौ/सुदृढमूलाः वटाः/न प्ररोहेयुः।

नगरसंस्कृति में सुदृढ़ मूल वाले वटवृक्ष (बरगद) नहीं पनप सकते। नगरजीवन की क्षुद्रता पर कवि का कटाक्ष है। वटवृक्ष जैसे विशाल स्वरूप वाले व्यक्तित्व अब नगरों में प्राप्त नहीं होते हैं, यह वस्तुतः राष्ट्ररूप व्यक्ति की हानि है।

संस्कृत भाषा घोर निराशा में भी आशा तथा विश्वास का संचार करती है। कवि–समुदाय भी भारत के नागरिकों से आह्वान करता है कि निजदेश को गर्व के योग्य बनाना ही हमारा पावन कर्त्तव्य है—

कणोऽस्मि ध्रुवं भारतीमृत्तिकायाः।
न तत्किञ्चिदूनं नु रत्नाद् विभातम्॥ —औदुम्बरी

आचार्य अभिराज राजेन्द्रमिश्र जी का यह उद्घोष हमें निजगौरव तथा राष्ट्र-गौरव के लिए अभिप्रेरित करता है। भारतभूमि का रजःकण होना भी हमें गौरवान्वित करता है क्योंकि भारतभूमि का रजःकण भी रत्न से अल्प नहीं है। भारत का सामान्य मानव-संसाधन भी मानवरत्न-संसाधन होने की क्षमता रखता है, यह भाव राष्ट्र को यथार्थतः राष्ट्र अर्थात् देदीप्यमान इकाई में परिणत करने की सामर्थ्य रखता है। समकालीन संस्कृत कवि-परम्परा का प्रदेय इस प्रसंग में वस्तुतः अनुपमेय है।

बीसवीं शती ने संस्कृत के समसामयिक रचनाकर्म में नये वातायन खोले हैं। एक ओर संस्कृत कवियों का प्राचीन काव्य का संस्कार तथा भाषा का परिनिष्ठित स्वरूप उत्कर्ष पर था तो दूसरी ओर प्रजातंत्र की नयी व्यवस्था, बदलते राजनीतिक, सामाजिक पर्यावरण और वैश्विक परिवेश ने उन्हें प्रभावित किया। इस शताब्दी के आरम्भिक दशकों में राष्ट्रीय भावना का एक प्रबल ज्वार संस्कृत कविता में आया। संस्कृत कवि-परम्परा ने भारत की स्वतन्त्रता का स्वर गुंजित किया। गान्धी, तिलक, जवाहर सुभाषचन्द्र बोस आदि राष्ट्रीय विभूतियों के गौरव का संस्कृत कविता ने अद्भुत गान किया। राष्ट्रीयता, राष्ट्रबोध और संस्कृति के परिप्रेक्ष्य में इस राष्ट्र के भवितव्य की पहचान के प्रयास को इस शती के संस्कृत काव्य की प्रमुख प्रवृत्ति कह सकते हैं।

■

हिन्दी साहित्य में भारतबोध

अनन्त मिश्र

भारत केवल एक भूगोल की इकाई ही नहीं है जो कश्मीर से लेकर कोयंबटूर और काठियावाड़ से कलकत्ता तक हो और उसके इस भूगोल का वर्णन हो। पहले तो यह जानना जरूरी है कि हमारी भारतीय चेतना भारत को किस रूप में महसूस करती है। यहाँ तो यहाँ तक कहा गया है कि भारत वह देश है जहाँ जन्म लेने के लिए देवता भी तरसते हैं। भारत प्राकृतिक रूप से भी अद्‌भुत है। एक तो यहाँ छः ऋतुएँ हैं। पर छः में भी बारह माह है जैसे प्रत्येक माह की अपनी विशेषता है। बारह माह में भी चौबीस पक्ष हैं और हर पक्ष की भी अपनी विशेषता है। यहाँ के लोगों की मान्यता है कि समय का चक्र एक रेखकीय नहीं है। अन्य स्थलों पर समय की इकाई अन्य इकाइयाँ प्रयुक्त होती हैं। विभिन्न, पल जैसे समय के बोध के लघुत्तम रूप यही माने जाते हैं। पुनर्जन्म और कर्म विपाक, प्रारब्ध, संचित, क्रियमाण आदि के विचार हर तरह से हमारे जीवन को व्यवस्थित करते हैं। बहरहाल इसमें साहित्य का बहुत श्रेय है।

साहित्य संवेदना से संबंध रखता है। भाव जगत तथा संबंध जगत इसके विषय हैं। भारत बोध इससे भी अन्यतम चेतना का विषय है। यहाँ एक बाह्य जगत तो है ही एक अलौकिक जगत भी है और वह लोक बोध केवल एक मनुष्य जाति से संबंधित नहीं है। यहाँ के साहित्य में गंधर्व, नाग, किन्नर, यक्ष, पिशाच, राक्षस, नाग सब हैं अतः हिन्दी समेत सभी भारतीय भाषाओं में भारत की साहित्य चेतना बहुआयामी है। यह पहला देश है जिसने जगत के व्यापारों से अधिक सृष्टि के व्यापारों की दिशा में अपनी प्रवृत्ति का परिचय दिया और यह खोज की कि यही दृश्य जगत् सब कुछ नहीं है अपितु इसके परे भी कोई अदृश्य संसार है। मनुष्य मरने के बाद उपलोकों में जाता है और अपने कर्मों के अनुसार अच्छे लोकों यानि नरकीय लोकों को प्राप्त होता है और भाषाओं का तो पता नहीं पर अंग्रेजी में 'डेड' का मतलब कि सदा के लिए भरा हुआ। जबकि हिन्दी में कहा जाता है 'वह मर गया' अर्थात् पहले मरा फिर कहीं गया। वह जहाँ गया वह परलोक है।

इन प्रत्यक्ष कारणों से भारतीयता था कि यह सांस्कृतिक इकाई की

प्रवृत्ति अन्य देशों से भिन्न है। भारतबोध का महत्व भारत की संस्कृति का बोध है और भारत कभी संकीण मन का नहीं था : *विश्व भरण पोषण कर जोहा ताकर नाम भरत जस होई।* 'भारतीति भरतः' भारत भरण करता है और मरण को भी जीवट मानता है। यह उदार चेतना भारत की महान संस्कृति है। आदरणीय पण्डित जी ने अपने एक संबध में लिखा है—"कई द्वीपों के बीच एक द्वीप जम्बूद्वीप है उसमें एक भारतवर्ष है। जम्बूद्वीप में भारतवर्ष है। उसके कई नाम हैं। कई प्रदेश हैं। बहुत पुराने प्रदेश हैं। जब 'भारत' नाम आता है तब उसका क्या अर्थ होता है? सबसे पहले वैदिक वाङ्मय में भारत की व्युत्पत्ति मिलती है। भरत अग्नि के उपासक, जो ऊर्जा सबका संभरण करती है, उस ऊर्जा दे उपासक यह भारत है।"[1]

उनका ज्यादा और महान चेतना हिन्दी साहित्य में भी अवतरित हुई है। भारत के हिन्दी लेखकों की अपनी संकीर्णता यह है कि अपना देश-प्रेम नहीं गाया है। वे दार्शनिक थे। आत्मा, चित्त, ईश्वर, अध्यात्म की चर्चा की। किसी भीतरी तत्व को गाया। देश का गुणानुवाद नहीं दिया और यह दार्शनिक सार्वभौमिक रही। 'ध्यान' पर बल दिया जो सबके लिए, सारी दुनिया के लिए स्पृहणीय है। 'ध्यान' का रास्ता एकरूपता की साधना केवल भारतीयों के लिए लाभप्रद नहीं, अपितु सारी दुनिया के लिए फलप्रद है। एकाग्र नहीं होगा कोई तो वह न तो जीवन में सफल होगा, न वैज्ञानिक रिसर्च के लिए, जिसे पश्चिमी दुनिया अपनी बड़ी उपलब्धि मानती है। असल में भारतीयता जड़ भारतीयता नहीं है। इस देश ने अपने वैभव को, ज्ञान के वैभव को, सोच की, समृद्धि को बराबर विस्तारित किया है, चाहे जहाँ पे भी इन देश को लेना पड़ा हो, लिया और उसको समाने ही बनाया। समावेश इसकी मूल प्रकृति रही है। आगम, निगम, ऋण, ग्रीक ज्ञान, विज्ञान, धर्म, धर्म में भी उदात्त और कहीं संकीर्णता नहीं उदारता इसकी संस्कृति रही है, हमारी राष्ट्रीयता के आधारभूत तत्व इस समावेशी ज्ञान परम्परा के परिचालक हैं। गंगा, यमुना और अनेक ऋतुओं वाले इस देश में विभिन्न सम्प्रदाय और संस्कृतियाँ सब समा गईं। सब इसी देश के होकर रह गये।

हिन्दी साहित्य का अलग रूप जो संस्कृतनिष्ठ वेदादि से भिन्न है वह पद्य रूप से प्रारंभ होता है। सिद्धों ने अपनी अटपटी भाषा स्वयं गढ़ी। वे कुछ रहस्य की चर्चा करते पाये जाते हैं और रहस्य को व्यक्त करने के लिए उनकी रहस्यमयी भाषा है। असल में जिन्दगी एक स्वयं में रहस्य है अतः रहस्यवाद तर्क के आधार पर भी सही मालूम पड़ता है।

हिन्दी साहित्य का अलग रूप जो संस्कृतनिष्ठ वेदादि से भिन्न है वह

भाषा के पद्य रूप से आरंभ होता है। सिद्धों ने अपनी अटपटी भाषा स्वयं गढ़ी। वे कुछ रहस्य की चर्चा करते पाये जाते हैं और रहस्य को व्यक्त करने के लिए उनकी रहस्यमयी भाषा है। असल में जिन्दगी एक स्वयं में रहस्य है अतः रहस्यवाद तर्क के आधार पर भी सही मालूम पड़ता है। वे ज्यादातर पुरुष थे, स्त्रियों का उनके जीवन में बहुत महत्व था। पुरुष का चिन्तन, उसकी अभिव्यक्ति और यहाँ तक कि उसकी ईश्वर चिन्ता और गाली और प्रशंसा में कामचेतना न हो, यह अस्वाभाविक है।

प्रारंभिक हिन्दी काव्य में कोई भारत बोध जैसा भाव नहीं है। धीरे-धीरे जब भारत का मनुष्य, मनुष्य से विकसित होकर नागरिक होने लगा तब भारत बोध उद्‌बुद्ध हुआ। वेदों में विशेषकर अथर्ववेद में 'अहं राष्ट्री संगमनी वसूनां' जैसी उक्ति भारतीय राष्ट्रीयता का बोध प्रदान करती है। कालिदास ने हिमालय के गर्व के अनुरूप अपना भारत बोध प्रस्तुत किया।

हिंदी के आरंभिक साहित्य में भारत का बोध आध्यात्मिक चेतना के रूप में है। बार-बार साहित्य और अध्यात्म भारत में एक साथ क्यों हैं, इसका उत्तर आसान है। यहाँ के ऋषियों मुनियों के लिए भौतिक जगत महत्वपूर्ण था पर वे किसी सनातन, नित्य तत्व की खोज में थे। इसीलिए इस देश में भौतिक विज्ञान कम विकसित हुआ। अध्यात्म के तत्त्व यथा योग, काया, परमात्मा की बात ज्यादा हुई। यह चेतना लम्बे समय तक भारतीय, समाचार हिन्दी साहित्य में विद्यमान रही। रीतिकाल को छोड़ दें तो पूरा भक्तिकाल सगुण, निर्गुण ईश्वर कविताएँ द्वारा भक्ति, निर्वाण, मोक्ष, जीवनमुक्ति, सांसारिकता के त्याग, वैराग्य बोध से आप्लावित है। यहाँ तक कि रीति कवि और आचार्य केशव दास भी कहते हैं—

'जलि यह केशवदास, रटत राम-नाम न डरत पुनरुक्ति को।'

बिहारी का प्रसिद्ध दोहा है—

मेरी भवबाधा हरौ, राधा-माधव सोह
जा तन की झाईं परै श्याम हरित द्युति होय।

वन्दना—

दूर भजत हरि पीठ दै
गुन विस्तारन काल
प्रगटत नियरे निगुण हूँ
चंग रंग गोपाल

रीतिकाल के बहुत से कवि श्रीकृष्ण या राम के उपासक हैं। भक्तिकाल में जो संत हैं वे अपने देश की बात कम दुनिया जहान की बात ज्यादा करते

हैं। पहले ही कहा जा चुका है कि भारत कभी अपने अतीत संकीर्ण 'नेशलिस्ट' नहीं था। उसके लिए 'वसुधैव कुटुम्बकम्' ज्यादा महत्वपूर्ण था और हिन्दी-साहित्य में इस भीतरी सरणि का व्यापक प्रभाव दिखाई पड़ता है।

भारतेन्दु युग से लेकर आजादी मिलने तक राष्ट्रीय अंग्रेजों के विरोध में निहित थी। मुगलकाल में भी भूषण जैसे कवियों ने हिन्दुवानी, हिन्दुन कै तिलक राख्यो जैसे छन्द लिख चुके थे। वीरगाथा काल में अपने आश्रयदाता के प्रति जो अतिरिक्त समर्पण कवियों का है, वह भी एक तरह की अपनी भूमि, अपने देश, अपने राज्य के प्रति स्वाभाविक प्रेम का गौरव माना जा सकता है। भारतेन्दु मण्डल के रचनाकारों ने अपनी भाषा, अपनी जमीन, अपनी सांस्कृतिक एकता, उसके प्रति अपनी सजगता और उसके बचाव तथा बढ़ाव के प्रति जो रचनाएँ लिखीं वे भारतबोध के लिए महत्वपूर्ण है।

भारतेंदु ने निज भाषा, निज देश, निज प्रकृति और अपने देश के प्रति लोगों को बहुत जागरूक किया। उन्होंने पूर्वांचल में बस्ती, बलिया की यात्रा की। लोगों को 'धन विदेश चलित जात उहै दुख भारी कह कर अपने और औरों के भाव बोध को जगाया। भारत की लड़कियों को सुशिक्षित कराने की पहल की। वे लोगों को अँधेरे में नहीं रखना चाहते थे। इसके पहले बंगाल से राजाराम मोहन राय के नेतृत्व में नवजागरण का आरंभ हुआ उसका हिन्दी प्रदेशों में नेतृत्व भारतेन्दु युग के रचनाकारों ने किया बाद में महावीर प्रसाद द्विवेदीने मगध की जनता को सजग, सहृदय, जागरूक बनाने की सफल चेष्टा की। द्विवेदी काल के कई कवियों ने भारतवर्ष की राष्ट्रीयता को जागृत किया। माखनलाल चतुर्वेदी, गणेशशंकर विद्यार्थी, दशरथ प्रसाद द्विवेदी, हनुमान प्रसाद पोद्दार, मन्नन द्विवेदी, रामपुरी, द्विजेश, फणीश आदि अनेक नाम हैं, जो भारतीयता और उसकी सांस्कृतिक सम्पदा को अपने-रचना संसार में संवेदनात्मक वाणी दी। सोहनलाल द्विवेदी, अनूप शर्मा, रामनरेश त्रिपाठी आदि अनेक नाम हैं, जिन्होंने भारत बोध को अपने रचनात्मक चेतना से एक अलग उजास देने की कोशिश की। सुभद्राकुमारी, जानकी बल्लभ शास्त्री, द्वारका प्रसाद मिश्र आदि अनेक साहित्यकार थे जिन्होंने भारत और भारत बोध को अपनी रचना का केन्द्र बनाया। भारतबोध का यह मतलब कदापि नहीं कि रचना में भारत-भारत की रट लगाई जाय, भारत बोध का मतलब इसकी सांस्कृतिक सम्पदा, हिमालय, गंगासागर, रामेश्वर, कश्मीर, काठियावाड़, रणथम्भौर, गंगा, यमुना और प्राकृतिक पवित्र जीवन-चेतना में शिद्दत के साथ महसूस करना था और यह कार्य प्रेमचंद, देवकीनन्दन खत्री, गुलाब राय, कन्हैयाल मुंशी, सम्पूर्णानंद, विद्यानिवास मिश्र, कमलापति त्रिपाठी, लल्लू

लाल, सदल मिश्र, ब्राह्मण, चाँद, इन्द्र, कल्याण आदि के संपादकों ने बखूबी निभाया है। लम्बी-चौड़ी फेहरिस्त है, संकेत पर्याप्त है।

छायावाद के आगमन से हिन्दी कविता और इस समय के निबन्धों, कथाओं और अन्य विधाओं में एक नये तरह की राष्ट्रीयता का स्वरूप सामने आया। एक प्रकार की दार्शनिकता जिसका ईश्वर से कम एक उच्चतम चेतना से था, वह हमारे भारतबोध को नयी दिशा देने की सूचक है। 'उज्ज्वल वरदान चेतना का' जैसी कथन और 'साहित्य और दर्शन एक ही वृत्त पर खिले दो पुष्प है' जैसे उद्‌गार भारतीयता बोध के नये रूप थे। जिस सरलीकृत ढंग से 'साकेत' और 'प्रियप्रवास' में भारत था, उसकी अनुभूति थी, उसे 'कामायनी' ने नया फलक प्रदान किया। निराला ने और एक दिशा दी—

नव लय, नव स्वर, नवल कण्ठ नव
नव-नव के नव विहग वृन्द को
नव स्वर, नव पर दे

जैसी प्रार्थना और 'एकमेव माता ही, रहती है निर्निमेष' 'छिनती संतप्त नव' और इसके विपरीत सिंहनी के प्रतिरोध का समर्थन जैसे उद्‌गार राष्ट्रीयता के नये क्षितिज को रेखांकित करने वाले पद-पाठ थे।

बाद में अज्ञेय, मुक्तिबोध, गिरिजाकुमार माथुर, नागार्जुन आदि की रचनाओं ने भारतबोध का एक दूसरा यथार्थवादी स्वरूप प्रस्तुत किया।

कुल मिलाकर हमारी हिन्दी की साहित्य चेतना अपने देश की जड़ों, उसके संस्कारों, उसके विश्वासों, उसकी समाने की चेतना और सबको जोड़कर रखने की भावना से कभी मुक्त नहीं हुई। मुक्ति जीवन नहीं है, जुड़ना जीवन है। यह देखना कि एक ही हवा में प्राणि मात्र श्वास लेता है, प्राणि मात्र उसी बल से, उसी कला से, उसी धरती से, उसी वनस्पति, फूलों और चाँद, सूरज से सरोकार रखता है, जिससे हम रखते हैं, यह एक तरह का एकात्म मानववाद या कि प्रकृति सहचारी भाव भारतीयता की पहचान रही है। यह चीज हिन्दी की रचनाओं में समान रूप से पायी जाती है। विछिन्नता, खण्ड-खण्ड होना, अलग-थलग पड़ना, अपनी नयी राग की स्वतन्त्रता, अकेलापन, अजनबीपन और हताशा, स्वार्थ, संकोच, संकीर्णता न तो भारत के प्रतिपाद्य थे, न हिन्दी साहित्य के। यहाँ मौन अजनबी है, सब अपने हैं, सब समाये हैं, सब अलग पर एक है।

काल, अतीत, अद्यतन आदि में बँटा है, पर जुड़ा है, हम संतति भी हैं। हमारे अतीत का न अन्त है, न भविष्य का। यह काल बोध हमारे हिन्दी संस्कृत और अन्य भारतीय भाषाओं का जीवनाधार है, और आगे भी रहेगा।

■

भारत-राष्ट्र की संकल्पना

कृष्णकान्त शर्मा

'भारत-राष्ट्र की संकल्पना' इस विषय पर चर्चा के पूर्व शीर्षक के अन्तर्गत प्रयुक्त 'भारत' और 'राष्ट्र' —इन दो शब्दों पर कुछ चर्चा करना मैं उचित समझता हूँ। पाणिनीय व्याकरण के सूत्रों के सन्दर्भ में एक उक्ति प्रसिद्ध है—''**सूत्रेष्वेव हि तत्सर्वं यद्वृत्तौ यच्च वार्त्तिके**''। अर्थात् सूत्रों में ही वे समस्त भाव एवं आशय निहित होते हैं जो सूत्रों की वृत्ति में तथा वार्त्तिक में होते हैं। ठीक उसी प्रकार संस्कृत भाषा के शब्दों का यह वैशिष्ट्य है कि इन शब्दों में ही वे सारे आशय विद्यमान होते हैं जिन आशयों के प्रकटनार्थ इन शब्दों का प्रयोग किया जाता है। अत: 'भारत' और 'राष्ट्र' इन दो शब्दों के विश्लेषण से इनका आशय स्पष्ट होगा ऐसा मेरा विश्वास है।

कोष में 'भा' का अर्थ प्रकाश, आभा, कान्ति एवं सौन्दर्य दिया गया है, जो 'भा' अर्थात् प्रकाश में रत है, वह भारत है। प्रकाश का भी अर्थ ज्ञान है और ज्ञान ब्रह्म का स्वरूप है। जैसा कि उपनिषद् में कहा गया है—''सत्यं ज्ञानम् अनन्तं ब्रह्म' ब्रह्म ज्ञानस्वरूप है तथा वह स्वयंप्रकाश है। सूर्य, चन्द्रमा, तारा, विद्युत् एवं अग्नि आदि स्वयंप्रकाश नहीं हैं। ब्रह्म के प्रकाश से ही सूर्य, चन्द्रमा आदि प्रकाशित होते हैं और संसार को प्रकाशित करते हैं। जैसा कि उपनिषद् में कहा गया है—

न तत्र सूर्यो भाति न चन्द्रतारकं
नेमा विद्युतो भान्ति कुतोऽयमग्नि:
तमेव भान्तमनुभाति सर्वं
तस्य भासा सर्वमिदं विभाति॥

(मुण्डकोपनिषद् 2/10)

एतावता जो भा = प्रकाश = ज्ञान में सदा रत है, वह भारत है। पुराणानुसार ऋषभपुत्र भरत पर भारतवर्ष का नामकरण हुआ है। भरत शब्द से अण् प्रत्यय के योग से 'भारत' शब्द निष्पन्न है, जिसका अर्थ है भरत से सम्बद्ध या भरत की सन्तति।

श्रीमद्भागवत में भारतवर्ष के सन्दर्भ में एक कथा आती है भगवान्

ऋषभदेव ने अपने देश अजनाभखण्ड को कर्मभूमि मानकर लोक-संग्रह के लिए कुछ काल गुरुकुल में वास किया। गुरुदेव को यथोचित दक्षिणा देकर गृहस्थाश्रम में प्रवेश करने के लिए उनकी आज्ञा ली। फिर लोगों को गृहस्थधर्म की शिक्षा देने के लिए देवराज इन्द्र की दी हुई उनकी कन्या जयन्ती से विवाह किया तथा श्रौत-स्मार्त दोनों प्रकार के शास्त्रोपदिष्ट कर्मों का आचरण करते हुए उसके गर्भ से अपने ही समान गुणवाले सौ पुत्र उत्पन्न किये। उनमें महायोगी भरतजी सबसे बड़े और सर्वाधिक गुणवान् थे। उन्हीं के नाम से लोग इस अजनाभ खण्ड को 'भारतवर्ष' कहने लगे। येषां खलु महायोगी भरतो ज्येष्ठः श्रेष्ठगुण आसीद् येनेदं वर्षं भारतमिति व्यपदिशन्ति। —(श्रीमद्भागवदत 5/4/9)।

पुनः श्रीमद्‌भागवत के पञ्चमस्कन्ध के षष्ठ अध्याय में भारतवर्ष के गुणों का वर्णन करते हुए कहा गया है—

अहो भुवः सप्तसमुद्रवत्या द्वीपेषु वर्षेष्वधिपुण्यमेतत्।
गायन्ति यत्रत्यजना मुरारेः कर्माणि भद्राण्यवतारयन्ति॥

अर्थात् अहो! सात समुद्र वाली पृथ्वी के समस्त द्वीप और वर्षों में यह भारतवर्ष बड़ी ही पुण्यभूमि है, क्योंकि यहाँ के लोग श्रीहरि के मङ्गलमय अवतार-चरित्रों का गान करते हैं।— (श्री.भा. 5/6/13)

श्रीमद्भागवत में ही भारतवर्ष को कर्मभूमि कहा है—"**तत्रापि भारतमेव वर्षं कर्मक्षेत्रम्**"—(श्री.भा. 5/17/11) अर्थात् नौ वर्षों में भारतवर्ष ही कर्मभूमि है।

भारत के उत्तर और दक्षिण की सीमाओं का वर्णन करने वाला यह श्लोक भी अत्यन्त प्रसिद्ध है—

उत्तरं यत् समुद्रस्य हिमाद्रेश्चैव दक्षिणम्।
वर्षं तद् भारतं नाम भारती यत्र सन्ततिः॥

अर्थात् जो वर्ष समुद्र के उत्तर और हिमालय के दक्षिण स्थित है वह भारत है, जहाँ की सन्तति भारती है। 'भारती' विद्या की अधिष्ठात्री देवी सरस्वती का नाम है। जैसा कि अमरकोषकार ने कहा है— "**ब्राह्मी तु भारती भाषा गीर्वाग् वाणी सरस्वती**"। अतः यहाँ की सन्तति को भारती कहने का अभिप्राय यही है कि विद्या या ज्ञान ही इस राष्ट्र की सन्तति है।

राष्ट्र शब्द की भी निष्पत्ति 'राजृदीप्तौ' अर्थात् दीप्ति अर्थ में विद्यमान राजृधातु से ष्ट्रन् प्रत्यय के योग से हुई है। अतः राष्ट्र का अर्थ भी जो दीप्तिमान अर्थात् प्रकाशमान है वह राष्ट्र है।

इस प्रकार भारत राष्ट्र वह राष्ट्र है जो विद्या या ज्ञान के प्रकाश से सदा

प्रकाशित है।

भारत केवल भौगोलिक सीमा में बँधा हुआ देश नहीं, अपितु एक जीवन्त सांस्कृतिक राष्ट्र है जिसकी चेतना हजारों वर्षों से सतत प्रवाहित होती आ रही है। यहाँ राष्ट्र की संकल्पना राजनीतिक या प्रशासनिक ढाँचे तक सीमित नहीं, बल्कि सांस्कृतिक एकात्मता, आध्यात्मिक दृष्टि, सांस्कृतिक निरन्तरता और विविधता में अद्वैत भावना पर आधारित है। भारत का राष्ट्रत्व किसी काल-विशेष में निर्मित नहीं हुआ, बल्कि अनादि काल से 'राष्ट्र' की अनुभूति यहाँ विद्यमान रही है।

भारत राष्ट्र की प्राचीन संकल्पना

वेदों, उपनिषदों, पुराणों और महाकाव्यों में भारत की भूमि को एक अखण्ड सांस्कृतिक इकाई माना गया है।

ऋग्वेद में भूमि को 'माता' कहकर पुकारा गया—"**माता भूमिः पुत्रोऽहं पृथिव्याः**"।

शुक्ल यजुर्वेद में हमारे वैदिक ऋषि राष्ट्र की मंगलकामना करते हुए किस प्रकार के राष्ट्र की संकल्पना करते थे, इसे हम इन मन्त्रों से समझ सकते हैं—

"**आ ब्रह्मन् ब्राह्मणो ब्रह्मवर्चसी जायतामा राष्ट्रे राजन्यः शूर इषव्योऽतिव्याधी महारथो जायताम्**"

अर्थात् हे ब्रह्मन् हमारे राष्ट्र में (राष्ट्रकल्याणार्थ) यज्ञ करने वाले अध्ययनशील ब्राह्मण उत्पन्न हों। क्षत्रिय शूर, लक्ष्यवेधी, धनुषबाणधारी तथा महारथी उत्पन्न हों।

'**दोग्ध्री धेनुर्बोढानड्वानाशुः सप्तिः**', अर्थात् दुधारू गाय तथा भार वहन समर्थ बैल तथा शीघ्रगामी घोड़ा उत्पन्न हों।

"**पुरन्धिर्योषा, जिष्णू रथेष्ठाः सभेयो युवास्य यजमानस्य वीरो जायताम्।**" मनोहारिणी स्त्री हों तथा इस यजमान को विजयश्री प्राप्त करने वाले, रथारोही सभा में कुशल विद्या-गुण-चरित्रवान् तथा धीर-वीर पुत्र प्राप्त हों।

निकामे निकामे नः पर्जन्यो वर्षतु, फलवत्यो न ओषधयः पच्यन्तां योगक्षेमो नः कल्पताम्।

अर्थात् समय-समय पर कामना करने पर पर्जन्य=मेघ पानी बरसावे। व्रीहि यव आदि तथा ओषधियाँ फल-युक्त और परिपक्व हों। परमात्मा हमारा योग (अलब्ध वस्तु का लाभ) तथा क्षेम (लब्ध की रक्षा) का वहन करें।

इसी प्रकार अथर्ववेद के 'राष्ट्रविवर्धन'— सूक्त में ऋषि प्रार्थना करते हैं—

अभिवर्तनेन मणिना येन इन्द्रः अभिववृधे
तेन अस्मान् ब्रह्मणस्पते अभिराष्ट्राय वर्धय।

अर्थात् जिस समृद्धिसाधन के रूप में प्रसिद्ध अभिवर्त नामक मणि से इन्द्र ने समृद्धि को प्राप्त किया, हे ब्रह्मणस्पति उसी मणि से हम लोगों को राष्ट्र के समृद्धि के लिए बढ़ाओ।

इस प्रकार वैदिक ऋषियों ने सुख समृद्धि सम्पन्न राष्ट्र की संकल्पना की है।

यह राष्ट्र ऐसा राष्ट्र है, जिस राष्ट्र के गुरुकुलों में शिक्षासमाप्ति के बाद गुरु अपने शिष्यों को **'सत्यं वद, धर्मं चर। स्वाध्यायायान्मा प्रमदः ......। सत्यान्न प्रमदितव्यम्। धर्मान्न प्रमदितव्यम्। कुशलान्न प्रमदितव्यम्। भूत्यै न प्रमदितव्यम्। स्वाध्यायप्रवचनाभ्यां न प्रमदितव्यम्। देवपितृकार्याभ्यां न प्रमदितव्यम्।** —(तै०उप० शिक्षवल्ली 11/1)

अर्थात् सदा सत्य बोलो, धर्म का आचरण करो। स्वाध्याय में कभी भी प्रमाद (आलस्य, असावधानी) मत करो। सत्य में प्रमाद मत करो। धर्म में प्रमाद मत करो। शरीर को नीरोग रखने के लिए स्वच्छता और व्यायामादि में प्रमाद मत करो। ऐश्वर्य-प्राप्ति में कभी भी प्रमाद मत करो। स्वाध्याय और अध्यापन में कभी प्रमाद मत करो।

मातृदेवो भव, पितृदेवो भव, आचार्यदेवो भव, अतिथिदेवो भव।

अर्थात् माता-पिता, आचार्य और अतिथि में देवबुद्धि करो।

उदारऋषि पुनः कहते हैं—

यान्यनवद्यानि कर्माणि तानि सेवितव्यानि, नो इतराणि।

अर्थात् जो दोषरहित उत्तम कर्म हैं, उन्हीं का सेवन करना चाहिये, पाप कर्मों का नहीं। इसी प्रकार—

यान्यस्माकं सुचरितानि तानि त्वया उपास्यानि, नो इतराणि।

अर्थात् जो हमारे शुभ आचरण हैं उन्हीं का तुम्हें अनुसरण करना चाहिये, हमारे दोषयुक्त आचरण का नहीं।

जिस राष्ट्र के उदार गुरु शिष्यों को इस प्रकार के औदार्यपूर्ण उपदेश देते हैं, वही राष्ट्र तो विश्वगुरु पद पर प्रतिष्ठित हो सकता है और हुआ भी।

रामायण में भगवान् राम लक्ष्मण से कहते हैं—

अपि स्वर्णमयी लङ्का न मे लक्ष्मण रोचते।
जननी जन्मभूमिश्च स्वर्गादपि गरीयसी॥

महाभारत में 'भारतवर्ष' का स्पष्ट उल्लेख मिलता है, जिसमें उत्तर से दक्षिण और पूर्व से पश्चिम तक एकीकृत सांस्कृतिक पहचान दिखाई देता है।

पुराणों में भारतवर्ष को कर्मभूमि कहा गया है, जहाँ धर्म, अर्थ, काम और मोक्ष की साधना का आदर्श विकसित हुआ।

इस प्रकार भारत राष्ट्र की संकल्पना की जड़ राजनीतिक इतिहास से कहीं अधिक गहरी हैं। यह इतिहास, परम्परा, संस्कृति, आध्यात्मिकता और जीवन-दृष्टि के लंबे विकास का परिणाम है।

सांस्कृतिक एकात्मता एवं राष्ट्रचेतना

भारत को एक राष्ट्र बनाने वाली शक्ति किसी धर्म, भाषा या जाति विशेष की नहीं थी, बल्कि एक व्यापक सांस्कृतिक चेतना की थी।

- यहाँ विविधता में एकता का सिद्धांत सदैव जीवित रहा।
- विभिन्न पंथ, भाषाएँ, उपासना-पद्धतियाँ, जीवनशैलियाँ—ये सब एक ही सांस्कृतिक भूमि पर फलती-फूलती रहीं।
- स्थानविशेष के बदलने पर भी धर्म, दर्शन, सांस्कृतिक मूल्य, जीवन-दृष्टि और त्योहारों की एकरूपता ने पूरे भारत को एकता के सूत्र में बाँध रखा।

यही कारण है कि विदेशी आक्रमणों और राजनीतिक परिवर्तनों के बावजूद भारत का सांस्कृतिक राष्ट्रत्व कभी खंडित नहीं हुआ।

राष्ट्र की दार्शनिक नींव

भारतीय चिंतन में राष्ट्र की संकल्पना दार्शनिक आधारों पर टिकी है—

1. **ऋषि-परम्परा**—जिसने सम्पूर्ण भानवता को एक परिवार की दृष्टि दी है। वैदिक ऋषि का यह उद्घोष है— 'यत्र विश्वं भवत्येकनीडम्'। इसी प्रकार भारत राष्ट्र ने विश्व को

'अयं निजः परो वेति गणना लघुचेतसाम्।
उदारचरितानां तु वसुधैव कुटुम्बकम्॥' की भावना दी है।

2. **धर्म की परिकल्पना**—जो आचरण, कर्तव्य और सद्भावना का अधिष्ठान है।

3. **श्रीमद्भगवद्गीता**—'स्वधर्मे निधनं श्रेयः परधर्मो भयावहः' कहकर स्वकर्तव्य पालन करने के लिए प्रेरित करती है।

4. **अद्वैत दर्शन**—जिसने सबमें एक ही चेतना का अस्तित्व स्वीकार किया है—**'सर्वं खल्विदं ब्रह्म'**।

5. **समन्वयवाद**—भिन्नताओं को स्वीकार कर उनमें समन्वय स्थापित करना भारतीय राष्ट्र की पहचान रहा है।

इन दार्शनिक आधारों ने भारत को केवल राजनीतिक राष्ट्र नहीं, बल्कि एक आध्यात्मिक-सांस्कृतिक राष्ट्र के रूप में स्थापित किया है।

राजनीतिक एकता का विकास

यद्यपि भारत की सांस्कृतिक एकता प्राचीन है, परन्तु राजनीतिक रूप से भी अनेक साम्राज्यों ने सम्पूर्ण भारत को एकीकृत करने का प्रयास किया—

- मौर्य सामाज्य—चन्द्रगुप्त और अशोक के शासन में भारत का विशाल भाग एक शासकीय इकाई बना।
- गुप्तकाल—सांस्कृतिक राष्ट्र निर्माण का स्वर्णयुग रहा।
- विजयनगर, मराठा, अहोम (असम), सिक्किम और अन्य राज्यों ने भी अपना राष्ट्रत्व बचाए रखा।

स्वाधीनता आन्दोलन ने इस राष्ट्रचेतना को और भी प्रबल किया। गांधी, तिलक, अरविंद, विवेकानंद और सावरकर जैसे महान विचारकों ने भारत को सांस्कृतिक राष्ट्र के रूप में परिभाषित किया।

भारत राष्ट्र की आधुनिक संकल्पना

1947 में स्वतंत्रता प्राप्ति के बाद भारत एक लोकतांत्रिक गणराज्य बना। परंतु संविधान निर्माताओं ने भारत की प्राचीन सांस्कृतिक चेतना और आधुनिक लोकतांत्रिक मूल्यों में अद्भुत समन्वय स्थापित किया—

- बहुलतावाद, धर्मनिरपेक्षता, समानता और न्याय जैसे आधुनिक सिद्धांत तथा
- भारतीय परम्परा के सहिष्णुता, कर्तव्य, करुणा, सद्विचार और समरसता के मूल्य

दोनों मिलकर भारत को एक सशक्त राष्ट्र बनाते हैं।

भारत राष्ट्र की विशेषताएँ

1. **विभिन्न भाषाएँ**—परन्तु एक सांस्कृतिक धारा
2. **सैकड़ों पंथ**—परन्तु एक समान जीवन-दृष्टि
3. **अनेक पर्व**—किन्तु एक उत्सव-संस्कृति
4. **विविध भौगोलिक क्षेत्र**—किन्तु एक राष्ट्रभाव
5. **लोकतंत्र**—जिसमें सांस्कृतिक स्वाधीनता का आधुनिक रूप परिलक्षित है।
6. **सहअस्तित्व की संस्कृति**—जिसका आधार अहिंसा, सत्य, करुणा और समन्वय हैं।

समकालीन समय में भारत राष्ट्र की प्रासंगिकता

आज वैश्वीकरण के युग में जब सांस्कृतिक पहचानें संकट में हैं, भारत का राष्ट्रवाद दुनियाभर के लिए एक आदर्श प्रस्तुत करता है।

- यह सांस्कृतिक सहअस्तित्व, आध्यात्मिक दृष्टि और लोकतांत्रिक मूल्यों पर आधारित है।
- भारत की जननी जन्मभूमि की भावना नागरिकों में कर्तव्य और उत्तरदायित्व की चेतना जगाती है।
- विज्ञान, तकनीक, अर्थव्यवस्था में प्रगति और साथ ही आध्यात्मिकता का संतुलन भारत को विशिष्ट बनाता है।

इस प्रकार भारत राष्ट्र की संकल्पना भौगोलिक सीमाओं या राजनीतिक शक्ति पर आधारित नहीं; यह सांस्कृतिक, आध्यात्मिक और दार्शनिक आधारों पर खड़ी है। हजारों वर्षों की परम्परा, संस्कृति, भाषा, साहित्य, दर्शन, उपासना पद्धतियों और जीवन-दृष्टि ने मिलकर भारत को एक राष्ट्र का स्वरूप दिया है।

आज भी भारत का राष्ट्रत्व विश्व को यह संदेश देता है कि विविधताओं को संघर्ष नहीं, समन्वय का आधार बनाया जा सकता है। इस प्रकार भारत राष्ट्र की संकल्पना अनादि, अनन्त और मानवता के लिए मार्गदर्शक है।

■

लोक साहित्य में भारत

विद्या विन्दु सिंह

किसी भी देश की संस्कृति की पहचान उसके साहित्य से होती है। भारत व्रत, पर्व, त्योहारों का देश तो है ही पर वह संस्कारों के प्रति आस्था का देश है। भारत की लोक संस्कृति में यहाँ की कला, साहित्य, विचारधारा, शास्त्रीय परम्परा की छाप पूरी तरह स्पष्ट है। वह पूरी तरह से भारतीय संस्कृति की पहचान कराने वाली है। इसमें कला, साहित्य और संस्कृति के साथ ही दासता के दंश को झेलने वाली पीड़ा है तो उसके प्रतिकार का स्वर भी है, वीरों के शौर्य की गाथा भी सहज ढ़ंग से व्यक्त हुई हैं। इन गीतों को सुनकर और गाकर आज भी उनकी स्मृति जीवंत हो उठती है।

भारतीय लोक साहित्य आत्मीयता के स्वर को गुंजाता रहा है, वह स्नेह के बंधन में समस्त सृष्टि को बाँधता रहा है। यहाँ जीवन का ध्येय केवल भौतिक सुख सुविधाएँ प्राप्त करना नहीं है। बल्कि आध्यात्मिक ऊँचाइयों तक स्वयं पहुँचना और सबको पहुँचने के लिए आमंत्रित करना है।

भारत में 33 करोड़ देवताओं की मान्यता है और इसी के साथ प्रत्येक देवता की शक्ति को माता की तरह पूजा जाता रहा है जो यहाँ की उस संस्कृति की पहचान है, जहाँ कण-कण में ईश्वर की उपस्थिति है। लोक साहित्य ने निरंतर इसी धारणा को स्वर दिया है।

भारतीय लोक साहित्य किसी राष्ट्रवाद का नारा नहीं लगाता बल्कि मनसा-वाचा-कर्मणा, इच्छा ज्ञान और क्रिया के संयोग से राष्ट्रीय भावना का प्रसार करता है। यह किसी जातीय संस्कृति के आधार पर केन्द्रित नहीं है। बल्कि इसमें सार्वभौम संस्कृति का स्वर है। इसमें सबके लिए स्व: के त्याग की भावना को व्यक्त किया गया है। यह किसी भौगोलिक और राजनैतिक या आर्थिक इकाई के रूप में राष्ट्र का चिन्तन नहीं करता बल्कि सांस्कृतिक इकाई की बात करता है। इसके लिए वह अपने आर्ष ग्रंथों का प्रभाव, उनकी शिक्षा और उनके रस को ग्रहण करते हुए परम्परा को आगे ले जाने का सहज मार्ग प्रशस्त करता है।

राष्ट्र को माँ के रूप में देखने की अवधारणा भी वैदिक संस्कृति से

आई है। माता भूमि है और हम सभी पृथ्वी के पुत्र है। यह अवधारणा लोक संस्कृति के माध्यम से प्रवाह में रही जिसके कारण भारत की अखण्डता अक्षुण्ण है।

भारत राष्ट्र केवल अपने देश की समृद्धि और सुख की कामना नहीं करता बल्कि सबके सुख की कामना करता है, सबके सुख और सबके निर्भय जीवन की कामना करता है। यह स्वर लोक का स्वर बनकर गीतों और कथाओं में व्यक्त होता रहता है प्रत्येक कथा और गीत का अंत इसी मंगलभाव से जुड़ा है कि सबका मंगल हो, उसके पीछे हमारा मंगल हो।

लोक साहित्य में समाज की जो अवधारणा है, वह संकुचित नहीं है। उसमें वृहत्तर समाज है, चर-अचर सम्पूर्ण ब्रह्माण्ड समाहित है। जिसके कल्याण के लिए सद्‌गुण और तप-साधना का दायित्व हर भारतीय का है।

किन्तु इसी के साथ लोक मन अपने राष्ट्र और उसकी संस्कृति के प्रति गौरवबोध बनाये रखना है, इसकी प्रेरणा भी लोकमानस सदैव देता रहा है। दासता की बेड़ियों में जकड़ी हुई भारत माता की वेदना के आँसू लोक के आँखों से छलक उठते हैं—

है अबला मोरी भूमि लगत मोहिं बहुत पियारी।

कहकर माँ की दासता के प्रति रोष प्रकट किया गया है।

भारत माता रो रही है, बंधनों में जकड़ी हैं, इस भाव के अनेक गीत मिलते है और माँ को बंधन मुक्त कराने के लिए सारे कष्ट सहकर बलिदान होने का संकल्प भी ओजस्वी स्वर में व्यक्त हुआ है।

क्रांतिकारियों की शौर्य गाथा के गीत इस बात के प्रमाण है कि राष्ट्रीय गौरव बोध और राष्ट्र के प्रति स्वाभिमान का भाव भी लोकमानस में कही भी कमजोर नहीं हुआ है।

राष्ट्रीय चरित्रों के गुणों की गाथा लोक का मुख्य स्वर रहा है। आज भी आल्हा जैसे लोककाव्य अलग-अलग रूप धारण करके लोकप्रियता प्राप्त कर रहे है।

भारत राष्ट्र में ईश्वर भी धर्म की रक्षा और अन्याय के प्रतिकार के लिए अवतार लेते रहे और इनके जन्म का उत्सव राष्ट्र की उत्सवधर्मिता का प्रमाण बना हुआ है। श्री सीताराम, श्री राधा कृष्ण और श्री शिव पार्वती और उनके परिवार के चरित्रों के रूप में जो कथाएँ, गीत, अनुष्ठान लोककलाओं के रूप में प्राप्त है वे आज भी भारतीय ही नहीं पूरे विश्व के आकर्षण के केन्द्र हैं क्योंकि इनके मूल में मानव संस्कृति के बीज विद्यमान हैं।

भारत क्या है? और कैसा है? उसे जानने के लिए यहाँ की लोक

संस्कृति को जानने और समझने का प्रयास विदेशी विद्वानों ने किया। इसी के साथ भारत के जिन मनीषियों ने विदेशों में जाकर यहाँ की संस्कृति की पहचान को व्याख्यायित किया, उनकी गुणगाथा भी लोक के स्वर में सुरक्षित है।

स्वामी विवेकानन्द ने भारतीय मनीषा को पूरे विश्व में प्रसिद्धि दी। उनके विचारानुसार भारतीय अस्मिता की एक पहचान यह है कि विश्व में हम अपने संगीत के नाद से पहचाने जाते हैं। किसी भी राष्ट्र की अस्मिता की पहचान उसकी भौतिक समृद्धि से नहीं सांस्कृतिक और साहित्यिक समृद्धि से होती है। साहित्य और संस्कृति का कार्य समाज को दिशा देना होता है।

लोक ने स्वामी विवेकानंद की देन को कीर्ति गाथा के रूप में गाया, उनकी कथा सुनायी।

इसी प्रकार गोस्वामी तुलसीदास के माध्यम से रामकथा को विश्व में जो विस्तार मिला उसी के समानान्तर लोक साहित्य ने इस संस्कृति की जड़ें प्रवासी भारतीयों के माध्यम से जाकर जमायी।

लोकसाहित्य युग की माँग के अनुसार रूप और आकार ग्रहण करता रहा। विश्वयुद्धों के बीच भी उसका स्वर थमा नहीं, मुखरित होता रहा। पराधीन भारत में वह प्रमुख रूप से अन्याय के विरोध में एक ओर वेदना और विरह का स्वर छेड़ता रहा तो दूसरी और ओज और ललकार भरे स्वर में दासता से मुक्ति के लिए समाज को जगाता रहा।

लोक ने वेदना और ओज दोनों को ही शक्ति बनाकर अपनी उपस्थिति दर्ज की और यह सिद्ध किया कि दुःख केवल तोड़ता नहीं है निर्माण करके जोड़ता भी है। यही लोक की राष्ट्रीय अस्मिता की पहचान है। वह पीड़ा से मुक्ति देने के लिए ही उत्पन हुआ और हृदय परिवर्तन करके व्यापक हिंसा को रोकने में भी समर्थ हुआ। माधुर्य और ओज दोनों की अपेक्षा लोकसाहित्य ने सदैव पूरी की।

लोकसाहित्य हमारे पुरखों की रची हुई और सहेजी गयी विरासत का संरक्षण करता रहा है। ये रचनाएँ अपने समय में भी चर्चित रहीं और युग-युग तक अपने अमरत्व का जयघोष करती रहेंगी। लोक मानस अपने अनुभवों के साथ-साथ अपने परिवेश के अनुभवों को भी जोड़ते हुए सत्य के अनुभव को अलग-अलग ढंग से पहचान देता रहा है।

लोक संस्कृति ने भारतीय आचार्य संहिता आदि को अपनी सहज शैली में अभिव्यक्ति दी। भोगे हुए यथार्थ को विविध प्रकार से, विविध भंगिमाओ द्वारा प्रस्तुत किया। लोक अपने युग का द्रष्टा भी है उपभोक्ता भी है। वह

अपनी अभिव्यक्ति से सार्थक रचनाएँ देकर प्रेरक की भूमिका भी निभाता रहा है। वह लिखित साहित्य या शास्त्र से भाव और रस लेकर ज्ञान की धारा को निरंतर आगे बढ़ाने में सक्षम रहा है। लिखित साहित्य को भी आकृष्ट करके अपनी सहज शैली और प्रभावशाली सहजता को लिखित साहित्य को सौंपता रहा है।

किसी भी राष्ट्र का लोकसाहित्य इसलिए अधिक महत्त्वपूर्ण है क्योंकि उसमें उस राष्ट्र की संस्कृति, परम्परा और इतिहास छिपा है। यदि किसी राष्ट्र की अस्मिता की पहचान करना है तो उसके लोकसाहित्य से हो सकती है। इसीलिए किसी संस्कृति को नष्ट करने के लिए पहले उसकी संस्कृति पर विदेषियो द्वारा आघात किया जाता रहा है।

किंतु भारतीय लोक परंम्परा और साहित्य की जड़े इतनी गहरी है कि इन्हें कोई समूल नष्ट नहीं कर सकता। इसका श्रेय लोकसाहित्य की जीवंतता, परिवर्तनशीलता, ग्रहणशीलता को हैं। भारतीय लोक साहित्य का एक विशेष गुण ये भी है कि इसने अपने को दिया है तो उसी के साथ सबकी अच्छाइयों को उदारतापूर्वक समाविष्ट करके अपने अनुसार उन्हें ग्रहण भी किया है।

लोक सरीयत (आचरण संहिता आदि) का ध्यान रखते हुए जो भोगा है वही यथार्थ बताता है। ये अनुभव उकेर कर लोक अपने युग का द्रष्टा, भोक्ता और अभिव्यक्ति कर्ता बनकर एक सार्थक रचना देता है। वर्तमान समय में भी लोकसाहित्य से प्रेरित होकर लिखित साहित्य में ऐसी रचनाएँ लोग लिख रहे हैं।

लोकसाहित्य कालजयी रचनाएँ भी देता है। लिखित रचनाएँ तुरन्त प्रसिद्धि नहीं पातीं उन्हें भी काल की प्रतीक्षा करनी पड़ती है। काल के प्रवाह में कूड़ा-करकट बह जाता है और रत्न तलहटी में बचे रह जाते हैं। इस प्रकार लोकगीतों की निर्मल धारा सतत प्रवहमान रही है।

लोकगीतों के साथ कई पीढ़ियाँ एक साथ सक्रिय रहती हैं। वही गीत आदर पाते है जो अपने समय को पहचान लेते हैं, उसकी जरूरतों को, समस्याओं को उजागर करते है और बेहतर भविष्य के लिए सपने जगाते है।

लोक की सबसे बड़ी पहचान विनम्रता है। लोक कवि 'स्व' का विलय करके ही लोकगीत की संज्ञा को पूर्णता दे पाता है। जैसे—जब हरि था तब मैं नहीं, अब हरि हैं मै नाहिं।

इसी लिए श्रुति व वाचिक परम्परा के वेदों के समानांतर इन्हें लोक वेद का गौरव दिया गया।

लोकसाहित्य अपने दायरों को तोड़कर बड़ा दायरा बनाता है तभी वह

बड़ा मंगलकारी साहित्य बनता है। कबीर के शब्दों में—'जो घर जारै आपनो, चलै हमारे साथ।'

लोकसाहित्य बँधे-बँधाये अनुशासन का विरोध भी करता है यदि उसे लगता है कि यह ठहराव की स्थिति है और इसका कोई प्रयोजन नहीं रह गया है। वह नई लीक बनाता भी है और तोड़ता भी है। कविता का जोखिम भी उठाता है और आनन्द भी।

लोकसाहित्य संवेदनशील होता है साथ ही सहनशील भी। वह कोई घटना क्यों हुई इसका विवेचन अपनी विशेष दृष्टि से करता रहता है। वह उदात्त भावनाओं को जगाता है। किसी युगल को देखकर सामान्य व्यक्ति यदि सीटी बजाकर या छींटाकशी करके अपनी भावना व्यक्त करता है तो वहीं लोकसाहित्य उस युगल की प्रेमानुभूति को उदात्त भाव के रूप में प्रस्तुत करता है।

अनुभवों की अभिव्यक्ति की भी तरह-तरह की कलाएँ हैं। लय भी कई तरह की होती है। अर्थ, शब्द, ध्वनि सबकी लय अलग-अलग या कहीं-कहीं समान रूप से व्यक्त होती है। शब्द मैत्री, स्वर मैत्री, वर्ण मैत्री से तमाम तरह के अलंकार, प्रतीक और बिम्ब रचे जाते हैं।

भारतीय लोकसाहित्य में सामाजिक, सांस्कृतिक विचारों की धरोहर के साथ ही जन-जागरण का इतिहास भी सुरक्षित मिलता है। विभिन्न धर्मों, संस्कृतियों की विविध विचारधाराओं को भारतीय लोकसाहित्य ने ग्रहण करते हुए समन्वय की संस्कृति का स्वरूप देने का प्रयास किया है। लोकसाहित्य की रचना तोड़ती नहीं, जोड़ती है।

यही कारण है कि देश-विदेश के विद्वानों ने भारतीय संस्कृति को जानने के लिए भारतीय वाङ्मय का गहन अध्ययन तो किया ही लोकसाहित्य का संकलन सर्वेक्षण करके उसके महत्त्व को उजागर किया।

आचार्य हजारीप्रसाद द्विवेदी ने अपनी कृतियों में आधुनिकता और परम्परा दोनों पक्षों को प्रस्तुत किया है। अगला कदम आधुनिकता है और पिछला परम्परा, इसलिए दोनों का तालमेल आवश्यक है। लोकसाहित्य दोनों में तालमेल रखता है।

हमारे सामने जो पीढ़ी है और जो आगे आ रही है उनके बीच नकल की संस्कृति प्रबल हो रही है। यह चुनौती ऐसी है जो किसी पाश्चात्य कवि की रचना के भावानुसार है जिसमें समुद्र की लहरों का सामना करने के लिए वयोवृद्ध अपने हाथों में टूटे हुए चाक लेकर खड़े हों। किन्तु उनके साहस और आशा की यह आस्था ही टूटे हुए चाक को लहरों में बहने से बचा सकती है,

वयोवृद्धों को लहरों में खो कर बह जाने से रोक सकती है।

साहित्य, राजनीति और पत्रकारिता इन तीनों को राष्ट्रीय अस्मिता को ध्यान में रखते हुए कदम बढ़ाना होगा। इन खतरों से निपटने के लिए भी इन्हें स्वयं को जागरूक बनाना, परस्पर तालमेल रखना होगा और सभी प्रकार के स्वार्थों से ऊपर उठकर राष्ट्र के प्रति अपने दायित्व को सर्वोपरि रखना होगा। आज राष्ट्रीय अस्मिता को बचाये रखने के लिए प्रतिरोध की आवश्यकता है।

प्रतिरोध की शक्ति राष्ट्र ऊ के प्रति गहन निष्ठा और संकल्प से ही मिलेगी। भारतीय संस्कृति आज भी देश के बाहर विदेशों में कहीं अपने मूल रूप में सुरक्षित है तो कहीं बदले हुए रूप में।

आज जब जीवन की आपाधापी ने मन की षांति छीन ली है तब जीवन के यथार्थ को कहीं व्यंग्य के रूप में प्रस्तुत किया जा रहा है, तो कहीं सीधे-सीधे अभिधा में। भीतर की गाँठों को खोलने और बेचैनी को अभिव्यक्त करने का माध्यम भी लोकसाहित्य है। इकबाल का शेर है—

'जिस खेत से दहका को मयस्सर न हो रोटी,
उस खेत के हर गेसुए गन्दुम को जला दो।'

इसी प्रकार जनता के दर्द को लोकसाहित्य ने हृदय की गहराई से अनुभव करके अपना आक्रोश व्यक्त किया है। खेत हो या देश जनता के लिए है। यदि उससे जनता को रोटी न मिले तो उसकी सार्थकता पर लोक प्रश्नचिह्न लगाता है, आक्रोश व्यक्त करता है। आज सवाल केवल रोटी का नहीं है, अधिकारों का, मान-सम्मान का भी है। इस प्रश्न की धार बनी रहे यह राष्ट्रीय अस्मिता के लिए जरूरी है।

विश्वास है कि इक्कीसवीं शताब्दी के लेखक अपने राष्ट्र की अस्मिता की सही पहचान बनाये रखने, राष्ट्रों को समृद्ध, सुसंस्कृत बनाये रखने में अपनी अभिव्यक्ति की प्रतिभा का प्रयोग लोकसाहित्य से ऊर्जा लेकर करेंगे और इस गौरवबोध से स्वयं को तथा भारतीय साहित्य को भरने का प्रयास अवश्य करते रहेंगे। उनका यह प्रयास व्यर्थ नहीं जायेगा और सुरसरि के समान सबकी हित साधना करने के लिए होगा।

आदिम युग से लेकर वर्तमान समय तक के उत्थान-पतन, जय-पराजय के चित्र इसमें सुरक्षित होते हैं। इसीलिए लोकसाहित्य का संकलन, संरक्षण और सवंर्धन विषेष महत्त्व रखता है। यह कार्य अत्यन्त चुनौतीपूर्ण है। यह व्यक्तिगत प्रयास के साथ ही सामूहिक प्रयास की भी माँग करता है।

लोकसाहित्य का मंगल भाव सर्वोपरि है। यह सत्य के जय की घोषणा करता है। असत्य कितना भी बलशाली क्यों न हो उसका पराभव दिखाता है।

लोकसाहित्य के लोकतत्त्व अपना विशिष्ट अभिप्राय रखते हैं जो विभिन्न विधाओं में विविध भाँति व्यक्त होते रहते हैं।

लोकसाहित्य अतीत से लेकर भविष्य तक सर्वत्र और सर्वदा व्याप्त विधा है। यह अतीत का दस्तावेज भी है और भविष्य का दिशावाहक भी। यह अपनी जड़ों से जुड़े रहने का अनुराग और संकल्प देता है। इसमे इतिहास की घटनाएँ भी रोचक ढंग से प्रस्तुत होती हैं और लोक साहित्यकार अपनी समझ और आवश्यकतानुसार अथवा सुनी-सुनाई कहानियों के रूपकों की स्मृति के प्रभाव से अपने ढंग से प्रस्तुत करता है। कहीं-कहीं अतिशयोक्ति भी मिलती है किन्तु वह अतिशयोक्ति लोक को प्रेरणा देने या रोचकता लाने के लिए होती है। उसमें आम आदमी का दृष्टिकोण इतिहास या ऐतिहासिक पुरुषों के प्रति व्यक्त होता है जो परम्परा के द्वारा पीढ़ी दर पीढ़ी संशोधन-परिवर्धन के साथ आगे बढ़ता रहता है। उसमें अपने महान नायकों के चरित्रों के उदात्त पक्ष को उभारने का प्रयास होता है, अपनी विरासत के प्रति आस्था का भाव रहता है।

कहावत है कि इतिहास स्वयं को दुहराता रहता है। यह दुहराना लोकसाहित्य में नये-नये रूप, आकार लेकर आता है। भारतीय संस्कृति का आधार वेद हैं। चारों वेदों में वह सब कुछ है जो ज्ञान की किसी भी शाखा को पूर्णता देता है। पराधीनता के संत्रास काल में वैदिक नियमों को विस्मृत और उपेक्षित कर दिया गया था। किन्तु लोक साहित्य में यह परम्परा अक्षुण्ण रूप से सतत् प्रवहमान रही है।

■

पुरातत्त्व के आलोक में भारत

राजवन्त राव

'इतिहास यदि इतिहास के तथ्यों एवं इतिहासकार के मध्य निरन्तर चलने वाली अन्त:क्रिया तथा अतीत एवं वर्तमान के मध्य चलने वाला एक अन्तहीन संवाद है'[1] तो इसकी रोचक अभिव्यक्ति पुरावशेषों की व्याख्या में दिखायी देती है। इतिहास वास्तव में अतीत के मनुष्यों के अनुभवों, सृष्टियों एवं कृतियों का अनुसंधान है। अविकल रूप में प्राप्त होने के कारण पुरातत्त्व इतिहास के पुनर्संरचना एवं संस्कृति के अनुसंधान में अधिक महत्त्वपूर्ण एवं विश्वसनीय साक्ष्य के रूप में माना जाता है। पुरातत्त्व इतिहास के पहले भी है और बाद में भी है। लेखन कला के ज्ञान के साथ ही इतिहास का प्रारम्भ होता है। लेखन कला के ज्ञान के पूर्व का लम्बे इतिहास का ज्ञान केवल पुरातत्त्व से होता है।

कहने की आवश्यकता नहीं कि पुरातत्त्व के अन्तर्गत शाब्दी एवं पदार्थी तत्त्व समाहित हैं। शाब्दी के अन्तर्गत अभिलेख, मुद्राएँ एवं मुहरें आती हैं जबकि पदार्थी के अन्तर्गत गुफाएँ, चित्र, मूर्तियाँ, भवन, पात्र, मनके, स्तूप, धार्मिक एवं लोक वास्तु, स्मारक तथा अन्य पुरावशेष। आज अतीत के बहुत बड़े कालखण्डों, अनेक राजवंशों, सम्राटों, धर्माधिकारियों के ज्ञान का एकमात्र स्रोत पुरातत्त्व है। भारत में लगभग एक लाख वर्ष सामान्य संवत् पूर्व से लेकर चतुर्थ शताब्दी सामान्य संवत् पूर्व तक के सांस्कृतिक विकास के ज्ञान का आधार केवल पुरातत्त्व है। भारत में लगभग 30 हिन्द-यवन शासकों के ज्ञान का स्रोत उनके द्वारा निर्गत मुद्राएँ हैं। सम्राट अशोक, खारवेल, शकों, सातवाहनों, मौर्योत्तर कालीन अनेक जनपदीय, जनजातीय एवं नगर राज्यों की जानकारी के स्रोत पुरातत्त्व ही हैं।

भारत दुनिया के दीर्घकालिक अतीत का वंशधर है। तमिलनाडु में चेन्नई के पास अतिरमपक्कम से लगभग 15 लाख वर्ष पूर्व के आदिकालीन मानव द्वारा निर्मित औजार प्राप्त हुए हैं। इसी तरह के प्रस्तर उपकरण मध्यप्रदेश, सोनघाटी एवं हिमालय क्षेत्र में प्राप्त हुए हैं। आधुनिक मानव जिसे हम

1. E.H. Carr, What is History.

होमोसेपियन्स कहते हैं, का पदार्पण भारत में एक लाख सामान्य संवत् पूर्व मध्य प्रदेश के सात पहाड़ियों से घिरे भीमबैठका के खूबसूरत वादियों में हुआ था। जहाँ जीवन सुरक्षित रखने के लिए नैसर्गिक शैलाश्रयों के साथ ही जीवन निर्वाह के उपादान भी मौजूद थे। वहाँ वे आसानी से फल-फूल, कन्द-मूल का संग्रह कर सकते थे, बड़ी संख्या में शिकार करने के लिए पशु मौजूद थे, जलधाराएँ एवं छोटे-छोटे तालाब भी मौजूद थे। यहाँ औजार बनाने हेतु बड़ी मात्रा में क्वार्टजाइट पत्थर उपलब्ध थे। भीमबैठका की खोज वास्तव में होमोसेपियन्स के लिए किसी रोमांच से कम न रहा होगा। यहाँ के शैलाश्रय उनके द्वारा बनाये गये चित्रों से भरे पड़े हुए हैं। चित्रों में पैक्ट्रोग्लिफ्स (शैलोत्कीर्ण) से लेकर रंगों से उभारे गये चित्र तक प्राप्त होते हैं। शैलोत्कीर्ण चित्र चट्टानों पर छेनी-हथौड़ी से अथवा किसी और उपकरण से खुरचकर बनाये जाते थे। पैक्ट्रोग्लिफ्स एवं रंगों वाले चित्र मध्य प्रदेश के खरवार, जओरा, कथोटिया और लखजोआर आदि स्थानों से मिले हैं। इन चित्रों को पुरापाषाणिक से लेकर नवपाषाणिक काल तक माना गया है। सबसे पुराने चित्र लगभग सामान्य संवत् पूर्व के आँके गये हैं। कई दृष्टियों से पुरापाषाणिक मानवों के द्वारा निर्मित ये चित्र अचम्भित करते हैं। बहुत सारे चित्र शैलाश्रयों की ऊँची दीवारों पर, छत पर उकेरे गये हैं जिनके लिए मचान की आवश्यकता पड़ी होगी। इन चित्रों के निर्माण में 16 रंगों का प्रयोग हुआ है। ये रंग खनिज, चूना, पत्थर, लौह ऑक्साइड, चाल्स्डेनी, वनस्पतियों को पीसकर अण्डे एवं जानवरों की चर्बी मिलाकर तैयार किया जाता रहा होगा।

इन चित्रों के निर्मित होने के पीछे बहुत सारा श्रम, प्रयत्न, कल्पनाशीलता एवं दक्षता दिखायी देती है। इन चित्रों में एक पैटर्न प्राप्त होता है। आज तक इन चित्रों को लेकर यह बहस जारी है कि इन चित्रों के निर्मिति के पीछे कौन-सी प्रेरक शक्ति काम कर रही थी। क्योंकि इतना श्रम, प्रयत्न पुरापाषाणिक मानव केवल कला के लिए, सौन्दर्य के लिए अथवा अभिव्यक्ति के लिए नहीं किया होगा। इसके पीछे जादू, कर्मकाण्ड अथवा धार्मिक विश्वास होने का कयास आधुनिक कलाविदों द्वारा लगाया जाता रहा है।

ये चित्र किसी बाइस्कोप से कम नहीं, जो पुरापाषाणिक मानव के जीवन का चित्र प्रस्तुत करते हैं। इन चित्रों में ज्यादातर चित्र पशुओं के हैं। चित्रों में अद्‌भुत गतिशीलता दिखायी देती है। भीमबैठका में वराह का संश्लिष्ट चित्र आश्चर्य पैदा करता है जिसमें गैण्डा, हाथी एवं भैंसे के विभिन्न अंग समाहित हैं। ऐसे संश्लिष्ट अथवा युग्मित चित्र कालान्तर के युग्मित प्रतिमाओं के लिए एक आधार बने थे। इन चित्रों में शिकार से लेकर अन्न

संग्रह तक के दृश्य हैं। इन चित्रों में लिंग आधारित श्रम विभाजन दिखायी देता है। जहाँ पुरुषों को आखेट करते हुए चित्रित किया गया है, वहीं महिलाओं को भोजन पकाते हुए एवं चक्की में अनाज पीसते हुए दिखाया गया है। यद्यपि ऐसा नहीं है कि महिलाओं को शिकार करते हुए नहीं दिखाया गया है तथापि शिकार के दृश्य में अधिकांशतः पुरुष हैं। ऐसा अनुमान किया जा सकता है कि अन्न, मधु, मशरूम, कन्द-मूल एवं अन्य वन्य उत्पादों का संग्रह महिलाएँ करती रही होंगी। खास तौर पर अपने पूर्ण गर्भावस्था के दिनों के लिए जिसमें उनका चलना-फिरना मुश्किल होता था। इसी प्रागैतिहासिक काल में ही संग्रह महिलाओं की प्रकृति बनी होगी। चित्रों में कुछ पुरुष ज्यामितीय उपकरणों से अलंकृत प्रदर्शित हैं। ये समुदाय के विशिष्ट वर्ग के प्रतिनिधित्व करते प्रतीत होते हैं। मुखौटे धारण किये नृत्य करते हुए पुरुष कर्मकाण्ड विशेषज्ञ प्रतीत होते हैं।[2] इस प्रकार लगभग दस हजार सामान्य संवत् पूर्व में दक्षता एवं लिंग आधारित वर्गीकरण प्रारम्भ हो गया था। चित्रों को देखने से यह सहज अनुमान होता है कि वन्य अन्नों का संग्रह एवं कूटने-पीसने का कार्य महिलाओं द्वारा किया जाता था। उत्तर प्रदेश, मध्यप्रदेश, झारखण्ड, छत्तीसगढ़, ओड़िसा, लद्दाख एवं कुमायूँ क्षेत्र से सहस्त्रों शैलाश्रयों से शैलचित्र प्राप्त हुए हैं। ये शैलचित्र आरम्भिक भारतीयों के जीवनशैली, कौशल, आस्था, अनुभव एवं व्यवहार की आरम्भिक अभिव्यक्तियाँ थीं। इन चित्रकलाओं को मात्र कला के लिए कहना सरलीकरण होगा। इन कलाओं में पुरापाषाणिक मनुष्य का जो प्रयत्न दिखायी देता है, उसके पीछे क्या मन्तव्य था, यह एक बड़े विमर्श का विषय है। पुरापाषाणिक मानव की ये कलाएँ हमें आदिमता की अवधारणा पर पुनर्विचार करने पर बाध्य करता है। अगर कोई समाज प्रौद्योगिकी के सम्बन्ध में आज के मुकाबले कम विकसित है तो इसका यह अर्थ नहीं है कि वह प्रकृति, जीवन एवं समाज को गहराई से समझने में अक्षम है।[3]

लगभग 11700 वर्ष सामान्य संवत् पूर्व होलोसीन के प्रारम्भ के साथ ही कृषि उत्पाद हेतु वातावरण सृजित होने लगा था। आधुनिक पाकिस्तान के बलूचिस्तान के बेलन घाटी में स्थित मेहरगढ़ एवं उत्तर प्रदेश के संतकबीर नगर में स्थित लहुरादेवा[4] पुरास्थल किसी चमत्कार से कम नहीं है। इन दोनों पुरास्थलों के निवासी भारतीय उपमहाद्वीप के प्रथम कृषिकर्मी थे जिन्होंने

2. उपिन्दर सिंह, प्राचीन एवं पूर्व मध्यकालीन भारत का इतिहास, पियर्सन, द्वितीय संस्करण, पृ० 100-104
3. अमर फारुकी, प्राचीन और मध्यकालीन सामाजिक संरचनाएँ और संस्कृतियाँ, ग्रन्थ शिल्पी, प्रथम संस्करण, 2003
4. Rakesh Tiwari and R.K. Srivastava, Excavation at Lahuradewa.

शिकार एवं संग्रह की अर्थव्यवस्था को एक झटके में कृषिमूलक अर्थव्यवस्था में बदल दिया। कृषिकर्मियों के हड्डियों के विश्लेषण से ज्ञात होता है कि वे कुपोषित थे। शिकार एवं संग्रह वाले मानव समूहों की तुलना में उन्हें कम पौष्टिक आहार मिलता था। इस प्रकार आरम्भिक कृषिकर्मियों का जीवन असुरक्षित एवं तकलीफ भरा था। इसी कारण कृषक समुदायों ने भी शिकार एवं संग्रह की अर्थव्यवस्था साथ-साथ चलाते रहे। धीरे-धीरे कृषि, पशुपालन एवं शिकार की मिश्रित अर्थव्यवस्था ने न केवल जीवन को सुखद बनाया अपितु स्थायित्व प्रदान किया तथा जनसंख्या वृद्धि भी की। यह नया उत्पादनजन्य संक्रमण मानव सभ्यता के रूपान्तरण का आधार बना। मेहरगढ़ 7000 वर्ष सामान्य संवत् पूर्व से 2600 सामान्य संवत् पूर्व तक जीवन्त बना रहा था। यह न केवल सिन्धु-सारस्वत सभ्यता का प्रेरक बना वरन् अनेक ताम्र-पाषाणिक संस्कृतियों का जन्मदाता बना। मेहरगढ़ से कई कमरों वाले आयताकार मिट्टी के मकान, अन्नागार, जौ-गेहूँ की खेती के प्रमाण, पशुपालन, चित्रों से सुसज्जित रंगीन पलस्तरयुक्त दीवारों आदि के प्रमाण मिले हैं। मनकों, सीपियों, फिरोजा, आवर्त मणि, ब्लैक स्टैटाइट के आभूषण एवं कार्यशाला प्राप्त हुई है। मेहरगढ़ से समुद्र काफी दूर है। अत: प्रतीत होता है कि यहाँ दूर-दराज से व्यापारी अथवा सौदागर आते-जाते रहे होंगे। अनुमान होता है कि मेहरगढ़ विनिमय तन्त्र एवं व्यापारसूत्र से जुड़ा हुआ था। पात्रों के निर्माण में मेहरगढ़ वाले मजबूती हेतु बिटुमन का प्रयोग करते थे। मेहरगढ़ ने एक नयी संस्कृति के विकास का मार्ग प्रशस्त किया। इसने आवासीय योजना, शिल्प, हस्तकौशल, विनिमय-तन्त्र तथा धर्म एवं कला के क्षेत्र में नये जटिल विचारतन्त्र के विकसित होने का मार्ग प्रशस्त किया, जो सिन्धु-सारस्वत सभ्यता में पुष्पित-पल्लवित हुआ।

वास्तव में कृषि के अधिशेष उत्पाद ने मानव जीवन में स्थायित्व के साथ ही धर्म, कला, जटिल सामाजिक व्यवस्था एवं राज्य जैसे उन घटक तत्त्वों को जन्म दिया जिसके सहज संश्लेषण से इतिहास एवं संस्कृति का इन्द्रधनुषी रंग प्रवाहित हुआ।

20वीं शताब्दी के मध्य तक सिन्धु-सारस्वत नद एवं उनके सरित्प्रवाहों की उपत्यका से भारत को मिस्र एवं मेसोपोटामिया की समकालीन सिन्धु-सारस्वत सभ्यता नामक एक विस्मयजनक सभ्यता का जनक होने का गौरव प्राप्त हुआ था। यह एक सुनियोजित नगर योजना पर आधारित साक्षर-नगर सभ्यता थी। शब्द एवं तकनीक के सहज संश्लेषण से प्रारम्भ हुए भारतीय इतिहास एवं संस्कृति की महायात्रा का यह आरम्भ माना जा सकता है। इस

सभ्यता की निर्मिति में पार्श्ववर्ती क्षेत्रों में फैली नवपाषाणिक संस्कृतियों का वृहद् योगदान रहा है। लगभग एक हजार वर्षों तक यह सभ्यता जीवन्त बनी रही। बाद के लगभग एक हजार वर्षों में सिन्धु-सारस्वत सभ्यता की लिपि, मुहरें, मानक ईंटें, यूनिकार्न प्रतीक एवं तत्कालीन सत्ता संरचना काल के प्रवाह में विलीन हो गयी किन्तु उसके बहुत सारे तत्त्व हमारी जीवन्त संस्कृति बनकर आज तक प्रवहमान है। इस सभ्यता के कुछ तत्त्व हम भारतीयों के अन्तस में समाकर आज तक हमारी विशिष्टताएँ बने हुए हैं। अभी तक लगभग 2500 स्थल खोजे गये हैं किन्तु कहीं से भी युद्ध, आक्रामकता एवं गैर आनुपातिक विषमता के चिह्न नहीं मिले हैं। अन्य समकालीन सभ्यताओं की तरह चुभने वाली भव्यता का तत्त्व भी नहीं दिखायी पड़ता। ग्रिड शैली की सड़कों, स्वच्छता एवं जलनिकासी पर आधारित इस सभ्यता की नगर योजना को देखकर सिन्धु-सारस्वत वासियों की कल्पनाशीलता, सुरुचिसम्पन्नता, सहजता एवं सज्जनता प्रकट होती है जो आज तक हम भारतीयों की विशिष्टता बनी हुई है। इस सभ्यता से मिस्र अथवा मेसोपोटामिया की सभ्यताओं की भाँति कोई ऐसी विशिष्ट कब्र नहीं मिली है जिसमें दास-दासियाँ, अस्त्र-शस्त्र, कीमती आभूषण, पशु आदि दफनाए गये हैं। किसी भी स्थल से कोई ऐसी संरचना नहीं मिलती जिसे महल अथवा किसी केन्द्रीकृत सत्ता प्रतिष्ठान का केन्द्र कहा जा सके। सभी वास्तु संरचनाएँ सामुदायिक किस्म की हैं। चाहे वह वृहत्स्नानागार हो, अन्नागार अथवा महाविद्यालय या सभास्थल हो। भारत में अन्नागारों की परम्परा कोष्ठागारों के रूप में परवर्ती काल में भी चलती रही। मौर्य शासनकाल का एक ताम्र अभिलेख गोरखपुर जिले के कौड़ीराम से सोहगौरा नामक स्थान से प्राप्त हुआ है। इसमें श्रावस्ती के महामात्यों का आदेश है कि बाँसगाँव स्थित तीन तल्ले कोष्ठागार में आत्यायिक के समय के लिए आवश्यक समान रखने की व्यवस्था रखी जाय। इसी तरह के आदेश का उल्लेख मौर्यकालीन महास्थान शिलालेख में भी है।[5]

किसी आगे बढ़ी हुई नागर सभ्यता के सम्बन्ध में पूरी तरह से समानता पर आधारित कहना अतिश्योक्तिपूर्ण अथवा कोरी कल्पना हो जायेगी क्योंकि यह सभ्यता नगर क्षेत्र एवं गढ़ी क्षेत्र में विभाजित है। किन्तु सभ्यता की वास्तुगत संरचना को देखकर लगता है कि यह सभ्यता पश्चिमी सभ्यताओं की तुलना में कम गैर आनुपातिक असमानता पर आधारित थी। शवों की अस्थियों की जाँच से ज्ञात होता है कि गढ़ी क्षेत्र एवं नगर क्षेत्र में रहने वाले लोगों को

5. परमेश्वरी लाल गुप्त, प्राचीन भारत के प्रमुख अभिलेख-भाग 1, विश्वविद्यालय प्रकाशन, 2011, पृ० 3-4

समान रूप से पोषणयुक्त भोजन प्राप्त होता था।[6] यहाँ के नगर-नियोजन, उपकरणों एवं मुहरों में जो समानता दिखायी देती है, वह केन्द्रीय शासन के निरंकुश तानाशाही का परिणाम न होकर यहाँ के भारतीयों की उस परम्पराप्रियता का परिणाम है जो भारतीय इतिहास में आगे भी दिखायी देती है। गार्डन चाइल्ड के अनुसार यहाँ का शासक वर्ग नगर के दुर्ग भाग में निवास करता रहा होगा तथा इसमें पुरोहित, योद्धा आदि सम्मिलित रहे होंगे।[7] अनेक विचारकों ने यह सम्भावना व्यक्त की है कि यहाँ का शासन तन्त्र गणतन्त्रात्मक अथवा कुलीनतन्त्रात्मक रहा होगा।[8] भारतवर्ष में आगे गणतन्त्रात्मक शासन व्यवस्था दिखायी देती है। पूरे सिन्धु-सारस्वत सभ्यता को देखने से प्रतीत होता है कि यह अपने समकालीन सभ्यताओं से प्रेरित नहीं थी। यह सभ्यता कृषिजन्य ग्राम-समूहों से, लम्बे समय में दूसरी संस्कृतियों से संवाद करती हुई अपनी संस्कृति एवं परिवेश के अनुरूप विकसित हुई। एक नगर सभ्यता विनिमय हेतु स्वर्ण तथा रजत के निश्चित मानक के खण्डों के प्रयोग के बावजूद अनुग्रह-सौजन्य की अर्थव्यवस्था पर आधारित थी।

इस सभ्यता में बहुत सारे धर्म एवं विचार एक साथ अस्तित्वमान थे। सिन्धु-सारस्वत सभ्यता की धार्मिक मान्यताओं में आरण्यक, ग्राम्य-कृषाक समुदाय एवं नागर जीवन में उद्भूत धार्मिक मान्यताएँ एक साथ देखने को मिलती हैं। यहाँ पर मुख्यतः पशुपूजा, पादपपूजा, मातृदेवी की पूजा, परम पुरुष की पूजा, प्रजनन प्रतीकों की पूजा, जल पूजा एवं योग का प्रचलन था।[9] यहाँ के मुहरों पर प्राप्त अधिकांश पशु पाल्य न होकर जंगली हैं—भैंसा, व्याघ्र, हाथी, गैण्डा, हिरण, सर्प आदि। ये पशु मनुष्य के आखेट-काल में पूजित हुए होंगे। आगे चलकर परवर्ती हिन्दू धर्म में देवताओं के वाहन के रूप हिन्दू, बौद्ध एवं जैन प्रतीकों के रूप में स्वीकृत हुए। हाथी आज हिन्दू धर्म में मांगलिक प्रतीक के रूप स्वीकृत है। मातृदेवी की उपासना कृषक-जीवन में प्रचलित हुई होगी। यह अनुमान लगाया जा सकता है कि मातृदेवी की उपासना में पृथ्वी की उपासना का भाव निहित रहा हो। यहाँ से प्राप्त एक मुद्रा पर नग्न नारी के गर्भ से प्रस्फुटित पादप का प्रदर्शन हुआ है जो निश्चय ही

6. नमित अरोरा, इंडियंस एक सभ्यता की यात्रा, पेंगुइन रैंडम हाउस इण्डिया, पृ० 31
7. गार्डन चाइल्ड, न्यू लाइट ऑन दि पोस्ट ऐंश्येण्ट ईस्ट, पृ० 174
8. डी०पी० चट्टोपाध्याय, (सं०) हिस्टरी एण्ड सोसाइटी, पृ० 117-119 पर अमिता राय का लेख।
9. मार्शल, मोएनजोदड़ो एण्ड दि इण्डस सिविलाइजेशन, ग्रन्थ-3, पृ० 52-55, मार्टिनर ह्वीलर, इण्डस सिविलाइजेशन।

स्त्री-प्रजनन का संकेतक है। सम्भव है मातृशक्ति को स्वत: खाद्य उत्पन्न करने वाली पृथ्वी का प्रतीक माना जाता रहा हो। मातृदेवी की मूर्तियाँ नवपाषाणिक कृषक बस्तियों से भी प्राप्त हुई हैं। मेहरगढ़ से भी मातृदेवी की मूर्तियाँ प्राप्त हुई हैं। भरे एवं उत्तेजक स्तनों तथा स्थूल नितम्बों वाली मातृदेवी अथवा स्त्री मूर्तियाँ ऐतिहासिक काल की यक्षिणी तथा शालभंजिका मूर्तियों के लिए प्रेरक बनी होंगी। मातृदेवी, वृक्ष, जल एवं पशु मानव जीवन की प्राथमिक आवश्यकताओं से सम्बन्धित होने के कारण इनकी उपासना का प्रचलन भी इनके आखेट तथा संग्राहक जीवन में ही प्रारम्भ हो गया होगा। यहाँ से प्राप्त एक मुद्रा पर एक शृंग-मुकुटधारी पुरुष आकृति को एक वृक्ष की शाखाओं के मध्य दिखाया गया है और इसके समक्ष एक व्यक्ति हाथ जोड़े हुए बैठा है। यह वृक्ष देवता की उपासना का दृश्य प्रतीत होता है। एक अन्य मुहर पर एक शृंगयुक्त मानव के अश्वत्थ वृक्ष की शाखा के मध्य दिखाया गया है। यह अनुमान लगाया जा सकता है कि इसमें वृक्ष-आत्मा को दिखाने का प्रयत्न हुआ है।[10] कतिपय मुहरों एवं पात्रों पर वृक्ष को वेदिका-वेष्टित दिखाया गया है। ऐतिहासिक काल के सिक्कों पर वृक्ष को प्राय: वेदिका-वेष्टित दिखाया गया है। आज भी अश्वत्थ, न्यग्रोध, तुलसी आदि के पवित्र वृक्षों को वेदिका-वेष्टित कर पूजा की जाती है। आज भी संतान प्राप्ति हेतु स्त्रियों द्वारा अश्वत्थ वृक्ष की पूजा एवं उसका आलिंगन किया जाता है। कालान्तर में यह अवधारणा विकसित हुई कि वृक्ष पर देवों के निवास होते हैं। वृक्षों की आत्मा की अवधारणा भी विकसित हुई। सभी इच्छित कामनाओं के पूर्तिकर्ता के रूप में कल्पवृक्ष की अवधारणा का भी विकास हुआ। कुछ गणों एवं जनों के प्रतीक भी विभिन्न वृक्ष थे। यहाँ से प्राप्त वृहद्स्नानागार जलपूजा, पापमोचन, जलशुद्धिकरण अथवा किसी संस्कार विधि से सम्बन्धित रहा होगा। धर्मानन्द कोसम्बी ने इन स्नानागारों की तुलना ऐतिहासिक युगीन ऐसी पुष्करणियों से की है जिस पर प्राचीन राजाओं अथवा राजपुरोहितों का अभिषेक होता था। ऐसी पुष्करणियों का महत्त्व गणतन्त्रों में अधिक था क्योंकि वहाँ मूर्धाभिषेक होता था।[11] ऐतिहासिक काल में जलपूजा काफी लोकप्रिय हुआ। अहिच्छत्र से टेराकोटा के जल-पात्र प्राप्त हुए हैं जो जलपूजा का संकेत करते हैं।[12] यहाँ से

10. राजवन्त राव, प्राचीन भारत में धर्म एवं राजनीति, साहित्य संगम प्रकाशन, इलाहाबाद, पृ० 24
11. धर्मानन्द कोसम्बी, प्राचीन भारत की संस्कृति और सभ्यता, पृ० 91
12. Kiran Kumar Thaplayal, Village and Village Life in Ancient India, Aryan Books International, 2004, p. 177

प्राप्त कतिपय मुहरों पर मकर का अंकन प्राप्त होता है जो जलदेवता का प्रतीक हो सकता है।[13] भारतीय कला में मकरवाहिनी गंगा का अंकन काफी लोकप्रिय था। कतिपय मुहरों पर मनुष्य एवं पशु की युग्मित मुद्राएँ प्राप्त होती हैं, यथा मनुष्य एवं व्याघ्र की, जो परवर्तीकालीन नरसिंह की कल्पना का आधार बना होगा। कालीबंगा आदि पुरास्थलों से यज्ञ की परम्परा का भी अनुमान होता है जो वैदिक काल का प्रमुख अनुष्ठान था। यहाँ से चक्र एवं स्वस्तिक प्रतीकों का अंकन भी प्राप्त हुआ है। आज भी इनका उपयोग मांगलिक प्रतीक के रूप में होता है। यहाँ से कतिपय उदात्त दार्शनिक परम्परा के होने का भी अनुमान होता है। यहाँ से प्राप्त एक मुहर पर अश्वत्थ वृक्ष की शाखा से संलग्न एकश्रृंगी तथा एक पशु आकृति का अंकन है, जिसमें एक फल खा रहा है और दूसरा इसे देख रहा है। बरुआ महोदय इसे मुण्डकोपनिषद् में उल्लिखित दो सुपर्णों की अभिव्यक्ति बताते हैं।[14] मुण्डकोपनिषद् एवं श्वेताश्वतर उपनिषद् के सन्दर्भ में एक पक्षी जीवात्मा का प्रतिनिधित्व करता है जो कर्मों के फलों का अनुभव करता है। दूसरा पक्षी परमात्मा का प्रतीक है जो सर्वज्ञ है, जो द्रष्टा रूप में है। दो पक्षी एक ही शरीर रूपी वृक्ष पर रहते हैं।[15] यज्ञ, जलपूजा, वृक्षपूजा, लिंग-पूजा, मातृदेवी की पूजा के साथ ही योगमुद्रा वाले पशुपति की पूजा भी प्रचलित थी। यद्यपि ऋग्वेदीय समाज में शिश्नपूजक मुख्य धारा के बाहर थे तथापि कालान्तर में इसे न केवल स्वीकृति मिली वरन् यह शैव धर्म के साथ सम्बद्ध होकर उसका मुख्य तत्त्व बना। हड़प्पा से प्राप्त पशुओं से घिरे हुए, उर्ध्वरेतस, त्रिमुख, नासिका केन्द्रित दृष्टि वाले योगी को मार्शल शिव की प्रतिमा मानते हैं। आचार्य गोविन्द चन्द पाण्डे इसे योग की शाम्भवी मुद्रा बताते हैं।[16] उपनिषदों तक आते-आते योग के स्पष्ट प्रमाण मिलने लगते हैं।

हड़प्पा के मकानों में बीच में आँगन एवं उसके चारों ओर कमरों के निर्माण की जो परम्परा प्रारम्भ हुई उसे आज तक गाँवों में देखा जा सकता है। इस सभ्यता की बैलगाड़ी का भी बाद की शताब्दियों में महत्त्व बना रहा। यहाँ से प्राप्त कंगन, चूड़ी, सिन्दूर, पिन, दर्पण, स्त्री प्रसाधन के मुख्य अंग थे।

---

13. किरन कुमार थपल्याल, पूर्वोक्त
14. बरुआ, बी०सी० ला० वाल्यूम-2, पृ० 464
15. द्वा सुपर्णा सयुजा सखाया समानं वृक्षं परिशस्वजाते
    तयोरन्य: पिप्पलं स्वाद्वत्त्यनश्रन्नन्यो अभिचाकशीति॥
    —मुण्डकोपनिषद्, प्रथम खण्ड-1; -श्वेताश्वतर उपनिषद्, 4.6
16. डॉ० गोविन्द चन्द्र पाण्डे, स्टडीज इन दि ओरिजिन्स ऑफ बुद्धिज्म, पृ० 156

स्त्रियों द्वारा सिन्दूर लगाने की परम्परा आज तक जारी है। इस सभ्यता में कंगन का विशेष महत्त्व था। लगभग एक हजार कंगन यहाँ से प्राप्त हुए हैं। चूड़ी, पिन एवं दर्पण आज तक स्त्री प्रसाधन के अंग बने हुए हैं। फूलदान, सुराही, बर्तन, लोटा, कुल्हड़ आगे चलकर सामान्य आदमी के जीवन के अंग बने। धौलावीरा से प्राप्त प्रस्तर स्तम्भ अशोक के स्तम्भों हेतु प्रेरक बने होंगे। हल एवं नाव भी ऐतिहासिक कालों में थोड़े-बहुत परिवर्तनों के साथ बने रहे।

सिन्धु-सारस्वत सभ्यता के लगभग एक हजार वर्ष बाद बुद्ध के काल में सीमित रूप में नगरीकरण के संकेत पुरातत्त्व से प्रमाणित होता है।

यद्यपि पिपरहवा, सोहगौरा एवं महास्थान से प्राप्त अभिलेखों को कुछ इतिहासकार अशोक के पूर्व का बताते हैं तथापि नियमित अभिलेखों की परम्परा का सूत्रपात अशोक से ही हुआ माना जाता है। अशोक के अभिलेख ही दुनिया के महान सम्राट अशोक तथा भारत की महान वैचारिकी से हमारा परिचय कराते हैं। उस सम्राट ने अफगानिस्तान से लेकर आन्ध्र तक फैले अपने साम्राज्य को नैतिक संहिता, जिसे वह धम्म कहता है, से एकता के सूत्र में बाँधने का प्रयत्न किया था। विश्व का वह पहला सम्राट है जिसकी कीर्ति का आधार दया, करुणा, पापहीनता, बहुकल्याण, मृदुता, साधुता एवं सबके प्रति समान व्यवहार था। अपने अभिलेखों में अशोक कहता है कि सभी पंथों के लोग हमारे राज्य में सर्वत्र बसें। सभी पंथों के सारवृद्धि की वह कामना करता है। सभी पंथों के अनुयायी दूसरे पंथों के उपदेशों को सुनें। किसी भी पंथ की निन्दा करने से वह रोकता है। वह असमय अपने धर्म की प्रशंसा करने को भी संयम के विपरीत मानता है। वह समवाय (आपसी मेलजोल) को श्रेयस्कर मानता है। वह वचनगुप्ति (वाक्संयम) पर जोर देता है। वह सभी पंथ के अनुयायियों से अपील करता है कि बहुश्रुत और कल्याणकारक (कल्याणागम) ज्ञान वाले हों। विश्व का वह पहला सम्राट था जिसने मनुष्यों एवं पशुओं दोनों के लिए चिकित्सालय की व्यवस्था करायी थी।[17]

उड़ीसा का महामेघवाहन कुलोत्पन्न चेदि राजवंश का जैनमतानुयायी शासक क्षेमराज (क्षमाषील राजा), वृद्धराज (राजाओं में श्रेष्ठ), भिक्षुराज (दान देने में अग्रणी) एवं धर्मराज (न्यायप्रिय) की उपाधि धारण करता है। वह सभी पंथों के प्रति अनुराग रखने वाला (सब पासंड पूजकों), सभी पूजास्थलों का संस्कार करने वाला (सब देवायन सकार कारको) था।[18]

17. परमेश्वरी लाल गुप्त, भारत के प्रमुख अभिलेख भाग 2, विश्वविद्यालय प्रकाशन, 2011, पृ० 32-34
18. पूर्ववत, पृ० 97

भारत के अधिकांश प्राचीन अभिलेखों से सर्वधर्मसमभाव का स्वर प्रस्फुटित होता है। यहाँ के राजाओं की प्रजावत्सलता, धार्मिक सहिष्णुता तथा किसानोन्मुखता का विवरण अभिलेखों से प्राप्त होता है। गुजरात का सुदर्शन तड़ाग जो बड़ी जनसंख्या को पीने का पानी, सिंचाई की सुविधा प्रदान करता है उसका 800 वर्षों का इतिहास केवल अभिलेखों से ज्ञात होता है। इसका निर्माण मौर्य सम्राट चन्द्रगुप्त मौर्य ने कराया था। सम्राट अशोक ने खेतों में सिंचाई हेतु नालियों का निर्माण कराया, शक सम्राट रुद्रदामा ने इसका जीर्णोद्धार कराया। पुनः पाँचवीं शताब्दी सामान्य संवत् में गुप्त सम्राट स्कन्दगुप्त ने इसके तटबन्धों की मरम्मत कराकर इस जलाशय को[19] पूर्ववत् सुविधायुक्त किया। धर्म, अर्थ एवं काम का स्वामी शक राजा रुद्रदामन युद्ध के अतिरिक्त आजीवन मनुष्य की हिंसा नहीं की। यह शासक अपने समक्ष उपस्थित अनवरत जन-समूह को दीर्घजीवन तथा अभयदान देता था।[20] रुद्रदामा विदेशी शक शासक होते हुए भी भारत की धरती पर आकर उसने संस्कृत भाषा में अभिलेख लिखवाये, जिसने भारतीय संस्कृति के अनुरूप गाय, ब्राह्मण एवं पुण्य में विश्वास किया। व्याकरण, राजनीति, संगीत, न्याय आदि विद्याओं को अर्जित किया। इस भूमि पर बहुत सारे विदेशी आक्रान्ता आये और कुछ पीढ़ियों बाद अपना मूल नाम-धाम-संस्कार त्यागकर भारतीय संस्कृति को अपना लिये। हमारी भारतीय संस्कृति पश्चिमोत्तर भारत पर उपस्थित विदेशी संस्कृतियों तथा भीतर पहुँच गयीं विदेशी संस्कृतियों से निरन्तर संवाद करती रही और अपने विचार-प्रणाली में उन्हें पचाकर उनके कुछ श्रेष्ठ तत्त्वों को ग्रहण भी करती रही। अभिलेखों एवं मुद्राओं के अध्ययन से विदित होता है कि बहुत सारे विदेशी हमारे धर्म की ओर आकृष्ट होकर उन्हें अपना लिये। यवन सम्राट अगाथाक्लीज की मुद्राओं पर वासुदेव-संकर्षण तथा भारतीय यक्षिणी का अंकन मिलता है। मिनेण्डर ने बौद्ध धर्म अपना लिया था। उसकी मुद्राओं पर स्तूप का अंकन मिलता है। बेसनगर अभिलेख से ज्ञात होता है कि यवन सम्राट अन्तिलिकित का दूत हेलियोडोरस भारत आया था और उसने विदिशा में गरुड़ध्वज की स्थापना

19. पूर्ववत्, पृ० 198-200

20. तत्प्रभावाद्यथावत्प्राप्तधर्मार्थ काम विषयाणां........
लक्ष्मी-धारणा-गुण-तस्सव्वं वर्णैरभिगम्य विहित राजलक्ष्मी-
धारणा-गुण-तस्सव्वं वर्णैरभिगम्य रक्षाणार्थं पतित्वे वृतेन
आ प्राणोच्छ्वासात्पुरुवधनिवृत्ति-कृत........
कारुण्येन स्वयमभिगत जन-पद प्रणिपति।

कर भागवत धर्म में अपनी आस्था व्यक्त की थी। उसने स्वर्ग ले जाने वाले तीन अमृत पदों—दम-त्याग और अप्रमाद की प्राप्ति हेतु अनुष्ठान भी किया था।[21]

शक शासक मावेश, एजिलाइसिस[22], गोण्डोफर्निस, विमकैडफाइसेस, कनियक, हुविष्क, वासुदेव (कुषाण शासक), हूण तोरमाण एवं मिहिरकुल ने भारतीय धर्म ग्रहण कर लिया था।[23] कुषाण सम्राट कनिष्क बौद्ध मतानुयायी होते हुए भी एशिया के बहुत सारे देवी-देवताओं को अपनी मुद्राओं पर स्थान दिया था। कनिष्क तृतीय के आरा अभिलेख में उसकी उपाधि महाराज रजतिराज देवपुत्र कैसर उल्लिखित है जिसमें महाराज भारतीय, रजतिराज ईरानी, देवपुत्र चीनी एवं कैसर रोमन उपाधि है।[24] गुप्त सम्राटों ने अपनी मुद्राओं पर संस्कृत में छन्दोबद्ध लेख लिखवाये जो उनकी विद्वता, सुरुचिसम्पन्नता एवं कल्पनाशीलता का परिचायक है। गुप्त सम्राटों में सामरिक दक्षता, आखेटप्रियता के साथ ही ललितकलाओं के प्रति भी अभिरुचि थी। समुद्रगुप्त वीणावादन में नारद एवं तुम्बुर को भी लज्जित करने वाला था। चन्द्रगुप्त द्वितीय स्वयं विद्वान था, विद्वानों का संरक्षक था तथा नाटकों के रचने में निष्णात था।[25] स्कन्दगुप्त की मुद्राओं पर उसकी उपाधि 'परहितकारी राजा जयतिदिवं श्री क्रमादित्य' मिलता है जो उसके उपकार करने की प्रवृत्ति का परिचायक है।[26] राजाओं द्वारा निर्गत भारतीय अभिलेख अपने आप में इतिहास हैं क्योंकि वे वंश परम्परा तथा वंशानुचरित परम्परा से सम्बन्धित हैं। अधिकांश भारतीय अभिलेख इतिहास पुराण परम्परा के वाहक हैं।[27]

यद्यपि पुरातात्त्विक अवशेषों में मन्दिर वास्तु गुप्त काल में मिलता है किन्तु औदुम्बर, पुरु जनपद त्रिगर्त, पांचाल एवं यौधेय मुद्राओं पर मन्दिर

---

21. अनुठितानि नेयन्ति स्वगं दम-चाग अप्रमाद; बेसनगर गरुड़ध्वज अभिलेख।
22. शक शासक एजिलाइसिस की मुद्राओं पर अभिषेक लक्ष्मी का अंकन प्राप्त होता है।
23. इन शासकों द्वारा निर्गत मुद्राओं से इनका शैव मतानुयायी होना प्रमाणित होता है। हूण शासक तोरमाण बुद्ध का अनुयायी था। कुषाण शासक वासुदेव की एक मुद्रा पर वासुदेव का अंकन प्राप्त होता है।
24. 'महरजस रजतिरजस देवप्रतस कइसरस' आरा अभिलेख, परमेश्वरी लाल गुप्त, भारत के प्रमुख अभिलेख, भाग-1, पृ० 163
25. अनन्त सदाशिव अल्टेकर, गुप्तकालीन मुद्राएँ, बिहार राष्ट्रभाषा परिषद्, पृ० 52, 95
26. अनन्त सदाशिव अल्टेकर, गुप्तकालीन मुद्राएँ, बिहार राष्ट्रभाषा परिषद्, पृ० 170
27. Kiran Kumar Thaplyal, Historical Tradition and Culture in Ancient Indian Inscriptions; प्रो० विपुला दुबे, राजवन्त राव द्वारा सम्पादित पुस्तक 'पुराभिलेखों में इतिहास-परम्परा एवं संस्कृति'।

वास्तु का अंकन प्राप्त होता है।[28] इससे सामान्य संवत् पूर्व से ही मन्दिर वास्तु के अस्तित्व का पता चलता है। भारत एक ऐसा धार्मिक एवं पारम्परिक देश रहा है कि यहाँ देवकुल[29] एवं गुरुवायतन[30] की परम्परा एक साथ मिलती है। इसकी पुष्टि पुरातत्त्व एवं साहित्य दोनों से मिलती है।

वैदिक काल के उपरान्त भारतीय संस्कृति जनपदों में लोक के माध्यम से मुखरित हुई। जन से जनपद तक की यात्रा में काफी समय लगा। उत्तर वैदिक काल में कुरु एवं पांचाल जनपदों की स्थापना के साथ ही जनों का स्थान जनपदों ने ले लिया। उपनिषद् काल एवं बुद्ध का काल भारतीय मनुष्यों के लिए एक जागरण का काल था। दर्शन, नाना विद्याओं, शिल्प एवं राजनय की नाना पद्धतियों का विकास इसी काल में हुआ। किन्तु शीघ्र ही सारे जनपद साम्राज्यवादी प्रवृत्ति का शिकार होकर मौर्य साम्राज्य में तिरोहित हो गये। इसके साथ ही विभिन्न जनपदों की अपनी विशिष्टता भी तिरोहित हो गयी। किन्तु मौर्य साम्राज्य के पतन के साथ ही पुनः जनपदों, जनजातीय गणों, नगर राज्यों एवं श्रेणी राज्यों का युग लौट आया। इन सभी राजनीतिक इकाइयों में साम्यता, लोकमन, एक भाषा, एक धर्म एवं किसी विशिष्ट कौशल अथवा शिल्प का महत्त्व स्थापित था। ये तत्व जनपदों एवं जनजातीय राज्यों की विशिष्टताएँ थीं। इन जनपदीय एवं जनजातीय राज्यों की एक विशिष्टता यह भी थी कि ये अपने राज्य को किसी देवता को समर्पित करके स्वयं उनके प्रतिनिधि के रूप में शासन करते थे।[31] यह निष्कर्ष उनके द्वारा निर्गत मुद्राओं को देखने से ज्ञात होता है।[32] पाणिनि जनपदीय विशिष्टताओं को रेखांकित करते हुए बताते हैं कि जनपदों की एक भाषा, एक धर्म एवं एक वृत्ति अथवा एक शिल्प होता था। इसी विशिष्टता को पाणिनि जानपदीय

28. दे० प्रेमसागर चतुर्वेदी द्वारा सम्पादित ग्रन्थ। Ancient Religious Architecture Beyond Sectarian Boundaries, आगम कला प्रकाशन 2015 में प्रकाशित प्रो० राजवन्त राव के लेख 'मुद्राओं पर प्रतिबिम्बित मन्दिर-वास्तु', पृ० 123
29. सामान्य संवत् प्रथम शताब्दी पूर्व से लेकर सामान्य संवत् प्रथम सदी में राजा के देवत्व का उभार दिखायी देता है। मथुरा के माट नाम स्थान, अफगानिस्तान के सुर्खकोतल नामक स्थान एवं रबातक अभिलेख से ज्ञात होता है कि पूजार्थ मन्दिरों में राजाओं की भी प्रतिमा स्थापित की जाने लगी थी। इसी का चरमोत्कर्ष राजराज के राजराजेश्वर मन्दिर में भी दिखायी देता है।
30. चन्द्रगुप्त के काल के मथुरा अभिलेख से ज्ञात होता है कि शैव आचार्य उदिताचार्य ने अपने गुरु तथा गुरु के गुरु उमितेश्वर एवं विमलेश्वर की प्रतिमा स्थापित करायी थी।
31. परमेश्वरी लाल गुप्त, पूर्वकालिक सिक्के
32. परमेश्वरी लाल गुप्त, पूर्ववत्

वृत्ति कहते हैं।[33] एक शिल्प एवं एक भाषा जानने वाला व्यक्ति समाज में प्रशंसित होता था।[34] जनपदों द्वारा एक शिल्प अथवा एक वृत्ति से सम्बन्धित मुहरें प्राप्त हुई हैं। कौशाम्बी, वाराणसी, त्रिपुरी, माहिष्मती एवं तक्षशिला से 'नेगम' तथा 'गाधिकानं' नामांकित मुद्राएँ प्राप्त हुई हैं जिससे इन स्थानों पर निगम अथवा श्रेणी संगठनों का शासन स्थापित था। इस काल के जनपदों, जनजातीय राज्यों, नगर-राज्यों, अथवा निगम-राज्यों में वर्णगत श्रेष्ठता से अधिक महत्त्व उद्यमिता, कुशलता, सौजन्यता एवं निष्ठा का था। पाणिनि ने भक्ति शब्द का व्यापक प्रयोग किया है—देवता की भक्ति, जनपद की भक्ति, नगर की भक्ति आदि। जनपद अथवा जनजाति की भक्ति अथवा निष्ठा राजनीतिक सम्बन्ध अथवा रक्त सम्बन्धों पर आधारित होती थी।[35]

पुरातात्त्विक खोज एवं अनुसंधान एक निरन्तर चलने वाली प्रक्रिया है। नये पुरातात्त्विक साक्ष्यों की प्राप्ति के साथ ही ऐतिहासिक निष्कर्ष एवं अवधारणाएँ परिवर्तित हो जाती हैं। इसी कारण इतिहास को परिवर्तित ऐतिहासिक व्याख्याओं की ज्ञानवर्धक श्रृंखला कहा जाता है। पुरातत्त्व के आलोक में भारतीय संस्कृति की मुख्य विशेषता इसकी अनाक्रामक प्रवृत्ति, सौम्यता, सृजनशीलता, आध्यात्मिकता, सामुदायिक तथा अपरिष्कृत किस्म की लोकतान्त्रिक प्रवृत्ति रही है।

■

33. वासुदेवशरण अग्रवाल, पाणिनिकालीन भारतवर्ष, पृ० 424-25; चैखम्भा सुरभारती प्रकाशन, तृतीय संस्करण, 1996
34. यथा जानपदीषु विद्यातः पुरुषो वेदितृषु च भूयोविद्यः प्रशस्यो भवति।—याष्क का निरुक्त 1.5
35. वासुदेवशरण अग्रवाल, पाणिनिकालीन भारतवर्ष, पृ० 438; चैखम्भा सुरभारती प्रकाशन, तृतीय संस्करण, 1996

सोहगौरा ताम्रफलक पर ऊपर अन्नागार का अंकन

हड़प्पा से प्राप्त एकश्रृंग एवं दो सिर वाले पशु एक वृक्ष पर अंकित हैं(इसकी अभिव्यक्ति मुण्डकोपनिषद् एवं श्वेताश्वतर उपनिषद् में हुई है।

सिन्धु-सारस्वत सभ्यता में स्त्री

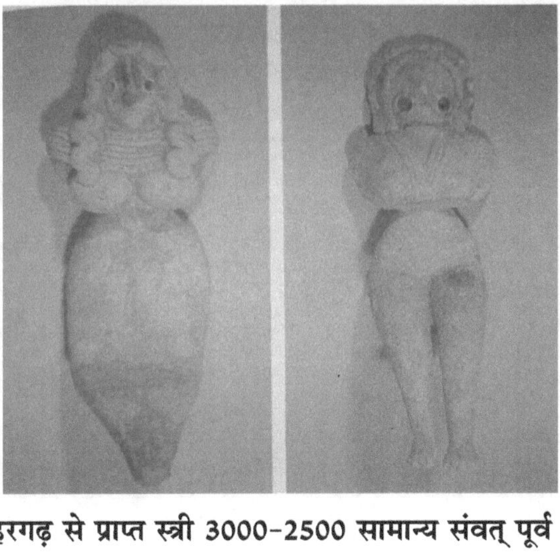

मेहरगढ़ से प्राप्त स्त्री 3000-2500 सामान्य संवत् पूर्व

मथुरा से प्राप्त मातृ-देवी

हड़प्पा से प्राप्त कंकड़

वृक्ष आत्मा की अभिव्यक्ति,
भरहुत

वेदिका में वृक्ष, सांची

कल्पवृक्ष, बेसनगर

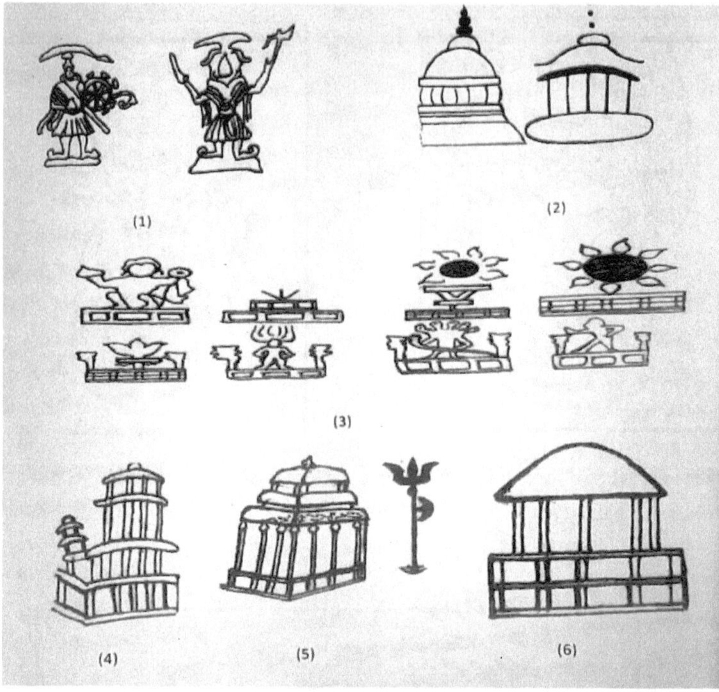

मुद्राओं पर मन्दिर- वास्तु का विकास

प्रेमसागर चतुर्वेदी द्वारा सम्पादित ग्रन्थ Ancient Indian Religious Architecture Beyond the Sectarian Boundaries आगम कला में प्रकाशित प्रो० राजवन्त राव के लेख 'मुद्राओं पर प्रतिबिम्बित मन्दिर वास्तु' से साभार।

1. अगॉथाक्लीज की मुद्रा पर वासुदेव-संकर्षण
2. यौधेय मुद्रा पर मन्दिर-वास्तु
3. पंचाल मुद्राओं पर मन्दिर-वास्तु का प्रागूरूप
4. त्रिगर्त मुद्रा पर मन्दिर-वास्तु
5. औदुम्बर मुद्रा पर मन्दिर-वास्तु
6. पुरु जनपद की मुद्रा पर मन्दिर-वास्तु

खजुराहो के शिल्प : भारतीयता के बोध के जीवंत शिल्पांकन

नर्मदा प्रसाद उपाध्याय

उजास का पर्याय है भारतीयता। यह भाववाचक संज्ञा, भारत तत्व से बनी है तथा 'भा' और 'रत' का सम्मिलित अर्थ है 'प्रकाश में रत'। यहाँ प्रकाश की व्यंजना ज्ञान के रूप में है। भारत का इस परिप्रेक्ष्य में अर्थ है ज्ञान में लीन होना। इस ज्ञान के अनेक आयाम हैं, धर्म, संस्कृति, भाषा, लोक, दर्शन और साहित्य से लेकर विचारधारा तक। इन सबका मंजुल समन्वय भारतीयता है। इस भारतीयता के अनिवार्य तत्व हैं सतत सात्विकता, पूर्ण आनंदमयता तथा बाह्य और आंतरिक शुचिता तथा इसके शाश्वत जीवनमूल्य हैं संयम, सहिष्णुता, त्याग, उदारता, सहअस्तित्व, अंतरावलंबन, सहृदयता और रचनात्मकता आदि।

अज्ञेय इसी धरातल पर कहते हैं कि ''भारतीयता केवल एक भौगोलिक परिवृत्ति की छाप नहीं, एक विशिष्ट आध्यात्मिक गुण है जो भारतीय को सारे संसार से पृथक करता है। भारतीयता मानवीयता का निचोड़ है।''

निर्मल वर्मा भारतीयता को एक समग्र बोध के रूप में देखते हैं। वे कहते हैं कि, ''एक सभ्यता की शैली सिर्फ लोगों के आचार-व्यवहार और विश्वासों को एकसूत्रित करने वाला एक केन्द्रीय दर्शन जो मनुष्य की जीवन प्रणाली को पारितोषित भी करता है और परिभाषित भी। इस अर्थ में भारत की विभिन्न जातियाँ अपनी सांस्कृतिक विशिष्टताओं के बावजूद एक सामूहिक सभ्यता बोध के भीतर जीवित रह सकी हैं।''

इस तरह बहुलता की स्वीकृति और समग्रता का बोध भारतीयता की पहचान हैं।

श्रद्धेय विद्यानिवास मिश्र कहते हैं कि अंतरावलंबन भारतीय संस्कृति के मूल में है तथा संस्कृति का अकेले भूगोल, अकेले इतिहास, अकेले मानव समुदाय से ही सरोकार नहीं होता, वह इन सबसे होता है। इसीलिए राष्ट्र भूगोलवाची शब्द नहीं संस्कृतिवाची जरूर है।

भारतीय कला की अवधारणा की यही आधारभूमि है जिस पर भारतीय कला के विभिन्न अनुशासनों के स्मारक खड़े हुए। भारतीय कला का अर्थ जीवन के साथ एकाकार होना है। केवल अपने जीवन के लिए नहीं, बल्कि पूरे समाज के लिए, मनुष्य की यात्रा के लिए। यही कारण है कि अपने निजस्व को सर्वस्व के लिए सौंप देने के कारण भारत के उन उत्कृष्ट कलाकारों के नाम नहीं मिलते जिन्होंने अजंता, कोणार्क और खजुराहो के अंकन और शिल्प रचे।

डॉ० आनंद कुमार स्वामी ने इसीलिए इंगित किया कि भारत में कला व्यक्ति के नाम पर नहीं है। वह कुषाण कला है, शुंग कला है, गुप्त कला है। इस अवधारणा के आलोक में शिल्प और चित्रांकन के जो उदाहरण हमारे पुरखों ने सृजित किए वे भारतीयता के जीवंत उदाहरण हैं जिनमें से एक खजुराहो है।

मानव के उदात्त मन की उन्मुक्त अभिव्यक्ति के मनोरम शिल्प हैं खजुराहो के वे दिव्य मंदिर जिनमें मानवीय चेतना ने अपने हर विलास को पूरे लालित्यमय उद्वेग के साथ पत्थरों में अनावृत्त कर दिया है। खजुराहो के मिथुन शिल्प सब कुछ अनावृत्त कर देने की बार-बार होने वाली आवृत्तियाँ हैं। वे देह के अंग-अंग के उत्सव, रूप की मांसलता को आत्मसात् कर लेने की मानवीय आकांक्षा के उत्कृष्टतम शिल्पांकन और आसक्ति की परिपूर्णता के वे परमानन्द शिखर हैं जिनके शीर्ष पर सिर्फ रस प्रतिष्ठित हो सृजन के महाभाव का यह आह्वान कर रहा है कि रचो, बार-बार रचो क्योंकि रचने की लालसा ही सृष्टि के प्राण हैं। सृजन, रचनाशीलता भारतीयता की आत्मा है।

खजूर के वृक्षों की बहुतायत के कारण इस नगर का नाम खजुराहो पड़ा। इसका मूल नाम खजूर वाहक था। स्व० अम्बिकाप्रसाद दिव्य का मानना है कि सही शब्द खजराहो है। चूंकि बुंदेली में ज़्यादातर ओकारान्त शब्दों का प्रयोग किया जाता है इसलिए इसे खजुराहो कहा जाने लगा। कनिंघाम ने एक शिलालेख पढ़कर इसका मूल नाम खर्जुरवाटिका माना। अलबरूनी (ई० सन् 1031) तथा ह्वेनसांग (ई० सन् 641) ने खजुराहा कहते हुए इसे जाहुति राज्य (जुझौती) की राजधानी माना। इब्नबतूता सन् 1335 में यहाँ आया था वह इसे खजूरा कहता है। वर्तमान में प्रचलित नाम खजुराहो ही है।

यह भी कहा जाता है कि खजुराहो के बाहर सोने के दो खजूर वृक्ष बनवाए गए थे। ईसा से 400 वर्ष पूर्व इसे वत्सा कहा जाता था, मध्ययुग में जैजाकभुक्ति या जैजाभुक्ति और चौदहवीं शताब्दी के बाद बुन्देलखण्ड। खजुराहो के पुराने मंदिरों के अवशेष लगभग 21 वर्ग किलोमीटर में खजुराहो

गाँव के आसपास फैले हुए हैं। मान्यता है कि वहाँ कुल 85 मंदिरों का निर्माण हुआ होगा जिनमें से 25 अभी भी सुरक्षित हैं। नागर शैली के ये मंदिर भारतीय शिल्प-कला के प्रतिनिधि उदाहरण हैं। इनमें मानव जीवन के सहज व्यापारों को पूरे निष्णात कौशल के साथ उत्कीर्ण किया गया है। एक लम्बे अर्से तक खजुराहो अज्ञात ही रहा। गहन और बीहड़ वनों के बीच बसे इस गाँव और मंदिरों की खोज सन् 1838 में ब्रिटिश इंजीनियर कैप्टन टी०एस० बर्ट ने की। उसे, उसकी पालकी ढोने वाले ने इनके बारे में बताया था। इसके पूर्व सन् 1818 में जब सर्वेक्षण किया गया था तब इन मंदिरों को ध्वस्त मान लिया गया था।

वर्तमान में छतरपुर के निकट मध्य भारत में बसा यह गाँव पूरे विश्व के कलानयनों का केन्द्र है। नर्मदा और चम्बल की धाराओं तथा विन्ध्य की उपत्यकाओं से घिरा यह क्षेत्र उत्तर और दक्षिण की सीमारेखा भी है। इससे 20 किलोमीटर की दूरी पर विन्ध्य से निकली केन नदी है जो यमुना में मिलती है। कैमूर की खदानों से, जो पन्ना के आसपास स्थित हैं, खजुराहो के शिल्प में लगने वाला बलुआ पत्थर निकाला गया। वर्तमान में खजुराहो में तीन तालाब हैं, इनमें प्रमुख शिवसागर है।

खजुराहो का शिल्प-वैभव उन चंदेल शासकों की देन है जिन्होंने नौंवीं से चौदहवीं शताब्दी तक यहाँ राज्य किया। वे अपने आपको चंद्रमा का वंशज मानते थे। कहा जाता है कि कर्णवती (केन) और चंद्रमा के सम्मिलन से चन्द्रात्रेय (चन्देल) वंश की उत्पत्ति हुई।

खजुराहो के मंदिरों के निर्माण की परम्परा हर्षदेव (900-925) के समय से होती है, यों यदि जैन मंदिरों के पुनरुद्धार से यह परम्परा जोड़ी जाए तो यह छठवीं-सातवीं शताब्दी से जुड़ती है। हर्षदेव के समय में चौंसठ योगिनी मंदिर तथा लालगाँव महादेव के मंदिर निर्मित हुए हर्षदेव का उत्तराधिकारी यशोवर्मन था (925 से 950)। वह शक्तिशाली शासक था। उसने 940 ई० में कालंजर का दुर्ग राष्ट्रकूटों से जीता।

खजुराहो में मिले शिलालेख के अनुसार यशोवर्मन ने एक विष्णु मंदिर का निर्माण किया, यह मंदिर अब लक्ष्मण मंदिर के नाम से जाना जाता है। यशोवर्मन के पुत्र धंग (950-1002) का शासन सर्वाधिक उल्लेखनीय है। यह शक्तिशाली शासक एक महान योद्धा होने के साथ-साथ विलक्षण कलाप्रेमी था। उसके समय में विश्वनाथ तथा पार्श्वनाथ मंदिर बनाए गए। एक शिलालेख जो 954 ई० का है, खजुराहो में मिला है जिसमें धंग की मृत्यु का वर्णन है, उसकी आयु सौ वर्ष दर्शाई गई है। धंग का पुत्र गण्ड था (1002 से

1017)। उसके काल में वैष्णव तथा सूर्य मंदिर बने जिन्हें वर्तमान में जगदंबी तथा चित्रगुप्त मंदिर कहा जाता है। गण्ड का पुत्र विद्याधर (1017 से 1026) अपने समय का सर्वाधिक शक्तिशाली शासक था। उसी के समय 102 फीट ऊँचा कंदरिया महादेव का मंदिर बनाया गया जो खजुराहो की मंदिर सरणी का केन्द्र है। विद्याधर की मृत्यु के बाद उसके उत्तराधिकारी दुर्ग निर्माण की ओर प्रवृत्त हुए तथा शनैः-शनैः खजुराहो का महत्त्व कम होता गया।

कनिंघम ने सन् 1864 में खजुराहो के मंदिरों में कुल 872 शिल्पों की गिनती की थी जिनमें से 646 मंदिरों की दीवारों पर उत्कीर्ण थे। इन शिल्पों का दसवाँ हिस्सा ही मिथुनशिल्पों का हिस्सा है। शेष शिल्पों में सारे मानवीय व्यापार हैं। यह शिल्पांकन भारतीयता की अवधारणा के अनुरूप लोक का, उसकी अनिवार्य इकाईयों का शिल्पांकन है। ऐसा ही लोक अपनी गतिविधियों और इकाईयों के साथ भित्तिचित्रों में अजंता में चित्रित किया गया है।

खजुराहो के शिल्पांकन में संगीतज्ञ हैं, वादक हैं, शिकार, मनुष्य तथा पशुओं के बीच युद्ध, नाटक, कई तरह के खेल, युद्ध दृश्य, युद्धसंगीत, शिविर में बिताया जाने वाला जीवन, अस्त्र-शस्त्र, और धातुशिल्प हैं। वहाँ दर्जी, बुनकर, शिल्पी, रस्सी बुनने वाले, चर्मकार, धोबी, नाई, घरेलू नौकर, मजदूर, नर्तक और शासकीय सेवक भी हैं।

वहाँ सौन्दर्य प्रसाधन, तेल और मदिरा, कृषि और शल्य-चिकित्सा भी है। तरह-तरह के बर्तन, उपस्कर, छाते, प्याले, दर्पण, कंघे, आभूषण, पंखे और हथौड़े शिल्पित हैं। वहाँ धार्मिक सहिष्णुता बिखरी पड़ी है, विष्णु और उनके अवतार, कृष्ण लीला, शिव अर्चना, जैन और बौद्ध मतावलंबियों की पूजा-विधियाँ भी हैं। वहाँ लक्ष्मीनारायण हैं, रेवती-बलराम हैं, रति-काम हैं और राम-सीता तथा हनुमान भी हैं।

यदि मिथुन-शिल्पों के संबंध में विहंगावलोकन किया जाए तो ज्ञात होगा कि भारत में ऐसे शिल्प पिछले 2000 वर्षों से उत्कीर्ण किए जाते रहे हैं। इसका एक प्रमुख कारण मातृशक्ति की विभिन्न रूपों में उपासना थी। उत्तर भारत में विशेष रूप से ईसा की पहली सात शताब्दियों तक यह पूजा बहुत हुई। इनके अपने-अपने सम्प्रदाय भी विकसित हुए। यह प्रमाण भी मिलते हैं कि इस काल में नग्न मातृकाओं की पूजा-पद्धति प्रचलित थी।

हड़प्पा में मिली एक सील के नग्न अंकनों की विस्तृत व्याख्या मार्शल ने की है। भीटा की खुदाई में मिला टेराकोटा शिल्प, मथुरा में मिले मिथुन-शिल्प, आलमपुर संग्रहालय में रखी नग्न मातृका की मूर्ति, तेर की खुदाई में मिले दो नग्न मातृकाशिल्प, नागार्जुनकोण्डा, नवासा तथा वादगाँव के नग्न

शिल्प, पटना संग्रहालय में रखा टेराकोटा शिल्प, माहुरझारी का पाषाण शिल्प तथा नागपुर संग्रहालय में रखे दो नग्न मातृकाशिल्प इसके प्रमाण हैं। शुंगकाल (पहली-दूसरी शताब्दी) से ही यौन क्रीड़ा में रत मिथुन-शिल्प मिलते हैं। इसके बाद अमरावती और मथुरा की शैलियों में भी ये शिल्प मिलते हैं।

यक्षी, गंगा, सरस्वती, लक्ष्मी, पार्वती और तारा को पूरे मानवीय सौन्दर्य के साथ उत्कीर्ण किया गया है। लखनऊ संग्रहालय में दूसरी-तीसरी शताब्दी का एक जैन तोरण है जिसमें एक युगल को प्रेम-भंगिमा में दर्शाया गया है। इसी तरह दूसरी-तीसरी शताब्दी ईसा पूर्व का बोधगया से प्राप्त एक युगल शिल्प है। इस काल के महत्त्वपूर्ण शिल्पों में से एक है दीदारगंज की चंवरधारणी या यक्षी, जिसका शिल्प सौष्ठव अप्रतिम है। मौर्यकालीन यह शिल्प वर्तमान में पटना संग्रहालय में रखा गया है।

कारला के बौद्ध चैत्यगृह जो पहली-दूसरी शताब्दी ईसा पूर्व के हैं, उनमें प्रगल्भ युगल हैं। ईसा की आरंभिक सदियों में मथुरा तथा उत्तर पश्चिम में दो अलग-अलग शैलियाँ पनपीं। गांधार शैली में ऐसे कई शिल्प हैं। चौथी से छठवीं शताब्दी के बीच ऐसे अनेक मिथुन-शिल्प निर्मित हुए। गुप्तकाल के झाँसी जिले में बने देवगढ़ में एक दर्जन से अधिक ऐसे शिल्प हैं। बुन्देलखण्ड के नाचना मंदिर में ऐसे युगल हैं।

प्रो०के०डी० वाजपेयी के अनुसार मध्यकाल में शैव, शाक्त, मतों का पल्लवन विन्ध्यक्षेत्र तथा दक्षिण कोसल के अनेक भागों में विशेष रूप से हुआ। चन्देलों, कलचुरियों, परमारों के काल में शिव के विशाल मंदिर बने, गुर्गी, उदयपुर, विदिशा, चंद्रेह, जांजगीर, सोहागपुर, रतनपुर और सिंहपुर में मंदिर बने। दक्षिण भारत में भी बदामी में काम और रति का शिल्प है। एलोरा के प्रसिद्ध कैलाश मंदिर में (750-850 ई०) आलिंगन करते व चुंबन-रत युगल हैं। उसकी दीवारों पर मिथुन-शिल्प भी हैं। नवीं से तेरहवीं शताब्दी के बीच उत्तर भारत में खूब मंदिर निर्मित हुए। मध्य भारत, गुजरात और राजस्थान इनके केन्द्र थे। राजस्थान के बारोली में, खानदेश के बल्साने, बवेरा और सिन्नर में, कश्मीर के अवन्तेश्वर मंदिर में इस काल में ऐसे शिल्प उत्कीर्ण हुए। इस परम्परा की निरन्तरता भंग नहीं हुई। मैसूर, कांचीपुरम्, श्रीरंगम् और बैल्लोर के मंदिरों में ये शिल्प निरन्तर उत्कीर्ण होते रहे।

यदि भारतीय दर्शन के आलोक में विचार करें तो अनुभव होगा कि खजुराहो के शिल्प वैभव की विरासत उसके शिल्पी को बादरायण के ब्रह्मसूत्र, वात्स्यायन के कामसूत्र और कौटिल्य के अर्थशास्त्र की मिली जिन्होंने ईसा की आरंभिक सदियों में इस देश की जीवन पद्धति और शैली को ढाला जिसमें

कहीं अंतर्विरोध नहीं था। ब्रह्मसूत्र और कामसूत्र दोनों ही जीवन के अनिवार्य अंग थे इसलिए उनमें एक दूसरे के प्रति निषेध नहीं था। इसी मनोभूमि पर काम और शिवत्व का एकात्म हुआ। वृहत्संहिता का एक श्लोक है जिसका अर्थ है कि ऐसी सम्पूर्ण सृष्टि जिसमें ब्रह्म से लेकर छोटे से छोटा जीवाणु भी समाया है वह पुरुष तथा स्त्री के मिलन का परिणाम है तब हम लज्जित क्यों हों? जबकि भगवान शिव को सौन्दर्य दर्शन की तृप्ति के लिए, किसी नवयौवना की सुन्दरता को भरपूर निहारने के लिए चार मुख धारण करने पड़े। हमारे दर्शन में धर्म, अर्थ, काम और मोक्ष को जो मान्यताएँ दी गई हैं उसमें मोक्ष प्राप्ति के पूर्व का अंतिम सोपान काम है। इसलिए काम कहीं धर्म और अर्थ को साधने से अधिक कठिन है।

श्रद्धेय पंडित विद्यानिवास मिश्र ने खजुराहो के इन मान्मथ शिल्पों पर अपनी कृति 'तंत्र कला और आस्वाद' में गहरे विचार किया है। उनकी दृष्टि में खजुराहो के मिथुन शिल्पों में रस की भारतीय अवधारणा के दर्शन होते हैं। इन शिल्पों में विभिन्न प्रकार के आस्वादों के संयोग से एक बिरला आस्वाद जन्मता है जिसके लिए सदैव उत्कण्ठा बनी रहती है। इसमें व्यक्तिचित्त धीरे-धीरे समाप्त होता जाता है और इसका स्थान समष्टिचित्त ले लेता है और फिर यही समष्टिचित्त सबसे जुड़कर ज्योति का रस बन जाता है।

वे भारतीय कला दर्शन के परिप्रेक्ष्य में विचार करते हुए कहते हैं कि खजुराहो की कला न तो धार्मिक कही जा सकती है और न ही धर्मनिरपेक्ष वह इसलिए क्योंकि भारतीय जीवन में कहीं द्वैत नहीं है। उसमें कहीं विभाजन नहीं है। संज्ञाएँ अलग-अलग हो सकती हैं किन्तु उनकी आत्मा में भिन्नता नहीं है। सांख्य या वेदांत में, कालिदास या बाणभट्ट में, एलोरा या खजुराहो में जो अंतर है वह अभिव्यक्ति का ही अंतर है लेकिन इनके मूल में जो परमतत्व है वह एक है।

इस परम तत्व को पाने के लिए अर्थात् मोक्ष को पाने के लिए साधन भिन्न-भिन्न हो सकते हैं किन्तु साध्य एक ही है। इन शिल्पों में रस तो है ही है, राग भी है और यह राग ऐसा है जो अनुभवों के पुटपाक में पकाया गया है जिसके कारण सारे वैयक्तिक संबंध समाप्त हो गए हैं और केवल राग ही अपने मूल रूप में शेष रह गया है। सबकुछ निशेष होने के बाद जो फिर भी शेष रहा वही ऐसा राग है जो खजुराहो की आत्मा है। खजुराहो में सौन्दर्य तो है लेकिन वह सौन्दर्य किसी वस्तु का नहीं है वह आत्मा का, समष्टि की आत्मा का सौन्दर्य है।

खजुराहो के मिथुन शिल्पों में जो केवल मांसल सौन्दर्य निहारना चाहते

हैं उनकी दृष्टि सतही और अधूरी है। उनका मानना था कि भारतीय कला जो खजुराहो में अभिव्यक्त हुई है वह रस से भरपूर है जिसकी अंतिम परिणति वह आनंद है जो ब्रह्म रूप है। इस ब्रह्म को पाने की, इस आनंद को पाने की आकांक्षा निरंतर बनी रहती है। उत्तर मध्यकाल में जिन वर्जनाओं के निग्रह पर बल दिया जाता रहा उसे पूर्व के विचारकों या कलाकारों ने इसलिए कोई महत्व नहीं दिया क्योंकि वे उस पूर्ण आनंद के उपासक थे जिसकी आराधना में किसी निषेध, अपवर्जन, भय या जुगुप्सा विद्यमान नहीं थी। खजुराहो इसी परमानंद की अभिव्यक्ति है। खजुराहो के सौन्दर्य में जाने कितनी गतिशील अभिव्यक्तियाँ हैं। ये अभिव्यक्तियाँ बड़ी मोहक हैं लेकिन ये कलाकार के लिए अंतिम साध्य नहीं है।

खजुराहो का कलाकार तन्मय है, ध्यानस्थ है, एकाग्र है, अपने रस और आनंद में डूबा हुआ साधक है। वह काम क्रीड़ाओं को छेनी के मार्फत उरेहने वाला शिल्पी नहीं है। यदि होता तो इन शिल्पों में इतनी रम्यता, रससिक्तता और जीवंतता नहीं होती। इन शिल्पों में जो रस है वह कुछ और नहीं बल्कि एक अपूर्व भावयोग है। रस और कुछ नहीं, सकल होने की, अखण्ड होने की प्रवणता है। रस का अर्थ है सार और खजुराहो के कलाकार ने इसी भावयोग और सार को अपने शिल्प में साकार किया है। भारतीयता की बोध का सार भी यही है।

खजुराहो के शिल्प शिव और शक्ति की साधना के प्रतीक हैं। जगत की जड़ता को रस से भरकर सजीव, सार्थक और प्रीतिकर बना देने के प्रतिनिधि हैं, खजुराहो के उत्कीर्णन। ये उत्कीर्णन विशिष्ट से सामान्य की ओर ले जाते हैं और इसीलिए सबके सौभाग्य और आकर्षण का केन्द्र बन जाते हैं। ये आकांक्षा से भरपूर है। इनमें तंत्र और कला, देश और काल इन सबका पूर्ण मंथन हैं और यही मंथन कला और यज्ञ दोनों का ही प्रयोजन है इसलिए खजुराहो कला और साधना की भूमि है। यह साधना अखण्ड है, इसका उद्देश्य है समग्र की, समग्र के लिए प्राप्ति। यह साधना अपने आप को विसर्जित करने की, खो देने की साधना है। पाना इसका ध्येय नहीं है। इसलिए खजुराहो के शिल्पी अनाम हैं।

मंदिर देवालय नहीं, सर्वात्मा का विग्रह है और इसलिए उसमें जगत के समस्त व्यापारों का एक ओर ऊपर चढ़ते समय अमूर्तन हैं और क्रमशः एक अव्यक्तप्राय आमलक में संवर्ण है और तल पर अनेकता से एकता में विलियन है। यह सृष्टिक्रम का प्रकार है। आप बाह्य रूपाकारों से आंतरिक रूपाकारों तक पहुँचते हैं और इनसे स्वयं का एकाकार कर लेते हैं और जब

बाहर निकलते हैं तब ऐसे संसार में प्रवेश करते हैं जो इस नए साक्षात्कार के कारण बदलकर नया अर्थ पा चुका है। इसी पृठभूमि में तांत्रिक कला में अपना उत्कर्ष खजुराहो में पाया। स्थूल कायिक आनंद की जितनी प्रकार की उत्कर्ष भूमियाँ हो सकती हैं उन सभी में सूक्ष्य, अशरीरी और परम आनंद की अभिव्यक्ति जोहना तांत्रिक कलाकार का सपना है।

पं० विद्यानिवासजी मिश्र ने खजुराहो के इन मान्मथ शिल्पों के अभिप्रायों को स्पष्ट किया। अर्द्धशिल्पों में उन्होंने नृत्यगीत को देखा। दर्पण लिए अप्सरा के अंकन में उन्होंने दर्पण को भ्रम का नहीं, ज्ञान का प्रतीक माना और वंशी वादिका के त्रिभंगी स्वरूप में उन्होंने पाया कि वंशी जड़ ब्रह्माण्ड को भेदकर चैतन्य संचरण कराने वाली शक्ति है। सौन्दर्य से अंगड़ाई लेने के अंकन में उन्होंने उज्जृम्भण का अभिप्राय देखा। उन्होंने पाया कि यह क्षण एक आनंद के लोक से दुख के लोक में उतरने का क्षण है। मिथुन अंकनों में उन्होंने जीवन की गहराइयों और मोह तत्वों के परस्पर अनुभवों के दर्शन किये। शालभंजिका की भंगिमाओं में उन्होंने समृद्धि के भाव को देखा और शार्दूल के अंकन में उन्होंने रूप के दर्प को कुचलकर साधना करते हुए ऊँचे उठने की अनुभूति को तलाश लिया।

उन्होंने पाया कि खजुराहो में मारण, मोहन, उच्चाटन, वशीकरण और बाजीकरण की पाँच तांत्रिक प्रक्रियाओं को अभिव्यक्त करने के लिए क्रमशः वृश्चिक, वानर, शुक, गज तथा अश्व को गृहीत किया गया है। खजुराहो की धार्मिक प्रेरणा के नीचे उन्होंने तंत्र के उस रूप को उद्घाटित किया जिसमें बौद्धों के सहजिया सम्प्रदाय, शैवों के प्रत्यभिज्ञा दर्शन तथा वैष्णवों के मधुर भाव का ऐसा सुन्दर संयोग है जिसमें पूर्ण परितृप्ति है। तंत्र का मार्ग सौन्दर्य से उन्मथित होने का मार्ग नहीं है बल्कि सौन्दर्य को उन्मथित कर आनंद की प्राप्ति का मार्ग है। खजुराहो के मिथुन अंकन साधन हैं अंतिम साध्य नहीं है। साधक की अर्चना का केन्द्र बिन्दु गर्भ गृह में निराकुल अकेली प्रतिमा है।

इस परिप्रेक्ष्य में खजुराहो के शिल्पांकन भारतीयता के बोध के जीवंत शिल्पांकन हैं जिनमें भारतीय दर्शन पाषाणों में साकार हो गया है।

■

लोक और शास्त्र की भारतीय परम्पराएँ

राजेन्द्र रंजन चतुर्वेदी

संसार के विभिन्न विश्वविद्यालयों में अब लोकविज्ञान (Folkloristics) को स्वायत्त अनुशासन का दर्जा मिल चुका है। दूसरे शब्दों में लोकवार्ता स्वयं में ही एक विकासशील और अधुनातन शास्त्र बन चुका है और अब उसकी शाखा-प्रशाखाओं का विस्तार हो रहा है। लोकविज्ञान (Folkloristics) के क्षेत्र में नित नये अन्तःअनुशासनिक, बहुअनुशासनिक अनुसंधान हो रहे हैं, विभिन्न पत्रिकाएँ निकल रही हैं और आई०एस०एफ०एन०आर० जैसी विश्वस्तरीय-संस्थाएँ प्रतिष्ठित हो चुकी हैं। लोकवार्ता के अध्ययन का केन्द्र मनुष्य ही तो है, इसलिए मानवशास्त्र, धर्मशास्त्र, भाषाविज्ञान, मनोविज्ञान, समाजविज्ञान, राजनीतिविज्ञान, इतिहास, कला, संगीत-नृत्य और चित्रकला आदि मानविकी के प्रत्येक अनुशासन ने लोकवार्ता की सामग्री से अपने को संपन्न बनाया है। आचार्य हजारीप्रसाद द्विवेदी ने लोकवार्ता की ओर ध्यान आकर्षित करते हुए लिखा है कि "अठारहवीं शताब्दी में यूरोपियन-लोग सुदूर देशों और द्वीपों में पहुँचने लगे, वहाँ के लोगों के आचार-विचार, रीति-नीति को जानने-समझने का प्रयास करने लगे, इससे नये सिरे से सोचने की दृष्टि मिली। आगे चल कर यह उपलब्धि अन्तर्भेदिनी सिद्ध हुई। मनुष्य को समझने के प्रयासों ने नया रूप ग्रहण किया। भाषा, धर्म, आचार, नैतिकता, यौन-संबंध, शिल्प सबको नई दृष्टि से देखा जाने लगा। इससे लोकवार्ताशास्त्र का जन्म हुआ और मानव विज्ञान की नयी शास्त्रीय-विवेचना का विकास हुआ।" (लालित्यतत्त्व पृ० 11-12)

पिछली शताब्दी में Folk शब्द को लेकर जो वाद-विवाद चलता रहा था, जिसमें Folk को असभ्य, अर्द्धसभ्य, आदिवासी, ग्राम्य, जंगली, आदिम जैसे विशेषण दिये जाते थे, अब पुराना पड़ चुका है और अब उसकी चर्चा भी सुनाई नहीं देती। लोकविज्ञान ने मनुष्य को देखने-समझने की नयी दृष्टि का विकास किया है। जैसे-जैसे संसार में लोकतन्त्र का विकास हो रहा है, वैसे-वैसे इस दृष्टि का विकास हो रहा है। लोकसंस्कृति की दिशा व्यष्टि से समष्टि की ओर, शास्त्र से लोक की ओर, केन्द्र से विकेन्द्रीकरण की ओर, विशेष से सामान्य की ओर और सत्ता से जन की ओर है तथा लोकदृष्टि है

जीवन की अविच्छिन्नता-निरन्तरता, समग्रता। समग्र-दृष्टि, जो व्यक्ति और व्यक्ति, व्यक्ति और समुदाय, एक समुदाय और दूसरे समुदाय, संपूर्ण मानव-समाज और फिर मानव तथा प्रकृति के बीच संबंधों की व्याख्या तथा उनकी स्थापना करती है।

इस नयी लोकदृष्टि से देखने लगे तो स्पष्ट होने लगा कि अध्ययन और समीक्षा के वे प्रतिमान दकियानूसी थे, वे समीक्षाशास्त्र जो अपने को शाश्वत मानकर बैठे हुए थे और जिनकी दृष्टि अपने युग और परिवेश से बाहर नहीं जाती, वे प्रतिमान नदी नहीं, नदी के किनारे हैं, जो बाढ़ आती है तो हर बार बह जाते हैं। किनारे नदी को नहीं बनाते, नदी बहती है और किनारे अपने आप बन जाते हैं। यह नदी लोकजीवन का प्रवाह है, अविच्छिन्न और निरन्तर।

भारत के अध्येताओं ने इस नयी लोकदृष्टि से लोकतंत्र और लोकवार्ता के बीच संबंध-सूत्र का अध्ययन किया, तब लोकधर्मिता और सार्ववर्णिक-वेद के प्रतिपादक भरतमुनि पर ध्यान गया, भरतमुनि ने अपने नाट्यशास्त्र में लोकधर्मिता को सर्वोपरि माना है। लोकधर्मी साहित्य ही कालजयी होता है और लोकमानस ऐसे ही साहित्य को स्वीकार करता है। लोक बड़ा निर्भय होता है। कौटिल्य पर ध्यान गया, जिसने अपने अर्थशास्त्र में सूत्र दिये थे—सर्वज्ञता लोकज्ञता। शास्त्रज्ञोप्यलोकज्ञो भवेन्मूर्ख तुल्यः। (542-543)

कालिदास का जनपद-दर्शन, भवभूति और बाणभट्ट का जनपद-दर्शन, वेद और उपनिषद का लोकतत्व, न्याय और वैशेषिक के पंडितों के वे उदाहरण हैं, जो उन्होंने कृषक, कुंभकार और जुलाहे के घर से उठाये हैं। कहीं पनघट है, तो कहीं खेत है। धरती और बीज के बिम्ब लोक की धरती से आये हैं और संपूर्ण शास्त्र में व्यापक रूप से बिखरे हुए हैं।

लोक और शास्त्र के प्रश्न पर विभिन्न लोकवार्ताविदों ने विभिन्न दृष्टियों से सोचा है। कुछ अध्येताओं ने 'शास्त्र' में अहंचैतन्य और 'लोक' में समष्टि-चैतन्य को देखा है, कुछ लोकवार्ताविदों ने लोक को गाँव और शास्त्र को नगर माना है। पुराने मानव-विदों की दृष्टि में लोकवार्ता असभ्य, अर्द्धसभ्य, जंगली, आदिवासी, मूढ़, अपढ़, निरक्षर, गँवार और अज्ञानी तथा असंस्कृत लोगों का ज्ञान था। अनेक मनोविज्ञानी लोकमानस में आदिम-मानस को खोजते हैं। अनेक कलाविद् शास्त्र में लालित्य तथा लोक में अनगढ़ को देखते हैं। कुछ समाजशास्त्री शास्त्र को शासक-वर्ग के अस्त्र के रूप में देखते हैं तथा लोक और शास्त्र में वे मुनिमानस और जनमानस का वही द्वन्द्व देखते हैं, जिसे समाजशास्त्री समाज में वर्गसंघर्ष के रूप में पहचानते हैं। कुछ समाजशास्त्री कहते हैं कि शास्त्र बाँधता है और लोक उन्मुक्त करता है,

जबकि कुछ समीक्षकों ने शास्त्र में वैदिक-परम्परा और लोक में आगम-परम्परा को चीन्हा है। कुछ विचारक शास्त्र में तर्क और लोक में श्रद्धाभाव का साक्षात्कार करते हैं। किसी की दृष्टि में शास्त्र सिद्धांत और आदर्श है तथा लोक व्यवहार है। कुछ इतिहासविदों ने 'शास्त्र में 'आर्य' और 'लोक' में 'अनार्य' को खोजा है, जबकि अन्य कई आलोचकों ने वर्ण और जाति की दृष्टि से शास्त्र और लोक के पौरोहित्य को पहचानने का प्रयास किया है। किसी की दृष्टि में लोकवार्ता विद्रोह की अभिव्यक्ति और सर्वहारा का अस्त्र है, तो किसी की दृष्टि में लोकवार्ता में दलित की करुणा है। अनेक अध्येताओं ने लोकवार्ता में अंतर्भुक्ति को देखा है, तो अनेक विद्वानों ने यह भी कहा है कि शास्त्र ने सदैव लोक की उपेक्षा की है।

महर्षि पतंजलि ने महाभाष्य में एक सूत्र में परिभाषित किया है 'अभ्यन्तरोऽहं लोके न त्वहं लोकः।' व्यक्ति और लोक का संबंध ऐसा है, जैसे क्षण और युग का संबंध। एक को प्रत्यक्ष किया जा सकता है, बहुत को भी प्रत्यक्ष किया जा सकता है किन्तु सर्व को प्रत्यक्ष नहीं देखा जा सकता। फिर भी अहंकार-वश क्षण अपने को लोक से भिन्न या लोक से ऊपर मान लेता है। व्यक्ति, वर्ग, राज्य आदि आज हैं किन्तु लोक कल भी था, आज भी है और कल भी रहेगा, वह निरन्तरता है। लोक केवल वर्तमान नहीं है। लोक सुदूर अतीत से अछोर भविष्य-तक की निरन्तरता है। व्यक्ति और वर्ग केवल क्षण हैं तो लोक युग-युगान्तर है। जिस प्रकार बूँद में समुद्र है और समुद्र में बूँद है, परन्तु बूँद समुद्र नहीं है, इसी प्रकार मैं लोक में हूँ, लोकभावित भी हो सकता हूँ किन्तु मैं स्वयं ही लोक नहीं हूँ। समष्टिभावित होने के कारण लोग कहा जाता है। व्यक्ति और लोक का संबंध एक इकाई और सर्व के सम्बन्ध की तरह का है। क्षण से युग का अस्तित्व है क्योंकि युग क्षण से ही अभिव्यक्त होता है किन्तु क्षण युग में व्याप्त है, वह युग से विच्छिन्न नहीं है। इसलिए लोक की अभिव्यक्ति व्यक्ति के माध्यम से उसी प्रकार से होती है, जैसे क्षण से युग अभिव्यक्त होता है। इसीलिए लोकपरंपरा का अध्ययन शास्त्रपरंपरा के अध्ययन का पूरक होता है और इस अध्ययन के बिना शास्त्र-परंपरा की ग्रन्थियाँ नहीं खुल सकतीं।

लोक में सब हैं, लोक सबका आश्रय है। विभिन्न जाति-बिरादरी, वर्ग, धर्म-संप्रदाय लोक में ही जन्म लेते हैं, लोक से ही जीवनी-शक्ति प्राप्त करते हैं और लोक में ही समा जाते हैं। सब के बीच जो भेद हैं, वे तात्त्विक नहीं हैं, दृश्यमान (अहंकार-निर्मित) हैं। भीतर से वे सब मनुष्य ही हैं। सर्वजन-चेतना ही लोकचेतना है। मनुष्य की उस सत्ता का नाम लोक है, जहाँ जाति-पाँति,

ऊँच-नीच, गरीब-अमीर, शासक-शासित, स्त्री-पुरुष, धर्म-संप्रदाय तथा क्षेत्रीयता के सभी बंधन खुल जायें। मालिक-नौकर, बडा-छोटा, वकील-व्यापारी, प्रोफेसर, उद्योगपति, नेता आदि बाह्य उपाधियाँ या छिलका हैं, इनके भीतर जो सामान्य मनुष्य है, वह लोक है। लोक उस महासमुद्र की भाँति है, जिसमें विविधताओं और व्यष्टियों की लहरें परस्पर टकरा रही हैं, लेकिन टकरा कर भी वे न तो विच्छिन्न हो सकती हैं और न वे विच्छिन्न हैं। वे टकराती हैं और टकराती ही रहेंगी किन्तु टकराकर वे एक-दूसरे में समा जाती हैं। लोक की महिमा को जानने-समझने के लिए विराटपुरुष की संकल्पना को समझ लेना आवश्यक है। हजारों साल पहले भारत की लोकमेधा ने विराट-पुरुष की संकल्पना की थी—जो सहस्रशीर्ष है, सहस्रनेत्र है, सहस्रबाहु है, सहस्रपाद है। उसमें कोटि-कोटि युगों का अन्तर्भाव है। विभिन्न जाति, वर्ग, वर्ण, धर्म आदि उसके हाथ-पैर, नाक-कान-आँख, पेट इत्यादि अंग-प्रत्यंग हैं, परन्तु वे सभी अंग अविच्छिन्न हैं और एक-दूसरे के लिये हैं। वे सब के लिये सब हैं। इस सब के बीच जो नाम-रूप का भेद और असमानता है, वह दृश्यमान है, तात्त्विक नहीं। उसकी एकात्मसत्ता ही सर्वजन सत्ता है, जिसे हम लोक कहते हैं।

यह सच है कि स्वयं शास्त्र लोक में ही है। लोकवार्ताशास्त्री लोक और शास्त्र को परस्पर पूरक मानते हैं और उनके अन्तरावलंबन का अध्ययन करते हैं, शास्त्र मेघ है और लोक सागर है। जल दोनों रूपों में है। लोक और शास्त्र ऐसे हैं जैसे समुद्र और मेघ। अन्योन्य-उपकारक भाव है। बादल समुद्र में से ही उठते हैं, लेकिन खारे जल को अमृत बना कर धरती पर बरसा देते हैं। पर्वतों पर वर्षा होती है और नदियों के माध्यम से वह जल पुनः समुद्र में ही आ जाता है, पुनः बादल उठते हैं। शास्त्र का उद्‌भव लोक में से ही होता है और लोकमंगल के भाव के साथ ही वह बादल बन कर ऊपर उठता है।

शास्त्र की परंपरा लिखिताक्षर की परंपरा है। और लोक की परंपराः श्रुति-स्मृति की परंपरा है, वाचिक परंपरा है। श्रुतिपरंपराः कानों से सुना था और मुख से सुना दिया, दूसरे ने फिर तीसरे को सुना दिया। इस प्रकार से यह परंपरा चलती है, देश में भी और काल में भी। नानी से दोहिती ने सुना। बाबा से पोते ने सुना। गुरु से चेले ने सुना। वाचिक-परंपरा कोई छोटी-मोटी बात नहीं है। इतनी गाथाएँ हैं कि आकाश गूँज रहा है। जैसे बादल से बूँदें बरसती हैं, वैसे ही धरती की बेटियाँ गीत गाती हैं और आकाश भर जाता है। आदमी जहाँ भी जाता है, ये गाथा, ये कथा और गीत उसके साथ जाते हैं। इसीलिये आचार्य वासुदेव शरण अग्रवाल ने कहा कि यदि ब्रह्म के समान ज्ञान को चतुष्पाद माना जाय तो उसके एक पाद की प्रतिष्ठा शास्त्र में और त्रिपाद की

अभिव्यक्ति लोक के क्रियाशील जीवन में होती है। लोक की धरती पर ही तो वेद-शास्त्र रहता है। लोक से ही ऊर्जा पाता है।

भाषा के विषय में पाणिनि का कथन है कि शब्द को शक्ति लोक से प्राप्त होती है। शब्द-प्रयोग लोक-जीवन में होता है और लोक-जीवन के जिन संदर्भों में उसका प्रयोग होता है, वह शब्द उन अर्थों में रूढ़ हो जाता है। महर्षि पतंजलि ने अपने महाभाष्य में भाषासंबंधी विवेचन में लोक को सर्वोच्च प्रमाण मानते हुए सूत्र दिया—लोकत: प्रमाणम्। लोकविज्ञानाच्च सिद्धम्। भाषा लोकजीवन में व्याप्त है, भाषा के तद्भवीकरण की समस्त प्रक्रिया लोकजीवन में होती है, वाचिक-परंपरा के प्रवाह में बहते शब्द और अर्थ देश तथा काल के विस्तार में बहुत दूर तक पहुँचते हैं और कायाकल्प के साथ नया अर्थ ग्रहण कर लेते हैं फिर उनका प्रयोग परिनिष्ठित-साहित्य में भी होने लगता है। इस प्रकार संस्कृत अथवा परिनिष्ठित-भाषाएँ प्राकृत बनती हैं और फिर प्राकृतों का मानकीकरण होता है। जब परिनिष्ठित-साहित्य की भाषा एक खास वर्ग की भाषा बन जाती है, जनता से दूर चली जाती है, तब उसकी जीवनी-शक्ति के स्रोत सूख जाते हैं और जीवन से कहीं दूर छिटक जाती है, शब्द लिखा हुआ रह जाता है किन्तु अर्थ कहीं पीछे छूट जाता है। यह वर्ग और लोक का संबंध है, जो ध्यान देने योग्य है।

हम शास्त्र और लोक के संबंध को संगीत और नृत्य के रूप में भी पहचान सकते हैं। ऐसे कितने ही राग हैं, जो लोक से शास्त्र में पहुँचे। भैरव और भैरवी तो जोगियों के राग हैं ही, अहीर भैरव आभीर-राग को साथ ले आया। गूजरी-रागिनी तोड़ी से मिली और गूजरी-तोड़ी बन गयी। मालवी मालव लोगों का राग है। कालिंगड़ा कलिंग-जन का राग है। पंजाब खम्माज, पूर्वी पूर्वांचल, तिलंग तेलंगाना, राग पहाड़ी, मल्हार, मुलतानी, हिंडोल, कान्हरा, भूपाली, जौनपुरी, वृन्दावनी सारंग। कहानी तो ये शब्द ही सुना रहे हैं। उपशास्त्रीय-संगीत की चैती, ठुमरी, होरी, कबीर, बिदापत की लोकप्रियता का कारण भी लोक की धरती से जुड़ा होना ही है। कहरवा शब्द की सिद्धि कहार के बिना कैसे हो सकेगी? उनका विशिष्ट नाच, विशिष्ट ताल, विशिष्ट राग कहरबा बन गया। संगीत को यह वरदान प्राप्त है कि वह श्रम को सहज बना देता है। कहार कंधे पर पालकी लेकर के सुदूर की यात्रा करते थे, रास्ते में गाते चलते थे। जहाँ कहीं पालकी को रख कर ठहरते थे, वहाँ भी नाच और गान करते थे। व्यास और वाल्मीकि पर ध्यान गया, तीर्थंकर महावीर और महात्माबुद्ध का चिन्तन लोक की धरती पर ही प्रस्फुटित हुआ था।

बुद्ध और महावीर पर ध्यान गया, आलवारों पर ध्यान गया। विराटविष्णु

पर ध्यान गया। पहले भागवत-आन्दोलन और बाद में भक्ति-आन्दोलन पर ध्यान गया। कबीर और तुलसी पर ध्यान गया तथा बाद में महात्मा गाँधी पर भी ध्यान गया। जब यहाँ के अध्येताओं ने अध्ययन की इस धारा को पहचाना तो उन्होंने देखा कि वेद, आरण्यक, उपनिषद, ब्राह्मण, पुराण, सूत्र, संस्कृत-साहित्य, काव्य-नाटक, पाणिनि, पतंजलि, भर्तृहरि, कालिदास, भारवि, शंकराचार्य, सब जगह वेद के साथ लोक जुड़ा है 'लोके-वेदे च'।

लोक और शास्त्र दोनों के साथ ही यदि हम लोकजीवन का अध्ययन करें तभी वे तथ्य-सत्य सामने आ सकते हैं, जो केवल लोक और केवल शास्त्र के अध्ययन से नहीं दिखते। लोकपरंपरा का अध्ययन शास्त्रपरंपरा के अध्ययन का पूरक होता है और इस अध्ययन के बिना शास्त्रपरंपरा की ग्रन्थियाँ नहीं खुल सकतीं। आश्चर्य है कि हमारे अधिकांश साहित्याचार्य अभी भी लोक के अध्ययन से दूरी बनाये हुए हैं। छोटा-बड़ा, ऊँच-नीच, धनी-निर्धन, जाति-पाँति के जितने भी दायरे हैं, लोकमन उन सभी का निषेध करता है। निश्चित ही लोकमन समष्टि-मन है। लोकमन सर्वजन-मानस की भूमि है। प्रत्येक घटना लोकजीवन में ही तो घटित होती है। घटित की गूंज संवाद में होती है। संवाद किस्सा बनता है। किस्सा छन कर कहानी। कहानी गाथा में उसी प्रकार से समा जाती है, जैसे क्षण प्रहर में समा जाता है, प्रहर अहोरात्र में। आज की घटना कल में समा जाती है। दिन वर्ष बनते हैं। वर्ष युग बनते हैं। युग-युगान्तर, कल्प-कल्पान्तर। छोटा वृत्त बड़े वृत्त में अन्तर्भुक्त हो जाता है। गाथा पुराण बनती है। सूतकुल की परंपरा थी—सामाजिक जीवन की समरसता से कथा, गाथा एकत्र करना और गायन करना। सूत-लोग देव, ऋषि, राजाओं के चरित्र और उनकी वंशावली का गायन करते थे। सूत-लोग रथ हांकने का काम भी करते थे। जब शौनक आदि ऋषियों ने दृषद्वती के तट पर बारहवर्ष चलने वाले सत्र का आयोजन किया, तब रोमहर्षण को व्यास-पीठ पर अभिषिक्त किया। रोमहर्षण जब गाथा गाते, लोगों का रोम-रोम खुश होता। ये कृष्णद्वैपायन के शिष्य थे। व्यासजी की प्रेरणा से इन्होंने लोकजीवन में प्रचलित गाथा और कथाओं का संकलन किया था। यह सर्वात्म-भाव है। हम महाभारत-गाथा अथवा अन्य किसी भी पुराण-गाथा का उदाहरण लें और लोकजीवन में चल कर देखें कि लोकमन को, उसके विश्वबोध को इन गाथाओं ने किस सीमा तक प्रभावित किया है? दूसरी ओर लोकमन ने इन गाथाओं को, उनके विश्वबोध को किस सीमा तक प्रभावित किया है? लोकजीवन के नैतिकमूल्य, पापपुण्य-विवेक, न्यायचेतना, मनुष्य और मनुष्य का संबंध, मनुष्य और प्रकृति का संबंध इन गाथाओं से कहाँ तक प्रभावित है? कला, संगीत-नृत्य, नाट्य, काव्य,

साहित्य के कितने रूपों में लोकजीवन ने इन पुराकथाओं का पुनःसृजन किया है? भले ही आज पुराण मुद्रित हो गये हैं किन्तु मूलतः तो यह वाचिक-परंपरा का साहित्य है, मुद्रित होने से वाचिक-परंपरा समाप्त नहीं हुई, वाचिक-परंपरा आज भी चल रही है। जितनी बार वह कहा सुना जाता है, उतनी ही बार उसका कायाकल्प हो जाता है, नया रूप, नया प्राण उसे हर बार मिल जाते हैं। वह नित-नया बना रहता है। इसीलिये कहा जाता है—पुराणयुवति। पुराण के बिना न तो लोकमानस को समझा जा सकता है और न ही परिनिष्ठित साहित्य की ही व्याख्या की जा सकती है। रामायण महाभारत भागवत आदि ग्रन्थों के स्रोत लोकजीवन की परंपरा में ही हैं। आदिकवि वाल्मीकि ने नारद से प्रश्न किया—कोन्वस्मिन् सांप्रतं लोके बलवान्कश्च वीर्यवान्। नारद ने उत्तर दिया—इक्ष्वाकुवंश प्रभवो रामो नाम जनैः श्रुतः। वाल्मीकि ने रामायण लिखी थी, परन्तु नारद स्वयं साक्षी हैं कि रामकथा लोक की वाचिक-परंपरा में पहले से प्रचलित थी—जनैः श्रुतः। गो० तुलसीदास के समय में रामकथा के हजारों पाठ प्रचलित थे। तुलसीदास ने लिखा है कि—नाना भांति राम अवतारा, रामायण शतकोटि अपारा। भिन्न-भिन्न सामाजिक-आर्थिक-भौगोलिक परिस्थियों और आनुवंशिकताओं में एक ही राम की भिन्न-भिन्न कथाएँ आज भी प्रचलित हैं। प्रसिद्ध मानवशास्त्री श्यामाचरण दुबे ने भारत के विभिन्न जनपदों-जनजातियों तथा विदेशों में रहने वाले भारतवंशियों के बीच प्रचलित रामकथा के तीन-हजार पाठों का उल्लेख किया है। कामिलबुल्के ने भी इस दिशा मे बहुत व्यापक अनुसंधान किया है। रामकथा की परंपरा पर उनका अनुसंधान अन्तर-राष्ट्रीय ख्याति का है। वे अठारह सालों तक रामकथा की विभिन्न परंपराओं को खोजते रहे। बेरियर एल्विन ने—'मिथ्स आफमिडिल इंडिया' में जनजातियों में प्रचलित रामकथा के प्रसंग संकलित किये हैं। छत्तीसगढ़ की जनजातियों में जो रामकथा प्रचलित है, उसमें लक्ष्मण संन्यासी के रूप में हैं। मध्यप्रदेश की एक जनजाति की रामकथा में तो लक्ष्मण की अग्निपरीक्षा होती है।

गीता नाम से लगभग बीस रचनाएँ हैं। इनमें जीवन के सम्बन्ध में विविध प्रकार के दृष्टिकोण हैं—इनमें एक बोध्य गीता भी है। बोध्यगीता में एक कहानी क्रोंचपक्षी की है, जो चौंच में मांस का टुकड़ा होने के कारण अन्य पक्षियों के साथ कलह का कारण बना था। एक कहानी पिंगला वेश्या की है, जो आशा का त्याग कर देती है। इसी प्रकार कुमारी कन्या, बाण बनाने वाले, एक सांप और एक पपीहे की कहानी है। राजा ययाति ने जब बोध्य से सवाल किया था कि मुझे शांति कैसे मिले? तब बोध्य ने कहा—मैं उपदेश नहीं करता, उपदेश का लक्षण बता रहा हूँ, तुम स्वयं विचार करो। मैंने तो इन

से उपदेश ग्रहण किया है। अर्थात् शास्त्र नहीं, लोक की बात है। यद्यपि सिद्धं लोकविरुद्धं ना करणीयं नाचरणीयम्। शास्त्र से भले ही सिद्ध हो, भले ही विधान-सम्मत हो किन्तु यदि वह लोक के विरुद्ध है, लोकसम्मत नहीं है, तो ऐसा व्यवहार नहीं करना चाहिए।

भारत के लोकमानस में रसी-बसी संत-परंपरा ही गाँधी के रूप में अवतरित हुई थी। गांधी उसी संत-परंपरा में हैं। 'नरसी का भात' भारत के जनपदों में कितनी श्रद्धा के साथ गाया जाता है। उसी नरसी का भजन ''वैष्णवजन तो तैणें कहिये जे पीर परायी जाणे रे'' गांधी के विचारों में रसा-बसा है। भारत के लोकमानस ने संवेदनशीलता का अनुभव करके ही गांधी में अपना अधिष्ठान बनाया और इसी अधिष्ठान के सहारे लोकतन्त्र के सपने बुने। भारत के लोकमानस ने ही गांधी को सिरजा था फिर गांधी के रूप में भारत के लोकमानस ने अपने को ही पा लिया। भारत के लोकमानस को जितनी गहराई से गांधी ने पहचाना था, भारत के लोकमानस ने उतनी ही गहराई से महात्मा गांधी को स्वीकार कर लिया। आप भले ही यों कहें कि गांधी नये भारत की लोकचेतना हैं अथवा चाहें तो यह कह लें कि भारत की लोकचेतना ने अपनी इच्छा, ज्ञान और क्रिया-शक्ति को गांधी के रूप मे चरितार्थ किया है।

जो लोग समझते हैं कि संस्कृति (आचारप्रणाली, विचारप्रणाली, विश्वासप्रणाली, अभिव्यक्ति प्रणाली, सौन्दर्यबोध) की रचना कोई तत्त्वद्रष्टा-विचारक या ऋषि (आचार्य-मानस या शास्त्र-मानस) करता है। वे लोक की भूमिका को देख ही नहीं पाते। जो यह समझते हैं कि देश की प्राचीन संस्कृति सामंतों और पुरोहितों की रचना है, वे गंगा के पास जाकर भी केवल घाटों को देख कर ही लौट आये। उन्होंने पुरोहित को तो देख लिया किन्तु लोक को तो वे देख ही नहीं सके। उन्होंने घाटों को तो अवश्य जाना किन्तु गंगा के प्रवाह को नहीं जाना, वह धारा, जो प्रेम की सर्वोपरिता का अभिषेक करती है, जहाँ राजा रंक एक साथ गोता लगाते हैं, जहाँ वर्ण, वर्ग, विषमता का निषेध है, घाट का क्या? वे तो वर्गस्वार्थ के द्वारा ही बनाये जाते हैं।

सारा का सारा भगवत-आन्दोलन लोक का ही उद्वेलन है। भागवत वर्ण-वर्ग का निषेध करती है। जहाँ ''स्त्री-शूद्रौ नाधीयतां'' है, वह वर्ग का चिन्तन है। भक्ति लोक का चिन्तन है। यह बात ठीक है कि भागवत एक ग्रन्थ है, एक शास्त्र है किन्तु इससे भी बड़ी बात यह है कि वह समस्त भारत की एक सांस्कृतिक-धारा है। भागवत भारत के लोकजीवन का, लोकसंस्कृति का एक वेगवान और निरन्तर प्रवाह है। ऐसा प्रवाह, जिसने पूरे देश के जनमानस को आप्लावित किया है। भागवत में जिन कथाओं का संकलन है,

वे भारत के लोकजीवन की वाचिक-परंपरा में उस समय भी थीं और आज भी उनका प्रवाह अविच्छिन्न है। लोक और शास्त्र का निरन्तर संवाद चलता रहा है और चलता भी रहेगा। भागवत लोक और शास्त्र के सामंजस्य का प्रयत्न है। यही कारण है कि किसी जमाने में वेद को प्रमाण मान कर शास्त्रार्थ हुआ करते थे, फिर गीता तथा वेदव्यास का ब्रह्मसूत्र भी प्रस्थान माने जाने लगे। महाप्रभु वल्लभाचार्य ने भागवत की समाधिभाषा को भी प्रस्थान घोषित किया किन्तु महाप्रभु चैतन्य ने तो कहा कि भागवत ही एकमात्र प्रमाण है। ध्यान से विचार करें तो यह वेद से लोक की ओर चलने वाली गति है। वेद का देवता तो भागवत में पराजित है। भक्तिशास्त्र लोक की धरती पर विकसित हुआ है। भक्ति में प्रमाण कौन है?

न तपोभिर्न वेदैश्च न ज्ञानापि न कर्मणा।
हरिर्हि साध्यते भक्त्या प्रमाणं तत्र गोपिका:।

ये गोपी वेद नहीं पढ़ीं, ये वनवासिन हैं, अकुलीन हैं, असंस्कृता हैं लेकिन रूपगोस्वामी कहते हैं कि— ये अपनी माधुरी से लक्ष्मी की शोभा और ऐश्वर्य को भी तुच्छ करती हैं। बड़े-बड़े योगी और तपस्वी विषयों से मन हटा कर, एक पल के लिये कृष्ण को अपने हृदय में लाना चाहते हैं, पर मन विषयों से हटता ही नहीं और कृष्ण मन में आता नहीं। दूसरी ओर गोपी एक पल के लिये कृष्ण से अपने मन को हटाना चाहती हैं, ताकि घर का कामकाज देखें, सास खरी-खोटी सुना रही है। पर मुश्किल यह है कि न कृष्ण से मन एक पल के लिये भी हटे और न घर में मन लगे ....

प्रत्याहृत्य मुनि: क्षणं विषयतो यस्मिन्मनो धित्सते,
बालासौ विषयेषु धित्सति तत: प्रत्याहरन्ती मन:।
यस्य स्फूर्तिलवाय हन्त हृदये योगी समुत्कंठते,
मुग्धेयं खलु यस्य तस्य हृदयान्निष्क्रान्तिमाकांक्षति।

यहाँ वह धारणा निरस्त हो जाती है, जिसमें शास्त्र और ब्राह्मण का उपासना में वर्चस्व समझा जाता है। यहाँ यह ध्यान रखने की बात है कि पौरोहित्य पर किसी का एकाधिकार नहीं है। यहाँ लोक की प्रभावी भूमिका रेखांकन-योग्य है। गोपियाँ (नारी का आचार्यत्व) ही भक्तिमार्ग की आचार्या और आदर्श हैं। उद्धव वृष्णीनां प्रवरो मंत्री, अपने जमाने के बुद्धिजीवियों में अग्रगण्य थे। उधर गोपी कहती हैं—हम तौ निपट अहीर बाबरी अबला मति अति थोरी। लेकिन वे यह अवश्य कह देती हैं कि—उद्धव बंध्यौ ज्ञान पोथी कौ। शास्त्र का ज्ञान बंधा होता है। जीवन का रस निर्बंध है। उद्धव श्रीकृष्ण के पास लौट कर आया बोला श्रीकृष्ण। 'सूर सकल षड्दर्सन वै हौं बारह खड़ी

पढ़ाऊँ?' मुझे गोपियों के सामने हर बार यही लगा कि मैं षड्दर्शन को बारहखडी पढ़ाने का प्रयास कर रहा हूँ? उद्धव कह रहा है—वह सुख देखि जु नैन हमारे ब्रह्म न देख्यौ भावत। आनंद का नाम ब्रह्म है, पर ब्रज के प्रेम-रस को देख कर उस आनंद को देखना भी नहीं सुहाता। उद्धव शास्त्र हैं और गोपी लोक। संसार में लोकगीत-परंपरा की इतनी उदात्त, इतनी सूक्ष्म, इतनी शास्त्रीय और तात्त्विक व्याख्या का उदाहरण शायद ही मिल सके, जैसी व्याख्या और जैसी स्वीकृति गोपगीतों की नायिका राधा और उसकी रासलीला की हुई है। यह लोक और शास्त्र के अन्तरावलंबन का अद्‌भुत उदाहरण है। अब रसखान के शब्दों में लोक और वेद की बात सुनिये—

सेस महेस गनेस दिनेस सुरेसहु जाहि निरन्तर गावें।
ताहि अहीर की छोहरियां छछिया भर छाछ पै नाच नचावें।

गोवर्धनपूजा के प्रसंग को ध्यान से देखिये, यह परंपरा की गति है। परोक्ष के सामने प्रत्यक्ष की प्रतिष्ठा है। शास्त्र के सामने लोक की शक्ति है।''

महाप्रभु वल्लभ को देखिये, वेद-वेदान्त जैसे लोक की धरती पर आगये। उपनिषद् का ब्रह्म जैसे गोपाल बन गया। निरगुन सगुन-रूप धरि आये। भागवत में जो अवतार था, वह अब अवतारी बन गया। महाप्रभु वल्लभ ने ब्रजभाषा को जब पुरुषोत्तमभाषा कहा, तब मानो वे शास्त्र की गंगा को लोक की धरती पर उतार रहे थे। नारी-गोपी को पुष्टिभक्ति की आचार्या के रूप में प्रतिष्ठा दी। समस्त वैदिक-पौराणिक ऋषि-मुनि गोपी के रूप में अवतरित हो गये। गोपियाँः वेद की ऋचाएँ मान ली गयीं। रागानुगा-भक्तिः मानो योग, जप, तप, यज्ञ- योग सभी गोकुल की शरण में आ गये। गोपी ही प्रमाण हो गयी। लोकगीतों को मानो वेद-ऋचाओं की महिमा मिल गयी। मोक्ष को अप्रतिष्ठ करके प्रेम को प्रतिष्ठित किया। मुक्ति नौन सी खारी लागै। स्वर्ग और बैकुंठ की जगह गोकुल और वृन्दावन को मिल गयी—कहा करों बैकुंठहि जाय, जहाँ न जमुना जहां न गिरिवर। परोक्ष के स्थान पर प्रत्यक्ष को प्रतिष्ठा मिली। मुक्ति कहै गोपाल ते मेरी मुक्ति बताय। ब्रज-रज उड़ि मस्तक परै, मुक्ति मुक्त है जाय। शास्त्र ने मोक्ष की महिमा का प्रतिपादन किया और उसे मानवजीवन का अन्तिम-प्रयोजन बताया—पुरुषार्थ। आगे चल कर लोक ने उसको अस्वीकृत कर दिया और प्रत्यक्ष की प्रतिष्ठा की, माटी की महिमा का प्रतिपादन किया।

लोकमन, समष्टिमानस, सामान्यमानस, सर्वजन-मानस। इसलिये लोकमन का अध्ययन समष्टिमन का अध्ययन है। सामान्यमन का अध्ययन है, समस्त विचारधाराओं के उत्स का अध्ययन है।

■

भारतीय चिन्तन और जातीय स्मृतियाँ

चित्तरंजन मिश्र

हर समय, हर समाज में, चाहे वह कितना भी वर्तमानजीवी या भविष्योन्मुखी दृष्टियों से अपने सामाजिक, सार्वजनिक जीवन में संतुष्ट या असंतुष्ट हो, उसमें चाहे जितनी भी परिवर्तनकारी चेतना उद्दीप्त ही रही हो, वह अपनी जातीय स्मृतियों में भी डूबता उतराता रहता है। कुछ अतीत मोह से ग्रस्त होकर उसी में इतराते रहते हैं और कुछ उसे अपने पुरखों के जीवन यथार्थ का एक किस्सानुमा बयान कविता के रूप में स्वीकार करते हैं। ध्यान रखना चाहिए कि यह जीवन यथार्थ यथास्थिति का पर्याय नहीं है, बल्कि उस दृष्टिकोण से समृद्ध है, जिसमें भविष्य के सुनहरे सपने भी कभी धुंधले तो कभी बहुत जाहिरा तौर पर दिखाई देते रहते हैं। ये स्मृतियाँ जो जीवन का आधार बनती हैं, चिन्तन का आधार बनती हैं, सपनों का आधार बनती हैं, वो कहाँ से आकर बसी रहती है मनुष्य के मनोजगत में, यह एक रोचक किन्तु जटिल प्रश्न है। फिर भी यह स्वीकार किया जाना चाहिए कि भाषा प्रयोग के, रंग-प्रयोग के, रेखाओं के प्रयोग के जितने भी रूप हैं, उन सबसे मिलकर उनके साथ रहते जीते हुए मनुष्य जाति के मन में जो भाव और विचार निरंतर संवित रहते हैं, उन्हीं से हमारी स्मृतियों की रचना होती है। एक तरह से ये स्मृतियाँ लोकचित्त की निर्मिति हैं, यह लोकचित्त ही सामूहिक अवचेतन का निर्माण करता है और यह सामूहिक अवचेतन ज्ञान की सभी धाराओं सं सेवाद, स्थापित करते हुए चिन्तन प्रक्रिया का विकास करता है। भारतीय परम्परा में यह संवाद कल्पनाशीलता से समृद्ध होकर इतना मूल्यवान हो जाता है कि मनुष्य देवता होने के लिए ललचा जाता है और देवता मनुष्य होने के लिए विकल हो जाता है।

न्याय दर्शन में स्मृति को ज्ञान के स्रोत के रूप में स्वीकार करते हुए कहा गया है कि संस्कार मात्र से उत्पन्न होने वाला ज्ञान स्मृति है। स्मृति का यह स्वरूप प्रत्यभिज्ञा (Recognation) से इस अर्थ में भिन्न है कि प्रत्यभिज्ञा का सम्बन्ध इन्द्रियों से होता है और संस्कार इसमें एक सहकारी

कारण है, जबकि स्मृति के ज्ञान रूप में स्वीकार करने में संस्कार ही प्रमुख होते हैं, इसमें इन्द्रियों की कोई भूमिका नहीं होती है। इसका विवेचन करते हुए कहा गया है कि पढ़ाई अथवा घटना के अनुभव से ज्ञाता के आत्मा में एक प्रकार का संस्कार (Impression) पैदा होता है।

बाद में उसे पद या घटना के सदृश अन्य वस्तु के प्रत्यक्ष होने या परोक्ष रूप से भी प्रतीत होने आदि के आग्रह के कारण यह संस्कार दीप्तिमान हो उठता है, तब स्मृति का उदय होता है। इस तरह यह आवश्यक है कि अनुभव करने वाली इकाई और स्मरण करने वाली इकाई एक ही हो। एक व्यक्ति का अनुभव और उसी के द्वारा किये जाने वाले स्मरण से संस्कार स्मृति के रुप में बद्ध हो सकते हैं, होते रहे हैं। न्याय दर्शन में भी इस विषय में मतभेद है कि एक संस्कार से एक ही स्मृति होती है या अनेक स्मृतियों से क्रमशः एक सामाजिक संस्कार रूढ़ होता है। इसे दो रूपों में व्याख्यायित किया गया है। यथार्थ स्मृति और यथार्थ स्मृति यथार्थ अनुभव और कल्पनाजन्य प्रतीति के आधार पर स्मृति के यथार्थ या अयथार्थ होने का सम्बन्ध होता है। नैयायिकों ने स्वप्नज्ञान को भी एक प्रकार की स्मृति से सम्बद्ध मानकर उस पर भी विचार किया है किन्तु उसे हमेशा अयर्थात्मक ही माना गया है। कभी-कभी ऐसा भी होता है कि स्वप्न में उत्पन्न हुआ ज्ञान बाह्य जगत के अनुरूप होता है, किन्तु उसे यथार्थ मानने में संकोच होता है। नैयायिकों के स्मृति तत्त्व विवेचन से हम इस निष्कर्ष तक जा सकते हैं कि एक ही तरह के अनुभव स्मृतियों में बार-बार कोंधने से वे संस्कारबद्ध हो जाते हैं, जो ज्ञान के भाव रूप में उपस्थित होकर संस्कार बनते हैं, यह एक तरह के जीवन-अभ्यास का भी विषय हो सकता है।

भारतीय चिन्तन के विकास और जीवन-निर्वाह की पद्धति में मनु आदि ऋषियों द्वारा प्रवर्तित स्मृतियों का बहुत महत्त्व रहा है। इन्हें एक तरह के धर्मशास्त्र के रूप में, एक तरह से सामाजिक विधान के निर्धारण और नियमन के रूप में भी स्वीकार किया जाता रहा है जो आज विवादास्पद होने के कारण अप्रासंगिक हो गये हैं। ये स्मृतियाँ अपने समय की सामाजिक जरुरतों के अनुरूप रही होंगी, लेकिन इनमें अनेक ऐसी अप्रामाणिक बातें भी कही गयी हैं—जिन पर भरोसा नहीं किा जा सकता है। रामचरितमानस के बारे में डॉक्टर राममनोहर लोहिया द्वारा कही गयी बात को हम स्मृतियों के सम्बन्ध भी उद्धृत कर सकते है कि इनमें हीरा भी है और कूड़ा भी है, यह हमारे चयन के विवेक पर निर्भर करता है कि हम इसमें से क्या चुनते हैं। चयन का यह विवेक चेतना के संस्कार से उद्बुद्ध हो सकता है, यह संस्कार आता है

बेहतर सामाजिक सहोकारों से सम्पन्न मानवीय विवेक से। मनुष्य और मनुष्य में जाति, धर्म, वर्ण, रंग, हैसियत, के आधार पर बनते और चलते आ रहे स्तर भेद से ऊपर उठकर ही उस विवेक को प्राप्त किया जा सकता है जो हीरा और कूड़ा का अन्तर निर्दिष्ट कर सकता है। यह विवेक स्मृति रूप संस्कार का निर्माण करता है। यही विवेक उन्नीसवीं शताब्दी के उत्तरार्द्ध और बीसवीं शताब्दी के पूर्वार्ध में भारत में ज्वलंत रूप से प्रगट हुआ था, जिससे अनेक तत्त्व चिन्तक समाजनिष्ठ, धार्मिक व्यक्तित्वों का अभ्युदय हुआ। इन्हीं व्यक्तित्वों ने औपनिवेशिक ज्ञान के काण्ट के समानान्तर भारतीय मनीषा को पुनः खोजा और अपनी जातीय स्मृतियों की पुनर्स्थापना की, जिसमें दयानन्द सरस्वती, राजा राममोहन राय, स्वामी विवेकानन्द, महात्मा गान्धी, लोकमान्य तिलक, आचार्य नरेन्द्रदेव और डॉक्टर राममनोहर लोहिया जैसे गंभीर तत्त्वदर्शी थे। इन राष्ट्रनिर्माता मनीषियों ने अपने मन, वाणी और कर्म से भारतीय चिन्तन परंपरा को अपने समय के परिप्रेक्ष्य में परखा और नये तरह क सामाजिक अनुशासन के विधान की स्थापना का प्रयत्न किया।

एक बार फिर हम पीछे लौटें और अपनी परम्परा में पोषित पालित ज्ञान के मूल स्रोतों में प्रवेश कों तो पाते हैं कि भारतीय चिन्तन परंपरा का आदि स्रोत वेदों को माना जाता रहा है। ये अपौरुषेय माने जाते हैं; ये इसी अर्थ में अपौरुषेय हैं कि इनकी रचना किसी एक व्यक्ति ने नहीं की है। इनके अलग-अलग ऋषि हैं, वाचक हैं, द्रष्टा हैं। इन्हें श्रुति परंपरा से प्राप्त और संकलित किया गया माना जाता है, यह भी विचारणीय है कि सचमुच यदि ये श्रुत परंपरा से आये हुए हैं तो इन्हें हम अपने लोक चिन्तन की समृद्ध परम्परा और साहित्य के उत्स के रूप में भी देख सकते हैं। अपौरुषेय का एक अर्थ यह भी सम्भावित है कि जो किसी एक पुरुष या व्यक्ति की कृति न हो, जो समूह की स्मृति का हिस्सा रहा हो और जिसे कालान्तर में संकलित किया गया हो। वेद शब्द का अर्थ भी तो ज्ञान ही होता है, यह औरुषेय ज्ञान सामूहिक अवचेतन की स्मृति का संकलित रूप भी तो हो सकता है। वैदिक परंपरा के विश्वासियों को ऐसा लगता है कि सृष्टि के भी पहले वेद थे और वैदिक ज्ञान के आधार पर ही सृष्टि की रचना हुई है, हालांकि यह बात प्रथम दृष्ट्या हमारे जैसे लोगों को अविश्वसनीय लगती है कि भाषा के विकास के पहले मंत्र कैसे और कहाँ से आ गये होंगे? पहले भाषा है कि पहले मनुष्य है, विचारणीय प्रश्न है, और गहरे उतरकर विचार करने लायक प्रश्न है। वैदिक परंपरा यदि अपने को ज्ञान के आदि स्रोत के रूप में स्थपित करती है, तो पौराणिक परंपरा अपने को स्थापित करना चाहती है। पुराण का अर्थ है ज्ञान

की प्राचीन थाती। अब हम विचार कर सकते हैं कि वेद-ज्ञान और पुराण-ज्ञान की प्राचीन थाती में कौन पहले है और कौन बाद में। एक तरफ वैदिक परंपरा वेद को ज्ञान के आदि स्रोत के रूप में स्वीकार करती है, तो दूसरी तरफ पौराणिक परंपरा का मानना है कि जब वेद नहीं थे तब भी पुराण थे। ब्रह्मा ने पहले पुराणों को कण्ठस्थ किया, फिर वे पुराण ही ब्रह्मा के मुख से वेद के रूप में फूट पड़े। इस संबंध में मत्स्य पुराण का यह श्लोक द्रष्टव्य है—

पुराणं सर्वशास्त्राणं प्रथमं ब्रह्मणास्मृतम्।
अनन्तरं च वक्त्रेभ्यो वेदास्तत्र विनिसृता॥[1]

इस आधार पर वेद भी स्मृति के ही रूप हैं, हाँ यह जरूर है कि ये पुराणों से होते हुए ब्रह्मा की स्मृति में बसे और फिर वेद के रूप में निःसृत हुए। ''स्वयं ऋग्वेद से भी यह प्रकट होता है कि पुराण कथाओं की एक लम्बी परंपरा पहले से विद्यमान थी। उसे ही आधार बनाकर वेदों की रचना हुई थी, इसीलिए उनका नाम भी 'श्रुति' था जैसा कि 'सुना जाता है' पड़ गया। महत्वपूर्ण है पुराणों का स्मृत होना या परंपरा से सुनकर समझा जाना और वेदों का इनके आधार पर रचा जाना कहें, जब से भाषा में यह सामर्थ्य पैदा हुई कि वह सूक्ष्म प्रत्ययों को व्यक्त कर सके, पुराण वृत्त आरंभ हो गये और अनेक रूपों में आज तक उनकी रचना होती जा रही है।''[2]

हमें चाहिए कि हम अतिशय प्राचीन को महत्व का आधार बनाने से बचें क्योंकि कोई ऐसी सामग्री या तथ्य या विचार जिसे हम बहुत पुराना समझते हैं उससे पुराने ग्रंथ में भी उपलब्ध हो सकते है, इसलिए ज्यादा समीचीन होगा यह स्वीकार कर लेना कि हमारे अत्यंत प्राचीन ग्रन्थ स्मृतियों और श्रुति परंपरा के आधार पर ही व्यक्ति विशेष द्वारा नहीं, बल्कि लोक की स्मृति परंपरा द्वारा तैयार किये गये हैं, इसीलिए वे अपौरूषेय हैं और इसीलिए अपने समय के सामाजिक शिष्टाचार के सत्य और प्राचीन काल के सामाजिक सत्य के बीच अक्सर अन्तर्विरोध लक्ष्य किये जाते हैं। यह अन्तर्विरोध धर्म, शास्त्र और स्मृतियों में परवर्ती विचारकों द्वारा कुछ न कुछ जोड़ते जाने के कारण उपस्थित होता है। यह मानकर कि पुराण में ही सबकुछ है स्मृति ग्रंथों में ही सबकुछ है और वही हमारे वर्तमान जीवन का भी आधार होना चाहिए हम अपने को अपनी निरंतर विकसनशील चिन्तन परंपरा को भी अप्रासंगिक ही बनायेंगे। हमें कालिदास को, जिन्हें भारतीय चिन्तन परंपरा के अद्वितीय हस्ताक्षर पं० विद्यानिवास मिश्र ने भारतीय संस्कृति का प्रवेश द्वार कहा है, याद

1. मत्स्य पुराण : 533
2. भारत तब से अब तक : भगवान सिंह, पृ० 137

करते रहना चाहिए कि—

पुराणायित्येव न साधु सर्वं न चापि काव्यं नवमित्यवद्यं।
सन्तः परीक्षान्यातरभजन्ते मूढ़ः परप्रत्यनेय बुद्धिः॥

भारतीय मनीषा के स्मृति बोध का निर्माण वैदिक ऋचाओं, पौराणिक कथाओं, औपनिषदिक मान्यताओं तथा रामायण, महाभारत जैसे महाकाव्यों में आई हुई उदात्त चेतना से हुआ है। इसमें सन्तवाणी की साधना है, भक्तों का राग तत्त्व है, नानक हैं, कबीर हैं, तुलसी हैं और सब एक दूसरे को दुहराते हैं, इसी दुहराव में गाँधी ने अपने अडिग सत्य को पाया, अहिंसा को पाया और मानवीय प्रेम तथा करुणा को पाया। यह कोई एक ग्रन्थ एकमत एवं एकदेखीय परंपरा की चिन्तन प्रणाली में संभव नहीं हुआ है। पूरी ऋषि परंपरा ने इसका निर्माण किया है, हमें सहेजा है, बार-बार जाँचा परखा है। संस्कारों के लिए साक्षरता का, कोई विशेष मूल्य नहीं है, वह सत्संग से, कहने सुनने से एवं दूसरे को देखने और अनुभव करने से भी मानवीय व्यवहार का हिस्सा बनता है। इसलिए अज्ञेय जी कहते रहते थे कि "मैंने साक्षर समझे जाने वाले नागर समुदाय में भी अशिक्षित लोगों को देखा है और निरक्षर समझे जाने वाले ग्राम्य समुदाय में शिक्षित लोगों को पाया है।" शिक्षा का यह संस्कार निरक्षर समझे जाने वाले ग्राम्य समुदाय के लोगों में कहाँ से पहुँचा होगा। निश्चय ही इसका स्त्रोत मनुष्य ने अपनी सभ्यता की विकास यात्रा में परस्पर आदान-प्रदान से जिस मूल्य चेतना को अर्जित किया है, वहीं है। आत्मा की अमरता, संसार की नश्वरता, देवत्व की भावना, परस्पर सहयोग का भाव, युद्ध-काल में भी नैतिकता का पालन, सत्य का आदर, साधना का मूल्य, सबमें अपने को और अपने में सबको देखना आदि जैसे उदात्त मूल्य यदि हमारी चेतना में घुलमिले हैं तो यह हमारी स्मृति का ही परिणाम है, यह स्मृति व्यक्तिगत से ज्यादा सामूहिक होती है, केवल अपने अनुभव के आधार पर नहीं बल्कि अपने पूर्वजों और समकालीन प्रश्नों से जूझने वाले आचारनिष्ठ चिन्तकों के अनुभव के आधार पर हमारे भीतर पूँजीभूत होती है।

डॉक्टर लोहिया को याद करते हुए फिर दुहराना पड़ेगा कि आज तमाम नये तरह के विमर्शों के वशीभूत होकर हम अपनी पुरानी परंपरा और मान्यता के जिन ग्रंथों की निन्दा करते हुए भी नहीं अघाते हैं, उनमें भी हीरे की तरह चमकदार ऐसी उक्तियाँ है, जो सामाजिक अवचेतन के निर्माण में बहुत मूल्यवाल रही हैं, मनुस्मृति जैसे ग्रंथ की कतिपय आपत्तिजनक बातों के साथ उसमें धर्म के जो दस लक्षण गिनाये गये हैं, उसके लिये भी उसे आदर के

साथ याद किया जाता है। धर्म के ये दस लक्षण मानवीय जीवन मूल्यों के आवश्यक पाथेय हैं—

धृतिः क्षमा दयोऽस्तेयं शौचमिन्द्रियनिग्रहः,
धीर्विद्या सत्यंऽक्रोधो दशकं धर्मलक्षणम्।

किस समाज में आदर्श की स्थापना के लिए, मानवीय विवेक और संस्कार निर्माण के इन दस लक्षणों को अस्वीकार किया जा सकता है। इसी प्रकार इसी स्मृति ग्रंथ का एक अन्य मंतव्य पंडित विद्यानिवास मिश्र ने अपने एक निबंध में उद्धृत किया है। यहाँ कहा गया है कि "जब धर्म के विषय में संशय हो, कर्त्तव्याकर्त्तव्य के बारे में संशय हो और शास्त्र में कोई मार्ग न बताया गया हो, गुरु भी उपलब्ध न हों तो माता जो आज्ञा दे वही धर्म है।" इसी मनुस्मृति में यह भी कहा गया है कि "अपने ज्ञान चक्षु से इन सभी वाक्यों को और इनके अर्थों को परखो, इन्हें अपने देशकाल से जोड़कर देखो, अपने समय के तनःपूत सज्जनों के आचार में कितने प्रतिबिम्बित है इसे ध्यान से देखो और फिर अन्तिम कसौटी पर इसे कसो कितना यह तुम्हारे अनुकूल है, कितना यह 'आत्मनः प्रियतम' है। बड़ी कठिन कसौटी है यह आत्मन प्रियतम, अपने को प्रिय लगना, ऊपर से विश्रृंखलता लाने वाली कसौटी लगती है, व्यक्ति के मनमानेपन को छूट देने वाली लगती है, पर जब इसे निषेधमुख से समझने की कोशिश करते हैं कि 'आत्मनः प्रतिकूलानि परेषां न समाचरेत्' जो अपने को अनुकूल न लगे, प्रिय न लगे, वह दूसरों के साथ न करें, तब लगता है कि यह कसौटी कितनी बड़ी है।

भारतीय लोक चेतना की जातीय स्मृति के मूल्यवान तत्त्व जिन महान ग्रन्थों से होते हुए लोक तक पहुँचे हैं, उनका स्रोत उन ग्रन्थों के अध्येता या तत्त्व विवेचक ही नहीं हैं, वे भी हैं, पर मुख्य रूप से अपनी परंपरा के मूल्यवान तत्त्वों के आधार पर अपने जीवन को ही साधना का प्रतिरूप बना देने वाले मनीषियों का आचरण भी है। ऐसे मनीषियों ने विज्ञन के अनुसंधानों के बहुत पहले हमको चेताया था कि—

पाती तोरै मालिनी पाती-पाती जीव।
जो मूरत को पाती तोरें सो मूरत निर्जीव॥

कबीर ने पाती-पाती में जीव होने की चर्चा की है, यह जगदीश चन्द्र बोस के रिसर्च के पाँच सौ साल पहले की बात है। यह तथ्य कबीर के पास जातीय चेतना की उस स्मृति की विरासत से आया, जो सृष्टि के कण-कण में ईश्वर का वास मानता रहा है। और आज हम जिस पर्यावरण को बचाने की चिन्ता कर रहे हैं, कबीर उसकी हरियाली को बचाने की यह चिन्ता कितने

पहले कर चुके हैं। हमें अपने लोकवृत्तों पर लोकोक्तियों पर और आस-पास बिखरे लोक की अजस्त्र जिजीविषा की धारा में बहते हुए वैदिक मंत्रों, पौराणिक कथाओं, गीता के उपदेशों, महाभारत रामायण की कथाओं और नानक रैदास की उक्तियों पर ध्यान देना चाहिए। 'मन चंगा तो कठौती में गंगा' की मार्मिक उक्ति हमारी जातीय स्मृति से अभी तक हमारे मष्तिष्क में बसी हुई है। गोरखनाथ से होकर रैदास की कविता और उनके जीवन की अभेद अद्वैत साधना से यह आचरण की कसौटी बनी उक्ति कितने गहरे मंथन से निःसृत हुई होगी। ऐसा लगता है कि जातीय स्मृतियों का निर्माण अपनी परंपरा के मूल्यवान तत्त्वों के पुनर्कथन से और उससे प्रभावित होने वाले संतों मनीषियों, साधकों के आचार-व्यवहार से होता है। इन जातीय स्मृतियों ने शास्त्रों को महाकाव्यों को अपना सत्त्व प्रदान किया है और शास्त्रों महाकाव्यों ने इसे बार-बार सिद्धान्तों की भठ्ठी में तपाकर आचरण का विषय बनाने में अपनी भूमिका निभाई है। शास्त्रीय चिन्तन लोकचित्त की पावन गंगा में बराबर स्नान कर समृद्ध होता रहा है। यह परस्पर आदान-प्रदान दोनों की ताकत है। शास्त्र लोक को दिशा देने के लिए लोकचित्त के परिष्कार के लिए अन्ततः लोकवृत्तों में समाचरित आचरण की मर्यादा को ही उदाहरण बनाता रहता है। रामचरित मानस में गोस्वामी तुलसीदास ने 'नानापुराण निगमागम सम्मतं यद् रामायणे निगदितं 'क्वचितदन्योतोऽपि' कहा है वह 'क्वचिदन्योऽपि' क्या है, 'पुराणनिगय आगम' के साथ 'क्वचिदन्यतोऽपि' का तत्पर्य ही है, जो इन ग्रंथों से होते हुए लोक में जाकर परिष्कृत परिमार्जित हुआ है, जाँचा जाकर, परखा जाकर, मनुष्यता को राह दिखाने वाला है, वही है 'क्वचिदन्यतोऽपि' यह स्मृतियों से ही समृद्ध हुआ है। जो नाना पुराणों, निगमों और आगमों से भिन्न है, वह लोक चित्त की पुण्य स्मृतियाँ हैं, जिन्होंने गोस्वामी जी की रामकथा को सहेजा और आकार दिया, इसी से उनके राम मर्यादा पुरुषोत्तम हुए। चली आ रही मर्यादाओं का पालन करने वाले नहीं, न ही मर्यादाओं की स्थापना करने वाले ये नयी मर्यादाएँ जातीय चेतना की प्रगतिशील मूल्यवान स्मृतियाँ ही तो हैं।

■

स्वराज और स्वधर्म

नन्द किशोर आचार्य

'स्वराज' पद पर विचार करते हुए इसी जाति के कुछ और शब्दों का स्मरण हो आता है : स्वधर्म, स्वभाव, स्वतन्त्रता और स्वस्थ। स्वराज का तात्पर्य है 'स्व' की सम्प्रभुता अर्थात् अपने ऊपर अपना राज्य अथवा प्रभुत्व। 'स्वस्थ' का तात्पर्य है अपने में स्थित तथा स्वधर्म का तात्पर्य है अपने अस्तित्व का नियम। जो अपने में स्थित है, अपने अस्तित्व के नियम के मुताबिक आचरण करता है, वही सुचारु रूप से अपने पर शासन कर सकता है। 'धर्म' का तात्पर्य वह नियम है, जिस पर अस्तित्व आधारित है, अर्थात् किसी भी वस्तु का वह स्वाभाविक गुण, जो उसे एक विशिष्ट वस्तु बनाता है, जिसे अंग्रेजी में 'प्रॉपटि' या 'ऐट्रिब्यूट' अर्थात् 'गुणधर्म' कहा जाता है। 'धारयतीति धर्मः' का भी अर्थ यही है कि जो गुण किसी भी वस्तु को धारण करता है, वह उसका धर्म है। इस परिभाषा के अनुसार ही मानव धर्म, वर्ण धर्म, आश्रम धर्म, राज धर्म से लेकर रजोधर्म आदि तक प्रत्येक वस्तु, स्थिति या अवस्था का अपना धर्म है, जो उसके गुण-विशेष से परिभाषित है। 'रेडियो एक्टिविटी' को भी 'रेडियोधर्मिता' कहा जाता है। संस्कृत-अंग्रेजी शब्दकोश में भी 'धर्म' का अर्थ केवल 'रिलीजन' नहीं, बल्कि 'जस्टिस', 'राइट' आदि के साथ किसी वस्तु की 'एसेंशियल क्वालिटी', 'पिक्यूलिऐरिटी', 'कैरेक्टरस्टिक प्रॉपटि', 'प्रिक्यूलिअर ऐट्रिब्यूट' भी बताया गया है।[1]

स्वभाव और स्वधर्म में परस्परपोषी सम्बन्ध है। स्वभाव का तात्पर्य भावात्मक प्रवृत्ति से है। गुणधर्म का व्यावहारिक उत्कर्ष भावात्मक प्रवृत्ति से उसके उचित संयोजन से ही सम्भव है—बल्कि कह सकते हैं कि भावात्मक प्रकृति ही गुणधर्म के रूप में व्यंजित होती है। गीता में ज्ञानयोग, कर्मयोग और भक्तियोग के जो मार्ग बताये गये हैं, उनका आशय भी यही है कि व्यक्ति अपनी भावात्मक प्रकृति के अनुसार अपने मार्ग का चयन

---

1. आप्टे, वामन शिवराम; संस्कृत-इंग्लिश डिक्शनरी

कर सकता है तथा प्रत्येक मार्ग अपने भिन्न तरीके से उसे परम सत्ता से संयुक्त कर सकता है।[1]

इसीलिए गीता में आध्यात्मिक और लौकिक अथवा 'पारमार्थिक' और 'व्यावहारिक' दोनों अवस्थाओं में स्वधर्म के निर्वाह पर बल दिया गया है, क्योंकि व्यावहारिक सत्य का सार्थक उपयोग पारमार्थिक सत्य की उपलब्धि में सहायक होने में ही है। व्यावहारिक सत्य यदि पारमार्थिक सत्य से विपरीत दिशा में रूपायित होता है, तो उससे गीता की दृष्टि में, पारमार्थिक सत्य को नहीं पाया जा सकता। गीता में स्वधर्म के निर्वाह पर इसीलिए आत्यन्तिक आग्रह है, क्योंकि 'परधर्म' अर्थात् अपने स्वभाव और गुणों से विपरीत मार्ग अपनाने पर 'स्व' में स्थित नहीं हुआ जा सकता, बल्कि 'स्व' के लिए वह अत्यन्त 'भयावह' सिद्ध होता है। गीता कहती है :

श्रेयान्स्वधर्मो विगुणः पर धर्मात्स्वनुष्ठितात्।
स्वधर्मे निधनम् श्रेयः पर धर्मो भयावहः ॥[2]

परधर्म में स्थित व्यक्ति के जीवन की अपेक्षा स्वधर्म में स्थित व्यक्ति का निधन भी श्रेष्ठ है, क्योंकि परधर्म भयावह परिणाम देता है।

अन्तिम अध्याय में भी इसी बात को दोहराया गया है :

श्रेयान्स्वधर्मो विगुणः परधर्मात्स्वनुष्ठितात्।
स्वभावनियतम् कर्म कुर्वन्नाप्नोति किल्बिषम् ॥[3]

यह विडम्बनापूर्ण लगता है कि अधिकांश टीकाकारों ने 'स्वधर्म' का तात्पर्य वर्णधर्म मानते हुए उसे जन्माधारित समझा है। शंकराचार्य से लेकर महात्मा गाँधी तक वर्ण को जन्माधारित मान लेते हैं। शंकराचार्य 'वर्ण' की व्याख्या 'जाति' के रूप में करते हैं—यद्यपि वह पारमार्थिक नहीं, व्यावहारिक सत्य ही है, क्योंकि, उनके अनुसार सभी कर्म अविद्या से उत्पन्न होते हैं और अविद्यापूर्वक होने वाले सभी शुभाशुभ कर्मों का, अशेषतः नाश करने वाला हेतु विद्या (ज्ञान) ही है।[4] इसी तरह, महात्मा गाँधी भी वर्ण व्यवस्था को पैतृक मान लेते हैं, यद्यपि वह उसे किसी उच्चावच क्रम से नहीं जोड़ते तथा अन्तर्जातीय विवाह तथा अन्तर्जातीय खान-पान को वर्ण-व्यवस्था का उल्लंघन भी नहीं मानते। उनका स्पष्ट कथन है : "पैतृक व्यवसायों पर आधारिक

1. राधाकृष्णन्, एस; इण्डियन फिलॉसफी, खण्ड-एक, पृ० 474, ऑक्सफोर्ड यूनिवर्सिटी प्रेस, नई दिल्ली; 2021
2. भगवद्गीता; 3.35
3. वही; 18.47
4. भगवद्गीता, शांकर भाष्य; पृ० 436, 467; गीता प्रेस, गोरखपुर; संवत् 2053

वर्ण-व्यवस्था में मुझे विश्वास है। चार वर्ण चार सार्वभौम व्यवसायों से जुड़े हैं—ज्ञान देना, असहायों की रक्षा करना, कृषि और वाणिज्य कर्म तथा शारीरिक श्रम द्वारा सेवाएँ प्रदान करना। ये चार व्यवसाय सारी मानव जाति में समान रूप से विद्यमान हैं। लेकिन हिन्दू धर्म ने इन्हें हमारे अस्तित्व का नियम मानते हुए सामाजिक सम्बन्धों तथा व्यवहार के नियमन के लिए इनका इस्तेमाल किया है। ..... जब हिन्दू जड़ता के शिकार थे तब वर्ण-व्यवस्था के दुरुपयोग के फलस्वरूप असंख्य जातियाँ पैदा हो गयीं और अन्तर्जातीय विवाहों तथा अन्तर्जातीय भोजों को लेकर अनावश्यक और हानिकर प्रतिबन्ध लगा दिये गये। वर्ण-व्यवस्था का इन प्रतिबन्धों से कोई लेना-देना नहीं है। विभिन्न वर्णों के लोग परस्पर विवाह कर सकते हैं और एक-दूसरे के साथ बैठकर भोजन कर सकते हैं। ये प्रतिबन्ध शुद्धता और सफाई के लिए आवश्यक हो सकते है, पर यदि कोई ब्राह्मण लड़का शूद्र लड़की से विवाह करता है या शूद्र लड़का ब्राह्मण लड़की से विवाह करता है, तो इससे वर्ण के नियम का कोई उल्लंघन नहीं होता।''[1] यद्यपि वह यहाँ तक भी कह देते हैं : ''आज ब्राह्मण और क्षत्रिय, वैश्य और शूद्र केवल नाम की चिप्पियाँ हैं। जहाँ तक मैं समझता हूँ, वर्ण-व्यवस्था पूरी तरह गड्डमड्ड हो गयी है और अच्छा हो, यदि सभी हिन्दू स्वेच्छा से अपने को शूद्र कहना आरम्भ कर दे।''[2] विनोबा अपनी व्याख्या में अपेक्षाकृत उदार हैं, पर वह भी पैतृक व्यवस्था की पूर्णतः उपेक्षा नहीं कर पाते—यद्यपि उसके अपवादों को गृहीत मान लेते हैं।[3]

ऐसा प्रतीत होता है कि वर्ण की अवधारणा को जन्माधारित मान लेने के पीछे कुछ व्यवसायों के शनैः शनैः पैतृक होते जाने का प्रचलन और उसकी सामाजिक स्वीकृति रहा है, जबकि जहाँ भी किसी वर्ण से जुड़े गुणधर्म का वर्णन किया गया है, वहाँ जन्म को उसके साथ नहीं जोड़ा गया है। जन्म का सम्बन्ध जाति-व्यवस्था के विकास से अवश्य जुड़ा है, जो परवर्ती धारणा है तथा उसकी परिभाषा से वर्ण की परिभाषा भिन्न है—यद्यपि विभिन्न जातियों को अनन्तर किसी-न-किसी वर्ण के अन्तर्गत संयोजित कर लिया गया और जिन्हें किसी भी वर्ण के अन्तर्गत नहीं संयोजित किया जा सका, उन्हें पंचम वर्ण कह दिया गया। डॉ० राधाकृष्णन् ने जाति-संस्था के विकास पर टिप्पणी करते हुए लिखा है : ''मूलतः गुणों के आधार पर निर्धारित वर्ण शीघ्र ही जन्म का मामला हो गया। यह तय करना मुश्किल है

1. यंग इण्डिया; 4.6.1931
2. हरिजन; 25.3.1933
3. विनोबा; गीता-प्रवचन, पृ० 271; सस्ता साहित्य मण्डल, नयी दिल्ली; 1954

कि किस व्यक्ति में कौन-से गुण हैं। एक मात्र उपलब्ध कसौटी जन्म है। जन्म और गुण के इस घालमेल ने वर्ण के आध्यात्मिक आधार के महत्त्व की जड़ खोद डाली। कोई अनिवार्यता नहीं है कि एक जन्म विशेष के व्यक्ति में सदैव उनसे अपेक्षित गुण होंगे ही। जीवन की वास्तविकता क्योंकि तर्कसम्मत आदर्श से संगत नहीं हो सकती, इसलिए समस्त वर्ण संस्था विखण्डित हो गयी।''[1] लेकिन, जन्माधारित मान लिये जाने के कारण वर्ण-संस्था के आध्यात्मिक आधार के दुर्बल हो जाने को स्वीकार करते हुए भी, डॉ० राधाकृष्णन् भी उसका बचाव इस तर्क से करते हैं कि ज्ञान की हमारी वर्तमान स्थिति के आधार पर पैतृक आधार की निन्दा की जा सकती है, किन्तु हमें इस व्यवस्था के प्रति उदार होते हुए यह मानना होगा कि उसने समाज के प्रतिद्वन्द्वात्मक दृष्टिकोण के खतरों के उपचार के रूप में पारस्परिक सद्भाव और सहयोग के आधार पर ऐसी समाज-रचना का प्रयास किया, जिसमें सम्पदा के बजाय विवेक और प्रज्ञा को प्रधानता दी गयी तथा मूल्यों का उसका निर्णय सही है।[2] लेकिन, यह भी नहीं भूलना चाहिए कि 'पारस्परिक सद्भाव और सहयोग' शीघ्र ही सामाजिक-आर्थिक विषमता तथा अपमान, उत्पीड़न और दमन में अवनत हो गया। 'न खुदा ही मिला, न विसाले सनम।'

याज्ञवल्क्य, आपस्तम्ब और मनु आदि की स्मृतियों में शूद्र वर्ण की जो हैसियत बतायी गयी है, उसे जान कर किसी व्यक्ति को यदि लज्जा और आत्मग्लानि का अनुभाव नहीं होता तो उसे संवेदनशील और विवेकवान् मनुष्य के रूप में स्वीकार करना मानवता का अपमान होगा। आपस्तम्ब ने तो यहाँ तक कहा है कि एक शूद्र को मार डालने का उतना ही पातक लगता है, जितना एक कौए, गिरगिट, मोर, चक्रवाक, पराल मेढक, नेवले, कुत्ते आदि को मार डालने से लगता है। मनु आदि भी वर्ण के स्तर के अनुसार प्रत्येक कर्म में इसी तरह का भेद करते हैं। यदि कुछ पंडितों के इस तर्क को स्वीकार कर लिया जाये कि ऐसे अंश मूल ग्रंथों के हिस्से नहीं, बल्कि प्रक्षिप्त है, तो भी उन्हें इससे इनकार नहीं किया जा सकता कि इन प्रक्षिप्त अंशों को भी सामाजिक विश्वास-प्रणाली में वही सम्मान प्राप्त है, जो मूल को है। लेकिन, तब यह भी करणीय होगा कि ऐसे प्रक्षिप्त अंशों को निकाल कर धर्मग्रंथों का भी सम्पादन किया जाये।[3]

1. राधाकृष्णन्, एस; वही, पृ० 489-90
2. वही; पृ० 490
3. आचार्य, नन्दकिशोर; संस्कृति की सभ्यता, पृ० 103; वाग्देवी प्रकाशन, बीकानेर; 2014

महात्मा गाँधी भी यह तो मानते ही हैं कि विभिन्न धर्मग्रन्थों पर भी सत्य और अहिंसा की कसौटी लागू करना तथा जहाँ वे उस पर खरे न उतरें, उन्हें अस्वीकार कर देना चाहिए।[1]

'वर्ण' और उससे जुड़े 'स्वधर्म' की इन सब व्याख्याओं में इस तथ्य को बिल्कुल भुला दिया गया कि भगवद्गीता में जिन अध्यायों में वर्णों के गुणधर्मों का विवेचन किया गया है, वहाँ कहीं भी जन्म अथवा जाति या पैतृकता का उल्लेख नहीं हैं। शंकराचार्य तक अपने गीताभाष्य के अठारहवें अध्याय में श्लोक संख्या 41 सं 47 तक की टीका करते हुए 'वर्ण' के स्थान पर 'जाति' शब्द का प्रयोग करते हैं : ''ऐतेषाम् जातिविहितानाम् कर्मणा सम्यगनुष्ठितानाम् स्वर्ग प्राप्ति : फलम् स्वभावतः।''[2]

यह उल्लेखनीय है कि भगवद्गीता के अठारहवें अध्याय के श्लोक संख्या 41 से लेकर 47 तक वर्णधर्म का वर्णन करते हुए उसे प्रत्येक श्लोक में 'स्वभावजम्' कहा गया है और कहीं भी उन्हें 'जन्मजम्' नहीं कहा गया है। ब्रह्मकर्म (42), क्षत्रकर्म (43) तथा वैश्यकर्म और शूद्रकर्म (44) 'स्वभावजम्' है; 47वें श्लोक में भी 'स्वभावनियतम्' कहा गया है। लेकिन, व्याख्या में उन्हें जन्म के आधार पर बता दिया गया है। अड़तालीसवें श्लोक में 'सहजम् कर्म' की व्याख्या में यह तो माना गया है कि जो जन्म के साथ उत्पन्न हो, वह सहज है;[3] लेकिन, उस आधार पर उसे पैतृक या आनुवंशिक कैसे माना जा सकता है? 'सहज' का तात्पर्य 'अन्तर्जात' या 'इन्नैट' है, जिसका तात्पर्य यह है कि प्रत्येक व्यक्ति की एक अपनी नैसर्गिक या अन्तर्जात प्रवृत्ति या स्वभाव होता है। यदि गुण या प्रवृत्ति को आनुवंशिक या पैतृक मान लिया जाये तो कोई भी ब्राह्मण अशिक्षित, क्षत्रिय कायर और शूद्र वीर या पंडित हो ही नहीं सकता, जबकि व्यवहार में हम, इस धारणा के विपरीत, ऐसे असंख्य उदाहरण पाते हैं, जहाँ शूद्र प्रतापी राजा तथा विद्वान्, ब्राह्मण कुशल योद्धा और शासक तथा क्षत्रिय पंडित या ज्ञानी भी सिद्ध हुए हैं। हाँ, यदि सामाजिक व्यवस्था उन्हें उचित प्रशिक्षण और अवसर से वंचित रखे तो यह व्यवस्था का दोष होगा, व्यक्ति का नहीं। व्यवसाय को वर्ण से जोड़ने का कारण केवल यही है कि यदि व्यक्ति अपने अन्तर्जात गुणों के अनुसार व्यवसाय करता है, तो वह उसमें अपना सर्वोत्तम अवदान कर सकता है।

1. यंग इण्डिया; 6.10.1921 तथा 27.8.1925
2. शांकर भाष्य; अध्याय 18, श्लोक सं० 44 पर टीका।
3. वही; श्लोक सं० 48 पर टीका,

यहाँ यह उल्लेख भी अस्थाने नहीं होगा कि 'भाव' का अर्थ भी 'होना, सत्ता, अस्तित्व' होता है,[1] जिसके अनुसार, 'स्वभाव' अपना होना, अपनी सत्ता, अपना अस्तित्व हो जाता है, जो व्यक्ति के अपने अस्तित्व को केन्द्र में रखता है, न कि उसकी आनुवंशिकता को। इसीलिए, अभाव का अर्थ हम किसी वस्तु के न होने या अनस्तित्व से लेते हैं। 'स्वभाव' के इस अर्थ के अनुसार 'स्वधर्म' का तात्पर्य किसी व्यक्ति के निजी अस्तित्व से जुड़े गुणों से है, न कि किसी विशेष आनुवंशिक वर्ग से जुड़े गुणों से।

बहुत-से विद्वानों का यह मानना है कि समाज में भेद तो होते ही हैं, इसलिए एक समाज के इन भेदों का वर्गीकरण होना भी उचित ही है। स्पष्ट है कि यह वर्गीकरण कुछ औसत लक्षणों के आधार पर किया जाता है, जो सम्बन्धित वर्ग के लिए सर्वनिष्ठ होते हैं। लेकिन, किसी भी व्यक्ति की अपनी स्वलाक्षणिकता होती है, जिसका उल्लेख हम पिछले अध्याय में कर चुके हैं, उसे किसी औसत लाक्षणिकता में नहीं घटाया जा सकता। इसके अतिरिक्त, वर्गीकरण की समस्या अकादमिक अध्ययन की समस्या है, किसी व्यक्ति को किसी-न-किसी वर्ग में अँटाया ही जाये यह व्यक्ति की नहीं, उसे अँटाने का प्रयत्न करने वालों की समस्या है। एक व्यक्ति से केवल यही अपेक्षा की जा सकती है कि उसका 'स्व' किसी अन्य के 'स्व' के लिए आघात न हो, क्योंकि नैतिकता का मूल स्त्रोत 'आत्मानाम् प्रतिकूलानि परेषां न समाचरेत' में है और वही वास्तविक 'स्वराज' में होना है।

महात्मा गाँधी भी, इसीलिए, व्यक्ति की सत्ता या अस्तित्व का अवमूल्यन करने को अनुचित मानते हैं।[2] इसका विस्तारपूर्वक उल्लेख भी पिछले अध्याय में किया जा चुका है। लेकिन, वैयक्तिकता को वर्गीकृत करने के परिणामों के बारे में मानवेन्द्रनाथ राय हमें एक अलग स्तर पर सचेत करते हैं। वह यह मानते हैं कि किसी भी सामाजिक संस्था या व्यवस्था का प्रयोजन व्यक्ति की स्वतंत्रता का उत्कर्ष होता है, न कि उसका लोप। व्यक्ति जब किसी भी प्रकार की संस्था या संगठन—राष्ट्र और वर्ग तक—को अपनी वास्तविक अस्मिता मान लेता है, तो वह अपनी स्वतंत्रता खो देता है, जबकि वह, वास्तव में, एक स्वतंत्र व्यक्ति है। उन्हीं के शब्दों में—'राष्ट्र हो या वर्ग, कोई भी समष्टि व्यक्तियों से बनती है। समाज मनुष्य द्वारा स्वतंत्रता की तलाश में की गयी रचना है। सहकारी सामाजिक सम्बन्धों की स्थापना मूलतः अस्तित्व के लिए उस संघर्ष को पुनर्बलित करने के लिए हुई थी, जिसे

1. आप्टे, वामन शिवराम; संस्कृत-हिन्दी शब्दकोश
2. हरिजन; 1.2.1942

आदिम मनुष्य ने व्यक्ति के रूप में शुरू किया था। स्वतंत्रता की तलाश आदिम मनुष्य के अस्तित्व के लिए संघर्ष का ही जारी रहना है। इस रूप में वह सम्पूर्ण सामाजिक प्रगति की बुनियादी प्रेरणा है। स्वतंत्रता मनुष्य के बौद्धि, नैतिक और सृजनात्मक सामर्थ्य के पल्लवन को बाधित करने वाले भौतिक, सामाजिक, मनोवैज्ञानिक सभी कारणों का क्रमशः लोप होते जाना है। सामाजिक सम्बन्धों का कार्य व्यक्तियों के लिए, व्यक्तियों के रूप में, अधिकाधिक स्वतंत्रता सुनिश्चित करना है। अपने सदस्यों द्वारा वास्तव में अनुभूत स्वतंत्रता का कुल योग किसी भी समाज व्यवस्था के मुक्तिदायी अथवा प्रगतिशील महत्व का माप है।' और इसके बाद वह, इसीलिए, मनुष्य को किसी अमूर्त वर्गीकरण में डालने को उसे सामूहिक अहं का गुलाम बनाना कहते हैं—'एक जीवित यथार्थ मनुष्य को अमूर्त सामाजिक अहं का गुलाम बना देने वाली राजनैतिक व्यवस्था या आर्थिक प्रयोग स्वतंत्रता के लक्ष्य की प्राप्ति के लिए सम्भवतः अनुकूल साधन नहीं हो सकता।'[1]

स्वधर्म और वर्णधर्म को लेकर विनोबा की धारणा काफी उदार है, यद्यपि वह 'स्वजातीय धर्म' की भी पूरी अनदेखी नहीं करते। 'श्रेयान् स्वधर्मो विगुणः' की व्याख्या करते हुए वह न केवल उसे धर्मपंथों से अलग करते, बल्कि यहाँ तक कह देते हैं कि 'प्रत्येक व्यक्ति का अपना भिन्न-भिन्न धर्म है। मेरे सामने यहाँ जो दो सौ व्यक्ति मौजूद हैं, उनके दो सौ धर्म हैं। मेरा धर्म भी जो दस वर्ष पहले था, वह आज नहीं है। आज का दस वर्ष बाद नहीं रहने का। चिन्तन और अनुभव से जैसे-जैसे वृत्तियाँ बदलती जाती हैं, वैसे-वैसे पहले का धर्म छूटता जाता है व नवीन धर्म प्राप्त होता है। हठ पकड़कर कुछ नहीं करना है।'[2] आगे वह इसे और स्पष्ट करते हैं—'परन्तु खास बात वृत्ति की है। जिसकी जो वास्तविक वृत्ति होगी, उसी के अनुसार उसका धर्म होगा। परिणति वास्तविक होनी चाहिए।'[3]

वृत्तियों के बदलते जाने की जो बात विनोबा कर रहे हैं, वह एक ओर श्री अरविन्द, जिनसे विनोबा स्वयं प्रभावित थे तथा दूसरी ओर बर्ट्रेण्ड रसेल जैसे दार्शनिकों से भी समर्थित हैं। ये दोनों ही दार्शनिक यह मानते हैं कि मानव-प्रकृति में विकास होता रहता है, क्योंकि मानव प्रकृति से उत्पन्न है, इसलिए प्रकृति की विकास-प्रक्रिया की तरह उसकी चेतना का विकास भी होता रहता है। प्रकृति के नियम एक होते हुए भी उनकी अभिव्यक्ति

1. राय, एम०एन०; नव मानववाद, पृ० 45; वाग्देवी प्रकाशन, बीकानेर; 1998।
2. विनोबा; गीता-प्रवचन, पृ० 15; वही
3. वही, पृ० 16

विविधरूपा होती है। श्री अरविन्द मानते हैं कि प्रकृति का वास्तविक नियम विविधता को बल देने वाली एकता है। उसकी मानव-योजना एक है, लेकिन कोई भी दो मनुष्य अपनी शारीरिक बनावट, स्वभाव, चारित्रिकता और मानसिक भाव-जगत् में एक-सरीखे नहीं होते। इसलिए, विनोबा का यह कथन संगत लगता है कि 'प्रत्येक व्यक्ति का अपना-अपना भिन्न धर्म है।'

विनोबा स्वधर्म के निश्चय में तीन कारकों की चर्चा करते हैं—'स्वधर्म में स्वदेशी धर्म, स्वजातीय धर्म और स्वकालीन धर्म का समावेश होता है। ये तीनों मिलकर स्वधर्म बनते हैं। मेरी वृत्ति के अनुकूल व अनुरूप क्या है और कौन-सा कर्तव्य मुझे आकर प्राप्त हुआ है, यह सब स्वधर्म निश्चित करते समय देखना होता है।'[1] तात्पर्य यह कि मनुष्य की वृत्ति एक देशकाल विशेष के साथ अन्तःक्रिया करती है। इसलिए 'स्वधर्म' अर्थात् अपने कर्तव्य के निर्धारण में देशकाल की अनदेखी करना न सम्भव है और न समीचीन। लेकिन, इस निर्धारण में 'स्वभाव' का दमन नहीं किया जा सकता। वह कहते हैं—'तुम में तुमपन' जैसी कोई चीज है और इसलिए तुम 'तुम' हो। हर एक व्यक्ति में अपनी कुछ विशेषता होती है।[2] विनोबा के अनुसार, यह 'तुमपन' ही वर्णधर्म की 'भित्ति' है। गीता भी मानती है कि 'ज्ञानी व्यक्ति वही है, जो अपनी प्रकृति के अनुसार कार्य करता है, क्योंकि सभी प्राणी तीनों गुणों से प्राप्त अपनी प्रकृति का ही अनुसरण करते हैं। भला दमन से क्या हो सकता है?'

सदृशम् चेष्टते स्वस्याः प्रकृतेर्ज्ञानवानपि।
प्रकृतिम् यान्ति भूतानि निग्रहः किम् करिष्यति॥[3]

लेकिन, साथ ही विनोबा ब्राह्मण के ब्राह्मणत्व तथा क्षत्रिय के क्षत्रियत्व को पक्का नहीं मानते, जैसे अन्य जीवों का वैशिष्ट्य होता है—'हाँ, मैं मानता हूँ कि वर्णधर्म इतना पक्का नहीं है, लेकिन, हमें इसका मर्म समझ लेना चाहिए। 'वर्णधर्म' शब्द का उपयोग जब सामाजिक व्यवस्था की एक तरकीब के तौर पर किया जाता है, तब उसके अपवाद अवश्य होंगे। ऐसे अपवाद गृहीत मानने ही पड़ते हैं। गीता ने भी इस अपवाद को गृहीत माना है।'[4]

श्री अरविन्द का विवेचन 'स्वधर्म' और 'स्वतंत्रता' की अवधारणाओं को एकीकृत कर देता है। 'स्वधर्म' का तात्पर्य है अपने अस्तित्व के नियम का पालन और श्री अरविन्द इस निर्वाह को ही स्वतंत्रता मानते हैं—

1. वही, पृ० 270
2. वही
3. भगवद्गीता; 3.33
4. विनोबा; वही, पृ० 271

"स्वतन्त्रता का आशय है हमारे अस्तित्व के नियम का पाल, अपने प्राकृतिक आत्म-परितोष की उपलब्धि, अपने परिवेश के साथ अपनी सहज और स्वतन्त्र संगति।"[1] वह इसी स्वतन्त्राता में वास्तविक विकास देखते हैं— "मानव-समाज उसी हद तक वास्तविक विकास कर पाता है, जिस हद तक उसके विधान स्वतन्त्रता की सन्तान होते हैं, वह अपनी पूर्णता को तभी पहुँच सकता है, जब मनुष्य अन्य मनुष्यों के साथ आध्यात्मिक स्तर पर एकत्व का बोध कर सके और उसके समाज का स्वतः स्फूर्त विधान उसके आत्मानुशासित आन्तरिक स्वातन्त्र्य का बाह्य रूप हो।"[2]

"आत्मानुशासित आन्तरिक स्वातन्त्र्य से स्वतः स्फूर्त विधान" ही क्या महात्मा गाँधी द्वारा प्रतिपादित 'स्वराज' नहीं है और तब क्या 'स्वभाव', 'स्वस्थ', स्वतन्त्रता, स्वधर्म और स्वराज एक संयुक्त अवधारणा नहीं हो जाते, जिसकी व्याप्ति व्यक्ति से ले कर समस्त मानवता को अपने में समेट लेती है।

लेकिन, जैसा भी अरविन्द कहते हैं, मानव अभी अपूर्ण और विकासशील अस्तित्व है, इसलिए जीवन के नियमों की दो कोटियाँ हो जाती हैं—हमारी वर्तमान वास्तविकता का नियम और हमारी सम्भावना का नियम।[3] स्वराज के आदर्श नियम पर इन दोनों कोटियों से विचार की आवश्यकता है। यहाँ प्रत्येक व्यक्ति को अपने स्वराज में रहने के लिए योग्यता अर्जित करनी है, वहीं हमारी सामाजिक व्यवस्था के विभिन्न पक्षों का विकास भी इस तरह किया जाना आवश्यक है, जो व्यक्ति के स्वराज को पुष्ट कर सके, जो समग्रतः सामाजिक स्वराज में परिणत हो सके।

■

1. अरविन्द श्री; दि आइडियल ऑव ह्यूमन यूनिटी, पृ० 175-183; पाँडिचेरि आश्रम, पुडुचेरी; 1950
2. वही
3. वही

स्व-देशी : आत्म-निर्भर भारत एवं पंडित जी का मूल्य-गर्भ चिंतन

विश्वास पाटील

पंडित जी की प्रतिभा और प्रज्ञा ने धरती के नाना जलस्रोतों से आचमन कर उसे अपने ज्ञान के कमंडल में स्थित गंगा जी के तीर्थ में मिला दिया। वे पूरे विश्व का विचार करते रहे लेकिन उनकी मूल चिंता यहाँ के भवन, भाषा, भूमि, भूषा, तथा भोजन से जुड़ी रही। उनके चिंतन का विषय हमारा प्यारा देश ही बना रहा। उन्होंने आजादी के संघर्ष को न केवल देखा-परखा अपितु उसमें छलाँग लगाकर अपनी भूमिका अदा की। उसके पश्चात् इस भव्य देश के भविष्य की चिंता करते हुए मनुष्य मात्र से अंतरंग नेह का नाता बाँध लिया। वे अखंड सोचते और करते रहे, इस कारण उनका विचार कृतिशील बन मानवता को सहज सुंदर बनाने में लगा रहा। उनके विचार और आचरण में एकात्मसता के दर्शन होते हैं। चाहे कोई विचार हो वे देश, देव तथा मनुष्य से संवाद स्थापित कर देखते-परखते रहे। उनके चिंतन का क्षेत्र बीज की तरह रहा जो रूट्स और सोर्स के रूप में विकसित होता रहा, जिसमें गहराई और विस्तार की तमाम संभावनाएँ स्वीकृत रहीं—'वर्टिकल और होरिजंटल' कह कर जिसका वर्णन आंग्ल प्रतिभा करती रही है।

पंडित जी की भूमिका समझने के पूर्व हम स्व देशी के मूल विचार जागरण की स्थिति को समझेंगे। भारतीय स्वावधीनता संग्राम के इतिहास के पन्नों को उलटते-पुलटते हुए हम पाते हैं कि लोकमान्य तिलक तथा उनके पश्चात् उनके यशस्वी उत्तराधिकारी महात्मा गाँधी जी ने इस विषय की भूमिका को विस्तारपूर्वक समझाया है। स्वदेशी, स्वभाषा एवं स्वशिक्षा की बात लोकमान्य तिलक जी ने पहले की। तिलक जी उग्रवादी जननेता थे। उन्होंने राजनीतिक आजादी के साथ आर्थिक एवं शैक्षिक उन्नति की राह दिखाई। शिक्षा के क्षेत्र में उन्होंने मातृभाषा के उपयोग का समर्थन किया। देवनागरी लिपि का आग्रह रखते हुए उनका दृष्टिकोण यह था कि यह आजादी सांस्कृतिक भी होनी चाहिए। स्वराज्य के विषय में उनकी अभूतपूर्व घोषणा थी

'स्वराज्य मेरा जन्मसिद्ध अधिकार है और मैं उसे पाकर ही रहूँगा।' उनकी यह घोषणा आजादी के आंदोलन की पताका बन गई। उनके विचार में स्वराज्य केवल राजनीतिक न हो कर शैक्षिक, आर्थिक तथा सांस्कृतिक स्वराज्य का समुच्चय है। स्वराज्य उनके लिए आत्मनियंत्रण, आत्मगौरव तथा राष्ट्रधर्म का समन्वित रूप रहा। स्वदेशी के आग्रह के मूल में तिलक जी का यह विचार मात्र विदेशी वस्त्र या वस्तुओं के बहिष्कार तक ही सीमित नहीं रहा अपितु आत्मनिर्भर भारत की स्थापना का भी मार्ग था। विदेशी शोषण का विरोध करते हुए उन्होंने स्वदेशी वस्तुओं के उपयोग एवं भारतीय उद्यमों के विकास की राह सुझाई। उन्होंने कहा था कि स्वदेशी से स्वराज्य की प्राप्ति संभव है। ग्रामोद्योग, स्थानिक उद्योगों का विकास तथा भारतीय व्यापार में वृद्धि ही हमारी आर्थिक उन्नति के मार्ग हैं। उनकी दृष्टि में स्वदेशी मात्र आर्थिक विकास का साधन ही नहीं अपितु राष्ट्रीय स्वाभिमान का प्रतीक थी। तिलक-गाँधी जी के विचार आज भी प्रासंगिक तथा उपयुक्त हैं। स्वदेशी का विचार आज आत्मनिर्भर भारत के रूप में पुनर्जीवित हुआ है।

तिलक जी का अवसान 1920 में हुआ और देश की आजादी के संघर्ष की कमान युगबोध से प्रेरित महात्मा गाँधी जी ने सँभाली। दक्षिण अफ्रीका का इक्कीस सालों का अनुभव अपने साथ सँजोए हुए गाँधी जी ने 1915 में भारत में कदम रखते ही हमारी गुलामी की जड़ का अनुभव किया।

उनके आगमन के पूर्व सन् 1904-05 में ही देश में 'स्वदेशी' आंदोलन का शंखनाद हो चुका था। इस जागरण के पश्चात् देश में अभूतपूर्व परिवर्तन जागा। इस बात का बोध ब्रिटिश सत्ताधारियों को भी था। यों, गाँधी जी के दक्षिण अफ्रीका से भारत आगमन के पूर्व ही स्वदेश संज्ञा और संकल्पना हमारे देश में प्रचलित हो गई थी। इस मंत्र ने लाखों-करोड़ों देशवासियों के मन एवं मस्तिष्क को प्रभावित किया था। यह मंत्र स्वराज्य आंदोलन का प्रतिनिधित्व करता रहा। विरोध का स्वरूप विदेशी उत्पादनों का बहिष्कार करने का था। इसे विदेशी उत्पादन पर मात्र बहिष्कार तक ही मर्यादित मानने के बजाए उन्होंने भारतीय उत्पादन को खासकर वस्त्रोत्पादन कार्य को प्रोत्साहन दिया। खद्दर या हाथ से काते और बुने हुए सूती वस्त्रों के साथ उन्होंने खद्दर के उत्पादन पर जोर दिया। उनका यह तर्क था कि विदेशी अर्थव्यवस्था देश के विनाश को निमंत्रित करने वाली है। उन्होंने यह सिद्ध कर दिखाया कि विदेशी उत्पादकों के लोभ को संतुष्ट करने के लिए हिन्दुस्तान गुलामी की जंजीरों में बँध गया है। उनका भारत स्वदेशीजनों की शक्ति पर अवलंबित था। वे स्वदेशी के कार्यक्रम को जगाने का अर्थ स्वावलंबन, आत्मगौरव तथा

आत्मनिर्भरता को जगाना मानते थे। संघर्ष शुरू करने के पूर्व बुभुक्षित जनों में आत्मगौरव और आत्मविश्वास की भावना जगाने के लिए उनकी नजरों में स्वदेशी कार्यक्रम की आवश्यकता थी। इस माध्यम से आत्मनिर्भर भारत की निर्मिति करना संभव था। स्वदेशी की ओर से गाँधी जी का तर्क यह था— "मूलभूत और आध्यात्मिक अर्थात् स्वदेशी का आंदोलन मानव के आत्मतत्व को गार्हस्थिक बंधनों से अंतिम मुक्ति के लिए प्रयुक्त साधन यानि करण है। हम अपने आप अपने पड़ोसी की सेवा में समर्पित हो जाएँ यह हमारा आद्य कर्तव्य है।"[1]

गाँधी जी के आश्रमों में स्वदेशी को एकादश व्रतों में एक व्रत के रूप में स्थान प्राप्त हुआ था। व्रत यानी निश्चय या निर्णय से पीछे न हटने की दृढ़ता। व्रत व्यक्ति के उन्नतिकरण की परिपूर्ति के लिए जरूरी था। उनकी दृष्टि में स्वदेशी का अर्थ आत्मनिर्भर बनकर अपने परिसर तथा परिवेश को गौरवान्वित करना था। वे अपने आंदोलन को बराबर आत्मरगौरव की भावना से गौरवमंडित करते रहे। एक के साथ दूसरा जुड़कर दो नहीं ग्यारह होते हैं यह गाँधी गणित की खूबी रही। सही मायने में यह आत्मगौरव साधने की व्यवहार्य और उपयुक्त राह थी। भारत द्वारा स्वेच्छा से उत्साहपूर्वक अपनी अर्थव्यवस्था का मुद्रा-प्रवाह विदेशों में बहकर जाने की प्रक्रिया विगत डेढ़ सौ वर्षों से चली आ रही थी। वे सोचते और समझाते रहे कि जब तक यह प्रक्रिया बंद नहीं होगी हम आजाद नहीं हो सकते हैं। विदेशी उत्पादन पर बहिष्कार का अर्थ मात्र विदेशी वस्त्रों पर बहिष्कार है। विदेशी वस्त्र हमारी अनुमति से सर्वाधिक धन बाहर ले जा रहा है। भारत अगर इस दुर्गति को रोक पाया तो पहले ही कदम पर हम आजाद हो जाएँगे।[2] 'स्वधन विदेश जात यह खोरी' कहकर भारतेंदु इस बात की ओर ध्यान आकृष्ट करते रहे थे।

स्वदेशी विषयक अपने युक्तिवाद पर बल देते हुए गाँधी जी ने गीता से श्लोक को उद्धृत करते हुए लिखा है कि स्ववधर्म का आचरण किया जाए। अच्छी प्रकार से आचरण किए हुए दूसरों के धर्म से गुणरहित भी अपना धर्म अत्युत्तम है। अपने धर्म में मरना भी कल्याणकारक है जबकि दूसरे का धर्म भय को देने वाला है—

श्रेयान्स्वधर्मो विगुणः परधर्मात्स्वनुष्ठितात्। स्वधर्मे निधनं श्रेयः परधर्मो भयावहः॥[3] अपने कर्तव्य के आचरण के साथ मृत्यु का स्वीकार भी उत्तम

1. यंग इंडिया, दिनांक 18 सितंबर 1931
2. उपरोक्त दिनांक जानेवरी 1921
3. श्रीमद्‌भगवद्‌गीता, अध्याय तृतीय, श्लोक 35

माना जाएगा लेकिन परधर्म भयजनक है। व्यक्ति के भौतिक पर्यावरण के प्रकाश में अर्थशोधन करने के प्रयत्नों में हमें स्वदेशी का नियम प्राप्त होता है। गीता का यह वचन हमारे स्वदेशी विषयक विचार के बारे में भी सत्य है। स्वदेशी आज का स्वधर्म है जो हमारे देश को बलशाली बनाने की उपाय योजना है। गाँधी जी आगे लिखते हैं—"स्वदेशी का पालन किसी के भी लिए अपायकारक नहीं है। यह तो स्वधर्म है। यह तो मात्र आत्मसम्मान के लिए ही हो सकता है। आत्मबलिदानी इस प्रकार के कदमों से की गई कर्तव्य भावना सर्वोत्तम सेवा होगी।"[4]

भारत साढ़े सात लाख गाँवों में बसा हुआ है और हमारे शहर गाँवों के कारण ही टिके हुए हैं। गाँधी जी ने कहा कि श्रम किए बिना अन्नग्रहण करने वाला चोर है, स्तेन है। हम पर निष्क्रियता लादी गई है, इससे मुक्त हो रोजगार करते हुए कार्यप्रवण होना वे जानते थे। वे आत्मनिर्णायक क्षमता चाहते थे।

गाँधी जी की स्वदेशी विषयक मान्यता तथा भारत की आत्मनिर्भर होने की घोषणा का एक अंतर्संबंध है। सन् 1909 में रचित अपने लघु ग्रंथ रत्न 'हिन्द स्वराज' में उन्होंने लिखा है कि अपने देश की वस्तुओं का प्रयोग करना, स्थानीय श्रम और उद्योगों को प्रोत्साहित करना और बाहरी वस्तुओं का बहिष्कार करना स्वदेशी का मूलमंत्र है। स्वदेशी का गाँधी समर्थित विचार न केवल आर्थिक निर्भरता अपितु नैतिक और आध्यात्मिक मूल्यों के ऊर्ध्वीकरण की भी प्रक्रिया है। आत्मनिर्भरता के माध्यम से देश को स्वावलंबी एवं आत्मबलसंपन्न बनाया जा सकता है। आत्मनिर्भर भारत का सपना और संकल्प दरअसल भारत की अर्थरचना की पुनर्रचना का एक सक्रिय प्रयोग है। इससे 'लोकल ग्लोबल' बनेगा। गाँधी जी कहना था कि 'थिंक ग्लोबली लेकिन एक्ट लोकली' कोविड काल में भारत ने देशीकरण और उपकरण का उत्पादन करते हुए दुनिया को चकाचौंध कर दिया। यह भारत के आत्मनिर्भर रूप का प्रकट उदाहरण बना। गाँधी जी आर्थिक विकेन्द्रीकरण तथा आत्मश्रम के पक्षधर रहे जबकि आज हम वैश्विक बाजार एवं पूँजी आधारित उत्पादन पर निर्भर हैं। गाँधी जी 'मास प्रोडक्शन' नहीं 'प्रोडक्शन बाइ द मासेस' चाहते थे।

पंडित जी गाँधी जी के 'हिन्द स्वराज' का जिक्र करते हुए लिखते हैं कि यह हिन्दुस्तान की राजनीति के लिए एक बाइबिल थी—"आज की जो परिस्थिति है मनुष्यमात्र की, विश्वमात्र की जो परिस्थिति है उसमें जिस

4. यंग इंडिया', 1 जून 1931

विकेन्द्रीकरण की आवश्यकता है, शक्ति के विकिरण की आवश्यकता है, जिस प्रकार की एक त्यागवृत्ति की आवश्यकता है, उपभोक्ता संस्कृति के विखंडन की जो आवश्यकता है, उस सबकी नींव 'हिन्द स्वराज' में है और अगर हिन्दुस्तान ही नहीं, दुनिया के अन्य देश भी उस नीति को समझकर नहीं अपनाएँगे तो सारी पृथ्वी बांझ हो जाएगी और मनुष्य के पास कुछ भी नहीं बचेगा, मनुष्य भी नहीं बचेगा।''[5] पंडित जी आगे लिखते हैं कि अगर उपभोग की प्रतिस्पर्धा से हम अपने जीवन की गुणवत्ता का परिमापन इस रूप में करेंगे कि हम कितना उपभोग कर सकते हैं तो निश्चय ही हम बराबरी नहीं कर सकते। कुछ विद्वानों ने 'हिन्द स्वराज' को गिरि प्रवचनों के समान सागर प्रवचन कहा तो आचार्य विनोबा जी ने इसे सागरोपनिषद् कहकर सम्मानित किया। इस बात को कभी जूनियर मार्टिन लूथर किंग ने अपनी शैली में कहा था कि 'यू कैन निग्लेक्ट गाँधी एट यूवर ऑन रिस्क'।

सन् 1936 में गाँधी जी को एक जापानी अखबार के प्रतिनिधि ने उनके यंत्र विरोधी राय के बारे में प्रश्न पूछा तब उन्होंने समझाया था कि वे यंत्रों के विरोध में नहीं हैं। यंत्र हमारी गर्दन पर सवार होकर शासन चलाएँ इसके खिलाफ वे अवश्य थे। क्या आप भारत को यंत्रसंपन्न नहीं बनाना चाहते हो? इस प्रश्न पर गाँधी जी ने कुछ शर्तों का विचार रखा था। वे विज्ञान, तकनीक या आधुनिक यंत्रों के विरोध में नहीं हैं। चरखा अधिक गतिमान एवं सुख से संपन्न होने के लिए उन्होंने शोधकर्ताओं के लिए आकर्षक पुरस्कार की घोषणा की थी। प्रो० रॉस बेसेट नामक उत्तर करोलिना विश्वविद्यालय के संशोधक ने 'महात्मा गाँधी एंड एम०आइ०टी०' नामक ग्रंथ लिखा है, इसमें लिखा है कि गाँधी जी ने अनेक संशोधक मित्रों को अमरिकन मॅच्युसेट्स इंस्टिट्यूट ऑफ टेक्नॉलॉजी संस्था में अध्ययनार्थ प्रेरित-प्रचोदित किया था। आम जनता के लिए विज्ञान के अद्भुत प्रयोगों के मर्म को वे खूब समझते थे।

आज की बात गाँधी चिन्तन से मेल खाने वाली नहीं है। हाँ, यह गाँधीवादी परंपरा का आधुनिक संस्करण माना जा सकता है क्योंकि यह विचार स्थानीय उत्पादन, श्रमाधारित सृजन एवं आत्मसम्मान पर बल देने वाला सिद्धान्त है। एक प्रकार से यह गाँधी चिन्तन का कालसम्मत आविष्कार है। दोनों विचार भारतीय पुनरुत्पादन तथा राष्ट्रीय आत्मनिर्भरता पर बल देने वाले हैं। गाँधी जी का लक्ष्य स्वराज्य एवं नैतिकता रही तो आज हम तकनीकी और यांत्रिक एवं आर्थिक सबलीकरण के पक्षधर हैं। हम कह सकते हैं कि हमारा

5. पंडित विद्यानिवास जी मिश्र रचनावली, खंड 14, 'भारतीय परंपरा और भारत', पृष्ठ 155

आज का आत्मानिर्भर भारत का सपना और संकल्प गाँधी जी के स्वदेशी का युगानुकूल पुनर्पाठ है।

पंडित जी ने भारत की भूमिका या पुनर्पाठ की आवश्यकता को रेखांकित करते हुए कहा है—"फ्रांस जिस प्रकार स्वाधीनता के नशे में डूब कर सांस्कृतिक दृष्टि से विपन्नता को प्राप्त हुआ था ठीक उसी तरह हम स्वाधीनता के नशे में गर्क हैं। कहीं व्यक्ति हो या समाज हो, जीवन में कोई तालमेल नहीं है, कोई अन्विति नहीं है, किसी अभिप्राय की तलाश नहीं है, कहीं भी संलग्नता नहीं है। न चेतना की कमी है न कौशल की, पर जिन्दगी केवल सुलग रही है—जीने की इच्छा बस कीड़े की तरह कुलबुला रही है। हम बेखबर हो ऐसा भी नहीं है, हम देख रहे हैं, जान रहे हैं कि एक सड़ांध बाहर और भीतर फैल रही है, हम यह भी जानते हैं कि ये उपाय किए जाएँ तो यह सड़ांध दूर हो सकती है, पर हम लाचार हैं। इन उपायों का जोखिम हम उठाने में असमर्थ हैं।"[6] अपनी बात को स्पष्ट करते हुए पंडित जी की कलम और भी तीखी हो गई है। वे लिखते हैं—"हिन्दुस्तान की सांस्कृतिक विपन्नता अपने में बेमिसाल है क्योंकि वह बहादुरी और कायरता की एक दोगली संतान है..... अपने भीतर की अच्छाई की अवज्ञा करते रहते हैं और अपने देश की वास्तविक शक्ति से अपरिचय का स्वाँग भरते रहते हैं।"[7]

पंडित जी हमारे देश की प्रतिभा से हमारा परिचय कराते हुए लिखते हैं—"हिन्दुस्तान में जन्मते हुए वैज्ञानिक ही सारा अंतरिक्ष कार्यक्रम सँभाल रहे हैं।[8] पूरी की पूरी अमेरिकन सिलिकॉन वैली सँभाल रहे हैं।" पंडित जी पीछे मुड़कर देखते हुए समझाते हैं कि लालच ने हमारे सहज रहने के ढंग को तोड़-मरोड़ कर रख दिया है। हम इच्छाओं के दास बन गए हैं। इसका आत्ममंथन कर गाँधी जी ने एक कार्यक्रम बनाया था—"उस कार्यक्रम में संशोधन हो सकता है। गाँधी जी ने तकनीकी का विरोध नहीं किया... लेकिन यह याद रखा कि तकनीकी साधन है, साध्य नहीं। यदि साध्य हो जाए तो यह भयंकर स्थिति है। यदि तकनीकी मनुष्य की विविधता को नष्ट करने पर उतारू हो जाए, मनुष्य की अनंतता की क्षमता को नष्ट करने पर उतारू हो जाए तो तकनीकी नहीं है। यह तो आत्महत्या है, आत्मघात है तो ऐसी तकनीकी तो बुद्धि बचाव के नाम पर बच्चे को इतना मस्तिष्कहीन करती है कि दो और दो को जोड़ने के लिए उसको संगणक हाथ में लेना पड़ता है

6. पंडित विद्यानिवास जी मिश्र रचनावली, खंड 16, 'संस्कृति संवाद', पृष्ठ 33
7. उपरोक्त पृष्ठ 33
8. उपरोक्त, पृष्ठ 94

और बिना संगणक लिए वो दो और दो चार नहीं बता सकता, तो ये मस्तिष्कहीनता जिस तकनीकी से होती है, वो तकनीकी किस काम की?''[1]

गाँधी जी तकनीकी या यंत्रविरोधी नहीं थे इस विषय को समझ लेना जरूरी है। उन्होंने कभी यंत्र के लिए बंदी की भाषा का प्रयोग नहीं किया। रस्किन के समान उन्होंने भी यह प्रश्न पूछा था कि विज्ञान क्षणभर में अनगिनत जीवों को मृत्यु के द्वार धकेल दे या भूमि को सुजलाम् सुफलाम् बनाने का कारण बने? गाँधी जी ग्रामीण उत्थान के हर क्षेत्र में वैज्ञानिक रचना करना चाहते थे। विशेषकर ग्रामीण आर्थिक और सामाजिक विकास के लिए वे विज्ञान की मदद चाहते रहे। 1934 में गाँधी जी के आग्रह पर ऑल इंडिया व्हिलेज इंडस्ट्रीज एसोसिएशन (A I V I A) की वर्धा के निकट स्थापना हुई। श्री जे०सी० कुमारप्पा इस संस्था के सचिव थे। इस संस्था की कार्यकारिणी में तत्कालीन तीन ज्येष्ठ वैज्ञानिक कार्यरत थे। इनमें 1930 साल के भौतिक विज्ञान का नोबेल सम्मान प्राप्त करने वाले सर सी०वी० रामन, सर जे०सी० बोस एवं आचार्य पी०सी० रॉय जी का अंतर्भाव था। कुमारप्पा स्वयं अमेरिका की कोलंबिया विश्वविद्यालय से शिक्षा प्राप्ति व्रतस्थ अर्थविज्ञानी थे। दक्षिण अफ्रीका के अपने जीवनकाल में जब गाँधी जी महात्मा नहीं महज एक गिरमिट्ये बैरिस्टर मात्र थे तब भारतीय पानी के जहाजों के निर्मिति के उद्योग के सर्व विकास के लिए प्रयत्नशील थे। ब्रिटिश शिपिंग व्यवसाय के विकास के लिए भारतीय शिपिंग व्यवसाय का गला घोंटे जाने से वे व्यथित थे। तमिलनाडु के कट्टर देशभक्त श्री वी०ओ० चिदंबरम् पिल्लै (1872-1936) ने स्वदेशी स्टिम नेविगेशन कंपनी खोलकर ब्रिटिशों के शिपिंग व्यवसाय को तमाचा लगाया था। चिदंबरम् जी वी०ओ०सी० नाम से जाने जाते थे। अपने दक्षिण अफ्रीका के कार्यकाल में ही उन्होंने वी०ओ०सी० की मदद की है। इसके साथ ही इस ऐतिहासिक तथ्य का भी उल्लेख करना जरूरी है कि सन् 1927 में दिल्ली में स्थापित फिक्की (फेडरेशन ऑफ इंडियन चेंबर्स ऑफ कॉमर्स एंड इंडस्ट्री) योजना के पीछे गाँधी जी की प्रेरणा, सलाह और आशीर्वाद कार्यरत थे।

गाँधी जी ने अपने शरीर, मन और बुद्धि को संपन्न किया। उन्हें सूक्ष्म तकनीकी ज्ञान के विकास का भी परिचय था। जागृत, अखंड और सूक्ष्म अध्ययन शैली के कारण वे विकसित होते रहे। कम से कम संसाधनों की मदद से न केवल अधिकाधिक निर्मिति अपितु अधिकों के लिए निर्मिति की बात सोचते और करते रहे। इसे ही सर्वश्री रघुनाथ जी माशेलकर तथा डॉ०

1. उपरोक्त, पृष्ठ 95

सी०के० प्रह्लाद जी गाँधीयन अभियांत्रिकी के नाम से जानते हैं। अर्थविज्ञानी शूमाखर गाँधी जी से प्रभाव एवं प्रेरणा ग्रहण करने वाले थे। वे आज होते तो कहा होता—'स्मॉल इज नॉट ऑन्ली ब्युटिफुल बट कैन ऑल्सो बी बाउंटिफूल' नन्हा मात्र सुंदर ही नहीं अपितु विशाल अंत:करण का धनी भी होता है। 1996 साल के रसायन विज्ञान के नोबेल पुरस्कार प्राप्त डॉ० हैरॉल्ड क्रोटो का तो दृढ़ विश्वास था कि संगणक के कारण संवाद, सहभाग, शिक्षा और सबलीकरण को वैश्विक स्तर पर अधिक गति प्राप्त हुई है। वे भारत को बुद्ध और गाँधी का देश मानते रहे।

विलियम ब्लैक की एक कविता है जिसमें वे कहते हैं कि विश्व के रेती के एक कण में स्वर्ग का दर्शन करना और स्वर्ग को एक अरण्यपुष्प में निहारना यानी अपनी हथेली पर इनफिनिटी को झेलना और शाश्वत को एक घंटे भर के परिमाण में नापना है। 'टू सी ए वर्ल्ड इन ए ग्रेन ऑफ सेंड, एंड ए हेवन इन ए वाइल्ड फ्लॉअर, होल्ड इनफिनिटी इन द पाम ऑफ युअर हैंड, एंड इटरनिटी इन एन अवर।'

पंडित जी द्वारा तकनीकी को नकारने के पीछे उनका इतिहास एवं संस्कृति विषयक समर्थ चिन्तन कार्यशील है। वे सोचते और कहते हैं कि संस्कृति किसी-न-किसी उच्चतर जीवनोद्देश्यक या मूल्य से प्रेरित है। अपने लिए जीना सार्थक जीना नहीं है। सामुदायिक जीवन व्यतीत करने वाले विकसित चैतन्यधारी प्राणी के लिए कुछ सदुद्देश्य ही जीवन की गति के लिए कारक होते हैं। भारतीय संस्कृति का आमंत्रण है संपूर्णता की ओर, सर्वमयता की ओर, रिक्त से भरने की ओर, रिक्त से अतिरिक्त की ओर और व्यक्त से अव्यक्त की ओर।

विज्ञान विषयक अपना विशिष्ट चिन्तन प्रस्तुत करते हुए पंडित जी ने समझाया है कि आज का वास्तविक संकट यंत्रों के अविष्कार की तेजी का संकट न होकर मनुष्य के विवेक के पराभव का संकट है। यंत्र को साधन बने रहना चाहिए लेकिन आज वह साध्य बनते जा रहा है। यंत्र के साध्य होते ही मनुष्य 'स्व' से एकदम कटने लग जाता है। पंडित जी लिखते हैं—''विवेक का पराभव केवल अपनी पहचान से भागने में जितना है, उससे ज्यादा पराभव के झूठे विवेक का इंद्रजाल बुनने में है, अनियंत्रित तकनीकी विकास को गलत तर्कों से अपरिहार्य और उचित ठहराने में है.... तकनीकी समाज जितना बुर्जुआ समाज को मारता है, उससे कहीं ज्यादा सर्वहारा समाज को मारता है.... सबके लिए समान रूप से संतापकारी परिस्थिति लाकर सबको एक जगह खड़ा करना ही मानव विकास का चरम लक्ष्य हो तो

तकनीकीकरण उस ओर अग्रसर है, यह गर्व किया जा सकता है (यदि उस गर्व के कुछ अर्थ हो)''[10]

इस परिस्थिति की भीषणता को समझते और समझाते हुए पंडित जी कहते हैं कि तकनीकी विकास के शिखर पर पहुँचे हुए लोगों का दायित्व है कि वे विज्ञान से मानव मूल्य की अपेक्षा करें। मूल्यबोध से अपने आपको अलग कर लेने वाला समाज विज्ञान और तकनीकी प्रगति के सहारे से शिखर को अवश्य चूम लेगा, रहस्यों का भेदन तो जरूर कर लेगा लेकिन रहस्य को समग्र रूप में देखने का सुख और अपने को उससे जोड़ने का सुख न पा सकेगा। कभी पर्यावरण के विनाश की समस्या प्रगतिशील या अमेरिका के समान गिने-चुने देशों में थी लेकिन वह आज आम संकट हो गया है। आज का 'ग्लोबल वॉर्मिंग' का मसला दरअसल 'ग्लोबल वॉर्निंग' का मसला बन गया है।

भारत की आस्थावान दृष्टि के प्रति पंडित जी परम आस्थावान होने के कारण ही उनके चिन्तन का स्वर इन शब्दों में विरमित होते हुए पाया जाता है—''भारत तकनीकी ज्ञान पश्चिम से ले रहा है पर अपनी आस्था को गिरवी रखकर नहीं। भारतीय आस्था न तो यूनानी लोगों की देववाद से एकदम आक्रांत आस्था है न मध्ययुगीन यूरोपीय धर्माक्रांत आस्था है, यह आस्था समूची सृष्टि के साथ मनुष्य की साझीदारी में आस्था है। इसीलिए भारतीय आस्था का न तो विज्ञान से विरोध है न तकनीकीकरण से, क्योंकि विज्ञान और तकनीकीकरण यदि मानवीय उद्देश्यों से प्रेरित न होंगे तो वे निश्चय ही आसुरी नृशंसता से बचना चाहेंगे।''[11]

गाँधी जी की मान्यता थी कि विज्ञान का आसुरी और पातकी उपयोग है आण्विक शस्त्रास्त्र हैं। दो विश्वयुद्ध में अपार मानव हानि हुई। मानव जीवन को इस ग्रह पर साँस ले पाना दूभर हो गया। गाँधी जी के बलिदान के समय इस अस्त्र की अवस्था घुटनों के बल चलने वाले बालक के समान थी। नोबेल पुरस्कार प्राप्त जर्मन वैज्ञानिक वर्नर आयसेनबर्ग (1901-1976) क्वांटम फिजिक्स के तज्ज्ञ हैं, उन्होंने अनिश्चितता का सिद्धांत (अनसर्टन्टी प्रिंसिपल) प्रतिपादित किया है। उनका कथन है कि 'गाँधी मैनिफेस्टो' समय की आवश्यकता है।

गाँधी जी के ग्रामस्वराज की मुख्य विशेषताएँ थीं आत्मबल और स्वावलंबन पर आधारित अर्थव्यवस्था, स्थानीय स्तर पर प्रशासन—पाँच

10. उपरोक्त पृष्ठ 132 - 133
11. उपरोक्त पृष्ठ 136 - 137

व्यक्तियों की पंचायत प्रणाली, विकेन्द्रीकरण, अहिंसा और नैतिकता पर आधारित सामाजिक संरचना, श्रम, खादी, और लघु उद्योगों के माध्यम से आर्थिक सशक्तिकरण, स्वच्छता और आत्मशुद्धि को नैतिक आधार बनाना। गाँधी जी का सपना था कि गाँव स्वयं के शासन, न्याय और सुरक्षा के लिए आत्मनिर्भर हों और कोई केन्द्रीकृत सत्ता उन पर हावी न हो।

विद्यमान भारत में ग्रामस्वराज का स्वरूप समझना आवश्यक है। भारत सरकार ने गाँधी जी के इन सपनों को साकार करने के लिए 73वाँ संविधान संशोधन (1993) किया, जिससे पंचायती राज संस्थाओं को संवैधानिक दर्जा मिला और ग्रामीण प्रशासन में जनता की सीधी भागीदारी सुनिश्चित हुई। इसके अलावा आज भारत में ग्रामस्वराज के कई आधुनिक रूप मौजूद हैं—यथा राष्ट्रीय ग्राम स्वराज अभियान (2022-2026), पंचायती राज संस्थाओं को सशक्त, उत्तरदायी और सतत विकास लक्ष्यों के अनुरूप बनाने का उद्देश्य रखता है। ई-ग्राम स्वराज पोर्टल, स्थानीय शासन में पारदर्शिता, लेखाकरण और ग्रामीण विकास योजनाओं की डिजिटल निगरानी का एक सशक्त माध्यम है। ग्राम स्वराज अभियान (2018) : गरीब और वंचित तबकों तक सरकारी योजनाओं की पहुँच सुनिश्चित करने और सामाजिक समरसता को बढ़ावा देने का प्रयास था। इन पहलों से स्पष्ट है कि आधुनिक भारत में गाँधी जी के ग्रामस्वराज के आदर्श को तकनीकी और प्रबंधकीय दृष्टि से नया स्वरूप दिया जा चुका है—जो आत्मनिर्भरता और सहभागी विकास की दिशा में अग्रसर है।

निष्कर्ष रूप में कहा जा सकता है कि महात्मा गाँधी की ग्रामस्वराज संकल्पना आज भी भारत के लोकतांत्रिक ढाँचे की आत्मा है। वर्तमान भारत में पंचायती राज व्यवस्था और ई-गवर्नेंस इसे आधुनिक संदर्भ में जीवंत रखे हुए हैं। गाँधी का विचार 'भारत की आत्मा उसके गाँवों में बसती है' आज भी नीतिगत दृष्टि से उतना ही सार्थक है जितना स्वतंत्रता संग्राम के समय था।

ग्रामस्वराज और आत्मनिर्भर भारत का आकलन विशिष्ट है। ग्रामस्वराज और आत्मनिर्भर भारत, दोनों ही भारतीय चिन्तन की जड़ में आत्मनिर्भरता, विकेन्द्रीकरण और मानव-केन्द्रित विकास के सिद्धांतों पर आधारित हैं। यद्यपि दोनों अवधारणाएँ अलग ऐतिहासिक संदर्भों में विकसित हुईं, परंतु उनका लक्ष्य एक ही है—भारत को आर्थिक, सामाजिक और नैतिक रूप से सशक्त बनाना।

गाँधी जी के ग्रामस्वराज संकल्पना का वैचारिक आधार है—महात्मा गाँधी का ग्रामस्वराज्य मॉडल आत्मनिर्भरता, स्वायत्त शासन और नैतिक विकास पर आधारित था। उनके अनुसार प्रत्येक गाँव एक 'स्वशासी गणराज्य'

होना चाहिए जो अपनी आवश्यकताओं की पूर्ति स्वयं करे, किसी पर निर्भर न हो और अपने सामाजिक-सांस्कृतिक विकास के लिए स्थानीय संसाधनों का उपयोग करें।

इसकी मुख्य विशेषताएँ थीं—आत्मनिर्भरता एवं स्वावलंबन का आर्थिक ढाँचा, पंचायती लोकतंत्र द्वारा स्थानीय शासन, शुद्धता, नैतिकता और सहयोग पर आधारित ग्रामीण समाज, स्थानीय संसाधनों पर आधारित उत्पादन व्यवस्था, शिक्षा, स्वच्छता और सहकारिता को ग्राम जीवन का आधार बनाने की प्रक्रिया।

प्रधानमंत्री नरेंद्र जी मोदी द्वारा 2020 में प्रारंभ किया गया आत्मनिर्भर भारत अभियान वैश्विक आपूर्ति श्रृंखलाओं से प्रेरित, आधुनिक, नवाचार-आधारित विकास रणनीति है जिसका उद्देश्य भारत को वैश्विक प्रतिस्पर्धा में आत्मनिर्भर और लचीला बनाना है। इसके मुख्य स्तंभ हैं—आर्थिक सशक्तिकरण और उत्पादन में घरेलू भागीदारी बढ़ाना, 'लोकल से ग्लोबल' तक भारतीय उत्पादों को बढ़ावा देना, डिजिटल इंडिया, स्टार्टअप इंडिया और 'वोकल फॉर लोकल' जैसे अभियानों को सुदृढ़ करना, कृषि, रक्षा, ऊर्जा, (MSME) और स्वास्थ्य सहित प्रमुख क्षेत्रों में आत्मनिर्भरता पर बल देना, प्रधानमंत्री ने इसे '21वीं सदी का स्वदेशी आंदोलन' कहा जो राष्ट्र को आर्थिक रूप से मजबूत और आत्मनिर्भर बनाने की दिशा में अग्रसर है।

ग्रामस्वराज जहाँ भारत की आत्मा और नैतिक नेतृत्व का प्रतीक है, वहीं आत्मनिर्भर भारत उसकी आधुनिक, तकनीकी और आर्थिक अभिव्यक्ति है। दोनों का गंतव्य समान है—स्वावलंबी राष्ट्र की स्थापना, जहाँ निर्णय गाँव से लेकर राष्ट्र स्तर तक भारतीय मूल्यों पर आधारित हों। समग्रतः निष्कर्ष रूप में कहा जा सकता है कि ग्रामस्वराज गाँधी जी की वैचारिक आत्मा है, जबकि आत्मनिर्भर भारत उसका व्यावहारिक, युगानुकूल, युगसम्मत और वैश्विक रूपांतरण। गाँधी के 'लोकल स्वराज' और मोदी जी के 'ग्लोबल आत्मनिर्भर भारत' एक ही वृक्ष की दो शाखाएँ हैं—एक नैतिक जड़ है तो दूसरी है आधुनिक विकास की आकांक्षा। वर्तमान भारत इन दोनों को समाहित करते हुए क्षेत्रीय स्वायत्तता और राष्ट्रीय स्थिरता की ओर बढ़ रहा है।

इस देश के पंचप्राण हैं गंगा, गाँव, गाय, गीता और गाँधी। एक है चैतन्य का प्रवाह, एक है स्थान, एक माता, एक विचार और एक है आचार या आचरण पद्धति। इन सबके मूल में अनुस्यूत तत्व चैतन्य का है। यह चैतन्य जीवन जीने की ऊर्मी प्रदान करता है और मृतक को संजीवनी अर्पित करता है।

गाँधी जी ने इस देश के निमित्त पूरे विश्व को सत्य और अहिंसा का, प्रेम और त्याग की, व्यष्टि, समष्टि और सृष्टि यानि कि पर्यावरण के समवाय को साधने की बात कही। इस ग्रामराज्य का रूपांतरण रामराज्य में होना है। यह कैसे संभव है? इस बारे में आचार्य विनोबा जी कहते हैं कि ग्राम शब्द में स्थित गर्व के 'ग' अक्षर को हटाया तो शेष रहता है 'राम'। ग्रामस्वराज्य से गर्व का 'ग' गया कि रामराज्य होगा। आज गाँवों में अनेक 'ग' हैं। जाति का 'ग', गर्व का 'ग' है, ऐसे तमाम 'ग' गल जाएँ तो ग्रामराज्य का रामराज्य होगा। उसे ही सार्थ शब्दों में ग्रामस्वराज्य कहा जा सकता है। नागरिक को चाहिए कि वे अपने-अपने 'ग' को कम करते हुए गाँव के लिए स्वत्व का विसर्जन करें ऐसा करने से गाँव का नवसर्जन होगा, यही गाँधी-विनोबा का संदेश है।

भारत गाँवों का देश है। कवि ने गाकर पाया है भारतमाता का दर्शन। तो उन्होंने लिखा है कि भारत माता 'ग्रामवासिनी' हैं। भारत कृषि प्रधान देश है उसी प्रकार से वह ग्रामप्रधान भी हैं। गाँधी जी ने प्रजासत्ता ग्राम की कल्पना रखी तो विनोबा जी ने ग्रामसभा का पुरस्कार किया। ग्रामस्वराज्य की संकल्पना मान्य किए बिना लोकतांत्रिक समाजवाद का क्रांतिकारी समन्वय हो ही नहीं सकता है। लोकतांत्रिक राजनीतिक एवं आर्थिक हिस्से को मजबूती दिलाने के लिए ग्रामस्वराज्य का आश्रय ग्रहण करना होगा। गाँधी-विनोबा जी के चिन्तन का क्रांतिकारी काव्यसत्तात्मक आविष्कार राष्ट्रसंत तुकड़ो जी महाराज कृत 'ग्रामगीता' है। ऋग्वेद निरूपित 'विश्व पुष्टं ग्रामे अस्मिन्नेनातुरम्।'[12] अर्थात् गाँव-गाँव की तमाम जनता निरामय, मजबूत एवं सुखी हो, यह वैदिक संकल्पना इस काव्य का मर्म है।

महात्मा गाँधी जी का मानना था कि भारत की आत्मा उसके गाँवों में बसती है। उनके अनुसार ग्रामस्वराज का अर्थ था ऐसा गाँव जो आत्मनिर्भर हो, जहाँ ग्रामवासी अपने उत्पादन, उपयोग और शासन के लिए स्वयं जिम्मेदार हों।

पंडित जी ने सन् 1993 में ही 'ग्राम स्वराज का नया अभियान' शीर्षक से लिखा है जो इस संबंध में एक प्रकाशस्तंभ है। उन्होंने ग्राम स्वराज की कल्पना की बात कही है जो गाँधी जी की संकल्पना का अभिनव आविष्कार है। महात्मा गाँधी की 'ग्रामस्वराज' की संकल्पना भारत के ग्रामीण समाज को आत्मनिर्भर, स्वशासित और नैतिक मूल्यों पर आधारित समाज के रूप में देखने की एक समग्र दृष्टि थी। वहीं आधुनिक भारत में इसका व्यावहारिक स्वरूप पंचायती राज, राष्ट्रीय ग्राम स्वराज अभियान और ई-ग्राम स्वराज जैसे

12. ऋग्वेद, 1-114

कार्यक्रमों के रूप में विकसित हुआ है। पंडित जी ने अपनी विशिष्ट शैली में अपनी बात करते हुए समझाया है कि ग्राम और ग्रामणी शब्द हमारी प्राचीनतम संस्कृति के परिचायक हैं। ग्राम का अर्थ केवल कुछ घरों का समूह नहीं है और ग्रामणी का अर्थ महज समूह का अधिनायक मात्र ही नहीं है। एक समझ और एक भूमिका वाले जनों का समूह गाँव है जहाँ न कोई प्रतियोगिता है और न कोई टंटा ही होता है। सभी एक-दूसरे के प्रेरक एवं पूरक होते हैं। पूरा ग्राम इसी भाव और भूमिका के साथ दूसरे ग्राम से जुड़ता है, संलग्न होता है, जो जनपद कहलाता है। जनपदों से बनता है देश। कोई रेखा किसी को काटती नहीं है, सब एक-दूसरे के ऊपर या नीचे से चली जाया करती हैं। सब मिलकर एक अपूर्व ताना-बाना रचती है। गाँव का मुखिया तुलसीदास जी के शब्दों में मुख सा होता है जो खान-पान के लिए तो एक अकेला ही होता है लेकिन विवेकपूर्वक सब अंगों को पालता-पोसता है। ग्राम नेता के लिए विवेक की बहुत आवश्यकता है। नेता परिवार के कर्ता के समान होता है जो सबकी चिन्ता करता है। ग्राम से संगीत का ग्राम निकला है जिसका अर्थ ऐसे स्वरों का गुंफन है जो अलग-अलग मनोरम तो लगते हैं पर साथ-साथ गुंफित होकर अधिक मनोरम लगते हैं। ऐसे ग्राम में सबको महत्व मिलता है, सभी महत्वपूर्ण होते हैं जैसे घर में बालक तक महत्वपूर्ण होता है, जिसमें अधिकारी से सभी भयभीत हैं वह ऑफिस या कार्यालय होता है लेकिन जहाँ बड़े से सभी प्रेम एवं सौहार्द से बात कर सकते हैं वह घर कहलाता है। इस ग्राम के स्वराज का भाव स्वराज्य की संकल्पना में है। गाँव अपना राजा स्वयं है इसका अर्थ वह निरंकुश है ऐसा नहीं इसका अर्थ है गाँव आत्मानुशासित होता है। अपनी मर्यादा के अधीन रहता है। स्वराज में कहीं अतिरिक्त स्वायत्तता की गंध आ भी जाए तो स्वराज्य कहने से अपने आप स्वराज्य के भाव का अर्थ अपने राज के अहंकार को दबाकर आगे उभारना है।

गाँवों के परिवर्तित रूप की मीमांसा करते हुए पंडित जी लिखते हैं कि आज गाँव वे पुराने गाँव नहीं रह गए हैं। उनमें कुछ अच्छाइयाँ भी आ गई हैं। वे अब द्वीप न रहे हैं आज वे संचार साधनों के बल पर और यातायात साधनों के भरोसे विश्व से जुड़ गए हैं। गाँव के भूस्वामित्व में अब कोई बिचौलिया नहीं हैं। कृषि के नूतन साधन पहुँच जाने के कारण बीज, सिंचाई का जल, उर्वरक और कृमिनाशक यह सब होते हुए भी गाँव के शोषण में कोई कमी या समाप्ति न होने की बात से भी पंडित जी भलीभाँति परिचित हैं। एकजुटता न होने के कारण अब गाँवों में जातीयता का जहर फैल गया है। संपूर्ण व्यवस्था चरमरा गई है।

पंडित जी भारतीय संस्कृति की बात करते हैं। हमारी संस्कृति की धरोहर मात्र कुछ मूर्तियाँ, कुछ मंदिर, महान निर्माण, साहित्य, कला, चित्रकला, संगीत, नृत्य, दर्शन, विज्ञान तक सीमित नहीं है। वह सब उस धरोहर के हिस्से हैं। पंडित जी समझाते हैं—''महात्मा गाँधी जी ने उसी धरोहर के सिद्धांत को भारत की राजनीति का आधार बनाया कि हम सब देश के धरोहरी हैं। इस धरोहर का हमें ध्यान रखना चाहिए कि हम इसके प्रभु नहीं हैं, हम इसके मालिक नहीं हैं, इसके नियंता नहीं हैं, हम केवल धरोहरी हैं. इस धरोहर का ध्यान हमें आगे बढ़ाना है।''[13] धरोहर को आगे बढ़ाने की प्रक्रिया का रहस्यं समझाते हुए पंडित जी ने कहा है कि इस धरोहर का संवर्धन करना भी हमारा कर्तव्य है। उसकी गतिशीलता में प्राण डालना भी हमारा कर्तव्य है।

हमारी आजादी की बात पंडित जी करते हैं तो उसके अर्थ, फलितार्थ और मर्म को उद्घाटित करते हैं। आजादी के आंदोलन के दीवानों के सपने हुआ करते थे और उन्हें पाने के लिए उनकी मर मिटने की तमन्ना थी। सरफरोशी की तमन्ना उनके दिलों में थी। वे कातिलों की बाजूओं में होने वाले जोश को आह्वान दे रहे थे। वे मगन थे। हरहाल मगन हरहाल जतन। उनके लिए आजाद होने का अर्थ था पाले गए सपनों को सच में उतारना, उन्हें पूरा करना। पंडित जी बड़े व्यथित मन से कह रहे हैं कि आज न वे सपने कहीं मिलते हैं और ना ही उन्हें पूरा करने की लगन, प्यास या बीमारी ही कहीं मिलती है। आत्मनिर्भर भारत के सपने का अन्यार्थ समझाते हुए पंडित जी का चिन्तन बोलता है—''उस समय हम लोगों ने स्वाधीन होने का अर्थ समझा था कि अपने देश में अपना राज होगा, अपनी भाषा होगी, अपनी कमाई का सुख होगा क्योंकि उस कमाई का कोई दूर का हाकिम हिस्सेदार नहीं होगा। हमारा श्रम बेगार नहीं होगा। हम दासानुदास नहीं होंगे। हमारे शासक हम लोगों के बीच होंगे और हमारी आकांक्षाओं के अनुरूप हमारे लिए कुछ करेंगे।''[14] यह तो गाँधी जी द्वारा प्रदत्त स्वभाषा, स्वराज एवं स्वदेशी के जागरण की ही बात थी लेकिन यह सब नहीं हो सका इसकी व्यथा पंडित जी के मन को शूल की तरह चुभ रही है। उनका मन विषाद से भर गया है। जिस मनोबल को ब्रिटिश शासन का दामन नहीं तोड़ सका उसे अर्थ के नियंत्रण ने तोड़ दिया, भोगवाद के नागपाश ने तोड़ दिया। हमारे धर्मग्रंथों का अर्थ यहाँ तक कि महात्मा गाँधी जी के गीताभाष्य 'अनासक्ति योग' का अर्थ भी धूमिल हो गया।

13. पंडित विद्यानिवास जी मिश्र रचनावली, खंड 16, 'संस्कृति संवाद' पृष्ठ 146
14. उपरोक्त पृष्ठ 21

पंडित जी ने आजादी की संघर्षयात्रा को भी करीब से देखा और फिर इस देश के नवनिर्माण में तो वे कलम और वाणी के साथ संलग्न हो गए। वे इस बात को अनदेखा या अनसुना तो नहीं कर सके कि हमने क्या पाया? और क्या खोया? आजादी के बाद पहले दशक भर में तो आजादी के संघर्ष का सम्मोहन सबको घेरे रहा और आत्मगौरव का बोध निश्चिन्तता में रूपांतरित होते रहा, यह आत्मनिर्भर भारत बनने-बनाने की राह थी। पराधीन भारत में अपनी भाषा, अपनी संस्कृति के प्रति जो गरिमा का भाव एवं बोध था वह अनेक साजिशों की तहत क्षरित होने लगा। हमें दिग्भ्रांत बनाने वाली विचारधाराओं का जन्म हुआ। भौतिक उपयोगितावाद का शिकंजा बढ़ता गया। प्राकृतिक संपदाओं का न केवल दोहन अपितु शोषण जागा। रक्षण के बजाए क्षरण आरम्भ हो गया। इसमें कोई अपराध की भावना नहीं लगी। हम भूल गए गाँधी जी की पुकार को उन्होंने कहा था कि प्रकृति माई सबके पोषण के लिए तो तत्पर-तैयार हैं लेकिन किसी एक की भी प्यास को वह बुझा नहीं पाएगी। उनके शब्द थे 'एवरीबडीज नीड बट नॉट द समबडीज ग्रीड'। सबकी आवश्यकता को तो पूरा कर सकेगी लेकिन किसी एक की भी लोभी नजर को नहीं झेल पाएगी। आवश्यकताओं को बढ़ाते रहना संस्कृति का अर्थ न हो कर आवश्यकताओं को घटाते रहना संस्कृति का पहचान पत्र है। वे न केवल अपने आस-पास के पर्यावरण के अपितु जीवसृष्टि के साथ पृथ्वी नामक ग्रह पर स्थित हरेक वस्तुमात्र के विषय में करूणा दृष्टि से संपन्न रहे। वे सहनशील तो थे लेकिन धरती द्वारा देवदत्त किसी संसाधन के विनाश के प्रति चिन्तित थे। इन संसाधनों में समय का स्थान सर्वोपरि रहा। क्या हमारी ईशावास्योपनिषद् ने यही नहीं कहा था। उपनिषद के ऋषि की वाणी थी 'तेन त्यक्तेन भूंजिथा:' त्याग कर भोगने का रहस्य और इसकी प्रक्रिया समझाते हुए कहा था 'मा गृध: कस्यस्विद्धनम्' किसी के भी धन की ओर गृद्ध की नजर से मत देखना। अपने भाष्य के इस विचार का विस्तार करते हुए आद्य गुरू शंकराचार्य जी ने तो यहाँ तक समझाया था—'कस्य' के अर्थ को वे लिख गए कि 'कस्य' याने 'न माम् च इमामं च' हिन्दुस्तान में निर्ममता से वन कटे, धरती के उध्दार के नाम पर जमीन की उर्वरता क्षीण हुई और उसे उर्वरक उद्दीपकों के द्वारा उत्पादक बनाने की होड़ लगी। न जाने कितनी क्रांतियाँ हमारे यहाँ एक साथ घटित हुईं—औद्योगिक क्रांति, तकनीकी क्रांति, हरित क्रांति, खेत क्रांति आदि। इन तमाम क्रांतियों ने विचित्र प्रकार का उत्साह तो खूब भरा लेकिन विचारशून्यता के कारण असंतुलन भी बहुत आया। पंडित जी का चिन्तन यों भारत के आत्मगौरव के साथ आत्मनिर्भर भारत के सपने को तौलते

रहा। हरित क्रांति के योद्धा के नाम पर आर्ने नाइस का (1912-2009) का उल्लेख किया जाता है, उन्होंने 'गाँधी एंड द न्यूक्लियर एज' (1965) तथा 'गांधी एंड ग्रुप कन्फिकल्टर : एन एक्स प्लोरेशन ऑफ सत्याग्रह' (1974) नामक दो ग्रंथों की रचना की है। इनके माध्यम से उन्होंने हरित क्रांति के विचार एवं वैश्विक शांति के अभियान के आरंभ का रोपण किया है।

पंडित जी समझा रहे हैं कि हम अपने आत्मनिर्भर होने की बात को सोचते हुए यह सोचने पर अधिक उतारू हो गए हैं कि विश्व के मंच पर हमारी स्थिति किस प्रकार की है? यह चिन्ता दूसरे देशों को भारत के प्रति नहीं है यह दुःखद लेकिन सत्य बात है। पंडित जी लिखते हैं—"राजनीतिक स्तर पर हम बस एक विशाल मनुष्य-समूह हैं, उनसे कोई खतरा नहीं है..... थोड़ा-बहुत व्यापारी लेन-देन चलता रहता है, भारत के लोग समृद्धि के नाम पर हमारे आचरण के अनुगामी हो जाएँ फिर हमारे कब्जे में पूरी तरह आ जाएँ, ऐसा चिन्तन बराबर चालू रहता है।"[15] भारत बहुत बड़ा प्रजातांत्रिक देश है यह बात सत्य है लेकिन इसके साथ यह भी सत्य है कि जो देश जितने कम प्रजातांत्रिक हैं उनके साथ रिश्ते उन सब बड़े खिलाड़ी देशों के उतने ही मधुर हैं वैसे भारत के साथ नहीं हैं। ये देश अपने प्रजातंत्र की ताकत के कारण नहीं अपितु अपनी शक्ति के कारण बड़े हैं उदाहरणार्थ प्रकृति संपदा के कारण चीन, अमीर सऊदी अरब या ब्रूनेई, इजरायल ये देश चाहे मानवाधिकार का उल्लंघन करें या विश्वसत्ता की उपेक्षा करें उनके प्रति आदरभाव से व्यवहार किया जाता है क्योंकि इस आदर के पीछे भय की भावना भी संन्निहित है। पंडित जी के चिन्तन की यह विशेषता मानी जानी चाहिए कि सन् 1994 में वे सोच रहे थे—"भारत को गुरू मानना भी उतनी ही बड़ी भूल है जितनी भारत को प्रतिपद अस्ताचल की ओर जाते हुए सूर्य का अनुगामी मानना। यदि भारत सहभागी होने की भूमिका निभाना चाहता है तो उसे अपना राजनीतिक विचार बदलने होंगे और उसे संयम, सहभागिता और प्रेम पर आधारित व्यवस्था बनानी होगी। उसे खुला निमंत्रण देना होगा और तब भय का वातावरण भी दूर होगा और जिन देशों में राजनीति, धनबल और मदबल से चल रही है, वहाँ भी परिवर्तन होगा, परिवर्तन बहुत सूक्ष्म गति से शुरू हो गया है, अभी वह कुछ छिपा ही रहे, अच्छा है।"[16] यह तो ठेठ गाँधी जी की भाषा है। इस विषय का समापन करते हुए पंडित जी कहते हैं कि भारत को विश्व में छवि बनाने की उतनी नहीं जितनी अपनी छवि को स्वयं निहारने की

15. उपरोक्त पृष्ठ 110
16. उपरोक्त पृष्ठ 112

आवश्यकता है। यह पंडित जी के मूल्यगर्भ चिन्तन का रहस्य है और उनके भविष्यद्रष्टा होने का प्रकट परिणाम और उदाहरण भी।

पंडित जी के इस चिन्तन की पृष्ठभूमि के रूप में इस देश की शिक्षा प्रणाली का विचार प्रमुख रूप से था। इसकी आधारभित्ति गाँधी चिन्तन रही है। भारतीय संविधान ने 'राईट टू एजुकेशन' कानून सन् 2009 में लागू किया। गाँधी जी द्वारा कुछ दशकों पूर्व प्रस्तुत इस कानून का रूप मात्र 'राईट टू एजुकेशन' न होकर 'राईट एजुकेशन' इस रूप का था। उनके प्रायोगिक द्रष्टेन का वैज्ञानिक रुप यानि 'नई तालीम'। उन्हें इस माध्यम से नया इन्सान, नया समाज तथा नई संस्कृति का निर्माण करना था। उनकी दृष्टि में यह मात्र 'शिक्षा विचार' न होकर 'जीवन विचार' था। जीवनधर्मी विचार था। जीवनस्पर्शी विचार था। जीवन से समांतर विचार था। जीवन से सुसंगत विचार था। जीवन जीने के साथ जुझने और समर्पित होने का विचार था। गाँधी जी की शिक्षा विषयक चिन्तन का स्वरूप मूल्यगर्भी विवेचन था।

पंडित जी लिख रहे हैं—"कभी-कभी हमने आरोपित योजनाओं के लिए सशर्त ऋण लिए, उनका उपयोग नहीं किया, उन पर ब्याज अवश्य भुगतान करते रहे। हमने अपनी विदेश नीति परस्पर अवलंबन की कम, अवलंबन की अधिक बनाई, आदान-प्रदान की कम, आदान की अधिक बनाई।"[17]

पंडित जी के चिन्तन-यात्रा के विकास की रहस्यमयी दास्तान यह है कि वे न केवल प्रश्नों को प्रस्तुत करते हैं या उसके मूल तक पहुँचकर ही विश्राम करते हैं, वे उसके समाधान या विकल्प की दशा और दिशा की ओर भी सार्थकतापूर्वक अंगुलीनिर्देश करते हैं। यही कारण है कि उनके चिन्तन ने सदैव सकारात्मक मूल्यबोध को गहराई से व्यक्त किया है। अपनी बात के लिए वे महात्मा गाँधी जी या विश्व कवि रविबाबू से प्रेरित-प्रचोदित हैं और उस प्रकाश में अपने भव्य देश के स्वप्न को साकार होते हुए पाते हैं यही कारण है कि वे लिखते हैं—"यांत्रिकता से बुरी तरह जकड़ी हुई परिस्थिति में भी सांस्कृतिक चेतना के उबरने की आशा अगर कुछ है तो आस्था से है। आस्था है दुर्बल-से-दुर्बल मनुष्य की परिस्थितियों को झेलकर निखरने की संभावनाओं में और है संकीर्ण-से-संकीर्ण मनुष्य की अतलस्पर्शी उदारता में।"[18]

पंडित जी जो विचार करते हैं। उनके विचारों की गहराइयों को समझने

17. पंडित विद्यानिवास जी मिश्र रचनावली, खंड 2 'जोड़ने-जुड़ने की राह' पृष्ठ 283
18. उपरोक्त पृष्ठ 138-139

के लिए ठेठ सन् 1994 में लिखा उनका निबंध 'राष्ट्रीय निर्माण के मुद्दे : निष्कर्ष' को पढ़ना बहुत ही जरूरी है। इसमें जिन बातों की उन्होंने चर्चा की है उसमें अर्थात् ही शिक्षा का मुद्दा बहुत ही महत्वपूर्ण है। इस चिन्तन को थोड़ा ध्यानपूर्वक पढ़ना और उस पर आज के परिप्रेक्ष्य में विचार करना काल की आवश्यकता है जिससे आत्मनिर्भर भारत की जड़ में जो मट्ठा सींचा जा रहा है उसका सम्यक् बोध हो सके। यों, बीसवीं सदी के अंतिम दशक से ही पंडित जी भारत के आत्मनिर्भरता के विषय में सोच और लिख रहे हैं राजनीतिक चेतना इक्कीसवीं शती के प्रथम दशक में इस बारे में गंभीरता से प्रकट चिन्तन प्रस्तुत कर रही है यों, पंडित जी की वाणी और लेखनी समाज तथा देश का ध्यान इस विषय की ओर आकृष्ट करते हुए चिन्तनपथ पर प्रकाश की रेखाएँ विकीर्ण कर रही है और देश की चेतना को बराबर जागरण की दिशा का बोध कराती रही है, एवज में कुछ भी न चाहते हुए अपना फर्ज़ ऐन समझकर। यह राष्ट्रधर्मी पत्रकार एवं देशभक्त सारस्वत की कलम का प्रभाव था कि आने वाले युग ने इस चिन्तन पर स्वीकृति की मुहर लगाकर हर्षित मन से समाधान पाया।

■

श्रीअरविन्द का भारत-बोध

अजयेन्द्रनाथ त्रिवेदी

भारतीय परंपरा में आत्म विकास के उद्देश्य से आत्मचिंतन पर बहुत बल दिया गया है। आत्मचिंतन से ही आत्मबोध होता है। आत्मबोध से बंधन शिथिल होते हैं और व्यक्ति अपनी उन्नति के सोपान चढ़ने लगता है। जो स्थान व्यक्ति के संबंध में आत्मचिंतन का है वही स्थान राष्ट्र के संबंध में राष्ट्रचिंतन का है। आत्मविकास के लिए आत्मचिंतन अपरिहार्य है और राष्ट्रविकास के लिए राष्ट्रचिंतन। भारत के संबंध में यही राष्ट्रचिंतन भारत-बोध है। भारतीय कला-दृष्टि, भारतीय साहित्य-दर्शन, भारतीय लोक-संग्रह आदि भारत-बोध की विभिन्न अभिव्यक्तियाँ हैं, समय की माँग के अनुसार जिन्हें हमारे चिंतकों ने अभिव्यक्त किया है। तात्त्विक रूप से वैदिक साहित्य भारत-बोध का संविधान है। परवर्ती काल में इसकी ही आवृत्ति पुराण-महाकाव्य- इतिहास तथा दर्शन ग्रंथों में हुई है। संत तथा भक्त कवियों ने उसी वैदिक भारत-बोध को लोकभाषा में अभिव्यक्त किया है।

सदियों की पराधीनता तथा उससे उपजी आत्महीनता के अंधेरे में भटक रहे भारत को अपने भारत-बोध से प्रकाश की ओर ले जाने का महत प्रयत्न जिन राष्ट्रपुरुषों ने किया है उनमें श्रीअरविंद (1872-1950) का स्थान बहुत ऊंचा है। अपने तेजोमय छात्रजीवन, कर्ममय लोकजीवन तथा योगमय प्रौढ़जीवन के अनुभवों के आधार पर उन्होंने हमारे सामने एक संदर्भ उपस्थित किया है। यह संदर्भ भारतीय स्वाभिमान को धुंधला करने वालों के निहित स्वार्थों को चुनौती देता है तथा भारत को समझने की स्वच्छ दृष्टि प्रदान करता है। हालांकि श्रीअरविंद ने अपने विषय में कहा है कि उनका जीवन वाह्य स्तर पर रहा ही नहीं कि उसे मनुष्य की आँखें देख सकें। तथापि, उनके लेखन, व्याख्यानों, पत्रों तथा उनके विषय में हुए अध्ययनों के आधार पर हम उनके भारत-बोध से परिचित होते हैं। अपनी बात आगे बढ़ाने से पूर्व हम एनसीईआरटी से प्रकाशित वाल्मीकि प्रसाद सिंह की पुस्तक 'हमारा भारतवर्ष' के पृष्ठ 19 पर उद्धृत श्रीअरविंद का एक उद्धरण देना चाहेंगे। इस उद्धरण से हमें श्रीअरविंद के भारत-बोध का परिचय मिलता है।

'निश्चय ही अध्यात्म भारतीय मानस की मुख्य चाभी है। अनिश्चित का भाव इसमें जन्मजात है। चाहे वह अज्ञान का युग हो या ज्ञान का, भारत ने आरंभ से ही अपनी इस दृष्टि को बनाए रखा है कि जीवन को केवल एक प्रकाश से नहीं देखा जा सकता है। जीवन को केवल बाह्य शक्तियों के सहारे जिया भी नहीं जा सकता है। भौतिक विज्ञान के महत्व पर इसकी दृष्टि गहरी थी। यह सामान्य जीवन की कलाओं को जुटाना जानता था। लेकिन इसके साथ ही भारत यह भी जानता था कि जीवन की पूर्णता तभी है जब भौतिकता के साथ अध्यात्म का युक्तिसंगत संगम हो। इसने देखा कि ब्रह्मांड की जटिलता को न तो मानव के वर्तमान से समझा जा सकता है और न ही उसके सतही दृष्टिकोण से। इसका मानना है कि अन्य अप्रत्यक्ष शक्तियाँ भी हैं जो मानव के भीतर ही हैं, मगर वह उनसे अपरिचित है। यह भी कि अदृश्य शक्तियाँ दृश्य शक्तियों को, अबोधगम्य बोधगम्य को और असीम ससीम को आवृत्त करती हैं।'

श्रीअरविंद (अरविन्द घोष) महान राष्ट्रवादी, स्वतंत्रता सेनानी, कवि, दार्शनिक और राजनीतिक नेता थे। वे उच्च शिक्षा के लिए चौदह वर्ष इंग्लैंड में बिताकर वर्ष 1893 में भारत लौटे और बड़ौदा राज की सेवा में भर्ती हुए। इंग्लैंड में रहते हुए भी वे भारत की राजनैतिक दशा से परिचित रहे। उनके पिता डा० कृष्णधन घोष अंग्रेजी समाचारपत्र 'द बंगाली' में छपे समाचार तथा अग्रलेख उन्हें भेजा करते थे साथ ही अपने पत्रों में भारत में ब्रिटिश शासन के अत्याचारों की चर्चा भी किया करते थे। इससे श्रीअरविंद भारत में ब्रिटिश सरकार की जनविरोधी नीतियों एवं कार्रवाईयों से परिचित होते रहे। वे भारतीय स्वाधीनता के समर्थन में गठित 'लोटस एण्ड डैगर' तथा 'इंडियन मजलिस' जैसे क्रान्तिकारी संगठनों से जुड़े। इससे पता चलता है कि प्रवास काल में ही वे उनके मन में भारत को स्वाधीन देखने का संकल्प जगा था। इंग्लैंड प्रवास के दौरान उन्होंने मैक्समूलर के 'सैक्रेड बुक्स आफ द ईस्ट' शृंखला में प्रकाशित पुस्तकें पढ़ीं और इससे भारतीय चिंतन की मजबूत बुनियाद से उनका परिचय हुआ। पढ़ाई के साथ-साथ स्वदेश को दासता से मुक्त कराने के उद्देश्य से उन्होंने प्रयास शुरू किए। उनके प्रवास काल के दौरान आयरलैण्ड में स्वाधीनता आंदोलन छिड़ा था। अनुमान किया जाता है कि इस आंदोलन से श्रीअरविंद को भारत की स्वाधीनता के लिए प्रयास करने की प्रेरणा मिली। श्रीअरविंद की सक्रियता से अंग्रेज सशंकित हो गए तथा 'भारतीय सिविल सेवा' में उनके औपबंधिक चयन के बाबजूद उस सेवा के लिए उन्हें अवांछित ठहराया।

यह उल्लेखनीय है कि श्रीअरविंद पाँच वर्ष की अवस्था से ही भारतीय परिवेश से अलग रखकर पाले गए। पाँच से सात वर्ष की अवस्था तक वे दार्जिलिंग में यूरोपीय बच्चों के लिए खोले गए लारेटो कॉनवेंट में तथा सात से इक्कीस वर्ष की अवस्था तक वे इंग्लैंड में रहे। वहाँ अपने भाइयों के साथ श्रीअरविंद (अरविंद आक्रायड घोष के नाम से) ईसाई दंपति ड्रिवेट के अभिभावकत्व में रहे। इस तरह श्रीअरविंद के जीवन के आरंभिक 21 वर्ष भारतीय परिवेश से प्राय: अछूते ही रहे। पिता चाहते थे कि उनके पुत्र पूरी तरह से पाश्चात्य संस्कार अर्जित करें। पिता के इस प्रयास के बावजूद श्रीअरविंद भारतीय भावधारा के प्रति आकृष्ट होते गए और आगे चलकर दुनिया ने उन्हें आधुनिक भारतीय जागरण के ध्वजवाहक के रूप में देखा। उनका व्यक्तित्व उनके जीवनकाल में ही भारतीय परंपरा के गौरवशाली उन्नायक के रूप में प्रसिद्ध हो चुका था। अपने महाप्रयाण के पचहत्तर वर्ष बीतने के बाद भी, जैसा कि बैरिस्टर सी आर दास ने वर्ष 1909 में कहा था, श्रीअरविंद देशभक्ति के कवि, राष्ट्रवाद के अग्रदूत और मानवता के प्रेमी के रूप में देश-देशांतर में स्मरण किए जा रहे हैं।

श्रीअरविंद के भारत-बोध की पीठिका इंग्लैंड में ही तैयार हुई जहाँ एक ओर तो उन्हें भारतीय परिवेश, साहित्य, भारतीय उपलब्धियों आदि पर नकारात्मक प्रतिक्रियाएँ सुनने तथा पढ़ने को मिलतीं तो दूसरी ओर स्वदेश से आनेवाले समाचारों से उन्हें देशवासियों के उत्पीड़न तथा उनकी उपेक्षित दशा का पता चलता। भारतीय सभ्यता की विशेषताओं के संबंध में 'सैक्रेड बुक्स आफ द ईस्ट' शृंखला की पुस्तकों से उन्हें बहुत कुछ पता चल ही गया था। जैसा कि श्रीअरविंद ने कहा है, बचपन में उन्हें अनुभव हुआ कि एक अंधेरा उनमें प्रवेश कर गया है। स्वदेश की माटी का स्पर्श करते ही उनको अपूर्व शांति का अनुभव हुआ। अपने एक शिष्य को उन्होंने लिखा, 'बंबई के अपोलो बंदरगाह पर जैसे ही भारत की मिट्टी का मेरे पैरों ने स्पर्श किया मुझे ऐसे आध्यात्मिक अनुभव होने लगे जो इस विश्व से अलग के नहीं थे, बल्कि उनका आंतरिक एवं सनातन आधार इसी पर था। लगा कि वह अनंत इस जड़ देश में व्याप्त है और वह सर्वव्यापी इन भौतिक पदार्थों एवं आकारों में निवास करता है। इस अनुभूति के साथ ही, मैंने अतींद्रिय जगत और लोकों में प्रवेश किया और इनके प्रभावों को भौतिक लोक पर पड़ते देखा।'[1]

बड़ौदा राज की सेवा में रहते हुए भी श्रीअरविंद भारत में चल रहे राष्ट्रीय आंदोलन में रुचि ले रहे थे। वे कांग्रेस द्वारा चलाए जा रहे आंदोलन

1. दास, मनोज, श्रीअरविंद, साहित्य अकादमी, 1981, पृष्ठ 18

की दिशा तथा दशा से असंतुष्ट थे। उनका असंतोष बंबई से प्रकाशित होने वाली पत्रिका इंदुप्रकाश में 'न्यू लैंप्स फार ओल्ड' शीर्षक स्तम्भ में प्रकाशित उनके लेखों में व्यक्त हुआ। राजकीय सेवा में होने के नाते वे अपने नाम से राजनीतिक लेख नहीं लिख सकते थे। अतः लेखों में उनका नाम नहीं छपता था। उनमें उनका असंतोष इतना उग्र होता था कि महादेव गोविंद रानाडे को आशंका हो गई कि सरकार इसे देशद्रोह समझ कर कहीं इंदु प्रकाश पर कोई कार्रवाई न कर बैठे। उन्होंने संपादक को सलाह दी कि वे लेखक से नरम भाषा में लिखने का अनुरोध करें। संपादक से ऐसा संकेत पाकर श्रीअरविंद ने राजनीतिक विषयों पर लिखना छोड़ कर स्वामी दयानंद सरस्वती, बंकिमचंद्र चट्टोपाध्याय आदि महापुरुषों पर सात धारावाहिक लेख लिखे। इंदुप्रकाश में 'न्यू लैंप्स फार ओल्ड' शीर्षक स्तम्भ में लिखे उनके उक्त दो प्रकार के लेखों से हमें भारत को लेकर श्रीअरविंद की चिंता का परिचय मिलता है। इन लेखों में एक ओर तो उन्होंने भारत की स्वाधीनता के लिए चल रहे संघर्ष की अपर्याप्तता तथा इस आंदोलन की दिशाहीनता के प्रति राष्ट्र का ध्यान आकर्षित किया तो दूसरी ओर महापुरुषों के स्मरण के ब्याज से राष्ट्रीय आंदोलन की विधायी भूमिका निर्धारित की। श्रीअरविंद के भारत-बोध को समझने में उनके छात्र रहे कन्हैयालाल माणिकलाल मुंशी के एक प्रश्न के उत्तर में कही गई बात प्रासंगिक है। मुंशी लिखते हैं मेरे पूछने पर कि राष्ट्रवाद कैसे विकसित किया जा सकता है श्रीअरविंद ने दीवार पर लगे नक्शे की ओर इशारा करते हुए कहा—

"उस नक्शे को देखो। उसमें भारत माता का चित्र ढूँढ़ना सीखो। शहर, पहाड़, नदियाँ और जंगल वे पदार्थ हैं जिनसे उसका शरीर बना है। देश में रहने वाले लोग वे कोशिकाएँ हैं जिनसे उसके जीवित ऊतक बने हैं। हमारा साहित्य उसकी स्मृति और वाणी है। हमारी संस्कृति की आत्मा उसकी आत्मा है। उसके बच्चों की खुशी और स्वतंत्रता ही उसकी मुक्ति है। भारत को एक जीवित माता के रूप में देखो, उसका ध्यान करो और भक्ति की नवधा विधि से उसकी पूजा करो।"

श्रीअरविंद ने अपने जीवन में जो निश्चय किए तथा जिन निश्चयों ने उनका जीवन गढ़ा, वे सभी उनके भारत-बोध के परिणाम रहे हैं। ऐसे निश्चयों में आरंभिक निश्चय थे आईसीएस परीक्षा उत्तीर्ण कर भी उस सेवा से अलग रहने तथा भारत लौट चलने का निर्णय। फिर बड़ौदा कालेज के उपप्राचार्य का पद त्याग कर बंगाल नेशनल कालेज का प्राचार्य पद स्वीकार करना तथा वन्दे मातरम् समाचारपत्र के लिए लिखे अपने लेखों के लिए

गिरफ्तार होने की संभावना से बंगाल नेशनल कालेज का प्राचार्य पद भी त्याग देना उनके भारत-बोध से निर्देशित पदक्षेप थे। राष्ट्रीय आंदोलन की प्रखर शक्ति त्रिमूर्ति में गिने जाने का गौरव प्राप्त करने के बाद, अलीपुर बम षड्यंत्र मामले से ससम्मान छूट कर वासुदेव के आदेश पर सहसा सार्वजनिक जीवन को त्याग देने का उनका निर्णय तथा योग साधना की ओर उन्मुख होने का उनका संकल्प भी भारत-बोध से उद्‌भूत कार्य थे। आज जब हम उनके इन संकल्पों पर विचार करते हैं तो पाते हैं कि श्रीअरविंद के सभी संकल्प तथा सभी निर्णय भारत-बोध तथा भागवत संकल्प से उपजी उनकी प्रज्ञा से प्रसूत थे।

श्रीअरविंद के भारत बोध को समझने के लिए जो अभिलेख उपलब्ध हैं उनमें सहधर्मिणी मृणालिनी देवी को बड़ौदा से लिखा उनका पत्र, भाई वारीन के साथ मिलकर प्रस्तुत भवानी-मन्दिर योजना तथा भारत के प्रथम स्वाधीनता दिवस पर उनका संदेश उल्लेखनीय है। इसी के साथ हमें उनके उत्तरपाड़ा व्याख्यान को भी देखना होगा जो उन्होंने अलीपुर कोर्ट से ससम्मान बरी होने के बाद 30 मई, 1909 को उत्तरपाड़ा में आयोजित एक सार्वजनिक सभा में दिया। 'आर्य' पत्रिका में धारावाहिक रूप से प्रकाशित उनके लेख (जो बाद में 'द रिनासां इन इंडिया ऐंड अदर एसेज ऑन इंडियन कल्चर' नामक पुस्तक में संकलित हुए) उनके भारत-बोध को समझने में सहायक हैं। ये लेख उस समय भारतीय संस्कृति पर किए जा रहे पाश्चात्य आक्षेपों के जवाब में भारतीय संस्कृति और सभ्यता, विशेष रूप से इसके आध्यात्मिक आधार और अद्वितीय चरित्र के समर्थन में लिखे गए थे।

श्रीअरविंद एक प्रत्ययवादी विचारक थे। प्रत्ययवाद के अनुसार जगत-प्रपंच का मूल विचार अथवा चेतना है न कि भौतिक पदार्थ। प्रत्ययवाद स्वीकार करता है कि वास्तविकता भौतिक-रूप नहीं, बल्कि चेतना-रूप होती है। यह विचार चेतना या आत्मा को सृष्टि का आधार मानता है और भौतिक संसार को इस चेतना की ही अभिव्यक्ति कहता है। प्रत्ययवादी ज्ञानमीमांसा के अनुसार ज्ञान का स्रोत विचार हैं, पदार्थ नहीं। श्रीअरविंद का अद्वैतवादी प्रत्ययवाद इस विचार पर आधारित है कि वास्तविकता एकात्मक और मूलत: आध्यात्मिक है। उन्होंने ब्रह्मांड को समझने के लिए आध्यात्मिक जागृति और आध्यात्मिक जीवन की पुनर्प्राप्ति पर बल दिया। श्रीअरविंद के भारत-बोध को समझने के लिए इस भूमिका की चर्चा आवश्यक है। जब श्रीअरविंद भारत को एक भौगोलिक पिंड के स्थान पर मातृशक्ति के रूप में देखते हैं तो यह उनके प्रत्ययवाद के साथ सुसंगत है। जब श्रीअरविंद भारत के ऊर्ध्वारोहण में

विश्व का ऊर्ध्वारोहण देखते हैं तो यह तथ्य उनके अद्वैतवादी-प्रत्ययवादी दृष्टि का सूचक है। जब वे धर्म को भारत की आत्मा कहते हैं तो यह उनकी आध्यात्मिक दृष्टि है। वे ब्रह्मांड और सभी प्राणियों में ब्रह्म (परम सत्य) की अभिव्यक्ति मानते हैं और प्रतिपादित करते हैं कि सामूहिक प्रयास से मानवता अपनी संकीर्णता से परे एक दिव्य चेतनामय अस्तित्व में विकसित हो सकती है। उनका आदर्श एक अमूर्त अवधारणा नहीं, बल्कि एक ऐसी आध्यात्मिक वास्तविकता है जिसे पृथ्वी पर साकार किया जा सकता है। उनका भारत-बोध भी इस सिद्धांत से सुसंगत है।

श्रीअरविंद भारत को एक जड़ भूखंड नहीं बल्कि चैतन्य शक्ति मानते हैं। वे इसे मात्र भूमि का एक टुकड़ा, नदियों- पहाड़ों का समुच्च्य अथवा इस भूमि पर निवास कर रहा जनसमूह भर नहीं मानते। वे इसे जीवंत शक्तिपुंज मानते हैं। ठीक वैसे ही जैसे शिव एक देवता हैं, भारत एक देवी है। देवी के रूप में भारत यहाँ के निवासियों के कल्याण की पोषिका है। वह देवी के रूप में वैसी ही यथार्थ है जैसे इस देश की भू-आकृति और यहाँ के निवासी हैं। अपनी जीवनसंगिनी मृणालिनी देवी को 30 अगस्त, 1905 के पत्र में श्रीअरविंद अपने तीन 'पागलपनों' के विषय में लिखते हैं। उनके तीसरे 'पागलपन' में हमें उनके भारत-बोध का परिचय मिलता है। श्रीअरविंद लिखते हैं, 'तीसरा 'पागलपन' यह है कि जहाँ दूसरे लोग देश को एक जड़ वस्तु, कुछ मैदान, जंगल, पहाड़ और नदी मात्र समझते हैं, वहाँ मैं अपने देश को अपनी माता मानता हूँ। मैं उसकी पूजा करता हूँ और माँ की तरह उसकी भक्ति करता हूँ। जब कोई राक्षस माँ की छाती पर बैठ कर उसका खून चूस रहा हो तो उस समय उसका पुत्र क्या करेगा? क्या वह चुपचाप अपने खान-पान में लगा रहेगा और पत्नी-बच्चों के साथ मौज मनाता रहेगा या इसके बदले माँ को बचाने के लिए दौड़ पड़ेगा?'[1]

यहाँ ध्यान आता है कि भारत की सनातन प्रज्ञा ने घोषित किया है— माता भूमिः पुत्रोऽहं पृथिव्याः। मातृभूमि की रक्षा में श्रीअरविंद क्षात्रतेज की अपेक्षा ब्रह्मतेज पर निर्भर करते हैं। उनके अनुसार ब्रह्मतेज ज्ञान पर प्रतिष्ठित होता है। अपने उक्त पत्र में श्रीअरविंद लिखते हैं कि यह उनके लिए नया नहीं बल्कि जन्मजात बोध है। यह बोध चौदह वर्ष की अवस्था में ही उनमें अंकुरित होने लगा था और अठारह वर्ष आते-आते वह दृढ़ता से जड़ें जमाकर अटल हो गया। अपने विचार के प्रकाशन के लिए श्रीअरविंद ने बंगला में 'धर्म' तथा अंग्रेजी में 'कर्मयोगिन्' पत्र निकाले। इन पत्रों में उन्होंने कहा कि

1. दास, मनोज, श्रीअरविंद , साहित्य अकादमी, 1981, पृष्ठ 32

हम सरकार का रूप बदलने नहीं जा रहे, हम एक राष्ट्र को गढ़ने की तैयारी में हैं। भारत मानव जीवन के सामने योग का आदर्श रखने के लिए उठ रहा है। वह योग के द्वारा ही सच्ची स्वाधीनता, एकता और महानता प्राप्त करेगा और योग के द्वारा ही उसका रक्षण करेगा। (देखिए श्री अरविंद : जीवन और दर्शन, श्रीअरविंद सोसाइटी पांडिचेरी, चतुर्थ संस्करण, पृष्ठ 22-23)

श्रीअरविंद भारत को एक चिन्मय सत्ता के रूप में स्वीकार करते हैं। इस सत्ता की अभिव्यक्ति धर्मानुशासन से होती है। सनातन धर्म को ही चिन्मय भारत का विधान कहा जा सकता है। इस विधान से विचलन राष्ट्र की प्रगति को खतरे में डालता है तथा उसकी स्वाभाविक अभिव्यक्ति में बाधा उपस्थित करता है। इसके विपरीत, धर्मानुशासन राष्ट्र के प्राणिक स्वरूप को ऊर्जस्वित करता है तथा उसे विश्वसमुदाय के समक्ष अपनी भूमिका के निर्वाह में सक्षम बनाता है। भारत ऐसा कर सके इसके लिए आवश्यक है कि वह पूर्ण स्वराज प्राप्त करे और अपनी समस्त प्रतिभा के साथ विश्व मंच पर उदित हो। भारत ने कला, साहित्य, विज्ञान तथा मानविकी के क्षेत्र में जो सर्वोत्तम उपलब्धियाँ प्राप्त कीं हैं वे समस्त विश्व-समाज की धरोहर हैं। भारत का संकल्प मानव एकता के आदर्श को चरितार्थ करना है। इसके लिए आवश्यक है कि वह मानव जाति के नैतिक स्तर को समुन्नत करने के लिए अपनी चिन्मय सत्ता के माध्यम से हस्तक्षेप करते हुए विश्व का नेतृत्व करने को आगे आए, ऐसा श्रीअरविंद कहते हैं।

श्रीअरविंद के अनुसार अपनी संस्कृति के प्रति निष्ठा रखते हुए भारत को अपनी आध्यात्मिक विरासत से प्राप्त वसुधैव कुटुंबम्, एकं सद् विप्राः बहुधा वदंति, यत्र विश्वं भवत्येक नीडम्, सर्वे भवन्तु सुखिनः सदृश आदर्शों के साथ विश्व के समक्ष एक वैकल्पिक जीवनदृष्टि रखनी होगी। श्रीअरविंद के भारत-बोध में संकीर्ण राष्ट्रवाद के लिए कोई जगह नहीं। वे विश्व-कल्याण के प्रयोजन से भारत की स्वाधीनता के लिए प्रयत्नशील हुए, तथा इस दृष्टि से भारतीय राष्टीय कांग्रेस की उदारवादी नीतियों का उन्होंने विरोध किया। उन्होंने अपनी दूरदृष्टि से भविष्य को देखते हुए भारत की स्वाधीनता के लिए जनजागरण का शंखनाद किया और अंत में, स्वाधीनता के बाद भारत की भूमिका क्या होगी इसे समझने के लिए योगमार्ग पर आरूढ़ हुए। पांडिचेरी आश्रम में योगस्थ रहते हुए भी भारत के हितों को देखते हुए उन्होंने विभिन्न राष्ट्रीय तथा आंतराष्ट्रीय घटनाओं पर अपने विचार प्रकट किए।

श्रीअरविंद के भारत-बोध को समझने के लिए 'भवानी-मंदिर' घोषणापत्र एक महत्वपूर्ण दस्तावेज है। वारीन, बैरिस्टर पी मित्र तथा कुछ

अन्य लोगों के सहयोग से बनाई गई भवानी मंदिर कार्य-योजना वस्तुतः श्रीअरविंद के मानस की उपजी थी। 'भवानी-मंदिर' एक अनाम अपील के रूप में छापी और वितरित की गई। अपील में नाटकीय तरीके से प्रस्ताव किया गया था कि पहाड़ियों के बीच माँ भवानी के लिए एक मंदिर बनाना है तथा अनुरोध किया गया कि माँ के पुत्र इस पवित्र कार्य में सहायता के लिए आगे आएँ। इस घोषणा-पत्र में भवानी को असीम शक्ति का पुंज बताया गया तथा कहा गया कि वे सारे संसार में शक्ति संचार कर रही हैं। भारतीयों की असफलता का कारण उनमें शक्ति का अभाव है। भवानी शक्ति-स्वरूपा हैं। उन्हें त्याग देने का मतलब शक्ति का त्याग। घोषणा-पत्र कहता है कि भारत की संकल्पशक्ति बूढ़ी और जर्जर हो गई है, उसे नया जीवन देना होगा और तभी भारत का नया जन्म होगा। भारत का नया जन्म करोड़ों भारतीयों की सम्मिलित शक्ति से होगा। इसका उद्देश्य विश्व का कल्याण है। इस शक्ति के साथ धर्म के मार्ग का अनुसरण करना होगा। क्योंकि भारतीय मन के लिए धर्म ही स्वाभाविक पथ है। भवानी-मंदिर के निर्माण में तीन चीजें आवश्यक समझी गईं—भक्ति, कर्म तथा ज्ञान। इस संदेश के साथ माँ की पुकार सुनने तथा उस दिशा में कुछ करने का अनुरोध 'भवानी-मंदिर' घोषणा-पत्र में किया गया।

श्रीअरविंद के भारत-बोध को समझने में 30 मई 1909 को सनातन धर्म रक्षिणी सभा के तत्वावधान में जयकृष्ण पब्लिक लाइब्रेरी, उत्तरपाड़ा में दिया गया व्याख्यान एक मील का पत्थर है। अलीपुर कारागार से छूटने के बाद उनका यह पहला सार्वजनिक व्याख्यान था। इस व्याख्यान से सक्रिय राजनीतिक भागीदारी से हटकर भारत और मानवता के प्रति गहन आध्यात्मिक कार्ययोजना लेकर आगे बढ़ाने के उनके संकल्प का संकेत मिलता है। यह व्याख्यान अप्रतिम आत्मविश्वास के साथ भारत की अद्वितीय सभ्यतागत विरासत को लेकर खड़े एक ऋषि का उद्‌बोधन प्रतीत होता है। इस व्याख्यान ने तब भी देशवासियों की शिथिलशिराओं में मकरध्वज उड़ेला था और अब भी वह हमारे लिए एक प्रेरक आवाहन बना हुआ है। इसी व्याख्यान में उन्होंने डंके की चोट पर कहा था कि भारत तथा सनातन अलग-अलग नहीं, एक ही हैं।

श्रीअरविंद के भारत-बोध के संबंध में उक्त परिचयात्मक विवरण के बाद अब हम उनके भारत बोध के कुछ सामान्य तत्वों को रेखांकित करना चाहेंगे।

क. श्रीअरविंद भारत को एक भू-आकृति नहीं बल्कि चिन्मय

मातृशक्ति मानते थे। उनके अनुसार राष्ट्र की भौगोलिक आकृति, उसके निवासी तथा उसके प्राकृतिक साधन से राष्ट्र का शरीर (अन्नमय कोष) गठित होता है। उनके अनुसार भारत की संस्कृति, चिंतन तथा इतिहास भारत की चेतना है एवं सनातन उसकी आत्मा (प्राणमय कोष) है। उनके अनुसार इन जैविक विशेषताओं से संवलित भारत राष्ट्र विकसित होता है तथा अपना जीवनचक्र पूरा करता है। श्रीअरविंद भारत भूमि के शुभ की चिंता करते थे तथा उसे चरितार्थ करना अपने जीवन का परम कर्तव्य समझते थे। भारत भूमि की चिन्मयता की संकल्पना वैदिक संस्कृति में विद्यमान है। श्रीअरविंद उस संकल्पना के आधुनिक व्याख्याता हैं। इसे हम उनका आध्यात्मिक राष्ट्रवाद भी कहते हैं। आध्यात्मिक राष्ट्रवाद के संबंध में श्रीअरविंद के विचार 'वंदे मातरम्' में छपे उनके अग्रलेखों से ही मिलने लगते हैं। वे भारत की स्वाधीनता को एक दिव्य मिशन मानते थे तथा उसे विश्व समाज के अभ्युदय का माध्यम समझते थे। इस मिशन को पूरा करने के लिए वे सनातन धर्म का आग्रह करते थे। तथापि, उन्होंने स्पष्ट कर दिया था कि सनातन की बात करना किसी संप्रदाय का विरोध करना नहीं समझा जाना चाहिए। उनका आध्यात्मिक राष्ट्रवाद मानवता के मंगल की कामना से प्रेरित था।

भारत तथा पश्चिमी देशों के इतिहास के गहन अध्ययन से श्रीअरविंद इस निष्कर्ष पर पहुँचे प्रतीत होते हैं कि विश्व को जागरण के जिस बिहान में आँखें खोलनी हैं वह बिहान भारत ही लाएगा। इस दिशा में वे चिन्मय भारत की महत् भूमिका मानते थे। अपने अल्पकालिक सक्रिय राजनीतिक जीवन-काल में किए गए बहुविध प्रयासों (पत्रकारिता, व्याख्यान, क्रांतिकारी आयोजनों के रूपायन आदि) तथा अपने दीर्घकालीन योगसाधना से प्राप्त आध्यात्मिक शक्तियों के प्रयोग से उन्होंने भारत को इस भूमिका के निर्वाह में आध्यात्मिक रूप से प्रभूत सहयोग दिया। श्रीअरविंद का विश्वास था कि भारत का पुनर्जागरण भारत के ही नहीं विश्व के भविष्य के लिए आवश्यक है। यह इसलिए कि भारत ही मानवता को उच्चतर तथा महत् जीवन का पथ दिखा सकता है।

श्रीअरविंद को संकेत मिले कि 'वंदे मातरम्' में प्रकाशित उनके लेखों के लिए उन्हें गिरफ्तार किया जा सकता है। बंगाल नेशनल कालेज के प्रबंधन को इससे असहज न होना पड़े इस उद्देश्य से उन्होंने कालेज के प्राचार्य का पद त्याग दिया। विदाई देने समवेत हुए छात्रों को संबोधित करते हुए उन्होंने कहा, 'जब हमने इस कॉलेज की स्थापना की, और अन्य व्यवसायों, जीवन के अन्य अवसरों को छोड़कर, इस संस्थान को अपना जीवन समर्पित किया,

तो हमने ऐसा इसलिए किया कि हम इसमें एक राष्ट्र, नए भारत की नींव, उसका नाभिक देखने की आशा रखते थे जो इस दु:ख और संकट की रात के बाद गौरव और महानता के साथ अपना जीवन शुरू करेगा और जब भारत दुनिया के लिए काम करेगा। हम यहाँ केवल आपको कुछ जानकारी मात्र देना नहीं चाहते हैं, न केवल आपके लिए जीविकोपार्जन के अवसर खोलना चाहते हैं, बल्कि मातृभूमि के लिए काम करने और उसके लिए कष्ट सहने के लिए उसके सुपुत्रों का निर्माण करना चाहते हैं। इसीलिए हमने इस कॉलेज की शुरुआत की और यही वह कार्य है जिसके लिए मैं चाहता हूँ कि आप भविष्य में खुद को समर्पित करें। जो कार्य हमने अपर्याप्त और असम्यक रूप से शुरू किया है, उसे पूरा करना और पूर्णता की ओर ले जाना अब आपका काम है।[1]

ख. श्रीअरविंद के अनुसार भवानी भारत-भूमि का साक्षात विग्रह हैं। इस विग्रह की स्थापना तथा इसकी पूजा अर्चना ही सच्ची राष्ट्रभक्ति है। भवानी राष्ट्र की जनशक्ति का पुंजीभूत प्रतीक हैं। यह एक सचेतन सत्ता तथा दिव्य शक्ति हैं। अत: वे देवी हैं। वे चाहते थे कि कोटि-कोटि भारतवासी अपनी सामूहिक शक्ति के साथ जगें और भारत की राजनीतिक स्वाधीनता सुनिश्चित करें ताकि भारत विश्व का नेतृत्व कर सके। श्रीअरविंद के अनुसार भारत संसार की एक शाश्वत शक्ति है जो हर भारतीय के अंतरतम में निवास करती है। उनके शब्दों में भारत माता कहती है, 'मैं विश्व की माँ हूँ, सभी जगतों की माँ हूँ, और तुम लोगों के लिए, जो इस पवित्र आर्यभूमि की मिट्टी से बने हो, यहाँ की धूप और हवा में पले हो, तुम्हारे लिए मैं भारती भवानी हूँ, भारत माता हूँ।'[2]

श्रीअरविंद का भारत-बोध भारत के साथ आध्यात्मिक स्तर पर हुए साक्षात्कार से पुष्ट हुआ है। वे कहते हैं, 'पश्चिम के सभी दर्प-दीप्त राष्ट्रों का पराभव सुनिश्चित है। जब मानवता के प्रति उनका सीमित योगदान पूरा हो जाता है तो उन राष्ट्रों का अपघटन हो जाता है। परंतु, भारत का कार्य विश्व को शाश्वत प्रकाश तथा नवीन ऊर्जा प्रदान करना है। जब कभी ऊर्जा का प्राथमिक कोष नष्ट हो जाता है और पृथ्वी भौतिकता से आक्रांत होकर वृद्धा तथा शिथिला हो जाती है और असाध्य समस्याओं से घिर जाती है तब भारत का दायित्व हो जाता है कि वह मानवता का यौवन बहाल करे और उसकी अमरता सुनिश्चित करे।'[3]

1. कंप्लीट वर्क्स आफ श्री अरविंदो, खंड VII, पृष्ठ 656-57
2. भवानी मंदिर, श्रीअरविंद आश्रम, पांडिचेरी प्रकाशन
3. कम्प्लीट वर्क्स आफ श्री अरविंदो, खंड VII, पृष्ठ 1086

ग. श्रीअरविंद अपनी ही मुक्ति के आकांक्षी न थे। वे भारत की मुक्ति के लिए शक्ति संग्रह करना चाहते थे। उनका जीवन उनके भारत-बोध की खुली पुस्तक है। उन्होंने विदेशी परिवेश में रहकर भी भारत के प्रति अपने दायित्व का पालन अपनी अंतरात्मा की आवाज पर किया। उनके लिए भारत का हित ही सर्वोपरि था। जब तक उन्हें लगता रहा भारतीय राजनीति में उनकी सक्रियता आवश्यक है वे सक्रिय बने रहे। जब उन्हें लगा कि भावी भारत के लिए आध्यात्मिक प्रयोग किए जाने चाहिए तो वे उस दिशा में सक्रिय हो गए। उनका राष्ट्रबोध पत्नी को लिखे उनके पत्र तथा बंगाल नेशनल कालेज के छात्रों को दिए गए उद्‌बोधन में स्पष्ट है। वर्ष 1914 में अंग्रेजी समाचारपत्र 'द हिन्दू' को दिए गए साक्षात्कार में श्री अरविंद ने कहा, 'मेरा ख्याल है कि भारत का यह सर्वोच्च विचार है कि सभी मनुष्य भगवान के अंदर एक हैं और भीतर और बाहर से इसकी उपलब्धि, सामाजिक संबंधों और समाज के ढांचे तक में इसका अधिकाधिक बढ़ता हुआ अनुभव निश्चित और नियत रूप से मानव जाति की प्रगति का नियंत्रण करेगा। अगर भारत चाहे तो, इस लिहाज से संसार को मार्ग दिखा सकता है।'[1] यह वह समय था जब श्रीअरविंद योगस्थ (जिसे बाद में उन्होंने इंटीग्रल योग कहा) हो चुके थे। इंटीग्रल योग से उनके भारत-बोध को उच्च आध्यात्मिक प्रकाश उपलब्ध हुआ।

भारत की स्वाधीनता के अवसर पर दिए गए उनके संदेश में भी यही भाव मुखर हुआ है। श्रीअरविंद लिखते हैं, '15 अगस्त, 1947 स्वाधीन भारत का जन्मदिन है। यह दिन भारत के लिए पुराने युग की समाप्ति और नए युग का प्रारंभ सूचित करता है। परंतु हम एक स्वाधीन राष्ट्र के रूप में अपने जीवन और कार्यों द्वारा इसे ऐसा महत्वपूर्ण दिन भी बना सकते हैं जो सम्पूर्ण जगत के लिए, सारी मानव जाति के राजनीतिक, सामाजिक, सांस्कृतिक तथा आध्यात्मिक भविष्य के लिए नवयुग लाने वाला सिद्ध हो। निःसंदेह, आज के दिन मैं प्रायः उन सभी जागतिक आंदोलनों को—जिन्हें मैंने अपने जीवनकाल में ही सफल देखने की आशा की थी, यद्यपि उस समय वे असंभव स्वप्न जैसे ही दिखाई देते थे, सफल होते हुए या अपनी सफलता के मार्ग पर जाते हुए देख सकता हूँ। इन सभी आंदोलनों में स्वाधीन भारत एक बड़ी भूमिका अच्छी तरह अदा कर सकता है और एक प्रमुख स्थान ग्रहण कर सकता है।'[2]

1. पंडित ,एमपी, श्रीअरविंद (हिन्दी अनुवाद), प्रकाशन विभाग, 2000, पृष्ठ 93
2. रवींद्र, श्रीअरविंद : जीवन और दर्शन, श्रीअरविंद सोसाइटी पांडिचेरी, चतुर्थ संस्करण, पृष्ठ 7

अपने संदेश में श्रीअरविंद ने जिन स्वप्नों का संकेत किया वे हैं क्रमशः भारत की स्वाधीनता (जो उपलब्ध हो गई) एशिया की जातियों का पुनरुत्थान (जो क्रमशः हो रहा है), मानवजाति के लिए एक आदर्श जीवन का आधार निर्मित करने के उद्देश्य से विश्वसंघ का गठन जो (जिस कार्य में भारत लगा हुआ है), यूरोप तथा अमरीका की आशाओं को पूर्ण करने के लिए भारत का जागरण तथा अंत में, क्रमविकास का अगला कदम जिससे मनुष्य एक उच्चतर विशालतर चेतना में जगे। श्रीअरविंद ने कहा, 'ये वे भाव और भावनाएँ हैं जिनको मैं भारतीय स्वाधीनता की इस तिथि के साथ सम्बद्ध करता हूँ। क्या ये आशाएँ ठीक सिद्ध होंगी या कहाँ तक सिद्ध होंगी, यह बात नए और स्वाधीन भारत पर निर्भर करतीं हैं।'[1]

श्रीअरविंद का भारत-बोध भारत की अनूठी आध्यात्मिक विरासत, इसकी अविश्वसनीय कलात्मक अभिव्यक्ति, कालजयी साहित्य-संभार तथा आश्चर्यजनक यौगिक उपलब्धियों के साक्षात्कार का परिणाम है। विधाता ने श्रीअरविंद को दुर्लभ अवसर, अपूर्व मेधा तथा योगाभ्यास की प्रचंड शक्ति प्रदान की थी। उनके समक्ष घोर संकट तथा चुनौतियाँ आती गईं और वे अपनी आध्यात्मिक शक्तियों से उनका मुकाबला करते गए। इंग्लैंड प्रवास ने उन्हें विश्व साहित्य, इतिहास तथा दर्शन के साथ-साथ विश्व सभ्यता की दिशा को समझने का दुर्लभ अवसर दिया। प्रवास काल का अर्थाभाव एवं मातृभूमि से पार्थक्य, बड़ौदा राज की सेवा, पुलिस तथा गुप्तचर संगठनों की वक्रदृष्टि एवं कारागार की यातनाओं से उनकी इच्छाशक्ति क्रमशः दुर्दम्य होती गई। श्रीअरविंद की अपूर्व मेधा ने उन्हें शास्त्रों के अवगाहन की अनन्य क्षमता दी। अन्यथा इक्कीस वर्ष की अवस्था पूरी करने के बाद संस्कृत तथा बांगला आदि भारतीय भाषाओं को सीख कर उस पर अनन्य अधिकार प्राप्त पर पाना क्या सामान्य मनुष्य से संभव होता? योग के निरंतर अभ्यास से श्रीअरविंद की मानसिक क्षमता अतिमानस-क्षमता सम्पन्न हो गई थी। उनकी भविष्य दृष्टि इसी अतिमानसिक उपलब्धियों से संभव हुई थी।

श्रीअरविंद की दृष्टि में भारत आध्यात्मिक शक्ति से सम्पन्न एक विशिष्ट राष्ट्र है तथा आध्यात्मिक धरातल पर विकसित हुए इस देश में अकूत ऊर्जा निहित है। वे मानते हैं कि राजनीतिक, सांस्कृतिक तथा आध्यात्मिक चेतना से प्रेरित भारतीय राष्ट्रवाद पहले तो सदियों की दासता से भारत को मुक्त करेगा तथा इस प्रकार स्वतंत्र होकर भारत मानवजाति की आध्यात्मिक उन्नति में

1. रवींद्र, श्रीअरविंद : जीवन और दर्शन, श्रीअरविंद सोसाइटी पांडिचेरी, चतुर्थ संस्करण, पृष्ठ 11

सहायक होगा और मानवता के भविष्य के रूपायन में एक विशिष्ट भूमिका निभाएगा। उनके विचार से भारत अपनी ही आंतरिक शक्ति से उठ खड़ा होगा। उसे विदेशी उपाय अपनाने की आवश्यकता नहीं होगी। भारत की स्वाधीनता प्राप्ति के अवसर पर अपने संदेश में श्रीअरविंद ने आशा व्यक्त की थी कि स्वाधीन भारत अपनी एकात्मता से एशिया महादेश को जगाएगा तथा विश्व को ऐक्यबंध में बांधेगा। अंत में भारत ही मानवजाति को एक उच्चतर चेतना के धरातल पर ले जाकर उसे क्रमविकास (एवोल्यूशन) की दिशा में प्रेरित करेगा।

उपसंहार में कहा जा सकता है कि श्रीअरविंद भारत को एक चिन्मय शक्ति (मां) समझते हैं तथा मानते हैं कि अपनी समस्याओं का समाधान भारतवासियों को भारत की प्रज्ञा (आध्यात्मिकता) से ही करना है। वे सावधान करते हुए कहते हैं कि यह आध्यात्मिकता तपोमय जीवन से ही प्रकट होगी। श्रीअरविंद के अनुसार देशों की अपनी विशिष्ट प्रकृति हुआ करती है। यदि रोम योद्धाओं, शासकों का देश है तो भारत ऋषियों का देश है। ऊपर-ऊपर से देख कर हम भारत की क्षमता का अनुमान नहीं लगा सकते। भारत की क्षमता ब्रह्मचर्य की शक्ति से प्रेरित हुई है। इसी से भारत की मेधा, धी: तथा सर्जनात्मक दृष्टि का उन्मेष हुआ है। उन्होंने स्वीकार किया है कि भारत सदियों तक अंधकार में पड़ा रहा। इसके कुछ अवांछित परिणाम भी हुए। हम अपना आत्मविश्वास खोकर अपनी शक्ति के प्रति शंकालु हो गए और आधुनिकता के नाम पर हर यूरोपीय वस्तु तथा विचार को अपनाते चले गए। अब भारत को हर विषय पर उसके हर कोण से विचार करना होगा साथ ही अब पक्षपात, पूर्वग्रह तथा वितंडावाद से निरपेक्ष चिंतन तथा उसके अनुरूप कार्यान्वयन भारत का काम होगा। भारत को अपनी मानसिक शक्ति का आवाहन करना होगा तथा अपनी स्वाभाविक उदारता तथा अभिजात-भाव (इसे श्रीअरविंद ने आर्य दृष्टि कहा है) से संसार को सुंदर और भव्य बनाना होगा। श्रीअरविंद कहते हैं कि ऐसा आवश्यक इसलिए है कि भारत का उत्थान सिर्फ भारत के लिए ही नहीं वरन संसार के लिए अपेक्षित है। उनके अनुसार भारत जागतिक समस्याओं के समाधान की प्रयोगशाला है। श्रीअरविंद ने भारतीय संस्कृति को पुनर्नवा माना है तथा भारतीय आदर्श का चरितार्थ होना ध्रुवसत्य है ऐसा विश्वास व्यक्त किया है।

11 दिसंबर, 1948 को आंध्र विश्वविद्यालय के दीक्षांत समारोह में सर काट्टमंची रामलिंग रेड्डी राष्ट्रीय पुरस्कार अर्पण के अवसर पर श्रीअरविंद ने अपना संदेश भेजा था। इस संदेश से एक उद्धरण लेकर इस आलेख का समापन करना समीचीन होगा। श्रीअरविंद कहते हैं।

'भारत के सामने बहुत-सी गंभीर समस्याएँ हैं। कुछ दिशाएँ ऐसी हैं जिनपर चलकर वह अन्य देशों की तरह उद्योग-धंधे, व्यापार आदि में अच्छी प्रगति कर सकता है, एक मजबूत सामाजिक और राजनीतिक तंत्र बना सकता है, प्रचुर सैनिक बल इकट्ठा कर सकता है, सफल कूटनीति के द्वारा अपने वर्तमान लाभों को सुरक्षित रखकर अधिक फैल सकता है और धरती के बड़े भाग पर छा सकता है। परंतु इस महान दीखने वाली प्रगति में वह अपने स्वधर्म को, अपनी आत्मा को खो बैठेगा। यदि ऐसा हो जाए तो प्राचीन भारत और उसकी आत्मा बिल्कुल गायब हो जाएंगे और जहाँ इतने देश और राष्ट्र हैं वहाँ एक और बढ़ जाएगा। परंतु यह न तो भारत के लिए और न संसार के लिए श्रेयस्कर होगा। आज जबकि संसार अधिकाधिक मात्र में आध्यात्मिक सहायता और रक्षक ज्योति के लिए भारत की ओर ताक रहा है, ऐसी घड़ी में यदि भारत अपने आध्यात्मिक दाय को खो दे तो यह सबसे अधिक दुःखद बात होगी।'[1]

■

1. रवींद्र, श्रीअरविंद : जीवन और दर्शन, श्रीअरविंद सोसाइटी पांडिचेरी, चतुर्थ संस्करण, पृष्ठ 29 a

आनन्द कुमारस्वामी : भारत-बोध में तत्त्व, कला और समाज-विधान की एकता

बृजेन्द्र पाण्डेय

भारतीय विमर्श-जगत में 'भारत-बोध' का प्रश्न बार-बार उठना आत्म-विस्मरण के कुहासे से बाहर निकलने की बेचैनी के रूप में देखा जा सकता है। विचारणीय यह है कि 'भारत-बोध' का प्रश्न एक गंभीर और दीर्घजीवी महत्व का प्रश्न है। दीर्घकाल की भारतीय पराधीनता और ब्रिटिश उपनिवेषवाद के जटिल किन्तु अन्तरंग प्रभाव के कारण यह प्रश्न उत्पन्न हुआ है। लोकयात्रा चाहे व्यक्ति की हो अथवा संस्थाओं और सभ्यताओं की, उदयावपात उसकी नियति है। भारतीय सभ्यता भी इसका अपवाद नहीं है। बारहवीं सदी में इस्लाम और उन्नीसवीं सदी में इंग्लैण्ड के राजनीतिक वर्चस्व की स्थापना ने भारतीय संस्कृति के मूल स्वरूप के लिए नई चुनौतियाँ उत्पन्न कीं। यदि सोलहवीं सदी का भक्ति-आंदोलन मुस्लिम शासन के संदर्भ में भारत की आत्म-समीक्षा था तो उन्नीसवीं सदी का पुनर्जागरण ब्रिटिश साम्राज्य के संदर्भ में आत्मालोचन था। नि:सन्देह उन्नीसवीं सदी के भारतीय पुनर्जागरण का स्वरूप भक्ति-आंदोलन की तुलना में काफी जटिल है क्योंकि उन्नीसवीं सदी में भारत को न केवल एक विदेशी वरन् एक इहलोकवादी जीवन-दृष्टि से जूझना पड़ा। महर्षि अरविन्द ने भारतीय पुनर्जागरण को आधुनिकता का एशियाई संस्करण कहा है और अनेक दृष्टियों से यह सत्य भी है। परन्तु श्री अरविन्द व कतिपय अन्य विद्वानों का यह निष्कर्ष भी महत्त्वपूर्ण है कि पुनर्जागरण काल में आधुनिक पाश्चात्य जीवन-दृष्टि का ही महिमामण्डन नहीं हुआ, वरन् भारतीय संस्कृति के मूल स्वरों की कभी मंद व कभी तीव्र प्रतिध्वनि भी सुनाई पड़ती है। भारतीय पुनर्जागरण का स्वरूप सोलहवीं सदी के यूरोपीय पुनर्जागरण की भाँति ही जटिल है। दोनों में इहलोकवाद के प्रति प्रबल आग्रह विद्यमान है। लेकिन हमें यूरोपीय पुनर्जागरण एवं भारतीय पुनर्जागरण के एक मौलिक अन्तर को ध्यान में रखना चाहिए। सोलहवीं सदी के यूरोप के राष्ट्र-राज्य स्वतंत्र थे और वे स्वेच्छा से इहलोकवादी-व्यक्तिवादी

जीवन-दृष्टि का वरण कर रहे थे। ईसाई जीवन-दृष्टि से विलग होने की उनकी इच्छा आत्म-प्रसूत थी। उन्नीसवीं सदी का भारत एक पराधीन राष्ट्र था जिस पर आधुनिक यूरोपीय सभ्यता के जीवनादर्श आरोपित किए जा रहे थे। यह आरोपण उसे प्रायः कसमसाहट और पीड़ा से भर देता है तथा अनेक अन्तर्द्वन्द्वों व विरोधाभासों को जन्म देता है। पुनर्जागरण-काल एक क्लान्त-श्रान्त प्राचीन देश में आधुनिकता के बीजारोपण का काल है और यह भारतीय अस्मिता के सिंहनाद का काल भी है। यह आत्म-विस्मरण का काल भी है और पुनर्स्मरण का भी। यह दिग्भ्रान्ति का काल भी है और दिशा-बोध का भी। यह संविभ्रम (Paranoia) का काल भी है और सम्यक् दृष्टि (Metanoia) का भी। एक प्राचीन राष्ट्र अपने नए संरक्षक के प्रति कभी विश्वास, कभी अविश्वास का भाव लिए गतिमान है, परन्तु गंतव्य को लेकर दुविधाग्रस्त है।

भारतीय सभ्यता के इस सन्धिकाल में कुछ विलक्षण विचारकों का उदय हुआ, जिन्होंने न केवल भारत की राजनीतिक स्वाधीनता के आन्दोलन को बल प्रदान किया, वरन् इतिहास के इस पड़ाव पर भारत के भविष्य को लेकर मार्गदर्शन भी किया। लोकमान्य तिलक, महात्मा गाँधी, आनन्द कुमारस्वामी, रवीन्द्रनाथ टैगोर, के०सी० भट्टाचार्य, बद्रीशाह, श्रीअरविन्द, स्वामी ब्रह्मानन्द सरस्वती तथा धर्मसम्राट स्वामी करपात्रीजी महाराज जैसी विभूतियों का भारतीय विचार-व्योम में प्रकट होना दैवीय सम्बल के समान है। इन परम्परानिष्ठ भारतीय मनीषियों ने यह मौलिक प्रश्न उठाया कि आधुनिक पश्चिमी चिन्तन की अवधारणाओं को प्राचीन भारत के सामाजिक-राजनीतिक चिन्तन पर आरोपित करना भारतीय चिन्तन के स्वभाव और प्रकृति के अनुकूल है या नहीं? इन मनीषियों में आनन्द कुमारस्वामी का नाम विषेष रूप से उल्लेखनीय है।

आनन्द कुमारस्वामी (1877-1947) के पिता सर मुत्थु कुमारस्वामी मुदालियर सिंहल के अत्यंत प्रतिष्ठित व्यक्ति थे। वे तमिल मूल के हिन्दू थे, बड़े प्रबुद्ध, शायद उस ज़माने में बैरिस्टरी करने वाले कुछ थोड़े से भारतीयों में से; स्वयं पाली के बड़े अच्छे विद्वान थे। 'दठा वंश' और 'सुत्तनिपात' नामक ग्रन्थों का उन्होंने अंग्रेज़ी में सर्वप्रथम अनुवाद किया था। 1876 में उन्होंने प्राचीन घराने की एक अंग्रेज़ महिला से विवाह किया और 22 अगस्त, 1877 को इस दम्पती से आनन्द कुमारस्वामी का जन्म हुआ। आनन्द अभी दो वर्ष के भी नहीं हुये थे कि उनके पिता का देहान्त हो गया और उनकी माता इन्हें इंग्लैण्ड ले आयीं। वे 1942 तक जीवित रहीं। कुमारस्वामी की शिक्षा

यूनिवर्सिटी कालेज, लन्दन में हुयी जहाँ से उन्होंने भूगर्भशास्त्र में बी०एससी० और डी०एससी० की परीक्षा प्रथम श्रेणी प्रथम स्थान से उत्तीर्ण की। इसके उपरान्त वे श्रीलंका आ गए जहाँ 1903 में मिनरोलॉजिकल सर्वे, सीलोन के डायरेक्टर के पद पर नियुक्त हुए और 1906 तक इस पद पर कार्य करते रहे। वैज्ञानिक विश्लेषण में प्रवीणता और तथ्य को ग्रहण करने की प्रवृत्ति, इन दो गुणों का परिचय उनकी इस समय की लिखी हुयी सिंहल की भूगर्भ और खनिज-सम्बन्धी वार्षिक रिपोर्टों और लेखों से मिलता है। उसी समय उन्होंने 1904 की रिपोर्ट में सिंहल के खनिज-सम्बन्धी पारिभाषिक शब्दों और रत्नों के सम्बन्ध में एक लेख लिखा, जो भारतीय कला की पारिभाषिक शब्दावली के सम्बन्ध में उनके भविष्योन्मुखी गवेषणा का मानो प्रथम प्रयास था।

एक वैज्ञानिक का उर्वर मस्तिष्क और एक कलाकार का भावुक हृदय—इन दोनों की भूमि में राष्ट्रीय भावों का अंकुर कुमारस्वामी के मन में शीघ्र ही प्रस्फुटित हुआ। इस अंकुर का विकास एक यज्ञ के रूप में एक उच्चतर निर्मिति के लिए होता गया। सिंहल के प्राचीन उद्योग-धंधे, कला, रहन-सहन और जीवन की सुन्दर पद्धति पर पश्चिम के प्रहार और जीवन में बढ़ती हुयी कुरूपता को देखकर कुमारस्वामी अत्यंत चिन्तित हुए। मातृभाषा की शिक्षा और प्राचीन कला और शिल्प के विषय में अपने देश-वासियों की रुचि जागृत करने के लिए उन्होंने 'सीलोन सोशल रिफार्म सोसायटी' की स्थापना की और 1906 में अपने संपादकत्व में 'सीलोन नेशनल रिव्यू' नामक पत्र प्रकाशित किया। शीघ्र ही सरकारी पद से त्यागपत्र देकर वे जीवन की समस्याओं के साथ आमने-सामने जूझने के लिए कार्यक्षेत्र में उतर आए और विलायत जाकर वहाँ विलियम ब्लैक, जॉन रस्किन, विलियम मॉरिस, थॉमस कार्लाइल, चार्ल्स डिकेन्स और मैथ्यू आर्नल्ड जैसे विचारकों के साथ इस कार्य में जुट गये, जो उन्हीं की तरह इंग्लैण्ड के सामाजिक जीवन में कला के उद्धार के पक्षपाती थे। इसी समय 'मेडीवल सिंहलीज आर्ट' नामक उनका ग्रन्थ प्रकाशित हुआ, जिसमें सिंहल के प्राचीन उद्योग-धन्धों और कलाओं का स्थानीय पारिभाषिक शब्दावली के साथ विशद अध्ययन है। यूरोप की अन्य भाषाओं में भी इस प्रकार के अध्ययन बहुत कम हैं। बड़े आकार के इस ग्रन्थ में अधिकांश रेखा-चित्र स्वयं कुमारस्वामी के बनाए हुए हैं।[1]

1909 में कुमारस्वामी भारतवर्ष आए और पहली बार उन्होंने देशव्यापी यात्रा करके यहाँ के विशाल मन्दिरों तथा कला-सामग्री को स्वयं अपनी आँखों से देखा। अपनी खोज मिट्टी के भीतर से शुरू करते हुए वे भारत के कला-

1. विद्यानिवास मिश्र : भारतीयता की पहचान, वाणी प्रकाशन, नई दिल्ली, 2008, पृ० 9.

शिल्प का साक्षात्कार कर रहे थे। जिस वस्तु ने पश्चिम में दीक्षित और अत्यन्त विकसित अन्तश्चेतना वाले इस व्यक्ति को आकृष्ट किया वह वस्तु थी—भारतीय शिल्पी की साधना! जिस किसी हस्तशिल्प और उसके कौशल को उन्होंने देखा, वहीं उन्होंने पाया कि इस संस्कृति में कितनी सम्पन्नता है और इसकी तुलना में औद्योगिक संस्कृति में कितनी दरिद्रता है।[2] 1910 में कुमारस्वामी दूसरी बार भारत आए और भारत-भ्रमण करते हुये उनका परिचय स्वदेशी-जागरण से हुआ, गाँधी जी के आन्दोलनों से हुआ तथा रवीन्द्रनाथ ठाकुर और अवनीन्द्रनाथ ठाकुर से भी हुआ। वे कलकत्ते में तीन सप्ताह तक विख्यात ठाकुर-परिवार के अतिथि रहे। अपनी भारत-यात्रा के दौरान कुमारस्वामी ने चित्रों और मूर्तियों का एक बहुत ही विशिष्ट संग्रह एकत्र किया, जिसे वे काशी में स्थित किसी 'राष्ट्रीय कला मन्दिर' जैसी संस्था को देना चाहते थे। तत्कालीन परिस्थितियों में ऐसा संभव न होने पर वे इस संग्रह को लेकर अमेरिका आ गए और बोस्टन के संग्रहालय में भारतीय कला का एक विशेष विभाग स्थापित कर उन्हें वहाँ सुरक्षित कर दिया। कुमारस्वामी आजीवन इस विभाग के क्यूरेटर बने रहे। समय-समय पर हिन्दू, मुस्लिम और इरानी कला की नयी सामग्री जोड़कर उन्होंने इस संग्रह का न केवल विस्तार किया, वरन् अपने लेखन से उसे प्रकाशित भी करते रहे। आज बोस्टन म्यूज़ियम भारतीय कला का दुर्लभ तीर्थ-स्थान बना हुआ है। भारत के बाहर अन्यत्र कहीं भारतीय कला की इतनी विशिष्ट और बहुविध सामग्री एक स्थान में सुरक्षित नहीं है। कार्लाइल के शब्दों में कुमारस्वामी ऐसे बड़भागी हैं जिन्हें अपने जीवन में अपनी रुचि का कार्य करने को मिल गया, ऐसे व्यक्ति को फिर किसी और वरदान की चाह नहीं होनी चाहिए।[3] कुमारस्वामी का बोस्टन के सरस्वती-मन्दिर में तीस वर्षों का जीवन प्राचीन भारतीय मनीषियों की तरह निरन्तर अविचल ज्ञान-साधना में व्यतीत हुआ। खाली समय में उपवन-विनोद और मत्स्य-विनोद जैसे अपनी रुचि के दो कार्यों के अतिरिक्त लौकिक जीवन की ओर से उन्होंने अपने मन को जिस स्थिति में मोड़ लिया था उसे बौद्ध शब्दों में 'आकिंचचन' अथवा कुमारस्वामी के स्वयं के शब्दों में (Self-naughting) ही कहा जा सकता है।[4]

---

2. वासुदेव शरण अग्रवाल : कला और संस्कृति, साहित्य भवन प्रा०लि०, इलाहाबाद, 2005, पृ० 213.
3. Blessed is he who has found his work; let his ask for no other blessedness - Carlyle.
4. वासुदेव शरण अग्रवाल : पूर्वोक्त, पृ० 214

इसके पूर्व कि हम इस महान् व्यक्ति के कृतित्व का स्मरण करें, हमें उससे जुड़े हुए इतिहास को भी स्मरण कर लेना होगा और ऐसा करना महज औपचारिकता न होगी, क्योंकि पूर्व और पश्चिम की आध्यात्मिक प्रेरणाओं के बीच जिस मूलभूत एकता की खोज इस कृतित्व की प्रेरणा, प्रक्रिया और उपलब्धि रही है, उसी मूलभूत एकता का संकेत हमें कृतिकार के नाम और इतिवृत्त में भी झलकता हुआ दिखाई दे जाता है। संयोग की ही बात है और फिर भी इस मात्र संयोग में मानो एक नियतिकृत और सुनिर्दिष्ट भावी का संकेत निहित था कि सिंहलद्वीपी पिता और स्कॉटिश माता की सन्तान आनन्द केंटिश कुमारस्वामी की शिक्षा-दीक्षा यूरोपीय सभ्यता के गढ़ इंग्लैण्ड में हुई, कर्मभूमि उसे इतिहास-बोझ से मुक्त मूल मानव-अधिकारों की घोषणा करने वाले अमरीका ने प्रदान की और उस कर्म को, अर्थात् कला की ज़मीन पर मानव-एकता का स्वप्न और सत्य देखने की साधना को प्रेरणा दी भारत ने। नई दुनिया के कोण से पुरानी दुनिया की यह खोज जहाँ एक ओर पश्चिमी प्रतिभा की एकाग्र, वस्तुपरक वैज्ञानिकता से प्रेरित थी, वहीं उसमें पूरब की अभेद-दृष्टि भी बड़े सहज और स्वभाव-सिद्ध ढंग से प्रतिफलित हुई। भारतीय पुरातत्त्व, धर्म-दर्शन, मूर्तिकला, स्थापत्य, चित्रकला और साहित्य पर अनेक मौलिक और स्थायी महत्व के ग्रन्थों की रचना करते हुए उन्होंने संगीत, विज्ञान और इस्लामी कला पर भी अनेक विचारोत्तेजक निबन्ध लिखे। 9 सितम्बर 1947 को उनकी इहलीला समाप्त हुई। तब तक उनके प्रिय भारत की राजनीतिक स्वतंत्रता का स्वप्न साकार हो चुका था। लेकिन भारत की जिस सृजनात्मक स्वतंत्रता का साक्षात्कार उन्होंने उसके अतीत में किया था और स्वदेशी के माध्यम से उसके पुनर्विस्फोट का स्वप्न उसके पराधीन वर्तमान के भीतर देखा था, वह उनके उच्चतम मानदण्डों को देखते हुए अभी अधूरा ही है।

कुमारस्वामी ने बाहरी जीवन में अपने आप को मिटाकर विचारों के क्षेत्र में अपनी आत्मा को सब प्रकार से पुष्पित, फलित एवं लोक-प्रतिमण्डित बनाने का सतत् प्रयत्न किया। यूरोप, इस्लामी जगत्, भारत, चीन और जापान के प्राचीन और नवीन धार्मिक और दार्शनिक साहित्य के अवगाहन में उन्होंने अपने आप को डुबो दिया था। वेद, ब्राह्मण, उपनिषद्, भगवद्गीता, महाभारत, रामायण, भागवत, गीतगोविन्द, कबीर, विद्यापति, बौद्ध निकाय, धम्मपद, मिलिन्द पन्ह, सद्धर्भ पुण्डरीक आदि भारतीय वाङ्मय में अपनी अन्त:दृष्टि से वे रम गए थे। इसके साथ-साथ स्कैण्डिनेविया के वोल्सुंग, आइसलैण्ड के एड्डा और सागा, प्राचीन वेल्स के मेबीनीगिअन गाथा-शास्त्र, तथा प्लेटो,

प्लॉटिनस, ईसाई धर्मग्रन्थ, सेंट टॉमस एक्वीनास और माइस्टर एक्हार्ट आदि के आध्यात्मिक ग्रन्थों का मनन करके पूर्व और पश्चिम के गाथा-शास्त्र, अध्यात्म-विद्या और कला-विधान की मौलिक एकता को उन्होंने पहचान लिया था। वे ज्ञान की एकता को प्रदर्शित करने वाली भारतवर्ष की अत्यन्त प्राचीन मान्यता 'बहुधाप्यागमैभिन्नाः पन्थानः सिद्धिहेतवः' का पुनर्स्मरण करते हैं। पूर्व के ज्ञान और आध्यात्मिक अभिप्रायों की सहायता से उन्होंने मध्यकालीन ईसाई धर्म की एक अप्रतिम व्याख्या प्रस्तुत की, जिसने पश्चिम के अनेक सुधी-जनों को प्रभावित किया। वैदिक ज्ञान के विषय में वे प्राचीन सनातनी व्याख्या और अनुश्रुति का समर्थन करते हुए उसमें एक नवीन अर्थ भर देते हैं। अपने जीवन के अन्तिम वर्षों में वे इस तात्त्विक एकता को और भी स्पष्ट रूप से देखने लगे थे। Philosophia Perennis या सनातन धर्म में अन्तर्निहित इस ज्ञान-निष्ठता को सभी सम्प्रदायों के धार्मिक ग्रंथों, सन्तों-मनीषियों के अनुभवों तथा कला और संस्कृति की अभिव्यक्ति में वे अन्तर्भूत पाते थे। वेद, ब्राह्मण, उपनिषद्, दर्शन, भक्ति-सम्प्रदाय, पुराण और संतमत—इन सबके भीतर की एकसूत्रता को इन्होंने अपनी अन्तर्दृष्टि से पकड़ लिया था। इसी अन्तर्यामी सूत्र को ईसाई धर्म, चीनी-दर्शन, इस्लाम और सूफी दर्शन के भीतर भी वे स्पष्टता के साथ गुँथा हुआ पाते थे। इन धर्मों के मौलिक ग्रन्थों और विश्व के प्राचीनतम गाथा-शास्त्रों का उन्होंने विशद और गहन अध्ययन किया तथा खुले हृदय से वे अपने आपको इनका ऋणी मानते थे। मानवी विचार और धर्मों की इस तात्त्विक एकता का जो विवेचन भाषा, तर्क और ज्ञान की अपरिमित शक्ति से कुमारस्वामी ने प्रस्तुत किया उसने पूर्वी और पश्चिमी दोनों भूखण्डों में मनीषियों का ध्यान अपनी ओर आकृष्ट किया।

वैदिक स्थापनाओं को मानवीय ज्ञान और कला की मूल कुंजी मानकर कुमारस्वामी ने उनकी विलक्षण व्याख्या की है, जो प्राचीन होते हुए भी नूतन है। इस 'वैदिक मनीषा' के अवगाहन को वे अपने जीवन की सर्वाधिक मूल्यवान उपलब्धि मानते थे। लोक में उनकी कीर्ति मूर्तिकला के अनन्य व्याख्याता के रूप में हुई। भारतीय कला के इतिहास और परिचय के सम्बन्ध में उनका कार्य युग-निर्माताओं के स्तर का था। कला-परायण साहित्य-साधना की जो पुण्यधारा कुमारस्वामी से चालीस वर्षों तक प्रवाहित होती रही, उसके तटों पर अनेक उपयोगी ग्रन्थों और लेखों के सुन्दर तीर्थ स्थापित हैं।[5] कला उनके लिए मन के कुतूहल अथवा बुद्धि के व्यसन का विषय न होकर जीवन के उच्च आसन पर धर्म, अध्यात्म, दर्शन और साहित्य के सदृश ही विद्यमान है।

5. तदैव : पृ० 215

भारतीय स्वाधीनता-आन्दोलन के दौरान भारतीय चित्त, मानस और काल के गहन अन्वेषक के रूप में आनन्द कुमारस्वामी का नाम सुधीजन के मध्य आदरणीय तो है, किन्तु वर्तमान विद्या-विमर्श की मुख्यधारा से यह नाम अलग-थलग है। भारत को जानने, जनाने व जीने के उद्यम के प्रति अपेक्षाकुत उपेक्षा का भाव होना इसका मुख्य कारण है, किन्तु लोकैषणा की अतिव्याप्ति के कारण गंभीर विषयों का अवगाहन कर सकने की हमारी सामर्थ्य का शनैः शनैः शिथिल होना भी इसका एक प्रमुख कारण है। कुमारस्वामी तत्त्व-चिन्तन, कला, शिक्षा और संस्कृति के माध्यम से हमारे राष्ट्रबोध या आत्मबोध की पुनर्गवेषणा करने वाले दुर्लभ प्रतिभा-सम्पन्न विचारक हैं। 'स्वदेशी' का विचार, जिसे आज किसी दल-विशेष का नारा अथवा अधिक से अधिक स्वातन्मयोत्तर भारत की आर्थिक पुनर्ररचना का एक वैकल्पिक 'मॉडल' माना जा रहा है, कुमारस्वामी के लिए आत्मबोध की साधना है। वे 'स्वदेशी' को 'Sincerity' कहते हैं। 'स्वदेशी' उनके लिए राष्ट्र की चिति के साथ एकाकार होने की स्थिति है। भारतीय दृष्टि से यह उनके लिए कैवल्य का साधन है। इसी भाव-भूमि पर रहते हुए कुमारस्वामी ने न केवल सनातन भारतीय दृष्टि का पुनरान्वेषण करते हुए इसको किसी भी सम्यक वैश्विक संस्कृति और सभ्यता का एक मानक-सूत्र घोषित किया, वरन् अपनी प्राचीन सांस्कृतिक दृष्टि का परित्याग करते हुए निर्मित हुयी पाश्चात्य आधुनिकता की भी निर्मम आलोचना प्रस्तुत की। जब आधुनिकता के प्रबल ज्वार में बड़े-बड़े शिलाखण्ड निमग्न होते जा रहे थे। कुमारस्वामी एक वट-वृक्ष की तरह अडिग, अविचल खड़े रहे।

कुमारस्वामी भारतीय जीवन-विधान का सर्वप्रमुख लक्षण इसकी आध्यात्मिक जिज्ञासा में देखते हैं और उनके अनुसार यह जीवन-विधान कला और साहित्य के माध्यम से ही अभिव्यक्त होता है। दूसरे शब्दों में, आत्मबोध का प्रश्न भारतीयों के जीवन का केन्द्रीय प्रश्न है। यह प्रश्न उनके प्रत्येक क्रिया-कलाप में एक अवान्तर-कथा की तरह विद्यमान रहता है। भारतीयों के राष्ट्रीय जीवन के सभी प्रकल्प इसी उद्देश्य की पूर्ति के रूप में अनुशंसित हैं। सभी राष्ट्रीय अधिष्ठानों का औचित्य इसी बात पर निर्भर करता है कि वे मनुष्य के आत्मबोध में कैसे और कितने सहायक हैं। हमारे आत्म-साक्षात्कार में सहायक अभ्युदय और निःश्रेयस के उपक्रम ही धर्म के रूप में अनुमोदित हैं। इस प्रकार, इस अर्थ में कला, साहित्य, धर्म और राष्ट्रीयता सभी समानधर्मा हैं। चूँकि बौद्धिक पराधीनता के वातावरण में हमें अपने इस धर्म का बोध प्राप्त नहीं हो सकता, अतः स्वाधीनता हमारे लिए वांछनीय है।

कुमारस्वामी जहाँ एक ओर भारतीय स्वाधीनता के संघर्ष को विश्व की मुक्ति के लिए एक आवश्यक दशा बताते हैं, वहीं वे इसे भारतीयों के अपने उस कर्त्तव्य की पूर्ति के लिए भी एक आवश्यक दशा बताते हैं जो विश्व के प्रति उसका दाय है। तत्त्व-दर्शन, ज्ञान-विज्ञान, स्थापत्य, नगर-विन्यास, कला-कौशल तथा सभी की विशिष्टताओं और गरिमा का प्रेमपूर्वक सम्मान—ये सभी भारत की वे विशिष्टताएँ हैं, जो बदलते परिवेश में भी विश्व को दिशा दे सकती हैं।

कुमारस्वामी के इस पर्यवेक्षण के सौ से अधिक वर्ष हो जाने के उपरान्त भी स्थिति लगभग यथावत है। जीवन और जगत के सभी क्षेत्रों में हम एक आधी-अधूरी और बेगानी किन्तु अहंकारपूर्ण दृष्टि से ग्रसित हैं। कुमारस्वामी की दृष्टि चतुर्दिक है और वे बार-बार हमारा आह्वान करते हैं कि हम भारतीयों को अपने विस्तृत भू-सांस्कृतिक वैविध्य के बीच भी अपने राष्ट्रीय सुर को अनवरत गुनगुनाते रहना चाहिए। वे भारत-भूमि के विस्तार और उसकी विराटता की उपमा वाद्ययन्त्र से देते हुए कहते हैं कि जैसे एक वाद्ययन्त्र विभिन्न प्रकार की वस्तुओं के संयोजन से बना होता है, किन्तु उसकी वास्तविक पहचान उसके सुर में विद्यमान होती है, उसी प्रकार भारतभूमि की विविधता और विराटता के मध्य भी उसकी सांस्कृतिक एक-रसता पर हमारा ध्यान सदैव रहना चाहिए। इसी क्रम में कुमारस्वामी का यह भी मानना है कि वैश्विक सौहार्द्र और समृद्धि के लिए प्रत्येक राष्ट्र को अपनी आत्म-चेतना के अन्वेषण के साथ-साथ विभिन्न वैश्विक सभ्यताओं-संस्कृतियों में प्रवाहित चेतना के स्वरूप के बारे में भी संवेदनशील होना चाहिए।

कुमारस्वामी की जीवन-यात्रा जहाँ भारतीय दर्शन, धर्म, कला, शिल्प और साहित्य की वीथिकाओं से होकर गुजरती है, वहीं मध्यकालीन यूरोपीय तथा इस्लामी जीवन-विधान में संगीत, विज्ञान और विद्या के अन्यान्य क्षेत्रों से परिचित कराने वाले मार्गों को भी तय करती है। अपनी इस अप्रतिम विद्या-साधना के दौरान कुमारस्वामी ने जहाँ एक ओर समाजार्थिक और राजनीतिक दृष्टि का परिष्कार करने वाली कृतियों का प्रणयन किया, वहीं तत्त्व-शास्त्र और धर्मशास्त्र की दृष्टि से एवं कला-तत्त्व के स्वरूप-विवेचन के माध्यम से विद्या-जगत की अप्रतिम सेवा की। कुमारस्वामी की ये समस्त कृतियाँ न केवल प्रामाणिक हैं, वरन् तत्त्व-चिन्तन, कला-साधना और समाज-अर्थ-राजनीति की त्रिपुटी का परस्परावलंबित तथा सांगोपांग विवेचन करने वाली लोकद्वय-प्रसाधिनी कृतियाँ हैं।

पंडित विद्यानिवास मिश्र अपने एक निबन्ध में आनन्द कुमारस्वामी के सम्बन्ध में उनके एक समीक्षक के हवाले से उद्धृत करते हैं कि इतनी गणितात्मक, सूत्रात्मक शैली में, इतनी परिच्छिन्न शैली में, इतनी प्रिसाइज शैली में आदमी लिखे और ऐसा लगे कि अपनी ओर से कुछ नहीं कह रहा है, जो कुछ कह रहा है कहीं न कहीं तो उसके प्रमाण मौजूद हैं—एक विस्मय है। और प्रमाण कहाँ-कहाँ से लिए हैं? शतपथ ब्राह्मण से, जलालुद्दीन रूमी से, मीस्टर एकार्ट से, एक्वीनास से, प्लेटो से, प्लॉटिनस से और उसके साथ ही ऐसी जातियों की लोक-वार्त्ता से जिनको लोग उस समय भी केवल नेतृत्व के विश्लेषण का विषय मानते थे—'इनसे क्या प्राप्त हो सकता है, सभी पिछले अविकसित चरण के हिस्से हैं, पिछड़े हुए लोग हैं।' वहीं कुमारस्वामी ने प्रमाण खोजा और पाया कि उनमें ऐसी अन्तर्दृष्टि है जो आज के सभ्य संसार के लिए एषणीय है, स्पृहणीय है।[6] उनकी मौलिकता इन सबको जोड़ने में थी। वे स्वयं विश्वास करते थे कि नया कुछ नहीं दिया जा सकता है और नया देने का जो अहंकार है, वह अहंकार मनुष्य को खा जाता है। जो बड़ा कलाकार होता है, बड़ा रचनाकार होता है, वह यह संकल्प लेकर न लिखता है, न रचता है, न देता है कि वह कुछ नया दे रहा है। वह अपने को इसी रूप में अर्पित करता है कि मैं वह सूत्र हूँ जो अनेक पूर्वविद्ध मणियों के बीच से गुजरकर नई-नई मालाएँ रचता रहता है, उससे अधिक मेरी भूमिका कुछ नहीं है।[7]

कुमारस्वामी का मानना था कि परम्परागत भारतीय चिन्तन में कुछ ऐसे प्रत्यय और अवधारणाएँ हैं जिनके प्रयोग से ही हम उस चिन्तन को ठीक

6. एक उदाहरण को पंडित विद्यानिवास मिश्र ने कुमारस्वामी के ही हवाले से कुछ इस प्रकार प्रस्तुत किया है—'कश्मीर की बर्फीली पहाड़ियों में घूमते समय मुझे एक बूढ़ा गड़रिया मिला, वह हाफिज का दीवान गाता जा रहा था, मैं उसके पास गया, पूछा क्या गा रहे हो, उसने कहा हाफिज का दीवान, मैंने पूछा तुम्हें सब याद है, उसने कहा हाँ, जहाँ से कहें सुना दूँ, मैंने पूछा कहाँ पढ़ा, किससे पढ़ा, यहाँ तो फारसी बोली नहीं जाती, उसने कहा, मेरे लिए काला अक्षर भैंस बराबर, मैंने पीरों से सुना, मुझे अच्छा लगा, बार-बार दुहराया, याद हो गया और अब इन बर्फीली पहाड़ियों में भेड़-बकरियों के ढोर लिए घूमता हूँ तो मुझे सब पहाड़ियाँ, ढोर, हवा सब हाफिज ही को गुनगुनाते हुए सुनाई पड़ते हैं। फिर उससे अर्थ पूछा और उसने अर्थ की पर्त-दर-पर्त उतारनी शुरू की और मैं चकित रह गया। मैं पूछता हूँ एक निरक्षर जिस परम्परा के कारण इतना शिक्षित हो सकता है और ऐसी कठिन जिन्दगी इतनी रसमय हो सकती है, वह अच्छी या वह साक्षरता जो मनुष्य को वंचित कर देती है हजार-हजार गूँजों से जो ऐसी वीरान पहाड़ियों में बसी हुई है।' (विद्यानिवास मिश्र : पूर्वोक्त, पृ० 132-133).

7. विद्यानिवास मिश्र : पूर्वोक्त, पृ० 10-11

प्रकार समझ सकते हैं। इसलिए यह मानकर चलना कि पश्चिम का जो अनुभव है वह सार्वकालिक और सार्वभौम है; भ्रान्तिपूर्ण है। इसी कारण उन्होंने भारतीय राजनीतिक चिन्तन अथवा पूरी परम्परा के सैद्धान्तिक आलोक में सामाजिक संरचना, संस्कृति और सभ्यता को समझने के लिए परम्परा में ही निहित प्रत्ययों और अवधारणाओं को स्पष्ट करने का प्रयास किया। कुमारस्वामी ने सनातन दर्शन को प्राचीन सभ्यता, संस्कृति, चिन्तन, कला, सामाजिक संरचना और राजनीतिक संगठन का आधार माना है। उनकी जितनी भी व्याख्याएँ हैं वे मूलतः सनातन परम्परा की स्थापनाओं को स्वीकार कर प्रस्तुत की गयी हैं। कुमारस्वामी दुर्लभ अन्तर्दृष्टि-सम्पन्न प्रतिभा के धनी थे और उन्होंने चीनी, अरबी, यूनानी, रोमन और मध्यकालीन यूरोपीय परम्पराओं में अनुस्यूत अन्तर्दृष्टि की गहन मीमांसा प्रस्तुत की है। अपनी इसी अन्तर्प्रज्ञा के आधार पर उन्होंने आधुनिक पश्चिमी सभ्यता और उसके प्रभाव की भी गहन अर्न्तआलोचना प्रस्तुत की है। कुमारस्वामी के अनुसार आधुनिक पाश्चात्य सभ्यता व्यक्ति के मांसल पक्ष को महत्व देती है। मांसलता के साथ संपृक्त हैं उसके संवेग, परिस्थितिजन्य प्रतिक्रियाएँ, ऐन्द्रिक अनुभव और राग-द्वेष। आधुनिक पश्चिमी चिन्तन के केन्द्र में इहलौकिकता प्रतिष्ठित है—यह कुमारस्वामी का मूल निष्कर्ष है। इसी निष्कर्ष के सापेक्ष उन्होंने भारतीय राजनीतिक चिन्तन की ही नहीं, वरन् सम्पूर्ण भारतीय संस्कृति, दर्शन, सामाजिक संरचना और राजनीतिक संगठन की व्याख्या सनातन दर्शन के मूल सिद्धान्तों के आलोक में प्रस्तुत की है। उनके मतानुसार भारतीय जीवन-दृष्टि इन्हीं सिद्धान्तों से अनुप्राणित है और उसी की अभिव्यक्ति जीवन के विभिन्न क्षेत्रों में परिलक्षित होती है।

इस प्रकार, आनन्द कुमारस्वामी इस बात के प्रति आग्रहशील हैं कि भारतीय चिन्तन—दार्शनिक, सामाजिक अथवा राजनीतिक—आधुनिक पश्चिमी सिद्धान्तों के आलोक में बोधगम्य नहीं हो सकता। इसीलिए आधुनिक पश्चिमी चिन्तन के सैद्धान्तिक स्वरूप, जैसे प्राकृतिक अवस्था, अनुबन्ध सिद्धान्त, राजाओं के दैवी अधिकार आदि को प्राचीन भारतीय सामाजिक-राजनीतिक सिद्धान्त को समझने के लिए लागू नहीं करना चाहिए। जिन यूरोपीय अथवा भारतीय विचारकों ने ऐसा किया है वे प्राचीन भारतीय सामाजिक-राजनीतिक व्यवस्था की सम्यक् व्याख्या करने में असमर्थ रहे हैं। प्रायः उन्होंने आधुनिक पाश्चात्य सामाजिक-राजनीतिक प्रत्ययों को भारतीय सामाजिक-राजनीतिक व्यवस्था के बाह्य कलेवर के ऊपर अध्यारोपित कर दिया और इस प्रकार वे भारतीय सामाजिक-राजनीतिक चिन्तन की मूल

अभिप्रेरणाओं की व्याख्या करने में असमर्थ रहे। यह असमर्थता राष्ट्रवादी उपागम द्वारा प्रस्तुत भारतीय सामाजिक-राजनीतिक चिन्तन की व्याख्याओं में स्पष्टतः प्रतिबिम्बित होती है। पश्चिमी विद्वानों ने भारतीय सभ्यता, संस्कृति और चिन्तन को अविकसित माना था। उनके लिए पश्चिमी चिन्तन और उसके प्रत्यय विकसित समाज के मानक हैं। ऐसे विचारकों को चुनौती देने की दृष्टि से राष्ट्रवादी मनीषियों ने यह सिद्ध करने का प्रयास किया कि यूरोपीय सामाजिक-राजनीतिक प्रत्ययों या सिद्धान्तों का बोध प्राचीन भारतीयों को भी था और उसी दृष्टि से उन्होंने अपनी सामाजिक-राजनीतिक संस्थाएँ संरक्षित की थीं। उन्होंने चुनौती का जवाब देने की कोशिश तो की, किन्तु वे यह भूल गए कि अनजाने में उन्होंने भी यूरोपीय प्रत्ययों की श्रेष्ठता स्वीकार कर ली है। आनन्द कुमारस्वामी ने इस तथ्य की ओर हमारा ध्यान आकर्षित किया है कि प्राचीन भारतीय सामाजिक-राजनीतिक चिन्तन वस्तुतः आध्यात्मिक और नैतिक सिद्धान्तों की अभिव्यक्ति है। इस यथार्थ को न समझते हुए केवल यूरोपीय प्रत्ययों के आलोक में अपनी उपलब्धियों को व्याख्यायित करना समूची भारतीय जीवन-प्रणाली को ही प्राणहीन बना देता है। कारण कि जिन यूरोपीय प्रत्ययों को स्वीकृति प्रदान की जाती है वे तो उन ऐतिहासिक और सांस्कृतिक परिस्थितियों की उपज हैं जो सार्वजनिक जीवन में आध्यात्मिकता और नैतिकता को निषेधित करती हैं।

सनातन दृष्टि में मनुष्य की अवधारणा मात्र शरीर के रूप में नहीं की गयी है। वह इससे इतर भी कुछ है, जो इतर है वह उसका अन्तःस्थ स्वरूप है। वह आत्म-सम्पन्न है और उसका आत्मिक स्वरूप शारीरिकता में बाँधा नहीं जा सकता। उसका बोध सनातन संस्कृति में साधना-सुलभ माना गया है, किन्तु जिनके लिए यह सुलभ नहीं है उनके लिए आर्षवाणी और ऋषियों, सन्तों तथा योगियों की अनुभूति ही प्रमाण्य है। आध्यात्मिकता का उत्स मनुष्य की आत्मिकता है। उसके जीवन का लक्ष्य शारीरिक अथवा ऐन्द्रिक तृप्ति नहीं है, बल्कि उस सर्वोच्च ज्ञान की उपलब्धि है जिसे आत्मबोध कहा गया है। आत्मोपलब्धि मनुष्य का सर्वश्रेष्ठ लक्ष्य है। इसे ही केन्द्र में रखकर भारतीय संस्कृति ने इस लक्ष्य के अनुरूप मूल्य-श्रृंखला सृजित की है। मूल्य कोई भी हो उसे बाह्य जीवन में सांकेतिक अभिव्यक्ति ही प्राप्त होती है। इसलिए संस्कृति का पूरा विधान सांकेतिक विधान है। इन संकेतों या प्रतीकों का अध्ययन भौतिक वस्तु मानकर नहीं किया जा सकता। यह विचारों और मूल्यों से सज्जित विधान है। संस्कृतियों की पहचान उनके मूल-विधान से होती है। उनके बाह्य रूप में बहुत कुछ ऐसा है जो दूसरी संस्कृतियों के बाह्य रूपों के

समान है। जीवन-यापन के लिए कृषि-कर्म, वस्तुओं को गढ़ने-बनाने के लिए औजारों का प्रयोग, यातायात के साधन—ये सब विविध संस्कृतियों में समान दिखाई दे सकते हैं। पर जहाँ ये संस्कृतियाँ असमान हैं वह है उनका मूल-विधान। किसी भी संस्कृति का बोध तब तक अधूरा है जब तक हम उस मूल-विधान से परिचित न हों जिसे मनुष्य अपने जीवन में उतारने पर कृतार्थता अनुभव करे। आत्मोपलब्धि के इस लक्ष्य का कोई साधारणीकृत वैज्ञानिक साक्ष्य नहीं हो सकता; पर वह इसलिए प्रामाणिक है कि वह योगियों, संन्यासियों और सन्तों की स्वानुभूति है। उनका साक्ष्य ही प्रमाण है। यह उन सभी लोगों के लिए भी प्रामाणिक हो सकता है जो इस लक्ष्य के अनुरूप साधनारूढ़ हों। इसे ही आत्मानुशासन कहा गया है और इसी आत्मानुशासन की लब्धि आत्मजय और स्वराज है।

कुमारस्वामी पूर्वी और पश्चिमी सभ्यताओं के मध्य जहाँ एक ओर परम्परागत सूत्रों की उपस्थिति के माध्यम से वैचारिक और जीवन-दृष्टि सम्बन्धी साम्य की ओर संकेत करते हैं, वहीं दूसरी ओर, आधुनिकता के हस्तक्षेप के कारण पश्चिमी सभ्यताओं में आए विपथन और उसके फलस्वरूप पूर्वी सभ्यताओं के प्रति पश्चिमी सभ्यताओं की आत्मघाती आक्रामकता का भी उद्घाटन करते हैं। यूरोप में पुनर्जागरण के उपरान्त आए वैचारिक और प्रणालीगत बदलाव को दृष्टिगत रखते हुए पूर्व और पश्चिम के विरोध को कुमारस्वामी सांस्कृतिक, न कि भौगोलिक मानते हैं। काल-प्रवाह में जीवन-दर्शन के प्रति बदलते दृष्टिकोण पर उनका बल अधिक है, स्थान या भूगोल को तो वे आकस्मिक मानते हैं। कुमारस्वामी स्पष्ट करते हैं कि यदि आज के आधुनिक दर्शन को अलग रख दें, तो पूर्व और पश्चिम अथवा उत्तर और दक्षिण की संस्कृतियों में, उनकी दार्शनिक मान्यताओं में केवल भाषागत अन्तर ही शेष रह जाएगा। सभी एक जैसे विचारों को, एक जैसी आध्यात्मिक भाषा में और एक जैसे मुहावरों की सहायता से, प्रस्तुत करते हैं; भले ही उनके शब्द अलग-अलग हों। कुमारस्वामी विभिन्न सभ्यताओं के अधारभूत विचारों की शाब्दिक और दृश्यमान अभिव्यक्तियों में पाई जाने वाली इस मूल एकता में ही निवर्तमान वैश्विक व्यवस्था और आचरण से जुड़ी समस्याओं के निराकरण की सम्भावना देखते हैं। किन्तु, इस सम्भावना के फलीभूत होने के लिए यह आवश्यक है कि पूर्व और पश्चिम आधुनिक विज्ञानवाद, प्रत्यक्षवाद और व्यक्तिवाद से ऊपर उठकर इस आध्यात्मिक सूत्र-बद्धता को पहचानें।

कुमारस्वामी उद्घाटित करते हैं कि प्रत्येक स्थापित रीति के पीछे एक आध्यात्मिक, न कि जीव-वैज्ञानिक या मनोवैज्ञानिक, कारण विद्यमान रहता है।

विवाह की पद्धति का दृष्टांत देते हुए वे कहते हैं कि विवाह की पूरी पद्धति सूर्य और आकाश अथवा आकाश और पृथ्वी के स्वाभाविक सम्बन्ध पर आधारित है, जो वास्तव में आध्यात्मिक सत्ता और लौकिक शक्ति के सम्मिलन का घोतक है। इसीलिए वे परम्परागत व्यवस्थाओं में व्याप्त सर्वांगपूर्णता, मौलिकता और संवेदनशीलता के प्रति आग्रही हैं। वे कहते हैं कि परम्परागत समाजों की रचना संगीत की तरह है, जिसका कलेवर बदलने मात्र से पूरी संरचना अपने मूल स्वरूप को खो देती है। यही कारण है कि वे अपने स्वधर्म का त्याग करने वालों अथवा दूसरों को इसके लिए प्रेरित करने वालों की तथाकथित 'सदिच्छा' के खतरे को भी उद्घाटित करते हैं।

भारतीय समाज-व्यवस्था के आधारों का उल्लेख करने के क्रम में कुमारस्वामी अपनी विशिष्ट निरुक्तवादी शैली में 'धर्म' शब्द की मीमांसा प्रस्तुत करते हुए ग्रीक और लैटिन भाषाओं में इसका निकटतम समानार्थी शब्द खोजते हैं। संस्कृत भाषा में 'धृ' धातु से व्युत्पन्न 'धर्म' के अर्थ को निश्चित करते हुए वे वैदिक वाङ्मय से गाँधी तक की यात्रा पूरी कर डालते हैं। कुमारस्वामी की यह विलक्षण विशेषता है कि किसी भी प्रत्यय अथवा सिद्धान्त की गवेषणा करने के क्रम में वे दो कार्य एक साथ करते हैं : एक तो उस सिद्धान्त की व्याप्ति को वे विभिन्न परम्पराओं और संस्कृतियों में दिखाने की प्रामाणिक कोशिश करते हैं और सन्दर्भ की इस अति-व्याप्ति के बीच वे विवेच्य सिद्धान्त का अन्तर्भूत अभिप्राय बिल्कुल स्पष्ट कर देते हैं। इस प्रकार उनकी शैली में न तो संकीर्णता के लिए कोई स्थान है और न ही अस्पष्टता अथवा अप्रामाणिकता के लिए ही। वे सामान्य-जन की सामाजिक-राजनीतिक व्यवस्था की तात्त्विक आधारभूमि को भी स्पष्ट करते हैं। वे कहते हैं कि समाज की आधारभूत व्यवस्था विवाह और राज्य-संचालन की विद्या राजनीति दोनों के तात्त्विक आधारों में समानता है। इस तथ्य को वे भारतीय, चीनी और यूनानी तीनों दर्शनों के माध्यम से स्पष्ट करते हैं।

आनन्द कुमारस्वामी की लगभग सभी कृतियों को सांसारिक और पवित्र अथवा लौकिक और अलौकिक के मध्य विद्यमान पारस्परिक अन्तर्निर्भरता के सिद्धान्त के परिपोषक के रूप में देखा जाना चाहिए। उनकी स्पष्ट मान्यता है कि जीवन को संचालित करने वाले सभी सिद्धान्तों का सुर और भाव तात्त्विक धरातल पर एक ही है। इसीलिए, चाहे वह जीवन का सामाजिक-सांस्कृतिक पक्ष हो, राजनीतिक पक्ष हो अथवा आध्यात्मिक उत्स का साधनागत पक्ष हो, दैवीय तत्त्वरूपी सूत्र सभी पक्षों को आपस में गुँथे रहता है। परम्परागत विश्वदृष्टि की यही विशिष्टता उसे आधुनिक और इहलौकिक विश्वदृष्टि से

अलग करती है। यही कारण है कि ऋग्वेद में उद्धृत भारतीय विवाह-परम्परा के आधारभूत सिद्धान्त को जब कुमारस्वामी भारतीय राजनीतिक सिद्धान्त का अन्तर्भूत सिद्धान्त बताते हैं, तो अनेक समकालीन विचारक इससे विचलित हुए बिना नहीं रह सकते। ऐसा होना स्वाभाविक भी है। वस्तुतः, आधुनिक पश्चिमी सिद्धान्तों, यथा—प्राकृतिक अवस्था, अनुबन्ध-सिद्धान्त, राजाओं के दैवीय अधिकार आदि के आलोक में कुमारस्वामी समर्थित परम्परागत भारतीय तत्त्वदर्शन और उस पर आधारित समाजार्थिक तथा राजनीतिक जीवन-विधान को समझा ही नहीं जा सकता। किन्तु यदि दृष्टि के परिष्कार के संकल्प के साथ धैर्यपूर्वक कुमारस्वामी के तत्त्व-विवेचन को आत्मसात किया जाए, तो इसमें अन्तर्निहित सत्य का स्वरूप शनैः-शनैः अनावृत्त होने लगता है।

कुमारस्वामी वैदिक संहिताओं, ब्राह्मण ग्रन्थों, आरण्यकों तथा विभिन्न उपनिषदों के साथ-साथ कौटिलीय अर्थशास्त्र, भगवद्गीता, ब्रह्मसूत्र, महाभारत, मनुस्मृति तथा विष्णुपुराण एवं वायुपुराण सदृश ग्रन्थों के माध्यम से भारतीय राजनीति के इस आधारभूत सिद्धान्त का उद्घाटन करते हैं। बीच-बीच में वे बौद्ध, यूनानी, मध्यकालीन ईसाई तथा अरबी-फारसी परम्पराओं की समानान्तर धाराओं में विद्यमान समान भाव-भूमि के सन्दर्भों को भी उद्धृत करते हैं। सनातन भारतीय परम्परा में विद्यमान ब्रह्मतेज एवं क्षत्रतेज के समन्वय पर आधारित राजनीतिक सिद्धान्त के तात्त्विक स्वरूप का उद्घाटन करने के लिए कुमारस्वामी बृहस्पति/मित्र/अग्नि/मनस आदि आध्यात्मिक सत्ता तथा इन्द्र/वरुण/वाक् आदि राजशक्ति को अभिव्यक्त करने वाले प्रत्ययों का प्रयोग करते हैं। वे यह प्रदर्शित करते हैं कि इस अखिल ब्रह्माण्ड का संचालन बृहस्पति की ज्ञानसत्ता और इन्द्र की कर्मशक्ति के संयोग से ही सम्भव हो पाती है। इस संयोग में बृहस्पति मार्गदर्शक के रूप में अग्रभाग में तथा इन्द्र अनुगामी पथिक के रूप में पृष्ठ भाग में अवस्थित हैं।

इस प्रकार, धर्मसत्ता के प्रकाश से राजशक्ति उसी प्रकार प्रकाशित व चलायमान होती है, जैसे पुरुष के प्रकाश से प्रकृति प्रकाशित व चलायमान होती है। राजशक्ति पर अन्य नियंत्रणों के साथ ही धर्मसत्ता का सर्वोच्च नियंत्रण होता है, इसीलिए धर्म को 'क्षत्रस्य क्षत्रम्' कहा गया है। यहाँ यह भी ध्यातव्य है कि एक दैवीय विधान की प्रतिकृति होने के उपरान्त भी राजशक्ति के साथ-साथ धर्मसत्ता की भी एक मर्यादा होती है। धर्मसत्ता भी अनावश्यक रूप से दैनन्दिन प्रकरणों में राजशक्ति को अतिक्रमित नहीं करती। धर्मसत्ता, राजशक्ति और प्रजा की त्रिवर्गीय संरचना, इनकी पारस्परिक निर्भरता तथा इनकी मर्यादा की विस्तृत चर्चा कुमारस्वामी करते हैं। वे कहते हैं कि राज्य

की समृद्धि और सामर्थ्य तथा प्रजाजनों के अभ्युदय और निःश्रेयस की सिद्धि इसी त्रिवर्गीय सन्तुलन पर निर्भर है।

पवित्र और सांसारिक के मध्य भेद करने की प्रणाली के दुष्प्रभाव को कुमारस्वामी अभिव्यक्त करते हैं। कुमारस्वामी की शिक्षा-दृष्टि एक समग्र दृष्टि है। वे तत्त्वशास्त्र, धर्म, दर्शन, कला, संस्कृति, संगीत, साहित्य, समाज-विधान, कृषि, कौशल, वाणिज्य-व्यापार, परिवार, राष्ट्रीयता, स्वदेशी आदि सभी विषयों का समावेश अपनी शिक्षा-दृष्टि में करते हैं। इसीलिए वे कालवशात् इन सभी विषयों में आए विपर्यय के परिष्कार के लिए भी शिक्षा को ही मूल आधार मानते हैं। कुमारस्वामी स्पष्ट करते हैं कि यदि आज के आधुनिक दर्शन को अलग रख दें, तो पूर्व और पश्चिम अथवा उत्तर और दक्षिण की संस्कृतियों में, उनकी दार्शनिक मान्यताओं में केवल भाषागत अन्तर ही शेष रह जाएगा। सभी एक जैसे विचारों को, एक जैसी आध्यात्मिक भाषा में और एक जैसे मुहावरों की सहायता से, प्रस्तुत करते हैं; भले ही उनके शब्द अलग-अलग हों। कुमारस्वामी विभिन्न सभ्यताओं के अधारभूत विचारों की शाब्दिक और दृश्यमान अभिव्यक्तियों में पाई जाने वाली इस मूल एकता में ही निवर्तमान वैश्विक व्यवस्था और आचरण से जुड़ी समस्याओं के निराकरण की सम्भावना देखते हैं। किन्तु, इस सम्भावना के फलीभूत होने के लिए यह आवश्यक है कि पूर्व और पश्चिम आधुनिक विज्ञानवाद, प्रत्यक्षवाद और व्यक्तिवाद से ऊपर उठकर इस आध्यात्मिक सूत्र-बद्धता को पहचानें।

अपने व्याख्यानों-लेखों के माध्यम से कुमारस्वामी भारतीय कला के विभिन्न पक्षों की सारभूत समीक्षा प्रस्तुत करते हैं। उनकी समीक्षा के केन्द्र में भारत की राष्ट्रीय निर्मिति में कला और कला-दृष्टि की महत्ता का अन्वेषण तो है ही, कला के अनुशीलन के माध्यम से वे भारतीय जीवन-विधान में व्याप्त संसारिक और आध्यात्मिक तत्त्वों की सांगोपांग तारतम्यता को भी रेखांकित करते हैं। एक प्रकार से वे कला के माध्यम से भारतीय चिति की गवेषणा करते हुए भारत के राष्ट्रीय स्वाभिमान को पुनर्जागृत करने का दुर्लभ यत्न साधते हैं। इसीलिए कुमारस्वामी आगाह करते हैं कि ऐसी राजनीतिक और आर्थिक स्वतन्त्रता का कोई मूल्य नहीं है, जहाँ हमारी चिति को सुनिश्चित और हमारी आत्मा को स्पर्श करने वाले तत्त्व विजातीय प्रभाव से ही ग्रसित हों। वे यह भी स्मरण कराते हैं कि विश्व में भारतीय संस्कृति के प्रभाव का युग भारतीय कला के भी उत्कर्ष का युग रहा है, क्योंकि बिना कला के उत्कर्ष और उसके प्रति पर्याप्त संवेदनशीलत के किसी भी राष्ट्र में उस नैतिक बल का अधिष्ठान हो ही नहीं सकता जिसके सहारे कोई राष्ट्र

विश्व में अपना सांस्कृतिक प्रभाव स्थापित कर सके। कुमारस्वामी कला-दृष्टि का जीवन-दृष्टि के साथ इतना अन्तरंग सम्बन्ध मानते हैं कि वे राष्ट्रीय पुनर्निर्माण के लिए अपनी कला के पुनरुत्थान को एक अनिवार्य पूर्वावस्था मानते हैं। कुमारस्वामी कहते हैं कि जीवन में कला और सौन्दर्य की उपेक्षा का सीधा सा अर्थ है कि हमें अपने राष्ट्र से कोई प्रेम नहीं है और जब तक हम अपनी कला-सम्पदा को भूलने की कीमत पर आधुनिक विज्ञान को सीखने का उद्यम साधते रहेंगे, तब तक हमें अपनी वास्तविक स्वाधीनता की कल्पना नहीं करनी चाहिए। उनका यह स्पष्ट मानना है कि अपनी कला-दृष्टि के प्रति विश्वास को पुनर्सृजित करके ही हम वे परिस्थितियाँ उत्पन्न कर सकते हैं जो हमें एक स्थायी और स्वाभाविक कोटि की स्वाधीनता का बोध करा सकती हैं। चूँकि कुमारस्वामी कला को समूची जीवन-दृष्टि की लौकिक अभिव्यक्ति मानते हैं, इसलिए वे स्वदेशी कला में ही स्वदेशी राष्ट्र की परिकल्पना को साकार होते देखते हैं। राष्ट्रीयता को परस्पर विरोधी नारों की श्रृंखला में आबद्ध कर देने वाली वर्तमान पीढ़ी के लिए आनन्द कुमारस्वामी के ये विचार 'तमसो मा ज्योतिर्गमय' जैसे सिद्ध हो सकते हैं।

कुमारस्वामी प्लेटो की परिभाषा को विस्तार देते हुए संस्कृति का सम्बन्ध मन और शरीर की तन्मयता पर आधारित एक ऐसी संतुलित जीवन-दृष्टि से मानते हैं जो यथार्थ और मिथ्या जीवन-मूल्यों के प्रति पूरी तरह सतर्क है। हस्तशिल्प और संस्कृति के अन्तर्सम्बन्ध के बारे में कुमारस्वामी दृष्टांत पर दृष्टांत देते चले जाते हैं और कहते हैं कि मशीनीकृत औद्योगीकरण ने हस्तशिल्प को घरेलू वातावरण से दूर करके कारीगरों और कलाकारों के सांस्कृतिक अधिष्ठान का ही हरण कर लिया है तथा वे निम्नस्तरीय वस्तुओं का जीवन में प्रयोग करने के लिए बाध्य हो गए हैं। कुमारस्वामी कहते हैं कि एक कलात्मक परिवेश की स्वतःस्फूर्त संवेदनशीलता एक मशीनी परिवेश में उत्पन्न ही नहीं हो सकती और इस संवेदनशीलता की क्षति या अभाव ही संस्कृति की क्षति या अभाव है। मशीनी परिवेश कलाकारों की कलात्मक कल्पनाशीलता और सृजनशीलता को लगभग अपहृत कर लेता है। कला-साधना को मनुष्य की सुदीर्घ, परम्परागत और आनुवांशिक साधना मानने वाले कुमारस्वामी आधुनिक विज्ञान की तथाकथित उपलब्धियों को मानवता के इतिहास में पतन के चिह्न मानते हैं।

कला को देखने की कुमारस्वामी की दृष्टि अत्यन्त विहंगम है। वे कला का सम्बन्ध देशज प्रकृति से, प्रकृति का सम्बन्ध संवेदनशीलता से और संवेदनशीलता का सम्बन्ध राष्ट्रीय चरित्र से मानते हैं। इसीलिए यूरोप के

आधिपत्य के अधीन रहकर और कला-सर्जना को यूरोपीय अनुकृतियों तक सीमित रखकर वे किसी राष्ट्रीय पुनर्निर्माण की संभावना नहीं देखते। इन सारे यक्ष-प्रश्नों के मूल में वे भारत में अंग्रेजों के द्वारा दी जा रही उस शिक्षा को मानते हैं जो भारत को 'असभ्य' मानकर उसे 'सभ्य' बनाने के लिए दी जा रही थी। कुमारस्वामी तत्कालीन भारत को कला की दृष्टि से लन्दन और पेरिस तथा औद्योगिक दृष्टि से मैनचेस्टर और बर्मिंघम का कस्बाई संस्करण मानते हैं। धार्मिक परिवेश को कुमारस्वामी भारतीय कला का केन्द्रीय वातावरण मानते हैं और कहते हैं कि इस वातावरण को आत्मसात किए बिना भारतीय कला के मर्म को समझा नहीं जा सकता। किसी कलाकृति की मुख्य सामर्थ्य उसमें अन्तर्भूत भावना को अभिव्यक्त करने में है। किसी देवस्थान में धूल-धूसरित पाँवों से देवदर्शन को आकुल किसी तीर्थयात्री को यही अन्तर्भूत भावना वशीभूत किए रहती है।

भारतीय मूर्ति-शिल्प में मुख-मुद्रा के स्वरूप की चर्चा में भी कुमारस्वामी भारतीय कला की इसी विशेषता को रेखांकित करते हैं कि भारतीय जीवन-विधान के सोद्देश्य को समझे बिना भारतीय धार्मिक मूर्तियों के मुख पर विराजमान भाव को हृदयंगम नहीं किया जा सकता। कुमारस्वामी भारतीय कला-सर्जना में और विशेष रूप से मूर्तिकला की मुख-भंगिमा में उपनिषद में वर्णित 'द्विसुपर्णा सयुजा सखाया' का तत्त्व-विन्यास पहचान लेते हैं। उन्होंने मुगल चित्रकला का एक ऐतिहासिक वृत्तान्त प्रस्तुत किया है, जिसमें, विशेष रूप से इण्डोपर्शियन कला में, भारतीय और पर्शियन महाकाव्यों के विभिन्न कथानकों और चरित्रों के चित्रांकन का वर्णन किया गया है। कुमारस्वामी राजपूत चित्रकला की विशेषताओं को भी मुगल चित्रकला के सापेक्ष रखकर मूल्यांकित करते हैं। वे कहते हैं कि व्यक्ति-उन्मुख, सांसारिक और नाटकीय मुगल चित्रकला की तुलना में राजपूत चित्रकला का स्वरूप गंभीर, हृदय-स्पर्शी और पौराणिक दिखाई देता है। नैसर्गिक जीवन के प्रति एक सहभाव तथा सृष्टि की सम्पूर्ण रचना के प्रति एक आधारभूत एकता का भाव राजपूत चित्रकला की सहज विशेषता है। राजपूत चित्रकला की विशेषताओं को रेखांकित करने के साथ ही कुमारस्वामी इसके भौगोलिक प्रकारों यथा—पहाड़ी कला, विशेषत: कांगड़ा शैली और जयपुर कला की विशिष्टताओं पर भी प्रकाश डालते हैं, जहाँ रामायण और भागवत के प्रसंगों के साथ-साथ दुर्गा, राधा-कृष्ण तथा पशु-पक्षियों का चित्रांकन प्रमुखता से हुआ है। राजपूताना क्षेत्र के समीपस्थ गुजराती व्यापारियों के चीन के साथ व्यापारिक सम्बन्धों के कारण राजपूत कला पर पड़ने वाले प्रभावों को तो

कुमारस्वामी पहचान ही लेते हैं, उनकी पारखी दृष्टि इतालवी चित्रकला और राजपूत चित्रकला में अन्तर्निहित समरूपता को भी पकड़ लेती है। कुमारस्वामी इसे मानवीय संवेदना और तद्‌जनित प्रेरणा का सम्बन्ध मानते हैं। कला के स्वरूप-निदर्शन के माध्यम से अपनी विश्वदृष्टि को प्रस्तुत करने का यह अद्‌भुत और विलक्षण प्रयास है कुमारस्वामी का।

गीत-संगीत भी कला का ही अभिन्न स्वरूप हैं और किसी राष्ट्र की सभी कलाओं में विशेषता के स्तर पर समरूपता भी सहज-स्वाभाविक है; इसीलिए कुमारस्वामी प्रत्येक कला-विधा की भाँति यहाँ भी भारतीय जीवन-विधान में रचे-बसे आध्यात्मिक रस-प्रभाव की निरन्तरता को उद्‌भाषित करते हैं। कुमारस्वामी भारत में लोकगीतों की वाचिक परम्परा तथा प्रायः गीतकारों का नामोल्लेख न होने की भी चर्चा करते हैं तथा इसी कारण वे शास्त्रीय गीतों तथा लोक-गीतों के मध्य कोई स्पष्ट विभाजक रेखा भी नहीं मानते। भारतीय गीत-जगत का यह कोष अत्यंत समृद्ध है और इन गीतों के संग्रह, प्रकाशन और अनुवाद के माध्यम से इसका पोषण-संरक्षण-सम्वर्द्धन भी कुमारस्वामी की चिन्ता है, लेकिन नव-शिक्षित भारतीयों का अज्ञान और आत्म-विस्मरण उन्हें हमेशा आहत और क्षुब्ध करता रहता है। 'त्याग', 'संन्यास', 'मुक्ति', 'विदाई' तथा 'मृत्यु' जैसी रवीन्द्रनाथ की कई कविताओं को उद्धृत करते हुए कुमारस्वामी उनकी काव्य-दृष्टि को भारत की राष्ट्रीय चेतना हेतु मुक्तिकामी मानते हैं। कुमारस्वामी की टिप्पणी देखिए : 'बनाना और करना, आर्ट और 'एथिक्स' कलाकार के लिए दो अलग चीजें न होकर एक और अविभाज्य हैं, क्योंकि 'बनाना' ही कलाकार का कर्म (शास्त्रीय शब्दावली में 'स्वधर्म' या 'स्वकार्य') है। कलाकार मनुष्य की कोई विलक्षण कोटि नहीं है बल्कि हर आदमी, अपने कर्म से या कम से कम किन्हीं-किन्हीं अवसरों और किसी न किसी हैसियत में एक अलग किस्म का कलाकार अवश्य है।' इस प्रकार भारतीय कला की लौकिक सार्थकता का भारतीय श्रुति एवं स्मृति साहित्य के भीतर से ही विवेचन करते हुए आनन्द कुमारस्वामी ने कला और मानव-जीवन के अनिवार्य संबंध का विशद प्रतिपादन किया है।

कला-वस्तुओं के मर्मज्ञ तो हर देश और काल में काफी तादाद में मिल जायेंगे लेकिन उसके मूल स्रोतों तक जाकर मानवीय चेतना के इतिहास को मानवीय कला के इतिहास से जोड़ने और इस तरह कला के अतीत को ही नहीं, उसके वर्तमान को भी एक नए, समग्र परिप्रेक्ष्य में देख और दिखा सकने वाले मनीषी इक्के-दुक्के ही होते हैं। आनन्द केंटिश कुमारस्वामी ऐसे ही बिरले मनीषियों में थे जिनके बारे में जोज़ेफ कैम्पवेल ने लिखा है कि 'हम

सब भारतीय कला के अध्येता और शोधकर्त्ता उसी अग्रज द्रष्टा के कन्धों पर खड़े हैं।' यह एक विशेषज्ञ द्वारा अपने क्षेत्र के अग्रगामी दूसरे विशेषज्ञ के कृतित्व के प्रति अर्पित श्रद्धांजलि भर नहीं है, बल्कि एक ऐसा तत्त्व है जिसे हम सबको—जो विशेषज्ञ नहीं है, लेकिन आज के इस दिशाहीन और मूल्यमूढ़ समय में जीवन-मूल्यों की खोज से किसी न किसी स्तर पर जुड़े हैं—हम सबको आनन्द कुमारस्वामी के व्यक्तित्व और कृतित्व के इस प्रेरणादायी अर्थ को, अपने लिए नए सिरे से जानना और पहचानना जरूरी है।

कुमारस्वामी की दूसरी खोज यह थी कि उन्हें संत टॉमस, मीस्टर एकहार्ट, जेकब बोहमे जैसे मध्यकालीन ईसाई धर्मतत्त्वज्ञों और रहस्यवादियों के लेखन में बहुत सारी ऐसी बातें मिलीं जो ऋग्वेद के कई अंशों में पायी जाने वाली बातों से मिलती-जुलती थीं। यह सादृश्य महज संयोग कहके नहीं टाला जा सकता था, क्योंकि उन ईसाई चिन्तकों के वाक्य उन्हें मानो ऋग्वैदिक ऋषियों के सूक्तों के अक्षरशः अनुवाद जैसे प्रतीत होते थे। इससे कुमारस्वामी के भीतर यह प्रतीति हुई कि रहस्यात्मक धर्म-तत्त्व सारे संसार में एक समान है और मध्यकालीन ईसाई धर्मतत्त्व-चिन्तन की अवधारणाओं को प्राचीनतम भारतीय धर्मतत्त्व की सम्यक् समझ के लिए उपकरण की तरह इस्तेमाल किया जा सकता है। आम धारणा उन दिनों यही थी कि ऋग्वेद और उपनिषदों के बीच कोई अटूट चिन्तन-धारा नहीं है और इन कृतियों का एक-दूसरे से कोई अनिवार्य सम्बन्ध नहीं है। कुमारस्वामी ने इस धारणा का खण्डन किया। उनकी बुद्धिस्ट आइकनोग्रैफी वाली पुस्तक भी बौद्ध कला के बुनियादी प्रतीकों का स्रोत वेदों, खासकर ऋग्वेद में खोजती है और यह दिखलाती है कि वे प्रतीक (अक्षयवट, कमल, धर्मचक्र, अग्नि, स्तम्भ आदि) एक सनातन और सार्वभौम भारतीय प्रतीक-व्यवस्था और धार्मिक-दार्शनिक अवधारणाओं का पूरा प्रतिनिधित्व करते हैं।[8]

कुमारस्वामी कला को मनुष्य के जीवन के साथ अतर्गुम्फित पाते हैं। उनके अनुसार कला मनुष्य के मनोमय कोश का भोजन है। अपने आत्मबोध के साथ एकाकार होने के क्रम में मनुष्य को इससे सम्बल, परिपूर्णता और दिशा—तीनों प्राप्त होते हैं। दूसरे शब्दों में, मनुष्य के अभ्युदय और निःश्रेयस को सिद्ध करने वाले धर्म का यह सहायक अंग है। कला का प्रयोजन मनुष्य को अपने मूल-स्वरूप से एकाकार करने, उसकी पुनर्स्मृति तथा उसकी पुनर्चेतना को आधार प्रदान करने में निहित है। अपनी व्यापक भाव-भूमि पर कला का प्रयोजन समष्टिगत भी होता है। वह अपने युग-विशेष की सभी

8. 'रसने तृप्तः न कुतश्चनोनः। अथर्ववेद, 10.8.44

विशिष्टताओं की वाहक होती है। एक युग-विशेष की कला में तद्नुरूप एक छाप होती है, जो उस युग के विश्वासों, उत्सवों, उल्लासों, संघर्षों, आपदाओं-विपदाओं से जुड़ी होती है। इसीलिए कुमारस्वामी के यहाँ कला का द्वैध रूप नहीं है। उनके यहाँ कला 'फाइन आर्ट' और 'एप्लाइड आर्ट' में विभक्त नहीं है। व्यक्ति की कला अलग और समाज की कला अलग नहीं है। कला तो वहाँ अलंकारिक है। जीवन में जो अपर्याप्तता है, जो कमी है, उसे पूर्णता, पर्याप्तता, यथेष्टता प्रदान करना कला का प्रयोजन है। व्यक्ति हो अथवा समाज, दोनों के प्रयोजन, दोनों की चिन्ताएँ समान हैं; एतएव दोनों के लिए कला का प्रयोजन भी समान है। कला के बिना उनके जीवन की कल्पना ही नहीं की जा सकती। कला के बिना वे जी नहीं सकते।

कुमारस्वामी भारतीय कला के स्वरूप-निदर्शन के साथ-साथ भारतीय जीवन-विधान में धर्म के केन्द्रीय महत्व को भी बारम्बार उद्घाटित करते चलते हैं। अपनी व्यापक और पैनी दृष्टि के अनुरूप वे भारतीय जीवन-प्रणाली में तप-त्याग-अनुभूति के विधान के समानान्तर बौद्ध और मध्यकालीन यूरोपीय जीवन-प्रणाली में भी इन तत्त्वों के स्वरूप से हमें परिचित कराते चलते हैं। हमें यह कभी नहीं भूलना चाहिए कि कुमारस्वामी के लिए कला, धर्म, संस्कृति और जीवन के अन्य आयाम एक-दूसरे में अन्तर्गुम्फित हैं। सम्पूर्ण-जीवन उनके लिए एक पवित्र अनुष्ठान है। वे पवित्र और सांसारिक का आधुनिक भेद नहीं मानते। अपनी इसी दृष्टि की सहायता से वे जीवन के प्रत्येक पक्ष को उद्भाषित करने वाली कला-कृतियों का मर्मांकन करते हैं।

कुमारस्वामी सभी प्राचीन परम्पराओं में कलाकारों-कृतिकारों की निःसंगता के महत्व को विश्व की अनेक महान धरोहरों के दृष्टांत के माध्यम से रेखांकित करते हैं। योग इसी निःसंगता की साधना है और वास्तविक कला इसी योग का प्रतिफल। भारतीय परम्परा एक योग-मूलक परम्परा है। यहाँ जन-सामान्य की भी आन्तरिक वृत्ति योगोन्मुख रही है। अपने आत्म-बोध से एकाकार होने की एक भारतीय की अन्तर्कामना उसके जीवन में एक अवान्तर कथा की तरह सदैव प्रवाहमान रहती है। यह योग-मूलक अन्तर्कामना ही भारतीयों के जीवन में कला के प्रति आकर्षण और समझ विकसित करती है। इसी से भारतीय कला का समष्टिगत स्वरूप निखर कर सामने आता है।

कुमारस्वामी ने भारतीय राष्ट्रीयता, कला, शिक्षा और स्वदेशी के क्रम में भारतीय संगीत के भी विभिन्न पक्षों की विस्तृत समीक्षा की है। वे संगीत की महत्ता की ओर हमारा ध्यान आकृष्ट करते हैं। संगीत के सुरों और राज्य की संस्थाओं के मध्य प्लेटो द्वारा प्रतिपादित सम्बन्ध को उद्धृत करते हुए

कुमारस्वामी कहते हैं कि संगीत का सम्बन्ध मनुष्य की अन्तश्चेतना से होता है। भारत में तो इसका सम्बन्ध राजा और प्रजा, दोनों के स्तर पर दृष्टिगत होता है। भारत में जहाँ शास्त्रीय कलाओं, विशेषकर शास्त्रीय संगीत को राज्य का आश्रय प्राप्त होता रहा है, वहीं शास्त्रीय विधान के इस राजपथ के समानान्तर भारत में लोक-कला और लोक-संगीत की भी अनगिनत वीथिकाएँ सदियों से विद्यमान हैं। कुमारस्वामी इन पगडंडियों का भी गन्तव्य शास्त्रीय संगीत के समान ही मानते हैं।

स्पष्टतः स्वदेशी की व्याप्ति सम्पूर्ण जीवन में होनी चाहिए। स्व-शासन उसका राजनीतिक रूप है, परन्तु स्वदेशी के प्रति आग्रह व उत्साह तो स्थापत्य, संगीत, शिक्षा, खान-पान, साज-शृंगार आदि सभी क्षेत्रों में प्रतिबिम्बित होना चाहिए। स्वदेशी का प्रश्न मात्र आर्थिक आय या बचत का नहीं है, यह उसका स्थूल पक्ष हो सकता है। स्वदेशी एक राष्ट्र के विचार और आचार का सहज प्रवाह है। परम्परागत कलाएँ व दस्तकारियाँ मात्र आजीविका का साधन नहीं रही हैं, उनमें भारतीय चेतना की प्रतिध्वनि सुनाई देती है। कुमारस्वामी का दृढ़ विश्वास था कि भारत का पुनर्जागरण भारतीय कला की पुनर्प्रतिष्ठा से ही संभव है। कला जीवन है और जीवन कला। यदि इस कला-बोध का क्षरण हुआ तो भारतीय अस्मिता का विघटन हो जाएगा।

कुमारस्वामी भारत में आधुनिक उद्योगवाद के बढ़ते कदमों से इसलिए चिन्तित थे क्योंकि मशीनीकरण कला व कलाकार का शत्रु है। औद्योगिकीकरण ने पाश्चात्य देशों में जो गंभीर नैतिक व आर्थिक संकट उत्पन्न किया, वे भारतीय नेतृत्व को उससे सीख लेने का आग्रह करते हैं। औद्योगिकीकरण सृजनात्मकता का विघातक है, सन्तोष-वृत्ति का निषेध है और पदार्थवादी दृष्टि का विस्तार है। भारत का कल्याण इस उद्योगवाद को अंगीकार करने में नहीं, इसका प्रतिकार करने में है। भारत को कल-कारखानों से पाट देना, उत्पादन के नाम पर भोंडी विलासिता व निरर्थक वस्तुओं के प्रति आकर्षण उत्पन्न करना, कारीगरों को कलाकार से सर्वहारा बना देना ये सभी स्वदेशी के उदात्त आदर्शों का हनन है। एक औद्योगिक भारत आधुनिक पश्चिम की मलिन प्रतिकृति ही होगी।

पुनर्जागरण काल में साम्राज्यवाद के तत्त्वावधान में उपजे आधुनिकता के ज्वार ने बड़े-बड़े शिलाखंडों को निमग्न कर दिया, परन्तु कुमारस्वामी एक वटवृक्ष की भाँति अविचल खड़े रहे। महात्मा गांधी की भाँति वह भली-भाँति जानते थे कि आधुनिक सभ्यता चार दिन की चाँदनी है। छद्म सिद्धान्तों की क्षणिक सफलता उन्हें अभिभूत न कर सकी। उन्होंने अप्रितम निष्ठा व शौर्य

के साथ परम्परागत सिद्धान्तों का निरुपण किया। रोमां रोलां के अनुसार उनकी रचनाएँ आत्म-शक्ति व उसकी विपुल सम्पदा का उन्मीलन हैं। वे पूर्व व पश्चिम की परम्परागत सभ्यताओं के पुजारी हैं। वे ऐसे सद्गुरु हैं जो कबीर के शब्दों में, 'लोचन अनत उघाड़िया, अनत दिखावन हार' की सामर्थ्य से सम्पन्न हैं। आनन्द कुमारस्वामी की सत्तरवीं वर्षगाँठ के अवसर पर कलाविद् एरिक गिल ने जो शब्द उनके लिए प्रयोग किए हैं उससे उन्हें सम्यक् श्रद्धांजलि दी जा सकती है—

'अन्य विद्वानों ने भी सत्य, जीवन, धर्म और मनुष्य के कार्यों के विषय में लिखा है, अन्यों को भी वाग्विदग्ध विवेचन की सामर्थ्य प्राप्त रही है, अन्य दार्शनिकों को भी हिन्दू, बौद्ध व ईसाई तत्त्वदर्शन का ज्ञान है, अन्य विद्वानों ने भी चित्रों व मूर्तियों के सम्यक् आशय को समझा है, अन्यों ने भी सत्, चित् और आनन्द के सम्बन्ध को समझा है, अन्यों में भी प्रेम, उदारता व सहिष्णुता विद्यमान रही है तथा निस्सीम ज्ञान से सम्पन्न अन्य दार्शनिक भी हुए हैं। परन्तु, मैं ऐसे किसी दार्शनिक को नहीं जानता जिसमें सभी योग्यताएँ एवं शक्तियाँ एक साथ विद्यमान हों। मैं यह कहने की धृष्टता नहीं कर सकता कि मैं उनका शिष्य हूँ, क्योंकि कदाचित् वे मेरी यह स्वीकारोक्ति पसन्द न करें। मैं यह पुरजोर शब्दों में कहता हूँ कि आनन्द कुमारस्वामी के सिवाय और किसी दूसरे व्यक्ति ने सत्य, कला, जीवन, धर्म और धार्मिक आचरण के विषय में इतना गूढ़ ज्ञान इतनी समझदारी के साथ व्यक्त नहीं किया है।'[9]

■

9. आर्ट एण्ड थॉट, कुमारस्वामी अभिनन्दन ग्रन्थ, लन्दन, 1947, पृ० 15

निर्मल वर्मा का भारत बोध : प्रामाणिक संस्कृतात्मा का प्रत्यभिज्ञान

अम्बिकादत्त शर्मा

बीसवीं शताब्दी के भारतीय साहित्यकारों में निर्मल वर्मा का नाम अपने देश और अपने देश से बाहर विदेश में बड़े आदर के साथ लिया जाता है। साहित्य उनके लिए ज्ञान की एक शाखा मात्रा नहीं अपितु ज्ञान की सम्पूर्ण व्यवस्था है। इसीलिए उनकी साहित्य-सर्जना में धर्म, दर्शन, इतिहास, पुराण, संस्कृति, सभ्यता और कला इत्यादि सबके सब विमर्श के विषय बनते हैं। मैं यहाँ उनकी साहित्य-सर्जना के उस पक्ष को उजागर करने का प्रयास करूँगा जो अक्सर लोगों की आँखों से ओझल हो जाता है। निर्मल वर्मा की विचार-भूमि का यह पक्ष एक दार्शनिक का है जो साहित्य से प्रमुदित होकर एक 'सभ्यता-समीक्षक' के रूप में आकर ग्रहण करता है। यद्यपि यह समीक्षा भारत के सांस्कृतिक-साभ्यतिक बोध को लेकर है लेकिन भारतीय संस्कृतात्मा का प्रत्यभिज्ञान कराने के लिए उन्होंने यूरोप का पूर्वपक्ष चकित कर देने वाली मौलिकता के साथ प्रस्तुत किया है।

जर्मनी के हैडिलबर्ग विश्वविद्यालय में 'अज्ञेय मैमोरियल व्याख्यान' देते हुए उन्होंने अज्ञेय जी पर मार्मिक टिप्पणी करते हुए कहा था कि "वे समकालीन भारतीय परिदृश्य में उन विडम्बनाग्रस्त विचारकों में से एक थे जो भारतीयों को घर से बेघर हुए जान पड़ते थे और यूरोपीयों को एक ऐसा भारतीय जिसने अपना घर कभी छोड़ा ही नहीं" (भारत और यूरोप, पृ० 40)। देखा जाय तो यह बात अज्ञेय जी के लिए जितनी सही है उससे अधिक स्वयं निर्मल वर्मा के लिए भी सत्य है। अपने वैचारिक जीवन के प्रारम्भिक दिनों में वे समाजवादी यूरोप की विचार-सरणी से प्रभावित प्रतीत होते हैं। इसीलिए उनके चिन्तन को मार्क्सवादी गोत्र का कहकर परम्परावादी उनकी आलोचना किया करते थे। परन्तु चेकोस्लाविया प्रवास के दौरान मार्क्सवाद का 'हिंसात्मक सत्य' देखकर उनका हृदय कदाचित् रूपान्तरित हुआ। उनके ही शब्दों में "बाद के वर्षों में अनेक उतार-चढ़ाव आए- कम्यूनिस्ट पार्टी में

शामिल होना, हंगरी और चेकोस्लाविया की घटनाएँ, स्वयं भारतीय समाजवादी आन्दोलन से निराशा, किन्तु इन सबके बावजूद यह विश्वास अडिग रहा कि जिस अन्याय और उदासीनता की दुनिया में हम जीते हैं, उससे मुक्ति पाने का विकल्प कहीं अवश्य होगा (दूसरे शब्दों में, पृ० 99)। यही वह विश्वास था जिसके चलते वे भारतीय विश्वदृष्टि की आत्मा को अंतरंग होकर पहचानने में प्रवृत्त होते गए। वस्तुतः भारतीय विश्वदृष्टि की यह अनुपम विशेषता है कि यदि आकस्मात् भी उसके यथार्थ की एक दीप्ति किसी में प्रविष्ट हो जाए तो वह अन्दर ही अन्दर बदलने लगता है। निर्मल वर्मा में हुए ऐसे ही बदलाव के कारण उनके पुराने मित्रों को उनके चिन्तन में दक्षिणपंथी हिन्दू परम्परावाद की गहरी छाप दिखाई देने लगी। एक ही व्यक्ति के जीवन में विचारों का ऐसा कायाकल्प अविश्वसनीय होते हुए भी वास्तव में वैसे सभी बुद्धिजीवियों का खरा सच है जो अंधश्रद्धा से नहीं बल्कि आत्मालोचन की गहन प्रक्रिया से गुजरकर भारत के सांस्कृतिक-साभ्यतिक अधिकार बोध में स्वप्रतिष्ठ होने की आकांक्षा रखते हैं। यह आकांक्षा सब में हो, यह जरूरी नहीं, परन्तु वैसे व्यक्तियों के लिए सामान्य कही जा सकती है जिनमें अपने स्वरूप और साथ ही स्वरूप से विस्थापित होने की आत्मचेतना किसी न किसी रूप में बनी हुई है। मानो नीत्से की 'शाश्वत वापसी' को संज्ञान में रखते हुए इस आकांक्षा पर टिप्पणी करते हुए निर्मल वर्मा ने उचित ही कहा है कि "उपनिवेशवाद के कारण उत्पन्न हुए उन्मूलन में एक भारतीय बुद्धिजीवी को कायान्तरण की तमाम अवस्थाओं से गुजर कर ही अपना विश्वसनीय आत्म हासिल हो पाता है" (भारत और यूरोप, पृ० 41)।

द्रष्टव्य है कि निर्मल वर्मा के भारत बोध का अन्तरार्थ इसी विश्वसनीय सांस्कृतिक-आत्म को प्राप्त होना है। दूसरे शब्दों में कहें तो यदि संस्कृति और सभ्यताओं के विश्व इतिहास में भारतीय संस्कृति और सभ्यता का औचित्य अभी भी शेष है और उसकी दीप्ति से मानवता प्रदीप्त हो सकती है तो उसे उसकी आत्मा में प्रतिष्ठित करना होगा। इसके लिए भारत के प्रामाणिक सांस्कृतिक-आत्म की तलाश और पहचान जरूरी है, ताकि औपनिवेशिक अज्ञान के अंधकार से उस संस्कृतात्मा को मुक्त किया जा सके, जिसका स्वरूप अत्यंत ही धवल है। निर्मल वर्मा इस तलाश और पहचान को 'समझदारी की त्रासदी की समस्या' के रूप में देखते हैं। यद्यपि यह उचित ही है, क्योंकि अज्ञान के निराकरण की समस्या समझ की ही समस्या होती है; तथापि किसी भी सभ्यता-विमर्शक को निर्मल वर्मा की इस दृष्टि में हायडेग्गर के 'प्रोजेक्ट ऑफ थॉट' की प्रतिध्वनि सुनाई पड़ सकती है। परन्तु यदि इसे

सही भी मान लिया जाए तो इससे निर्मल वर्मा की गवेषणा हायडेग्गेरियन नहीं हो जाती, बल्कि औपनिवेशीकृत भारत की वास्तविक समस्या को विदग्धता के साथ सम्बोधित और उद्घाटित करती है। हायडेग्गर तकनीकी नास्तिकता (मनुष्य पर मशीनी-सभ्यता का अप्रतिहत प्रभुत्त्व) को मानव सभ्यता का सबसे बड़ा खतरा मानते हैं। परन्तु इसे वे मनुष्य की कोई ऐसी नियति नहीं मानते जिससे मुक्त होना सम्भव ही नहीं। वे इस बात पर जोर देकर कहते हैं कि यह वांछित मुक्ति किसी राजनीतिक कार्ययोजना के द्वारा सम्भव न होकर 'प्रोजेक्ट ऑफ थॉट' के द्वारा सम्भव है। (द्रष्टव्य, भारतीयता के सामासिक अर्थ—सन्दर्भ, पृ० 44)। चूँकि तकनीकी ने हमारी सोच को ही बदल दिया है, इसलिए उस सोच को बदलकर ही हम जीवन और जगत् के उस मौलिक स्वरूप को आत्मसात् कर सकते हैं जो तकनीकी 'इन्फ्रेमिंग' से जकड़ा हुआ न हो। क्या ठीक इसी तरह पिछले दो हजार वर्षों के दौरान विदेशी आक्रमणों, ऐतिहासिक उथल-पुथल और विशेषकर औपनिवेशीकरण की प्रक्रिया ने भारत के परम्परा बोध को धूमिल और कलुषित नहीं कर दिया है? निश्चय ही भारत की आत्मा को एक छद्म आत्म और उसकी चेतना को एक छद्म चेतना में रूपान्तरित कर दिया गया है। इससे उसके स्वरूप और ऐतिहासिक क्रियान्वयन की सातत्यता ही मानो छिन्न-भिन्न हो गई है। अतः यह कोई राजनीतिक समस्या अथवा राजनीतिक आधिपत्य को मात्र स्वीकार कर लेने की समस्या नहीं है। यदि प्रारम्भ में वह राजनीतिक समस्या रही भी हो तो आज धीरे-धीरे यह राजनीतिक समस्या सांस्कृतिक दासता के तौर पर 'इण्टरनलायज्ड' हो गई है। अतएव वि-औपनिवेशीकरण के द्वारा भारत के प्रामाणिक आत्म की पहचान और उसे अपने में स्वायत्त करना यदि निर्मल वर्मा के लिए वास्तव में समझदारी की समस्या है तो यह सर्वथा उचित ही है। यदि एक साभ्यतिक राजनीति की ऐतिहासिक साजिश के द्वारा भारतीयों के भारत बोध को बदला गया है तो उस समझ को ही बदल कर हमारी 'सनातन वापसी' हो सकती है। निर्मल वर्मा अपने विभिन्न औपन्यासिक कृतियों तथा बहुविध वैचारिक एवं साहित्यिक निबन्धों में वस्तुतः प्रामाणिक संस्कृतात्मा में पुर्नप्रतिष्ठ होने की वैचारिक कार्य-योजना को ही विभिन्न स्तरों पर क्रियान्वित करते हैं। इस क्रियान्वयन में वे यूरोप के आत्मखण्डित लेकिन दुर्दान्त अहंकार से ग्रस्त मुखौटे को भी बेनकाब करते हैं और साथ ही साथ उस ऐतिहासिक प्रक्रिया को भी तार-तार करते हुए विश्लेषित करते हैं जिसमें भारत की आत्मा कई स्तरों पर आत्मविभाजित हुई है। इस उपक्रम में वे भारत के आत्मविभाजित खंडों को जोड़ने की वकालत नहीं करते बल्कि उसके अखण्ड

स्वरूप का संकेत भी करते हैं जो इतने कर्दम–कलुषों के बीच भी अक्षत बना हुआ है।

इस प्रकार अपने बरक्स भारत की प्रामाणिक संस्कृतात्मा की पुनर्प्राप्ति की गहरी वेदना ही निर्मल वर्मा को भारतीयता के समर्थक बहुतेरे बुद्धिजीवियों से अलग करती है। अपनी इस वेदना से वे एक ऐसी विचार–भूमि निर्मित करते हैं जिसका लक्ष्य औपनिवेशीकरण की बलीयसी प्रक्रिया और उसकी संचालक शक्तियों से जान छुड़ाकर भागना नहीं है बल्कि उसका सामना करते हुए उसे पार कर जाना या फिर आगे निकल जाना है। दूसरे शब्दों में औपनिवेशिक दासता से भारत की मुक्ति का अभियान प्रतिगामी (रीग्रेशन) तरीके से नहीं बल्कि पुरोगामी (प्रोग्रेशन) तरीके से ही प्रामाणिक तौर पर सम्भव है। द्रष्टव्य है कि अपने समकालीनों में केवल निर्मल वर्मा ही ऐसे नहीं थे जो इस समस्या पर इस तरह सोचते थे। साहित्यकारों की टोली में पं० विद्यानिवास मिश्र, अज्ञेय और सम्प्रति रमेश चन्द्र शाह के अतिरिक्त कम से कम दो दार्शनिकों का उल्लेख करना यहाँ समीचीन होगा; जिनसे निर्मल वर्मा का चिन्तन बहुत हद तक प्रभावित रहा है। इसमें पहले व्यक्ति के०सी० भट्टाचार्य रहे हैं जो वि–उपनिवेशीकरण की फलश्रुति 'विचारों में स्वराज' में देखते थे। इस सम्बन्ध में 1929 में हूगली कॉलेज के प्रिंसिपल पद से 'स्वराज इन आइडियाज' शीर्षक से दिया गया व्याख्यान बहुत ही दृष्टि–विदारक है। उनके अनुसार "सांस्कृतिक पराधीनता साधारणतः अचेतन प्रकार की होती है। जब मैं सांस्कृतिक पराधीनता की बात करता हूँ तो मेरा अभिप्राय किसी विदेशी संस्कृति को मात्र अपना लेने से नहीं होता। इस प्रकार का अपना लेना आवांछनीय ही हो, यह आवश्यक नहीं। एक स्वस्थ विकास के लिए यह कभी–कभी जरुरी भी हो सकता है। किसी भी परिस्थिति में उसका अर्थ स्वाधीनता की हानि नहीं होता और होना भी नहीं चाहिए। सांस्कृतिक पराभव केवल तब होता है जब व्यक्ति के अपने परम्परागत विचारों और भावनाओं को बिना तुलनात्मक मूल्याँकन किए ही एक विदेशी संस्कृति के विचार और भावनाएँ उखाड़ फेंकते हैं। वह विदेशी संस्कृति व्यक्ति को एक भूत या प्रेत की तरह अपने वश में कर लेती है। इस प्रकार की पराधीनता आत्मा की दासता है। जब व्यक्ति अपने आप को उससे मुक्त कर लेता है तो उसे लगता है जैसे उसकी आँखें खुल गईं। उसे एक नए जन्म की अनुभूति होती है (द्रष्टव्य, भारतीय दर्शन के 50 वर्ष, 373)। भट्टाचार्य विचारों में स्वराज के माध्यम से जिस नए जन्म की अनुभूति की बात कर रहे हैं वह वास्तव में अपने आप को फिर से पाना ही है। परन्तु इसके लिए अपने को खोए बिना

'अन्य' से संवाद करना और अपने सन्दर्भ में 'अन्य' का मूल्याँकन करना तथा उस 'अन्य' को सन्दर्भ बनाकर अपने को समझना भी जरुरी है। निर्मल वर्मा 'भारत और यूरोप : प्रतिश्रुति के क्षेत्र' नामक विशिष्ट निबन्ध में इस उपक्रम को अनोखे ढंग से साधते हैं और मानो के०सी० भट्टाचार्य के 'स्वराज इन आइडियाज' पर भाष्य-वार्तिक लिखते हुए प्रतीत होते हैं। के०सी० भट्टाचार्य के अतिरिक्त वह दूसरे व्यक्ति जड़ावलाल मेहता हैं जो औपनिवेशीकरण की अपहितियों को एक 'क्राइसिस ऑफ अण्डरस्टैंडिंग' के रूप में देखते हैं। पारम्परिक और आधुनिक पश्चिम की गहन समझ रखने वाले प्रोफेसर मेहता औपनिवेशीकरण की आत्मपीड़ा को आत्मकथा बनाकर कहते हैं कि "मैं इस तथ्य को भुला नहीं सकता कि मैं आज के हिन्दुस्तान के जीवन-संसार का भी भागीदार हूँ और इसके अलावा, इससे परे, पश्चिमी प्रविधि की उस विश्वव्यापी घटना का भी जिसने अब समूची दुनिया को अपने चपेट में ले लिया है : हाइडेग्गर के मुहावरे में 'वर्ल्ड सिविलायजेशन' की शक्ल में। ऐसी परिस्थिति में, मेरे लिए करने को बचता ही क्या है सिवा इसके कि मैं पावनता के अविशिष्ट पदचिह्नों का अनुसरण करते हुए ऐसी भाषा पाने का प्रयत्न करूँ जिससे वे चिह्न और वह आदि स्रोत आज अर्थोन्मेषक ढंग से मुखर हो सकें" (समेकित दार्शनिक विमर्श, पृ० 98)। पुन: वे दूसरे प्रसंग से कहते हैं कि "पूर्व में मेरे लिए कोई दूसरा रास्ता खुला नहीं है सिवाय इसके कि यूरोपीयकरण के साथ चलते हुए और उससे परे निकल जाने के। विदेश और विचित्र की इस यात्रा से गुजरकर ही हम अपने को दूबारा पा सकेंगे और इसलिए यहाँ भी हमें उसी चीज तक पहुँचने के लिए जो हमारे बेहद समीप है, एक लम्बा रास्ता पार करना होगा" (भारत और यूरोप, पृ० 41 पर उद्धृत)। स्पष्ट है कि निर्मल वर्मा का भारत बोध अपने कुछ अतिविशिष्ट समकालीनों की विचार-परम्परा में ही विकसित हुआ है और सभी के इस बोध का उद्देश्य "इमैन्सीपेशन ऑफ ऑथेण्टिक कल्चरल सेल्फ" है।

यहाँ मैंने निर्मल वर्मा के अतिरिक्त उनके समकालीन जिन दो सगोत्रीय विचारकों का जिक्र किया है, उनकी वास्तविक चिन्ता को समझने के लिए औपनिवेशीकरण और यूरोपीयकरण के अर्थ और निष्पत्तियों को एक दूसरे से अलग करके समझना जरुरी है। विशेषकर भारत के सन्दर्भ में यह बेहद जरुरी है। औपनिवेशीकरण एक राजनीतिक प्रक्रिया है और उसका लक्ष्य साम्राज्य-विस्तार के लिए परोक्ष-अपरोक्ष रूप से राजनीतिक आधिपत्य स्थापित करना होता है। यद्यपि इस अर्थ में भी औपनिवेशीकरण यूरोपीयकरण की सवारी अवश्य बनती है। परन्तु यूरोपीयकरण अपने आप में अधिक व्यापक एक

सांस्कृतिक-साभ्यतिक प्रक्रिया है। आधुनिकता के नाम पर इसने आज एक बलियसी विश्वसभ्यता का रूप अख्तियार कर लिया है। यहाँ ध्यान देने की बात यह है कि वैसे उपनिवेश जिनकी कोई सांस्कृतिक-साभ्यतिक पहचान नहीं रही हो वे औपनिवेशीकरण से मुक्त केवल राजनीतिक स्वतंत्रता प्राप्त कर हो सकते हैं और इस तरह राजनीतिक रूप से स्वतंत्र होकर भी वे सभी यूरोपीयकरण की साभ्यतिक प्रक्रिया के अंगभूत बने रहे सकते हैं। अधिकांश उपनिवेश अपनी आजादी के औचित्य का मूल्याँकन इसी दृष्टि से करते हैं। परन्तु क्या भारत का सन्दर्भ भी ऐसा ही है? भारत संस्कृति और सभ्यताओं के बहुध्रुवीय विश्व में एक छोटा-मोटा देश नहीं अपितु आधा ग्लोब है। इसलिए भारत की स्वतंत्रता का मूल्य अन्य उपनिवेशों को मिली राजनीतिक स्वतंत्रता से न केवल भिन्न बल्कि व्यापक और वृहत्तर भी है। अत: भारत के लिए औपनिवेशीकरण से बड़ी समस्या यूरोपीयकरण की है। यदि यह समस्या भारत के लिए है तो यूरोप के लिए भी एक कठिनाई से कम नहीं। आज तक यूरोप को भी अपने मिशन में भारतीय प्रतिरोध का सामना करना पड़ रहा है। परन्तु अपनी कुछ ऐतिहासिक भूलों के चलते आज हमारी प्रतिरोधक क्षमता कमजोर पड़ गई है। फिर से प्रतिरोधी क्षमता अर्जित करने के लिए और इस समस्या से निजात पाने के लिए भारतीय संस्कृति और सभ्यता के 'अमृतनाभ' को समझना होगा और साथ ही साथ उसे विषाक्त करने वाले 'अंतरंग अन्यों' और 'पराए अन्यों' की पहचान भी आवश्यक है। अन्यथा अपने स्वरूप के प्रति मुग्ध बने रहना कोई अच्छी बात नहीं। कोई संस्कृति और सभ्यता जब तक अन्यों के परिप्रेक्ष्य में कठोर आत्मालोचन की प्रक्रिया से नहीं गुजरती है तो वह एक 'आलोचक राष्ट्र' में रूपायित नहीं हो सकती। इसके लिए भारत को औपनिवेशीकरण का विरोध राजनीतिक स्तर पर करने के साथ-साथ इसका प्रतिवाद सांस्कृतिक-साभ्यतिक स्तर पर भी करना होगा। औपनिवेशीकरण का सर्वाधिक नकारात्मक और टिकाऊ प्रभाव यह है कि इसने हम सबों में अपनी ही संस्कृति और सभ्यता के प्रति आत्महीनता का भाव पैदा किया है। आज हममें से अधिकांश वही जानते हैं जो हमने यूरोप से सीखा है। हमारे मन में यह बात भलि-भाँति बैठाई गई है कि ज्ञान की सारी जड़ें यूरोप में हैं। यह भी कि भारतीय संस्कृति का विश्व-सभ्यता को कोई योगदान नहीं है। अपने ही स्वरूप के प्रति इस प्रकार के स्मृतिभ्रंश से उबरने के लिए पहले अपनी संस्कृति और सभ्यता के प्रामाणिक बोध को स्वायत्त करना और फिर पूरी दुनिया के अप्रतिहत यूरोपीयकरण के विरुद्ध एक वैकल्पिक सभ्यता-बोध को उपस्थापित करना होगा। निर्मल वर्मा के नजरिये

से देखें तो भारत की वास्तविक समस्या यह है कि हम 1947 ई० में राजनीतिक रूप से स्वतंत्र होकर भी यूरोपीयकरण के अंगभूत बने हुए हैं। आज भारत किसी साम्राज्यवादी सत्ता का उपनिवेश नहीं है फिर भी वह अपनी संस्कृतात्मा पर यूरोपीय सभ्यता के उस शरीर को प्रत्यारोपित किए हुए है जिसकी आत्मा कबके उसे छोड़कर कर चली गई है। कहा जाता है कि माइकिल एंजिलो की सबसे अधिक सशक्त और उज्ज्वल मूर्तियों में जो गहरे अवसाद के भाव हैं वह इसी की प्रतिकात्मक अभिव्यक्ति है कि यूरोप के शरीर से यानि आधुनिक यूरोप के शरीर से उसकी आत्मा छोड़कर चली गई है।

इसीलिए निर्मल वर्मा अपने बहुआयामी विचार-वितान में यूरोपीय सभ्यताबोध के उस पक्ष को बहुत मूलगामी रूप से उजागर करते हैं जहाँ उसे अकूत-भौतिक उपलब्धियों के बीच 'आत्मा विहीन शरीर' और 'संस्कृति विहीन सभ्यता' के रूप में देखा जा सकता है। उनके ही शब्दों में—''अपनी समूची भौतिक समृद्धि और वैभव के बाद भी यूरोप आन्तरिक उजाड़ की उस 'वेस्टलैंड अनुभूति' से आक्रान्त लगता है जो उसके काव्य और कलाओं में बहुविध रूप से मुखरित हुई है, जिसे आगे चलकर हायडेग्गर ने 'बेघरपन की अनुभूति कहा है (भारत और यूरोप, पृ० 73)। साथ ही साथ वे भारतीय सभ्यता बोध को भी उतने ही मर्मस्पर्शी ढंग से उद्घाटित करते हैं, जिसके चलते आज भी वह तमाम अच्छाईयों-बुराईयों के साथ जीवित है। यह कोई कहने मात्र की बात नहीं कि भारतीय संस्कृति की निरन्तरता का शानी दुनिया में कोई दूसरी संस्कृति और सभ्यता नहीं है। निर्मल वर्मा की दृष्टि में भारतीय संस्कृति का 'अमृतनाभ' उसका आत्मपूरित होना है और उसका लक्षण यह है कि वह 'अन्य' के सन्दर्भ में अपने को परिभाषित नहीं करता (भारत और यूरोप, पृ० 56)। इस लक्षण को ठोस आधार प्रदान करने के लिए भारतीय संस्कृति के कुछ ऐतिहासिक प्रवृत्तियों को देखना-समझना रोचक हो सकता है। इसमें पहला यह कि अतीत में भारत जैसा भी रहा हो लेकिन उसकी ख्याति कभी यह नहीं रही कि पराए देशों में अपने प्रसार के लिए उसने कोई जोखिम उठाए हों—न धर्मान्तरण की आकांक्षा से और न ही पराए देशों को जीतने की इच्छा से ही भारत ने विश्व में अपनी उपस्थिति दर्ज की है। क्या यह विलक्षण बात नहीं कि बिना किसी सैन्य आक्रमण या युद्ध किए एशिया के व्यापक भू-भागों पर भारतीय संस्कृति फैल सकी, जिसे हम 'विशाल भारत' की संज्ञा से जानते हैं (भारत और यूरोप, पृ० 42)। दूसरी बात यह कि भारतीयों में दूसरी संस्कृतियों और सभ्यताओं को जानने की उत्सुकता

इतिहास के लम्बे अन्तराल में भी दिखाई नहीं पड़ती। यदि कोई भारतीय बाहर गया भी तो जानने की जिज्ञासा से नहीं गया। निर्मल वर्मा के ही शब्दों में— "हिन्दुओं और उनके प्राचीन रीति-रिवाजों को जानने की अपनी जिज्ञासा के लिए यूनानियों और चीनी यात्रियों और बाद में मुसलमान इतिहासकारों के इतिवृत्तों से हम भले ही जान लें कि वे भारत और भारतीयों के बारे में क्या सोचते थे, लेकिन यहाँ के लोग बाहर से आए मेहमानों और उनकी संस्कृति के बारे में क्या सोचते थे, यह जानने के लिए हमारे पास कोई दस्तावेज उपलब्ध नहीं है। यहाँ तक कि उन मुसलमानों के विषय में भी नहीं जिनके साथ वे बहुत लम्बे समय तक रहे, जिन्होंने उनकी नियति पर सर्वशक्तिमान प्रभुता और धार्मिक विचारधारा से शासन किया, जिसकी वे किसी भी स्थिति में अवहेलना नहीं कर सकते थे। न ही पारम्परिक हिन्दू ग्रंथों में हम उलेमाओं से हुए दार्शनिक और धार्मिक शास्त्रार्थों का कोई विवरण पा सकते हैं। यह इसलिये और भी विचित्र लगता है, जब हमें यह मालूम हो कि अपनी अनेक अन्य कमजोरियों के बावजूद हिन्दू पण्डित खण्डन-मण्डन के मामले में कभी पीछे रहे हों। जिस बौद्धिक प्रचंडता के साथ अपने बौद्ध प्रतिद्वंद्वियों और बाद में कुछ हद तक ईसाई मिशनरियों के साथ शास्त्रार्थ किए थे, वे इसके ज्वलंत उदाहरण हैं" (भारत और यूरोप, पृ० 43)।

हिन्दुओं की दूसरी संस्कृतियों और धर्मों के प्रति इस चुप्पी और उदासीनता का कारण अक्सर दूसरों के प्रति उनकी जिज्ञासा के अभाव में देखा-समझा जाता है। इसका एक दूसरा कारण यह भी हो सकता है कि भारतीयों ने पहले ही एक ऐसी आत्मनिर्भर और आत्मपूरित व्यवस्था तैयार कर ली थी जो जीवन और जगत् की तमाम जरूरतों, जिज्ञासाओं का समाधान करने में सक्षम थी। अत: उन्हें दूसरी संस्कृतियों से कुछ सीखने की आवश्यकता जान नहीं पड़ी, जबकि "आनोभद्रा क्रतवो यन्तु विश्वत:" उनकी खुली जिज्ञासा का आदर्श था। निर्मल वर्मा भारतीयों की इस प्रवृत्ति की व्याख्या विचार की एक भिन्न कोटि में करते हैं। यह कोटि सांस्कृतिक मनोविज्ञान की कोटि है जो सांस्कृतिक-साभ्यतिक चरित्र और व्यवहार को समझने की बहुत कारगर और गहरी दृष्टि प्रदान करती है। निर्मल वर्मा के अनुसार (भारतीयों का) 'अन्य' संस्कृतियों के प्रति उदासीनता का एक अधिक गम्भीर कारण भी था, वह यह कि उनके लिए अपनी अस्मिता को परिभाषित करने का सन्दर्भ कभी 'अन्य' रहा ही नहीं, जैसे कि यूरोपीयों के लिए था। आत्म को हमेशा आत्म-सन्दर्भी रूप में स्वीकारा गया। 'अन्य' उनकी अस्मिता के लिए न तो कोई खतरा था और न ही उनकी अद्वितीयता

का स्रोत। 'अन्य' की उनकी अवधारणा यूरोपीय संस्कृति की इस अवधारणा से बिल्कुल भिन्न थी। अपने से हमेशा अलग, एक बाहर की वस्तु; आतंक का स्रोत और आकांक्षा की वस्तु दोनों एक साथ। सार्त्र की प्रसिद्ध उक्ति 'दूसरे-वे नर्क हैं' हेगल की सशक्त प्रतिध्वनि मालूम देती है, जहाँ आत्म हमेशा 'अन्य' के विरुद्ध ही अपनी अस्मिता को परिभाषित करता है। एक ऐसा 'अन्य' जिसे या तो अधिगृहीत किया जा सकता है या फिर नष्ट ही किया जाना चाहिए (भारत और यूरोप, पृ० 44)।

'अन्य' की भारतीय और यूरोपीय अवधारणा का जैसा अन्तर निर्मल वर्मा ने किया है वह दोनों परम्पराओं की दार्शनिक दृष्टि से भी संगत है। भारतीय दर्शन में चेतना स्वसंवित् या स्वयंप्रकाश होने से अपने तात्त्विक स्वरूप में ही स्व-संदर्भी है जबकि यूरोपीय दर्शन में चेतना का मतलब ही 'ऑफ कॉन्शसनेस' होने से वह सदैव पर-संदर्भी ही होती है। परन्तु पर-संदर्भी आत्मचेतना के संदर्भ में 'अन्य' की यूरोपीय अवधारणा अपने आप में बड़ा ही द्वंद्वात्मक है। यदि 'अन्य' को वह पूरी तरह अपने वश में कर लेता है तो स्वयं उसकी अस्मिता संदेहास्पद हो जाती है। यद्यपि वह 'अन्य' को नष्ट करके ही पूर्ण होना चाहता है, लेकिन बिना 'अन्य' के वह कुछ भी नहीं रहता। बिना 'अन्य' के कुछ नहीं होना यानी सार्त्र का 'नथिंगनेस'। अतः यूरोपीय संस्कृतियों के लिए 'अन्य' अपनी 'असमावेशी अन्यता' में ही जिज्ञासा का विषय बनता है, जबकि भारतीयों के लिए 'अन्य' जब तक किसी तरह अपने या अपने तंत्र में समाविष्ट न हो तो वह एक ऐसा सम्बोधी बन ही नहीं सकता जिससे अर्थपूर्ण संवाद किया जा सके। हिन्दू परम्परा के लिए बौद्ध ऐसे ही 'अंतरंग अन्य' थे। इसीलिए ब्राह्मणों और बौद्धों के बीच एक हजार से अधिक वर्षों तक शास्त्रार्थ चला और दोनों एक-दूसरे को भरपूर सम्बोधित कर पाए। बौद्ध पराए होते हुए भी सांस्कृतिक दृष्टि से समानतंत्री थे। उनका परायापन धार्मिक दृष्टि से भले ही असमावेशी हो लेकिन सांस्कृतिक दृष्टि से वे उसी तरह अंतरंग रहे जिस तरह भारतीय संस्कृति के अंतरंग शैव, शाक्त और वैष्णव रहे हैं। यदि बौद्ध सांस्कृतिक स्वायत्तता का दावा किए होते तो कठिनाई जरूर होती, लेकिन ऐसा हुआ नहीं। इसीलिए निर्मल वर्मा का यह कथन बहुत ही समीचीन है कि बौद्ध धर्म भारत में लुप्त नहीं लीन हो गया (भारत और यूरोप, पृ० 45)। परन्तु यही बात भारत के इतिहास में मुसलमानों और ईसाईयों के लिए नहीं कही जा सकती। इन दोनों की 'अन्यता' धार्मिक और सांस्कृतिक दोनों ही दृष्टियों से हिन्दू परम्परा के लिए 'असमावेशी अन्य' की कोटि में आता है। यही कारण है कि ये दोनों

धर्म व्यापक धर्मान्तरण करवाने के बाद भी भारत में संस्थाबद्ध तो हैं लेकिन संस्कृतिबद्ध नहीं हो पाए हैं। इस देश में धर्मान्तरण तो बाबा साहब भीमराव अम्बेडकर भी करवाए, लेकिन बौद्ध पक्ष में यह धर्मान्तरण बाबा साहब के द्वारा किया गया 'इण्डोसमोशिस' कृत्य ही था। अत: नवबौद्ध भी भारतीय संस्कृति के लिए असमावेशी अन्य नहीं अपितु अन्तरंग अन्य ही हैं। भारत में दलित आन्दोलन की सफलता का राज भी यही है कि यह आन्दोलन उस वर्ग द्वारा सांस्कृतिक-पहचान की माँग थी जो भारतीय संस्कृति का अंतरंग अन्य है।

यूरोपीय सभ्यता के बरक्स भारतीय संस्कृति की एक और विशेषता को संज्ञान में लेना यहाँ बहुत आवश्यक प्रतीत होता है। यह विशेषता यूरोप से संवाद करते हुए भारतीय संस्कृतात्मा की प्रामाणिक पहचान के लिए गहरी अन्तर्दृष्टि प्रदान करती है। वह यह कि भारतीय विश्वदृष्टि में मनुष्य को सृष्टि का स्वामी नहीं माना जाता। मनुष्य भी चराचर में तमाम जीवित प्राणियों के बीच महज एक प्राणी ही है। इसके विपरीत यूरोपीय विश्वदृष्टि में बाइबिल (गॉड हैज क्रिएडेट मैन इन इट्स मिनी इमेज टू रूल ऑवर अर्थ...) से लेकर विज्ञान (प्रकृति का विजेता मनुष्य) तक मनुष्य के स्वामीवादी वर्चस्व को बनाए रखा गया है। यही वह अन्तर है जिसके चलते इतिहास की भारतीय दृष्टि मानवीय अतीत की अवधारणा के घेरे में बँधी नहीं रह जाती, बल्कि समस्त चराचर के अतीत से जुड़ जाती है। आश्चर्य है कि यूरोपीय मनुष्य द्वारा विकसित विज्ञान और तर्कणा की भाषा आज तक इस विशाल, जीवन्त और रहस्यपूर्ण मानवेतर संसार से सम्प्रेषण करने का कोई भी रास्ता सुझाने में निष्फल रही है। निर्मल वर्मा के शब्दों में कहें तो "मानवीय संसार का मानवेतर संसार से अलगाव यूरोपीय सभ्यता का सबसे त्रासद आयाम रहा है, जिसने गोएटे को यह कहने के लिए विवश किया कि हर अलगाव में विक्षिप्तता के बीज हैं। हमें यह ध्यान रखना चाहिए कि हम उसे पनपने न दें" (भारत और यूरोप, पृ० 79)। इस अलगाव से यूरोपीय आत्मा की लहू-लुहान विक्षिप्तता ही होल्डरीन और रिल्के की काव्य और कलाकृतियों में दिखाई पड़ती है।

इसके ठीक विपरीत भारतीय जीवन-दृष्टि को इस अलगाव का सामना इसलिए नहीं करना पड़ा कि उसने मानवेतर संसार से कभी अपने 'मिथिकीय' सम्बन्धों को त्यागा नहीं। इस जीवन-दृष्टि के लिए इस अलगाव पर विश्वास करना मुश्किल है जिसमें जीवन के एक रूप से दूसरे के बीच पुनर्जन्मों और कायान्तरों की एक अटूट श्रृंखला है, जहाँ हर जीव के भीतर दूसरे के

रहस्योद्घाटन की कुंजी छिपी है। भारतीय दर्शन, धर्म और नीति इत्यादि के द्वारा मनुष्य और प्रकृति, मानवीय और मानवेतर संसार के बीच के सम्बन्धों के रहस्यों को ही खोलने के बहुविध प्रयास किये गए हैं। 'देवंभूत्वा देवं यजेत्' के वैदिक आदर्श से लेकर 'आत्मवत् सर्वभूतेषु' के औपनिषद् आदर्श में यह गहरे प्रतिध्वनित होता है। प्रत्येक भारतीय के लिए ऋणत्रय की व्यवस्था और प्रतिदिन पंच महायज्ञों का विधान मानवीय और मानवेतर सृष्टि के बीच सामरस्य स्थापित करने का ही तो कर्त्तव्य विधान है। निर्मल वर्मा इस भारतीय दृष्टि का निचोड़ प्रस्तुत करते हुए उचित ही कहते हैं कि "प्रकृति रहस्यपूर्ण है, जैसा कि हर 'अन्य' सत्ता होती है। लेकिन उससे आतंकित होने का कोई कारण नहीं है, क्योंकि वह मनुष्य का एक अंश भी है—मानवीय प्रकृति, उसका स्व-स्वभाव" (भारत और यूरोप, पृ० 80)। ऐतरेय उपनिषद् में मनुष्य और प्रकृति, बाह्य और आन्तर की स्वभावगत एकता को ही तो यह कहते हुए प्रतिध्वनित किया गया है कि—"अग्निर्वाग भूत्वा मुखं प्राविशत्। वायुः प्राणोभूत्वा नासिके प्राविशत्। आदित्यश्चक्षुषी भूत्वाक्षिणी प्राविशत्। दिशः श्रोतंभूत्वा कर्णौ प्राविशत्। औषधिवनस्पतयो भूत्वा त्वचं प्राविशन्। चन्द्रमा मनोभूत्वा हृदयं प्राविशत्। मृत्युरपानो भूत्वा नाभिं प्राविशत्।" आपो रेतोभूत्वा शिश्नं प्राविशत्। भागवत पुराण में भी चराचर सृष्टि के अविरोध को उद्घाटित करते हुए कहा गया है कि—"अहस्तानि सहस्तानां अपदानि च चतुष्पदां, फल्गुनि तत्र महतां, जीवो जीवस्य जीवनम्।" लेविस्त्रास ने ऐसे ही अन्तर्दृष्टियों को सम्भवतः "एंकर प्वाइंट्स ऑफ इस्टर्न कल्चर' यानी पूर्वी संस्कृतियों के सम्पर्क सूत्र कहा है। परन्तु बिडम्बना यह है कि यूरोपीय सभ्यता ने इन सम्पर्क सूत्रों से जुड़ना कभी स्वीकार नहीं किया। इसे पश्चिमी मन का अहंकार कहा जाए या दम्भ कि वह पौर्वात्य अनुभव के सहयोग से अपने परिष्कार के लिए सभी तैयार नहीं होता।

भारतीय संस्कृति और सभ्यता का एक और विलक्षण लक्षण उसके इतिहास बोध में निहित है। ऐसा इतिहास बोध जिसमें अतीत कोई बीती हुई याद न होकर मेंहदी की तरह वर्तमान में रची-बसी रहती है। यह कोई ऐसी ऐतिहासिक स्मृति नहीं जैसी यूरोपवासियों की इतिहास-चेतना में ग्रीस की सभ्यता एक निर्जीव स्मृति मात्र है और जिसे वह पुस्तकों अथवा संग्रहालयों में याद तो कर सकता है लेकिन उसके वर्तमान को वह सम्बोधित नहीं करता। परन्तु, निर्मल वर्मा के शब्दों में, भारतीय सभ्यता की यह अद्भुत विशेषता रही है जो उसके जीवन्त होने की मर्यादा है कि वह 'अतीत' को व्यतित न मानकर उसे समकालीन की प्रतीक व्यवस्था में संयोजित कर पायी है, जो

आज भी उतनी ही अर्थवान और संस्कार सम्पन्न है जितनी पहले कभी थी (भारत और यूरोप, पृ० 15)। ऐसी इतिहास दृष्टि में ही पूर्वज बोध माता-पिता से लेकर ईश्वर तक विस्तार पाता है। तभी तो कृष्ण पूर्वजों में अपने को 'अर्यमा' कहते हैं। संस्कृतात्मा की उत्तरजीविता के लिए निश्चय ही ऐसी दृष्टि स्वागत योग्य है और आत्मचेतन मनुष्य के लिए संगत भी है, परन्तु वह संस्कृतात्मा अतीत की मलिनताओं से मुक्त अपने धवल स्वरूप में वर्तमान को सम्बोधित करे, इसके लिए एक विशेष प्रकार की आत्मालोचक आत्मचेतना न्यूनाधिक रूप में स्वाभाविक रूप से सक्रिय होती है। इसीलिए अतीत की बुराईयों से वर्तमान दोषयुक्त भी होता है और परिष्कार तथा प्रक्षालन की प्रक्रिया भी साथ-साथ चलती है। भारतीय इतिहास में संस्कृतात्मा का ऐसा जीवन-चक्र स्पष्ट रूप से देखा जा सकता है। परन्तु आधुनिक यूरोप की इतिहास-चेतना वर्तमान और अतीत में सीधा-सीधा भेद करती है। इसमें उस सूत्रात्मा का नितान्त अभाव है जो वर्तमान को उसके अतीत से जोड़ सके। एक आधुनिक यूरोपीय के लिए अतीत मानो जड़ वस्तु है और उससे उत्तरोत्तर अपने को काटते जाना ही प्रगतिशील वर्तमान है। द्रष्टव्य है कि भारतीय संस्कृति और सभ्यता अपने इन्हीं गुण-लक्षणों के चलते यूरोप के लिए सदैव ही विस्मयबोधक बना रहा है। उसकी विश्वदृष्टि के साँचे में यह समायोजित नहीं हो पाता। इस सन्दर्भ में निर्मल वर्मा की टिप्पणी बड़ी सटीक है कि "भारतीय सभ्यता का अस्तित्व पश्चिम के लिए एक विडम्बना, एक पहेली, एक विरोधाभास जान पड़ता रहा है। यदि वह यूनान और मिस्त्र की सभ्यता की तरह महज ऐतिहासिक स्मृति का अवशेष होती तो वह मृत किन्तु मूल्यवान सत्य हो सकती थी, यदि वह एक अफ्रीकी या लातिन अमरीकी कबीले की तरह कुछ प्रागैतिहासिक प्रथाओं का पुंज मात्रा होती, तो हजारों नृतत्वशास्त्री इसकी चीरफाड़ करने यहाँ पहुँच जाते या फिर अगर वह अपने को किसी धर्म विशेष में सिकोड़ कर एक असहिष्णु सम्प्रदायगत 'राष्ट्र' में बदल देती, तो भी वह ईरान या पाकिस्तान की तरह स्वीकार्य हो सकती थी" (भारत और यूरोप, पृ० 14)। परन्तु कठिनाई यह है कि परम्परागत भारतीय सभ्यताबोध को न तो उस ढाँचे में ढाला जा सकता है, जिसमें वर्तमान सदैव अतीत से अपने को वियुक्त करने में फलित होता है और न ही इसे मजहब, कबीले या आधुनिक राष्ट्र-राज्य की किसी बनी बनाई श्रेणी में संकुचित किया जा सकता है। अतः एक ओर आधुनिक यूरोप द्वारा अपने दर्पण में भारत की आत्मछवि को देखना उसकी इतिहास-दृष्टि की मानो प्रागनुभविक विवशता है तो दूसरी ओर इस इतिहास-दृष्टि को चश्मा बना कर भारतीय संस्कृति और सभ्यता को समझना

एक सरासर बेमानी है। यही कारण है कि आधुनिक यूरोप और समाजवादी यूरोप दोनों के पैरोकारों ने भारत की तस्वीर को अपने-अपने तरीके से प्रतिरूपण किया, जो उसके समृद्ध और गौरवशाली अतीत से कटी हुई थी। इस तरह वास्तविक भारत दोनों की आँखों से ओझल ही बना रहा, क्योंकि वह इनकी आँखों में समा ही नहीं सकता था। यह बात ठीक वैसे ही है जैसे पराए अजनबी को किसी शहर के वासी हमेशा एक 'भीड़' दिखाई देते हैं, उस भीड़ की लय और अन्तर्धारा का रहस्य सिर्फ उस नगर का वासी ही जानता है (भारत और यूरोप, पृ० 21)। क्या भारत के प्रति यह एक अजनबी-दृष्टि नहीं कि हेगल अपनी यूरोकेन्द्रित अवधारणात्मक योजना में भारत को आत्मचेतना के विकास में स्वप्निल अवस्था मानते हैं और यूरोप को आत्मचेतना की शीर्ष अवस्था में प्रतिष्ठित करते हैं। क्या भारतीय संस्कृति को समान्तवाद की जर्जरित मरणासन्न स्थिति में देखना मार्क्स की अपनी इतिहास-दृष्टि की मजबूरी नहीं है? वस्तुतः आधुनिक यूरोप और समाजवादी यूरोप के कायदे आजम हेगल और मार्क्स अपनी-अपनी इतिहास-दृष्टि के चलते ही भारत की नियति अपनी-अपनी टिप्पणियों में टाँक देते हैं। हेगल का विश्वास था कि भारत तभी अपने को एक बार फिर मूर्तिमान कर सकेगा जब वह अपने को अतीत वियुक्त कर यूरोपीय वर्तमान में ढालेगा। इसी तरह मार्क्स की दृष्टि में भारत अपनी नियति को ऐतिहासिक भौतिकवाद की प्रक्रिया से गुजर कर ही प्राप्त हो सकता है।

अवधेय हो कि भारत और यूरोप के बीच ऐतिहासिक दुरभिसंधि का यही वह स्थल है जहाँ से आधुनिक यूरोप और समाजवादी यूरोप की भारत को प्राधिकृत करने की अपनी-अपनी कार्य-योजना शुरू होती है। एक के लिए वास्तविक भारत पुरातात्त्विक स्थल से ज्यादा कुछ नहीं, जहाँ से उसके बौद्धिक और आध्यात्मिक वैभव, उसके प्राचीन दर्शन और महान साहित्यों को खोदकर ही निकाला जा सकता था। दूसरे के लिए वास्तविक भारत ऐतिहासिक भौतिकवाद के जर्जरित सामान्तवाद के सोपान पर उसकी प्रयोग भूमि बनने के लिए अभिशप्त था। इस तरह भारत की एक ऐसी आत्मप्रतिमा निर्मित हुई जिसके अतीत और वर्तमान में बहुत चौड़ी सांस्कृतिक फांक की दरार पड़ी हुई थी। इसी दरार को पैदा कर उसे उसके सुदूर अतीत से काटकर 'प्रोजेक्टेड वर्तमान' की दहलीज पर यूरोपीय वर्तमान से प्रतिकृत होने के लिए तैयार किया जाने लगा। एक ओर उसका अपराजेय अतीत, जिससे उसका वर्तमान प्रतिध्वनित नहीं हो रहा था तो दूसरी ओर उसका आसन्न वर्तमान जो पूरे तौर से यूरोप द्वारा प्राधिकृत किए जाने हेतु चतुर्दिक रूप से सम्बोधित हो

रहा था। इस तरह आधुनिक भारत आत्मप्रतिमा के संकट से ग्रस्त एक सांस्कृतिक-संकट वाले देश में रूपान्तरित हो गया। अतः यदि हम वास्तविक भारत के इस वास्तविक संकट को समझते हैं तो किसी भी भारतीय के लिए अपने विश्वसनीय आत्म को हासिल करना, प्रामाणिक संस्कृतात्मा में पुर्नप्रतिष्ठ होना सबसे जरुरी कार्य-योजना हो जाती है। निर्मल वर्मा, वास्तव में, अपने सम्पूर्ण साहित्यिक उपक्रमों से इसी कार्य-योजना को 'प्रोजेक्ट ऑफ अण्डरस्टैंडिंग' के रूप में साधते हैं। यह कार्य एक जटिल वाद्ययंत्र के सुर मिलाने जैसा है। इसका फल संस्कृतात्मा के निःशंक, निर्द्वन्द्व और निर्भ्रान्त बोध में प्रतिष्ठित होकर उसे क्रियान्वित करना है। ऐसा क्रियान्वयन जिसे आत्मक्रियान्वयन से अभिहित किया जा सके। निर्मल वर्मा द्वारा साधे गए इस उपक्रम के औचित्य को श्रीमद्भगवतगीता के सन्दर्भ में भी आत्मसात् किया जा सकता है। गीता भी एक 'प्रोजेक्ट ऑफ अण्डरस्टैंडिंग' ही है। उसका लक्ष्य भी विषादयुक्त अर्जुन को प्रामाणिक आत्मबोध और धर्मबोध में प्रतिष्ठित कर उसकी प्रस्थिति और भूमिका को तय करना है। यदि गीता का 'प्रोजेक्ट ऑफ अण्डरस्टैंडिंग' एक धर्मयुद्ध में क्रियान्वित हो सकता है तो भारतीय संस्कृतात्मा की अभ्रान्त समझ की कार्य-योजना भी औपनिवेशीकरण और यूरोपीयकरण के प्रतिवाद का सामर्थ्य प्रदान कर सकती है। अतः भारत की प्रामाणिक संस्कृतात्मा के प्रत्यभिज्ञान द्वारा इस सामर्थ्य को हासिल करना ही आज समस्त भारतीयों का आधुनिक स्वधर्म है।

सन्दर्भ ग्रन्थ

- निर्मल वर्मा, भारत और यूरोप : प्रतिश्रुति के क्षेत्रा, राजकमल प्रकाशन, नई दिल्ली, 1991
- निर्मल वर्मा, दूसरे शब्दों में, भारतीय ज्ञानपीठ, नई दिल्ली, 1997
- अम्बिकादत्त शर्मा, भारतीयता के सामासिक अर्थ—सन्दर्भ, भारतीय ज्ञानपीठ, नई दिल्ली, 2015
- समेकित दार्शनिक विमर्श, सम्पा० अम्बिकादत्त शर्मा, विश्वविद्यालय प्रकाशन, सागर (म०प्र०), 2015.
- भारतीय दर्शन के 50 वर्ष, सम्पा० अम्बिकादत्त शर्मा, विश्वविद्यालय प्रकाशन, सागर (म०प्र०), 2006

■

आत्मबोध में गूँथा विद्यानिवास मिश्र का भारत बोध

राजेश कुमार व्यास

परम्परा का अर्थ है, बगैर किसी व्यवधान के बरसों-बरस से चली आ रही शृंखला। गिन्सबर्ग ने उन संपूर्ण विचारों, आदतों और प्रथाओं के योग को परम्परा कहा है जो जन साधारण से संबंधित है और पीढ़ी दर पीढ़ी हस्तांरित होता है। मुझे लगता है, परम्परा संस्कृति से जुड़ी वह अनिवार्य दृष्टि है जिसमें चले आ रहे मूल्यों को स्वीकार करते हम आगे बढ़ते हैं। यह जो आगे बढ़ने की प्रक्रिया है, वही प्रयोग और नवाचारों के रूप में मनुष्य का एक तरह से अन्वेषण है। इस दृष्टि से विचारता हूँ तो पाता हूँ, हमारे यहाँ लोक और शास्त्र दोनों के ही आलोक में भारत को समझने की समग्र दृष्टि किसी ने दी है तो वह शब्दऋषि पंडित विद्यानिवास मिश्र हैं।

पंडित विद्यानिवास मिश्र भारत को जीवंत चेतना से अभिहित करते हैं। यह चेतना यहां के दर्शन, हजारों—हजार वर्षों से चली आ रही सभ्यताओं और उनकी संस्कृतियों से घुलकर बना समवेत स्वर है।

भारत को किसी भौगोलिक या ऐतिहासिक परिभाषा में सीमित करके देखा ही नहीं जा सकता। भारत माने जन—मन में बसा भाव। भाषिक और जीवन से जुड़ी बहुलता में बंधा जीवन—राग। इसे यहां रहने वाले लोगों की परपंराओं में प्रवेश करके ही गहरे से समझा जा सकता है। इस आलोक में पंडित विद्यानिवास मिश्र परंपराओं में प्रवेश कराने के साथ ही उनके जरिए भारत को समझने का भाव हममें भरते हैं। वह परंपरा में गूंथे भारत की बहुलता से ही साक्षात नहीं कराते, बल्कि भारत के बहाने हमें उस जीवन—दृष्टि से भी जोड़ते हैं जिसमें मनुष्य होने के भाव को ही सर्वोपरि मानते हुए अपने लिए नहीं—सबके लिए सोचने की दृष्टि समाहित है।

मुझे लगता है, भारत के बहाने पं० मिश्र जीवन की शाश्वत दृष्टि से हमें जोड़ते हैं। उनका भारत-चिंतन यहां के भूगोल और उसमें घटित ऐतिहासिक घटनाओं और इसमें रहने वाले लोगों तक सीमित नहीं है। वह

भारत को परम्परा से पुनर्नवा हुई दृष्टि में व्याख्यायित करते ऐसी आधुनिकी भी रचते है, जिसमें हम अपने भविष्य को देखने की दृष्टि पाते हैं। भारत की उनकी परिभाषा में यहां का भूगोल और भारतवंशी तो हैं परन्तु इनकी बजाय महत्त्व यहां के विचार, कथाओं, ऋतुचक्रों और उनसे जुड़े उत्सव, मेलों, जनसभाओं और उनसे प्रेरित यात्राओं, समस्याओं, साधनों और यहां के लोकजीवन को दिया गया है।

भारत को जीवंत दर्शन बताते हुए वे उससे जुड़ी उस विधारधारा की ओर हमें ले जाते हैं, जिसमें जीवन है तो वह अखंड और एक है। वह निरंतर प्रवहमान है, पर समस्त स्थितियों को संभाले भी रखता है। जीवन कभी समाप्त नहीं होता। अखंड है इसीलिए तो किसी व्यक्ति की मृत्यु में वह जीवन को नष्ट होते नहीं देखते। वे लिखते हैं, जीवन नष्ट होता दिखता है परन्तु दूसरे रूप में वह प्रकट या अप्रकट रहता है। पदार्थ का नाश नहीं होता। दूसरे पदार्थ के रूप में बदलाव होता है।

पंडित जी भारत दर्शन के बहाने इसी तरह जीवन से जुड़ी दृष्टि के गूढ़ार्थ में हमें ले जाते हैं। औचक, बार—बार। वह लिखते हैं शिव शव भी है, और शिव भी। पिंड जड़ भी है और चेतन भी। ऊर्जा का ही रूपान्तरण पिंड है और पिंड का ही रूपान्तरण ऊर्जा है। वह इसीलिए स्थापित करते हैं, हमारे यहां पूर्व में चले हर मार्ग का महत्त्व है। पर, मार्ग से अधिक महत्त्व मार्ग बनाने की विधि का है।

असल में पंडित विद्यानिवास मिश्र का भारत बोध सकल जीवन में श्रद्धा से जुड़ा है। वह अपने चिंतन में स्वतंत्रता की भी अनुपम दृष्टि हमें देते हैं। लिखते हैं, 'स्वतंत्रता का अर्थ अपने प्रकाश से आलोकित होना, अपने अभ्यास से प्रकट हुई ज्योति से परिचालित होना है।' इसीलिए वह शास्त्र और लोक में बरते शब्दों की ओर भी हमारा ध्यान बार—बार आकृष्ट करते हैं और कहते हैं कि भाषा का अभिप्राय केवल शब्द रचना या शब्द संयोजना नहीं है। भाषा चौखटा है, जिसमें विचार या भाव तसवीर की तरह जड़े जाते हैं। इस जड़े को देखकर ही हमें समझ में आता है, इस तसवीर में यह शीर्ष है, यह पीठिका है, इस तसवीर में केंद्र बीच में है, या दाएं है, या बाएं है। ये चौखटे एक दिन में, एक पीढ़ी में नहीं बनते। पीढ़ी—दर—पीढ़ी के अनुभव से ये चौखटे बनते रहते हैं।

यह महज संयोग ही नहीं है कि पंडित विद्यानिवास मिश्र जब परम्पराओं के आलोक में भारत को समझने के सूत्र हमें सौंपते हैं तो अज्ञेय की संस्कृति दृष्टि पर भी औचक ध्यान जाता है। अज्ञेय का एक निबंध है, 'संस्कृति की

चेतना'। इसमें अज्ञेय लिखते हैं, 'संस्कृति का अनिवार्य संबंध मूल्य-दृष्टि से होता है और अगर हममें संस्कृति की चेतना है अथवा जागृति है तो उसका अर्थ केवल इतना ही नहीं है कि हम परम्परा से चले आये मूल्यों को पहचान लें और स्वीकार कर लें। चेतना केवल स्वीकार-भाव नहीं है। मूल्य दृष्टि की चेतना मूल्यों की अर्थवत्ता की अनवरत खोज प्रक्रिया है।'

अज्ञेय की इस संस्कृति दृष्टि के संदर्भ में ही विचारें तो पंडित विद्यानिवास मिश्र परम्परा से चले आये मूल्यों को स्वीकारने में भी भारत को समझने की बात नहीं कहते। वह स्वयं उन मूल्यों की अर्थवत्ता की अनवरत खोज में भारत को तलाशते हुए हम उसे समझने का भाव—भरते हैं। पंडित जी के चिंतन की यह विशेषता भी है कि वह परम्पराओं के मूल्यों में निहित गहरी दृष्टि तक पहुंचकर उनके होने में भारत की तलाश करते हैं।

असल में परम्परा को यदि हम अतीत की विरासत के अर्थ के रूप में ही समझेंगे तो यह उसका रूढ़ अर्थ होगा। जड़त्व लिए होगा। वे तमाम परम्पराएं जड़ हैं, जिनमें बगैर कुछ सोचे-समझे अतीत से जुड़े भौतिक-अभौतिक को विरासत मानते निर्वहन किया जाए। इस आलोक में पंडित जी बार-बार परम्परा में जितना व्यक्त है, वही नहीं बताते, उस व्यक्त में जो अव्यक्त बसा है—उससे भी हमें जोड़ते हैं। वह परम्परा के अंतर्गत अव्यक्त में समाये उस ज्ञान से हमें जोड़ते हैं जिसमें जो हो चुका है, वही नहीं जो कुछ और होने की संभावनाएं हैं—उसको पाने की राह भी सुझाते हैं। भारतीय दर्शन परम्परा के अंतर्गत लोक, शास्त्रीय, देशी-मार्गी आदि सभी में परस्पर निर्भरता के साथ बहुत कुछ और समावेश किए जाने के जो बीज बिखरे हैं, उनके अंकुरण में पंडित जी भारत को समझने का उर्वर चिंतन हमें सौंपते हैं।

भारतीय परम्पराओं की उनकी व्याख्या जीवन का वह नैरन्तर्य है जिसमें पुराने पत्ते पेड़ से झरते हैं, नए आते हैं। पेड़ उजड़ता है और फिर से हरा हो जाता है। उसमें फल लगते हैं और इन फलों में बसे बीज फिर से नया उगाने के क्रम को बनाए रखते हैं। इसीलिए वह कहते हैं, भारतीय चिंतन में जीवन नष्ट नहीं होता। अखंड रहता है। नष्ट होता दिखता है पर होता नहीं है। उनका भारत—बोध व्यष्टि से समष्टि की ओर ले जाने वाला है। भारत का अर्थ है, यहां से जुड़ी विचारधाराएं। लोगों के सोचने—समझने और तदनुरूप कार्य करने की समग्र दृष्टि। वह जीवन को अनुष्ठान बताते हैं तो इसमें निहित यह भी है कि यह अनुष्ठान जीवन की संभावना को उभारने के लिए संपन्न होता है। इन्हीं से फिर कलाएं विकसित होती है। वह भारतीय जीवन में जन्म से मरण तक व्याप्त अनुष्ठानों की चर्चा करते हुए कहते हैं कि अनुष्ठान जीवन

को समझने की दूसरी भाषा है। अनुष्ठान जाने बिना जीवन का तालमेल समझ नहीं आता और विश्व जीवन का तालमेल तो बिल्कुल समझ नहीं आता।

पंडित विद्यानिवास जी के भारत-चिंतन पर जाता हूं, तो यह भी पाता हूं कि वह हमारी दर्शन परम्परा के गूढ़ रहस्यों का इस बहाने सहज संप्रेषण करते हैं। चिंतन क्या है? बात कहां से प्रारंभ करें? कहां समाप्त करनी है, किसे हम केंद्र में रखें, किसे परिधि में, किसे प्रभाव मानें—किसे नहीं। हम क्या लक्ष्य रखते हैं—हमारी उपत्तियां, हमारे तर्क—विकल्प और विकल्पों का चयन आदि मिलकर ही तो चिंतन पद्धति बनती है। इस चिंतन पद्धति में ले जाते पंडित जी लिखते हैं कि भारत को राष्ट्र कहते हैं तो उससे जुड़ी चिंतन पद्धति पर जाना होगा। हमें हमारे राष्ट्र की पहचान होगी तभी दूसरे राष्ट्रों की पहचान संभव होगी। लघु से विपुल की यात्रा ही देश से महादेश में प्रवेश की यात्रा है।

भारत बोध में वह जीवन में घुले संस्कारों, प्रतीकों और व्यवहार से जुड़ी परम्पराओं में ले जाते हुए प्रतीकों के सूक्ष्म अर्थ समझाते हैं। इस अर्थान्वेषण में कई बार यह भी लगता है कि उनकी दृष्टि से यदि प्रतीकों को, परम्पराओं में जाएंगे तो बहुत कुछ महत्त्वपूर्ण अनायास ही मिलेगा। हमारे यहां हर मांगलिक कार्य में स्वस्तिक उकेरा जाता है। उसकी उपस्थिति होती है। इसकी व्यंजना में वे अपने आपको पहचाने जाने की दृष्टि अनायास ही देते हैं। वह लिखते हैं, 'दाईं ओर निरंतर मुड़ने वाला स्वस्तिक खुला कालचक्र ही तो है!' वे लिखते हैं, इसी तरह कालतत्त्व ने हमारे संपूर्ण जीवन और रागबोध या कहें हमारी सौंदर्य संवेदना को प्रभावित कर रखा है। काल का एक रूप है अनंत, जिसे शेषनाग भी कहते हैं, शेष भी कहते हैं, वही शेष स्थिति के अधिष्ठाता विष्णु की शय्या है। अनंत के ऊपर अनंतात्मा विराजमान है। उनकी नाभि से कमल फूटता है और कमल से ही कमलासन ब्रह्मा जन्म लेते हैं, वही संपूर्ण साकार सगुण सृष्टि के विधाता हैं। शेष रूप में काल के सहस्त्र फण हैं और उनके गुंजलक के सहस्त्र पटल हैं, सहस्त्र का अर्थ है अगणित। काल का दूसरा रूप वह शंख को बताते हैं। कहते हैं, शंख दक्षिणावर्त है, उसकी ऊपर की वर्तना—रेखाएं दाहिनी ओर गोलाकार मुड़ती हैं, पर कहीं बंद नहीं होतीं। यह भी विष्णु के हाथ की शोभा है। काल का तीसरा रूप है शिव के हाथ में बजने वाला डमरू, जिसका निनाद संहार की सूचना देता है। काल का चौथा रूप है लहरदार बेल, जिसके बीच—बीच में फूल है, पक्षी है, उनका कलरव है।

पंडित जी कालतत्त्व के मर्म में ले जाते हुए कहते हैं कि मृत्यु के देवता

के रूप में हमारे यहां यम है। वह आदित्य के ही पुत्र हैं। इसका सांकेतिक अर्थ है, मृत्यु के द्वार से ही जीवन के परम अर्थ को समझा जा सकता है। मृत्यु के भय को नकारकर ही जीवन का अर्थ ग्रहण किया जा सकता है। यही पंडित जी का वह भारत-चिंतन है, जिसमें हमारे जीवन में समाए विश्वास, आस्थाओं के गूढ़ अर्थों में काल को समझने की गूढ़ दृष्टि हमें मिलती है।

भारतीय प्रतीकों, जीवन से जुड़े मूल्यों के बहाने वे जो भारत बोध कराते हैं, उसमें लघुता से विपुल की यात्रा का नाद समाया है। देश से महादेश को पहचानने के सूत्र हैं। वह अपने चिंतन में स्थापित करते हैं, देश भारत केवल एक नस्ल या जाति या एक राज्य व्यवस्था से सीमित अवधारणा नहीं है। यह इन सब रास्तों का अतिक्रमण करने वाली अवधारणा है। हम भरपूर देश हैं। हम भरपूर काल हैं, तभी हम कुछ नया रच सकते हैं। हमारा कोई भी दर्शन रिक्तता या खालीपन को अवसर नहीं देता, जो सबसे अधिक खाली दिखता है, वही परिपूर्ण होता है। मंदिर के गर्भगृह में केंद्रीय विग्रह के अलावा दीवारों पर कोई मूर्ति नहीं होती, क्योंकि एक मूर्ति ही सब स्थान को भर रही है, वहां और कुछ नहीं है, यह भान कराना लक्ष्य होता है। समस्त खाली दिखने वाले अंतराल संयोजन की आकांक्षा से भरे हुए हैं। जितना ही जो सबसे अलग होता है, उतना ही वह सबका हो जाता है और उसमें सब आश्रय पाने लगते हैं।

हमारा जो दर्शन है, वह यह मानता है कि सारे आकाश में पैदा होते हैं। आकाश में रहते हैं और आकाश में ही लीन होते हैं। योगवाशिष्ठ में तीन आकाशों के बारे में वर्णन है। एक है—भूताकाश। दूसरा चित्ताकाश और तीसरा चिदाकाश। ये तीनों ही अनंत हैं। एक-दूसरे में समाहित। एक-दूसरे से गहरे जुड़े हुए। जितनी आपकी इच्छा हो उतनी सृष्टि रचिए। इस आलोक में विचारता हूं तो औचक पंडित विद्यानिवास मिश्र द्वारा की गई आकाश की व्यंजना पर भी ध्यान जाता है। वे लिखते हैं, आकाश को हम नभ कहते हैं। इसी का सजातीय शब्द नाभि है। इसका अर्थ है सबको खींचने वाला, सबको प्रभावित करने वाला। सबका संधायक, सबको जोड़ने वाला। आकाश की एक भूमिका यह भी है कि पृथक दिखने वाला है, इसीलिए अंबर का अर्थ वस्त्र भी है। यह सबको घेरे हुए है। आकाश का द्योतक शब्द है द्यौ जिसका अर्थ प्रकाशमान है। द्यौ: एक लोक का भी वाचक है पर आकाश के आलोक से भरने वाले रूप का भी वाचक है। आकाश का अर्थ शून्य है, शून्य का मूल अर्थ सूजकर बढ़ने वाला। किसी पीड़ा में, कष्ट में सूजन होती है। वह भरने वाली पीड़ा की ही पहचान होती है।

आकाश का एक और शब्द गगन है, जिसमें आवाज गूंजती रहती है। जैसे गंगा है जिसमें आवाज गूंजती रहती है, निरंतर कल—कल निनाद होता रहता है, वह गगन है, उसी में नक्षत्रों का संगीत छिड़ा हुआ है। उसी में आदि स्फोट है, उसी स्फोट से प्रकट हुआ प्रकाश है। पंडित जी लिखते हैं कि स्वयं आकाश शब्द का मूल अर्थ भलीभांति खुलना है। पूजा में इसीलिए आकाश के प्रतीक रूप में फूल का उपयोग करते हैं। हम फूल इस भाव से चढ़ाते हैं कि अपने को पूरी तरह से खोलकर रख रहे हैं, अपना खुलापन अपने आराध्य को सौंप रहे हैं, ताकि हमारा खुलापन सुरक्षित रहे।

यह जो उनकी आकाश को समझने की, उससे जुड़ी हमारी परम्परा का अन्वेषण है, वही असल में उनका भारत—बोध है। वह हमारी परम्पराओं में गूंथी उस विचार सृष्टि से हमें जोड़ते हैं जिसमें हरेक परम्परा का कोई बड़ा अर्थ छुपा हुआ है। यदि इस अर्थ को हमने पा लिया तो फिर भारत को समझने की दृष्टि भी समझो हमने पा ली। इस आलोक में पंडित विद्यानिवास मिश्र भारतीय परम्परा के ऐसे प्रवक्ता हैं जो अपने चिंतन में निरंतर भारत के होने में निहित अंतर उजास हमें सौंपते हैं।

भारत को समझने के लिए वह उस वैदिक वंदना का भी स्मरण दिलाते हैं जिसमें महादेश माता भूमि की वंदना है। इस वंदना में नाना प्रकार की बोली वाले, नाना प्रकार की आचार पद्धतियां अपनाने वाले लोगों, उनके लड़ाई—झगडों, हर्ष मनाने वालों के रूप में भारतीयों की पहचान है। वह पुराणों में कर्मभूमि भारत की अवधारणा में ले जाते हुए कहते हैं, भारत विशाल यज्ञवेदी है, जो प्रत्यंचा है, चढ़ा हुआ धनुष है, जिसकी परिभाषा कहती है—वही भारत देश है जिसकी संतान उत्तरोत्तर भारतीय होती है, ज्ञान की निरंतर आगे बढ़ती धारा होती है। देश की पहचान सत्य की खोज की विस्तार साधना से होती है और आगे आने वाली पीढ़ी में अटूट विश्वास से होती है। वह कहीं हमारे भीतर है।

वह भारत को जब देश नहीं महादेश कहते हैं तो इसके गहरे निहितार्थ में भी हमें जाना होगा। उन परम्पराओं, उदात्त मानवीय दृष्टि और अपनी स्वतंत्रता के साथ दूसरों की स्वतंत्रता के भी सम्मान से जुड़ी दृष्टि पर हमें विचारना होगा जिसमें भारत संकीर्णता की परिधि से परे 'वसुधैव कुटुम्बकम्' कहता ही नहीं, उसे अपने विचार—ओज में जीता है। वे लिखते हैं, प्राचीनता से इस बुरी तरह बंधा हुआ यह देश हर आधुनिक मूल्य को सहज भाव से स्वीकार करके भी अपनी परंपरा से विलग नहीं होता। इसलिए कि हमारे यहां—अशेष उदारता है।

ब्रिटेन के नाट्यसमालोचक विलियम आर्चर ने कभी परंपराओं में जीने वाले भारत को लेकर यह कहा था कि भारतीय कला, संस्कृति और साहित्य घृणा के बर्बर स्तूप हैं। आर्चर के उस कथन पर भारतीय संस्कृति और परम्पराओं में गहरी आस्था रखने वाले जॉन वुडरोफ़ ने तब आपत्ति जताते हुए भारतीयों को इसका कड़ा जवाब देने के लिए विचारोत्तेजक निबंध 'क्या भारत सभ्य है?' लिखा था। महर्षि अरविंद ने इस निबंध के संदर्भ में ही फिर भारतीय सभ्यता, संस्कृति और कलाओं की अन्तर्दृष्टि प्रदान करने वाली बहुत महती पुस्तक 'भारतीय संस्कृति की नींव' Foundations Of Indian Culture लिखी।

मुझे लगता है, पंडित विद्यानिवास मिश्र ने भी अपने भारत-चिंतन में यही किया है। उन्होंने 'भारतीय चिंतनधारा', 'भारतीय परम्परा', 'हिन्दू धर्म जीवन में सनातन की खोज' आदि के अंतर्गत जो लिखा है, उनमें ही नहीं बल्कि तमाम अपने लिखे में भारत को समग्रता से जिया है। लोक में जितना वह पगे हैं, उतना ही वह शास्त्र में भी समाए हैं—इसलिए उनका भारत-चिंतन भारतीय परम्पराओं, अनुष्ठानों, रीति—रिवाजों, उत्सव, कलाओं आदि को रूढ़िवादी, घोर—परम्परावादी और प्राचीन विश्वास—मान्यताओं में जीने वाले समाज के रूप में आधुनिकता की दृष्टि से दूर बताने वालों को तर्क संगत जवाब दिया है। अपने चिंतन में उन्होंने परम्परा के सहारे ही जीवन से जुड़ी वह आधुनिक दृष्टि प्रदान की है, जिसमें कोई समाज और राष्ट्र बढ़त करता है।

उनका भारत चिंतन परपंरा की विचार सृष्टि है। ऐसी जिसमें इतिहास भूतकाल नहीं शाश्वत अभिव्यंजनाओं में निरंतर श्रेष्ठ से श्रेष्ठतर का वरण करता आगे बढ़ता है। वे लिखते हैं—परंपरा में व्यक्ति की सिद्ध वस्तु के रूप में पूजा नहीं होती, व्यक्ति की निरंतर उत्कृष्ट से उत्कृष्टतर रचना होती है। राम और कृष्ण कोरे ऐतिहासिक व्यक्ति रहते तो जाने कब के मर गए होते। पर वे निरंतर जन्म लेते रहे, निरंतर बढ़ते रहे। वे पूजित हुए व्यक्ति के रूप में नहीं, विश्व सत्ता के रूप में। यह प्रतिमान जड़ नहीं है, सिद्ध नहीं है, पर प्रतिमानों की पिछली श्रृंखला से असंपृक्त भी नहीं है। वे स्थापित करते हैं कि महाभारत भूतकाल की घटना का विवरण मात्र नहीं, वह घटना के विवरण के व्याज से मानव धर्म की शाश्वत अभिव्यंजना है।

पंडित विद्यानिवास जी पुराणों में निहित परंपराओं का मर्म समझाते उनमें निहित आधुनिकता से हमें जोड़ते हैं। यह ऐसी है जिसमें मानव मूल्यों के नवीन समय—संदर्भ, अशेष उदारता में भारत की जीवंतता से हम सहज साक्षात् होते हैं। उनकी यह मान्यता है कि भारत ने हर उस परंपरा को स्वीकार

किया जो, मानव मूल्यों और विकास से उसे जोड़ती है। भारत केवल अपने में, अपनी प्राचीन परंपराओं से ही नहीं जुड़ा रहा है, उसने तमाम उन सभ्यताओं के श्रेष्ठतम को अंगीकार किया है, जिसने किसी भी क्षेत्र में उत्कर्ष के लिए राह बनाई है। वह लिखते हैं, 'भारत में अपने नाम का पहला लेख अखमनी साम्राज्य की नकल से लिखवाया गया। पहली मानवीय प्रतिमा चीन की राजपूजक विचारधारा के अनुवर्तन में कुषाण-काल में गढ़ी गई। पहला तिथिबद्ध इतिहास-राजतरंगिणी-विदेशी इतिहास-पद्धति के प्रकाश में लिखा गया। देश के लिए हिंदुस्तान, जाति या मजहब के लिए हिंदू के प्रयोग भी जिन लोगों द्वारा पहली बार किए गए, वे बाहरी थे। मनु ने धर्म का एकमात्र नाम दिया—मानव। कुछ ने आर्य कहा। बौद्धों ने सद्धर्म कहा। वैदिक या स्मार्त नाम भी आए, पर धर्म का देशबद्ध या विश्वासबद्ध या जातिबद्ध नाम किसी विचारक ने नहीं दिया। देश को भी भौगोलिक सीमा में सिमटाने की प्रक्रिया बाद में शुरू हुई।'

असल में पंडित जी भारत के इस स्वीकार भाव में वस्तुओं के, विचार के और जीवन पद्धति से जुड़े व्यवहार के खुलने वाले भाव में भारत को देखते हैं। उनका यह चिंतन मन को मथता है कि भारत का अर्थ चीजों को अलग—अलग वर्गीकृत करके देखना नहीं, उससे जुड़े महत्त्वपूर्ण और व्यावहारिक पक्ष, खुलने वाले भाव को तलाशना है। इसीलिए वह वराहमिहिर की वृहत्संहिता का उदाहरण देते हुए बताते हैं कि इसके आरम्भ में ही यवन अर्थात् ग्रीक ज्योतिर्वेत्ताओं के प्रति सम्मान भाव प्रदर्शित करते हुए कहा कि वे लोग भी महर्षियों की तरह पूज्य हैं क्योंकि ज्ञान कैसा भी हो, पवित्र होता है। 'न हि ज्ञानेन सदृशं पवित्रमिह विद्यते।'

ज्ञान कोई भी हो, वह पवित्र होता है। यही परम्परा में निहित पंडित जी का भारत बोध है, जिसमें दूसरे के अच्छे को भी सहज स्वीकारने की ही दृष्टि नहीं समाई है, बल्कि उसे सम्मान देने का भाव भी संजोया हुआ है।

पंडित जी अपने भारत-चिंतन में स्पष्ट करते हैं कि राष्ट्र शब्द हमारे यहां किसी विशेष क्षेत्र या भूगोल से नहीं जुड़ा है, यह मानव-समुदाय का वाचक है। इसलिए कि भारत एक विशेष परंपरा का वाचक है। इसीलिए भी कि उसकी धारणा के भीतर बृहत्तर भारत भी समाया हुआ है। इसका उदाहरण देते हुए वे बताते हैं कि महाभारत की कथाएं अंकोरवाट, जावा और मध्य एशिया में प्रेरणा की स्रोत बनीं। तुलसीदास तक ने धर्म मात्र की बात की, पृथ्वी मात्र की बात की। क्या वे कम भारतीय या कम हिन्दू थे? कबीर ने जब ललकार कर कहा, 'हिंदू तुरुक दोउ राह न पाई', तो वे भारत की उदार

दृष्टि ही आलोकित कर रहे थे। वे लिखते हैं, 'इतिहास बराबर मनुष्य की देश और कालबद्ध सीमाओं की पुकार लगाता है। वह सीमाओं का विस्तार मांगता है, सीमाओं की प्रतिरक्षा मांगता है, पर वह सीमाओं से परे कभी सोच नहीं सकता ।

पंडित जी का मानना है कि भारत का अर्थ ही है स्वीकार। नकार के लिए वहां कोई स्थान नहीं है। यहां सभी धर्मों, सबके आराध्यों को अपनाया गया है। इसके पीछे किसी प्रकार का भय या आशंका नहीं है, दिखावे के लिए भी नहीं बल्कि इसलिए कि भारत—बोध से जुड़ा हर व्यक्ति सत्य और न्याय की प्रतिष्ठा के लिए मजहब निरपेक्ष दृष्टि अपनाता है और उस पर दृढ़ रहता है।

पंडित जी हमारी परंपरा, काल या देश को मनुष्य में स्थित देखते हैं। इसीलिए वह परंपरा को बंधन नहीं मानते। वे लिखते हैं, 'परम्परा को स्वीकार करने का अर्थ बंधन नहीं, अनुशासन का स्वेच्छा से वरण है, विध्यात्मक उदारता के लिए अपनी समस्त हत्याओं का समर्पण है। इसी लिए वह इतिहास से बड़ी है और हमारे लिए तो अपरिहार्य है, वही हमारी शक्ति है। परंपरा अपने को ही काटकर—तोड़कर आगे बढ़ती है, इसलिए कि वह निरंतर मनुष्य को अनुशासित रखते हुए भी स्वाधीनता के नए—नए आयामों में प्रतिष्ठित करती चलती है। परंपरा बंधन नहीं है, वह मनुष्य की मुक्ति की निरंतर तलाश है।'

पंडित विद्यानिवास मिश्र ने अपने लिखे में एक स्थान पर व्याकरण को भारतीय ज्ञान साधना का द्वार मानते हुए उसे वेद का मुख बताया है। इस बहाने वे भारत की महान व्याकरण परम्परा के बहाने बहुत कुछ नया हमें सौंपते हैं। वे स्थापित करते हैं कि गणित बांधता है—व्याकरण खोलता है। दोनों समस्त संभावनाओं को, अमूर्त को आकार देते हैं। अमूर्त में मूर्त का विकास दिखाते हैं। किंतु गणित का अमूर्त कुछ बंधे—बंधाए प्रकार्यों से बंधा है—व्याकरण अनंत संभावनाओं को समेटता है।

कितनी गहरी दृष्टि है, यह! पश्चिम की दृष्टि और उससे जुड़ी स्थापनाओं का खंडन यहां नहीं है, पर समझ का गहरा लोक—आलोक है। बल्कि कहें, इस बहाने भारत की उस विशिष्टता की ओर यहां पंडित जी ने संकेत किया है जिसमें कहीं कोई चीज या विचार भी बंधा हुआ नहीं है। जकड़ा हुआ नहीं है। पश्चिम ने इतिहास को कालक्रमानुसार किया है। इतिहास को क्रमबद्ध करने से पश्चिम की सराहना भी होती है परन्तु पंडित विद्यानिवास मिश्र के चिंतन की गहराई में जाकर विचारेंगे तो पाएँगे कि

इतिहास का यह तिथिक्रम गणित से बंधा हुआ जीवंत नहीं है। इसमें मानवीयता की सुगंध कहीं लोप भी होती दिखती है।

पंडित जी लिखते हैं, भारत में चिंतन के जितने प्रकार हैं, वे किसी नियत को नहीं स्वीकार करते। पुराणों की कथाओं में भी वे जीवन की निरंतरता की वह अनुभूति कराते हैं जिसमें जो पुराना है, उसी में नए होने के भाव समाए होते हैं। पुराणों में नयी सृष्टि के सूत्रपात के कथा संदर्भ से वह यह समझाते हैं कि बीज से वृक्ष बनता है। वृक्ष में फूल—फल लगते हैं। यह जो फल लगते हैं, उनमें बीज सोया होता है। फिर से नया उत्पन्न करने के लिए। यह जो सृष्टि चक्र है, वही भारत की जीवंतता है।

प्रलय के बाद सृष्टि रचना की कथा में वे समझाते हैं कि प्रलय के समय सप्त ऋषियों द्वारा समस्त बीज नाव में रखे जाते हैं और मनु द्वारा प्रलय का ज्वार थमने की तब तक प्रतीक्षा की जाती है जब तक उन्हें उभरती हुई धरती दिखी। फिर मनु ने नयी सृष्टि का सूत्रपात किया। पंडित जी स्मरण दिलाते हैं कि बीज यहां कोई स्थूल बीज नहीं है। बीज है, सोयी हुई इच्छा, सोयी हुई अपने को रचने की इच्छा, सोयी हुई अपने को विभक्त करके अविभक्त को पाने की इच्छा, अपनी स्वरूप सत्ता की कीमत पर पूर्ण होने की बलवती इच्छा। यही इच्छा क्रिया बनती है और क्रिया की पूर्णता होती है ऐसे ज्ञान में जो इनको समेटकर नयी आकांक्षा से फूटता है। पुराने पत्ते झाड़ देता है, इसलिए कि नए फूल बनकर वह दूसरे का आस्वाद बन सके, उस आस्वाद में अपनी पूरी पहचान पा सके। फल में बीज सोया रहता है, नए वृक्ष का, जिसमें पुराना वृक्ष समा गया है।

इन—सबमें पंडित विद्यानिवास मिश्र भारत को समझने की विरल दृष्टि तो देते ही हैं साथ ही साथ इस समझ के उन संभावित अवरोधों को भी दूर करते हैं जो सहज प्रश्न—रूप में पैदा हो सकते हैं। मसलन वे लिखते हैं कि यदि भारतीय चिंतनधारा में किसी को कुछ अंतर्विरोध दिखाई पड़ता है तो इसलिए कि लोग बीज और वृक्ष को अलग—अलग बीजों और अलग—अलग वृक्षों को गिनने लगते हैं और उन्हें केवल विषमता ही विषमता दिखती है। वे नहीं देखते कि लाखों गांवों में भिन्न वय लिंग योग्यता के लोग मेले में मिलते हैं तो वे गिने जाने के लिए नहीं हैं, वे तौले जाने के लिए नहीं हैं, पहचाने जाने के लिए नहीं हैं, वे भावरूप में एक होने के लिए हैं। सबकी अलग अलग मनौतियाँ हैं, सब अलग अलग आए हैं, सब एक मात्र जल में डुबकी नहीं लगाते, लेकिन सबका स्नान एक महाकुम्भ है, महान मंगल है, क्योंकि इसी प्रकार विषम होते हुए भी सब एक क्षण के लिए सही, सम हो

जाते हैं। एक ही वृक्ष के जैसे पत्ते हों, फूल हों, फल हों, फल में बोए हुए बीज हों, वे सिर्फ एक पहचान पाना चाहते हैं कि अपने आप वृक्ष नहीं और फिर सब कुछ हैं। क्योंकि सब कुछ के भीतर हम डुबकी लगा रहे हैं।

महाकुम्भ ही नहीं ऐसे ही तमाम भारतीय परम्पराओं, मान्यताओं और विश्वास के आलोक में पंडित विद्यानिवास मिश्र भारत को समझने की अपूर्व दृष्टि से हमें बार-बार जोड़ते हैं। वे स्मरण दिलाते हैं कि भारतीय चिंतनधारा एकांगिता कभी नहीं स्वीकार करती। वह उसी को मानती है जो संपूर्ण हो, समग्र हो। इसलिए वह लोक को देश का ही एक आनुभविक रूप बताते हैं और यह घोषणा करते हैं कि भारत इहलोक की उपेक्षा कर केवल परलोक की बात ही नहीं करता। जो यह समझते हैं, वह बिल्कुल गलत है। हमारे यहां प्रत्येक कर्मकांड में लोक दो दृष्टियों से महत्त्वपूर्ण है। एक तो लोक में जो वस्तुएं सुंदर हैं, मांगलिक हैं उनका उपयोग होता है। दूसरे, लोककंठ में बसे गीत और गाथाएं, लोकाचार के क्रम हैं। वे लिखते हैं कि लोक की मर्यादाओं का हमारे यहां जितना महत्त्व है उतना ही शास्त्र विधि का। शास्त्र से शुद्ध विधि भी लोक विरुद्ध होने पर अमान्य होती है। इस आलोक में वह उस भारतीय दृष्टि का महत्व प्रतिपादित करते हैं जिसमें व्यक्ति से देश और देश से समाज बनता है। वे लिखते हैं कि अदृष्ट या लोकोत्तर की भूमिका व्यक्ति के जीवन में कम नहीं है, परंतु लोक की उपेक्षा करके नहीं। कृष्ण जैसे अलौकिक चरित्र में भी आग्रह है कि मुझे भी लोकयात्रा पूरी करनी है। यदि मैं न करूँ तो यह लोक नष्ट हो जाए। लोक संग्रह के पथ पर ज्ञानी से ज्ञानी, विदेह से विदेह को अपने लिए नहीं, लोक के लिए चलना पड़ता है। इसी लोक के भीतर लोकोत्तर की राह जाती है।

यही असल में पंडित विद्यानिवास मिश्र का भारत बोध है, जिसमें लोक में रहते हुए जो लोग लोक के हित के लिए लोक से बाहर अपने को करके दूरगामी दृष्टि से कुछ सोचते हैं और उसे अपने जीवन में उतारते हैं, वे लोकोत्तर हो जाते हैं, अलौकिक हो जाते हैं। यह लोक का विरोध नहीं, लोक में अंतर्निहित, अपना ही अतिक्रमण करनेवाले, प्रबल संकल्प का भाव है। वे श्री राम, श्रीकृष्ण, भगवान बुद्ध, भगवान महावीर से लेकर परमहंस रामकृष्णदेव, रमण महर्षि, योगी अरविंद, महात्मा गांधी, आनंदमयी मां, इन सभी को लोकोत्तर बताते हैं। इसलिए कि वे परम लौकिक हैं, वे संपूर्ण लोकमय हैं। यही लोक का सत्ता के भाव में रूपांतर है। वह इन सबके आलोक में स्थापित करते हैं, 'भारतीय चिंतनधारा सत्ता को भाव की ओर ले जानेवाली धारा है।'

अज्ञेय अपने एक निबंध 'स्मृति और देश' में विभिन्न आनुष्ठानिक अवसरों पर पढ़े जाने वाले संकल्प 'जंबू द्वीपे भरतखंडे' का उल्लेख करते हुए अनुभव और अनुभव की स्मृति के साथ हमारे भीतर की मानसिक अथवा मनोवैज्ञानिक देश की अवधारणा समझाते हैं। वह लिखते हैं कि जिस प्रकार पशु—पक्षी दिग्विस्तार में एक 'अपने' देश की रचना करके उसमें बसते हैं उसी प्रकार मानव प्राणी भी करता है। एक सूक्ष्म देश रचना की इस प्रवृत्ति का एक पक्ष ऐसा है जो समूची मानव जाति को व्यापता है, दूसरा पक्ष विभिन्न संस्कृतियों से अलग अलग ढंग से प्रभावित होता है और जो रचना है उसे हम सांस्कृतिक देश अथवा दिक् कह सकते हैं। यह महज संयोग नहीं है कि पंडित विद्यानिवास मिश्र भी देश—काल की इसी तरह की व्यंजना में देश की अवधारणा में बसे महादेश से हमें साक्षात् कराते हैं। वह लिखते हैं कि हमें अभ्यास कराया जाता है कि छोटे-से देश में असीम देश को स्थापित करते रहें। देश कोई भौगोलिक या ऐतिहासिक प्रत्यय या भाषक प्रत्यय नहीं है, बरसों तक साथ रहने के कारण कुछ साझेदारियों का प्रत्यय है। उस देश की पहचान खो गई, इसलिए आज हम देश की भौतिक एकता की बात दुहराया करते हैं।

वह पुराणों में कर्मभूमि भारत की अवधारणा में ले जाते हुए बताते हैं कि विशाल यज्ञवेदी है, जो प्रत्यंचा है चढ़ा हुआ धनुष है, जिसकी परिभाषा कहती है—'विज्ञेयो भारतो देशो भारती यत्र सन्ततिः।' अर्थात् वही भारत देश है, जिसकी संतान यानी आगे वाली पीढ़ियां उतरोत्तर भारतीय होती हैं, ज्ञान की निरंतर आगे बढ़ती धारा होती है। देश की पहचान सत्य की खोज की विस्तार साधना से होती है और आगे आने वाली पीढ़ी में अटूट विश्वास से होती है। वह देश आज नहीं दिखाई पड़ रहा है, कोई बात नहीं। वह कहीं हमारे भीतर है।

पंडित विद्यानिवास जी 'भारतीय परंपरा और भारत' निबंध में स्थापित करते हैं कि भारतीय परंपरा की यह विलक्षणता रही है कि वह भारत में ओतप्रोत होते हुए भी भारत तक सीमित नहीं रही है, वह किसी एक मजहब या ईश्वर की चुनी हुई किसी एक जाति, किसी एक तंत्र राजनीतिक या आर्थिक से बंधी नहीं रही है, उसमें अपना भी अतिक्रमण करने की क्षमता रही है। वह रामकथा के विस्तार का उदाहरण देते हुए समझाते हैं कि राम की कहानी हिंदेसिया, थाई देश, ब्रह्म देश, मलयेशिया, लाओस, कंपूचिया में जिन—जिन रूपों में विकसित हुई, वे सभी रूप उन उन देशों की जातीय रसवत्ता के कारण विशिष्ट हुए, पर उन सबमें सत्य के लिए वनवास लेने वाले

राम एक ही तरह रमते रहे। रामकथा की तरह भारतीय परंपरा किसी इतिहास या भूगोल में आबद्ध नहीं है। पर एक व्यापक मानवीय साझेदारी है, बिना किसी को कहीं से बिछुड़ाए, बिना किसी को किसी प्रतिबद्धता से तोड़े एक विलक्षण प्रकार का जुड़ाव है।

पंडित जी स्थापित करते हैं, भारतीय परंपरा में स्वदेश के भूगोल और इतिहास का विस्मरण नहीं है, पर भूगोल इतिहास से ग्रस्तता अवश्य नहीं है। वे संपूर्णानंद जी से जुड़ा एक संस्मरण साझा करते हुए बताते हैं कि कैसे मंगोलिया से एक प्रतिनिधिमंडल उनके मुख्य मंत्रित्व में हरिद्वार आया था। उसके एक सदस्य ने संपूर्णानंद जी को अलग ले जाकर याचना की कि क्या मेरे गंगा स्नान की व्यवस्था हो सकती है? संपूर्णानंद जी ने उसके गंगा स्नान की व्यवस्था करा दी। गंगा स्नान कर वह व्यक्ति गदगद होता हुआ कहने लगा, 'मेरी पचीस पीढ़ियां आज तर गईं। हमने संकल्प लिया था कि हमारे वंश में कोई गंगा स्नान करे। आज वह संकल्प पूरा हुआ।' इस वृत्तांत को सुनाते हुए संपूर्णानंद जी स्वयं भावविह्वल थे, बोले गंगा में क्या बात है कि सात-सात शताब्दियों तक दूर देशांतर के मनुष्य को इस भाव से जोड़े रखा है। भारत की नदी के प्रति यह ममत्व भाव किस प्रकार का है। मंगोलिया का व्यक्ति न कभी यहां से गया न उसके पूर्वज यहां से गए, केवल संस्कृत वाङ्मय गया और उसकी ही यह गहरी छाप थी। पंडित विद्यानिवास मिश्र यह संस्मरण साझा करते हुए इसके मर्म में ले जाते हैं और लिखते हैं कि भारत एक देश होते हुए भी सबका है, सबकी ओर से सोच सकता है, इसलिए।

वह राष्ट्र, देश और भूमि के अर्थों की व्याख्या करते हुए स्पष्ट करते हैं कि देश दिश धातु से बनता है। इसका अर्थ है जो दिशा दे, जो पथ—निर्देश करे, जो इंगित करे इधर आओ, उधर जाओ, जो गति का लक्ष्य बतलाए। दिशा को इसीलिए विराट पुरुष की बांहें भी कहा गया है। शायद इसीलिए बांह के अगले हिस्से को 'प्रदेश' कहा जाता है।

पंडित विद्यानिवास मिश्र भारत की वैदिक, पौराणिक अवधारणाओं में ले जाते हुए लिखते हैं कि वेदों में आई माता भूमि, भारती वाक् का पल्लवन ही भारतवर्ष है। यह राज्य नहीं, आधिपत्य नहीं, यह वर्ष है। वर्ष माने वृष्टि। यह ऊर्जाप्रवाह है। वर्ष का अर्थ प्रजनन है, सृष्टि है, संतानवाहता है भारत के साथ जुड़कर ये सभी अर्थ एक साथ स्फुरित हो उठते हैं।

पुराणों में भारत नाम की व्युत्पत्ति ऋषभ के पुत्र भरत से और दुष्यंत पुत्र भरत से की गई है। वह इन दोनों भरतों के चरित्र में ले जाते हुए बताते हैं कि दुष्यंत पुत्र भरत शकुंतला के गर्भ से पैदा होते हैं। तपोवन की

अग्निगर्भा शमी हैं। जन्म से ही अग्नि दीक्षित है, उसमें इसीलिए चक्रवर्तित्व की क्षमता है, जिसने अन्याय सहा है, वह अन्याय का प्रतिकार कर सकता है, उसने तपोवन का प्यार पाया है, इसलिए प्रकृतिहित की बात सोच सकता है। इसी तरह ऋषभ पुत्र भरत करुणावतार है। इसीलिए एक मृगी के बच्चे को पालने के पीछे जीवन की पूरी तपस्या गंवा देते हैं और जड़ भरत होकर उत्तीर्ण होते हैं। समस्त अहंकार धोकर विचरण करते हैं। अकिंचन भाव, फक्कड़पन और बेखुदी का एक प्रतिमान उपस्थित करते हैं।

पंडित जी स्थापित करते हैं कि यह दोनों भरत का समवेत रूप ही भारत है। भारत में प्रकृति और पूजा पर्याय है। संतान और प्रजा पर्याय है। संतान और परपंरा, उतरोत्तर अपने को अतिक्रमण करने वाली विचारधारा पर्याय है। पंडित जी इस आलोक में भारतवर्ष का सुंदर रूपक हमारे सामने रखते हैं। इसमें भारत के भूगोल की विरल व्यंजना है। यथा, भारत वह यज्ञवेदी है जो उत्तर की ओर ऊँचाई लिए है, दक्षिण की ओर ढलुआ है। इसे वाण युक्त चढ़ा हुआ धनुष कहा गया है, हिमालय का विस्तार उस धनुष का आधार दंड है, और दक्षिणापथ खिंची हुई डोरी, जिसके बीच में बाण रखा गया है, कन्याकुमारी अंतरीप है—बाण की नोक। कितनी सुंदर व्यंजना है, यह भारत की।

बहरहाल, पंडितजी पुराणों में उल्लेखित भारत की चर्चा करते हुए हमें उस भारत का स्मरण भी दिलाते हैं जिसमें भारतवर्ष का आकार पर्वतों और नदियों के ही माध्यम से चित्रित किया गया है। महाभारत में भारतभूमि के प्रति ममता के स्थान पर व्यापक साझेदारी और सह अस्तित्व का भाव जगाया गया दिखता है। भीष्म के मुंह से भीष्मपर्व में कहलाया गया है कि इस भारतवर्ष में नाना जातियों के लोग बसते हैं। वह इस भूमि को एक स्थान पर वैश्वानरी कहते हैं, समस्त प्राणियों की प्रकृति कहते हैं।

पंडित विद्यानिवास मिश्र लिखते हैं कि पुराणों में तीर्थ की जो अवधारणा है, वह भारत के व्यापक भाव की स्थापना ही है। संपूर्ण भारतवर्ष में फैले तीर्थों का उल्लेख करते हुए वह स्थापित करते हैं कि हमारे यहां पर्वतों को पिता के रूप में और नदियों को माता के रूप में माना गया है। आदमी संपूर्ण भारत मे फैले तीर्थों की यात्रा शरीर से न भी करे तो मन से, वाणी से प्रतिदिन सात कुलपर्वतों और सात महानदियों का ध्यान कर ले तो अपने आप भारत की संपूर्ण ता से जुड़ जाता है।

पंडित विद्यानिवास मिश्र का भारतबोध वैदिक, पौराणिक संस्कृति में निहित जीवन की अखंडता और संपूर्णता लिए है। वह वेदों का संदर्भ देते हुए

लिखते हैं कि भारत का आचार पक्ष यही है कि न राज्य, न स्वर्ग, न मोक्ष अभीष्ट है, अभीष्ट है दुःखतप्त जनों की पीड़ा दूर करने के लिए जीवन का अर्पण। श्रमण संस्कृति भी अर्हंतपद से अधिक महत्त्व तीर्थंकर को या बोधिसत्व को देती है, अपना उद्धार छोटा स्वार्थ है, उद्धार पूरा ही नहीं होता जब तक एक भी व्यक्ति दुःख से पीड़ित बना रहता है।

संस्कृत काव्य—नाटक साहित्य में भारत के इसी भाव को दी गई प्रतिष्ठा के संदर्भ देते हुए वे भारतीय संस्कृत साहित्य में प्रकृति के साहचर्य के कोमल पक्ष के साथ ही भयावह पक्ष की मानवीय चेतना से हमें जोड़ते हुए भारत को जहां एक ओर मूर्तिमान नदी पर्वत आश्रम मय विग्रह के रूप में देखने की दृष्टि देते है, वहीं दूसरी ओर इसे एक अमूर्त मानुषभाव के रूप में प्रतिष्ठित करते उस भाव से भी हमें भरते हैं। इस मानुषभाव की गूंज प्रायः नाटकों के भरतवाक्यों में मिलती है, जहां प्रायः सबकी विपत्ति के निवारण, सबके दोष के शमन, सबके कल्याण, सबके अभ्युदय और पृथ्वी की शस्य श्यामलता की, गोधन की पुष्टता और ज्ञान परपंरा की जागरूकता की कामना की जाती है।

मुझे लगता है, पंडित विद्यानिवास मिश्र का भारत-चिंतन भारत को समझने की वह समग्र दृष्टि है जिसमें वेद, पुराण, साहित्य और कलाओं के साथ उनमें निहित अर्थ का गूढ़ान्वेषण समाया है। वे लिखते हैं, 'भारत देश की पहचान असली भारतीय मन से एक सीमित राष्ट्रीयता के दबाव में की भी नहीं गई है। देश के साथ लगाव प्रदेशों के वैशिष्ट्यों के एक साथ स्मरण से अधिक साकार और सगुण होता है, तथा देश बड़ा व्यापक है, और भरा हुआ है, पृथ्वी और आकाश कहीं भी कोई जगह खाली नहीं है, कोई शून्य का अंतराल नहीं है, यह भाव हमारे अनुष्ठानों में व्याप्त रहा है।'

पंडित जी हमारी परंपराओं के आलोक में भारत को विरल ढंग से व्याख्यायित ही नहीं करते, बल्कि उनकी विशेषताओं में ले जाते हुए आधुनिक दृष्टि से भारत का पुनरान्वेषण करते हैं। इसीलिए वे स्थापित करते हैं कि भारतीय परंपरा की यह विशेषता है कि यह देश—काल के प्रति सजग होते हुए भी इसके अतिक्रमण के लिए यत्नशील रही है, ताकि दूसरा देश—काल भी अपना हो सके। वे भारतीय चिंतन पद्धति में ले जाते हमें इसका बोध कराते हैं कि भारत में दर्शन और भावन की जो पद्धति है वह अपनी सफलता के लिए क्षुद्रता की बलि देने वाली है। इसमें वाक् का महत्त्व है। वाक् के महत्त्व का अर्थ है—सत्यता के प्रति आग्रह।

इसीलिए भारत संस्थाबद्ध नहीं, शास्त्र और लोकापेक्षी है। वे कहते हैं,

भारत को समझना है तो यहां की परंपराओं में जाना होगा। यहां की मान्यताओं और विश्वास—आस्था के जगत में प्रवेश करना होगा। वे कहते हैं विडम्बना यह है कि परंपरा को नहीं जान—समझकर लोग इसके विरोध में होते हैं, इसीलिए हमारे अपने लोग पश्चिम के समाज से भी अधिक तकनीकी जाल के शिकार हो रहे हैं। आस्थाहीन हो रहे हैं। वे चिंता जताते हुए समझाते हैं कि पश्चिम का आदमी हमारी अपेक्षा चौथाई मात्रा में कीटाणुनाशक दवाओं का, रासायनिक उर्वरकों का प्रयोग करता है। पश्चिम नाभिकीय शक्ति के द्वारा विस्फोटक-विनाशकारी अस्त्र—शस्त्र निरंतर तथाकथित विकासशील देशों के कंधों पर रखता जा रहा है। हम फंसते जा रहे हैं अनियंत्रित भूख के जाल में, गंतव्यहीन प्रगति के जाल में, आकारहीन-लक्ष्यहीन-प्राणीहीन भावी समाज की सुनहली कल्पना के जाल में। भारत की नदियों के तेजी से गंदली होते जाने, शहरों में जहरी हवाओं के घुलते जाने, विज्ञापनों के दबाव में आवश्यकता की बढ़ती अपेक्षा में गुम हो रही हमारी परंपरा और उसमें निहित हमारे जीवन मूल्यों के च्युत होते जाने पर वह चिंता जताते हुए भारत बोध के बहाने उस उदात्त दृष्टि से जुड़ने का निरंतर आग्रह करते हैं जहां अपना उद्धार कोई और नहीं हम स्वयं कर सकते हैं। इसके लिए पश्चिम की ओर देखने की जरूरत नहीं है।

पंडित विद्यानिवास मिश्र का भारत—चिंतन 'सर्वे भवंतु सुखिन' की संकल्पना में समाया है जहां पर अपने सुख के लिए नहीं, सबके सुख में सुख निहित है। उनका भारत चिंतन 'अप्प दीपो भव' का वह भाव है जिसमें किसी और के जरिए नहीं अपने दीपक आप बनकर ही हम आलोकित हो सकते हैं। उनका भारत बोध गुरु नानक की वह वाणी है जिसमें संत न बनो, संन्यासी न बनो पर घरबारी, अच्छे घरबारी बनने पर बल है। वह लिखते हैं, घर को जानो कि वह कितना बड़ा है तब दिया जलाओ, भले ही अपनी वासना को बत्ती बना के जलाना पड़े, भरो अपना पूरा स्नेह, अपने क्षुद्र स्वार्थ को पेर कर निकाला हुआ स्नेह, भरो अपने देह के दीपक में और तब देखो, वह दिया कितना बड़ा हो जाता है, वह गुरु नानक के शब्दों में 'गगन के थाल रविचंद्र दीपक जरे' वाली विशाल आरती का दिया बन जाता है।

भारतीय परंपरा में भारत को गुनते और बुनते पंडित विद्यानिवास मिश्र अपने चिंतन में भारत की परंपराओं की उदात्त दृष्टि में ले जाते हुए उसके गौरव भान में हम जो कुछ खोते जा रहे हैं, उसके प्रति भी ध्यान आकृष्ट करते हैं। वह परम्पराओं में, हमारी मूल्य दृष्टि में, जिनसे हमारा नाता टूट रहा है—उन विसंगतियों की ओर भी संकेत करते हैं। पंडित जी का भारत बोध

विश्व गुरु होने का मुगालता पालने की उस दृष्टि पर प्रहार भी है जिसमें ऐतिहासिकता से ग्रस्त होकर अपने आधिपत्य को केंद्रवर्ती सूर्य मान लिया जा रहा है।

पंडित जी लिखते हैं कि ऐतिहासिकता से ग्रस्त भारतीय मानस ने उन्नीसवीं शताब्दी से अपने को विश्वगुरु मानने का दंभ पालना शुरू किया और अपना उदार अनैतिहासिक स्वरूप भूलकर, वह अतीत गौरवजीवी होने लगा। इसी से हमारे अंदर संकरापन आ गया। देश हमारा विस्तार न रह कर हमारा संकोचन हो गया है या देश विश्वयारी के मोह में तिरोहित हो गया है। वह चेताते हैं और स्मरण दिलाते हैं कि इसी से शिक्षित मन हमारी महान परंपराओं से स्वयंमेव च्युत होने लगा है।

परंपराओं को पुनर्नवा करते हुए वे याद दिलाते हैं कि आधिपत्य की सोच भारत—बोध नहीं है। विश्वगुरु मानकर गर्व करना भारतबोध नहीं है। इसीलिए वह भारतीय परंपरा को काल की अवधारणा में ले जाते हुए आधुनिक उपभोक्ता संस्कृति से उठते खतरों से भी हमें चेताते हैं। प्रकृति से जुड़ी परम्पराओं के आलोक का स्मरण दिलाते हुए प्रश्न करते हैं कि उपभोक्तापन का उन्माद कहीं हमें हमारी परंपरागत अचेत ही सही समग्र जीवन दृष्टि के बलिदान की ओर तो नहीं ले जा रहा? कहीं तकनीक ज्ञान के उधार के नाम पर हेय मानकर फेंका गया तकनीकी कबाड़ तो हम अपने सिर पर नहीं लाद रहे? इस—सबमें वे जीवन के चूकते जा रहे रस की ओर संकेत करते हुए परपंरा के बनने की प्रक्रियाओं की ओर इशारा करते हुए भारतीय चिंतन और भारतबोध को बचाए रखने की भी अनायास दृष्टि हमें सौंपते हैं। मुझे लगता है, पंडित जी का चिंतन परंपरा की वह आधुनिकता है जिसमें परंपरा अतीत नहीं वर्तमान को संवारने की दृष्टि में हमारी सनातन संस्कृति है। वे भारतीय परम्परा और भारत के ऐसे प्रवक्ता हैं जिन्होंने यहां के प्राचीन इतिहास, वेद, पुराणों, उपनिषदों, धर्मों की पूजा पद्धतियों और सभ्यता के इतिहास और विकास में भारतीय जीवन दर्शन का आकलन करते हुए भारत—बोध का विरल लोकतंत्र रचा है। यह ऐसा है जिसमें अलग—अलग मान्यताओं, धर्म, पंथ के बावजूद व्यक्ति का स्वातंत्र्य बचा रहता है। भारत से जुड़ी उनकी बारीक—बौद्धिक छानबीन हमें उन तथ्यों की ओर ले जाती है, जिसमें भारत किसी स्थान विशेष को इंगित नहीं होकर उस उदात्त संस्कृति रूप में रूपायित होता है जहां बहुत-सी सभ्यताओं के आगमन के बावजूद अपनी 'मनुर्भव' की संस्कृति बची रही है।

पंडितजी का भारत-चिंतन हमारा अपना अपना आत्म-बोध है। देश की

सीमाओं से मुक्त कर यह हमें अपने भीतर झाँकने का अवसर देता है। लोक और शास्त्र की उनकी गहरी समझ हमें उन परंपराओं की पड़ताल करने को उकसाती है जो आधुनिकता की राह में कहीं बाधा बनती है। परंपरा, आधुनिकता, व्यक्ति-स्वातंत्र्य आदि कितने ही आयामों में पंडितजी अपने भारत—चिंतन में जीवन के आलोक पथ की वह राह प्रशस्त करते हैं, जहां तमाम संकीर्णताएँ समाप्त होती 'वसुधैव कुटुम्बकम्' की अवधारणा का सच बन हममें समाती चली जाती है।

■

भारत-बोध और पंडित विद्यानिवास मिश्र

नीरजा माधव

जिस सभ्यता के सूर्य ने पूरे विश्व को आलोकित किया, उसकी सांस्कृतिक और आध्यात्मिक सम्पन्नता ने विश्व का मानसिक, शारीरिक और पारलौकिक भरण-पोषण किया, उसी का नाम भारत है। सन् 1947 में भारत की आजादी के लगभग सात दशकों बाद राष्ट्रीय और राजनीतिक रूप से भारत बोध की भावना फिर से मुखरित हुई। हजारों वर्षों से परतन्त्रता और धार्मिक आक्रमणों से आहत स्वाभिमान आजादी पा जाने के बाद भी तनकर खड़ा न हो सका था। अंग्रेज भारत को छोड़कर चले गये थे, लेकिन अंग्रेजियत का छूँछ अभिमान ढोने वाले कुछ प्रतिशत भारतीय यहीं थे और यहीं के थे। सात दशकों बाद हुएसत्ता परिवर्तन ने तेजी से सनातन के गौरव की पुर्नप्रतिष्ठा की ओर कदम बढ़ाए थे और साथ ही प्रयास किया था विश्व गुरु की अपनी प्राचीन छवि को सन् 2047 तक पुनः प्राप्त कर लेने का। स्पष्ट-सी बात है कि भारत बोध की बात करना यानी सनातन संस्कृति के बोध की बातें करना है और संस्कृति की सबसे सुन्दर अभिव्यंजना साहित्य में होती है। संस्कृति की अभिव्यक्ति के और भी माध्यम है, विविध कलाएँ हैं, संगीत, नृत्य, नाटक, चित्रकला, मूर्तिकला, काष्ठकला, शिल्प, वास्तुशिल्प, आदि भी हैं, परन्तु सर्वश्रेष्ठ अभिव्यक्ति साहित्य में ही होती है।

भारत बोध वास्तव में भारत की सनातन संस्कृति का ही बोध है क्योंकि भारत की संस्कृति विश्व की अकेली ऐसी संस्कृति है जो समग्रता की बात करती है, अखण्ड जीवन दृष्टि की बात करती है, प्रकृति और मनुष्य, मनुष्य और मनुष्य के एकात्म भाव की बात करती है। पं० विद्यानिवास मिश्र का लगभग सम्पूर्ण लेखन सनातन संस्कृति के इसी भारत बोध की अखण्डता की बातें करता है। परतन्त्रता की बेड़ियों को तोड़ देने के लिए जूझते भारत में पैदा हुए पंडित जी ने बिना किसी वैचारिकी से आक्रान्त हुए भारत बोध को ही अपने लेखन का विषय बनाया और ललित निबन्धों के द्वारा भारत की गौरवशाली परम्परा, संस्कृति, लोक और शास्त्रों के भीतर छिपे वैश्विक कल्याण कामना को अपने राष्ट्र ही नहीं, पूरे विश्व को सौंपा। उनके विचार में

हिन्दू धर्म जिसे हम सनातन धर्म कहते है, एक विशाल धर्म है, जिसकी इयत्ता उसकी सर्वग्राही अनियत्ता है। तो भारत बोध की बातें जब हम कर रहे होते हैं तब भी हम पं० विद्यानिवास मिश्र की ही बातें कर रहे होते हैं। उनका पूरा साहित्य भारत की संस्कृति, उसका लोक, उसकी परम्पराओं का बोध कराता है और इस प्रकार भारत की सम्पूर्ण सांस्कृतिक चेतना का बोध भी।

कुछ लोग भारतीय संस्कृति को सामासिक संस्कृति कहते हैं परन्तु पं० विद्यानिवास मिश्र इसका खण्डन करते हुए कहते हैं कि व्याकरण में समाज का अर्थ योग नहीं होता बल्कि समास अपने घटकों से बिल्कुल अलग होता है। इसलिए यह कहना है कि इस सामासिक संस्कृति में इतने प्रतिशत हिन्दू तत्व, इतने प्रतिशत इस्लाम तत्व, इतने प्रतिशत बौद्ध या जैन तत्व है, बिल्कुल गलत है। समास का अर्थ योग नहीं होता। उनके अनुसार भारतीय संस्कृति ने किसी विचार धारा के आगे समर्पण नहीं किया और न ही किसी को ऐसे आत्मसात् किया कि उसका नामोनिशान ही न रहे। यह बरगद की तरह है जिसकी शाखाएं मूल बनती जाती हैं। इस प्रकार भारतीय संस्कृति अनेक मूल संस्कृति है, एकमूल नहीं है। वे अपने निबन्ध ''भारतीय संस्कृति के आधार' में लिखते हैं— ''भारतीय संस्कृति ने विशालता का अवगाहन करते समय हर विचारधारा की उस शक्ति को ग्रहण किया है जो इस विशालता के लिए प्राणों में आकुलता भर सके, पर उसे ग्रहण करके अपने अभिप्राय का साधक बनाती रही है, वह शक्ति भारतीय संस्कृति की शक्ति में समा गई है, वह अलग दिख नहीं सकती।'

विश्व की अनेक संस्कृतियां हैं, जो प्रलोभन देती हैं, आओ, तुम्हें ईश की कृपा मिलेगी। मेवे के बाग और शराब की नदियां मिलेंगी, आदि आदि। भारतीय संस्कृति इस प्रकार के प्रलोभन नहीं देती। वह आमन्त्रित करती है, चलो व्यक्त से अव्यक्त की ओर। तुम ही ब्रह्म हो। ज्ञान से, कर्म से, उपासना से भक्ति से या इन सभी के सम्मिलित योग से अपने स्व का साक्षात्कार करो और मुक्त हो जाओ।

कुछ लोग सत्यं शिवम् सुन्दरम् को भारतीय संस्कृति का मूल आधार बताने की अज्ञानतापूर्ण कोशिश करते हैं। ऐतिहासिक दृष्टि से यह सत्य नहीं है। यह उन्नीसवीं शताब्दी की पश्चिमी अवधारणा का अनुवाद है और भ्रामक भी। भ्रामक इसलिए कि भारत की सांस्कृतिक परम्परा में यह त्रिपुटी कहीं नहीं मिलती। पंडित विद्यानिवास मिश्र कहते हैं कि भारतीय परम्परा में सत् चित् आनन्द की बात तो आती है, सत्य, दान, दया और तप की भी बात आती है, सत्य, अहिंसा और अपरिग्रह की भी बात आती है, पर सत्यं शिवम्

सुन्दरम् की बात कहीं नहीं आती। बड़ी बेबाकी से एक निबन्ध में वे लिखते हैं— "ज्ञान की तरह पवित्र वस्तु इस मानव लोक में नहीं है। यह ध्यान देने योग्य है कि इस ज्ञान का यह अर्थ नहीं है कि "ज्ञानी' कहलाने के लिए "आत्मपरीक्षण' के नाम पर अपनी संस्कृति की कमजोरी पहचानते रहें और कोसते रहें कि मैं "भारतीय' कहलाने में लज्जा का अनुभव करता हूं। ज्ञान का अर्थ यह भी नहीं कि दूसरों ने जो जो खूबियां हमारी संस्कृति में बतलाईं उन प्रतिबिम्बित ज्ञान को अपना ज्ञान मान लें।"

मैं बीएचयू की छात्रा रही हूँ। अंग्रेजी विभाग से एम०ए०, और पी-एचडी किया। कई बार सोचती हूं कि हमारे गुरुजनों ने जब मैथ्यू अर्नाल्ड की थियरी समझाई कि अच्छे विचार जहां से मिलें, लो। तब उन्होंने यह क्यों नहीं बताया कि वेदों में लिखे "आ नो भद्राः कृतवो यान्तु विश्वतः' अर्थात् विश्व की सभी दिशाओं से आने वाले विचारों का स्वागत हमारी सनातन संस्कृति की महत्वपूर्ण विशेषता रही है और इस प्रकार भारत भाव का बोध भी। बोध का अर्थ ही जानना होता है। तो क्या, पराधीनता और मानसिक पराधीनता के प्रभाव में हम भारत बोध को भूल चुके थे? शिक्षा विद्यार्थी में बोध का ही तो भाव भरती है। भारत बोध का यह अजर-अमर वाक्य हमें मैथ्यू अरनाल्ड या दूसरे पश्चिमी विद्वानों के माध्यम से क्यों बताया गया?

पं० विद्यानिवास मिश्र इसी को रेखांकित करते हुए बार-बार हमें सचेत करते हैं कि हम भारतीय छूँछे अंग्रेजियत के प्रभाव में अपनी बहुमूल्य चीजों से ही अपरिचय का भाव रखने लगे। कोई आता है और उनसे हमारा पुनर्परिचय करवाता है तो हम उसका महत्व समझने लगते हैं। योग हमारी संस्कृति का अभिन्न अंग था। लेकिन वह अपने ही देश में सदियों से उपेक्षित रहा। जब विदेशों से वह योगा बनकर लौटा तो हम उसका महत्व करने लगे। अभ्यंग स्पा बना तो हम उसकी जरूरत महसूस करने लगे। वेद वेदा बने, राम रामा बने, बुद्ध बुद्धा बने, ऐसे ही बहुत कुछ।

जब कुछ सिरफिरे निर्णयों के कारण भारत भूखण्ड या पूरे विश्व में हरे-भरे जंगल कटने लगे, मनुष्य द्वारा बनाए या उगाए कंक्रीट के जंगलों में सांसें घुटने लगीं, एसी, फ्रीज, कारों की विषैली गैसों से वातावरण दमघोटू होने लगा, पृथ्वी डोलने लगी, ग्लेशियर पिघलने लगे। बादल फटने लगे, तब हमें पर्यावरण की सुरक्षा का पाठ पढ़ाया जाने लगा, मुझे समझ में नहीं आता कि हमें दुर्गासप्तशती के उस श्लोक का पारायण हमारे गुरुजनों ने क्यों नहीं करवाया जहां लिखा है—

यावत् भूमण्डलं धत्ते सशैलवनकाननम्।
तावत्तिष्ठति मेदिन्यां संततिः पुत्रपौत्रिकी।

अर्थात् जब तक धरती पर पहाड़, जंगल नदियां है तब तक मनुष्य की सन्तानें इस धरती पर सुरक्षित हैं। क्यों गीता का उपदेश करते हुए श्रीकृष्ण स्वयं को वृक्षों में पीपल बताते हैं और ऋतुओं में कुसुमाकर। पर्यावरण संरक्षण की शायद ही इतनी प्रगतिशील परिभाषा विश्व के किसी साहित्य में मिले। दरअसल भारत बोध नदियों, पहाड़ों जंगलों और सागरों के बिना पूरा ही नहीं होता। गंगा, सिन्धु जैसी अनेक पवित्र नदियों के किनारे भारत की सभ्यता और संस्कृति का विकास हुआ। गंगा केवल जलधारा नहीं अपितु भारतीयों की जीवन धारा है, आर्यावर्त की सभ्यता की धारा है, जिसके परस-दरस से सभी की आध्यात्मिक तृप्ति होती आई है। जन्म से लेकर मृत्यु के द्वार तक गंगा हमारी आकांक्षा है। जन्म की बधाई, मुण्डन, यज्ञोपवीत, आर पार की माला, नव दम्पति द्वारा गंगा पुजइया आदि के लिए गंगा हमारी मानसिक आवश्यकता है। बधाई के गीत इसके कूलों पर गूंजते हैं तो अनन्त यात्रा पर चलने से पहले गंगा जल की दो बूंदें मोक्ष का द्वार खोलतीं है। शायद यही कारण था कि काशी में ''वाटर' फिल्म बनाने आए, नहीं बना सके। आधी अधूरी जो फिल्म बनी भी, उसे जनमानस ने नकार दिया। कारण, जब तक कोई गंगा को वाटर समझेगा, उसकी मर्यादा को समझ ही नहीं पायेगा। मां के सम्बोधन के बिना गंगा कहना भी जहां अशिष्टता लगती है, उसे वाटर समझने वालों को कोई क्या महत्व देगा? तो, भारत की संस्कृति को समझने के लिए एक भारतीय दृष्टि चाहिए। तभी समझ में आ पायेगा कि कैसे एक चुटकी चावल देवता के चरणों में चढ़ते ही अक्षत बन जाता है। कैसे एक लोटा जल सूर्य के सामने पहुंचते ही अर्घ्य बन जाता है। इसी भारतीय दृष्टि की बातें पं० विद्यानिवास मिश्र अपने निबन्धों में बार-बार करते हैं जो भारत बोध के लिए जरूरी उपादान है। उनकी दृष्टि कितनी व्यापक है उसका पता इन चन्द पंक्तियों से भी लग जाता है—

''व्रीहि भारत के सबसे पुराने अनाजों में है और प्रतापग? गंगा की घाटियों की खुदाई में रोपन धान के बीज मिले हैं, जिससे लगता है कि ईसा से छः हजार वर्ष पूर्व धान रोपने की विधि विकसित हुई। इस धान को संस्कृत में वर्णित किया गया है और अब सिद्ध हो चुका है कि इस रोपाई वाले धान और कलंगी धान के आविष्कार का श्रेय भारतवर्ष को जाता है। धान की कई किस्मों का उल्लेख प्राचीन साहित्य में मिलता है और उसमें एक धान ऐसा है जो साठ दिन में पकता है, जिसे ''षाष्टिक' कहा गया है और

आजकल की भाषा में उसे ही ''साठी' धान कहा जाता है। ....किसी भी नये दूल्हे को विवाह मंडप से उठने के पहले कुल कन्याएं दूब और साठी धान का अक्षत लेकर बायां हाथ नीचे करके और दायां हाथ ऊपर करके ऊपर से नीचे तक स्पर्श करती हैं और उसी स्पर्श को ''चुमावन' कहा जाता है। इस अनुष्ठान के माध्यम से कुल कन्याएं मातृशक्ति के रूप में दूल्हे को आशीर्वाद देती हैं।'' (धान और भारतीय संस्कृति' निबन्ध से)

पंडित जी भारतीय संस्कृति को जीवन के रस के तिरस्कार के रूप में नहीं अपितु एक अलग ढंग के स्वीकार के रूप में देखते हैं। जीवन को अव्यय भाव में देखने वाली है भारतीय संस्कृति इसलिए इस संस्कृति में जीवन केवल भोग्य नहीं बल्कि भोक्ता भी है। इस जीवन में मृत्यु अनन्त जीवन का द्वार है, जीवन का पुनर्नवीकरण है।

वेद जैसा प्राचीनतम साहित्य भारत की विरासत है। हम उसके उत्तराधिकारी है। यह ज्ञान की विरासत संकुचित नहीं है जो केवल एक राष्ट्र या समाज तक सीमित हो। प्रसंगतः यहां याद आती है पुस्तक ''संस्कृति के चार अध्याय' जिसकी भूमिका में दिनकर ने लिखा है कि आर्य बाहर से भारत में आए और उनका आर्येतर जातियों में सम्पर्क हुआ। इसी पुस्तक की भूमिका लिखते हुए भारत के प्रथम प्रधानमन्त्री और दिनकर के मित्र कहे जाने वाले पं० जवाहर लाल नेहरू ने भी लिखा कि आर्य भारत में मध्य एशिया से आए।

मुझे आश्चर्य होता है कि किन दबावों में हमें इसकी सही-सही व्याख्या नहीं बताई गई कि यदि आर्य भारत सेबाहर से आए होते तो हमें वहां भी कोई वेदों जैसा ग्रन्थ मिला होता जहां से आर्य आए। हमें लगता है कि भारत बोध के साथ इससे बड़ी और विडम्बना क्या हो सकती है? सन् 1947 में आजादी के बाद देर से ही सही, भारत ने ठाना है कि सन् 2047 तक उसे पुनः अपने प्राचीन वैभव को प्राप्त कर लेना है और विश्व शक्ति बन जाना है।

तो, किसी के भी मन में यह प्रश्न स्वाभाविक रूप से उठ सकता है कि विश्व में तमाम और भी देश हैं जो शक्ति सम्पन्न हैं। भारत भी बन जायेगा तो क्या फर्क पड़ जायेगा? तो, यहां हम विश्व के कुछ शक्ति सम्पन्न देशों का उदाहरण लेते हैं। ब्रिटेन एक समय में बहुत शक्ति सम्पन्न था। उसके राज्य में सूर्य अस्त नहीं होता था। उसके पास व्यापार था, धन था लेकिन उसके पास ऐसा कुछ नहीं था जिसे वह आइडियोलॉजी के रूप में विश्व को दे सकता। उसके पास रिलीजन था लेकिन धर्म नहीं था। मोक्ष का तो नाम ही नहीं जानता था पश्चिम। इसलिए उसके उत्कर्ष में न तो विश्व का कोई उत्कर्ष हुआ और न ही जब वह बिखर गया तो उसके साथ पूरा विश्व बिखर

गया। तो, ब्रिटेन की जो शक्ति है, वह भी विश्व शक्ति नहीं है। ऐसे ही रूस को भी ले लीजिए। विश्व शक्ति बनने की जगह पर वह अपने देश की भी शक्ति पूरी तरह से नहीं बन पाया। जापान और जर्मनी का भी वही हाल हुआ। शक्ति बनने के स्थान पर उन्होंने तकनीकी और भौतिक संसाधनों का अम्बार लगा लिया। उनके पास कोई आइडियोलॉजी नहीं थी जिसे वे विश्व को दे सकते। अमेरिका को भी विकसित और शक्ति सम्पन्न देश माना जाता है। उसके पास धन बल, बाहुबल, जनबल, सब है पर उनके विकास में केवल अमेरिका का विकास है। पूरे विश्व का विकास नहीं है। विश्व को वह भी कोई आइडियोलॉजी नहीं दे पाता है। इसलिए वह अपनी शक्ति है, विश्व शक्ति नहीं है।

अब आइए, भारत पर दृष्टिपात करते हैं। क्यों हम भारत बोध की बातें कर रहे हैं? क्यों भारत विश्व गुरु या विश्व शक्ति बनने की बातें कर रहा है? तो भारत के पास है—माता भूमिः पुत्रोऽहम् पृथिव्याः, वसुधैव कुटुम्बकम् या आत्मवत् सर्वभूतेषु जिसमें केवल भारत भूखण्ड पर रहने वाले मनुष्यों की बात नहीं की गई है, अपितु सम्पूर्ण धरा पर रहने वाले मानव समूहों की बात की गई है। भारत का उद्घोष ही है—विश्व का कल्याण हो, प्राणियों में सद्भावना हो। सर्वे भवन्तु सुखिनः, सर्वे सन्तु निरामयाः सर्वे भद्राणि पश्यन्तु, मा कश्चित् दुखभाग भवेत, जैसी अवधारणा या वसुधैव कुटुम्बकम् जैसे सिद्धान्त। पं० विद्यानिवास मिश्र वसुधैव कुटुम्बकम् को व्याख्यायित करते हुए कहते हैं कि जहां आकाश पिता होता है, माता धरती है, गाय भी मां है, चन्दा मामा है यानी पूरे ब्रह्माण्ड के साथ हमारा एक कोमल-सा नाता है। इस प्रकार प्रकृति में जितने भी प्राणी हैं, वनस्पतियां हैं, सबसे एक अव्यक्त-सा नाता है। और उस वैश्विक नाते के कारण हम वसुधैव कुटुम्बकम् की बात करते हैं। हम मैन इज ए सोशल एनिमल की परिभाषा नहीं मानते। भारतीय समाज में लोग एक दूसरे से एनिमल वाले रिश्ते से नहीं जुड़ते बल्कि अनेक कोमल भावनाएं और मांगलिक उपादान हमें एक दूसरे जोड़ रहते हैं। यह पं० विद्यानिवास मिश्र का सशक्त भारत बोध है, जो सच है। हम अपनी परम्पराओं प्रकृति के साथ जुड़े हैं। लोक एक शब्द नहीं बल्कि हमारे चारों ओर फैला विराट परिवेश बन जाता है। गांव की एक अशिक्षित स्त्री भी जानती है कि मुट्ठी भर चावल चिड़ियों के लिए छींटना है। गेंहू जौ की बालियों को छज्जे से बन्दनवार की तरह लटका देना है ताकि चिड़िया आएं और उनकी चहचहाहट से घर आंगन गूंज उठे।

पं० विद्यानिवास मिश्र उसी भारतीय दृष्टि की बात करते हैं जहां एक

चुटकी चावल देवता के चरणों में चढ़ते ही 'अक्षत' बन जाता है। एक लोटा जल सूर्य के सम्मुख पहुंचते ही अर्घ्य बन जाता है। भारतीय संस्कृति की व्याप्ति और व्यापकता को समझने के लिए भारतीय अन्तर्दृष्टि की बातें लगातार पं० विद्यानिवास मिश्र दुहराते हैं। उनके लेखन के साथ-साथ उनका पूरा जीवन भी इस भारतीय दृष्टि से ओत-प्रोत था।

ऋषियों द्वारा दिये गये ये मन्त्र संकुचित नहीं थे। उनका लक्ष्य वैश्विक था। विश्व के कल्याण की भावना के साथ वैदिक ऋषियों ने इन मन्त्रों का आविष्कार किया। सर्व खल्विदं ब्रह्म की दृष्टि भारत-भाव की अखण्ड दृष्टि है। वैदिक ऋषियों के उद्घोष—ऊँ द्यौः शान्तिः, अन्तरिक्षँ शान्तिः, पृथिवी शान्तिः, रापः शान्तिः, औषधयः शान्तिः, वनस्पतयः शान्तिः का पाथेय लेकर भारत विश्व शक्ति बनेगा क्योंकि इस समय विश्व को शान्ति की ही सबसे अधिक आवश्यकता है। परन्तु विश्व को देने से पूर्व इन मन्त्रों की साधना पहले अपने राष्ट्र के भीतर करनी होगी। केवल मन्त्रों का नारा देने से विश्व शक्ति नहीं बना जा सकता। उन मन्त्रों की सिद्धि पहले देश में होगी तब हम कोई कदम आगे बढ़ा सकेंगे। भारत बोध की बातें इसलिए और पं० विद्यानिवास मिश्र के साहित्य की भी बातें इसीलिए क्योंकि भारत बोध की प्रभाती के वे अथक गायक हैं।

■

भारतीय चिन्तन-प्रत्यय में पंडितश्री का विद्या-निनाद

हीरामन तिवारी

भारतीय संस्कृति को लोक और शास्त्र के भेद से उबारते हुए पंडित विद्यानिवास मिश्र ने एक बार लिखा था कि "भारतीय परंपरा की विशेषता उसकी अतिक्रामी क्षमता है।" प्रकृति और पुरुष के बीच पारस्परिक संवाद पश्चिम के बिल्कुल उलट भारतीय संस्कृति और शास्त्रीय प्रामाण्य का एक अंग है। जब तक प्रकृति नहीं चाहती, पुरुष स्वयं को प्रकृति का ही अंश मानता है, उसमें पूर्णतया संलिप्त मानता है। हमारे सांख्य दर्शन का मौलिक तत्त्व भी तो यही है, जहाँ प्रकृति भारतीय चिन्तन में ब्रह्माण्डीय रंगकर्म की अपराजेय मंचनियन्ता है, जिसके हाथ में मूकदर्शक पुरुष को 'केवलभाव' का आभास कराने वाली कुंजी रहती है। ईश्वरकृष्ण ने सांख्यकारिका में इस तत्व का एक अप्रतिम वर्णन किया है।

'रङ्गस्य दर्शयित्वा निवर्त्तते नर्तकी यथा नृत्यात्। पुरुषस्य तथाऽत्मानं प्रकाश्य विनिवर्तते प्रकृतिः ॥'

सांख्यदर्शन की इस विवेचना का वशी भला कौन नहीं होगा। जिस प्रकार से एक नृत्यांगना मंच पर अपने अक्षुण्ण अभिनय से दर्शकमण्डल में बैठे किसी सहृदय को अभिभूत करते हुए उसे अपने नाट्य संसार का एक सक्रिय चरित्र बना देती है, और पुनः मंचनावसान पर उसे अपने एकाकी संसार में छोड़कर नेपथ्य में विलीन हो जाती है, पुरुष तब स्वयं को एकाकी बूझकर निजस्वरूप को प्राप्त करता है। सांख्य के केवलत्व की अवस्था भी कुछ वैसी ही है। जीवन्मुक्ति का सदेह दर्शन यदि किसी परंपरा ने हमें दिया है तो वह सनातान धर्म ही है। नदी के किनारे बैठे पुरुष जल की परछाई में स्वयं को देखता है, मुक्ति की उत्कण्ठा ही उससे संसार में स्वयं को झाँकने के लिए लालायित करती है। वह पञ्चतन्त्र के उस सिंह से भिन्न है, जो संसार में अपने को छोड़ किसी और को बसने नहीं देना चाहता, देखना भी नहीं चाहता, और कुएँ में अपनी प्रतिच्छाया को ही अन्य मान बैठता है, फिर कुएँ में कूदकर तिरोहित हो जाता है। इसीलिए पंडित जी ने कहा था, 'भारतीय परंपरा बाह्य प्रकृति को अन्तःप्रकृति का प्रक्षेप मानती है।' हमारे सनातन संसार का स्वरूप

भिन्न है, जहाँ ईश्वर की अवतरण-परंपरा के मूल में भी कदाचित् यही दर्शन प्राप्त होता है। परब्रह्म राम को अपना निर्गुण स्वरूप त्यागकर मानव शरीर धारण करने के लिए विवश होना पड़ता है। नहीं तो तुलसी क्यों कहते, 'नाना भाँति राम अवतारा?' 'एकोऽहं बहुस्याम' के उद्घोष के साथ, छान्दोग्योपनिषद् का ऋषि ईश्वर को विवश करता है, क्योंकि धर्म की ग्लानि, धर्म का ह्रास उससे देखा नहीं जाता—

सृष्टि की उस पूर्वसंध्या में विकल हो वेदऋषि ने,
प्रार्थना में था कहा, 'हे ईश, इस संसारपथ पर,
अग्रजन्मा अग्रगामी ही बनें, हो रीति अविचल।'
एवमस्तु, तथास्तु का वरदान वह फिर क्यों भुलाया॥

विश्वामित्र भी तो इसी याचना के साथ दशरथ के समक्ष जाते हैं, उनके दुलारे राजकुमारों, राम और लक्ष्मण को वन में अधम अभिमानी राक्षसों से ऋषियों, मुनियों के संरक्षण के लिए कुछ दिनों के लिए उधार माँगते हैं, जिससे कि उनका धर्माधारित अनुष्ठान बिना व्यवधान के पूरा हो सके। विश्वामित्र को ज्ञान था कि राम ने दाशरथि के रूप में अवतार धर्मधारकों के विघ्नविनाश के लिए ही लिया था। उन्हें रघुकुल नरेश से मात्र याचना ही तो करनी थी, यह जानते हुए, कि रघुकुल की रीति सदा यही रही है, जहाँ याचक कभी निराश नहीं होता, फिर चाहे वह विश्वामित्र हों, या कैकेयी और फिर दशरथनन्दन 'भगत बिपति भंजक' बनकर ही अवतरित हुए हैं—

'राजिवनयन धरे धनुसायक। भगत बिपति भंजन सुखदायक॥'

जब भी इस संसार में सनातन धर्म का स्खलन हुआ है, जब भी इसे दबोचा गया है, कोई न कोई महापुरुष, अधर्म से संघर्ष करने के लिए भारत की धरती पर अवतरित हो जाता है। बाँकेबिहारी कृष्ण ने भी इसी विवशता में देवकीनन्दन का रूप धारण किया था। भारतभूमि को कालिया नाग, पूतना और कंस के अधर्म से मुक्ति दिलाई थी।

यदा यदा हि धर्मस्य गलानिर्भवति भारत। अभ्युत्थानमधर्मस्य तदात्मानं सृजाम्यहम्॥

अधर्म का अभ्युत्थान संसार का सहज स्वरूप भी हो सकता है, लेकिन सनातन धर्म में इसे निरंकुश छोड़ देने की परंपरा नहीं है और जब भी ऐसा होता है तो धर्म स्वयं एक विग्रह का अनुसंधान करता है। 'जब जब होंहि धरम कै हानी। बाढ़हिं असुर अधम अभिमानी॥ तब तब प्रभु धरि मनुज सरीरा। हरहिं सदा भव सज्जन पीरा॥' धर्मानुरत प्राणियों के संरक्षण के लिए ही तो राम अवतरित होते हैं, कृष्ण आते हैं, शिव आते हैं। वाल्मीकि ने तो

राम को शिव का ही स्वरूप बताया है। नर्मदा के तट पर पंचवटी में कुटिया बनाकर बसे राम और सीता को वाल्मीकि ने शिव और हिमवान् की सुता पार्वती माना है—नर्मदा में स्नान करने के बाद सूर्य को अर्घ्य देते हुए राम साक्षात् रुद्र (शिव) प्रतीत हो रहे हैं और उनके एक ओर खड़े लक्ष्मण नन्दी हैं और जगज्जननी सीता मानो पार्वती हैं।

कृताभिषेकः स रराज रामः सीताद्वितीयः सह लक्ष्मणेन।
कृताभिषेकस्त्वगराजपुत्र्यां रुद्रः सनन्दिर्भगवानिवेशः॥

सनातन के इस स्वरूप को मारीच पहचान गया था, तभी उसने रावण को सचेत करने का प्रयास किया था, तारा और मंदोदरी भी इस स्वरूप को पहचान गईं थीं। रामो विग्रहवान्धर्मः साधुः सत्यपराक्रमः। राजा सर्वस्य लोकस्य देवानामिव वासवः॥ राम धर्म के अवतार स्वरूप हैं, न्यायप्रिय और सत्य के प्रति संघर्षरत हैं, इस संसार के सभी प्राणियों के राजा हैं, इन्द्र तो देवतामात्र के ही राजा हैं। राम का चरित्र इतना उदात्त है कि उनके वैरी भी उनका समादृत भाव से स्मरण करते हैं, उनसे शिक्षा लेना चाहते हैं। नर्मदा प्रसाद उपाध्याय जी ने अभी हाल में बहुत ही सारगर्भित शब्दों में, अप्रतिम भाव से राम के प्रति पंडित जी के विचारों को प्रस्तुत किया है— "राम का नाम अपने घर जैसा है। बाहर की भागदौड़ से जब आदमी थक जाता है, तो उसे घर की तलब होती है। यह आशा होती है, कि घर सब थकान हर लेगा, वहाँ कोई भय नहीं होगा, कोई पराया नहीं होगा, वहाँ कोई छ्ल नहीं करेगा। ...घर में विश्राम है, सकल श्रम की सार्थकता है।...यदि राम के होंगे तो माँ-बाप, भाई, बहन, मित्र इन सबके ही नहीं होंगे, बल्कि शत्रु के भी होंगे।" राम के वैरी ('मैं बैरी सुग्रीव पियारा') बालि ने भी राम से कहा था, कि उसने अपनी पत्नी की बात नहीं मानी—तारया प्रतिषिद्धोऽपि— 'गहि कर चरन नारि समुझावा'; फलतः राम से बालि का संवाद मरणशैय्या पर ही हुआ। अन्यथा तो जन्म-जन्म की जतन के बाद भी जीवन का अन्त रसविहीन रहता है, अपने भी अपने नहीं होते, सुग्रीव अपना ही तो था, राम के अभाव में वह पराया हो गया था। लेकिन बालि ने भी कदाचित् मन में ठान लिया था, कि उसके पास मुक्ति का पुनः कोई और अवसर संभवतः नहीं होगा, इस संवाद का अवसर दोबारा नहीं मिलेगा। तो यह समय है राम के सम्मुख निजत्व को न्यौछावर करने का—

'जासु नाम बल संकर कासी। देत सबहि सम गति अबिनासी॥'

तुलसी ने जीव की इस पीड़ा को व्यक्त करते हुए कहा है, कि बालि ने 'बहुरि कि प्रभु असि बनिहि बनावा', का संवरण करते हुए मन में यही साधा, कि जब तक निजता मन में भरी रहेगी, राम नहीं मिलेंगे, और अब वह राम

के समक्ष अधीर पड़ा है, तो क्यों न अपने मन की कालिख को स्याही में बदल कर, सुन्दर-सुन्दर अक्षरों में राम की महिमा का बखान कर दे। उसने निजत्व को अपने से बाहर उड़ेल दिया—

सो नयन गोचर जासु गुन नित नेति कहि श्रुति गावहीं।
जिति पवन मन गो निरस करि मुनि ध्यान कबहुँक पावहीं॥
मोहि जानि अति अभिमान बस प्रभु कहेउ राखु सरीरहीं।
अस कवन सठ हठि काटि सुरतरु बारि करहि बबूरहीं॥

सनातन संस्कृति का यही स्वरूप उसे अद्वितीय बना देता है। यदि उसके इस स्वरूप का स्मरण पुरुष को रहे, तो जीवनयात्रा निश्चय ही सरल हो जाती है। अपनी प्रकृति में विलीन होना ही सनातन का वास्तविक अभिज्ञान है। इस भाव का विस्मरण कुछ काल के लिए तो भले ही सुख प्रदान करे, किंतु अंततः जीवन के नैश्चित्य को संवारने के लिए स्मरण करना आवश्यक हो जाता है। एक सुविख्यात पाश्चात्य लेखक ऐल्बर्ट कैमू ने अपने एक उपन्यास Exile and the Kingdom में 'the certainty of remembering and the comfort of forgetting' कह कर यही स्मरण कराया है।

स्वामी करपात्री जी के साथ अपने एक संवाद का उल्लेख करते हुए पंडित जी ने लिखा है कि 'जिसे जाना है, वह काल-प्रवाह में चला जाएगा, पर जो जीवन को चलाता है, वह कैसे जाएगा, जो चलाता है और स्वयं संचरणशील है, वही मात्र सनातन धर्म है। ...शास्त्र कभी नष्ट नहीं होंगे, वे पुनः व्याख्यायित होंगे, हो सकता है पाखंड और विचार से कभी एकदम ढँक उठें।' सनातन परंपरा में भाषा को संस्कृति का और सभ्यता का प्राण माना गया है। भर्तृहरि ने भी अपने वाक्यपदीय में लिखा है कि कोई भी ज्ञान भाषा से इतर हो ही नहीं सकता, सब कुछ भाषा के, शब्द के ही अधीन होता है—

'न सोऽस्ति प्रत्ययो लोके यः शब्दानुगमादृते। अनुविद्धमिव ज्ञानं सर्वं शब्देन भासते'

ऐसा कोई ज्ञान नहीं, जिसका अनुगम शब्द के अभाव में सम्भव हो सके, ज्ञान की प्राप्ति ही शब्द के साथ संलिप्त स्वरूप में ही सम्भव है। तुलसीदास जी ने भी कहा है, कि राम नाम के बिना राम को प्राप्त करना, राम का ध्यान संभव ही नहीं—'ब्रह्म राम ते नाम बड़ बरदायक बरदानि।' राम की ध्वनि राम की उपस्थिति का कारक है। शब्द की ऐसी महिमा का बखान, दार्शनिकों, सन्तों, आचार्यों ने बारम्बार किया है। और नाम ही भाषा है— 'रचि महेस निज मानस राखा। पाइ सुसमउ सिवा सन भाखा॥'

आचार्य रामचन्द्र शुक्ल ने भी कहा था, कि 'भाषा से विचार अलग

नहीं हो सकता' और अपने इस कथ्य को प्रमाणित करने के लिए उन्होंने गोस्वामी तुलसीदास जी का उद्धरण दिया था—'गिरा अरथ जल बीचि सम कहियत भिन्न न भिन्न' और यदि विचार करेंगे तो ज्ञात होगा कि तुलसी जी को यह प्रेरणा कहाँ से मिली होगी? कालिदास से। जिन्होंने लगभग अट्ठारह सौ वर्ष पूर्व ही कह दिया था—'वागर्थाविव सम्पृक्तौ वागर्थप्रतिपत्तये', शब्द और अर्थ, वाणी और ध्वनि जब सामूहिक, एकीकृत, एक-दूसरे में डूबकर प्रस्तुति देते हैं, तो वही निनाद बन जाता है, symphony बन जाता है। तभी तो पं० महावीर प्रसाद द्विवेदी कविता से पूछने लगते हैं—ध्वनि क्या है?

सुरम्यरूपे रसराशि-रंजिते,
विचित्रवर्णाभरणे, कहाँ गई?
अलौकिकानन्दविधायिनी महा
कवीन्द्रकान्ते, कविते! अहो कहाँ?

इस प्रकार से सज-सँवर कर, सुरम्य रूप में रसराशि की रंजना करने का भाषा का संकल्प कवि ही तो लेता है। विचित्र और सुन्दर वर्णों का आभरण, कवि ही तो गढ़ता है और तब जाकर शब्द और ध्वनि एक साथ झंकृत होते हैं, एक ऐसी अनजानी symphony बनाते हैं, जो अलौकिक आनन्द की विधायिनी बनकर लोकरंजन करती है। भारतीय ज्ञानधारा की यह परिकल्पना हमारे ऋषियों ने की थी। तभी तो ऋग्वेद के ऋषि, वाच् आम्भ्रण के समक्ष वाग्देवी स्वयं अपने मूल स्वरूप का वर्णन उत्तम पुरुष के भाव में करती हैं—

अहं राष्ट्री संगमनी वसूनां चिकितुषी प्रथमा यज्ञियानाम्।
तां मा देवा व्यदधुः पुरुत्रा भूरिस्थात्रां भूर्यावेशयन्तीम्॥ (3)
मया सो अन्नमत्ति यो विपश्यति यः प्राणिति य ईं श्रृणोत्युक्तम्।
अमन्तवो मां त उपक्षियन्ति श्रुधि श्रुत श्रद्धिवं ते वदामि॥ 4॥
अहमेव स्वयमिदं वदामि जुष्टं देवेभिरुत मानुषेभिः.
यं कामये तं तमुग्रं कृणोमि तं ब्रह्माणं तमृषिं तं सुमेधाम्॥ 5॥

"मैं राष्ट्री हूँ, इस विश्व की धात्री हूँ, यज्ञियों में प्रथमा हूँ, सभी प्रकार की ऋद्धियों का संभरण करते हुए सुयोग्य यथास्थानों पर देवताओं का संप्रेषण करती हूँ। मैं सर्वव्यापी हूँ, समस्त संसार मुझमें समाविष्ट हो जाता है, और वहीं वह अन्नवान्, प्राणवान्, श्वासवान् हो मेरे द्वारा उच्चारित ध्वनि का श्रवण करता है। अतः मेरे इन प्रामाणिक वचनों को ध्यानमग्न होकर सुनो और इसके साक्षी बनो। मैं स्वेच्छा से, प्रसन्नता से, सुयोग्य को यथोचित् बलवान्, यज्ञवान् एवं सुविद्यावान् बनाती हूँ।"

वाग्देवी के इस प्रण को ऋषि अवाक् होकर सुनता है। वाग्देवी ऋषियों

और मुनियों से ही तो वार्तालाप कर सकती है। वह ईश्वर की सहचरी है। और जो ईशन करता है, जो सबके योगक्षेम का वहन करता है, वही तो ईश्वर होता है— ईशा ईष्ट इति, ऐसा भगवान् शंकराचार्य जी ने ईशावास्योपनिषद् के पहले ही मन्त्र की व्याख्या करते हुए हमें बताया है—ईशिता परमेश्वरः परमात्मा।

ईशावास्यमिदं सर्वं यत्किञ्च जगत्यां जगत्। तेन त्यक्तेन भुञ्जीथा मा गृधः कस्य स्विद्धनम्॥

इस संसार का स्थावर और जंगम सब कुछ तो ईश्वर का ही है। जीवन के भोग में त्याग की भावना होनी चाहिए, तभी हम 'सह नाववतु' जैसे महावाक्य का उच्चारण करने के अधिकारी बनेंगे। आत्मा और कर्म दोनों की पारस्परिकी है, अर्थात् आत्मा कर्म-विमुख तो कभी हो ही नहीं सकता। यह एक गूढ़ विषय है—

सर्वाषाम् उपनिषदानाम् आत्मयाथात्म्यनिरूपणेनैव पक्षयात्। गीतानां मोक्षधर्माणां चैवं परत्वात्।

हमारे उपनिषदों की परिणति इसी आत्मा के यथार्थ-रूप के निरूपण में ही होती है। भगवद्गीता का भी तो यही लक्ष्य है। हमारे सभी सद्ग्रन्थ हमसे यही आह्वान करते हैं कि, हम सब जीवन की क्षणभंगुरता के मुकुर में झाँकें और तब सभी प्राणियों के विषय में मनन करें। क्योंकि माण्डूक्य उपनिषद् हमारे समक्ष गोहार लगा रहा है—यथा स्वप्नमयो जीवो जायते म्रियतेऽपि च। तथा जीवा अमी सर्वे भवन्ति न भवन्ति च॥ स्वप्न के रूप में जैसे जीव जन्मता है और मरता है, उसी भांति सभी सांसारी जीव भी जन्म लेते हैं और मृत्यु की गति को प्राप्त करते हैं। इसीलिए तो 'भद्रं कर्णेभिः श्रुणुयाम, भद्रं अक्षभिः पश्येम' का स्वर भारत भूमि पर ही सुनने को मिलता है। हमारा वाङ्मय यदि विशद है तो वह सुलभ भी है। वेदों की वत्सल छाँव में उपजी ब्राह्मण, आरण्यक, उपनिषद्, रामायण, महाभारत और श्रीमद्भागवत की हमारी चिन्तन-परंपरा औदार्य की प्रतिमूर्ति है और पंडित विद्यानिवास मिश्र इस परंपरा के एक उदात्त अधिकारी रहे हैं। उन्हें हमारी चिन्तन-परंपरा की इतनी परख थी कि, उन्होंने भाषा और तत्त्व दोनों को एक ही माना।

भाषा का एक मूलार्थ चरित भी होता है, चरित का बखान भाषा का वन्दन है। भगवान् वाल्मीकि को भी तो पहले भाषा ही प्राप्त हुई थी और इस भाषा की संगति की प्रेरणा उन्हें स्वयं ब्रह्मा ने दी थी और यह तथ्य ब्रह्मा ने ही वाल्मीकि को बताया था—मच्छन्दादेव ते ब्रह्मन् प्रवृत्तेयं सरस्वती। रामस्य चरितं सर्वं कुरु त्वमृषिसत्तम॥ वाल्मीकि ऋषि तो थे लेकिन भाषा ने उन्हें आदिकवि बना दिया। भाषा ने भगवान् गणेश को लेखक बना दिया। भाषा प्राप्ति के बाद

उसे कालजयी, 'यावत्स्थास्यन्ति गिरयः सरितश्च महीतले', बनाने के लिए उनके विषय का स्रोत नारद बने—'तपः स्वाध्यायनिरतं तपस्वी वाग्विदां वरम्। नारदं परिपप्रच्छ वाल्मीकिर्मुनिपुंगवम्॥' तप और स्वाध्याय ही तो भाषाभजन का स्वरूप है। भाषा ही व्यक्ति को व्यक्त बना देती है, उसे परिभाषित कर देती है। भाषा ही मानव को मानवता का मंत्र देती है और इसीलिए भारत की चिन्तनधारा भाषा से ही संवलित होती है। भाषा ही जीवन देती है, अभिव्यक्ति के अभाव में मानव गूँगा रह जाता है। जीवन के मूल्यों का अवगाहन भी भाषा से ही संभव है। पाश्चात्य सभ्यता में भी जीवन के मूल्यों का अनुसंधान, अवगाहन भी धर्माधारित कर्म के माध्यम से किया जाता है। बीसवीं शताब्दी के पूर्वार्द्ध में योरोप में, विशेषतया हिटलरशासी जर्मनी और पोलैण्ड की कालकोठरियों में वर्षों तक यहूदी विभीषिका, होलोकोस्ट, का एक लम्बा वीभत्स जीवन बिताकर प्राण बचाकर निकले वियना के एक यहूदी मनोचिकित्सक विक्तोर फ्रैंकल ने जीवन के अर्थ का विश्लेषण करते हुए लिखा है—

"What was really needed was a fundamental change in our attitude toward life. We had to learn ourselves and, fruthermore, we had to teach the despairing men, that it did not really matter what we expected from life, but rather what life expected from us. We needed to stop asking about meaning of life, but instead to think of ourselves as those who were being questioned by life – daily and hourly. Our answer must consist, not in talk and meditation, but in right conduct. Life ultmately means taking the responsibility to find the right answer to its problems and to fulfill the tasks which constantly sets for each individual."

जीवन के अर्थ को जानने की अभिलाषा तो सबमें होती है—हम कौन हैं? कहाँ से आए हैं? कहाँ जाएँगे? जैसे प्रश्न सहज ही मन में कौंधते रहते हैं, किन्तु इन प्रश्नों के उत्तर सबको नहीं मिलते और जिसको मिल जाते हैं वह वाल्मीकि हो जाता है, शुकदेव हो जाता है, शंकर हो जाता है, बसवण्ण हो जाता है। लेकिन यह सबको आभास होना चाहिए कि मानवता और सहृदयता भारत की चिन्तनधारा के मूल में बसती है, तभी क्रौंच पक्षी के जोड़े में एक को मरते देख वाल्मीकि का शोक श्लोक में परिवर्तित हो जाता है, और भारतीय चिन्तन में श्लोक को सत्य का, ऋत का ही दूसरा नाम बताया गया है—'शोकार्तस्य प्रवृत्तो मे श्लोको भवतु नान्यथा।' शोक और नान्यथा अर्थात् सत्य पर्याय बन जाते हैं। जर्मन कवि गेटे ने भी आहत भाव से कहा

था—"In the silnce of torment, a god gave me the gift to say how much I suffer." वैशम्पायन व्यास भी अपने पुत्र शुकदेव को बचपन में ही वैरागी बनते देख आर्तनाद में बिलख-बिलख कर ऐसे रोते हैं, कि आस-पास के पेड़ भी रोने लगे—पुत्रेति तन्मयतया तरवोऽभिनेदुः और तभी वह श्रीमद्भागवत की वाणी बने, उसकी भाषा बने। व्यष्टि और समष्टि के इस ऊहापोह का मार्मिक समालोचन पंडित विद्यानिवास मिश्र ने अपने चिन्तन में विस्तार से किया है। आत्मा को परमात्मा में खोजने का मार्मिक उदाहरण भारत के अतिरिक्त कहाँ मिलेगा। ट्रिनिडाड में उपजे भारतीय मूल के साहित्य रचयिता, नोबेल पुरस्कार से सम्मानित, वी एस नाईपाल अपने ग्रन्थ 'द मास्क आफ़ ऐफ़्रीका' में एक मर्मग्राही चित्रण करते हुए लिखते हैं और मानवता पर एक विहंगम दृष्टिपात करते हैं—

"The land is full of cruelty which is hard for the visitor to bear. From the desert countries to the north long-horned cattle are sent for slaughter here in big ramshackle trucks, cargoes of misery, that bump along the patched and at times defective autoroute to Abidjan, to the extensive abattoir area near the docks. And there in trampled and vile black earth these noble creatures, still with dignity, await their destiny in the smell of death, with sometimes a calf, all alone without a mother, finding comfort of a sort in sleep, a little brown circle on the dirty ground, together with the beautiful goats and sheep assemble for killing. The ground around the abattoir goes on and on. When sights like this meet the eyes of simple people every day there can be no idea of humanity, no idea of grandeur."

भारत की मानवता कुछ भिन्न है, संपाती और जटायु जैसे पक्षियों को अपने पूर्वजों के मित्र की सन्तान मानकर अपने गले लगाकर मन के उद्गार को भाषित करने का उदाहरण वाल्मीकि और तुलसी के राम ही हैं, जटायु को अपने पिता दशरथ के स्वर्गधाम को भेजते समय राम के नयन गीले हो जाते हैं, राम के पास जटायु को भेंट स्वरूप देने के लिए कुछ भी तो नहीं है, आज वह अयोध्या के राजकुमार नहीं, एक वनवासी हैं, लेकिन इस अवस्था में भी राम जटायु को पूर्णकाम बना देते हैं—तनु तजि तात जाहु मम धामा। देउँ काह तुम पूरनकामा॥

■

भारत राष्ट्र की परिकल्पना और भारतबोध के आयाम

संजय कुमार

भारत सांस्कृतिक राष्ट्रों में से एक है या यह कहें कि श्रेष्ठ है तो कोई अत्युक्ति नहीं होगी। यहाँ की संस्कृति, आचरण और व्यवहार सबको अनुरंजित करते हैं, भौगोलिक स्वरूप देश के सौंदर्य का केवल द्योतक नहीं है बल्कि उसके सांस्कृतिक विरासत की गाथा भी है। यहाँ के नगर, महानगर, पर्वत, पठार, नदी, समुद्र, जलाशय इत्यादि सभी इस राष्ट्र के समृद्धि के प्रतीक हैं। यदि राष्ट्र शब्द पर विचार किया जाय तो राष्ट्र शब्द राज् और ष्ट्रन् के योग से बना है जिसका अर्थ देश, राज्य और साम्राज्य माना गया है।[1] राष्ट्र को राज्य अर्थ में ग्रहण करते हुए आचार्य मनु भी कहते हैं कि विद्वान् साम आदि चारों उपायों में से सर्वदा राज्य की वृद्धि के लिए दण्ड की प्रशंसा करें।[2] इसी सन्दर्भ में एक स्थल पर वे कहते हैं कि जो राजा चौर आदि का शासन नहीं करता हुआ, प्रजाओं से कर लेता है, उसके राज्य में निवास करने वाले क्रूद्ध हो जाते हैं तथा वह राजा स्वर्ग पाने के अधिकार से वंचित हो जाता है।[3] राजनीतिक भारतवर्ष में जन्म लेना और निवास करना दोनों ही परम सौभाग्य माना जाता है—

गायन्ति देवा:किल गीतकानि
धन्यास्तुते भारत भूमि भागे।
स्वर्गापवर्गास्पदमार्गभूते
भवन्ति भूयः पुरुषाः सुरत्वात्॥[4]

अर्थात् देवगण भी निरंतर यही गान करते हैं कि जिन्होंने स्वर्ग और अपवर्ग के मार्ग भूत भारत वर्ष में जन्म लिया है वह पुरुष हम देवताओं की अपेक्षा अधिक भाग्यशाली हैं। यानी यह भारत पूण्यभूमि है, यहाँ पर रहना,

---

1. आप्टे वामन शिवराम, संस्कृत हिन्दी कोश, चौखम्बा विद्याभवन, वाराणसी, 2016, पृष्ठ—856
2. मनुस्मृति, 7 /109
3. वही, 9/ 254
4. विष्णुपुराण, 2/3/24

जीवन जीना, इसके रस का पान करना और हवाओं में श्वास लेना परम सौभाग्य का विषय है। ऐसा माना जाता है कि भारतवर्ष में युग की सत्ता चलती है, यहाँ सत्ययुग, त्रेता, द्वापर और कलयुग नामक चार युग कार्य करते हैं, यह त्याग और तपस्या की भूमि है, यह मोक्ष की भूमि है, यह वह भूमि है जहाँ ईश्वर भी जन्म लेते हैं, इसे जम्मू दीप के अंतर्गत माना जाता है, इसीलिए विष्णुपुराण में कहा गया है—

अत्रापि भारतं श्रेष्ठं जम्बूद्वीपे महामुने।
यतो ही कर्म भूरेषा ह्यतोऽन्या भोग भूमय॥[5]

अर्थात् हे महामुने इस जम्बूदीप में भारतवर्ष श्रेष्ठ है क्योंकि यह कर्म भूमि है इसके अतिरिक्त अन्य देश भोग भूमि है। यानी यहाँ कर्म के द्वारा अपने लक्ष्य तक पहुँचने की बात स्वीकार की गई है, कर्म ही मनुष्य को श्रेष्ठ बनाता है। इसलिए हमारे शास्त्रों में कहा गया है कि कर्म करते हुए मनुष्य को सौवर्ष तक जीने की इच्छा रखनी चाहिए। भारत एक जीता जागता राष्ट्र है, यह किसी को हताश और निराश नहीं रखता है बल्कि सबका प्राण पण से पालन करता है। वह पालक राजा होता है जो ईश्वरांश के रूप में प्रतिष्ठित रहता है।[6] जब भारत के राष्ट्रीय स्वरूप के विषय में चिन्तन किया जाता है तो विष्णुपुराण की यह पंक्ति अवश्य याद आती है, जिसमें लिखा गया है—

उत्तरं यत्समुद्रस्य हिमाद्रेश्चैव दक्षिणम्।
वर्ष तद् भारतं नाम भारतीयात्रा सन्ततिः॥[7]

अर्थात् जो समुद्र के उत्तर भाग तथा हिमालय के दक्षिण भाग में स्थित है वह देश भारत वर्ष कहलाता है, उसमें भरत की संतान बसी हुई है इसलिए यह देश भारतवर्ष कहलाता है। भारत की जनता ही इसका वैभव है, इसका स्वाभिमान है, यहाँ के जो निवासी हैं वे विश्व मानवता के प्रतीक पुरुष के रूप में स्वीकार किए जाते हैं। कालिदास भी अपने कुमारसम्भवम् में भारत की सीमा तय करते हुए दिखाई देते हैं[8], किसी भी देश की भौगोलिक सीमा अनिवार्य रूप से होनी चाहिए जब तक उसकी सीमा तय नहीं रहती है तब तक उसका राष्ट्रीय परिपेक्ष ऊभर कर सामने नहीं आता है, यह सामान्य एक बात है कि कोई भी देश अपने मानवसंसाधन का उपयोग कहाँ तक करे, क्या-क्या करे, उसकी एक सीमा होनी चाहिए क्योंकि अपने सीमा में रहकर

---

5. वही, 2/3/22
6. मनुस्मृति, 7/4
7. विष्णुपुरण, 2/3/1
8. कुमारसम्भव, 1/1

ही राष्ट्र अपना विकास कर एवं अपनी अर्थव्यवस्था को संयमित कर सकता है।

इस भारतवर्ष में महेंद्र, मलय, सह्य, शुक्तिमान, ऋक्ष, विन्ध्य और पारियात्र ये सात कुल पर्वत है।[9] इस भारतवर्ष के नव भाग हैं— इंद्र द्वीप, कसेरु, ताम्रपर्ण, गभस्तिमान, नागद्वीप, सौम्य, गंधर्व और वारुण।[10] यह द्वीप उत्तर से दक्षिण तक सहस्त्र योजन का है। इसके पूर्वी भाग में किरातलोग और पश्चिमी भाग में यवन वासी है।[11] यज्ञ, युद्ध और व्यापार आदि अपने-अपने कर्मों की व्यवस्था के अनुसार आचरण करते हुए ब्राह्मण, क्षत्रिय, वैश्य और शूद्र वर्ण विभागानुसार मध्य में रहते हैं। यहाँ पर अनेक नदियाँ प्रवाहित होती हैं जो भारतीय प्राकृतिक सुषमा को केवल उपस्थिति ही नहीं करती हैं बल्कि भारत को धन-धान्य से युक्त भी करती हैं। उसमें हैं शतद्रू, चंद्रभागा, नर्मदा, सुरसा, तापी, पयोश्णी, निर्विब्ध्या, गोदावरी, भीमरथी, कृष्णावेणी, कृतमाला, ताम्रपर्णी, त्रिसामा, आर्यकुल्या, ऋषिकुल्या, कुमारी, आदि नदियाँ राष्ट्रीय वैभव को प्रकाशित करती हैं।[12] इन नदियों के तट पर कुरु, पांचाल, मध्यदेश, पूर्वदेश, कामरूप, पूण्ड्र, कलिंग, मगध, दक्षिणात्य, अपरांतदेश, सौराष्ट्रगण, शूर, आभीर, अर्बुदगढ़, मालव, पारियात्र, सौवीर, सेंधव, हूण, साल्व, कोशल, माद्र, आराम, अम्बष्ठ और पारसी निवासी रहते हैं।[13] भारतवर्ष में अनेक पर्वत भी हैं, यथा हिमालय, विन्ध्याचल, ऋक्षगिरी, सह्यपर्वत, मलयाचल, महेंद्रगिरी, शुक्तिमान[14] यह भारत के प्राकृतिक संपदा को अभिव्यक्त करते हैं। यदि भारत शब्द पर विचार किया जाय तो भा यानि प्रकाश अथवा ज्ञान से सत्व गुण र से रजस् और त तमस् गुण। आध्यात्मिक दृष्टि से सत्व ज्ञान का प्रतीक है, रजस् ऐच्छिक शक्ति का तो तमस् क्रियात्मक शक्ति का द्योतक है।[15] इस प्रकार यह राष्ट्र ज्ञान, इच्छा और क्रिया का प्रतीक है, जिसका ज्ञान आनंद स्वरूप इच्छा चित् है और द्रव्य का सत्य स्वरूप क्रिया के आधार पर ही दृष्टिगोचर होता है। अत: यह सच्चिदानंद के भाव को व्यक्त करने वाला देश है, जिसका उद्घोष है ईशावास्यमिदं सर्वम्।

---

9. विष्णुपुराण, 2/3/3
10. वही, 2/3/6-7
11. वही, 2/3/8-9
12. वही, 2/3/13-14
13. वही, 2/3/15-17
14. वही, 2/3/10-14
15. पाण्डेय ओउम प्रकाश, भारत वैभव, पृ० 9

इस भूमि से यहां के निवासियों के माता का सम्बन्ध है। यही पृथ्वी सबका भरण पोषण करती है संरक्षण प्रदान करती है यह पृथ्वी ही हमें खाने के लिए अन्न, पहनने के लिए वस्त्र और रहने के लिए आवास की व्यवस्था करती है, इसलिए यह पृथ्वी सर्वविध सबका पोषण करती है, वह मां स्वरूप है, जिसे भारत माता की संज्ञा से विभूषित किया जाता है। अथर्ववेद में कहा भी गया है—

माता भूमि पुत्रो अहं पृथिव्याः।
पर्जन्यः पिता स उ न पिपर्तु॥[16]

अर्थात् पृथ्वी माता है, मैं पृथ्वी का पुत्र हूँ, वही पर्जन्य स्वरूप हमें पार करे। इस प्रकार पृथ्वी से भारतीयों का बहुत ही आत्मीय सम्बन्ध है। यह जगत् जननी है विश्व के निराश्रित लोगों को आश्रय प्रदान करने वाली भारत भूमि है। इरान से पारसी लोग धार्मिक उत्पीड़न के कारण आये, ईसाई और मुसलमान आये, क्रूर और आक्रान्ता तक आये। सभी यहाँ के अन्न, जल, वायु से पोषित हुए। यद्यपि आने वाले आक्रांताओं ने यहाँ की संस्कृति, भाषा को बहुत प्रभावित करने का प्रयत्न किया बल्कि यह कहें कि यहाँ की संस्कृति को नष्ट भ्रष्ट करने का प्रयास किया लेकिन भारतीय जीवन शैली अम्लान रही। यहाँ की संस्कृति उन आक्रांताओं से प्रभावित नहीं हुई बल्कि इस पंक्ति का उद्घोष करते रहे—

एतद्देशप्रसूतस्य सकाशादग्रजन्मनः।
स्वं स्वं चरित्रं शिक्षेरान्पृथिव्यां सर्व मानवा॥[17]

अर्थात् इस देश में उत्पन्न विद्वानों से पृथिवी पर सब मनुष्य अपने अपने चरित्र सीखे, यानि यह भारत भूमि ज्ञान-विज्ञानं की भूमि है, यह सम्पूर्ण विश्व को अपने ज्ञान से आलोकित करने वाली है। इसलिए इस भारत भूमि के विषय में कहा गया है—जननी जन्मभूमिश्च स्वर्गादपि गरीयसी[18] अर्थात् जननी और जन्मभूमि स्वर्ग से भी बढ़कर होती है। भारत के राष्ट्रीय स्वरूप में इन्हीं कारकों का महत्वपूर्ण योगदान है, यही भारतीयता के प्रमाण है। अतः हम कह सकते हैं कि भारत केवल भौगोलिक रूप से राष्ट्र का द्योतक नहीं है बल्कि सांस्कृतिक रूप से भी राष्ट्रीय भाव, भावनाओं से ओतप्रोत है। इस देश कण-कण में ईश्वर का भाव व्याप्त हैं। इसीलिए शिशुपालबध में कहा गया है—

16. अथर्ववेद, 12/ 1/ 12
17. मनुस्मृति, 2/20
18. रामायण के रूप में प्रसिद्ध

सा विभुतिरनुभाव सम्पदां भूयसी तव यदायतायति।
एतदूढगुरुभार भारतं वर्षमद्य मम वर्तते वशे॥[19]

अर्थात् हे श्रीकृष्ण विश्वम्भर होने से गुरुतर भार को आप धारण करने वाले हैं। यह भारत वर्ष इस समय बहुत समय तक मेरे वश में है, यह आपके प्रतापश्री का बड़ा फल है यानि आपके प्रताप के प्रभाव से ही मैं (युधिष्ठिर) इस भारतवर्ष का बहुत समय तक सम्राट बना हुआ हूँ। इसी प्रकार अग्निपुराण में कहा गया है—कर्मभूमिरियं स्वर्गमपवर्गं च गच्छ्ताम्[20] अर्थात् स्वर्ग तथा मोक्ष पाने वालों के लिए भारत कर्म भूमि है। यानी यह भारत भूमि ऐश्वर्यतथा आध्यात्मिकता की भूमि है, मनुष्य अपनी इच्छा-अनुसार श्रेय-प्रेय दोनों मार्गों का पथिक बन सकता है जो भारत देश की दृष्टि से महत्वपूर्ण है।

यदि हम भारत के नाम पर विचार करें तो अनेक सन्दर्भ मिलते हैं लेकिन महाभारत के प्रारम्भ में इस विषय को स्पष्ट करते हुए कहा गया है—

महर्षेराश्रमपदेकण्वस्य च तपस्विनः।
शकुन्तलायां दुष्यान्ताद् भरतश्चापि जज्ञिवान्
यस्य लोकेषु नाम्नेदं प्रथितं भारत कुलम्॥[21]

अर्थात् परम तपस्वी महर्षि कण्व के आश्रम में दुष्यन्त के द्वारा शकुन्तला के गर्भ से भरत के जन्म की कथा भी इसी में है। उन्ही महात्मा भरत के नाम से भारत वंश संसार में प्रसिद्ध हुआ। इसी महाभारत में आगे भी इस प्रकार कहा गया है—

सराजा चक्रवर्त्यासीत् सार्वभौमः प्रतापवान्।
ईजे च बहुभिर्यज्ञैर्यथा शक्रो मरुत्पति॥[22]

अर्थात् महाराज भरत समस्त भूमण्डल में विख्यात प्रतापी एवं चक्रवर्ती सम्राट थे। उन्होंने देवराज इन्द्र की भाति बहुत से यज्ञों का अनुष्ठान किया। यह भरत पुनीत कार्य करने वाले थे, जिनका लोक कल्याण प्रमुख कार्य था। यही पर भारत देश के नाम के विषय में भी इस प्रकार कहा गया है—

भरताद् भारती कीर्तिर्येनेदं भारतं कुलम्।
अपरे ये च पूर्वे वै भारता इति विश्रुताः॥[23]

अर्थात् भरत से ही इस भूखण्ड का नाम भारत हुआ, उन्ही से यह

19. शिशुपालबध, 4/5
20. अग्निपुराण, 11 8 /2
21. महाभारत, पर्वसंग्रह, 2/ 95- 96
22. वही, संभव पर्व, 74/129
23. वही, संभव पर्व, 74/131

कौरव वंश भारत वंश के नाम से प्रसिद्ध हुआ। उसके बाद उस कुल में पहले तथा आज भी जो राजा हुआ वे सभी भारत वंशी कहलाये। यह भारत देश है जो आचरण व्यवहार का समुच्चय है, जहाँ दया, दान, धर्म अपने उच्चतम मूल्य पर स्थापित है। करुणा, प्रेम, सद्भाव, जीवन मूल्य के रूप में सबका व्यवहार सामने आता है। सभी सुखी रहें, सभी प्रसन्नचित रहें यही इस देश का ध्येय है। इसीलिए संस्कृत ग्रंथों में भारतवर्ष वर्ष का नाम बड़ा आदर पूर्वक लिया गया है। बाणभट्ट अपनी कादम्बरी में भारत वर्ष का उस समय उल्लेख करते हैं जब चन्द्रापीड महाश्वेता से मिलता है तो वहा महाश्वेता चन्द्रापीड से अपने विषय में बताती हुई कहती है—इतश्च नातिदूरे तस्यास्नाद्भारतवर्षादुत्तरणान्तरे किम्पुरुषनाम्नि वर्षे वर्षपर्वतोहेमकूटो नाम निवासः।[24] अर्थात् यहाँ से थोड़ी दूर भारतवर्ष के उत्तर में किं पुरुष नामक देश में हेमकुटो नाम का एक पर्वत है। भारतवर्ष से तात्पर्य भारत की भूमि या भारतीय उपमहाद्वीप से है, यह केवल भौगोलिक नाम न होकर सांस्कृतिक, ऐतिहासिक और धार्मिक दृष्टि से भी अत्यन्त पवित्र संज्ञा है। इतना ही नहीं महाभारत में भी आया है—

यदिदं भारतं वर्षं यत्रेदं मुर्च्छितं बल।
यत्राति मात्रलुब्धोऽयंपुत्रो दुर्योधनो मम॥[25]

अर्थात् यह जो भारतवर्ष है जिसमें यह राजाओं की विशाल वाहिनी युद्ध के लिए एकत्र हुई है, जहाँ एक साम्राज्य प्राप्त करने के लिए मेरा पुत्र दुर्योधन ललचाया हुआ है। भारत देश को मानव सभ्यता के उद्गम स्थल के रूप में स्वीकार किया जाता है। इसी लिए कहा जाता है सा प्रथमा संस्कृति विश्वारा[26] अर्थात् विश्व मानव द्वारा वरण करने योग्य यह पहली संस्कृति है जिसके राष्ट्रीय स्वरूप को परिभाषित करते हुए यजुर्वेद में कहा गया है—

आ ब्रह्मन् ब्राह्मणो ब्रह्मवर्चसी जायतामा राष्ट्र राजन्यः शूरऽइषव्योतिव्याधी महारथे जायतां दोग्ध्री धेनुवोढानड्वानाशु सप्ति पुरन्धिर्योषा जिष्णू रथेष्ठा सभेयो युवास्य यजमानस्य वीरो जायतां निकामे-निकामे नः पर्जन्यो वर्षतु फलवत्यो न ओषधयः पच्यन्तां योग-क्षेमो नः कल्पताम्॥[27]

अर्थात् हे ब्राह्मण इस राष्ट्र ब्रह्मवर्चस् से संपन्न ब्राह्मण तथा पराक्रमी धनुर्विद्या में निपुण शत्रुओं को जीतने वाले महारथी क्षत्रिय उत्पन्न हों,

24. कादम्बरी, व्याख्याकार रामतेज शास्त्री, चौखम्बा विद्या भवन, वाराणसी, 2019, पृ० 285
25. महाभारत, भीष्म पर्व, 9/1
26. यजुर्वेद, 7/4
27. वही, 22/22

शीघ्रगामी घोडे.भारवाही बैल, दूग्ध देने वाली गायें नागरिकों को प्राप्त हो, वहाँ की स्त्रियाँ सर्वगुण संपन्न और शीलवती हों ,रथी वीर पुरुष विजय शैल हों, सभा में साधु स्वभाव वाले श्रेष्ठ वक्ता एवं वीर युवा हों, हम जब चाहे तब जलवृष्टि हो, हमारा राष्ट्र फल, औषधि एवं अन्न से समृद्ध हो तथा सदैव सकुशल सुरक्षित रहें। यहाँ के इतर जीवनचर्या को व्रात्य कहा गया है और कालांतर के परिणाम स्वररूप विखंडित हुए विभिन्न समूहों के क्षेत्र राज्यों के व्यवस्थित रूप में अस्तित्व में आते गए। अतः विश्वव्यापी वैदिक कालीन जीवनचार्या यानी व्यापक सांस्कृतिक होते हुए भारत राष्ट्र रूप में आज विद्यमान है। आधुनिक संस्कृत साहित्य में भी भारतवर्ष की बहुत प्रतिष्ठा है। जिसके सम्बन्ध में डा० बालकृष्ण शर्मा लिखते हैं—

शारदादेशकश्मीरनीराजितं तुंगकस्तूरिकामोदसंवासितम्।
शम्भुविभ्राजितञ्चाद्रिराजोर्जितं भातु मे भारतं भासमानं भृशम्॥[28]

अर्थात् शारदा की जन्मभूमि कश्मीर देश द्वारा आरती उतारा जाता हुआ, कस्तूरी की तीक्ष्ण सुगन्ध से महकता हुआ, कैलास पर्वत पर विराजमान भगवान् शंकर से देदीप्यमान, पर्वतों के राजा हिमालय से ऊर्जावान् मेरा भारत देश निरन्तर चमकता हुआ सुशोभित होता रहे।

किसी भी देश की पहचान उसकी संस्कृति से होती है, सामाजिक व्यवस्था, सहकार, सहयोग सौहार्द, प्रेम, दया, सहानुभूति, क्षमा, धैर्य के तन्तुओं से युक्त एक विशाल वस्त्र के रूप में भारतीय संस्कृति हमारे सामने आती है। इसलिए यह देश अनेक होकर भी एक है, यह विभेध नहीं अभेद की संस्कृति का देश है। इसी आधार पर वेदांत दर्शन को प्रतिष्ठा मिली है। यहाँ जो भी आये सबको इसने आश्रय प्रदान किया। यहाँ की जीवन शैली अपनाने में सभी लोग प्रारंभ से ही स्वतंत्र रहे हैं, जिसका प्रमाण सांख्य-योग, न्याय- वैशेषिक, मीमांसा- वेदान्त, जैन- बौद्ध आदि भारतीय दर्शन हैं, किसी भी दर्शन के सिद्धांत का आपस में विरोध नहीं है, सभी अपने विचार और तर्क को रखने में स्वतंत्र हैं। यहाँ तक कि चार्वाक भी भारतीय दर्शन में मान्य दर्शन है, जो पूर्णतः भौतिकवादी दर्शन है, फिर भी भारतीय ज्ञान परम्परा में इसे स्वीकार किया गया है। इन सब विषयों का प्रभाव भारतीय जीवन शैली पर भी पड़ा, कोई वैष्णव धर्म की उपासना करने लगा, कोई शैव का, तो कोई शाक्त को अपना आराध्य स्वीकार कर लिया। भक्ति काल में भी नाथ संप्रदाय, रामानंद संप्रदाय, निरंजनी संप्रदाय, कबीर पंथ, दादू पंथ अपने जीवन शैली के कारण प्रसिद्ध हैं। सभी दर्शन और संप्रदाय ज्ञान और आत्म कल्याण

28. भारताभिज्ञानशतकम्, डा० बालकृष्ण शर्मा, श्लोक—3

के लिए ही प्रयत्न करते हैं। इसी पृष्ठभूमि पर मुस्लिमों और ईसाइयों को देश ने स्वीकार किया। अतः हम कह सकते हैं कि भारत देश में हिन्दू, जैन, बौद्ध, सिक्ख, मुस्लिम, इसाई धर्म को मानने वाले लोग स्वतंत्रता पूर्वक रहते हैं। जिसके रहवास की परंपरा को ध्यान में रखकर भारतीय संविधान भी सभी धर्मों के लोगों को संरक्षण प्रदान करता है। यह संरक्षण केवल उनके स्वभावगत धार्मिक चेतना पर ही अवलम्बित है, वे जैसा चाहे किसी भी धर्म के अनुयायी बन सकते हैं। यहाँ के निवासी किसी भी धर्म को आचरण व्यवहार के रूप में स्वीकार कर सकते हैं। उन्हें किसी भी धर्म को स्वीकार करने के लिए बाध्य नहीं किया जा सकता है, ऐसा अधिकार संविधान के अनुच्छेद 15, 25, 26, 27 और 28 में दिया गया है। इस प्रकार संविधान केवल धार्मिक स्वतंत्रता की बात करता है, वह किसी भी धर्म की व्याख्या न करता है और न उसको व्यवहारोपयोगी बताता है। इस विषय में तत् तत् धर्म के ग्रंथ ही अपने-अपने मूल्यों, व्यवहारों और सिद्धांतों की व्याख्या करते हैं। बड़ी महत्वपूर्ण बात यह भी है कि भारत में व्यवहृत सभी धर्म केवल अपने सिद्धांत की व्याख्या करते हैं, दूसरे धर्म की आलोचना नहीं करते हैं। जिससे यह विदित होता है कि धर्म ग्रंथों में सभी धर्म समान हैं, सबमें मनुष्यों के कल्याण की ही कामना की गयी है, धर्म कभी विभेद या विद्वेष नहीं उत्पन्न करते हैं बल्कि धर्म सदैव समष्टि में विश्वास रखता है। सबका आदर, सबका सम्मान इस देश की विशेषता है। इसलिए तो वरतन्तु तो शिष्य कौत्स जब रघु के राज दरबार में पहुँचता है तो राजा उसकी समस्या को जानकर उसे समुचित सत्कार और आश्रम का विधिवत का समाचार पूछ कर उसे गुरु दक्षिणा के लिए स्वर्ण मुद्राओं से युक्त कर देता है। राम पिता की इच्छा मात्र से वन चले जाते हैं। राजा हरिश्चंद्र स्वप्न में दिए गए राज्य का परित्याग कर देता है। कृष्ण अपने मित्र सुदामा को धन्य धान से युक्त कर देते हैं और हम कर्ण को कैसे भूल सकते हैं जो मित्रता के निर्वाह के लिए कर्तव्य की वेदी पर अपना सर्वस्व निछावर कर देता है। सीता, तारा, मंदोदरी गांधारी, कुंती, अहिल्या का जीवन भारत बोध के लिए कम है क्या? जिन्होंने अपनी कर्तव्य को आगे रखा और स्व हित के लिए कभी विचार नहीं किया। इसलिए यह भारत चरित्र का देश है, धर्म का देश है जहाँ अनेक धर्मों के लोग बिना राग द्वेष के रहते हैं। यह विश्व संस्कृति का देश है। यह सीमाओं का देश नहीं है यह संस्कृति का देश है इसलिए तो यह विश्व को अपना कुटुंब मानता है।

■

भारत की अवधारणा : लोक चित्ति का अंत:प्रकाश

श्यामसुंदर दुबे

लोक में भारत की चार धाम यात्रा का पुण्यप्रमोदी महत्व है। मृत्यु पूर्व चारधाम की यात्रा कर लेने का अर्थ है—मोक्ष के अंतिम दरवाजे पर पहुँचना। भारत की चारों दिशाओं में स्थित चार धाम अर्थात् उत्तर में बद्रीनाथ, पूर्व में जगन्नाथ, पश्चिम में रामेश्वरम् तथा दक्षिण में द्वारिका मानो भारत के परिक्रमा पथ के चार पड़ाव हैं। भौगोलिक सीमायें बनती-बिगड़ती रहती हैं। भूभौतिकी दृष्टि से राष्ट्र का निर्धारण सदैव सत्ताओं की शक्तियों का परिसीमन जैसा रहा है, किन्तु प्रकृति-निर्धारित देश कालांतर तक अपना अस्तित्व भू-चिन्हों से भी अधिघोषित करता रहा है। कालिदास का देश-बोध, हिमालय और समुद्र के बीच का भूभाग भारत है। पूर्वापर समुद्र की गहराई मापने ने हिमालय को मानदंड की तरह मानते हैं। महाकवि की इस परिसीमनगत व्यापकता को केवल जरीब की कड़ियों और दिशा-निर्देशक कंपासों से निर्धारित करना भारत को संकुचित करना है। "आस्त्युरस्याम् दिशि देवतात्मा, हिमालयोनाम नगाधिराज:। पूर्वापरौ तोयनिधिं वगाह्यौ स्थित: पृथ्व्याम् इव मानदंड:।" हिमालय और समुद्र से घिरे इस देश भारत की स्थिति का संकेत भर इसमें नहीं है, बल्कि भारत की आत्मा उसके गुण-गौरव उसकी सामर्थ्य और उसकी प्रज्ञान शक्तियों का भी उल्लेख कालिदास कर रहे हैं। निराला ने भारत का ऐसा ही स्वरूप अपनी कविता 'भारति जय-विजय करे।' में प्रस्तुत किया है। वे हिमालय को भारत माता के मुकुट के रूप में देखते हैं। तो पद-तल में गर्जता हुआ समुद्र मानों उसके चरण पखारता है—उसके प्राण प्रणव पद औंकार है और उसके हाथों में स्वर्णप्रभशस्य है। गंगा कंठहार है। भारत का एक समग्र व्यक्तित्व इस छोटी-सी कविता में अभिव्यक्त हो उठता है। इसमें भारत के वाह्य और अंत: स्वरूप को व्यक्त करने जिन प्रतीकों का प्रयोग किया गया है। वे भारत के भाव-चित्र को ही उपस्थित नहीं करते, बल्कि भारत की पार्थिव सत्ताओं को भी प्रकट करते हैं। इस भारत-विवेचन के मध्य मुझे सुमित्रानंदन पंत की कविता 'भारत माता ग्रामवासिनी' याद आ रही है, तो यह भारत की असल पहचान को अन्वेषित करने को प्रेरित करने का संदर्भ बन रही है।

भारत की चिति और उसकी आत्मा को महात्मा गाँधी ने भारतीय ग्रामों में ही तलाशा था। उनके लिए भारत का पर्याय भारतीय लोक जीवन ही था। गांधी का चिन्तन भौगोलिक यथार्थ के साथ जन और उसकी जनतांत्रिक में लोक की स्वावलंबिता और उसकी व्यवस्थागत स्थितियों में ही उसकी आत्मोपलब्धियों में ही उसकी स्वतन्त्र सत्ता को तलाश रहा था। भारत उनकी दृष्टि में लोक की जीवनगत सच्चाईयों में ही श्वास ले रहा था। स्वतन्त्र भारत की परिभाषा देते हुए बापू ने कहा था, ''इंडिया शैली बी ए फेडरेशन आफ सेवन हन्ड्रेड थाउजन सोवर्जिन रिपब्लिक'' अर्थात् सात लाख गांवों की सम्प्रभुता सम्पन्न महासंघ ही उनकी स्वतन्त्र भारत की परिकल्पना का आधार था। इस परिकल्पना में ही भारत की एकता समानता और आत्मनिर्भरता के आधार तत्व समाहित थे। भारत का बहुलांश जनसमुदाय ग्राम्य समाज के रूप में अपना जीवन निर्वाहित कर रहा है। यह जन-संकुलता ही भारत की शक्ति और सामर्थ्य है। भारत अपनी सांस्कृतिक संरचना में यद्यपि अनेक लोक संस्कृतियों का समुच्चय जैसा है। बोली-बानी रहन-सहन, आचार-विचार और आमोद-प्रमोद में देश-काल के अनुरूप प्रत्यक्षत: वैभिन्न्य होते हुए भी एक ईकाई के रूप में भारत का समिष्ठिगत स्वरूप ही इनमें निहित है। तत्कालीन इसी तैतीस कोटि जन समुदाय को विवेकानंद ने विराट ब्रह्म का सम्बोधन दिया था। हजार बाहों और हजार सिरों वाला यह विराट देवता भारत हमारा आराध्य है। यहाँ का प्रत्येक जन देवता है—इन तैतीस कोटि देवताओं की जन्मस्थली और कर्मस्थली यह देवभूमि भारत है। भारत का लोक ही इस रूप में उसका पुरुष सूक्त है। भारत की एकसूत्रता उसके जनगण मन में निहित वह सांस्कृतिक चेतना है, जिसका अंत:प्राण आध्यात्म है, और बहिर्लोक उसके विश्वासों के विश्वासों से निर्मित है।

लोक ने जो रूपक इस देश के लिए रचा, वह उसकी दिशाओं, उसके जीवन मूल्यों, उसकी आस्था और विश्वासों में उसके वाह्याभ्यांतर को प्रकट करता है। चार धाम की यात्रा करने के बाद भारत की प्रकृति और उसकी प्रवृत्ति उस समय गाँव के एक छोटे-से आँगन में उतर आती थी, जब चारों धाम यात्रा का उद्यापन-पूजन का आयोजन होता था। आँगन में मथुरा-वृंदावन से लायी गयी चुनरी-चूड़ी और मुरली, उत्तराखंड से लाया गया भोजपत्र, जगन्नाथपुरी के पट और वेंत, रामेश्वरम् की सीपियाँ और द्वारका का समुद्र-फेन यज्ञ-वेदिका के चारों ओर सर्वतोभ्रद और सप्तमातृकाओं के बीच प्रदर्शित और शोभित होता था। यह मात्र वस्तु-विन्यास ही नहीं था ये यात्रा के प्रमाण-प्रतीक चिन्ह भी थे, और अपने देश के विस्तार तथा उसके स्वरूप की

स्मृति को सदैव अक्षुण्ण रखने वाले पीढ़ी-दर-पीढ़ी चलने वाले दृश्य-पटल भी थे। अगली पीढ़ियाँ इन्हें छूकर इन्हें देखकर न केवल अपने पूर्वजों के पराक्रम का स्मरण करती थीं, बल्कि वे इन वस्तुओं के बहाने भारत देश के चौखूट को अपने परिज्ञान में समाहित करती रहती थीं। तीर्थ यात्री की बाहों पर द्वारिका की छाप के स्थायी आकार उभरे रहते थे। वह समय था, जब धातु की सील तीर्थ यात्री अपने शरीर पर अग्निदग्ध चिन्ह के रूप में धारण करता था—यह कष्ट साध्य और कुछ-कुछ मानवीय संवेदना के प्रतिकूल भी थी किन्तु आस्था बलवती थी।

यज्ञवेदिका में स्वाहा डाले जा रहे थे। 'इदं इंद्राय इदं न मम' मंत्राभिषिवत आहुतियाँ दी जा रही थीं। वैदिक ऋचाओं का सामगान याज्ञिकों के द्वारा किया जा रहा था। उधर ग्रामीण जन अपनी बोली में गा रहे थे "एक पेड़ मथुरा जमौ, जड़ रामेसुर जाए। एक शाख जगन्नाथपुरी में द्वारिका इक लहराये। उत्तराखंड में फल लगों भूमंडल पतियाये।" इसका गायन स्त्री-पुरुषों की टोलियों में सवाल-जवाब के रूप में चलता था। स्त्रियाँ पूँछती थीं—धर्म का पेड़ कैसा है? वह कैसे छतनार हुआ? पुरुष उत्तर देते थे—"वह वृक्ष मथुरा में लगाया गया-उसने जन्म लिया। उसकी जड़ें रामेश्वर में है। उसकी शाखायें जगन्नाथपुरी और द्वारिका पुरी हैं। उसके फल बद्रीनारायण में लगते हैं। और सम्पूर्ण भूमंडल में उसके पत्ते फैले हुए हैं। यह है भारत की संकल्पना जो उसके लोक ने उसकी आत्मा और देह के रूप में प्रतिष्ठित की है। धर्म का तत्व भक्ति में दर्शन का तत्व अद्वैत में समाया हुआ है और विभिन्न तीर्थ इसके वितरण-केन्द्र हैं, यही तीर्थ उसके धारण केन्द्र भी हैं और इसी धर्म-तंत्र से देश की चेतना का विकास हुआ है। वेद और लोक दोनों गाँव के आँगन में गलबहियाँ देकर नाच रहे हैं, यह है—भारत का धर्म-दर्शन।"

यहाँ अयोध्या के राम का विवाह मिथिला में सीता से होता है। अयोध्या में जनमे और जीवन का पूर्वाद्ध दक्षिण यात्रा के संघर्ष भरे पद यात्रिक बनकर व्यतीत करने वालें राम धुर उत्तर से दक्षिण की लंका तक यात्रा करते हैं। यह यात्रा ही नहीं है बल्कि यह लोक संस्कृति की ऊर्ध्वाधर सुषुम्ना है। यही कारण है कि भारत के किसी भी स्थान पर जन्म लेने वाला शिशु राम होता है। संस्कार गीतों में जो सोहर गाये जाते हैं—वे राम के जन्मोत्सव में तब्दील होने वाली भाव-संवेदना के द्रुम-दल हैं। किसी भी इलाके में विवाह सम्पन्न हो रहा हो-होता राम और सीता का ही विवाह! कुल-गोत्र, जाति-पाँति, नाम-रूप सब राम-सीता में ही विलीन हैं। दरवाजे

पर कोई भी दूलह अपनी दुलहिन से गाँठ जोड़े खड़ा है। दुलहिन का वर के घर में प्रथम प्रवेश हो रहा है और स्त्रियां गा रही हैं, ''ब्याह लाये रघुवर जानकी।''

कृष्ण की जीवन-यात्रा पूर्व से पश्चिम की ओर है—भारत की अँकवार बनने के लिए दो फैली हुई बाहुओं जैसी यह क्षैतिजिक विस्तार है। वक्षभर भेंट लेने के लिए। नेह-नातों को निभाने वाले भरपूर प्रेम से लबालब कृष्ण की आसक्ति-अनासक्ति के दो चरम बिन्दु। कृष्ण बड़े प्रेम हैं—बड़े छलिया हैं बड़े गुरू हैं और बड़े सारथी भी। भारत के नेह छोह और योग-वियोग के बड़े नायक, कृष्ण लोक में व्याप्त भारत की प्रेमभरी पुकार के अनबींधे धावमान रसिक शिरोमणि, जो प्यास बुझाते नहीं है—प्यासे रहने की पीड़ा को अपरंपार बनाते रहते हैं। कार्तिक स्नान करने जाती स्त्रियों के कंठ से फूट पड़ता है, ''जिनके हम दासी वेई न मिले।'' जिनको हम स्वामी मानते हैं और जिनके हम दास हैं वे मोर-मुकुटधारी वेणु वादकप्रिय कृष्ण हमैं नहीं मिले।

इस देश में राम तनी हुई सुषुम्ना वाले के दंड धारी-मर्यादा के प्रतीक पुरुष हैं, तो कृष्ण बाँसुरी बजाने वाले वल्गाधारी रसिक प्रेमी और युद्ध मीमांशक योगी राज हैं। भारत के लोक-जीवन के मूल्यों के ये शाश्वत स्त्रोत, जिस स्वास्तिक की रचना भारत के नक्शे पर अपनी उपस्थित से रचते हैं, वे महाकाल शंकर के तांडव और लास्य के परिवृत्तों का आधार है। इनका केन्द्र मातृशक्ति है—जो ऊर्जा के रक्तिम बिन्दु की प्रतीक है। शंकर लोक में महादेव बाबा हैं ओर देवी भगवती पार्वती महिमामयी माता की तरह हैं। लोक धारणाओं में ये दोनों डूँडा बैल पर सवार होकर संसार में परिभ्रमण करते हैं, और दीनहीन जनों की रक्षा का व्रत धारण करने में तत्पर रहते हैं। लोक कथाओं में शिव का यह स्वरूप भारतीय स्वभाव की फक्कड़ता, उसकी निस्पृरता को व्यक्त करता है इसीलिए शिव भारत की कल्याणमयी आत्मा हैं।

भारत का काल-दर्शन काल के कलन का भी है और काल के शाश्वत और अखंड स्वरूप का भी है। त्रसरेणु से लेकर पल-विपल और फिर कल्प से महाकल्प की परिकल्पना को प्रस्तुत करने वाला पूजन-संकल्प, काल और दिक् की स्थिति का निर्देशक है। इससे यह बोध जागता है कि अनुष्ठान कर्ता, काल के किस हिस्से में देश के किस ठौर में स्थित है—यह देश-काल की पहचान है। लेकिन इसमें यह दर्शन भी विद्यमान है कि व्यापकता के विराट हिस्से का वह अनुष्ठानक एक अंग बन रहा है और उसमें समर्पित भी हो रहा है यह काल-गणना और दिक्-निर्देश अनंतानंत के मध्य एक पहचान-चिन्ह

जैसी है। इसमें अपनी लघुता का विराट भाव शाश्वत की हलचल वाले क्षण में समाहित करने देने वाला है। भारत का लोक इसे गणना परकता में अनुभव नहीं करता वह काल को अखंड और शाश्वत मानता है क्योंकि वह संसार के चक्र का एक हिस्सा होते हुए भी वह स्वयं संसार है, उसमें लघुता बोध या लघु मानव होने का किंचित् भी बोध नहीं है। वह प्रकृति का एक वैसा ही भाग है जैसे सूरज-चाँद, धरती-पृथ्वी, आकाश-बादल आदि हैं। वह अतीत-वर्तमान और भविष्य जैसे कालत्तक की धारणा से मुक्त है। सबकुछ वर्तमान है ऐसा अनुभव उसे समय के दबावों से मुक्त करता है। उसके स्वर्गीय जन भी उसके साथ होते हैं।

लोक में विवाह के आमंत्रण कुछ प्रत्यक्षतः पत्र या वस्तु वितरण के आधार पर होते हैं। धान्य में चाँवल का महत्व है—इसलिए पीले चाँवल देकर निमंत्रित करना, प्रकृति के संबंधों का सामाजिक आख्यान है। इसके साथ ही मौखिक आमंत्रण गीत-गायन के माध्यम से महिलाएँ अनेक माननीयों को भेजती हैं। ये माननीय देवता भी होते हैं और स्वर्ग में निवास करने वाले पूर्वज भी होते हैं। इन निमंत्रण परक लोकगीतों में आमंत्रित से अनुरोध किया जाता है कि आपकी वंश-वेलि का ही विस्तार है। इसलिए आपको जरूर-जरूर आना है। आपके आगमन के लिए सोने की सीढ़ी लगाई गई है और स्वागत के लिए पाट के पाँवड़े बिछाए गए हैं। इस आमंत्रण को जेठे-बड्डे स्वीकार कर लेते हैं और वे उपस्थित भी होते हैं—उन्हें भोजन के थाल लगाये लाते हैं। हमें यह एक स्वप्न-कथा जैसी प्रतीत होती है, किन्तु यह भारत की वह प्रतीति—जिसमें समय विभाजित नहीं है—मृत्यु अंतिम सत्य होते हुए भी जीवन से बड़ा नहीं है इसी शाश्वत और अमरता के बोध को भारत की काल दृष्टि माना जा सकता है।

समय बोध का प्रकृति परक सिलसिला दैनंदिनीय क्रिया-कलापों से लेकर ऋतुचक्र की परिवर्तनशीलता से भी संलग्न है। दिन का प्रारम्भ सूर्य के ऊगने की उत्फुलकता के प्राकृतिक परिवेश से होता है फिर समूचे दिन की परिमाप सूर्य की स्थिति और कार्य-विभाजन से ही ज्ञात की जाती है। जैसे—सूरज चार हाथ चढ़ आया है या कलेऊ की बेला हो गयी है। यह प्राकृतिक परिवर्तनों के साथ अपने होने का अनुभव है इस प्रकृति-प्रसंग में वैसे तो हर दिन प्रसन्नता का पर्याय और रात्रि विश्रांति की सहेली है—रात्रि के अँधेरे में भी समय-संकेत चन्द्रमा और तारागणों की स्थिति और उनकी चाल से ही आँके जाते हैं, किन्तु रात्रियाँ भी लोक में उतनी ही सुखद हैं—जितना दिन! ऋतु-परिवर्तन ही पर्व और त्यौहारों के निर्धारक हैं। लोक ने ऋतु की बदलती

संधि-वेला में पर्वों का निर्धारण किया है। पर्व को पौरा भी कहा जाता है जैसे गन्ने में गठाने होती हैं—वैसे ही वर्ष-क्रम में गठाने आती हैं। दोनों नवरात्रियों का पर्व इसी मौसम-संधि के काल में आयोजित होते हैं। वासंतिक नवरात्रि और शारदेय नवरात्रियों के ये पर्व यद्यपि शस्योत्पादन की फल भरता से भी संबंधित हैं, किन्तु इनके-आधार तो ऋतु-परिवर्तन के स्थूल अनुभवों में ही तलाशे जा सकते हैं—यदि मान लिया जा कि कृषि संस्कृति के पूर्व ही भूदेवी की प्रत्यक्षता में मातृशक्तियों की अवधारणा विकसित हो चुकी थी, तो ऋतु-परिवर्तन के प्रकृति परक वे संदर्भ ही इन पर्वों के मूल में रहे होंगे जिनमें प्रकृति की विशदता फलभरता और उसमें निहित सहज उल्लास का प्रस्फुटन हुआ होगा, बाद में कृषि-संस्कृति के नवान्न प्रकरण भी इसमें परिपोषित हुए। संक्राति के परिवर्तन के साथ ही लोक ने मासिक पर्वों की अभिकल्पना की होगी फिर त्यौहारों-उत्सवों में अपने जातीय-स्मृतियों के पुनर्स्मरण का क्रम प्रारंभ हुआ होगा-जिसमें पूजा-पाठ का विस्तार, व्रत-उपवासों की साधना का, जन्म-जयंतियों का आयोजन सम्भव हुआ होगा। इस रूप में भारत, उत्सव प्रिय देश है। इसके स्वभाव में आनंद की छलकन का समावेश है। यह रूपकों, प्रतीकों और आभरणों में जीवित रहने वाला देश है। यह सौन्दर्य के परम और चरम का भी समाधान करने वाला है। इसका शिल्प, इसकी कलात्मक चेष्टायें चाहे वे नृत्य, गीत, गायन आदि में अवतरित हैं— सब अनुरंजन प्रधान तो हैं ही किन्तु उनमें गहन आध्यात्म की शैतिपरक साधना की प्रकाशमयी चेतना भी है।

लोक का आनन्दमय उल्लास, लोक ही आराधना पद्धति, लोक का निवेदन लोक की अभ्यर्थना और लोक की कृतज्ञता से भरकर प्रकृति के साहचर्य में स्वयं प्रकृति हो जाना, प्रकृति की सामूहिकता प्रकृति की उत्फुलता और प्रकृति की उदारता को अपने भीतर समेटनें की नियति में बँधे पर्व-त्यौहार, उत्सव-आयोजन लोक की चित्त भूमि के वे पीले अंकुर हैं, जो पूर्ण वृक्ष बनकर संपूर्ण समाज को अपनी छाया में उल्लास से सराबोर करते रहते हैं। ये सभी आयोजन लोक-समाज के रेशे-रेशे को जोड़कर आत्मीयता का एक रंग-पट बुनते रहते हैं। लोक इन आयोजनों में सामूहिक आत्मविस्मृति के आनंदमय क्षण में पहुँच जाता है। इन सब में लोक अभिचारों की अपनी भूमिका रहती है। उसकी अपनी कथा-वार्ताएँ उसके अपने नाच-गान अपना गीत-संगीत अपनी पूजा-सामग्री, अपनी सजावट और अपनी शैली-साधना ही महत्वपूर्ण होती है। यह भारत जो हजारों वर्षों से आमोद-प्रमोद के इन्हीं आयोजनों से अपनी अस्मिता रचता है—ये उसके रक्षा-कवच भी हैं। उसकी

संस्कृति के प्रदर्शक और उसे पराये सांस्कृतिक प्रभावों से बचाने वाले ये आयोजन दिक्-काल के अनुसार नवाचारी होकर अपनी भूमिका में भारत की चिति को प्रकाशित करते रहने वाले हैं। रीति-रिवाजों और परंपराओं के संवर्धन-संरक्षण के साथ ही वे रस, रंग, राग और प्रकाश के निरंतर गतिशील जंगम तीर्थ जैसे हैं, जिनमें श्रद्धा, उल्लास और कर्तव्य का समावेश जीवन-मूल्यों के रूप में समाविष्ट है।

काल के एक साकार रूप में स्पष्ट होने वाले अतीत के प्रेरणादायी और महत्वपूर्ण प्रसंगों को अपने वर्तमान तक लाने का प्रयास इतिहास करता है इतिहास की तिथि और व्यक्ति-विशेष की पहचान कराने वाली अवधारणा भारतीय चिंतन के मूल में कभी नहीं रही। पुराण-परंपरा को इतिहास-दृष्टि से परिपूर्ण माना जा सकता है, किन्तु यह समग्रता का ही परिपोषक कथानक जैसा है। इनके मूल में मनुष्य, संस्कृति और उसके व्यवहार का उद्घोष ही अनुगुंजित होता है। इनमें वर्णित चरित्र अपने बाह्य व्यक्तित्व के कारण नहीं बल्कि अपनी उन विशेषताओं के कारण प्रकट किए गए हैं, जिनके होने से भारतीय संस्कृति के पृष्ठों की इबारत जगमगाती है। धर्म-कर्म-आध्यात्म तथा चतुर्वर्ग पुरुषार्थ की व्याख्या ही पौराणिक इतिहास दृष्टि है। और यह सब कालातीत होने वाले निरवधि प्रसंग है।

भारत का लोक इतिहास को बहुत कुछ मिथकीय संरचनाओं में तलाशता है यद्यपि इसी तरह की परम्परा पुराण-रचना के मूल में भी परिलक्षित होती है। बहुत थोड़ा प्रकट और अधिकांश अप्रकट! यह जो अप्रकट है यही प्रत्येक समय में प्रासंगिक है और समयान्तराल के बाद भी अपने समीचीन अर्थ प्रकट करता रहता है। लोक-कथाएँ, लोक-जन-श्रुतियाँ, लोक-कहावतें और लोक की काव्यगत प्रबन्ध क्षमताओं के भीतर यही प्रवृत्ति सक्रिय है। फिर भी लोक ने अपनी मिथकीय मानस-संरचनाओं में निकट अतीत के लोक-चरित्रों को स्मरण किया है। इन स्मृतों को उसने अपने आस-पास से ही उठाया है और अपनी रचनात्मकता में उन्हें संकेन्द्रित करके वृहत्तर समुदाय तक सम्प्रेषित किया है। बुन्देलखण्ड के दो चरित्रों की सीमित चर्चा से इसी तरह से मिथक बनते चरित्रों को उठाया जा सकता है। एक है—छत्रसाल का चरित्र जिसे लोक एक दोहे के माध्यम से जानता है—'छत्ता तेरे राज में धक्-धक् धरणी होय। जित-जित घोड़ा मुख करे तित तित फत्ते होय।' शक्ति का ऐसा वैभव और जातीय गौरव का ऐसा आख्यान, लोक ही रच सकता था। हरदौल गाथा त्याग, सम्बन्ध रक्षा और वीरता के प्रसंगों की मिसाल के साथ लोक-देवता की अवधारणा को अभिव्यक्त करती है और

हरदौल आज भी अपनी भांजियों के विवाह में ममेरा लेकर पहुँचते हैं। लोक दृष्टि में इतिहास, घटित-प्रसंगों के स्वप्न और यथार्थ के बीच झलझलाते बिम्बों की विनिर्मिति है। स्वतंत्रता संग्राम केकितने इतिहास वंचितों के गुण-गौरव से लोक का साहित्य संभरित है यह रहस्य खुलते ही भारतीय स्वतंत्रता संग्राम के असंख्य जननायकों के आख्यान इतिहास के प्रचलित ढाँचे में आये गैप्स को भरने में समर्थ हैं।

गणतंत्रीय राज्य व्यवस्था भारत की आदर्श राज्य प्रणाली रही है। राजतंत्र में भी गणतंत्र का आदर निहित था। भारतीय वाङ्मय में राजतंत्र की विशेषताओं में लोक की भागीदारी का बार-बार उल्लेख हुआ है। तुलसी की व्यवस्था में राजा की भूमिका सभी नीतियों और राज-दर्शनों के सारभूत तत्वों के रूप में इन दो चौपाईयों में समाविष्ट है। 'जो अनीति कछु भाखों भाई। सो मोहि बरजऊ भय बिसराई।' निर्भय जनतंत्र का उद्घोष स्वयं राजा राम कर रहे हैं और 'जासु राग प्रिय प्रजा दुखारी। सो नृप अवस नरक अधिकारी।' राजा के परम कर्त्तव्य और दायित्व का यह एकमात्र सूत्र है। गाँधी के रामराज्य का स्वप्न इन्हीं पंक्तियों से तलाशा जा सकता है किन्तु गाँधी की मौलिक सोच उनके ग्राम्य-चिन्तन में छिपी हुई है। लोक जीवन में प्रत्येक गाँव अपनी आत्मनिर्भरता में एक स्वतंत्र इकाई है। व्यक्ति की आत्म-निर्भरता उसे निर्भय बनाती है—यही निर्भयता उसे जनकल्याणकारी राज्य की स्थापना में मजबूत आधार की तरह प्रस्तुत करती है—ग्राम पंचायतों के बढ़ने और विस्तृत होते क्रम में जो राज्य व्यवस्था कायम की जाती है वही लोकतंत्र की सच्ची पहचान बनती है। जयप्रकाश नारायण ने अपनी प्रसिद्ध पुस्तक 'भारतीय राज्य की पुर्नरचना—एक सुझाव' में इसी ओर संकेत करते हुए लिखा है—गाँधी जी के ग्राम स्वराज और विकेन्द्रित अर्थव्यवस्था की झलक उनके द्वारा प्रस्तुत लोकतांत्रिक राज्य के मॉडल में अन्तर्निहित है। यह वैकल्पिक राजव्यवस्था अनुषंगी विकेन्द्रित अर्थव्यवस्था पर अवलम्बित थी, यह व्यवस्था ग्राम प्रखण्ड, जिला और राज्य से होती यानि नीचे से ऊपर केन्द्र तक पहुँचती थी। इस व्यवस्था में ही भारतीय लोकतंत्र का रहस्य छिपा है।

■

आख्यानों में भारत

भगवत् शरण शुक्ल

भारतवर्ष सम्पूर्ण विश्व का हृदय स्थान है। यहीं से सम्पूर्ण विश्व को आध्यात्मिक ऊर्जा प्राप्त होती है। इसीलिये भारत जगद्गुरु कहा जाता है। यहाँ की संस्कृति भारतीय संस्कृति कही जाती है। यही है वेदानुमोदित संस्कृति जिसमें जीवन को समन्वित कहने के लिये षोडश संस्कारों का अनुष्ठान है, समाज को सदाचार से समन्वितार्थ चतुर्वर्णस्यवस्था का सुस्थापन सदाचार की उच्चता का दिग्दर्शन जो भारतीय वैदिक परम्परा में प्राप्त होता है उसका शतांश भी अन्यत्र दुर्लभ है। भारतवर्ष या भरत खण्ड के अतिरिक्त कहीं भी कर्मानुष्ठान की वह वैदिक विधि नहीं है जिससे देवता भी उन दिव्य वैदिक ऋषिकल्पों के मन्त्रों के वश में रहते हैं। प्रकृति के नियम भी जिनके अनुष्ठान से परिवर्त्तित हो जाते हैं। भले ही अन्य देशों में उपभोग के भूमिष्ठ साधन उपलब्ध हों पर आध्यात्मिकता की शीतल मन्द सुगन्ध पवन का प्रवाह तो इसी भारतभूमि में ही रहता है, अन्यत्र नहीं। इसीलिये इसी भूमि को कर्मभूमि तथा एतदितर भूमि को भोग भूमि कहा गया है—

अत्रापि भारतं श्रेष्ठं जम्बद्वीपे महामुने!।
यतो हि कर्म्मभूरेषा ततोऽन्या भोगभूमयः॥

—विष्णुपुराण

इसी प्रकार श्रीमद्भागवत 5। 17।11 तथा पक्षपुराण 7।17।257॥ में भी भारतभूमि को ही कर्म्म भूमि तथा तद्भिन्न को भोगभूमि कहा गया है।

भारतभूमि के लिए भारत शब्द का प्रयोग हमें वेदों में भी प्राप्त होता है—

य इमे रोदसी उभे अहमिन्द्रमतुष्टवम्।
विश्वामित्रस्य रक्षति ब्रह्मेदं भारतं जनम्॥

—ऋ०वे० 3।53।12॥

अर्थात् **यः अहं इमे उभे रोदसी इन्द्रम् अतुष्टवम्** = जो मैंने द्यावापृथिवी तथा इन्द्र की स्तुति की है उससे **इदं ब्रह्म यह स्तवन**स्वरूप वाणी रूपी ब्रह्म **(मम) विश्वामित्रस्य**=मुझ विश्वामित्र का भारतं जनं रक्षति=सम्पूर्ण भारतभूमि

में निवास करने वाले प्राणियों की रक्षा करें, अथवा भारतभूमि में निवास करने वाले उत्तम संस्कार से सम्पन्न अध्यात्म विद्या प्रवीण चारों वर्णों के पवित्र मानवों की रक्षा करे।

इस मन्त्र में भारत शब्द स्पष्ट रूप से भारतभूमि के लिये प्रयुक्त हुआ है।

भारत शब्द वेद में अग्नि के लिये भी प्रयुक्त हुआ है—

तस्मा अग्निर्भारतः शर्म यं सज्ज्योक् पश्चात् सूर्य्यमच्चरन्तम्।
य इन्द्राय सुनवामेत्याह नरे नर्याय नृतमाय नृणाम्॥

ऋ०वे० 4/25/4

यः नरे नर्याय नृणां नृतमाय-जो आगे ले जाने वाले, मनुष्यों का हित करने वाले तथा नेताओं में सर्वोत्तम नेता **इन्द्राय सुनवाम इत्याह**-इन्द्रा के लिये सोमरस निकाले ऐसा कहते हैं, **तस्मै भारतः अग्निः**-उसके लिये सभी का पोषण करने वाले **अग्नि शर्म यंसत्**-सुख प्रदान करे, उच्चरन्तं सूर्यं ज्योकू पश्चात्-उदय होते हुए सूर्य को देखें।

इसी प्रकार यहां अग्नि भी भारत शब्द से कहा गया है—

अग्निरागामि भारतो वृजहो पुरुचेतनः। दिवोदासस्य सत्पतिः॥
भारतः वृजहाः पुरुचेतनः दिवोदासस्य सत्पतिः अग्निः आ

ऋ०वे० 6/16/19

अगामि- भारतवर्ष के मानवों का यज्ञ के माध्यम से हितसाधक वृत्तासुर सदृश दुष्टों का विनाशक अतीव ज्ञानी सन्मार्ग पर चलने वाले सज्जनों का पालन करने वाला अग्नि सम्प्राप्त हुआ।

यहां पर अग्नि के बोधक होने के साथ भारतजनों का बोधक भारत शब्द दृष्टिगोचर होता है।

शतपथ ब्राह्मण में भी अग्नि के विशेषण के रूप में भारत शब्द का प्रयोग हमें प्राप्त होता है—

''अग्ने महाँ असि ब्राह्मण भारतेति। ब्रह्म ह्याग्नि-स्तस्मादाह ब्राह्मणेति भारतेति एष हि देवेभ्यो हव्यं भरति तस्माह भरतोग्नि रित्माहुरेष उ वा इमाः प्रजाः प्राणो भूत्वा विभर्त्ति तस्मादेवाह भारतेति॥''
—शतपथ ब्राह्मण

हे ब्राह्मण भारत अग्नि तुम महान् हो। ब्रह्म अर्थात् वेद के द्वारा सम्प्राप्त यागानुष्ठान का परम साधन होने से ब्रह्मणः अयं ब्राह्मणः यह अग्नि ब्राह्मण कहा गया है तथैव भा = ज्ञानप्रकाशे रतः = अल्लग्नः इति भारतः ज्ञान रूपी प्रकाश में स्थित रहने से भारत कहा गया है। यह देवों के लिये प्रदत्त छवि का भरण अर्थात् वहन करता है इसलिये अग्नि को भरत कहा गया है। और यह

भरत अग्नि यज्ञ के माध्यम से सम्पूर्ण प्रजा का भरण पोषण करता है इसलिये भी इसे भारत कहा जाता है। अथवा भारतानां भारतवासिनां जनानामयं सम्पालकः इति भारतः अर्थात् भारतवासी मानवों का यागादि के माध्यम से पालन करने वाला होने कारण यह भारत है। भारत शब्द से तस्येदम् ॥4/3/120॥ सूत्र से अय् करने पर सिद्ध शब्द तदर्थ का बोधक हो सकता है। इस प्रकार भारत शब्द का प्रयोग भारत भूमि तथा अग्नि के लिये वेदों में प्रयुक्त देखा जाता है।

भारत भूमि का भोगोलिक स्वरूप का संक्षेप में विवेचन विष्णुपुराण में प्राप्त होता है—

> "उत्तरं यत् समुद्रस्य हिमाद्रेश्चैव दक्षिणम्।
> वर्ष तद् भारतं नाम भारती यत्र सन्ततिः ॥
> नवयोजनसाहस्रो विस्तारोऽस्य महामुने!।
> कर्मभूमिरियं स्वर्गमयवर्णं च गच्छताम्॥
> अतः सम्प्राप्यते स्वर्गो मुक्तिमस्मात् प्रयान्ति वै।
> तिर्यक्त्वं नटकं चापि यान्त्यतः पुरूषा मुने॥"
> इतः स्वर्गश्च मोक्षश्च मध्यं चान्तश्च गम्यते।
> न सत्व मर्त्यानां कर्मभूमौ विधीयते॥

—विष्णु पुराण 2/3/1—5

अर्थात् जो भूमिभाग समुद्रतटीय क्षेत्र से उत्तर दिशा में स्थित है तथा हिमालय पर्वत से दक्षिण की ओर स्थित है जिसकी पूर्व एवं पश्चिम सीमा के क्षेत्र के भी समुद्र से सम्बद्ध है। वह सम्पूर्ण भूभाग भारतवर्ष का माना जाता है। जिसका सम्पूर्ण क्षेत्रफल नव हजार योजन है। एक योजन का मान लगभग तेरह किलोमीटर का माना जाता है। उस गणना से 9000 × 13=117000 एक लाख सत्रह हजार किलोमीटर भारतवर्ष भूभाग होता है। जिसके अन्तर्गत वर्तमान अनेक देश आ जाते है। यद्यपि यवनों तथा ईसाइयों से दूषित है। तथापि वे प्राचीन मान्यता के आधार पर भारतभूमि ही है। यह सम्पूर्ण भूमि कर्मभूमि है। जो स्वर्ग तथा मोक्ष प्राप्त करने वालों के लिये उपयुक्त स्थान है। यहाँ निवास करने वाले मनुष्य अपने कर्म के आधार पर स्वर्ग तथा मोक्ष को प्राप्त कर सकते हैं। इसी स्थान में निवास कर समस्त जीवन अपने कर्म के आधार पर स्वर्ग, मोक्ष अथवा इसी लोक को या निम्न लोकों को प्राप्त करते हैं। इसीलिये कर्म फल प्रदात्री के रूप में इस भारत भूमि को माना जाता है। इसी भूमि में वैदिक संस्कृति सम्पोषकों का निवास स्थान है। अन्यत्र कहीं नहीं है।

आख्यान शब्द के लिये जो अर्थ निर्देश प्राप्त होता है वह है "पूर्ववृत्तोक्तिः आख्यानम्" अर्थात् पूर्वकाल में घटित सत्य घटना का यथार्थ कथन आख्यान कहा जाता है। पूर्वकाल में घटित वे घटनाएँ है जो वैदिक काल में अर्थात् सत्ययुग, त्रेतायुग एवं द्वापर युग में घटित हुई है। उन सत्य घटनाओं का गद्यपद्यात्मक कथन आख्यान शब्द से गृहीत होता है। यह पूर्व कथित लक्षण से स्पष्ट होता है। **कथाविशेषण वर्णनीयं चरितम् आख्यानम्,** कथाविशेष के रूप में वर्णनीय चरित आख्यान कहा जाता है, ऐसा आख्यान शब्द में वाचस्पत्य कोष में कथित है। साहित्य दर्पण में कहा गया है—

अस्मिन्नार्षे पुनः सर्गा भवन्त्याख्यानसंज्ञकः

—साहित्य दर्पण 6/325॥

साहित्य दर्पण में आर्ष काव्य वाल्मीकि रामायण महाभारत के सर्ग जिनमें विशेष कथानक हैं वे आख्यान शब्द से कहे जाते हैं।

श्रव्यप्रबन्ध नामक ग्रन्थ विशेष में लिखा है—

आख्यानसंज्ञां तल्लभते यद्यभिनयन् पठनम्

अर्थात् अभिनय पूर्वक जिस कथाविशेष का जो पद्यात्मक या गद्यात्मक है पठन किया जाये उसे आख्यान कहते हैं।

इन उपर्युक्त विवेचनों से यह ज्ञात होता है कि कथा विशेष के रूप में वर्णनीय पूर्ववृत्त जिसका अभिनय एवं गायन पूर्वक भी पाठ किया जाए ऐसे आर्ष काव्यों में उन कथाविशेषों से युक्त सर्ग तथा वे आर्ष काव्य तथा वैदिक साहित्य के वे अंश आख्यान कहे जा सकते हैं।

श्रीमद्भागवत के प्रसिद्ध व्याख्याता वेद वेदाङ्गशास्त्र मर्मज्ञ आचार्य श्रीधर जी ने आख्यान तथा उपाख्यान दोनों का लक्षण श्रीमद्भागवत की टीका में लिखा है—

स्वयं दृष्टार्थकथनं प्राहुराख्यानकं बुधाः
श्रुतस्यार्थस्य कथनमुपाख्यानं प्रचक्षते॥

अर्थात् स्वयं साक्षात्कृत घटना विशेष का गद्यपद्यात्मक कथन आख्यान कहा जाता है। तथैव दूसरों के द्वारा श्रुत कथानक गद्यपद्यात्मक रूप में जिसका कथन है वह उपाख्यान कहा जाता है। इस आधार पर इन आख्यानों का प्रयोग हमें वैदिक काल से प्राप्त होता है क्योंकि दृष्टि भी दो प्रकार की होती है। प्रथम सामान्य स्वदेह में प्राप्त प्राकृतिक दृष्टि, द्वितीय तपश्चर्या योगसाधना इष्टाराधना से समर्जित दिव्य दृष्टि। ऋषियों को वेद मंत्रों का साक्षात्कार करने वाला माना जाता है—'ऋषया मंत्रदृष्टार'। (निरुक्त) ये ऋषि गण अपनी अलौकिक साधना के सामर्थ्य से भूतकाल घटित एवं भविष्य काल में घटने

वाली सभी घटनाओं का अपनी दिव्य दृष्टि से वर्तमानवत् अवलोकन करने का सामर्थ्य रखते हैं। फलतः उनके द्वारा समस्त त्रैकालिक घटनाएँ साक्षात्कृत रहती हैं। अतः उनके द्वारा दृष्ट मंत्रों से निहित आख्यान साक्षात्कृत ही रहते हैं। इसलिए इनके द्वारा साक्षात्कृत मंत्रों में जिन कथानकों का वर्णन तत्तद् वेदों की संद्रिताओं, ब्राह्मण ग्रन्थों, आरण्यक तथा उपनिषद् ग्रन्थों में प्राप्त होता है वे भी सब आख्यान माने जाते हैं।

ऋग्वेद में हमें विविध आख्यान प्राप्त हैं। जिनका विवरण इस प्रकार है—

1. शुनः शेष आख्यान 1। 24, 2. अगस्त्यलोपमुद्रा आख्यान 1। 179, 3. गृत्समद आख्यान 2। 12, 4. वसिष्ठ विश्वामित्र आख्यान 3। 53 5. पुरुमीढ आख्यान 5। 61, 6. अध्यवर्त्ती आख्यान 6। 27, 7. नहुष आख्यान 7। 18, 8. राजा सुदासो आख्यान 7। 33, 9. अपाला आख्यान 7। 95, 10. नाभानेदिष्ट आख्यान 8। 91, 11. वृषाकपि आख्यान 10। 61, 12. उर्वशीपुरुरवा आख्यान 10। 95, 13. सरमा पणि आख्यान 10। 108, 14. देवापि शान्तनु आख्यान 10। 98, 15. नचिकेता आख्यान 10। 135।

इस प्रकार ऋग्वेद में लगभग तीस आख्यान प्राप्त होते हैं। उनमें से कुछ का उदाहरणार्थ विवरण दिया गया है। इनमें पुरुमीढ आख्यान के दो मंत्र दृष्टव्य हैं—

उत मेऽदरपद् युवतिर्ममन्दुषी प्रति श्यावाय वर्त्तनिम्।
विरोहिता पुरुमीळहाय ये मतुर्विप्राय दीर्घयशसे॥

—ऋग्वेद 5/61/9

अर्थात् **उत अमन्दुषी युवतिः पुरुमीळहाय दीर्घयशसे श्यावाय मे विप्राय वर्त्तनिं प्रति अमरत्** = ऐसी सदैव प्रसन्न रहने वाली युवति अनेक श्रेष्ठजनों से प्रशंसित होने वाले महायशस्वी सभी का संरक्षण करने वाले मुझ ज्ञानी विप्र के लिए उत्तम मार्ग की ओर संकेत करती है। **रोहिता वि येमतु** = मेरे रथ को ये दोनों अश्व नियंत्रित करते हैं।

यो मे धेनूनां शतं वैददाश्विर्यथा ददत्। तरन्त इव मंहना॥

—ऋ०वे० 10/61/10

अर्थात् यः वैददश्विः मे धेनूनां शतं ददत्—जिस अश्वविद्याप्रवीण राजा ने मुझ ज्ञानी ब्राह्मण को सौ गायों को प्रदान किया है। तरन्त इव मंहनाः—तथा समुद्र अपने महान जलाशय को पार कराने वाली बृहद् नौका के समान सुदीर्घ जीवन के सुखपूर्वक व्यतीत करने हेतु प्रशंसनीय प्रभूत सम्पत्ति प्रदान किया है।

इन मंत्रों से भारतीय संस्कृति के उत्तम गुणों तथा विधि को संकेतित गया है। जहाँ प्रथम मंत्र में पतिव्रता पत्नी के द्वारा ज्ञानी पति के प्रति समर्पण

को मार्गदर्शिकात्व तथा गृहस्थ रूपी रथ के सम्यक् परिवहन में पति पत्नी के परस्पर सौहार्द समर्पण कर्मठता का संकेत है तो द्वितीय मंत्र में वेदशास्त्र आदि समग्र विद्या संरक्षण में अपना अमूल्य योगदान करने वाले विद्वानों ब्राह्मणों को गृहस्थ जीवन में सम्पत्ति के प्रति निश्चिन्त रहकर विद्या संरक्षण में योगदान करने हेतु प्रभूत सम्पत्ति के दान की महत्ता कही गयी है।

वस्तुतः इन आख्यानों का उद्देश्य ही यही है कि विश्व के समस्त मानव वेदशास्त्रों में सम्प्राप्त उदात्त गुणों, आचारों, विचारों तथा व्यवहारों को अपने जीवन में समावेश कर स्वकीय उत्तम जीवन के साथ-साथ सम्पूर्ण विश्व समाज के उदात्त स्वरूप का संरक्षण करे। कारण यह है कि इन आख्यानों के अनुशीलन के विषय में हमें दो विचार प्रमुख रूप से प्राप्त होते हैं। प्रथम ऋग्वेद सम्बन्धी ये आख्यान ऐसे विचारों तथा क्रियाओं का वर्णन करते हैं जो विश्व मानव के कल्याण के साधन के अत्यन्त समीप हैं। इनका अध्ययन मानवमूल्यों के उदात्त नियमों का संरक्षण करता है। क्योंकि ये वैदिक ऋषिगण मानवमात्र के कल्याण सिद्ध्यर्थ अत्यावश्यक सत् तत्वों का समावेश इन आख्यानों में करते हैं। द्वितीय ये आख्यान उस वैदिक प्राचीन काल के वातावरण, मानव मूल्य, दिव्यज्ञान, विविध विधाओं आदि का संरक्षण तो करते ही हैं साथ ही प्राचीन उदात्त मूल्यों के साथ-साथ अर्वाचीन नवीन दृष्टिकोण से भी इनकी उदात्तता का अध्ययन तथा इन मूल्यों को समाज में पुनः स्थापित करने का आह्वान करते हैं।

ऋग्वेद के इन आख्यानों में से कतिपय आख्यानों के मंत्रों के उदाहरण इस प्रकार हैं जिनमें भारतबोध दृष्टिगोचर होता है—

1. पुरुरवा उर्वशी आख्यान का वह प्रसंग है जब उर्वशी पुरुरवा को छोड़कर चली गयी थी और एक स्थल विशेष में उसकी जब पुरुरवा से भेंट होती है तब दोनों का वार्तालाप होता है। पुरुरवा उर्वशी को पुनः प्रसन्न कर अपने राज्य लौटने का अनुनय करता है और उर्वशी कहती है कि अप्सरा किसी एक की होकर नहीं रहती है आप अपने आवास लौट जाओ। पुरुरवा कहता है कि तुम्हारे विरह के कारण मैं अपने शत्रुओं से ठीक से युद्ध भी नहीं कर पा रहा हूँ उनसे गोधन तथा अनन्त ऐश्वर्य की रक्षा नहीं कर पा रहा हूँ। राजकार्य में मन नहीं लगता। अतः आप लौट चलो। उर्वशी कहती है कि जब आपकी पत्नी के रूप में रही तब तक घर के सदस्यों तथा आपकी सेवा किया। आपको सुख प्रदान किया पर आप अब मुझे नहीं प्राप्त कर सकते हैं।

इस उर्वशी पुरुरवा आख्यान में पति-पत्नी के परस्पर प्रेम एवं समर्पण का उदात्त संदेश के साथ-साथ किसी के प्रति अतिशय राग कष्ट का कारण

बनता है। इसलिए एक काल विशेष में वैराग्य धारण करना आवश्यक होता है। इस उपदेश को यह प्रकाशित करता है यह आख्यान ऋग्वेद दशम मण्डल के पञ्चान्नवे सूक्त में है, जिसमें कुल अठारह मंत्र हैं।

स्त्रियों के हृदय की बात का प्रकाशन उर्वशी के द्वारा इस प्रकार इस मंत्र में है जो पुंश्चली स्त्रियों के मुख्य चरित्र को प्रकाशित करता है—

पुरुरवो मा मृथा म प्र पप्तो मात्वा वृकासो अधिवास उक्षन्।
न वै स्त्रैणानि सख्यानि सन्ति सालावृथाणां हृदयान्येताः॥

—ऋ०वे० 10 । 95 । 15

हे पुरुरवः मा मृथा मा प्र पप्तः त्वा अधिवासः वृकासः मा उक्षन् = हे पुरुरवा तुम मृत्यु का वरण मत करो और यहीं मत पतित हो, तुझे अमङ्गल करने वाली वृक = भेड़िये न खायें, तुम्हारा नाश न हो। क्योंकि "स्त्रैणानि सख्यानि न वै सन्ति" = स्त्रियों की मैत्री चिरस्थायी नहीं होती। एता साला वृकाणां हृदयानि (भवन्ति) = इन अप्सरा स्वैरिणी स्त्रियों के हृदय क्रूरता में भेड़ियों के समान अतीव निर्दय होते हैं इन्हें कोई प्रसन्न नहीं कर सकता।

वस्तुतः उर्वशी अरणी तथा पुरुरवा मन्थन दण्ड का प्रतीक है। दोनों के संयोग से ही मंथन करने पर गार्हयत्याग्नि को प्रकट कर उससे आवाहनीय तथा अवसथ्याग्नि की स्थापना कर सभी भागों का सम्पादन किया जाता है। उसी का विवरण इस आख्यान से दिया गया है।

2. देवापि शान्तनु आख्यान के द्वारा मेघों के द्वारा वर्षण व्यवस्था का प्रकाशन किया गया है। क्योंकि वर्षा ऋतु के सुव्यवस्थित होने से न केवल मानव अपितु सभी वनस्पतियों और धान्य के उत्पत्ति से समस्त जीवन उपकृत होते हैं। क्योंकि स्वयं शान्तनु तथा देवापि अवर्षण को रोकने की विद्या को सम्यक्तया जानते थे। उनकी उपस्थिति मात्र से अवर्षण के साधक तत्त्व नष्ट हो जाते थे। तथैव बृहस्पति, मित्रावरूण, आदित्य, अष्टवसु और वायु वर्षा के सहायक है। राजर्षि देवापि एवं शान्तनु की उपस्थिति में ये देवतागण प्रसन्न हो वर्षा बाधक तत्त्वों को नष्ट कर देते थे। इस तत्त्व का दिग्दर्शन इन मन्त्रों में अवलोकित होता है—

अस्मे धेहि द्युमतिं वाचमासन् बृहस्पते अयमीवामिषिराम्
यथा वृष्टिं शन्तनवे वनाव दिवो द्रप्सो मधुमाँ आविवेश॥

—ऋ०वे० 10/98/3

हे बृहस्पते अस्मे आसन् द्युमतीं वाचं धेहि=हे बृहस्पति देवता आज हमारे युगों में एक तेजस्वी वाणी को प्रदान करो (या) अनमीवां इषिरां=उस निर्दोष ओज युक्त वाणी को ही प्रदान करो। यथा शान्तनवे वृष्टिं वनाव=जिस

तेजस्विनी निर्दोष ओजस्विनी वाणी के द्वारा शन्तनु के लिये वृष्टि उपस्थित करें। दिवः मधुमान् द्रप्सः आ विवेश=आकाश से मधुर जल रूप रस की वृष्टि यहाँ प्रविष्ट होवे।

अत्यन्त भाग्यशाली तपस्वी सदाचार परायण प्रजावत्सल राजर्षि राजा की उपस्थिति भी वृष्टि के अवरोधक तत्त्वों को दूर करती है यह तत्त्व इस मन्त्र से अवगत होता है।

आर्ष्टिषेणो होत्रमृषिर्निषीदन् देवापिर्देवसुमतिं चिकित्वान्।
स उत्तरस्मादधरं समुद्रमणो दिव्या असृजद् वर्ष्या अभि॥
अस्मिन्त्समुद्रे अध्युत्तरस्मिन्नापो देवेभिर्निवृता अतिष्ठन्।
ता अद्रवन्नार्ष्टिषेणेन सृष्टा देवापिना प्रेषिता मृक्षिणीणु॥

—ऋ०वे० 10/98/5, 6॥

—देवसुमतिं चिकित्वान् आर्ष्टिषेणः ऋषिः देवापिः होत्रं निषीदन्=देवताओं की उत्तम स्तुति एवं बुद्धि ऐश्वर्य को जानने वाले राजर्षि ऋष्टिषेण के सुपुत्र आर्ष्टिषेण राजर्षि, सः उत्तरस्मात् (समुद्रात्) अधरं समुद्रं दिव्या वर्ष्याः अपः अभि असृजत=राजर्षि देवापि ने अन्तरिक्ष के समुद्र से पृथिवी में स्थित समुद्र को दिव्य परम सुखदायक वृष्टि के जल को प्राप्त करायें।

अस्मिन् समुद्रे अध्युत्तरस्मिन् अपः देवेभिः निवृताः अतिष्ठन्=इस पार्थिव समुद्र पर अन्तरिक्षस्थ जल समूह युक्त प्रदेश को देवों के द्वारा प्रबन्धित किया गया है। ताः आर्ष्टिषेणेन देवापिना सृष्टाः प्रेषिताः मृक्षिणीषु अद्रवन्=उन देवों द्वारा अवरूद्ध जल समूहों को राजर्षि ऋष्टिषेण पुत्र देवापि के द्वारा उत्पन्न करके पृथिवीवासी मानवों के अनुरूप योग्य भूमि में सुवृष्टि करने हेतु मेघों को प्रेषित करके जलदृष्टि कराया गया।

जलवृष्टि अवरोधक देवरूप तथा देवशक्तियों को राजर्षि देवापि ने हवनादि कर्म से उन्हें प्रसन्न करके वर्षावरोधक तत्त्वों को दूर कर सुवृष्टि की व्यवस्था करते हैं।

इस आख्यान से ज्ञात होता है। हमारे तथा हमारे समाज, क्षेत्र, प्रदेश, देश के लोगों द्वारा विहित अकर्म ही सुवृष्टि के बाधक तत्त्व हैं। और उनको तभी दूर किया जा सकता है जब हमारा नेतृवर्ग तपस्वी परोपकारक, प्रजा वत्सल तथा यागादि अनुष्ठानों का शास्त्रानुसार उपस्थापक हो। तभी सुवृष्टि बाधकतत्त्व दूर किये जा सकते हैं। यह सन्देश इस आख्यान से प्राप्त होता है। यहाँ गीता का श्लोक भी चरितार्थ होता है—

अन्नाद् भवन्ति भूतानि पर्जन्यादन्नसम्भवः।
यज्ञाद्भवति पर्जन्यो यज्ञः कर्मसमुद्रभवः॥

कर्म ब्रह्मोद्भवं विद्धि ब्रह्माक्षर समुद्रभवम्।
तस्मात् सर्वगतं ब्रह्म नित्यं यज्ञे प्रतिष्ठितम्॥

—गीता 3/14,15॥

(3) सरमा पणि आख्यान—में सरमा अपने स्वामी इन्द्र के ऐश्वर्य का उपस्थापन करती है तथा पणि अपने वर्ग के लोगों के महत् ऐश्वर्य का उपस्थापन करके सरमा के उत्साह को समाप्त करना चाहती है। सरमा देवदूती है तथा पणि असुरों की दूती है। जिसमें असुर शक्तियाँ सुर शक्तियों को प्रभावित करना चाहती है। परन्तु देव शक्तियाँ अपने प्रभाव से आसुरी शक्तियों का सामना करती है। यही विषय इस आख्यान में संकेतित है। कतिपय मन्त्र इस आख्यान के अवलोकनीय है—

एवा च त्वं सरम आजगन्थ प्रबाधिता सहसा दैव्येन।
स्वसारं त्वा कृणवै मा पुनर्गा अप ते गवां सुभगे भजाम॥
नाहं वेद भ्रातृत्वं नो स्वसृत्वमिन्द्रो विदुरंगिरसश्च थोराः।
गोकामा मे अच्छदयन् यदायमपात इत पणयो वरीयः॥
दूरमित पणयो वरीय उद्गाथो यन्तु मिनतीर्ऋतेन।
बृहस्पतिर्या अविन्दन्निगूळहाः सोमो ग्रावाण ऋषयश्च विप्नाः॥

—ऋ०वे० 10/108/9—11

हे सरमे त्वं एव च दैव्येन सहसा प्रबाधिता आजगन्थ त्वा स्वसारं कृणवै=हे सरमा तुम इस प्रकार देवों के बल से बाधित हो भयभीत होकर यहाँ पर आई हो। हम तुम्हारा दुःख समझते हैं क्योंकि तुम हमारे भगिनी के समान हो। पुनः मा गाः। अब तुम उस इन्द्र एवं देवताओं के पास मत जाओ—सुभगे ते गवां भजाम=हम तुम्हे प्रभूत धन राशि एवं गायों को प्रदान करेंगे। हे पणयः अहं भातृत्वं न वेद, स्वसृत्वं न वेद इन्द्रः घोराः अङ्गिरसः च विदुः=हे पणियों मैं सरमा देवाकार्यार्थ उपस्थित तुम्हारे द्वारा प्रदर्शित भातृत्व तथा भगिनीत्व सम्बन्ध को नहीं जानती, न जानना चाहती हूँ। इन्द्र महाभयानक घोर अग्नि है ऐसा जानो, वह सभी को भस्म कर देगा। यत् अयम् मे गोकामः अतः वरीयः अप इत=इस स्थान से जैसे ही मैं इन्द्रादि देवताओं के पास जाऊगी तो मेरे लिये गायों को देने की काम ना करने वाले आप लोगों के ऊपर तीव्र आक्रमण कर देगें। इसलिये इस स्थान को छोड़कर भाग जाओ।

हे पणयः वरीयः दूरं इत=हे पणियो आप लोग यहां से बहुत दूर चले जाओ। गावः ऋतेन मिनतीः उत् यन्तु=ये गौयें तीव्र गति से अन्धकार का विनाश करतीं हुई चली जायें। निगूढाः याः वृहस्पतिः अविन्दत्=क्योंकि देवगुरु बृहस्पति अपने तीव्र योगविद्या से अत्यन्त गुप्त रीति से रखी हुई गायों को

प्राप्त कर लेगें, तथैव सोमः ग्रावाणः विप्राः ऋषयश्च (अविन्दन्) तथैव सोम, सोमा सव मिश्रण कर्त्ता पाषाण खण्ड ऋषिगण और महान् विद्वद्गण ब्राह्मण तथा ऋषि गण सभी गुप्त रहस्यों का ज्ञान अवश्य कर लेंगे॥

जिस राजा के पास तपस्वी विद्वान् ऋषि महर्षिगण, निर्लोभी अनुचर, गुप्तचर, सेनागण होंगे उस राज्य का प्रधान राजा सभी पर विजय प्राप्त कर सकता है उसे कोई भी पराजित नहीं कर सकता। यह सन्देश इस आख्यान से प्राप्त होता है।

ऐसे अनेक भारत के प्राणभूत वैदिक सन्देश इन वैदिक आख्यानों से हमें प्राप्त होते हैं।

यजुर्वेद का प्रातिपाद्य विषय अधिकतम यागों से सम्बद्ध विषय है तथैव सामवेद में देवताओं के स्तुति के मंत्र हैं। इसलिए इनमें आख्यानों की उतनी स्थिति नहीं है लघु आख्यान कुछ प्रसंगतः आये हैं। अथर्ववेद में राजनैतिक, अनुष्ठात्मक, स्तुत्यात्मक तथा औषधिविज्ञानात्मक अभिचारात्मक मंत्रों का संग्रह है। अतः इसमें भी आख्यानों की स्थिति नहीं है।

ब्राह्मण ग्रंथों में ऐतरेय ब्राह्मण, कौषितकी ब्राह्मण, तैत्तरीय ब्राह्मण, शतपथ ब्राह्मण, माध्यन्दिन तथा काण्वशाखा का, तैत्तरीय शाखा-कृष्ण यजुर्वेद के तैत्तरीय ब्राह्मण के अतिरिक्त कृष्ण यजुर्वेद के मैत्रायणी ब्राह्मण, कठ ब्राह्मण, कापिष्ठल ब्राह्मण उन-उन शाखाओं से प्राप्त होते हैं। कारण यह है कि कृष्ण यजुर्वेद की प्रत्येक शाखाओं में संहिता भाग तथा ब्राह्मण भाग मिश्रित रूप में प्राप्त होते हैं। सामवेद संहिताओं के पञ्चविंश ब्राह्मण, मंत्र ब्राह्मण, षड्विंश ब्राह्मण, साम विधान ब्राह्मण, आर्षेय ब्राह्मण देवताध्याय ब्राह्मण, वंश ब्राह्मण तथा संहितोपनिषद् ब्राह्मण प्राप्त होते हैं। सामवेद की पूर्व में सहस्त्र शाखाओं का उल्लेख प्राप्त होता है। उन सभी के संहिता तथा ब्राह्मण ग्रन्थ थे। उनमें कतिपय संहिताओं के सर्वाधिक शाखाओं के ये ग्रंथ हैं। इसी प्रकार अथर्ववेद का एक मात्र गोपथ ब्राह्मण प्राप्त होता है। इन सभी ब्राह्मण ग्रंथों में विविध आख्यानों का उल्लेख प्राप्त होता है। जिनमें विविध विधाओं का, चरित्रों का, उदात्त मान्यताओं का जो वैदिक काल के भारतवर्ष की भी प्रकाशन किया गया है। ऋग्वेद के ऐतरेय ब्राह्मण में सप्तम पंचिका में राजसूय यज्ञ के प्रसंग में पुनः शेष विश्वामित्र का प्रख्यात आख्यान प्राप्त होता है। तथैव अष्टम पंचिका में ऐन्द्र महाभिषेक के माध्यम से चक्रवर्ती राजाओं के महाभिषेक का बहुत रोचक आख्यान प्राप्त होता है। इसी प्रकार अन्य भी आख्यान प्राप्त होते हैं। शुनः शेप आख्यान के कुछ मंत्र उदाहरणार्थ प्रस्तुत हैं—

'हरिश्चन्द्रो ह वैध स ऐश्वाको राजा अपुत्र आस, तस्य ह शतं जाया बभूवुस्तासु पुत्रं न लेभे, तस्य ह पर्वतनारदौ गृह ऊषतुः, स ह नारदं पप्रच्छ—'

यन्विमं पुत्रमिच्छन्ति, ये विजानन्ति ये च न।
किंस्वित् पुत्रेण विन्दते तन्म आचक्ष्व नारद॥
ऋणमस्मिन् संनयत्यमृतत्वं च गच्छति।
पिता पुत्रस्य जातस्य पश्येच्चेज्जीवतो मुखम्॥
यावन्तः पृथिव्यां भोगा यावन्तो जातवेदषि।
यावन्तो अप्सु प्राणिनां भूयात्पुत्रे पितुस्ततः॥
शश्वत् पुत्रेण पितरोऽत्यायन् बहुलं तमः।
आत्मा हि जज्ञे आत्मनः स इरावत्यतितारिणी॥

—ऐतरेय ब्राह्मण 33।1।1-5

यह आख्यान सम्पूर्ण तैतीसवें अध्याय में विस्तर से आया है। जिसमें हरिश्चन्द्र का पुत्र स्नेह अजीगर्त का पुत्र की अपेक्षा धन स्नेह का भावबोधित गुणों-अवगुणों का वर्णन है।

शतपथ ब्राह्मण में त्वष्टा वृत्तासुर आख्यान, याज्ञवल्क्य जनक आख्यान, दुष्यन्त भरत आख्यान आदि अनेकों आख्यान प्राप्त होते हैं। इसमें याज्ञवल्क्य जनक संवाद, गार्गी याज्ञवल्क्य संवाद, मैत्रेयी याज्ञवल्क्य संवाद को लेकर भी अनेक आख्यान हैं। जिनमें विविध विद्या रहस्यों का प्रतिपादन है जो भारतीय आध्यात्म-विद्या के धरोहर हैं, गौरव हैं। याज्ञवल्क्य मैत्रेयी आख्यान के कुछ अंश मंत्र रूप निर्दिष्ट हैं—

'मैत्रेयीति स होवाच याज्ञवल्क्यः। उद्यास्यन् वा अरे अहमस्मात् स्थानादस्मि। हंत ते अन्या कात्यायन्या अन्तं करवाणि।'

—श०प०ब्रा० 14।4।4।1

याज्ञवल्क्य ने अपनी पत्नी मैत्रेयी से कहा कि हे मैत्रेयी हम अब इस गृहस्थाश्रम से संन्यासाश्रम में प्रवेश करना चाहते हैं। घर की जो सम्पत्ति है उसे अपनी दोनों पत्नियों आप मैत्रेयी तथा द्वितीय कात्यायनी के बीच में बराबर-बराबर विभक्त कर सौंप देना चाहते हैं।

मैत्रेयी कहती हैं—

सा होवाच मैत्रेयी। यन् मे इयम्भगोः सर्वा पृथिवी
वित्तेन पूर्णा स्यात् कथन्तेनामृता स्यामिति नेति होवाच॥
याज्ञवल्क्यो यथोवोपकरणवताञ्जीवितन्तथैव ते
जीवितं स्यादमृतत्त्वस्य तु नाशास्ति वित्तेन॥

सा होवाच मैत्रेयी। येनाहन्नामृता स्याङ्किमहन्तेन
कुर्यां यदेव भगवन् वेद तदेव मे ब्रूहीति॥

—श०प०ब्रा० 14।4।4।2,3

मैत्रेयी ने कहा यदि सम्पूर्ण पृथिवी धन से परिपूर्ण सब हमें प्राप्त हो जाये तो क्या हमें मोक्ष प्राप्त हो सकता है? याज्ञवल्क्य ने कहा जैसे महान धनी लोग अपना ऐश्वर्यपूर्ण जीवन व्यतीत करते हैं वह प्राप्त होगा पर धन से मोक्ष की आशा नहीं की जा सकती। तब मैत्रेयी ने कहा कि यदि धन से मोक्ष की आशा नहीं है तो मैं धन लेकर क्या करूँगी। इसलिए जिस महान विद्या जो मोक्ष प्रदान करने वाली है जिसे आप जानते हैं उस महान् विद्या धन को हमें प्रदान करिये।

इस महत्वपूर्ण आख्यान से संसार एवं उसके महान् ऐश्वर्य से परमलक्ष्य परमपुरुषार्थ के अलभ्य होने से उस सम्पत्ति का त्याग कर परमलक्ष्य मोक्ष प्राप्त्यर्थ सत्प्रयास करना चाहिए। यह गौरवपूर्ण सन्देश इस आख्यान से प्राप्त होता है। ऐसे सभी आख्यान इस ब्राह्मण के प्रेरणादायक हैं।

तैत्तरीय ब्राह्मण में भागों का विवरण विशेष रूप से होने के कारण आख्यान अल्प हैं पर महत्वपूर्ण है इसके 3। 10। 11। 311 में इन्द्र और भरद्वाज विषयक ऐसा आख्यान है। जिसमें वेदार्थ की प्राप्ति जिज्ञासा के समाधान हेतु साधना को महत्वपूर्ण बताया गया है। इस आख्यान से महर्षि भरद्वाज की दृढ़ निष्ठा, अतृप्त ज्ञान पिपासा का महत्वपूर्ण विवेचन एवं भरद्वाज के तदर्थ सत्प्रयास का अनुपम सन्देश है इस आख्यान के माध्यम से।

सामवेदीय ब्राह्मणों में ताण्य ब्राह्मण में महर्षि वत्स तथा मेधातिथि विषयक आख्यान सुकन्या च्यवन ऋषि का आख्यान 14। 6। 10 में प्राप्त होता है। ब्रह्म विषयक चर्चा को लेकर ताण्ड्य ब्राह्मण के 14। 5। 8, 15। 12। 3 में भी आख्यान प्राप्त होते हैं। अन्य ब्राह्मणों में यागीय प्रक्रिया के रहस्यों का प्रकाशन अधिक है।

अथर्ववेद के गोपथ ब्राह्मण के पञ्चम प्रपाठक में अश्वमेघादि यागों का विवेचन है। वहीं प्रसंगतः अनेक आख्यान भी विषयवस्तु के स्पष्ट प्रतिपत्ति हेतु आये हुए हैं।

चारों वेदों के आरण्यक ग्रंथों में ऋग्वेद का ऐतरेय, शाखा-यन, आरण्यक, यजुर्वेद के तैत्तरीय आरण्यक तथा बृहदारण्यक प्राप्त होते हैं। यजुर्वेद के माध्यन्दिन शाखा बृहदारण्यक में चौदह काण्ड तथा काव्य शाखा के बृहदारण्यक में सत्रह काण्ड हैं। सामवेद तथा अथर्ववेद के आरण्यक प्राप्त नहीं होते हैं। ये आरण्यक ब्राह्मण भाग के अंश होने के कारण इनमें आगत भी आख्यान के ही हैं जो ब्राह्मण ग्रंथों में आये हुए हैं।

उपनिषदों की संख्या यद्यपि 108 मानी जाती है। परन्तु जो उपनिषद् जिन-जिन वेदों से सम्बद्ध उनका विवरण इस प्रकार है—

1. ऋग्वेद—ऐतरेय, कौषितकि, वाण्कल, मंत्रोपनिषद्

2. यजुर्वेद-कृष्ण—तैत्तरीय, महानारायण, मैत्रायणी, कठोपनिषद्, श्वेताश्वर
शुक्ल यजुर्वेद—ईशावस्पम्, बृहदारण्यक

3. सामवेद—छान्दोग्य, केन

4. अथर्ववेद—प्रश्नोपनिषद्, मुण्डक, माण्डुक्य आदि

इनमें बृहदारण्यक आरण्यक भी हैं तथा उपनिषद् भी, कोई भिन्नता नहीं है। वे भी विषय विवेचित हैं—केनोपनिषद् के तृतीय तथा चतुर्थ खण्ड में यक्ष विषयक आख्यानहै। जिसके माध्यम से परब्रह्म की सत्ता का महत्वपूर्ण समाधान है। कठोपनिषद् में यक्ष नचिकेतोपाख्यान प्रसिद्ध है जिसमें अग्निविद्या का महत्वपूर्ण विवेचन है तथा अतिथि सत्कार की महत्ता जो भारतीय परम्परा के 'अतिथि देवो भव' की परिचायिका है का महत्वपूर्ण विवेचन है। इसके कुछ मंत्र उदाहरणार्थ प्रस्तुत हैं—

यमपत्नी = वैश्वानरः प्रतिशत्यतिथिर्ब्राह्मणो गृहान्।
तस्यैतां शान्तिं कुर्वनि हर वैपस्यतोदकम्॥

—कठोपनिषद् 1। 1। 7

हे वैवस्वत (सूर्यपुत्र) स्वयं अग्निदेवता ब्राह्मण अतिथि के रूप में अपने गृहों में प्रवेश करते हैं। उस अग्निरूपी अतिथि की शान्ति पाद्य अर्घ्य आचमन आसन प्रदान करके की जाती है। इसलिए इनके पाद प्रक्षलनार्थ पाद्य जल ले आइये ऐसा यम पत्नी अपने पति यमराज से कहती हैं।

आशाप्रतीक्षे संगतं सूनृतां च इष्टापूर्ते पुत्र पशूँश्च सर्वान्।
एतद् वृङ्क्तो पुरुषस्याल्पमेधसो यस्यानश्नन् वसति ब्राह्मणो गृहे॥

कठोपनिषद् 1/1/8

तिस्त्रो गत्रीर्यदवात्सीर्गृहे मे अनश्नन् ब्रह्मन्नतिथिर्नमस्यः।
नमस्तेऽस्तु ब्रह्मन् स्वस्ति मेऽस्तु तस्मात् प्रति जीन् वरान् वृणीश्व॥

—कठोपनिषद् 1/1/9

जिसके घर के द्वार पर ब्राह्मण अतिथि बिना भोजन किये निवास करता है उस मन्दबुद्धि पुरुष से मिलने की प्रतीक्षा में वह गृही अतिथि सत्कार के सुख, सत्य वाणी के फल, यज्ञ, दान आदि शुभकार्य एवं कूप सरोवर आदि निर्माण जन्य पुण्य फलों का सभी पुत्र पशु आदि सम्पत्ति का नाश करता है।

यमराज कहते हैं कि हे ब्राह्मण देवता मेरे घर के द्वार पर मेरी प्रतीक्षा में तीन रात्रि तक बिना भोजन किये निवास किये हैं। आप हमारे सम्माननीय

अतिथि हैं ब्राह्मण हैं, आपके प्रति हमारा अपराध हुआ है। इसलिए हम आपको सादर प्रणाम करते हैं, आपकी प्रसन्नता से हमारा कल्याण हो। आपने जो तीन रात्रि बिना भोजन कर हमारे आवास पर व्यतीत किया तदर्थ तीन वरदान अपनी इच्छा से माँग कर हमें अपराध मुक्त करिए।

यहाँ कथानक भारतीय अतिथि सम्मान परम्परा के उदात्त स्वरूप का परिचायक होने के साथ-साथ भौतिक समस्त साधन ज्ञान के महत्व के सामने नगण्य हैं इसका भी बोधक है। क्योंकि नचिकेता परम ज्ञान के बदले भौतिक साधन यमराज द्वारा जो प्रदेय थे उन्हें मना कर देता है।

छान्दोग्योपनिषद् के चतुर्थ अध्याय के प्रथम खण्ड में राजा जनश्रुति महर्षि रैक्व का महत्वपूर्ण आख्यान है। इसी अध्याय के चतुर्थ खण्ड से सप्तदश खण्ड तक यह आख्यान है। इसी के अन्तर्गत सत्यकाम शिष्य उपकोशल का आख्यान है जिसने अपने गुरु की सेवा, समादार, समर्पण तथा तपश्चर्या से सभी महत्वपूर्ण विद्या को प्राप्त किया था। इस आख्यान से उदात्त गुरुकुल परम्परा तथा विविध गुहा विद्याओं का परिचय प्राप्त होता है। पंचम अध्याय के एकादश खण्ड से लेकर अध्याय समाप्ति तक राजा अश्वपति का आख्यान है। जिनकी विविध विद्याओं की जिज्ञासा का समाधान महर्षि औपमन्यव, ऋषि सत्ययज्ञ, महाराज जनक, ऋषि वुडिव तथा उद्दालक करते हैं, उन्हीं का संवाद है। जिसमें विविध विद्या विवेचन के साथ-साथ वैश्वानर अग्नि का विवेचन है। षष्ठ अध्याय में आरुणि स्वेतकेतु आख्यान सप्तम अध्याय में नारद सनत् कुमार आख्यान, अष्टम अध्याय में अष्टम खण्ड से अध्यायान्त तक इन्द्र विरोचन आख्यान विविध विज्ञान की दृष्टि से महत्वपूर्ण है।

वैदिक आख्यानों में न केवल देवताओं, राजर्षियों के आख्यान हैं अपितु अनेक ऋषि महर्षियों के भी आख्यान ऋग्वेद में भी प्राप्त होते हैं। ऋग्वेद के षष्ठ मण्डल में 75 सूक्त तथा 765 मंत्र हैं। इस मण्डल के अनेक सूक्तों में महर्षि भरद्वाज के वंश परम्परा के ऋषियों से सम्बद्ध आख्यान प्राप्त होते हैं। जिनमें इनके वंश के महर्षि गर्ग, महर्षि पायु, महर्षि ऋजिश्वा, महर्षि अंगिरख, महर्षि बार्हस्पत्य आदि का उल्लेख प्राप्त होता है। इस षष्ठ मण्डल के एकदशम सूक्त का तृतीय मंत्र प्रस्तुत है—

'धन्या चिद्धि त्वे धिषणा वष्टि प्र देवाञ्जना गृणते यजध्यै।
वेपिष्ठो अङ्गिरसां यद्ध विप्रो मधुच्छन्दो मनति रेम इष्टौ॥'

—ऋ०वे० 6/11/3॥

अर्थात् यद् ह अङ्गिरसां वेषिष्ठः विप्रः रेभः इष्टौ मधुच्छन्दो भवति=जब

अङ्गिरस वंशोत्पन्न ऋषि गणों के मध्य अतिशय स्तुति करने वाले ब्राह्मण स्तोता यज्ञशाला में यज्ञ के समय मधुर स्वर से मंत्रों का गान करते हैं। चित् हि देवान् प्र यजध्यै जन्म गृणते=तब देवों का यज्ञ करने के लिए तेरे जन्म का वर्णन करते हैं। धन्याधिषणा त्वे वष्टि=धन सम्प्राप्तीच्छा वाली बुद्धि तेरी कामना करती है। क्योंकि इष्ट समाराधन से प्राप्त धन बुद्धि को दूषित नहीं करता।

इस आख्यान से यह उत्तम सन्देश प्राप्त होता है कि धन संचय हेतु उत्तम मार्ग का ही आश्रयण करना चाहिए, कुमार्ग का नहीं।

प्रसंगतः आख्यानों का विवरण प्रत्येक श्रौत सूत्रों में भी प्राप्त होता है। ऋग्वेद के श्रौतसूत्र आश्वलायन तथा शाखायन हैं। शांखायन श्रौतसूत्र में (16। 11।) में ऋषियों को लेकर आख्यान रूप सूत्रात्मक उल्लेख है। जिसमें शौनःशेप अजीगर्त काक्षीवान् श्यावाश्व भारद्वाज, भरद्वाज, वसिष्ठ मेघातिथि आदि विविध महर्षियों का उल्लेख हुआ है। ऐसे यजुर्वेद के कात्यायन श्रौतसूत्र कृष्ण यजुर्वेद के बौधायन आपस्तम्ब, सत्याषाढ वैखानस बाधूल, भारद्वाज श्रौतसूत्र हैं। प्रसंगानुसार आख्यानों के संकेत प्राप्त होते हैं। सामवेदीय श्रौतसूत्रों में आर्षेय श्रौतसूत्र इसमें विशेष रूप से यागों का ही विवरण है। अथर्ववेद का बैतान श्रौतसूत्र है। इसमें आख्यानों का उल्लेख नहीं है केवल यागों का ही विवेचन है।

वैदिक साहित्य में सम्प्राप्त आख्यानों के पश्चात् जो आर्षग्रंथ हमारे समक्ष हैं वे है वाल्मीकि रामायण तथा महाभारत जिनमें विविध आख्यानों का संग्रह दृष्टिगोचर होता है। रामायण तथा महाभारत इन दोनों की संज्ञा आख्यान भी मानी गयी है। जिसका उल्लेख स्वयं ग्रंथकार करते हैं। आदिकवि महर्षि वाल्मीकि लिखते हैं कि इस रामायण रूपी आख्यान का पाठ जो मनुष्य करता है वह दीर्घायु प्राप्त कर अन्त में पुत्र पौत्र भाई-बन्धु आदि सभी परिजनों के साथ स्वर्गलोक को प्राप्त करता है—

'एतदाख्यानमायुष्यं पठन् रामायणं नरः।
सपुत्रपौत्रः सगणः प्रेत्य स्वर्गे महीयते॥'

—वा०रा० 1।1।8।8॥

इसी प्रकार महाभारत को आख्यान ग्रंथ माना गया है। स्वयं महर्षि वेदव्यास अपने लेखनी से लिखते हैं कि कृष्ण द्वैपायन मुनि व्यास जी ने प्रातःकाल ब्रह्ममुहूर्त्त में जागृत हो सन्ध्यावन्दनान्त नित्य क्रिया से निवृत्त हो तीन वर्षों में लिखकर इस महाभारत नामक उत्तम आख्यान का प्रणयन किया था—

'त्रिभिर्वर्षैः सदोत्यायी कृष्णद्वैपायनो मुनिः।
महाभारतमाख्यानं कृतवानिदमुत्तमम्॥'

—महाभारत आ०प० 62। 52॥

इस पद्य में उत्तमम् शब्द के स्थान में अद्‌भुतम् शब्द का पाठ भी प्राप्त होता है।

यद्यपि पुराणों को आख्यान शब्द से नहीं कहा गया परन्तु प्रसंगतः उसमें सम्प्राप्त कथानकों के लिए आख्यान या महाख्यान शब्दों का प्रयोग किया गया है। यथा इन्द्र वृत्रासुर के आख्यान को श्रीमद्‌भागवत में महाख्यान शब्द से कहा गया है—

इदं महाख्यानम शेपाप्मनां प्रक्षालनं तीर्थपदानुकीर्त्तनम्।
भक्त्युच्छ्रयं भक्तजनानुवर्णनं महेन्द्रमोक्षं विजयं मरुत्वतः॥

—श्रीमद्‌भागवत 6/13/22

वाल्मीकि रामायण के श्रीरामचरित रूप प्रमुख आख्यान के साथ-साथ अनेक आख्यानों का प्रसंगतः उल्लेख प्राप्त होता है। यथा बालकाण्ड में ऋष्यशृङ्ग आख्यान, कुशनाभाख्यान, विश्वामित्राख्यान, गंगोत्पत्ति आख्यान, सागरमन्थनाख्यान, मरुद्‌गणोत्पत्ति आख्यान, गौतमाहिल्योपाख्यान, वसिष्ठ-विश्वामित्राख्यान, अयोध्याकाण्ड में श्रवणकुमाराख्यान, आरण्य काण्ड में हनुमदुत्पत्ति आख्यान इत्यादि आख्यान प्राप्त होते हैं। रामायण में सर्वाधिक आख्यान बालकाण्ड तथा उत्तरकाण्ड में ही दृष्टिगोचर होते हैं।

महाभारत को आख्यानों का कोष कहा जाए तो अत्युक्ति नहीं होगी। जितने भी वैदिक आख्यान हैं उन सभी का विवरण महाभारत में प्राप्त होता है। साथ ही सभी देवताओं के अवतार से सम्बद्ध जो आख्यान हैं उनका भी विवरण प्राप्त होता है। भारतवर्ष की संस्कृति के जितने भी स्वरूप हो सकते हैं सभी के दिग्‌दर्शन हमें महाभारत में होते हैं। स्वयं महर्षि व्यास महाभारत के विषय में कहते हैं कि जो चारों वेदों का, छहों अंङ्गों, उपांङ्गों उपनिषदों के साथ सम्यक्‌तया पढ़ा है पर महाभारत का अध्ययन नहीं किया वह बहुमुखी प्रतिभासम्पन्न नहीं हो सकता क्योंकि इस ग्रंथ में अर्थशास्त्र, धर्मशास्त्र, कामशास्त्र इतिहास, खगोलशास्त्र, भूगोलशास्त्र आदि सभी का संग्रह है—

यो विद्याच्चतुरो वेदान् साङ्गोपनिषदो द्विजः।
न चाख्यानमिदं विद्यान्नैव स स्याद् विचक्षणः॥
अर्थशास्त्रमिदं प्रोक्तं धर्माशास्त्रमिदं महत्।
कामशास्त्रमिदं प्रोक्तं व्यासेनामितबुद्धिना॥

श्रुत्वा त्विदमुपाख्यानं श्राव्यमन्यन्न रोचते।
पुंस्कोकिलरुतं श्रुत्वा रुक्षा ध्वाङ्क्षस्य वागिव॥

—महाभारत—आदिपर्व 2। 382-4

इस महाभारत को वेदव्यास जी ने वेदों के समकक्ष सम्मान मान कर इसे पंचम वेद के रूप में स्वीकार किया है। इसे धर्मशास्त्र के साथ अर्थशास्त्र, मोक्षशास्त्र भी कहा गया है और इसकी महत्ता में कहते हैं कि धर्म, अर्थ, काम, मोक्ष इन चारों पुरुषार्थ के विवेचन में जितनी सामग्री दी गयी है इस महाभारत ग्रंथ में उतनी अन्यत्र किसी को प्राप्त ही नहीं हो सकती—

धर्मे चार्थे च कामे च मोक्षे च भारतवर्षं।
यदिहास्ति तदन्यत्र यन्नेहास्ति न तत् क्वचित्॥

—आदिपर्व म०भा० 62/53॥

इन्हीं वैदिक तथा आर्ष आख्यानों के आधार पर वैदिकोत्तर काल में अनेक आख्यान ग्रंथों की रचना हुई है। स्वयं महाभारतकार यह स्वीकार करते हैं कि यह महाभारत ग्रंथ सभी काव्यग्रंथों का उपजीव्य है—

अनाश्रित्यैतदाख्यानं कथा भुवि न विद्यते।
आहारमनपाश्रित्य शरीरस्येव धारणम्॥
इदं कविवरैः सवैर्राख्यानमुपजीव्यते।
उदयप्रेप्सुभिर्भृत्यैरभिजात इवेश्वरः॥

—म०भा० आदिपर्व 2। 389-90

इन्हीं कथाओं या इसके आधार पर गढ़ी गयी लोक गाथाएँ भारतीय समाज में विविध आख्यान के रूप में प्रसिद्ध हैं। वस्तुतः ये समस्त आख्यान भारतीय संस्कृति के पोषक तथा उसके स्वरूप के बोधक होने से सदैव संरक्षणीय एवं अनुकरणीय हैं।

■

भारत उन्नति : नवाचार और परंपरा के परस्पर संबंध

अरविन्द मोहन

किसी नए विचार, आविष्कार, उत्पाद या तौर तरीके के बदलाव को थोड़े समय आजमाने और अच्छा अनुभव होने पर जारी रखने को ही नवाचार कहते हैं। जीवन और प्रकृति सदा नए की तरफ बढ़ती है। नया विज्ञान यह भी बताता है कि काल, देश-दिक, पदार्थ और ऊर्जा परस्पर बदलते हैं और यही नया जीवन और अंत, दोनों करता है। यह विधाता के आनंद की चीज है या प्राकृतिक परिघटना है, यह भी माना जाता है। इसे रोकना हम अदने लोगों के वश में नहीं है। हमारे महाकाल या काली की परिकल्पना में तो इसे रोकने वाली कल्पना जुड़ी है।

पर बात को इस स्तर पर क्यों ले जाएं। अपना अनुभव यह रहा कि 2005 में जब हिंदुस्तान अखबार के एक सीनियर पद से स्वैच्छिक सेवानिवृत्ति ली तब यह साफ हो गया कि कंप्यूटर और गाड़ी चलाने में असमर्थ व्यक्ति के लिए पत्रकारिता में टिकना मुश्किल हो जाएगा। लैपटाप चलाए बगैर आज की पत्रकारिता नहीं हो सकती। सो गाड़ी चलाना सीखने की जगह कंप्यूटर चलाना सीख लिया और आज मजे से बुनियादी जरूरत की सब चीजें कर लेना मुश्किल नहीं है। कहीं गाड़ी फँसती है तो बच्चों से या किसी अन्य जानकार से मदद ले ली जाती है। ऐसे अवसर कम आते हैं। पर उसमें हो रहे रोज के बदलाव सीखने की जगह पढ़ाई-लिखाई को मुख्य रखना जारी है।

यह करते हुए ध्यान आया कि अपनी पत्रकारिता के दौरान ही हमने मोनो, लाइनो कम्पोजिंग से लेकर फोटोटाइपसेटिंग, ब्रोमाइड, कटिंग-पेस्टिंग, फिल्म डेवलपिंग और प्लेट वाला कितना तमाशा देख लिया। कातिब, कापीहोल्डर, पेस्टर, पेजमेकर और प्रूफरीडर जैसे कितने पद/काम गायब हो गए। पत्रकारिता बदलाव को रिपोर्ट करती है तो वह खुद बदलाव से, नवाचार से अछूती कैसे रह सकती है।

जीवन के हर क्षेत्र में ऐसा हुआ है। रुपया-पैसा का बड़ा हिस्सा आज आनलाइन लेन-देन ही नहीं क्रिप्टो करेंसी के धंधे में बदल चुके हैं। हमारे जैसे लोग डरते हैं की इस तरीके की चूक सारी कमाई चोरी करा देगी लेकिन

बच्चे ही क्यों सब्जीवाला, रिक्सावाला और हर कारोबारी आनलाइन पेमेंट माँगता और लेता है। उसके बगैर उनका काम आज नहीं चलना है। यहां भी बीच के कई नवाचार हाशिये पर चले गए हैं। हम ही पहले ने वर्ष पर आये कार्ड या शुभकामना संदेश को नजरअंदाज करते थे। लेकिन बच्चों की शादी के बाद समधि-समधिनी या दामाद और बहु के संदेशों का जबाब देने लगे हैं, उनके 'षडयन्त्र' से हैपी बर्थ डे भी मनाने लगे हैं।

नई चीजों को एक दफे में अपनाना नया सीखने के कष्ट के साथ एक स्वाभाविक झिझक या पुराने से मोह के चलते भी होता है। कई बार हमारी आदतें ही नहीं परम्पराएं और संस्कृति भी इसे रोकती है। स्वाभाविक बदलाव के अलावा जो आविष्कार या उत्पाद वगैरह के बदलाव होते हैं वे संस्कृतियों और परंपराओं का खयाल खुद भी रखते हैं। एक बार, एक झटके में भी चीजें बदलती हैं लेकिन उनको नवाचार नहीं क्रांति कहा जाता है। यह कभी कभार ही होता है लेकिन नवाचार रोज सामने आते हैं। नवाचार असफल भी होते हैं, क्षणिक या अल्पायु भी होते हैं।

और हम इस मामले में भाग्यशाली हैं कि हमारी परंपरा और संस्कृति एकदम खुली है, हमें जीने का मजबूत आधार देने के साथ यह हमारे साथ ने अनुभवों को साझा करने में कसौटी भी बनती है, हमारे साथ चलती है, हमें हां-ना करने का पैमाना भी देती है और खुद भी कुछ चीजों को प्रतिकूल या क्षणिक बताकर ठुकराने को कह देती है। खुले चरित्र का होने के चलते वह नई चीजों, विचारों और व्यवहार को अपनाने के लिए प्रोत्साहित करती है। यह इतिहास के एक छोटे दौर को छोड़कर हमारे विकास और वैभव का आधार रही है।

यह बात तब और साफ ढंग से समझ आती है जब हम अपनी तुलना एक ग्रंथ/धर्मग्रंथ से चलने वाले समाजों और दुनिया की काफी बड़ी आबादी से अपनी तुलना करते है। वह ग्रंथ चाहे ईश्वर की प्रेरणा और श्रेष्ठ जनों द्वारा की अनुभव को बहुत सच्चाई से संभालता हो लेकिन दुनिया तथा ब्रह्मांड में नित हो रहे सारे बदलावों को समेट ले यह संभव नहीं है। उसकी कसौटियां नवाचार के हिसाब से ज्यादा सख्त होती है। इसका नतीजा यह होता है की वहां परंपरा और संस्कृति/धर्म के नाम पर दकियानूसी, कट्टरता और अंधविश्वास का बोलबाला होता जाता है और हम पाते हैं कि कठोर से कठोर व्यवस्थाओं में भी विद्रोह और बदलाव के सुर सामने आते है, मजहब और धर्म ही पंथों में बंट जाता है।

और यह स्थिति परंपरा से ज्यादा ट्रेडिशन अर्थात् पिटी-पिटाई लकीर पर

चलना है। वह उस ट्रेडिशन के मानने वालों को आगे बढ़ने से रोकती है, नया अपनाने से झिझक पैदा करती है। हमारी परंपरा पीढ़ियों तक ज्ञान और हुनर को जारी रखने, उससे जीवन पाने, जीवन जीने का आधार पाने और नया सीखने की प्रेरणा देने वाली है। कोई शिल्पी अपने बच्चे को कैसे अपना हुनर सीखा देता है यह हस्तशिल्प के हर काम में दिखाता है और आश्चर्य होता है की कपड़ों के वही डिजाइन की की पीढ़ियों तक थोड़े अदल-बदल से चल रहे है। खेलते-खेलते सीखने का स्वाभाविक गुण इसमें है तो नया कुछ अपनाने पर किसी तरह की रोक नहीं है।

पर यह भी याद रखना होगा कि इन सबके बावजूद हम कमजोर हुए हैं, गिरे हैं, इतिहास में उच्च स्थान पर जाने के बाद नीचे आये हैं। डा० लोहिया जैसे दार्शनिक यह बताते हैं कि इतिहास में जब जब हमने उदारता बढ़ाई है तब-तब भारत बड़ा हुआ है, सभ्यता के दौड़ में आगे निकाला है। लेकिन जब जब हमारे यहां कट्टरता बढ़ी है, भारत टूटा-बिखरा है, कमजोर हुआ है। संस्कृति, परंपरा और नवाचार का संबंध भी हमें उदारता की धारा को प्रबल करने की बात करता है और बढ़ती कट्टरता के प्रति सावधान करता है।

इस फरक को बतलाने और अपनी भारतीय/हिन्दू परंपरा को श्रेष्ठ बताने के संग यह भी याद रखना होगा कि नवाचार कहीं आसमान से नहीं टपकते-विचारों के नवाचार में एक क्षण इस चीज को स्वीकार करें तब भी। समाज और मनुष्य द्वारा पुरानी जड़ता तोड़ने और बदलाव की मंशा से नवाचार आते हैं और हम भी उन्हें इसी चलते अपनाते है। बदलाव प्रकृति का नियम है और नवाचार उसकी अभिव्यक्ति। यही स्वाभाविक बात है।

लेकिन इसके साथ ही यह चेतावनी देनी भी जरूरी है की आज नवाचार के पीछे की ताकत को भी पहचानना जरूरी है। आज के नवाचार के पीछे बहुत हद तक बाजार और केन्द्रीकृत सत्ता की शक्ति भी काम कर रही है। जो शीतलपेय कंपनी या चाकलेट निर्माता बहुराष्ट्रीय कंपनी यहां भारतीय टीम के सहारे हमारी जेब तक पहुँचने के लिए हमसे भारत जीतेगा, भारत जीतेगा का नारा लगवाती है वही पाकिस्तान में उसके जीतने के लिए पाकिस्तान जिन्दाबाद कराती है। उसे भारत पाकिस्तान से कोई मतलब नहीं है। उसका स्वार्थ भारत-पाक मुकाबले में रिकार्ड दर्शक आने और उन तक अपना उत्पाद पहुंचाने में है। वह भारत वेस्टइंडीज मुकाबले में उसके पाँच फीसदी भी दिलचस्पी नहीं रखता और पाकिस्तान वेस्टइंडीज मुकाबले को तो वह भूल ही जाता है।

असल उसका स्वार्थ न क्रिकेट के साथ जुड़ा है न भारत या पाकिस्तान या वेस्टइंडीज से। उसका स्वार्थ सिर्फ और सिर्फ मुनाफे में है। यह चीज चाहे युद्धोन्माद पैदा करने से ये या प्रेमोन्माद बढ़ाने से, उसे बस मुनाफा बढ़ाना है। इसके लिए वह एक पैसे का सामान नौ पैसे में बेचने के लिए ब्रांड विकसित कराता है, विज्ञापन का मायाजाल रचता है, हमें गैरजरूरी उपभोग करने की आदत बचपन से डालता है, गोरे को श्रेष्ठ और औरत को भोग की वस्तु बनाता है। राजनैतिक सत्ताओं का सहारा लेकर व्यापार बढ़ाता है।

पर यही काम तो केन्द्रीकृत सत्ताऐं भी करती हैं। उनको किसी की जान जाने या बुरा-भला होने से ज्यादा अपनी सत्ता बनाए रखने और उसे मजबूत करने की चिंता रहती है। हम आप सिर्फ भोग के जाल में फँसते हैं तो सत्ताएं भोग के साथ अमरता और झूठे यश की कामना से भी सारे करम करती हैं। उनके दिग्विजय की भूख मिटती नहीं।

और यही दोनों चीजें अर्थात बाजार का मुनाफा और सत्ता की भूख ने आज सच झूठ के बीच का फासला मिटा दिया है—आज यह दावा भी किया जाने लगा है की यह पोस्ट-ट्रूथ का दौर है। सच की जरूरत नहीं है, उत्तर सच से ही काम चल रहा है। झूठ को सौ बार दोहराने से सच होने की बात अगर हिटलर के साथी प्राम्पटर ने कहा तो आज जाने कितने हिटलर और कितने गोएबल्स तैयार हैं। यहां यह बताना जरूरी है कि जनसंचार और मीडिया की पढ़ाई में जर्मनी ही शीर्ष पर बना है क्योंकि उसने हिटलर और गोएबल्स को भुगता था। आज सोशल मीडिया ही नहीं हमारी हमारी मुख्य धारा की मीडिया भी कई बार पोस्ट-ट्रूथ वाले दौर में पहुँचती लगती है।

एक बार फिर मीडिया पर बात आ गई है तो बता दें कि इसके बदलाव और नवाचार से ही बात शुरू हुई थी। यह भी हुआ है कि एंकर या टीवी पर आने वाले लोगों के रंग-रूप और उपकरणों में बहुत बदलाव आ गया है। पर लाख रोशनी में नहाईं तरह तरह के मेक-अप और पोशाक में आने वाली तथा प्रॉपटर और कंप्यूटर-मोबाइल के सहारे न्यूज पढ़ना जरूरी हो गया है लेकिन ऐसा नहीं हुआ है कि आप किसी की मौत की खबर मुस्कुराते हुए दें या भारत के जीत की खबर मायूस होकर। खबर तो खबर की तरह ही आ रही है।

हम खबरों की परिभाषा देते हुए उसके की बुनियादी तत्वों को रेखांकित करते हैं—नयापन, बदलाव, समाज पर असर वाली घटना, लोगों की दिलचस्पी वाली चीज वगैरह-वगैरह और यह भी बताते हैं कि जब समाज पर प्रभाव वाली घटना हो तो हार्ड न्यूज और सिर्फ दिलचस्पी वाली बात हो तो

साफ्ट न्यूज। अरविन्द के पेट में दर्द हो तो कोई खबर नहीं अमिताभ बच्चन के पेट में दर्द हो तो राष्ट्रीय चिंता। अटल जी के घुटने के आपरेशन के समय तो शेयर बाजार हांफने लगा था। हम यह भी मानते हैं कि बाजार और सत्ताएं साफ्ट न्यूज का चलन बढ़ाती हैं क्योंकि उनके सहारे उनका धंधा चलता है, गलतियों से लोगों का ध्यान दूसरी तरफ मुड़ता है। लेकिन एक बात साफ है कि ऐसा तभी तक होता है जब तक कोई बड़ी खबर न आ जाए। जब हार्ड न्यूज आ जाता है, चुनाव नतीजा हो, बाढ़, तूफान हो, देश के लिए गोल्ड मेडल जीतना हो तो साफ्ट न्यूज दरकिनार हो जाता है और हार्ड न्यूज ही ऊपर रहता है। मुझे लगता है जब तक ऐसा होता है तब तक चिंता की कोई बात नहीं है और यह नवाचार के चलते रहने का प्रमाण है, उसके लिए परंपरा की जमीन उपलब्ध रहने का प्रमाण है, परंपरा में अच्छे-बुरे का विवेक बचे होने का प्रमाण है।

■

स्वतंत्र भारत में भारत

अरुण कुमार त्रिपाठी

स्वतंत्र भारत में भारत एक ऐसा प्रत्यय है जिसकी दार्शनिक और स्थूल दोनों रूपों में व्याख्या हो सकती है। एक व्याख्या तो यह है कि सन् 1947 तक भारत गुलाम था और जब स्वतंत्र हुआ तो उसका विदेशी दृष्टि से हटकर पुनर्निमाण होना था जो नहीं हो सका। वह पूरी तरह से यूरोप और अमेरिका की कार्बन कापी बनने लगा। उस भारत में जो लोग असली भारत की तलाश कर रहे हैं वे आर्थिक और राजनीतिक ढांचा तो यूरोप और अमेरिका का ही रखना चाहते हैं और धार्मिक ढांचा भारतीय बनाना चाहते हैं। यह एक स्थूल दृष्टि हुई। लेकिन दार्शनिक दृष्टि तो यह कहती है कि जो असली भारत है वह कभी गुलाम हुआ ही नहीं। वह तभी गुलाम हुआ जब उस पर भय और लालच ने कब्जा कर लिया। जैसे ही वह भय और लालच से मुक्त हुआ वैसे ही वह अपने असली रूप में आ गया। वास्तव में असली भारत को कोई गुलाम बना ही नहीं सकता। उस भारत का चिंतन इतना विराट है कि उसके पास अपने लिए ही नहीं पूरी मानवता को देने के लिए बहुत कुछ है। वह है मानव जाति की एकता की उसकी भावना, वह है सत्य और अहिंसा के उसके मूल्य और वह है सारी सृष्टि को प्रेम से बांधने का नियम। स्वतंत्रता आंदोलन में गांधी वास्तव में इसी भारत को जगाना चाहते थे और इसी को उन्होंने हिंद स्वराज का नाम दिया था। हमें ध्यान रखना चाहिए कि स्वराज एक वैदिक शब्द है। यही स्वराज विश्व बंधुत्व की सबसे मजबूत इकाई है।

स्वतंत्र भारत में भारत की तलाश कई रूपों में हुई। इनमें एक रूप अतीत यानी प्राचीन भारत को स्वर्ण युग मानकर उसकी वापसी की कोशिशों के दावे के रूप में प्रकट होता है। यह रूप मध्ययुगीन इतिहास को भारत के अंधकार युग के रूप में चित्रित करता है और मानता है कि मध्ययुगीन इतिहास ने उन सारी श्रेष्ठताओं को नष्ट कर दिया जो प्राचीन भारत में उपस्थित थीं। वह मानता है कि आधुनिक युग के सारे आविष्कार वास्तव में प्राचीन भारत में हो चुके थे। इसके विपरीत एक रूप ऐसा भी है जो अतीत को पूरी तरह से खारिज करता है और लगभग यूरोप के मॉडल पर नए भारत

के सृजन के प्रयास में रत है। तीसरा रूप अतीत के न्यूनतम आह्वान के साथ वर्तमान को बेहतर बनाते हुए भविष्य में एक सुंदर भारत को निर्मित करने का प्रयास है। इसमें परंपरा और आधुनिकता के प्रति एक सम्यक और खुली दृष्टि का आग्रह है। चौथा रूप विभिन्न धर्मों और संस्कृतियों की साझी विरासत को नए रूप में गढ़ते हुए, मिथकों से संवाद करते हुए भारत की एक कल्पना गढ़ने और उसे निरूपित करने का है।

यहाँ हम स्वाधीन भारत में भारत की तलाश के उन प्रयासों की चर्चा करेंगे जो न तो अतीत को पूरी तरह से खारिज करते हैं और न ही आधुनिक युग को। उनका मानना है कि सभी युगों में कुछ न कुछ अच्छे काम हुए हैं। इसलिए हमें मोती चुनते समय कूड़े को अलग करने का कौशल मालूम होना चाहिए और कूड़े को फेंकते समय मोती को बचाने की कला भी आनी चाहिए। हमें उन कामों की विरासत को आगे बढ़ाते हुए एक उदार और समावेशी दृष्टि से नया भारत बनाने की आवश्यकता है। यह दृष्टिकोण किसी तरह की दासता या औपनिवेशिक मानसिकता से मुक्त होने की बात करता है। यह अतीत के किसी आक्रांता के प्रति भयाक्रांत होने से भी मुक्ति चाहता है। साथ ही उन मूल्यों के संवर्धन की बात करता है जो भारत के अपने हैं लेकिन उनकी आज के वैश्विक संदर्भ में प्रासंगिकता है।

इस संदर्भ में हम एक ओर समाजवादी नेता डॉ राममनोहर लोहिया और उनसे प्रभावित कुछ विद्वानों के माध्यम से बात करेंगे तो दूसरी ओर भारत की प्राचीन ज्ञान परंपरा के समक्ष एक प्रश्न चिह्न के रूप में खड़े हुए डॉ० भीमराव आंबेडकर के माध्यम से भी एक अलग भारत की तलाश का जिक्र करेंगे। डॉ० लोहिया कहते हैं कि, ''राम, कृष्ण और शिव भारत में पूर्णता के तीन महान स्वप्न हैं। सबका रास्ता अलग अलग है। राम की पूर्णता मर्यादित व्यक्तित्व में है, कृष्ण की उन्मुक्त या संपूर्ण व्यक्तित्व में और शिव की असीमित व्यक्तित्व में, लेकिन हरेक पूर्ण है।''

डॉ लोहिया की विशेषता यह नहीं है कि वे हजारों सालों से चले आ रहे भारतीय मिथकों और किंवदंतियों की सुंदर और प्रेरक व्याख्या करते हैं बल्कि वे उनके माध्यम से आधुनिक युग का ताना बाना बुनते हैं। वे एक ओर साफ तौर पर मानते हैं कि वे ऐतिहासिक पात्र नहीं हैं लेकिन वे भारत की कल्पना में इतने रचे बसे हैं कि उनके बिना भारतीय व्यक्ति सोच नहीं सकता। इसीलिए वे उन किंवदंतियों के माध्यम से स्वतंत्रता आंदोलन को रूपायित करते हैं और उनकी प्रेरणा से नए भारत की रचना का स्वप्न देखते हैं। उनकी भारत की एकता उन्हीं किंवदंतियों के सूत्रों से निर्मित होती है।

क्योंकि लोहिया मानते थे कि महज स्वतंत्रता आंदोलन भारत की एकता को कायम करने के लिए पर्याप्त नहीं था बल्कि उनकी कोशिश निरंतर करती रहनी होगी और वह कोशिश तब तक पूरी नहीं होगी जब तक हम अन्याय और शोषण को मिटाएंगे नहीं। जाहिर सी बात है अन्याय और शोषण की जड़ में अगर हमारे प्राचीन चिंतन का पाखंड है तो आधुनिक यूरोप का उपनिवेशवाद भी।

वे कहते हैं, 'गांधी राम के महान वंशज थे। आखिरी क्षण में उनकी जबान पर राम का नाम था। उन्होंने मर्यादा पुरुषोत्तम के ढांचे में अपने जीवन को ढाला और देशवासियों का आह्वान किया। उनमें कृष्ण की एक बड़ी प्रभावशाली छवि छाप दिखती है। उनके पत्र और भाषण जब रोज और साप्ताहिक तौर पर सामने आते थे तो एकसूत्रता में पिरोए लगते थे। लेकिन उन्हें पढ़ने पर विभिन्न परिस्थितियों में अर्थ और रुख परिवर्तन की नीति कुशलता और चतुराई का पता चलता है। द्वारका ने मथुरा का बदला चुकाया। द्वारका का पूत जमुना के किनारे मारा और जलाया गया। हजारों साल पहले जमुना का पूत द्वारका के पास मारा और जलाया गया था। लेकिन द्वारका के यह पुत्र मर्यादा पुरुषोत्तम की ओर अभिमुख थे जो अपने जीवन में देश को अयोध्या के ढांचे में ढालने में बहुलांश सफल भी हुए। फिर भी वे दोनों के विचित्र और बेजोड़ मिश्रण थे।'

आधुनिक युग में पैदा हुए गांधी के विचार दर्शन की पौराणिक काल से ऐसी अंत:सूत्रता न तो वे लोग समझ सकते हैं जो यूरोप की आधुनिकता से अभिभूत हर क्षण उसकी ओर खिंचे जा रहे हैं और न ही वे समझ सकते हैं जो भारत के श्रेष्ठता के बोध की बेड़ियों में जकड़े हुए हैं और उसी आधार पर घर के बाहर गांधी का चित्र लगाकर भीतर घृणा और हिंसा का बारूद बना रहे हैं। लोहिया राम, कृष्ण और शिव के माध्यम से भारत की एकता का एक दार्शनिक और सांस्कृतिक चित्र प्रस्तुत करते हैं और आधुनिक भारतीय मस्तिष्क को नया विस्तार देते हैं।

डॉ लोहिया राम, कृष्ण और शिव की इन किंवदंतियों के ह्रास का भी जिक्र करते हैं जो लंबे समय में इन पर आच्छादित हो गया है। इसी के साथ वे उनके वास्तविक अर्थ की व्याख्या करके उन्हें अशुद्धताओं से मुक्त करने का आह्वान भी करते हैं ताकि भारत का ओजस्वी रूप निखर सके। वे कहते हैं, ''शताब्दियों के बीच वे गिरावट की शिकार होती रही हैं। कभी कभी ऐसा बीज जो समय पर निखरता है वह विपरीत हालात में सड़ भी जाता है। राम के भक्त समय समय पर पत्नी निर्वासक, कृष्ण के भक्त दूसरों की बीवियाँ

चुराने वाले और शिव के भक्त अघोरपंथी हुए हैं। गिरावट और क्षतरूप की इस प्रक्रिया में मर्यादित पुरुष संकीर्ण हो जाता है, उन्मुक्त पुरुष दुराचारी हो जाता है, असीमित पुरुष प्रासंगिक और रूपहीन हो जाता है।राम के दो अस्तित्व हो जाते हैं, मर्यादित और संकीर्ण, कृष्ण के उन्मुक्त और क्षुद्र प्रेमी, शिव के असीमित और प्रासंगिक। मैं कोई इलाज सुझाने की धृष्टता नहीं करूंगा और केवल इतना कहूंगाः ऐ भारतमाता, हमें शिव का मस्तिष्क दो, कृष्ण का हृदय दो तथा राम का कर्म और वचन दो। हमें असीम मस्तिष्क और उन्मुक्त हृदय के साथ-साथ जीवन की मर्यादा से रचो।''

सवाल उठता है कि आज हर मस्जिद के नीचे मंदिर तलाशने वाले और पूजा और नमाज में भेद करने वाले क्या इस भारत के स्वप्न को समझ सकते हैं जिसे डॉ राममनोहर लोहिया जैसे राजनेता और दार्शनिक ने देखा था। निश्चित तौर पर डॉ लोहिया ने जिस भारत का स्वप्न देखा था आज का भारत वह भारत नहीं है।

डॉ० लोहिया ने सन 1961 में चित्रकूट में रामायण मेला की योजना बनाई थी। जो उनके जीवन में तो पूरी नहीं हो सकी। लेकिन उसके पीछे उनकी जो दृष्टि थी उसे उन्हें समझना चाहिए जो स्वतंत्र भारत में भारत को खोजना चाहते हैं। लोहिया रामायण मेला के उद्देश्य को स्पष्ट करते हुए कहते है—

''धर्म दीर्घकालीन राजनीति है और राजनीति अल्पकालीन धर्म। धर्म श्रेयम की उपलब्धि का प्रयत्न करता है, राजनीति बुराई से लड़ती है। हम आज एक दुर्भाग्यपूर्ण परिस्थिति में हैं जिसमें कि बुराई से विरोध की लड़ाई में धर्म का कोई वास्ता नहीं रह गया है और वह निर्जीव हो गया है। जबकि राजनीति अत्यधिक कलही और बेकार हो गई है। तुलसी की रामायण में सोना, हीरा-मोती बहुत हैं लेकिन उसमें कूड़ा और उच्छिष्ट भी काफी है। इन दोनों को धर्म से इतना पवित्र बना दिया गया है कि भारतीय जन की विवेक दृष्टि लुप्त हो गई है। इस मेले का उद्‌देश्य है कि भारतीय जनता वह विवेक दृष्टि पुनः प्राप्त करे।''

लोहिया आजीवन उसी भारत की तलाश करते रहे जिसके पास असीम मस्तिष्क हो, उन्मुक्त हृदय हो और जीवन की मर्यादा हो। हालांकि उन्हें मात्र 57 साल का जीवन मिला और इतने छोटे से जीवन में वे अपनी कल्पना के अनुसार महान भारत का निर्माण नहीं कर सकते थे जिसे जिसे जाति व्यवस्था ने कुचल रखा हो, जिसे पुरुष सत्ता ने जकड़ रखा हो और जिसे औपनिवेशिक दासता बौद्धिक स्तर पर छोड़ने के लिए तैयार ही न हो।

लोहिया जानते थे कि इस देश में बहुत सारे लोग ऐसे हैं जो उनकी भारत दृष्टि से भिन्न विचार रखते हैं। उनकी भारत की विवेचना भारत की किंवदंतियों और धर्मों को देखने की दृष्टि डा लोहिया से बहुत अलग है। लेकिन लोहिया जानते थे कि इस दृष्टिगत भिन्नता के बावजूद वे भी भारत को समता और समृद्धि के आधार पर निर्मित करना चाहते हैं। वे भी विपन्नता और शोषण पर आधारित भारत को बदलना चाहते थे। इसीलिए डॉ लोहिया डॉ भीमराव अंबेडकर से राजनीतिक तालमेल करना चाहते थे, इसीलिए वे रामस्वामी नाइकर यानी पेरियार से उन्हें अपनी उत्तर भारतीय और सवर्णों के प्रति कटुता मिटाने की सीख देने उनसे अस्पताल में मिलने गए।

यहाँ नए भारत के निर्माण में डॉ अंबेडकर की दृष्टि पर ध्यान देने की जरूरत है वही दृष्टि जिससे प्रभावित होकर डॉ लोहिया ने उन्हें श्रद्धांजलि देते हुए कहा था कि उनके रहते हुए हमें यह विश्वास होता था कि एक दिन इस देश से जाति व्यवस्था खत्म हो जाएगी। स्वतंत्र भारत में डॉ लोहिया और डॉ अंबेडकर जिस भारत का निर्माण करना चाहते थे वह भारत जातिगत विभेद और असमानता में बंटा हुआ नहीं होना था। वहाँ स्त्रियों की दासता नहीं होनी थी।

उस भारत की तलाश करते हुए डॉ लोहिया रामचरित मानस की उस पंक्ति को उद्धृत करते हैं जिसमें समस्त स्त्री जाति की पीड़ा है—

कत विधि सृजी नारि जग मांही
पराधीन सपनेहुं सुख नाहीं॥

दूसरी ओर डॉ अंबेडकर अपनी प्रसिद्ध पुस्तिका हिंदू नारी का उत्थान और पतन में लिखते हैं कि यह धारणा गलत है कि भारतीय स्त्री सदैव पुरुषों के अधीन थी। वे उपनिषद काल की स्त्रियों में विद्वता और स्वतंत्रता के दर्शन करते हैं। उदाहरण के तौर पर वे गार्गी और याज्ञवल्क्य के संवाद को प्रस्तुत करते हैं। वे मानते हैं कि यह धारणा भी गलत है कि बौद्ध युग में शाक्य मुनि यानी भगवान बुद्ध ने स्त्रियों को अधीन बनाए रखने की शिक्षा दी। बल्कि इसके विपरीत थेरीगाथा की स्त्रियों की स्वतंत्रता पर चर्चा होनी चाहिए। उन्होंने किस तरह से पदों की रचना की और बौद्ध धर्म में उन्हें कौन सा स्थान प्राप्त था। डॉ अंबेडकर का मानना था कि वास्तव में भारत में स्त्रियों की दासता की शुरुआत मनुस्मृति के बाद हुई। उसी से उन्हें अधीनता में जकड़ा गया। वे उसे प्रतिक्रांति की संज्ञा देते हैं।

स्वतंत्र भारत में उनकी चिंता का विषय जाति व्यवस्था और अस्पृश्यता का समापन तो था ही साथ ही स्त्रियों की दशा सुधारना भी। उसी के लिए

उन्होंने हिंदू कोड बिल पेश किया। लेकिन उन्हें इस बिल पर न सिर्फ सवर्ण हिंदुओं का विरोध झेलना पड़ा बल्कि उनके अपने दलित समाज के लोगों ने भी साथ नहीं दिया। कट्टर सवर्ण हिंदुओं को यह नहीं पसंद था कि स्त्रियों को तलाक का अधिकार मिले और उन्हें संपत्ति में बराबरी का हक मिले तो दलितों का कहना था कि उनके पास संपत्ति है ही नहीं तो डॉ अंबेडकर उन्हें क्यों इस झमेले में फंसा रहे हैं। इसीलिए उन्होंने नेहरू मंत्रिमंडल से इस्तीफा भी दिया।

लेकिन डॉ अंबेडकर का इससे भी बड़ा योगदान यह था कि उन्होंने संविधान का भारतीय संदर्भ प्रस्तुत किया। उनका न सिर्फ यह कहना था कि संविधान की उद्देशिका में वर्णित फ्रैटर्निटी शब्द यानी बंधुत्व की धारणा वे फ्रांस की क्रांति से नहीं लाए हैं। बल्कि उन्होंने इस धारणा को बौद्ध धर्म की मैत्री की धारणा से लिया है। इसीलिए वे बाद में यह भी कहने लगे थे कि संविधान में फ्रैटर्निटी शब्द के बजाय मैत्री शब्द ही होना चाहिए।

इसके अलावा उनका कहना था कि भारत में समता की अवधारणा कार्ल मार्क्स से 2000 साल पहले से चली आ रही है। उनका नेपाल की राजधानी काठमांडू में बुद्ध और कार्ल मार्क्स पर दिया गया भाषण इस बात का प्रमाण है कि वे नए भारत की जड़ों को प्राचीन भारत में ही तलाश रहे थे। हालांकि वे अपने को श्रमण परंपरा से जोड़ने के कारण उन किंवदियों के कठोर आलोचक थे जिनसे डॉ० लोहिया प्रेरणा ग्रहण करते थे। अमेरिका के कोलंबिया और ग्रेट ब्रिटेन के लंदन में शिक्षा ग्रहण करने के कारण उन पर पश्चिमी जगत का बहुत प्रभाव है और भारत के संविधान में वह सब दिखता है लेकिन इसी के साथ जब वे धीरे धीरे बौद्ध धर्म की ओर जा रहे थे तो उन्हें लगा कि भारत की आत्मा में ऐसा बहुत कुछ है जो यूरोप से भी बेहतर है। इसीलिए जब संविधान अपनाया गया तो उनका कहना था कि आज उन्हें इस बात की खुशी हो रही है भारत अपने बौद्ध संघों से जुड़ गया। क्योंकि बौद्ध संघों में लोकतंत्र की अवधारणा प्राचीन है। वहाँ संघ की बैठकों के संचालन के नियम हैं। वहां हिंसा का निषेध ही नहीं है बल्कि एक राजा दूसरे राजा से कैसा बर्ताव करे इसका भी विधान है।

स्वतंत्र भारत में भारत को रचने और उसकी तलाश करने में गांधी, लोहिया और अंबेडकर के नजरिए को विस्तार देने में धर्मपाल और नंद किशोर आचार्य का नाम उल्लेखनीय है। धर्मपाल के ग्रंथ इस प्रकार है—

(1) इंडियन साइंस एंड टेक्नोलॉजी इन द एट्टीन्थ सेंचुरी।

(2) सिविल डिसओबिडियंस इन इंडियन ट्रेडीशन

(3) द ब्यूटीफुल ट्री : इंडियन एजुकेशन इन एट्टीन्थ सेंचुरी
(4) पंचायत राज एंड इंडियन पोलिटी
(5) डिस्पोलिशन एंड डिफेमिंग आफ इंडिया
(6) ब्रिटिश ओरिजिन काऊ स्लाटर इन इंडिया
(7) भारत का स्वधर्म
(8) भारत का स्वधर्म

इसी सिलसिले में नंद किशोर आचार्य की कुछ पुस्तकों का उल्लेख भी प्रासंगिक होगा—

(1) लोहिया मानव सामीप्य का दर्शन
(2) भारतीय राज्य शास्त्र में प्रजा राज्य संबंध
(3) भारतीय चिंतन में मानव अवधारणा

स्वतंत्र भारत में भारत की खोज और उसकी स्थापना के यह कुछ सूत्र हैं। जो हमारी दृष्टि को व्यापक करते हैं, हमें एकजुट करते हैं और औपनिवेशिक भ्रम के उस तमाम अंधकार और जंगलात को साफ करते हैं जो हमें आजादी के पचहत्तर साल बाद भी अहंकार, घृणा और हिंसा से घेरे हुए हैं। जयशंकर प्रसाद ने कामायनी में कहा है कि शक्ति के विद्युत कण जो व्यस्त विकल बिखरे हैं हों निरुपाय समन्वय उनका करो समस्त विजयिनी मानवता हो जाए। यानी भारत की विशिष्टता सिर्फ अपने को विशिष्ट बनाने में नहीं बल्कि इस दुनिया को विशिष्ट बनाने में है।

■

भारत बोध वाया सिनेमा

विजय शर्मा

भारत कहते हमारे मानस पटल पर कुछ आकृतियाँ उभरती हैं। इनमें से कुछ छवियाँ हैं, एक विशाल भूखंड, एक प्राचीन सभ्यता, नमस्कार की मुद्रा, चप्पल-जूते घर के बाहर उतारना, अतिथि का स्वागत, विद्वान का सम्मान, बड़ों का आदर, मातृभूमि प्रेम, जीव-वात्सल्य, अहिंसा, प्रकृति-प्रेम, परिवार, जलता दीपक, मंदिर, मूर्तियाँ, उत्सव भाव। किसी देश का बोध कहने से उसके निवासियों की जीवन शैली, उनके जीवन दर्शन का भाव भी उत्पन्न होता है। किसी स्थान विशेष के निवासियों के जीवन बोध का सार होता है, उनका जीवन दर्शन, जिसके सहारे वे अपना दैनंदिन का कार्य-व्यापार चलाते हैं। सैद्धांतिक रूप से जीवन दर्शन के कई भेद हो सकते हैं। विद्वान जीवन दर्शन को भिन्न-भिन्न तरह से परिभाषित करते हैं। सामान्यजन जीवन दर्शन की परिभाषा जाने या न जाने, मगर वह उसे अपने दैनंदिन में जीता है। मोटा-मोटी लोग जिस बात को अपने जीवन की धूरी मान कर जीते हैं, अपना दैनन्दिन व्यतीत करते हैं, जिन बातों पर विश्वास करते हैं, वही उनका जीवन दर्शन होता है।

सिनेमा का लोगों के जीवन पर बहुत गहरा प्रभाव पड़ता है। वह उनके न केवल विचारों को प्रभावित करता है, वरन् उनके रहन-सहन, बोली-बानी, खान-पान सब पर असर डालता है। इतना ही नहीं कई बार सिनेमा के नायक-नायिका दर्शक के आदर्श भी बन जाते हैं, खासकर किशोरावस्था के लोगों के। लोग उनकी वास्तविकता न जान कर, केवल उनके परदे पर दिखाए रूप को सच मान बैठते हैं। उनके नक्शे-कदम पर चलना चाहते हैं। कई बातों में उनकी नकल करने लगते हैं। साथ ही सिनेमा समाज से आता है, वह समाज को प्रतिबिम्बित करता है। बाहरी लोगों के लिए वह अपने समाज की छवि निर्मित करता है।

इस आलेख में सिनेमा के माध्यम से बनने वाली भारत बोध छवि को देखने का प्रयास किया गया है।

भारत में प्रतिवर्ष लगभग एक हजार फिल्में बनती हैं। इसमें से

अधिकांश फिल्में हिन्दी भाषा में बनती हैं। इसीलिए जब भारत की फिल्मों की बात होती है, तो बात अक्सर हिन्दी फिल्मों पर समाप्त हो जाती है। जबकि भारत बहुभाषीय समाज है, अत: यहाँ कई भाषाओं में फिल्में बनती हैं। अब तो आदिवासी भाषाओं मसलन मुंडारी, संथाली भाषाओं में भी फिल्में बनने लगी हैं और वे बाहर सराही भी जा रही हैं। भारत के सिनेमा का इतिहास सौ साल से ऊपर का है। सोचा जा सकता है, इन सालों में भारत में कितनी फिल्में बनी हैं। सबका लेखा-जोखा आसान नहीं है।

अगर हम मात्र इस सदी के सिनेमा की बात करें। तो चौथाई सदी में फिल्म की दशा-दिशा में काफी बदलाव आया है। सिनेमा निर्माण, वितरण एवं देखने में कई परिवर्तन हुए हैं। इस कारण सिनेमा बनाने एवं उसके प्रति नजरिए में भी बहुत बदलाव हुआ है। इन परिवर्तनों का मूल कारण तकनीक का विकास, सुलभता एवं उसकी सर्व व्यापकता है। आज तकनीक के कई उपकरण तकरीबन हर आदमी के लिए सुलभ हैं। तकनीक की सुविधा के चलते अपनी भाषा के अलावा, अन्य भाषा का सिनेमा देखना आसान हो गया है। भारत में ही हिन्दी के अलावा अन्य भारतीय भाषाओं की अधिकांश फिल्में अब सबटाइटिल्स में उपलब्ध हैं। कई फिल्में रिमेक में अवतरित हो रही हैं। डबिंग के नियमों में बदलाव के कारण यह सुविधा अब खूब काम में लाई जा रही है। विशेष रूप से दक्षिण की फिल्में डबिंग में उत्तर भारत में खूब आ रही हैं। वे लोकप्रिय भी हो रही हैं।

चूँकि मैं विश्व साहित्य तथा विश्व सिनेमा के क्षेत्र में रूचि रखती हूँ, अत: मेरे लिए भारत का सिनेमा मात्र हिन्दी में बनने वाला सिनेमा न होकर यहाँ बनने वाला हिन्दी के अलावा दूसरी भाषाओं का सिनेमा भी है। मेरा काम हिन्दी के साथ-साथ मलयालम एवं बाँग्ला सिनेमा पर भी है। अत: फिल्मों में भारत बोध को देखने का प्रयास मैंने हिन्दी एवं मलयालम और बाँग्ला सिनेमा में भी किया है।

भारत बोध की आकृतियों की बात करें तो नमस्कार की मुद्रा, अतिथि का स्वागत, परिवार, साड़ी-धोती का प्रयोग, धार्मिक स्थल, मूर्तियाँ, उत्सव भाव यह सब भारत बोध कराने वाली छवियाँ आपको तकरीबन भारत की हर भाषा की फिल्म में मिल जाएँगी। हाँ घर के बाहर जूते उतारना कई स्थानों पर समाप्त हो गया है। यही नहीं वैश्विक सिनेमा के दौर में पश्चिम की फिल्मों की देखा-देखी न केवल जूते-चप्पल पहने हुए घर के भीतर चलते-फिरते लोगों को हम हिन्दी सिनेमा में देखते हैं, बल्कि कई फिल्में खुद को आधुनिक (?) दिखाने के चक्कर में बिस्तर भी जूते चढ़ाने लगी हैं। मगर आप

मलयालम फिल्मों में किसी पात्र को जूते-चप्पल के साथ घर में प्रवेश करता नहीं देखेंगे। अगर आप मलयालम फिल्म 'बाबा कल्याणी' देखें तो पाएँगे एक पुलिस ऑफिसर बाबा कल्याणी (मोहनलाल) भी जिस घर में चोरी होने पर जाँच-पड़ताल करने गया है, जूते उतार कर घर के भीतर जाता है। इतना ही नहीं अपने सहायक को जूते सहित घर में घुसने पर उसे डाँटता भी है।

जिस बुजुर्ग महिला के घर चोरी हुई है, उस स्त्री को उसका सहायक बार-बार बुढ़िया कहता है, तो ऑफिसर उसके लिए भी उसे बरजता है और 'माँ' कह कर संबोधित करने का आदेश देता है। खुद वह शुरु से उस स्त्री को 'माँ' का संबोधन दे रहा है। साजी कैलास निर्देशित फिल्म 'बाबा कल्याणी' में आतंकवादियों को पकड़ने आए बुद्धिमान पुलिस अफसर ने अपना नाम अपनी माँ के नाम पर कल्याणी रखा हुआ है। बाँग्ला फिल्मों में आप अभी भी स्त्री एवं बालिका को माँ संबोधित करते हुए सुन सकते हैं। स्त्रियाँ अपनी बंगाल शैली में बाँधी हुए साड़ी के साथ नजर आती हैं। कई बार, विशेष अवसर पर पुरुष धोती-पंजाबी (कुर्ता) में दीखते हैं। पुरुष को धोती, माथे पर चंदन लगाए आप दक्षिण की फिल्मों में देख सकते हैं।

परिवार को महत्व देती हुई फिल्में भी भारत की तकरीबन सब भाषाओं में मिल जाएँगी। बातचीत एवं सिनेमा दोनों में। उत्सव भाव कई फिल्मों में मिलेगा। देश प्रेम पर बहुत फिल्में बनी हैं। मैं एक अन्य बात की ओर ध्यान दिलाना चाहूँगी। भारत बोध संबंधी इस धारणा को अक्सर गलत अर्थ में प्रस्तुत किया जाता है।

भारतीयों के जीवन दर्शन के बारे में दुनिया की एक प्रचलित धारणा है। देखना है, यह धारणा कितनी सही है। भारत बोध कहते ही अक्सर एक बात सुनने को मिलती है, यह भाग्यवादी देश है, यहाँ के लोग भाग्य में विश्वास करते हैं, भाग्य के भरोसे रहते हैं। भाग्य भरोसे रहने के कारण वे तमाम तरह अत्याचार सहन करते हैं और चूँ नहीं करते हैं। यहाँ तक कहा जाता है, इसी दर्शन के चलते भारतीय आलसी हैं। बुरी-से-बुरी हालत में रहने को राजी हैं। हालाँकि यह बहुत चलताऊ कथन है। क्योंकि भारतीय प्रारंभ से कर्म में विश्वास करने वाला रहा है। प्राचीन काल से भाग्य की अपेक्षा कर्म को महत्व दिया गया है। महाभारत में भीष्म युधिष्ठिर से जो कहते हैं, उसका श्लोकांश है : 'देवं क्लीव उपासते।' भाग्य की उपासना नपुंसक करते हैं। भगवद्गीता के तृतीय अध्याय में कर्मयोग को विस्तार से समझाया गया है। याद कीजिए हरिश्चन्द्र का जब सब कुछ नष्ट हो गया तो उनका पुत्र रोहित जंगल में भटक रहा था और इंद्र ने पाँच साल ध्यान करने हेतु उसे पाँच मंत्र दिए, जिसमें

बार-बार यह कहा गया है—

'चरैवेती चरैवेती!

चरन् वै मधु विन्दति चरन् स्वादुमुदुम्बरम्।'—ऐतरेय ब्राह्मण

उदाहरणस्वरूप सूर्य के निरंतर चलने को बताया गया है।

मेरे मन में भारत बोध का सबसे सटीक, सार एवं सक्षिप्त अर्थ है, कर्म करने में विश्वास रखने वालों का देश। हताशाजनक स्थिति में भी कर्म करना नहीं छोड़ना, परिणाम की आशा की परवाह न करते हुए सतत प्रयास करना। इस भावना को हम कई फिल्मों में देख सकते हैं।

सात पुरस्कारों से नावजी गई 2015 की फिल्म 'एनएच10' में ऑनर किलिंग का साक्षी बनने के बाद नायिका मीरा (अनुष्का शर्मा) के पति की हत्या उन्हीं लोगों द्वारा कर दी जाती है। फिल्म का निर्देशन नवदीप सिंह का है और इसका लेखन सुदीप शर्मा ने किया है। स्त्री केन्द्रित इस फिल्म में मीरा को लगता है, उसे जीवित रहने के लिए दुष्टों को समाप्त करना चाहिए। वह प्रतिकार पर उतर कर खूब खून-खराबा करती है। फिल्म 'एंग्री यंग मैन' की तर्ज पर 'एंग्री यंग वुमन' को स्थापित करती है साथ ही पितृसत्ता पर विमर्श को भी ले आती है, जहाँ ऑनर किलिंग घर की सर्वेसर्वा एक औरत अम्मा जी (दीप्ति नवल) के कहे पर हुई है।

मेरी दृष्टि से फिल्म 'एनएच10' भारत बोध की दृष्टि से एक अच्छा उदाहरण नहीं है। यह सही है कि मीरा अंत तक संघर्ष करती है। अपने पति के हत्यारों का सफाया कर डालती है, इतना ही नहीं वह अम्मा जी के विचारों में क्रांतिकारी परिवर्तन ले आती है। मगर मेरी कुछ आपत्तियाँ हैं। मीरा स्त्री होते हुए भी उन दरिंदों से अधिक क्रूर, अत्याचारी बन कर खूब खून-खराबा करती है। मुझे स्त्री का सबसे बड़ा गुण क्षमा लगता है। अगर वह पुरुष की तरह अत्याचारी हो जाए, तो नतीजा क्या होगा। जरूरत पर स्त्री के हथियार उठाने के खिलाफ मैं नहीं हूँ। यह तो भारत बोध के साथ जाता ही है। यहाँ दुर्गा एवं काली की अवधारण की गई है। मगर किसी फिल्म में इतने लम्बे समय तक हत्याओं का दौर, जघन्य अपराध करने वालों से घृणा दिखा कर आप क्या संदेश देना चाहते हैं? मीरा इन हत्याओं के द्वारा अपना निजी रेचन (कैथार्सिस) पाती है। यह मुझे किसी बड़े उद्देश्य की पूर्ति नहीं लगता है।

यहाँ एक बार फिर मैं कुछ मलयालम फिल्मों से उदाहरण देना चाहूँगी, जिनमें भारतीय जीवन दर्शन सतत कर्म में विश्वास को परदे पर दिखाया गया है।

एडिटर महेश नारायणन की पहली निर्देशित फिल्म 'टेक ऑफ'

(2017) केरल की एक सच्ची घटना पर आधारित की है। हाँ, निर्देशक ने कुछ सिनेमाई छूट ली है, परन्तु केन्द्रीय कथानक सच के आस-पास रहता है। लेखन उन्होंने पी०वी० शाजीकुमार के साथ मिलकर किया है। फिल्म को एक-दो नहीं बल्कि 19 पुरस्कार प्राप्त हुए। सद्दाम हुसैन के शासन काल में 2014 ईराक के टिकरिट शहर में 46 (फिल्म में 19) मलयाली नर्सें फँस गई थीं, आई०एस०आई० आतंकवादियों ने उन्हें बंधक बना लिया था। उन्हें वहाँ से निकालकर केरल लाया गया था।

गृहयुद्ध के समय मिलिटेंट ने पूरे देश इराक पर, यहाँ तक कि अस्पतालों पर भी कब्जा कर लिया था। आई०एस०आई० ने लोगों को बंधक बना, उनसे कब्र खुदवाई और गोली मारकर उन्हीं लोगों को खतम कर दिया। 'टेक ऑफ' मात्र केरल की फिल्म नहीं है, इसमें भारतीय जज्बा नजर आता है। फिल्म स्त्री केन्द्रित नायिका समीरा (पार्वती तिस्त्रोतु) के निजी और पेशेगत दोनों जीवन और प्रशासनिक अधिकारी मोहन (फहद फासिल) के क्रिया-कलाप को विस्तार से दिखाती है। चारों ओर बम बरस रहे हैं, अस्पताल की रसद-पानी बंद कर दी गई है, सबके मोबाइल फोन छीन लिए हैं। रेडक्रॉस वाले आते हैं, केवल बांग्लादेशी नर्सों को लेकर जाते हैं, लेकिन उन्हें रास्ते में आतंकवादी समाप्त कर देते हैं। बाकी बची नर्सों को आँख पर पट्टी बाँधकर अनजान स्थान (मोसुल) ले जाया जाता है।

इतनी भयंकर परिस्थितियों में भी नायिका हिम्मत नहीं हारती है। केरल से लोग खाड़ी में काम करने जाते हैं। क्योंकि घर के लोगों की आर्थिक सहायता करनी है। इन लोगों को वहाँ किन-किन समस्या का सामना करना पड़ता है, हम यहाँ बैठ कर पूरा अंदाजा नहीं लगा सकते हैं। समीरा भी माता-पिता पर चढ़े कर्ज को चुकाने के लिए आई है। ससुराल पक्ष नहीं चाहता है कि वह काम करे। अतः उसके पति ने उसे तलाक दिया है, उसके बेटे को उससे छीन लिया है। साथ काम करने वाला नर्स शाहिद (कुंचाको बोबन) उसकी सहायता करता है। दोनों शादी कर खाड़ी के अस्पताल में काम कर रहे हैं। वह गर्भवती होती है, शाहिद की खुशी के लिए गर्भपात नहीं करवाती है।

पहला पति आर्थिक तंगी के कारण बेटा उसके पास पहुँचा देता है। किशोर बच्चा माँ के साथ एक-दूसरे आदमी को देखकर रिएक्ट करता है। अतः शाहिद दूसरे अस्पताल में काम करने लगता है। गर्भवती स्त्री नया देश, नई परिस्थिति, नया पति, नया काम, किशोर बेटा, सबसे तालमेल बिठाने की कोशिश में है और तभी यह भयंकर स्थिति आ जाती है। पर यह मजबूत स्त्री अंत तक हार नहीं मानती है। आतंकवादियों के चंगुल में भी हिम्मत से काम

लेती है, मुस्लिम होते हुए हिन्दू एवं ईसाई नर्सों की जान बचाने में जी-जान लगा देती है। वह मोहन से अपने पति को ढूँढ निकालने के लिए प्रार्थना करती है। अंत में खुद उसे खोजने निकलती है। आतंकवादी शाहिद का जीवन समाप्त करने वाले थे। वह जान जोखिम में डालकर उसे मौत के मुँह से छुड़ा लाती है।

समीरा भाग्य भरोसे नहीं रहती है। शुरु से अंत तक संघर्ष करती है। उस समय भी हिम्मत नहीं छोड़ती है, जब सामने कोई उम्मीद नहीं है। एक स्थान पर वह कहती है, मैं कब तक डरी रहूँगी? पिता से भयभीत हो कर बड़ी हुई, फिर पति का भय और अब अपने बेटे का। यह मात्र उसका भय नहीं है, दुनिया की अधिकांश औरतों का जीवन ऐसे ही भय में बीतता है। एक बार समीरा डर से न डरने का निश्चय कर लेती है, तो उस पर अंत तक कायम रहती है। वह ऑफिसर मोहन की खूब मदद करती है। सब लोग वापस भारत पहुँचते हैं। कर्म पर डटी रहने वाली यह स्त्री कभी भी बहुत लाउड नहीं होती है। बस जो उससे हो सकता है, करती चली जाती है। असल घटना के समय सुषमा स्वराज एक्सटर्नल अफेयर मिनिस्टर थीं, फिल्म उन्हें तो नहीं दिखाती है, लेकिन स्त्री स्वर सुनाई देता है। इसी तरह केरल के मुख्यमंत्री का भी केवल फोन पर स्वर सुनाई देता है। सानु वर्गीज का कैमरा लोकेशंस (दुबई तथा केरल) और लोगों के भावों को कुशलता से पकड़ता है। फिल्म में नाच-गाने नहीं हैं, जो बहुत अच्छी बात है। अरबी संगीत की धुन लोकेशन को स्पष्ट करती है। बैकग्राउंड आवाज मन में भय और चिन्ता उत्पन्न करती है।

हिन्दी में इसी विषय पर वन मैन शो 'एयरलिफ्ट' बनी है। सारे समय कैमरा नायक सरकारी ऑफिसर रंजीत कतियाल (अक्षय कुमार) पर केन्द्रित रहता है। उसकी जाँबाजी को ग्लोरीफाई करती फिल्म मुझे 'टेक ऑफ' की बनिस्बत कमजोर लगी।

2024 की मलयालम फिल्म 'आडुजीवितं : गोट लाइफ' (Aadujeevitham : The Goat Life) जीवनी पर आधारित है। बेन्जामिन एवं ब्लेसी लिखित इस फिल्म को ब्लेसी ने निर्देशित किया है। 6 पुरस्कार प्राप्त फिल्म में नायक नजीब (पृथ्वीराज सुकुमारन) की जिजीविषा देखते बनती है। माँ और पत्नी को केरल में छोड़कर परिवार की बेहतरी के लिए वह गल्फ गया था। नजीब को धोखे से सऊदी अरब में गुलाम बनाकर लिया जाता है। बकरियाँ चराना एवं रोटी-पानी के लिए तरसना, बस अब यही उसका जीवन है। भागने की कोशिश पर एक पैर तोड़ दिया जाता है। जानवरों के साथ

जानवरों जैसा बन गया है, लेकिन स्वतंत्रता की इच्छा और आशा नजीब में जीवित है।

कुशल फोटोग्राफी की इस फिल्म पर भुक्त-भोगी व्यक्ति ने फिल्म और जीवनीकार पर कई आपत्तियाँ की हैं। लेकिन फिल्म की बात करें, तो पृथ्वीराज सुकुमारन का अभिनय शानदार है। बैकग्राउंड म्युजिक लोकेशन के अनुकूल है। मीलों रेगिस्तान के भटकाव वाले स्थान में भूखा-प्यासा नजीब जीवित रहने का संघर्ष अंत तक करता जाता है। फिल्म मात्र एक व्यक्ति के साहस, संघर्ष और अंत तक चलते चले जाने की कहानी है। कर्म का भारतीय भाव बोध यहाँ है। लेकिन सामूहिकता का अभाव इसे इस आलेख के प्रतिपादन हेतु तनिक-सा कमजोर बनाता है।

एक अन्य मलयालम फिल्म मैथुकुट्टी जेविएर निर्देशित फिल्म 'हेलन' भी इसी श्रेणी की फिल्म हैं। लेकिन यहाँ नायिका हेलन (एना बेन) जीवित रहने के लिए यदि भीतर संघर्ष कर रही है, तो बाहर उसके पिता (लाल), बॉयफ्रेण्ड अफहर (नोबेल बाबू थॉमस), पुलिस एवं मॉल के अधिकारी भी उसकी खोज में जुटे हुए हैं। एना एक ट्रेंड नर्स है, विदेश में काम करने के इरादे से पैसे जुटाने केलिए वह फास्ट-फूड आउटलेट में पार्ट टाइम काम करती है। एक रात वह फ्रीजर रूम में गलती से बंद हो गई है। हेलन 18 डिग्री तापमान में जीवित रहने के लिए उपलब्ध हर संभव उपाय करती है। हताशा भरी परिस्थिति में हार नहीं मानती है। अंत तक जो संभव है, करती जाती है। भावनाओं के मिश्रण और खूबसूरत एना बेन (नायिका) का कुशल अभिनय की इस फिल्म को एक बार देखा जाना चाहिए।

मेरी दृष्टि में भारत बोध—बगैर फल की चिन्ता किए कर्म करते जाना—हेतु मलयालम 'मञ्जुम्मलबॉयज' (Manjummel Boys) एक बहुत अच्छा उदाहरण है। हालाँकि इसे केवल 2 पुरस्कार मिले हैं, परन्तु फिल्म सामूहिकता और हताशा भरी अवस्था में भी अंत तक हार न मानने का एक बेजोड़ उदाहरण है। चिदम्बरं द्वारा लिखित एवं निर्देशित फिल्म 'मञ्जुम्मलबॉयज' में कोई औरत अथवा लड़की नहीं है। पूरी फिल्म में लड़के (सुबीन शाहिर, श्रीनाथ भासी, बालु वर्गीज आदि) हैं। ये दोस्त मस्ती के मूड में हैं। ओणम की छुट्टी में वे घूमने निकले हैं और हिल-स्टेशन कोडाईकनाल पहुचँते हैं। यहाँ 'डेविलस किचेन' नामक गुफाएँ हैं। जबसे कमल हासन की 'गुना' फिल्म की शूटिंग यहाँ हुई है, केव्स का नाम 'गुना केव्स' पड़ गया है। इन गुफाओं में यदि कोई गिर गया, तो सैंकडों फीट नीचे गिरकर उसके बचने की कोई सूरत नहीं है। लाश भी नहीं मिलती है। बताया जाता है, जब ये

लड़के वहाँ पहुँचे हैं, तब तक इन गुफाओं में गिरकर केन्द्रीय मंत्री के भतीजे सहित 16 लोग लापता हो चुकने की सोचना है। इन लड़कों को आस-पास के सब लोग, जंगल के अधिकारी इन्हें वहाँ जाने से मना करते हैं। मगर वह जवानी क्या जो रोकने से रुक जाए।

ये 10 लड़के सबकी आँख बचाकर प्रतिबंधित इलाके 'डेविल'स किचेन' पहुँच जाते हैं, खूब चुहल करते हैं। फोटो लेने के चक्कर में सुभाष (श्रीनाथ भासी) गुफा में गिर जाता है। पहले सब सोचते हैं, वह कहीं छिपकर मजाक कर रहा है। मगर सच पता चलने पर सबकी सिट्टी-पट्टी गुम हो जाती है। वे फोरेस्ट गार्ड, ग्रामीणों, पुलिस की मदद लेना चाहते हैं। पुलिस प्रतिबंधित इलाके में जाने, कानून तोड़ने के एवज में उनकी पिटाई करती है। यहाँ तक माना जाता है कि इन्हीं लोगों ने उसकी हत्या कर दी है और अब अपना अपराध छिपाने के लिए कहानियाँ गढ़ रहे हैं। वे भी आपस में लड़ते-झगड़ते हैं, एक-दूसरे पर दोषारोपण करते हैं। कुछ लोग चुपचाप वहाँ से निकल लेने की सोचते हैं। मतलब इस जटिल मुसीबत की घड़ी में उनकी आदिम भावनाएँ उजागर होती हैं।

फोरेस्ट गार्ड, ग्रामीण यहाँ तक कि फायर ब्रिगेड के लोग भी हाथ खड़े कर लेते हैं। कई लोग निष्कर्ष निकालते हैं, सुभाष के भाग्य में यही लिखा था, होनी को कौन टाल सकता है। अब कुछ नहीं किया जा सकता है। मौत के सामने किसकी चलती है आदि, आदि। मगर वह दोस्त क्या जो मुसीबत में साथ छोड़ दे। ये लड़के भयंकर हताशाजन्य परिस्थिति में भी हिम्मत नहीं हारते हैं। दर्शक साँस रोककर, सुभाष के जीवित बाहर निकलने की कामना करते हुए फिल्म देखता है।

2006 में हुई वास्तविक घटना को परदे पर रूपान्तरित करती फिल्म,'मञ्जुम्मलबॉयज' में ये लड़के भाग्य के भरोसे न रह कर, फल की उम्मीद न होने पर भी कर्म करते चले जाते हैं। 'कर्म करते जाना ही जीवन है', भारत बोध की इस मजबूत अवधारणा के तहत ये नौ लड़के अंत तक प्रयास करते हैं। सुभाष जीवित है, वह जीवित बाहर निकल पाएगा, इन बातों की परवाह न करते हुए उसे बाहर निकालने की जी-तोड़ कोशिश करते हैं।

भारत बोध को प्रकट करने वाली फिल्में तो बहुत हैं। मगर आलेख की एक सीमा होती है। अतः इन्हीं कुछ फिल्मों के माध्यम से अपनी बात कहती हुई, इसे समाप्त करती हूँ।

■

भारतीय आत्मबोध और औपनिवेशिक ज्ञान-संरचना का संकट

संजय कुमार

यह श्रद्धेय पंडित विद्यानिवास मिश्र जी का जन्म-शताब्दी वर्ष है। इसी अवसर पर उनकी स्मृति को समर्पित पुस्तक 'भारत-बोध : स्वरूप तथा आयाम' का प्रकाशन किया जा रहा है। प्रस्तुत लेख मैं उनके प्रति अपनी विनम्र श्रद्धांजलि के रूप में लिख रहा हूँ।

यह लेख दो भागों में विभाजित है। पहले भाग में पंडित विद्यानिवास मिश्र जी के व्यक्तित्व, लेखन और वैचारिक उपस्थिति पर विचार किया गया है, तथा यह दिखाने का प्रयास किया गया है कि उनके जीवन और कृतित्व में भारत-बोध किस प्रकार स्वाभाविक रूप से अभिव्यक्त होता है।

दूसरे भाग में भारतीय आत्मबोध के समकालीन संकट पर चर्चा की गई है। यहाँ आत्मबोध (selfhood) और सभ्यतागत स्वभाव (civilizational temperament) की अवधारणा को ऐतिहासिक और औपनिवेशिक संदर्भों में विश्लेषित किया गया है। लेख का तर्क यह है कि भारतीय परंपरा में आत्मबोध मूलतः स्वसंदर्भित, सकारात्मक और संवादात्मक रहा है, किंतु औपनिवेशिक काल में उस पर एक बाह्य और वर्चस्वकारी ज्ञान-संरचना आरोपित की गई, जिसने भारत को इतिहास-हीन, राष्ट्र-हीन और सभ्यतागत रूप से विखंडित रूप में प्रस्तुत किया।

लेख का केंद्रीय प्रतिपाद्य यह है कि औपनिवेशिक ज्ञान-प्रणाली के प्रति हमारी प्रतिक्रिया-प्रधान बौद्धिक प्रवृत्तियों ने आत्मबोध के संकट को और गहरा किया है। भारतीय आत्मबोध की पुनर्प्राप्ति के लिए आवश्यक है कि हम प्रतिक्रियात्मक प्रतिरक्षा से आगे बढ़ते हुए स्वायत्त प्रश्न-निर्माण और स्वसंदर्भित बौद्धिक प्रत्युत्तर की दिशा में कदम बढ़ाएँ।

1. पंडित विद्यानिवास मिश्र और भारत बोध

पंडित विद्यानिवास मिश्र जी से मेरा कोई औपचारिक परिचय या व्यक्तिगत निकटता नहीं रही। न उनके साथ दीर्घ संवाद का अवसर मिला

और न ही ऐसा कोई आत्मीय संबंध विकसित हो सका जिसे सामान्य अर्थों में 'परिचय' कहा जा सके। किंतु बौद्धिक जीवन में कुछ व्यक्तित्व ऐसे होते हैं, जिनसे बिना व्यक्तिगत संपर्क के भी एक गहरा और स्थायी संबंध बन जाता है। यह संबंध स्मृति, श्रवण, पाठ और चिंतन के माध्यम से निर्मित होता है। पंडित विद्यानिवास मिश्र जी मेरे लिए ऐसे ही एक विद्वान रहे हैं।

दो-चार अवसरों पर उन्हें सुनने का सौभाग्य मिला और उन्हीं अनुभवों के बाद मैंने उनके लेखन को गंभीरता से पढ़ना आरंभ किया। उनका पहला व्याख्यान आज भी मेरी स्मृति में किसी सजीव चित्र की भाँति अंकित है—स्पष्ट, जीवंत और प्रेरक। वह केवल एक प्रभावशाली वक्ता से साक्षात्कार नहीं था, बल्कि एक ऐसे चिंतक से भेंट थी, जिसके भीतर ज्ञान की परंपराएँ टकराती नहीं थीं, बल्कि परस्पर संवाद करती थीं।

यह सुविदित है कि पंडित विद्यानिवास मिश्र प्रारंभ में अंग्रेज़ी साहित्य में एम०ए० करना चाहते थे, किंतु उनके गुरु प्रोफेसर चट्टोपाध्याय ने उन्हें हिंदी के क्षेत्र में कार्य करने की सलाह दी। यह निर्णय केवल विषय-परिवर्तन का नहीं था; यह औपनिवेशिक ज्ञान-संरचना के भीतर एक वैकल्पिक बौद्धिक मार्ग चुनने का संकेत भी था। यद्यपि उन्होंने औपचारिक रूप से अंग्रेज़ी में शोध नहीं किया, पर उनका अंग्रेज़ी पर अधिकार, पश्चिमी दर्शन और साहित्य की उनकी समझ, और आधुनिक बौद्धिक परंपराओं से उनका संवाद—इन सबको देखते हुए यह कहना कठिन है कि वे केवल 'हिंदी के विद्वान' थे। वस्तुतः वे भाषा की सीमाओं से परे एक ऐसे चिंतक थे, जिनके लिए भाषा विचार का माध्यम थी, बंधन नहीं।

संयोग यह है कि मुझे उन्हें पहली बार सुनने का अवसर काशी हिंदू विश्वविद्यालय के अंग्रेज़ी विभाग में ही मिला। उस समय मैं नया-नया अध्यापक नियुक्त हुआ था—लगभग उनतीस वर्ष पूर्व। युवावस्था का उत्साह और अकादमिक जिज्ञासा दोनों ही तीव्र थे। हमारे यहाँ श्री पुरोहित स्वामी मेमोरियल लेक्चर शृंखला प्रत्येक वर्ष आयोजित होती थी। वर्ष 1998 में पंडित जी इस व्याख्यान-शृंखला के अंतर्गत आमंत्रित किए गए थे। व्याख्यान का विषय था—Decolonizing the Mind।

यह विवरण मैं इसलिए रेखांकित कर रहा हूँ क्योंकि इस विषय का पंडित जी के समूचे बौद्धिक व्यक्तित्व से गहरा और प्रत्यक्ष संबंध है। औपनिवेशिक शासन के समाप्त हो जाने के बाद भी औपनिवेशिक मानसिकता का बने रहना—भाषा, ज्ञान, मूल्य और आत्मबोध में—एक गहरी समस्या रही है। पंडित विद्यानिवास मिश्र ने इस विषय पर जिस तरह से विचार प्रस्तुत

किए, वह न तो किसी नारेबाज़ी का रूप था, न ही पश्चिम-विरोध की सरल भावुकता का। उन्होंने धारा-प्रवाह, सुस्पष्ट और वैचारिक रूप से सघन अंग्रेज़ी में अपना व्याख्यान दिया। मैं स्पष्ट रूप से स्वीकार करता हूँ कि उस दिन मैं विस्मित था। उस दिन उनकी भाषा-प्रवीणता से अधिक जो बात प्रभावित करती थी, वह थी उनका बौद्धिक आत्मविश्वास। ऐसी अंग्रेज़ी, ऐसा बौद्धिक आत्मविश्वास, ऐसी वैचारिक स्पष्टता और संतुलन—हमारे अनेक प्रतिष्ठित अंग्रेज़ी साहित्य के अध्यापक भी सहज रूप से नहीं साध पाते।

किंतु पंडित जी की विशेषता केवल भाषा-प्रवीणता या दक्षता नहीं थी। प्रश्न यह नहीं था कि वे कितनी अच्छी अंग्रेज़ी बोल सकते हैं; प्रश्न यह था कि वे पश्चिमी ज्ञान-परंपरा को कितनी गहराई से समझते थे। उन्हें पश्चिमी दर्शन, आधुनिक साहित्यिक सिद्धांतों, और बौद्धिक इतिहास की सूक्ष्म समझ थी। इसी कारण वे पश्चिमी ज्ञान से न तो आतंकित होते थे, न ही उसके सम्मुख हीनभाव से ग्रस्त होते थे। वे पश्चिम से बराबरी के स्तर पर संवाद कर सकते थे—आत्मविश्वास के साथ, बिना किसी आक्रामकता के। यह क्षमता विरले ही देखने को मिलती है।

अपनी भारतीय परंपरा में उनकी जड़ें कितनी गहरी थीं, यह बताने की आवश्यकता नहीं है। शास्त्र, दर्शन, कला, काव्य और लोक—इन सबके साथ उनका संबंध जीवंत और सृजनात्मक था। किंतु परंपरा में पैठ अपने आप में असाधारण नहीं है। पंडित विद्यानिवास मिश्र को विशिष्ट बनाता है यह तथ्य कि उन्होंने परंपरा को आत्मसंतोष का साधन नहीं बनाया। उन्होंने पश्चिमी ज्ञान को गंभीरता से पढ़ा और आत्मसात किया। इसी कारण वे दोनों परंपराओं का तुलनात्मक अध्ययन कर सकते थे और पश्चिमी ज्ञान के बरक्स भारतीय चिंतन-परंपरा का एक सुविचारित और तार्किक पाठ प्रस्तुत कर पाते थे। यही वह बिंदु है जहाँ पंडित विद्यानिवास मिश्र अपने समकालीनों से अलग दिखाई देते हैं।

मेरी जानकारी में आज ऐसे विद्वान अत्यंत विरल हो गए हैं। हम आधुनिकता और उत्तर-आधुनिकता के जिस दौर में जी रहे हैं, वह विशेषज्ञता और अतिविशेषज्ञता का दौर है। यह ज्ञान के विखंडन का भी दौर है। ज्ञान अब समग्र नहीं रहा; वह विभागों, अनुशासनों और उप-अनुशासनों में विखंडित हो गया है। स्थिति यह है कि जो पश्चिमी ज्ञान-परंपरा से परिचित हैं, वे प्रायः अपनी परंपरा से अनभिज्ञ हैं; और जो अपने शास्त्रीय या पारंपरिक ज्ञान में दक्ष हैं, वे आधुनिक और पश्चिमी विमर्श से संवाद नहीं कर पाते। पारंपरिक ज्ञान का भी विखंडन हो गया है। जो शास्त्र जानता है, वह लोक नहीं; और जो लोक

को जानता और जीता है, वह शास्त्र नहीं। हम दावा चाहे जो कुछ भी कर लें, कमोबेश यही स्थिति है। शास्त्र और लोक, परंपरा और आधुनिकता, पूर्व और पश्चिम—इन सबके बीच खाइयाँ गहरी होती गई हैं।

पंडित विद्यानिवास मिश्र इन सभी विभाजनों से ऊपर थे। वे निर्बाध रूप से, सहजता के साथ, इन विभिन्न बौद्धिक क्षेत्रों में विचरण करते थे। उनके लिए ज्ञान न तो आंशिक न तो खंडित था और न प्रतिस्पर्धी; वह समग्र, जीवंत और संवादात्मक था, एक दूसरे से जुड़ा और गुँथा हुआ।

इसी कारण मैं उनके बौद्धिक व्यक्तित्व को vernacular mind की संज्ञा देता हूँ—एक ऐसा मन जो अपनी भाषा, अपनी संस्कृति और अपनी परंपरा में स्थित रहते हुए भी विश्व के साथ संवाद करने में सक्षम हो।

यदि पंडित विद्यानिवास मिश्र जी को आधुनिक हिंदी की बौद्धिक परंपरा के संदर्भ में देखा जाए, तो उनका स्थान आचार्य रामचंद्र शुक्ल, पंडित हजारीप्रसाद द्विवेदी और डॉ० नामवर सिंह जैसे चिंतकों की उस परंपरा में दिखाई देता है, जिसने हिंदी आलोचना को मात्र साहित्यिक अनुशासन न मानकर व्यापक सांस्कृतिक और बौद्धिक विमर्श का माध्यम बनाया। यह परंपरा साहित्य को समाज, इतिहास, दर्शन और संस्कृति के साथ गहरे संवाद में रखती है।

आचार्य शुक्ल ने हिंदी आलोचना को ऐतिहासिक और सामाजिक आधार प्रदान किया। उनके यहाँ भारतीय समाज की नैतिक संरचना, लोकजीवन और ऐतिहासिक चेतना केंद्रीय है। पंडित हजारीप्रसाद द्विवेदी ने इस आलोचना को और अधिक सांस्कृतिक गहराई दी—शास्त्र और लोक, परंपरा और परिवर्तन, मिथक और इतिहास—इन सबके बीच संवाद की संभावना खोली। डॉ. नामवर सिंह ने आधुनिक और पश्चिमी आलोचनात्मक सिद्धांतों से हिंदी को जोड़ते हुए आलोचना को वैचारिक रूप से अधिक सजग और संघर्षशील बनाया।

पंडित विद्यानिवास मिश्र इन तीनों से संवाद करते हुए भी उनमें से किसी एक की छाया में सीमित नहीं होते। वे आचार्य शुक्ल की तरह भारतीय जीवन-बोध में गहरे पैठे हुए हैं, पंडित हजारीप्रसाद द्विवेदी की तरह परंपरा को जीवित संवाद के रूप में समझते हैं, और डॉ. नामवर सिंह की भाँति आधुनिक पश्चिमी विमर्श से भली-भाँति परिचित हैं। किंतु उनकी विशिष्टता इस बात में है कि उनके यहाँ ये सभी प्रवृत्तियाँ किसी वैचारिक तनाव या टकराव के रूप में नहीं आतीं, बल्कि एक सहज समग्रता में विन्यस्त हो जाती हैं।

जहाँ शुक्ल, द्विवेदी और नामवर सिंह के यहाँ आलोचना प्रायः एक

आनुशासनिक पहचान ग्रहण करती है, वहीं पंडित विद्यानिवास मिश्र के यहाँ आलोचना जीवन-दृष्टि का विस्तार बन जाती है। उनका चिंतन किसी एक पद्धति या स्कूल से बँधा हुआ नहीं है। वे न तो इतिहासवाद तक सीमित हैं, न सांस्कृतिक मानवशास्त्र तक, और न ही केवल सैद्धांतिक आलोचना तक। उनका लेखन और वक्तव्य एक ऐसे बौद्धिक मन का परिचय देते हैं, जिसके लिए ज्ञान समग्र है और परंपराएँ संवादशील।

और शायद यही कारण था कि पंडितजी के भीतर वह 'Anxiety of Indianness' नहीं थी, जिसकी चर्चा मीनाक्षी मुखर्जी ने अन्य संदर्भ में विस्तार से की है। उनकी भारतीयता न तो किसी घोषणा की मोहताज थी, न किसी आडंबर की। वह निश्चिंत, सहज और स्वाभाविक थी—बिना किसी विरोधात्मक तेवर के, बिना किसी आक्रामकता के। उनकी भारतीयता आत्मविश्वास से उपजी थी, असुरक्षा से नहीं।

इसी रूप में मैं पंडित विद्यानिवास मिश्र जी को देखता हूँ—एक ऐसे विद्वान के रूप में, जिनका जीवन और चिंतन हमें यह सिखाता है कि सच्ची बौद्धिक स्वतंत्रता और आत्मबोध न तो आत्मविस्मृति से आती है, न ही आत्ममुग्धता से, बल्कि गहरे अध्ययन, गंभीर संवाद और सांस्कृतिक आत्मविश्वास से निर्मित होती है। उनकी बौद्धिक गरिमा, वैचारिक समग्रता और सांस्कृतिक आत्मविश्वास आज के समय में और भी अधिक प्रासंगिक हो उठते हैं।

2. औपनिवेशिक ज्ञान-संरचना और आत्मबोध का संकट

पंडितजी के स्मरण के पश्चात उन्हीं के विचारों के आलोक में भारतीय आत्मबोध और उसके संकट पर विचार करते हैं।

किसी भी सभ्यता के लिए आत्मबोध केवल आत्म-परिचय का प्रश्न नहीं होता। वह यह निर्धारित करता है कि कोई समाज अपने अतीत को कैसे स्मरण करता है, वर्तमान को कैसे अर्थ देता है और भविष्य की दिशा कैसे गढ़ता है। आत्मबोध स्मृति, परंपरा और विवेक के बीच वह सेतु है, जिसके अभाव में कोई समाज धीरे-धीरे केवल एक जनसंख्या या प्रशासनिक इकाई में सिमट कर रह जाता है।

भारतीय संदर्भ में आत्मबोध का प्रश्न इसलिए और अधिक जटिल है, क्योंकि आधुनिक भारत की बौद्धिक संरचना औपनिवेशिक शासन के दौरान निर्मित हुई। औपनिवेशिक सत्ता ने भारत पर केवल शासन ही नहीं किया, बल्कि भारत को समझने और परिभाषित करने का अधिकार भी अपने हाथ में

ले लिया। परिणामस्वरूप भारतीय समाज स्वयं को अपनी दृष्टि से देखने के बजाय, दूसरे की दृष्टि से देखने लगा। यही वह क्षण है जहाँ आत्मबोध परबोध में बदलने लगता है—और यहीं से वह संकट जन्म लेता है, जिसकी छाया आज भी हमारे बौद्धिक जीवन पर विद्यमान है।

भारतीय बोध को समझने के लिए यह स्पष्ट करना आवश्यक है कि किसी भी समाज की समझ दो स्तरों पर कार्य करती है—स्वदृष्टि और परदृष्टि। स्वदृष्टि वह है जिसके माध्यम से समाज स्वयं को अपने अनुभवों, ग्रंथों, मिथकों, स्मृतियों और सांस्कृतिक व्यवहारों के आधार पर समझता है। परदृष्टि वह है जिसके द्वारा कोई बाहरी शक्ति या ज्ञान-प्रणाली उस समाज को परिभाषित करती है। जब तक स्वदृष्टि प्रधान रहती है, परदृष्टि से संवाद संभव रहता है; किंतु जब परदृष्टि स्वदृष्टि को विस्थापित कर देती है, तब संवाद के स्थान पर वर्चस्व स्थापित हो जाता है।

भारतीय परंपरा में आत्मबोध मूलतः स्वदृष्टि पर आधारित रहा है। वैदिक साहित्य से लेकर उपनिषदों, महाकाव्यों, पुराणों और स्मृति-ग्रंथों तक भारतवर्ष की कल्पना केवल एक भौगोलिक भूखंड के रूप में नहीं, बल्कि एक नैतिक-सांस्कृतिक इकाई के रूप में की गई है। विष्णु पुराण का प्रसिद्ध सूत्र है—'उत्तरं यत् समुद्रस्य हिमाद्रेश्चैव दक्षिणम्'—भारतवर्ष को समुद्र और हिमालय के बीच स्थित भूमि मात्र नहीं, बल्कि धर्म, आचार और जीवन-पद्धति से जुड़ी एक सभ्यतागत संरचना के रूप में परिभाषित करता है। यह आत्मबोध किसी बाहरी मान्यता की अपेक्षा नहीं करता; वह स्वयं में पूर्ण है। यह आत्मबोध पूर्णतः स्वसंदर्भित (self-referential) है—यह स्वयं को अपने ही शब्दों, अपने ही मूल्यों और अपने ही बौद्धिक ढाँचे में देखता है। इसमें न तो किसी प्रकार की हीनता-बोध है और न ही किसी अन्य को नीचा दिखाने की प्रवृत्ति। 'हम बनाम वे' (we versus they) जैसा कोई द्वैत यहाँ नहीं मिलता।

इस आत्मबोध की एक महत्त्वपूर्ण विशेषता उसका प्रतिक्रियावादी और प्रतिद्वंद्वात्मक न होना है। भारतीय परंपरा में 'स्व' की परिकल्पना 'अन्य' के निषेध पर आधारित नहीं रही। यहाँ पहचान का निर्माण टकराव से नहीं, आत्मस्वीकृति से हुआ। रामायण, महाभारत, कालिदास, बाणभट्ट या भक्ति आंदोलन—कहीं भी भारतीयता को किसी अन्य सभ्यता के विरोध में खड़ा करने का आग्रह नहीं मिलता। यहाँ आत्मगौरव है, पर आत्मप्रशंसा नहीं; आत्मविश्वास है, पर आक्रामकता नहीं। यह आत्मबोधन तो विस्तारवादी साम्राज्यवाद को जन्म देता है, न ही सांस्कृतिक शुद्धतावाद को, और न ही किसी प्रकार के नस्लीय या धार्मिक वर्चस्व को।

इसी कारण भारतीय सभ्यता में बहुलता, संवाद और सह-अस्तित्व सहज रूप से विकसित हुए—जहाँ शास्त्र और लोक, आस्तिक और नास्तिक, ब्राह्मण और श्रमण परंपराएँ एक दूसरे से संवाद करती रहीं।

जिस आत्मबोध की हम आज चर्चा कर रहे हैं, उसका संकट प्राचीन या मध्यकालीन नहीं, बल्कि आधुनिक औपनिवेशिक संदर्भों की उपज है। ब्रिटिश औपनिवेशिक शासन के दौरान भारतीय आत्मबोध पर एक बाह्य दृष्टि आरोपित की गई।

ब्रिटिश औपनिवेशिक शासकों ने हमें यह बताया कि भारत तो कभी एक राष्ट्र था ही नहीं, न ही कोई संगठित सभ्यता। यह तो मात्र एक भूभाग था—तमाम जातियों, जनजातियों, भाषाओं और क्षेत्रों का एक बिखरा हुआ समूह था—जिसे उन्होंने पहली बार एक देश के रूप में जोड़ा।

और इसी से उन्होंने भारत को 'देश' या 'राष्ट्र' कहने के बजाय 'उपमहाद्वीप' कहा। यह केवल शब्दावली का प्रश्न नहीं था। 'राष्ट्र' शब्द में सांस्कृतिक एकता, ऐतिहासिक स्मृति और सामूहिक चेतना निहित होती है। इसके विपरीत, 'उपमहाद्वीप' एक शुद्ध भौगोलिक पद है, जिसमें किसी भी प्रकार की सभ्यतागत आत्मा का संकेत नहीं मिलता।

और इस तर्क के अनुसार यदि भारत राष्ट्र ही नहीं था, तो फिर 'भारतीयता' या 'भारतीय' होने का प्रश्न ही नहीं उठता था।

इस विमर्श के साथ एक और गहरा प्रहार किया गया—इतिहास-हीनता का आरोप। कार्ल मार्क्स का प्रसिद्ध कथन है कि भारत का कोई इतिहास नहीं है—'Indian society has no history at all, at least no known history. What we call its history, is but the history of the successive intruders who founded their empires on the passive basis of that unresisting and unchanging society.' यह औपनिवेशिक विमर्श को एक दार्शनिक वैधता प्रदान करता है। मार्क्स के अनुसार, भारत एक स्थिर और जड़ समाज था, जिसमें ऐतिहासिक परिवर्तन की क्षमता नहीं थी; ब्रिटिश शासन ने उसे ऐतिहासिक गति प्रदान की। ब्रिटिश शासन भारत के लिए एक 'unconscious tool of history' है, जो भारत को उसकी जड़ता से मुक्त कर आधुनिक औद्योगिक समाज की ओर ले जाएगा।

यह तर्क अत्यंत प्रभावशाली था, क्योंकि उसने औपनिवेशिक शासन को 'सभ्यतागत मिशन' के रूप में प्रस्तुत किया। यदि भारत का कोई इतिहास नहीं था, स्मृति नहीं थी, तो उसकी कोई पहचान भी नहीं हो सकती। इस स्थिति में

उसका इतिहास अब लिखा जाएगा—और पहचान भी गढ़ी जाएगी—औपनिवेशिक सत्ता द्वारा।

भारत का इतिहास पश्चिमी श्रेणियों में लिखा गया, उसकी भाषाओं और समुदायों का वर्गीकरण किया गया और उसकी सभ्यता को पश्चिमी मानकों से मापा गया। जेम्स मिल की History of British India (1817) इसका प्रतिनिधि उदाहरण है। मिल ने भारत को तीन कालों—हिंदू, मुस्लिम और ब्रिटिश—में विभाजित किया और पहले दो को अंधकार, अंधविश्वास और नैतिक पतन का काल घोषित किया। यह विभाजन केवल ऐतिहासिक नहीं था; यह वैचारिक था।

यहीं से आत्मबोध का संकट गहराता है। औपनिवेशिक शिक्षा, प्रशासन और इतिहास-लेखन के माध्यम से भारतीय समाज को यह सिखाया गया कि वह स्वयं को अपनी दृष्टि से नहीं, बल्कि पश्चिमी मानकों से देखे; वह स्वयं को अपने ग्रंथों, स्मृतियों और परंपराओं से नहीं, बल्कि पश्चिमी सामाजिक विज्ञानों के चश्मे से देखे। उन्होंने हमारी पहचान गढ़ी और एक धीमे ज़हर की तरह, हमने इस औपनिवेशिक दृष्टि को आत्मसात कर लिया, और उनके द्वारा थोपी गई पहचान को हम अपनी पहचान मानने लगे। इस आत्मसातीकरण की प्रक्रिया के बारे में आशीष नंदी कहते हैं कि औपनिवेशिक सत्ता 'बाहर से अधिक भीतर' काम करती है।

विडंबना यह है कि औपनिवेशिक सत्ता के औपचारिक रूप से समाप्त हुए पचहत्तर वर्ष से अधिक हो चुके हैं, पर मानसिक और बौद्धिक औपनिवेशिकता अब भी हमारे साथ बनी हुई है। मेरी समझ से आज की भारतीय बौद्धिक स्थिति का सबसे गहरा संकट यही है कि वह अब भी मूलतः प्रतिक्रियात्मक बनी हुई है। हम औपनिवेशिक विमर्श से आज भी प्रतिक्रिया (reaction) के स्तर पर ही जूझ रहे हैं, न कि प्रत्युत्तर (response) के स्तर पर।

किसी भी बौद्धिक या सभ्यतागत समस्या से निपटने के मूलतः दो ही तरीके होते हैं—प्रतिक्रिया और प्रत्युत्तर। प्रतिक्रिया तात्कालिक होती है, रक्षात्मक होती है। उससे एक क्षणिक संतोष या राहत अवश्य मिलती है, पर वह समस्या का कोई स्थायी समाधान नहीं देती। बल्कि प्रायः वह हमें उसी दलदल में और गहरे धँसा देती है, जिससे निकलने के लिए हम संघर्ष कर रहे होते हैं। प्रतिक्रियात्मकता की सबसे बड़ी सीमा यह है कि उसके केंद्र में वही औपनिवेशिक विमर्श बना रहता है, जिसके बाहर निकलना हमारा लक्ष्य होना चाहिए। हम उससे ऊपर उठ ही नहीं पाते, उससे मुक्त हो ही नहीं पाते। इस प्रकार प्रतिक्रिया, अनजाने में ही सही, औपनिवेशिक ज्ञान-संरचना को और अधिक सुदृढ़ कर देती है।

इसके विपरीत, प्रत्युत्तर सृजनात्मक होता है। वह नए बौद्धिक मार्ग खोलता है, नए प्रश्नों को जन्म देता है और दीर्घकालिक समाधान की संभावना पैदा करता है। प्रत्युत्तर का अर्थ केवल उत्तर देना नहीं, बल्कि प्रश्न की शर्तों को ही बदल देना है।

आज हमारी स्थिति यह है कि हम अब भी औपनिवेशिक आरोपों का उत्तर देने में उलझे हुए हैं। औपनिवेशिक विमर्श ने यह कहा कि भारत के पास कोई इतिहास नहीं था—तो हम आज भी यह सिद्ध करने में लगे हुए हैं कि हमारे पास भी इतिहास था। इसकी पराकाष्ठा तब दिखाई देती है, जब हम मर्यादा पुरुषोत्तम राम को एक 'ऐतिहासिक पुरुष' सिद्ध करने की हड़बड़ी में लग जाते हैं। पंडित विद्यानिवास मिश्र ने अपने प्रसिद्ध लेख 'राम इतिहास के परे' में इस प्रवृत्ति पर अत्यंत सूक्ष्म और संतुलित ढंग से विचार किया है। उनका तर्क है कि राम का महत्व उनके ऐतिहासिक या अ-ऐतिहासिक होने में नहीं, बल्कि भारतीय चित्त और सांस्कृतिक स्मृति में उनकी गहन उपस्थिति में है। प्रभु श्रीराम भारतीय समाज के नैतिक, भावनात्मक और आध्यात्मिक जीवन में रचे-बसे हैं; उनका ऐतिहासिक होना या न होना वस्तुतः एक अप्रासंगिक प्रश्न है। फिर भी हम इस प्रश्न पर इतना समय, ऊर्जा और संसाधन खर्च कर रहे हैं—क्योंकि औपनिवेशिक विमर्श में 'ऐतिहासिकता' ही सत्यता का एकमात्र मानदंड बना दिया गया।

इसी प्रकार, जब औपनिवेशिक विमर्श ने यह आरोप लगाया कि भारत के पास विज्ञान और तकनीक नहीं थी, तो हम यह दिखाने में जुट गए कि हमारे पास भी विज्ञान और तकनीक थी। हम यह सिद्ध करने लगते हैं कि प्राचीन भारत में विमान-शास्त्र था, प्लास्टिक सर्जरी थी, आधुनिक चिकित्सा विज्ञान के सभी बीज मौजूद थे। यहाँ समस्या यह नहीं है कि प्राचीन भारत में वैज्ञानिक ज्ञान था या नहीं—समस्या यह है कि हम विज्ञान को भी उन्हीं आधुनिक पश्चिमी मानकों पर प्रमाणित करने की कोशिश कर रहे हैं, जिन मानकों ने हमें मूलतः नकारा था। हम यह पूछने के बजाय कि भारतीय ज्ञान-परंपरा में 'विज्ञान' को किस रूप में समझा गया, हम यह दिखाने में लग जाते हैं कि 'हमारे पास भी वही सब था जो आपके पास है'।

यह प्रवृत्ति केवल इतिहास और विज्ञान तक सीमित नहीं है। दर्शन के क्षेत्र में भी हम यह साबित करने की हड़बड़ी में रहते हैं कि उपनिषद् 'existentialism' से पहले existential थे, या भारतीय दर्शन 'scientific' था क्योंकि वह तर्कशील था। इस प्रकार हम अनजाने में यह स्वीकार कर लेते

हैं कि मानक वही हैं—पश्चिमी—और हमें केवल यह दिखाना है कि हम भी उन मानकों पर खरे उतरते हैं।

यह सब प्रतिक्रियात्मक आत्मरक्षा है; यह आत्मबोध नहीं है।

आत्मबोध का अर्थ यह नहीं है कि हम किसी और के प्रश्नों का उत्तर देते रहें। आत्मबोध तभी संभव है, जब प्रश्न हमारे अपने हों—जब हम अपने अनुभव, अपनी परंपरा, अपनी ऐतिहासिक स्मृति और अपनी समकालीन आवश्यकताओं से प्रश्न उठाएँ और उन्हीं के भीतर उत्तर खोजें।

किसी और के बनाए खेल को, उनके मैदान पर, उनके नियमों के अनुसार खेलते हुए आत्मबोध संभव नहीं है। खेल हमारा होना चाहिए, मैदान हमारा होना चाहिए और नियम भी हमारे होने चाहिए।

भारतीय आत्मबोध की पुनर्प्राप्ति का मार्ग न तो अतीत-पूजा में है और न ही पश्चिम की नकल में। वह एक सृजनात्मक, आत्मविश्वासी और स्वसंदर्भित बौद्धिक संवाद में निहित है—जहाँ हम स्वयं से, अपनी परंपरा से और अपने समय से प्रश्न करते हैं।

आत्मबोध की पुनर्प्राप्ति का अर्थ औपनिवेशिक आरोपों का खंडन करते रहना नहीं, बल्कि उन्हें धीरे-धीरे अप्रासंगिक बना देना है। इसके लिए आवश्यक है कि हम अपने बौद्धिक एजेंडा स्वयं तय करें, अपने प्रश्न अपने अनुभव से निकालें और अपने उत्तर अपनी परंपरा तथा समकालीन यथार्थ के रचनात्मक संवाद से गढ़ें।

इसी संदर्भ में के०सी० भट्टाचार्य का यह कथन अत्यंत प्रासंगिक है कि जब तक हम अपने प्रश्न स्वयं नहीं गढ़ते, तब तक Swaraj in Ideas—अर्थात् विचारों का स्वराज—संभव नहीं है। आज भारतीय बौद्धिकता का बड़ा हिस्सा अब भी यह सिद्ध करने में व्यस्त है कि हमारे पास भी इतिहास, विज्ञान और दर्शन था। यह आत्मरक्षा का भाव है, आत्मबोध का नहीं।

अंततः, भारतीय आत्मबोध का संकट किसी सभ्यता की आंतरिक कमजोरी का परिणाम नहीं, बल्कि औपनिवेशिक ज्ञान-संरचना की दीर्घकालिक छाया है। इस संकट का समाधान न तो अतीत में पलायन है और न ही पश्चिम में विलय। समाधान एक स्वायत्त, आत्मविश्वासी और सृजनात्मक बौद्धिक प्रत्युत्तर में निहित है—जहाँ भारतीय परंपरा अपने प्रश्न स्वयं पूछे और अपने समय से सार्थक संवाद करे। यही भारतीय सभ्यतागत स्वभाव की गहनतम शक्ति है, और यही उसकी भविष्यगत संभावना भी।

यहीं पर भारतीयता, भारतीय स्वभाव और स्वधर्म पर पुनर्विचार की आवश्यकता सामने आती है। भारतीयता कोई संकीर्ण पहचान नहीं है—न

किसी एक भाषा, धर्म या जाति की। वह एक खुली, ग्रहणशील और संवादधर्मी सभ्यता-बोध है। ऋग्वेद का सूत्र— 'एकं सद् विप्रा बहुधा वदन्ति '—इसकी मूल आत्मा को प्रकट करता है। यहाँ एकता का अर्थ समानता नहीं, बल्कि भिन्नताओं के बीच सह-अस्तित्व है। इसी कारण भारत में आस्तिक और नास्तिक दर्शन, वेदांत, बौद्ध और जैन परंपराएँ, तथा भक्ति, ज्ञान और कर्म—सभी जीवन के वैध मार्ग माने गए।

भारतीय स्वभाव को केवल सहनशील कहना भी अपर्याप्त है। भारतीय स्वभाव सहन ही नहीं करता, वह संवाद करता है। उपनिषदों की परंपरा—याज्ञवल्क्य-गार्गी संवाद, नचिकेता-यम प्रश्नोत्तर—आज्ञाकारिता की नहीं, बल्कि प्रश्न करने की संस्कृति का प्रमाण है। यहाँ विरोध अधर्म नहीं और प्रश्न अशिष्टता नहीं। यही कारण है कि भारतीय दर्शन ग्रंथों तक सीमित न रहकर जीवन-दृष्टि बन सका।

इस समूचे सभ्यतागत ढाँचे के केंद्र में धर्म है—पर पंथ या मज़हब के अर्थ में नहीं, बल्कि जीवन को धारण करने वाले नैतिक सिद्धांत के रूप में। इसी से स्वधर्म की अवधारणा निकलती है। गीता का कथन— 'श्रेयान् स्वधर्मो विगुण:'—इस बात को रेखांकित करता है कि स्वधर्म किसी पर थोपा गया आचरण नहीं, बल्कि आत्मबोध से उपजा उत्तरदायित्व है। प्राचीन भारतीय समाज में अधिकार से पहले कर्तव्य का बोध मिलता है, क्योंकि अधिकार समाज से माँगे जाते हैं, जबकि कर्तव्य समाज को बनाते हैं।

आज भारतीयता का संकट यह है कि हम उसे पहचान की राजनीति, अतीत-गौरव या संकीर्ण स्वाभिमान तक सीमित कर देते हैं। जबकि भारतीय परंपरा आत्मालोचन, आत्म-संयम और नैतिक अनुशासन से जीवित रही है—चाहे वह उपनिषदों का 'सोऽहम्?' हो, बुद्ध का दु:ख-चिंतन या महावीर का अहिंसा-आग्रह।

यदि हम इस दृष्टि को पुन: सक्रिय कर सकें, तो भारतीयता केवल अतीत की स्मृति नहीं रहेगी—वह भविष्य की दिशा बन सकेगी।

■

भविष्य का भारत : आत्मनिर्भर एवं विकसित भारत

मिथिलेश कुमार तिवारी

21वीं सदी के चतुर्थांश को पार करते हुए भारत उस निर्णायक दौर में है, जहाँ उसका लक्ष्य केवल आर्थिक प्रगति तक सीमित नहीं, बल्कि एक ऐसे समाज की स्थापना है, जो आत्मनिर्भर, समावेशी, न्यायपूर्ण और स्थायी विकास पर आधारित हो। भारत का भविष्य उसकी आत्मनिर्भरता और विकास की दिशा में किए जा रहे प्रयासों पर निर्भर करता है। स्वतंत्रता प्राप्ति के पश्चात भारत ने नियोजन, औद्योगिकीकरण और सामाजिक सुधार के विभिन्न चरणों से गुजरते हुए वैश्विक स्तर पर अपनी एक सशक्त पहचान बनाई है। परन्तु सच्चे अर्थों में 'विकसित भारत' का निर्माण तभी संभव है, जब देश की अर्थव्यवस्था, समाज, शिक्षा और शासन व्यवस्था आत्मनिर्भरता की भावना से जुड़ी हो। यह आलेख उसी 'आत्मनिर्भर भारत' और 'विकसित भारत' की परिकल्पना का विश्लेषण करने का प्रयास करता है। इसके साथ ही यह आलेख यह भी विवेचना करता है कि भारत को 2047 तक विकसित राष्ट्र बनाने के लिए कौन-से सामाजिक, आर्थिक और नैतिक आयाम आवश्यक हैं।

किसी भी राष्ट्र के लिए आत्मनिर्भरता उसकी आर्थिक, सामाजिक एवं सांस्कृतिक सुरक्षा का मूल आधार है। प्रधानमंत्री नरेंद्र मोदी द्वारा 'आत्मनिर्भर भारत अभियान' की शुरूआत करते समय इसके पाँच स्तंभों की चर्चा की गयी थी। उनके अनुसार 'आत्मनिर्भर भारत' की संकल्पना अर्थव्यवस्था, आधारभूत संरचनाओं का निर्माण, प्रणालीगत सुधार, जनसांख्यिकी और माँग पर आधारित है। यह अभियान न केवल उत्पादन को बढ़ावा देता है, बल्कि स्थानीय उद्यम, नवाचार, और मेक इन इंडिया की भावना को भी सशक्त करता है (भारत सरकार, 2020)। यद्यपि अपने मौलिक स्वरूप में आत्मनिर्भरता का अर्थ आत्मकेन्द्रित होना नहीं, बल्कि वैश्विक सहयोग के साथ स्वदेशी क्षमता का विकास करना है। इसके साथ ही भारत सरकार ने 2047 तक 'विकसित भारत' का लक्ष्य भी निर्धारित किया है। विकसित भारत का लक्ष्य है कि हर नागरिक को अवसर, सम्मान और विकास का समान अधिकार मिले। इस अर्थ में विकसित भारत की अवधारणा केवल आर्थिक

सूचकांकों से नहीं, बल्कि मानवीय विकास सूचकांक, शिक्षा, स्वास्थ्य, सामाजिक समानता और पर्यावरणीय स्थिरता से भी जुड़ी है (UNDP, 2024)।

आत्मनिर्भर और विकसित भारत का दृष्टिकोण, 2047 तक आर्थिक रूप से सशक्त और सामाजिक रूप से समतामूलक राष्ट्र की आकांक्षा को रेखांकित करता है। यह उस स्वपन को साकार करने का निश्चय भी है कि विज्ञान और प्रौद्योगिकी में नवाचार, कृषि और उद्योग में सुधार और सामाजिक-आर्थिक सुधारों सहित लोकतांत्रिक मूल्यों की स्थिरता के द्वारा भारत विश्व का अग्रणी राष्ट्र बनेगा। यह अवधारणा एक विविध और गतिशील जनसंख्या की आकांक्षाओं को साकार करने की दिशा में एक समग्र दृष्टिकोण का प्रतिनिधित्व करती है।

'आत्मनिर्भर एवं विकसित भारत' की अवधारणा ऐतिहासिक रूप से स्वतंत्रता संग्राम के दौरान रखी गई वैचारिक नींव से उभरी है और 1947 के बाद की राष्ट्र-निर्माण प्रक्रियाओं के माध्यम से विकसित हुई है। भारत में आत्मनिर्भरता को समझने के लिए, इसे व्यापक ऐतिहासिक आख्यान के संदर्भ में रखना आवश्यक है। ब्रिटिश औपनिवेशिक शासन के दौरान, भारत को व्यापक व्यवस्थागत शोषण का सामना करना पड़ा, जिसने स्थानीय औद्योगिक क्षमताओं को क्षीण कर दिया और विदेशी उत्पादों पर निर्भरता को और गहरा कर दिया। भारतीय स्वतंत्रता संग्राम ने स्वदेशी आंदोलन के माध्यम से आत्मनिर्भरता की वकालत की। महात्मा गांधी ने औपनिवेशिक शक्तियों से आर्थिक स्वतंत्रता प्राप्त करने के एक उपाय के रूप में स्वदेशी उत्पादन और उपभोग पर जोर देने की बात की। इस वैचारिक जागृति ने राष्ट्रीय गरिमा और स्वायत्तता के एक साधन के रूप में आत्मनिर्भरता के महत्व को रेखांकित किया। महात्मा गांधी के अलावे जे०सी०कुमारप्पा, दीनदयाल उपाध्याय, नानाजी देखमुख एवं दत्तोपंत ढेंगरी आदि ने भी जीवन भर स्वदेशी, आर्थिक स्वावलंबन और आत्मनिर्भर भारत की वकालत की।

महात्मा गांधी ने जिस भारत का सपना देखा था, वह केवल आर्थिक रूप से स्वावलंबी नहीं, बल्कि नैतिक, सामाजिक और आत्मिक रूप से भी समृद्ध था। महात्मा गांधी ने स्वतंत्रता आंदोलन के दौरान 'स्वराज' की जो संकल्पना दी थी, वह केवल राजनीतिक स्वतंत्रता नहीं थी, बल्कि उसमें आर्थिक और नैतिक स्वावलंबन का गहरा भाव भी निहित था (गांधी, 1909)। गांधी की दृष्टि में आत्मनिर्भर भारत का अर्थ है—ऐसा भारत जहाँ प्रत्येक व्यक्ति अपनी आवश्यकताओं की पूर्ति स्वयं कर सके, ग्राम स्वराज के

सिद्धांत पर आधारित विकेन्द्रित अर्थव्यवस्था हो और विकास का केन्द्र मनुष्य तथा नैतिक मूल्य हों। गांधी के अनुसार, भारत का सच्चा विकास तभी संभव है, जब गाँव आत्मनिर्भर हों और व्यक्ति श्रम के महत्व को समझे। उनके अनुसार 'ग्राम स्वराज' का अर्थ है—प्रत्येक गाँव एक लघु गणराज्य की तरह स्वशासी हो (Parekh, 1999)।

गांधी की आत्मनिर्भरता नैतिक आत्मनिर्भरता पर आधारित थी। उन्होंने कहा था कि 'विकास की दिशा व्यक्ति से आरंभ होकर समाज और राष्ट्र तक जानी चाहिए।' गांधी के विचारों में 'विकसित भारत' का अर्थ केवल औद्योगिक प्रगति नहीं, बल्कि ऐसा समाज से था जहाँ समानता, न्याय और आत्मिक संतुलन हो। उनका विश्वास था कि भारत की आत्मा उसके गाँवों में बसती है। इसलिए बिना गाँवों को आत्मनिर्भर एवं सशक्त किए विकसित भारत की कल्पना नहीं की जा सकती है। आत्म-निर्भर एवं सशक्त भारत के भविष्य की कल्पना हेतु गांधी जिस स्वदेशी मॉडल के विकास पर जोर देते थे, उसमें वर्तमान केन्द्रीकृत विकास का विरोध था। उन्होंने 'हिन्द स्वराज' में पश्चिमी औद्योगिक सभ्यता की आलोचना करते हुए कहा कि वास्तविक प्रगति वह है, जो मनुष्य को नैतिक रूप से ऊपर उठाए (गांधी, 1909)। गांधी ने यह भी कहा था कि 'सच्ची स्वतंत्रता तब होगी जब प्रत्येक व्यक्ति स्वयं को और अपने समाज को सशक्त बना सके।' इस दृष्टि से आत्मनिर्भर एवं विकसित भारत के भविष्य का स्वप्न गांधी के 'रचनात्मक कार्यक्रमों' का ही आधुनिक रूप भी कहा जा सकता है। गांधीजी भविष्य के एक ऐसे भारत की कल्पना करते हैं, जिसमें पूंजीवादी औद्योगीकरण व लोभ-मुनाफा आधारित तथा प्रकृति-पर्यावरण का अमर्यादित दोहन करने वाली अर्थनीति की जगह विकेन्द्रित अर्थव्यवस्था, शरीर-श्रम, स्वदेशी, स्वावलंबन, सादगी, समानता एवं परस्परावलंबन पर आधारित अहिंसक अर्थव्यवस्था की स्थापना के लिए प्रयास किए जाएँ। गांधीजी के ही समकालीन जे०सी०कुमारप्पा ने भी भविष्य के ऐसे भारत का खाका प्रस्तुत किया जिसमें भारतीय किसान और दस्तकारों के खोए गौरव को लौटाने की बात होती हो। उनके लेखों में कृषि अर्थव्यवस्था में प्राकृतिक संसाधनों के संरक्षण का मामला बार-बार उठाया गया है। साधनों के विकेन्द्रीकरण एवं प्रकृति आधारित आर्थिक व्यवस्था के माध्यम से कुमारप्पा वितरणात्मक न्याय और पारिस्थितिकीय संरक्षण की वकालत करते थे। स्थानीय स्तर पर उत्पादन, वितरण और उपभोग को सुनिश्चित कर वह स्थानीय लोगों की आर्थिक सुरक्षा एवं पोषण को सुनिश्चित करना चाहते थे।

आज 2025 में समय के जिस दोराहे पर हम खड़े हैं, वहाँ एक ओर हमें 2047 तक आत्मनिर्भर एवं विकसित भारत को मूर्त रूप देना है, वहीं दूसरी ओर गांधी के स्वराज पर आधारित आत्मनिर्भर गाँवों को हकीकत बनाने का स्वप्न भी साकार करना है। गांधी की आत्मनिर्भरता की संकल्पना को व्यवहार में लाने में अनेक चुनौतियाँ हैं। मसलन, बढ़ता उपभोक्तावाद और भौतिकवाद, ग्रामीण-शहरी असंतुलन, पर्यावरणीय संकट और जलवायु परिवर्तन, सामाजिक विषमता और नैतिक पतन। फिर भी, स्थानीयता, नैतिकता और पारिस्थितिकीय संतुलन के माध्यम से एक स्थायी विकास मॉडल प्रस्तुत करके गांधी की दृष्टि आधुनिक भारत के लिए समाधान प्रदान करती है। (World Bank, 2023)।

उपरोक्त दृष्टिकोण के आधार पर स्वतंत्रता के बाद, नवगठित सरकारों ने घरेलू उद्योगों को बढ़ावा देने और विदेशी संस्थाओं पर निर्भरता कम करने के उद्देश्य से आर्थिक नीतियाँ बनाने के लिए इन वैचारिक सिद्धांतों पर भरोसा किया। भारत की आर्थिक योजना का प्रारंभिक चरण 1951 में शुरू हुई पंचवर्षीय योजनाओं में समाहित था। पहली योजना में कृषि और औद्योगिक विकास के माध्यम से आत्मनिर्भरता प्राप्त करने का दृष्टिकोण प्रस्तुत किया गया था। नेहरू की मिश्रित अर्थव्यवस्था की परिकल्पना सार्वजनिक और निजी क्षेत्रों के विकास में संतुलन स्थापित करने पर केन्द्रित थी, जिसमें भारी उद्योगों और बुनियादी ढाँचे के विकास पर ज़ोर दिया गया था। इस रणनीतिक दिशा की पहचान इस समझ से थी कि राष्ट्रीय आत्मनिर्भरता प्राप्त करने के लिए एक मज़बूत औद्योगिक आधार अत्यंत आवश्यक है। हालाँकि, इस युग की विशेषता रही संरक्षणवादी और आयात प्रतिस्थापन नीतियों के कारण भी अकुशलताएँ पैदा हुईं और अर्थव्यवस्था वैश्विक प्रतिस्पर्धा के लिए पर्याप्त रूप से तैयार नहीं हो पाई। 1991 का आर्थिक उदारीकरण भारत की आत्मनिर्भरता की दिशा में एक महत्वपूर्ण मोड़ साबित हुआ। भुगतान संतुलन के संकट का सामना करते हुए, भारत सरकार ने विनियमन-मुक्ति, विदेशी निवेश के लिए बाज़ारों को खोलने और भारत को वैश्विक अर्थव्यवस्था में एकीकृत करने के उद्देश्य से महत्वपूर्ण सुधार किए। इन सुधारों ने आत्मनिर्भरता के दृष्टिकोण में व्यापक बदलाव लाया। तकनीकी नवाचार और उद्यमिता के आधार पर एक ऐसे दृष्टिकोण का विकास हुआ, जिससे एक विविध आर्थिक परिदृश्य का निर्माण संभव होता हो। इस दृष्टिकोण ने भारत के जनसांख्यिकीय लाभांश और बौद्धिक पूँजी का लाभ उठाने पर जोर दिया और 1991 से 2014 तक भारत ने तेजी से आर्थिक विकास किया तथा 2008 के वैश्विक मंदी के दौरान

भी स्थिर अर्थव्यवस्था के रूप में अपने को दुनिया के सामने प्रस्तुत किया। यद्यपि इस दौरान सरकारी स्तर पर व्यापक पैमाने पर हुए भ्रष्टाचार ने आम नागरिकों के अंदर परिवर्तन की आकांक्षा पैदा की।

हाल के वर्षों में, विशेष रूप से 2014 के बाद डिजिटल इंडिया मिशन द्वारा डिजिटल सशक्तिकरण, स्वच्छ भारत मिशन द्वारा सार्वजनिक स्वास्थ्य और पर्यावरणीय सुधार, स्टार्टअप इंडिया और मेक इन इंडिया के माध्यम से नवाचार और उद्यमिता एवं राष्ट्रीय शिक्षा नीति 2020 द्वारा ज्ञान-आधारित समाज की नींव जैसी पहलों के शुभारंभ के बाद, आत्मनिर्भरता पर विमर्श सतत विकास को समाहित करते हुए विकसित हुआ है। इस दौरान नीति निर्माताओं ने आर्थिक विकास को पारिस्थितिकीय स्थिरता से जोड़ने की आवश्यकता पर बल दिया। यह नवीकरणीय ऊर्जा, जैव-अर्थव्यवस्था और स्थायी कृषि पद्धतियों की ओर बढ़ते प्रयासों में स्पष्ट है, जिनका उद्देश्य पर्यावरणीय संरक्षण सुनिश्चित करते हुए स्थानीय समुदायों को सशक्त बनाना है। आत्मनिर्भरता को स्थिरता के साथ जोड़कर, भविष्य के विकसित भारत की परिकल्पना एक बहुआयामी दृष्टिकोण को परिलक्षित करती है, जो जलवायु परिवर्तन जैसी वैश्विक चुनौतियों का सामना करने के लिए लचीलेपन और अनुकूलनशीलता पर ज़ोर देती है। इस दृष्टिकोण के मूल में स्वायत्तता को केवल एक आर्थिक उद्देश्य के रूप में नहीं, बल्कि पर्यावरण प्रबंधन, तकनीकी प्रगति और सामाजिक सशक्तिकरण को समाहित करने वाले एक वैश्विक प्रतिमान को विकसित करने की मान्यता भी छिपी है। इस अवधारणा का महत्व भारत की स्वतंत्रता-पश्चात विकास यात्रा के ऐतिहासिक संदर्भों में निहित है, जिसमें आर्थिक स्वतंत्रता की आकांक्षाएँ सामाजिक न्याय की अनिवार्यताओं से जुड़ी हुई थीं। यह ऐतिहासिक संदर्भ वैश्वीकरण और आधुनिकीकरण की जटिलताओं से निपटने के तरीके और स्थानीय सामाजिक-सांस्कृतिक वास्तविकताओं में विकास के नए पैमान गढ़ने के प्रयासों पर भी आधरित है।

सतत विकास पर जोर आत्मनिर्भर भारत के दृष्टिकोण का एक अभिन्न अंग है। ब्रूंडलैंड आयोग ने अपनी मौलिक रिपोर्ट 'हमारा साझा भविष्य' (1987) में सतत विकास को परिभाषित करते हुए लिखा कि—सतत विकास, 'ऐसे विकास को संदर्भित करता है, जो भविष्य की पीढ़ियों की अपनी आवश्यकताओं को पूरा करने की क्षमता से समझौता किए बिना वर्तमान की आवश्यकताओं को पूरा करता है।' भारतीय संदर्भ में, सतत विकास पर्यावरणीय विचारों से ओत-प्रोत आर्थिक, सामाजिक और संस्थागत आयामों

को समाहित करती है, जो विकास की बहुआयामी प्रकृति को दर्शाते हैं। इस दृष्टिकोण से 2047 तक आत्मनिर्भर एवं विकसित भारत के लक्ष्य को पूरा करने के लिए, स्थानीय संदर्भों और वैश्विक मानकों के अनुरूप संसाधन प्रबंधन को ध्यान में रखते हुए ग्रामीण विकास, शहरीकरण, जलवायु परिवर्तन और अन्य पर्यावरणीय चुनौतियों के प्रति दीर्घकालिक एवं समयानुकूल लचीले रुख को आत्मसात करने की जरूरत है।

विविधता में एकता को धारण करने वाले राष्ट्र होने के नाते, सामाजिक रूप से, भारत में सतत विकास समावेशन को मूर्त रूप देने की आवश्यकता है। भारत अभी आर्थिक और सामाजिक आयामों में असमानताओं का सामना करता है। सतत विकास लक्ष्यों के अनुरूप प्रभावी सामाजिक-आर्थिक सुधारों को हाशिए पर पड़े समुदायों के सशक्तिकरण को प्राथमिकता देने की जरूरत है ताकि निर्णय लेने की प्रक्रियाओं में उनकी सक्रिय भागीदारी सुनिश्चित हो सके। शिक्षा, स्वास्थ्य सेवा और आजीविका के अवसरों तक समान पहुँच सुनिश्चित करने वाली नीतियाँ मानव-पूँजी के निर्माण के लिए महत्वपूर्ण हैं, जो वैश्विक अर्थव्यवस्था भारत की सुदृढ़ स्थिति के लिए आवश्यक है। इस सशक्तिकरण से एक ऐसे सामाजिक वातावरण का निर्माण होने की उम्मीद है, जिसमें लोग सतत विकास में योगदान देने और उससे लाभ उठाने के लिए सक्षम हों।

पर्यावरणीय दृष्टि से, सतत विकास के निहितार्थ भारत की समृद्ध जैव विविधता और प्राकृतिक संसाधनों के संरक्षण तक विस्तृत हैं। देश के विविध पारिस्थितिक तंत्रों के लिए ऐसी रणनीतियों की आवश्यकता है, जो वनों की कटाई और वायु एवं जल प्रदूषण जैसे पर्यावरणीय क्षरण को कम करें। सतत पर्यटन और उत्तरदायी शहरीकरण को बढ़ावा देते हुए संरक्षण पर ज़ोर देने से इन पारिस्थितिक तंत्रों की रक्षा करने में मदद मिल सकती है और साथ ही वैश्विक मंच पर भारत का आकर्षण भी बढ़ सकता है। इसलिए, सतत विकास का उद्देश्य न केवल आर्थिक परिणामों में सुधार करना है, बल्कि एक ऐसे प्रबंधन मॉडल को भी बढ़ावा देना है, जो पर्यावरण और उस पर निर्भर समुदायों के कल्याण को बढ़ावा दे।

इस प्रकार 2047 तक विकसित और आत्मनिर्भर भारत की कल्पना के अंतर्गत सतत विकास पर विमर्श केवल आर्थिक विकास प्राप्त करने के बारे में नहीं है, बल्कि देश की सामाजिक-आर्थिक और पर्यावरणीय नीतियों के मूल में स्थिरता को अंतर्निहित करने के बारे में है। यह एकीकृत दृष्टिकोण न केवल अपने नागरिकों के लिए एक समृद्ध भविष्य सुनिश्चित करेगा, बल्कि

वैश्विक स्तर पर सतत विकास में भारत को अग्रणी के रूप में स्थापित करेगा, जिससे विकास और पारिस्थितिक प्रबंधन के बीच संतुलित सह-अस्तित्व का मार्ग प्रशस्त होगा। तकनीकी नवाचार को भारत की आत्मनिर्भरता और सतत विकास को सुविधाजनक बनाने हेतु आधारशिला के रूप में तेजी से पहचाना जा रहा है, विशेष रूप से 2047 तक विकसित अर्थव्यवस्था के रूप में उभरने की देश की आकांक्षा के संदर्भ में। सतत विकास और प्रौद्योगिकी के बीच गहरा संबंध है, जो उत्पादकता बढ़ाने, संसाधनों की खपत को कम करने और महत्वपूर्ण सामाजिक-आर्थिक चुनौतियों को हल करने के मार्ग प्रदान करता है।

भारत के विशिष्ट सामाजिक-आर्थिक ताने-बाने, जिसकी विशेषता उच्च जनसंख्या घनत्व, विविध आर्थिक गतिविधियाँ और पर्यावरणीय चुनौतियाँ हैं, एक सतत दृष्टिकोण की आवश्यकता को रेखांकित करता है। इस अर्थ में, नवीकरणीय ऊर्जा, अपशिष्ट प्रबंधन और जल संरक्षण प्रणालियों जैसी पर्यावरणीय तकनीकों में प्रगति, पारिस्थितिक प्रभावों को कम करने में महत्वपूर्ण योगदान दे सकती है। उदाहरण के लिए, सौर ऊर्जा का उपयोग न केवल भारत की ऊर्जा की कमी को दूर करने की क्षमता रखता है, बल्कि व्यापक जलवायु लक्ष्यों के अनुरूप जीवाश्म ईंधन पर निर्भरता को भी कम कर सकता है। भारत द्वारा शुरू किया गया अंतरराष्ट्रीय सौर गठबंधन इस बात का उदाहरण है कि कैसे तकनीकी सहयोग वैश्विक स्तर पर सतत विकास को बढ़ावा दे सकता है।

आत्मनिर्भरता और स्वायत्तता के इस दृष्टिकोण को साकार करने में तकनीकी नवाचार एक महत्वपूर्ण भूमिका निभा सकता है। डिजिटल प्रौद्योगिकियों, हरित ऊर्जा समाधानों और जैव प्रौद्योगिकी में तीव्र प्रगति अर्थव्यवस्था के विभिन्न क्षेत्रों में बदलाव के अभूतपूर्व अवसर प्रदान कर सकती है। अपनी युवा जनसांख्यिकी संरचना (संभवतः भारत दुनिया का सबसे ज्यादा युवा आबादी का देश है) और फलते-फूलते डिजिटल पारिस्थितिकी तंत्र के साथ, भारत उत्पादकता में सुधार, संसाधन उपयोग दक्षता में सुधार और समावेशी विकास को गति देने के लिए प्रौद्योगिकी का लाभ उठाने के लिए कृत-संकल्पित है। कृषि, विनिर्माण और सेवाओं जैसे पारंपरिक क्षेत्रों में उभरती प्रौद्योगिकियों को एकीकृत करने से आर्थिक विकास को बढ़ावा मिल सकता है और सामाजिक-आर्थिक सुधारों द्वारा लाभों के समान वितरण से भारत के प्रत्येक नागरिक को बेहतर जीवन-यापन का मौका मिल सकता है। अनुसंधान और विकास में निवेश करके, भारत एक ऐसा वातावरण

तैयार कर सकता है, जो स्थानीय नवाचार को प्रोत्साहित करने के साथ ही विदेशी तकनीकों पर निर्भरता कम करने पर जोर दे। 'मेक इन इंडिया' जैसी पहल उत्पादन और तकनीकी स्टार्टअप को प्रोत्साहित करती हैं, जो अंतरराष्ट्रीय प्रतिस्पर्धा में योगदान देते हैं और आर्थिक विकास को गति प्रदान करते हैं। प्रौद्योगिकी इन्क्यूबेटरों और एक्सेलरेटरों का निर्माण नवीन विचारों के व्यावसायीकरण को सुगम बना सकता है, जिससे यह सुनिश्चित हो सके कि भारत तकनीकी प्रगति और उद्यमशीलता गतिविधियों का केन्द्र बने।

इसके अलावा, शहरी नियोजन और विकास में स्मार्ट तकनीकों का एकीकरण अति-आवश्यक है। स्मार्ट शहरों की अवधारणा का उद्देश्य ऐसे टिकाऊ शहरी वातावरण का निर्माण करना है, जो ऊर्जा उपयोग, परिवहन प्रणालियों और अपशिष्ट प्रबंधन में कुशल हों। डेटा और तकनीकी अवसंरचनाओं का लाभ उठाकर, स्मार्ट शहर संसाधन आवंटन को अनुकूलित कर, जीवन स्तर में सुधार कर सकते हैं और निवासियों के जीवन की गुणवत्ता में सुधार कर सकते हैं। स्मार्ट शासन ढाँचे, जो तकनीकी प्लेटफार्मों के माध्यम से नागरिक प्रतिक्रिया को शामिल करते हैं, लोकतांत्रिक भागीदारी और पारदर्शिता को बढ़ाते हुए, अंततः नागरिकों को सशक्त बना सकते हैं।

इसके साथ ही नागरिकों को सशक्त बनाने और विकास में उनकी भागीदारी को मज़बूत करने के लिए सामाजिक-आर्थिक सुधार भी ज़रूरी हैं। इन सुधारों में शिक्षा, स्वास्थ्य सेवा और आजीविका तक समान पहुँच, असमानताओं को दूर करने और हाशिए पर पड़ी आबादी को देश की आर्थिक गतिशीलता में सक्रिय योगदानकर्ता बनने पर जोर देने की जरूरत है। समता और न्याय के सिद्धांतों को शामिल करते हुए समावेशी नीतियों को बढ़ावा देकर, भारत एक ऐसे समाज का निर्माण कर सकता है, जो न केवल आर्थिक प्रगति को गति दे, बल्कि लोकतांत्रिक मूल्यों और नागरिक सहभागिता को भी पोषित करे।

चूँकि भारत 2047 तक वैश्विक चुनौतियों का सामना करते हुए विश्व की दुसरी अर्थव्यवस्था बनने का लक्ष्य रखता है, इसलिए नवाचार और उद्यमिता के लिए एक अनुकूल वातावरण तैयार करना अनिवार्य है। इसके अंतर्गत व्यापार करने में आसानी, एक जीवंत स्टार्टअप पारिस्थितिकी तंत्र (इकोसिस्टम) को बढ़ावा देना और उद्योग एवं शिक्षा जगत के बीच सहयोग को सुगम बनाना शामिल है। नवाचार और तकनीकी प्रगति के केन्द्र के रूप में खुद को स्थापित करके, भारत 2047 तक न केवल घरेलू ज़रूरतों को पूरा कर सकता है, बल्कि वैश्विक चुनौतियों के समाधान में योगदान देकर

वैश्विक मंच पर एक महत्वपूर्ण खिलाड़ी भी बन सकता है।

विकसित और आत्मनिर्भर भारत को साकार करने के लिए एक ऐसे दृष्टिकोण की आवश्यकता है, जिसमें प्रत्येक नागरिक को सशक्त बनाने और वैश्विक मंच पर भारत को प्रतिस्पर्धात्मक रूप से स्थापित करना शामिल है, ताकि एक उभरती अर्थव्यवस्था के रूप में इसकी क्षमता का दोहन हो सके तथा एक न्यायसंगत और पर्यावरणीय रूप से टिकाऊ भविष्य की खोज में भारत अगुआ के रूप में भी काम करे। विभिन्न संस्कृतियों, भाषाओं और धर्मों के विविध ताने-बाने को समेटे हुए, भारत दुनिया के सबसे अधिक आबादी वाले देश के रूप में खड़ा है, जो अद्वितीय अवसरों और चुनौतियों से भरा है। अंतरराष्ट्रीय मुद्रा कोष की ताजा रिपोर्ट के अनुसार, देश की जीडीपी अनुमान में बढ़ोतरी हुई है। ग्लोबल एजेंसी द्वारा वित्त वर्ष 2025-26 के लिए देश की अर्थव्यवस्था वृद्धि अनुमान को बढ़ाकर 6.6 प्रतिशत कर दिया गया है, जो कि पहले 6.4 प्रतिशत था। अपने वर्ल्ड इकोनॉमिक आउटलुक में अंतरराष्ट्रीय मुद्रा कोष ने कहा कि वृद्धि दर में इजाफा पहली तिमाही में अर्थव्यवस्था के मजबूत प्रदर्शन के कारण किया गया है। बीते महीने अमेरिकी रेटिंग एजेंसी फिच ने भी वित्त वर्ष 25-26 के लिए अपने पूर्वानुमान को जून के 6.5 प्रतिशत से संशोधित कर 6.9 प्रतिशत कर दिया था। फिच ने रिपोर्ट में कहा कि भारत भू-राजनीतिक अनिश्चितताओं के बीच मजबूती का प्रदर्शन कर रहा है और अगले तीन वर्षों में देश 6 प्रतिशत से ऊपर की विकास दर बनाए रखने में सक्षम है। सरकार द्वारा व्यापक जीएसटी सुधारों को लागू करने और उपभोक्ता वस्तुओं एवं सेवाओं पर कर दरों में कमी के साथ, घरेलू माँग में तेजी आने के कारण अमेरिकी टैरिफ वृद्धि के बावजूद भारतीय अर्थव्यवस्था में तेजी के संकेत सकारात्मक हैं। हालाँकि, यह वृद्धि निरंतर असमानताओं, बेरोजगारी, गरीबी के उच्च स्तर के साथ जुड़ी हुई है, जिसके लिए सामाजिक-आर्थिक सुधारों के लिए एक व्यापक दृष्टिकोण की आवश्यकता है।

भारत के सामाजिक-आर्थिक परिदृश्य का एक महत्वपूर्ण पहलू इसका श्रम बाज़ार है, जिसकी विशेषता अनौपचारिक रोज़गार में लगे श्रमिकों का एक बड़ा हिस्सा है। अनुमान बताते हैं कि लगभग 80 प्रतिशत कार्यबल श्रम कानूनों के दायरे से बाहर काम करता है, जिससे रोज़गार की असुरक्षा बढ़ती है और सामाजिक कल्याण लाभों तक पहुँच सीमित होती है। इसके अलावा, लगभग 50 प्रतिशत आबादी वाला एक महत्वपूर्ण युवा वर्ग अल्प-रोज़गार और कौशल असंतुलन की चुनौतियों का सामना कर रहा है, जिससे कौशल

विकास को सुगम बनाने और रोज़गार क्षमता में सुधार लाने वाले नीतिगत हस्तक्षेपों की आवश्यकता बढ़ गई है। सरकार द्वारा हाल ही में जारी व्यापक श्रम-सुधार इस दिशा में महत्वपूर्ण उपलब्धि है।

स्वतंत्रता प्राप्ति के बाद भारत ने शिक्षा के क्षेत्र में उल्लेखनीय प्रगति की है, जिसका प्रमाण साक्षरता दर बढ़कर हाल के वर्षों में 74 प्रतिशत से अधिक हो जाना है। हालाँकि, विभिन्न क्षेत्रों में शिक्षा की गुणवत्ता में अभी भी एकरूपता नहीं है और गुणवत्तापूर्ण उच्च शिक्षा एवं व्यावसायिक प्रशिक्षण तक पहुँच में लगातार अंतर बना हुआ है। यह एक ऐसे मज़बूत शैक्षिक ढाँचे की आवश्यकता को रेखांकित करता है, जो बाज़ार की माँगों के अनुरूप हो, विशेष रूप से डिजिटल अर्थव्यवस्था के लिए आवश्यक तकनीकी दक्षताओं को बढ़ावा देने में शिक्षा की भूमिक महत्वपूर्ण है।

स्वास्थ्य सुधार सामाजिक-आर्थिक सशक्तिकरण में महत्वपूर्ण भूमिका निभाते हैं। एक स्वस्थ जनसंख्या आर्थिक गतिविधियों में अधिक प्रभावी ढंग से भाग ले सकती है, जिससे उत्पादकता में सुधार होता है। सार्वभौमिक स्वास्थ्य सेवा योजनाओं और सुलभ चिकित्सा सेवाओं का कार्यान्वयन यह सुनिश्चित करता है कि सभी नागरिक, चाहे उनकी सामाजिक-आर्थिक पृष्ठभूमि कुछ भी हो, एक स्वस्थ जीवन स्तर बनाए रख सकें। इसके अतिरिक्त, स्वास्थ्य साक्षरता पहल लोगों को अपने स्वास्थ्य के बारे में सूचित निर्णय लेने में सशक्त बना सकती है, जिससे एक अधिक मज़बूत और लचीला कार्यबल तैयार हो सकता है।

कृषि क्षेत्र, जो लगभग आधे कार्यबल को रोजगार देता है, भारत के सामाजिक-आर्थिक ताने-बाने के लिए अत्यंत महत्वपूर्ण है, लेकिन यह निम्न उत्पादकता, अपर्याप्त बुनयादी ढाँचे और जलवायु परिवर्तन के प्रति असंवेदनशीलता से ग्रस्त है। कृषि नीतियों में हालिया सुधारों ने कुछ स्तर पर बदलाव लाया है—खासकर प्रधानमंत्री फसल बीमा योजना एवं प्रधानमंत्री किसान सम्मान निधि योजना के कार्यान्वयन जैसे उपायों के माध्यम से विपरीत मौसम के कारण फसलों के नुकसान में कमी आयी है तथा किसानों की आय में सुधार हुआ है। इसके साथ ही, छोटे किसानों को वित्तीय सहायता प्राप्त हुई है। हालाँकि, खाद्य सुरक्षा और पर्यावरणीय स्थिरता सुनिश्चित करने के लिए इन पहलों को टिकाऊ कृषि पद्धतियों और नवीन तकनीकों के माध्यम से और सुदृढ़ करने की आवश्यकता है ताकि आत्मनिर्भर और विकसित भारत में किसानों की आय दुगुनी हो सके तथा श्रम की प्रतिष्ठा कायम हो सके। एक विकसित भारत के संदर्भ में खाद्य सुरक्षा में

आत्मनिर्भरता का विमर्श स्वाभाविक रूप से पर्यावरणीय जरूरतों को ध्यान में रखते हुए स्थायी कृषि प्रथाओं पर जोर देता है। जलवायु-स्मार्ट कृषि इस विजन में एक केन्द्रीय तत्व के रूप में उभरती है। यह कृषि उत्पादकता, पर्यावरण संरक्षण और सामाजिक-आर्थिक सशक्तीकरण के बीच के अन्तर्संबंध पर जोर देता है। इन व्यापक सुधारों को प्राथमिकता देकर, भारत अपने मानव संसाधनों की पूरी क्षमता का दोहन कर सकता है और यह सुनिश्चित कर सकता है कि सभी नागरिक देश के विकास पथ में योगदान दें और लाभान्वित हों।

वर्तमान सामाजिक-आर्थिक परिदृश्य में तकनीकी नवाचार एक दोधारी तलवार की तरह है। भारत एक ओर जहाँ सॉफ्टवेयर और सूचना प्रौद्योगिकी सेवाओं का एक वैश्विक केन्द्र बन गया है, वहीं दूसरी ओर डिजिटल तकनीक और इंटरनेट कनेक्टिविटी तक पहुँच में असमानताएँ बनी हुई हैं, खासकर ग्रामीण क्षेत्रों में। इस डिजिटल खाई को पाटना समतामूलक विकास सुनिश्चित करने और हाशिए पर पड़े समुदायों को अर्थव्यवस्था में सक्रिय रूप से भाग लेने के लिए सशक्त बनाने हेतु महत्वपूर्ण होगा।

इसके अलावा, सामाजिक-आर्थिक नीतियों को आकार देने में सामाजिक-राजनीतिक संदर्भ महत्वपूर्ण भूमिका निभाते हैं। 'आत्मनिर्भर भारत' पर वर्तमान ज़ोर स्थानीय विनिर्माण और आत्मनिर्भरता की ओर एक रणनीतिक बदलाव को दर्शाता है, जिसका उद्देश्य आयात पर निर्भरता कम करना है। ये प्रयास प्रतिस्पर्धात्मकता बढ़ाने की वैश्विक पहलों से जुड़े हुए हैं, खासकर नवीकरणीय ऊर्जा जैसे क्षेत्रों में, जहाँ भारत का लक्ष्य 2030 तक अपनी क्षमता में उल्लेखनीय वृद्धि करना है।

इस प्रकार जहाँ भारत का सामाजिक-आर्थिक परिदृश्य उल्लेखनीय उपलब्धियों से युक्त है, वहीं यह अनेक चुनौतियों से भी घिरा है, जिनके लिए बहुआयामी दृष्टिकोण की आवश्यकता है। 2047 तक एक विकसित और आत्मनिर्भर भारत के स्वप्न को साकार करने के लिए व्यापक सामाजिक-आर्थिक सुधारों और तकनीकी प्रगति के माध्यम से इन असमानताओं का समाधान आवश्यक है। भारत के सामाजिक-आर्थिक परिदृश्य को देखते हुए, जो गरीबी, असमानता और पर्यावरणीय क्षरण जैसी गंभीर चुनौतियों से घिरा है, यह समग्र दृष्टिकोण विशेष रूप से महत्वपूर्ण है।

इन प्रयासों को पारदर्शी तरीके से आगे बढ़ाने के लिए और भ्रष्टाचार कम करने के उद्देश्य से किए गए शासन सम्बन्धी सुधार, निर्णय लेने की प्रक्रियाओं में नागरिकों की भागीदारी को बेहतर बना सकते हैं। विकेन्द्रीकृत

शासन संरचनाओं के माध्यम से नागरिकों को सशक्त बनाने से अधिक उत्तरदायी और जवाबदेह प्रशासन का मार्ग प्रशस्त हो सकता है। जब नागरिकों को स्थानीय शासन में भागीदारी के लिए प्रोत्साहित किया जाता है, तो वे देश की विकास यात्रा में सक्रिय भागीदार बनते हैं, जिससे आत्मनिर्भरता की संस्कृति को बढ़ावा मिलता है।

2047 तक भारत विकसित एवं आत्मनिर्भर राष्ट्र की कल्पना को साकार करने के लिए अनुसंधान एवं विकास में पर्याप्त निवेश की भी अत्यंत आवश्यकता है। इसके अंतर्गत न केवल वित्तीय आवंटन की जरूरत है, बल्कि समाज में एक मजबूत नवाचार संस्कृति के विकास पर जोर देने की भी आवश्यकता है। इसके अंतर्गत अनुसंधान एवं विकास में आम नागरिकों को शामिल करना, उद्यमशीलता की मानसिकता को बढ़ावा देना और STEM (विज्ञान, प्रौद्योगिकी, इंजीनियरिंग और गणित) शिक्षा को बढ़ावा देना शामिल है, ताकि एक स्थायी और प्रतिस्पर्धी राष्ट्रीय ढांचे का निर्माण हो सके, जो आत्मनिर्भरता और समावेशी विकास के लक्ष्यों के साथ संरेखित हो। विज्ञान, प्रौद्योगिकी, इंजीनियरिंग और गणित विषय छात्रों को विश्लेषणात्मक कौशल और तकनीकी ज्ञान से लैस करते हैं, जो ज़रूरी सामाजिक-आर्थिक समस्याओं के स्थायी समाधान विकसित करने के लिए ज़रूरी हैं। योगानंदम (2024) कहते हैं कि विज्ञान, प्रौद्योगिकी, इंजीनियरिंग और गणित शिक्षा और अनुसंधान में निवेश बढ़ाने से तकनीकी प्रगति में तेज़ी आ सकती है और साथ ही कौशल की कमी भी दूर हो सकती है। कुशल पेशेवरों की एक पीढ़ी को प्रशिक्षित करके, भारत वैश्विक स्तर पर तकनीकी नवाचार में अग्रणी बन सकता है। जाधव और अरोड़ा (2025) अपने लेखन में इस बात पर जोर देते हैं कि अनुसंधान एवं विकास में निवेश के माध्यम से प्रौद्योगिकी में राष्ट्रीय आत्मनिर्भरता की ओर झुकाव केवल एक आर्थिक अनिवार्यता नहीं है, बल्कि एक रणनीतिक दृष्टि है, जो राष्ट्र के समग्र विकास को समाहित करती है।

2047 तक आत्मनिर्भर और विकसित भारत के दृष्टिकोण में रक्षा क्षेत्र का विकास भी एक महत्वपूर्ण स्तंभ है। हाल के वर्षों में, भारत ने अनेक सुरक्षा चुनौतियों का सामना किया है, खासकर पड़ोसी चीन और पाकिस्तान की तरफ से, जिसके लिए एक मज़बूत रक्षा ढाँचे की आवश्यकता महसूस की गयी है, जो बाहरी निर्भरताओं से स्वतंत्र हो। जैसे-जैसे वैश्विक रक्षा परिदृश्य अधिक एकीकृत और उन्नत तकनीकों की ओर बढ़ रहा है, आत्मनिर्भरता की भारत की आकांक्षा सर्वोपरि हो गई है। ऐतिहासिक रूप से, भारत की रक्षा खरीद विदेशी आयातों पर अत्यधिक निर्भर रही है, जिससे घरेलू नवाचार और

आर्थिक विकास की संभावनाएँ कमज़ोर हुई हैं (जैकब और भट्टा, 2024)। इस प्रवृत्ति को बदलने के लिए, भारत सरकार ने स्थानीय स्तर पर विकसित रक्षा क्षेत्र को बढ़ावा देने के उद्देश्य से कई नीतिगत पहलें शुरू की हैं। 'आत्मनिर्भर भारत' पहल स्थानीय उत्पादन और प्रौद्योगिकी हस्तांतरण को बढ़ावा देकर विदेशी आपूर्तिकर्ताओं पर निर्भरता कम करने की महत्वाकांक्षा को उजागर करती है। इस पहल के तहत, सार्वजनिक क्षेत्र की कम्पनियों और निजी कम्पनियों के बीच रणनीतिक साझेदारी को प्रोत्साहित किया गया है, जिससे अनुसंधान, विकास और उत्पादन क्षमताओं को साझा करना आसान हो गया है। इन रक्षा आकांक्षाओं को साकार करने में तकनीकी नवाचार एक महत्वपूर्ण घटक है। कृत्रिम बुद्धिमत्ता, रोबोटिक्स और साइबर क्षमताओं जैसी उन्नत तकनीकों को अपनाना केवल आधुनिकीकरण के लिए ही नहीं बल्कि परिचालन प्रभावशीलता और तत्परता में सुधार के लिए भी आवश्यक है (जैकब और भट्टा, 2024)। भारत के रक्षा अनुसंधान एवं विकास संगठन (DRDO) ने मिसाइलों, रडार प्रणालियों और लड़ाकू वाहनों सहित स्वदेशी प्रणालियों के विकास में उल्लेखनीय प्रगति की है। इसके अलावा, रक्षा नवाचार पारिस्थितिकी तंत्र में स्टार्टअप्स और निजी क्षेत्र के साथ जुड़ाव उद्यमशीलता और तकनीकी रचनात्मकता की संस्कृति को पोषित करने के लिए महत्वपूर्ण है, जो रक्षा क्षेत्र को आत्मनिर्भरता की ओर अग्रसर करेगा।

रक्षा क्षेत्र में वैश्विक प्रतिस्पर्धात्मकता के लिए एक व्यापक दृष्टिकोण की आवश्यकता है, जिसमें अंतरराष्ट्रीय सहयोग, संयुक्त उद्यम और वैश्विक आपूर्ति श्रृंखलाओं में भागीदारी शामिल हो। भारत के रक्षा निर्यात में हाल ही में वृद्धि देखी गई है, जिसका उदाहरण संयुक्त राज्य अमेरिका, रूस और दक्षिण पूर्व एशियाई देशों जैसे देशों के साथ साझेदारी है। रक्षा उपकरणों के निर्यात की क्षमता न केवल वैश्विक बाजार में भारत की स्थिति को मजबूत करती है, बल्कि इसकी रणनीतिक साझेदारियों को भी बढ़ाती है, जिससे राजनयिक और आर्थिक हितों को मदद मिलती है। वैश्विक नवाचार परिदृश्य में भारत की वर्तमान स्थिति अनुसंधान एवं विकास में निवेश में पर्याप्त वृद्धि की आवश्यकता को रेखांकित करती है। हालाँकि देश ने सूचना प्रौद्योगिकी और फार्मास्यूटिकल्स जैसे कुछ तकनीकी क्षेत्रों में प्रगति की है, फिर भी यह उन्नत विनिर्माण, कृत्रिम बुद्धिमत्ता और नवीकरणीय ऊर्जा प्रणालियों सहित कई महत्वपूर्ण तकनीकों के लिए आयात पर अत्यधिक निर्भर है। जैसा कि कई अध्ययनों में बताया गया है, भारत में अनुसंधान एवं विकास के लिए समर्पित सकल घरेलू उत्पाद का अनुपात विकसित देशों की तुलना में काफी

कम है, जो भविष्य की माँगों को पूरा करने के लिए इस क्षेत्र को मज़बूत करने की तत्काल आवश्यकता का संकेत देता है।

इसलिए अनुसंधान एवं विकास में निवेश न केवल नवाचार को गति प्रदान करता है, बल्कि मानव पूँजी में भी सुधार लाता है, जो नागरिकों को सशक्त बनाने के उद्देश्य से किए जाने वाले सामाजिक-आर्थिक सुधारों का एक महत्वपूर्ण कारक है। शैक्षणिक संस्थानों में वैज्ञानिक अनुसंधान और तकनीकी प्रयोगों को प्रोत्साहित करने वाले कार्यक्रम कौशल विकास और रोज़गार सृजन के संदर्भ में लाभकारी हो सकते हैं। ऐसे निवेशों के लिए अनुकूल वातावरण बनाने में विशिष्ट सार्वजनिक-निजी भागीदारी महत्वपूर्ण हो सकती है। शिक्षा जगत और उद्योग के बीच सहयोग को बढ़ावा देकर, भारत यह सुनिश्चित कर सकता है कि, अनुसंधान के परिणाम प्रभावी रूप से बाज़ार-तैयार नवाचारों में परिवर्तित हों, जो आर्थिक विकास और आत्मनिर्भरता को गति प्रदान कर सकें।

इस प्रकार, एक विकसित और आत्मनिर्भर भारत के दृष्टिकोण को साकार करने के लिए सामाजिक-आर्थिक विकास के साथ एक समग्र दृष्टिकोण की आवश्यकता है। भारत सरकार द्वारा शुरू की गई आत्मनिर्भर भारत पहल, आर्थिक आत्मनिर्भरता और विकास के प्रति राष्ट्र के दृष्टिकोण में एक बड़े बदलाव का प्रतिनिधित्व करती है। यह प्रमुख पहलें भारत के विकास पथ को आकार देने में महत्वपूर्ण भूमिका निभा सकती है, जो 2047 तक एक विकसित और आत्मनिर्भर भारत के व्यापक दृष्टिकोण के भविष्य के भारत का खाका प्रस्तुत करती है। लेकिन यहाँ एक बात पर ध्यान देने की जरूरत है कि 'भविष्य का भारत' तभी 'आत्मनिर्भर' और 'विकसित' बन सकता है, जब उसका विकास केवल भौतिक समृद्धि पर नहीं, बल्कि नैतिकता, समानता और आत्म-सशक्तिकरण पर आधारित हो। गांधी की दृष्टि हमें सिखाती है कि सच्चा विकास व्यक्ति के भीतर से आरंभ होकर समाज और राष्ट्र तक विस्तृत होता है। जब भारत अपने गाँवों, युवाओं और नैतिक मूल्यों को सशक्त करेगा, तभी वह गांधी के स्वप्न के अनुरूप एक आत्मनिर्भर, मानवीय और विकसित राष्ट्र बन सकेगा।

संदर्भ

Chatterjee, P. (2015). The politics of the governed: Reflections on popular politics in most of the world. Permanent Black.

Gandhi, M. K. (1909). Hind Swaraj or Indian home rule. Navajivan Publishing House.

Government of India. (2020). Atmanirbhar Bharat Abhiyan: Self-reliant India Mission. Press Information Bureau.

Jacob, G., & Bhatta, N. M. K. (2024). Factors influencing self-reliance in IndiaÓs defense capabilities: A systematic literature review. Journal of Management and Entrepreneurship, 18(3), 9–25.

NITI Aayog. (2023). India 2047: Roadmap to a developed nation. Government of India.

Parekh, B. (1999). GandhiÓs political philosophy: A critical e&amination. University of Notre Dame Press.

United Nations Development Programme (UNDP). (2024). Human development report 2024: Pathways to progress.

World Bank. (2023). India development update: Reforming for resilience.

योगानंदम, जी० (2024). भारत के भविष्य को सशक्त बनाना : आत्मनिर्भर भारत के तहत एक आत्मनिर्भर राष्ट्र को आकार देने में व्यावसायिक शिक्षा, कौशल विकास और उद्यमिता की भूमिका.

https://www.researchgate.net/profile/Yoganandham-Govindharaj-2/publication/386020883.pdf

■

'नवोदित भारत' : संकल्प और सामर्थ्य स्थानीय एवं वैश्विक चुनौतियाँ

सुप्रिया पाठक

भारत एक ऐसा देश है जिसने समय की कसौटियों पर अपनी पहचान, संस्कृति और सभ्यता को अक्षुण्ण बनाए रखा है। स्वतंत्रता के पश्चात भारत ने अनेक सामाजिक, आर्थिक, राजनीतिक और सांस्कृतिक परिवर्तनों का अनुभव किया है। इक्कीसवीं सदी का नवोदित भारत वह भारत है जो आत्मनिर्भरता, नवाचार, तकनीकी प्रगति और वैश्विक नेतृत्व की दिशा में अग्रसर है। नवोदित भारत की संकल्पना केवल विकास का प्रतीक नहीं है, बल्कि यह राष्ट्र के नवचेतन, नवसंकल्प और नवसंवेदना का परिचायक भी है। यह संकल्पना मूलतः उस परिवर्तनशील भारत की है जो न केवल राजनीतिक स्वतंत्रता का उपयोग कर रहा है, बल्कि मानसिक और सामाजिक स्तर पर भी स्वतंत्रता के अर्थ को पुनःपरिभाषित कर रहा है। यह संकल्प स्वतंत्रता संग्राम के आदर्शों, संविधान के मूल्यों और आधुनिक युग की आवश्यकताओं का संगम है। भारत की सभ्यता और संस्कृति का इतिहास हजारों वर्षों पुराना है। किन्तु 'नए भारत की संकल्पना' आधुनिक राजनीतिक, सामाजिक और सांस्कृतिक विचार के रूप में उभरी है जो स्वतंत्रता आंदोलन से लेकर आज के 'विकसित भारत' की संकल्पना तक फैली हुई है।

अठारहवीं और उन्नीसवीं शताब्दी के उत्तरार्ध में भारत में अंग्रेजी शासन के विरोध के साथ ही नए भारत का सपना आकार लेने लगा। राजा राममोहन राय, स्वामी विवेकानंद, दयानंद सरस्वती, रवीन्द्रनाथ ठाकुर, महात्मा गांधी आदि ने भारतीय समाज को आत्म-जागृति का संदेश दिया। स्वामी विवेकानंद ने कहा था 'उठो, जागो और स्वयं को पहचानो', जो नए भारत के आत्मविश्वास की पहली पुकार थी। इस काल में 'भारत माता' की संकल्प भी प्रबल हुई, जिसने भावनात्मक राष्ट्रीय चेतना को जन्म दिया। यह संकल्प केवल राजनीतिक स्वतंत्रता का प्रतीक नहीं, बल्कि एक समग्र आत्मनिर्भर, न्यायसंगत, समानतामूलक और प्रगतिशील भारत के निर्माण की इच्छा थी। इस नवोदित भारत की संकल्पना में महात्मा गांधी का 'सर्वोदय', टैगोर का 'विश्व

मानव', स्वामी विवेकानंद का 'उत्थानशील भारत' और डॉ० अंबेडकर का 'समानता आधारित समाज' के सभी विचार अंतर्निहित हैं। बीसवीं शताब्दी के प्रारंभ में नए भारत का संकल्प स्वाधीनता संघर्ष का मूल तत्व बन गया। महात्मा गांधी ने नए भारत की कल्पना 'ग्राम स्वराज'[1] के रूप में की जहाँ हर व्यक्ति आत्मनिर्भर और नैतिक जीवन जी सके। नेहरू का 'वैज्ञानिक दृष्टिकोण वाला आधुनिक भारत'[2] का सपना था। बॉम्बे क्रॉनिकल के 19 नवंबर 1935 के अंक में प्रकाशित एक वक्तव्य में, नेहरू ने कहा था कि 'विदेशी वर्चस्व से दबे हुए अन्य देशों की तरह भारत में भी राष्ट्रवाद मूलभूत और केंद्रीय विचारधारा बन चुका है। इसे स्वाभाविक माना जा चुका है। हालांकि, आर्थिक मामलों में अनेक परिवर्तन हो रहे हैं और एक नई दुनिया आकार ले रही है। दुनिया भर में समाजवादी विचारों का प्रभाव बढ़ रहा है। बुद्धिजीवियों में यह धारणा बलवती हो रही है कि भारत और अन्य देशों के लिए 'वैज्ञानिक समाजवाद' ही उचित रास्ता है। इसी अवधारणा के अंतर्गत कांग्रेस में समाजवादी गुट का विकास हुआ। राष्ट्रवाद और समाजवाद के व्यावहारिक योग का प्रतिनिधित्व यही समाजवादी गुट करता है।' सुभाष चंद्र बोस ने 'जय हिन्द' के उद्घोष के साथ बलिदान और संघर्ष पर आधारित भारत की छवि प्रस्तुत की। सुभाष चंद्र बोस के सपनों के भारत में एक स्वतंत्र, आत्मनिर्भर और मजबूत राष्ट्र शामिल था, जहाँ सभी नागरिकों को धर्म, जाति और लिंग के आधार पर समान अधिकार और अवसर मिलने का

1. **ग्राम स्वराज :** आत्मनिर्भर गांव का विचार भारत की आजादी से बहुत पहले महात्मा गांधी द्वारा प्रस्तावित ग्रामीण पुनर्निर्माण की एक अनूठी अवधारणा है जिसे उन्होंने समय के साथ विकसित किया। ग्राम स्वराज की उनकी अवधारणा को ग्रामीण पुनर्निर्माण के वैकल्पिक मॉडलों में से एक माना जाता है, जिसका प्राथमिक ध्यान एक ऐसे समाज के समग्र विकास पर है जहाँ व्यक्तियों को आर्थिक प्रणाली के केंद्र में रखा जाता है। हालांकि, ग्राम स्वराज को एक आदर्श विकास दृष्टिकोण माना जाता है, फिर भी भारतीय योजनाकारों और नीति निर्माताओं ने स्वतंत्रता के बाद व्यक्ति के नैतिक मूल्यों की तुलना में आर्थिक विकास पर जोर दिया। दूसरी ओर, सतत विकास को अधिक महत्व मिलने के साथ, ग्राम स्वराज की गांधीवादी अवधारणा को महत्व मिलना शुरू हो गया है क्योंकि उनके दृष्टिकोण ने मानव के समग्र विकास को महत्व दिया।
2. वैज्ञानिक दृष्टिकोण वाला आधुनिक भारत, पंडित जवाहरलाल नेहरू के प्रयासों से विज्ञान और प्रौद्योगिकी पर आधारित राष्ट्र निर्माण की नींव पर खड़ा है, जिसमें सी०वी० रमन, होमी जहांगीर भाभा और जगदीश चंद्र बोस जैसे वैज्ञानिकों के योगदान से भारत ने विश्व में अपनी पहचान बनाई है। आज, यह दृष्टिकोण भारत की विज्ञान नीति और अनुसंधान में स्पष्ट रूप से दिखाई देता है, जैसे कि वैश्विक नवाचार सूचकांक में भारत की रैंकिंग में सुधार और इलेक्ट्रिक वाहनों जैसी पहलों को बढ़ावा देना ।

स्वप्न निहित था। उनका दृष्टिकोण प्राचीन परंपराओं के साथ आधुनिकता का मिश्रण था, जिसमें समानता, एकता, प्रगति और सामाजिक समरसता पर जोर दिया गया था। इन सबके सम्मिलन से नया भारत नैतिक, सामाजिक और आर्थिक रूप से स्वतंत्र राष्ट्र के रूप में उभरने लगा। यह भारत न केवल भौतिक उन्नति का इच्छुक है, बल्कि आध्यात्मिक विकास और मानवता के हित को भी अपने राष्ट्रीय गौरव का हिस्सा बनाना चाहता है। भारत का भविष्य उज्जवल है, इसमें कोई शक नहीं। इसलिए वर्तमान पीढ़ी के मानस में पूर्व के भारत का संतुलित इतिहास और 'भारत' शब्द की सही समझ विकसित होना आवश्यक है।

भारत होने के मायने एक स्वतंत्र राष्ट्र की नागरिकता से कहीं ज़्यादा हैं, जिसमें एक हजार से ज़्यादा सालों की विविध और समावेशी परंपरा, ऐतिहासिक विरासत और सांस्कृतिक पहचान शामिल है। इसमें विभिन्न धर्मों, भाषाओं और संस्कृतियों को एक साथ लाने वाली एकता और सहिष्णुता शामिल है। इसके अलावा, 'भारत' शब्द की उत्पत्ति प्राचीन राजा भरत के नाम से जुड़ी हुई है जिसका अर्थ आंतरिक प्रकाश या ज्ञान से है। जवाहरलाल नेहरू ने अपनी कैद के वर्षों (1942-1946) के दौरान अहमदनगर किले में लिखी और 1946 में प्रकाशित पुस्तक 'द डिस्कवरी ऑफ इंडिया' में लिखा है "अक्सर, जब मैं एक बैठक से दूसरी बैठक में घूमता था तो मैं अपने श्रोताओं से हमारे इस भारत के बारे में बात करता था। जब भारत की खोज प्रकाशित हुई, तब हिन्दुस्तान, भारत (जिसे भरत भी कहा जाता है), इंडिया, ये नाम उपमहाद्वीप में सह-अस्तित्व में थे। हिंद शब्द का भी निरंतर प्रयोग होता था, जैसे 'जय हिंद' (हिंद की विजय), वह युद्धघोष जिसे नेहरू, कई अन्य राजनीतिक नेताओं की तरह, अपने भाषणों के अंत में उद्घोषित करना पसंद करते थे। आज इन विभिन्न अर्थों को समझना कोई आसान काम नहीं है। इसके लिए इस साधारण और फिर भी अक्सर भुला दिए जाने वाले तथ्य से अवगत होना आवश्यक है कि शब्दों का अपना एक इतिहास होता है। वे समय के साथ एक ही अर्थ नहीं रखते। 1950 में, (नेहरू की पुस्तक डिस्कवरी ऑफ इंडिया के प्रकाशन के चार वर्ष बाद) ब्रिटिश भारत के दो उत्तराधिकारी राज्यों में से बड़े राज्य के संविधान निर्माताओं ने तय किया कि देश को कैसे जाना जाए। भारत के संविधान के प्रारंभिक अनुच्छेद में उन्होंने लिखा— "इंडिया, अर्थात् भारत, राज्यों का एक संघ होगा।" दो नाम : एक, इंडिया, जो उन विदेशियों से जुड़ा था जिनका शासन समाप्त हो रहा था और दूसरा, भारत जिसे मूल

नाम माना जाता था क्योंकि यह प्राचीन संस्कृत साहित्य में पाया जाता था। इसके बाद, इन दोनों के अलावा किसी अन्य नाम का प्रयोग कानूनी रूप से नहीं किया जाना था। इस न्यायिक-राजनीतिक अवधारणा में, इंडिया और भारत परस्पर विनिमय योग्य शब्द थे। भारत वास्तव में एक पुराना नाम है। ईसा युग की पहली शताब्दियों के पुराणों और अन्य संस्कृत ग्रंथों में, इसका उल्लेख अधिक्षेत्रीय और उपमहाद्वीपीय भूभाग के लिए किया गया है। हमारे पास इस बात का कोई ऐतिहासिक प्रमाण नहीं है कि वास्तविक जीवन में भारत नाम का प्रयोग किस प्रकार, किन परिस्थितियों में और किसके द्वारा किया गया। इसलिए हम इसकी धार्मिक और सांस्कृतिक कल्पना के बारे में पाठ्य स्त्रोतों से प्राप्त ज्ञान के प्रति आश्वस्त हो सकते हैं। हालांकि, 1930 के दशक में तब तक यह तर्क दिया जाता था कि भौगोलिक विवरण के अलावा भारत जैसी कोई चीज़ नहीं है, जब तक कि अंग्रेजों ने इसे कृत्रिम रूप से एक प्रशासनिक इकाई के रूप में नहीं बना दिया।[1]

हालाँकि, इस बात के पर्याप्त प्रमाण हैं कि एक राजनीतिक इकाई के रूप में भारत की अवधारणा तीसरी शताब्दी ईसा पूर्व में और एक सांस्कृतिक इकाई के रूप में चौथी शताब्दी ईसा पूर्व में दर्ज की गई है। हालांकि, कुछ लोगों के तर्क हैं कि ऐतिहासिक रूप से कभी एक भारत नहीं था। 'भारत' नामक एक भारतीय उपमहाद्वीप की अवधारणा थी। यह कई छोटे-बड़े राज्यों से मिलकर बना था, जो एक स्वतंत्र देश की तरह स्वशासित थे, बिना किसी सरकार के जो उन्हें एक साथ रखती थी। कभी-कभी, ये राज्य ज़मीन और अन्य संसाधनों के लिए एक-दूसरे से युद्ध भी करते थे। इनमें से प्रत्येक राज्य की अपनी मुद्रा, नियम, कानून और संस्कृति थी। इनमें से कुछ सदियों से आज तक पूर्व मौजूद हैं। भारत के प्रत्येक राज्य का अपना अलग भोजन, संस्कृति, परंपरा, आस्था, रीति-रिवाज, पहनावा, भाषा, जीवनशैली आदि है। उदाहरण के लिए, हैदराबाद के लोग आमतौर पर अपना दिन देर से शुरू करते हैं जबकि मुंबई के लोग सुबह जल्दी शुरू करते हैं । इसके अलावा, गुजराती व्यंजन, आंध्र व्यंजन, चेट्टीनाड व्यंजन, राजस्थानी व्यंजन, बिहारी व्यंजन आदि भी हैं। भारत के विभिन्न भागों में अनेक भाषाएँ प्रचलित हैं जो बोली और लिखी जाती हैं। आज का भारत ऐसे कई राज्यों से बना है, जिनमें से कुछ आकार, जनसंख्या और सकल घरेलू उत्पाद (जीडीपी) में दुनिया के कुछ

1. Clementin-Ojha, 'India that is Bharat...', One Country, Two names, South Asia. Multidisciplinary Academic Journal, December 2014, URL : http://journals.openedition.org/samaj/3717

अन्य देशों की तुलना में कहीं ज़्यादा बड़े हैं। अगर भारत सरकार और भारतीय संविधान की संप्रभुता न होती, तो ये अपने-अपने अलग देश होते।

बहुत लंबे समय तक उपनिवेशवादियों ने अधिकांश सैद्धांतिक ढाँचे स्थापित किए जिसने राष्ट्रीय और अंतरराष्ट्रीय स्तर पर भारत को नुकसान पहुँचाने वाले प्रमुख आख्यान और समझ की धर्म, जाति, धर्मनिरपेक्षता और भारतीय संस्कृति से संबंधित हैं, का लगातार निर्वचन किया। ये आख्यान भारतीयों में व्यक्तिगत या सामूहिक स्तर पर शर्म, क्रोध या गर्व की भावनाएँ पैदा करते थे। सभी धर्मों, समुदायों और व्यक्तियों को एकजुट करने वाले पहले से मौजूद भारतीय ढाँचे के बावजूद, हमें उपनिवेशवादियों द्वारा स्थापित विभाजनकारी आख्यानों को मिटाना मुश्किल लगता है। हमें सिर्फ अपने लिए नहीं, बल्कि पूरे विश्व के लिए, भारत की स्वदेशी समझ को पुनः तलाशने की आवश्यकता है। इसके लिए हमें आरोपित औपनिवेशिक आख्यानों को त्यागकर भारत और विश्व को अपने दृष्टिकोण से देखने की आवश्यकता है। हम सभी इस धरती पर एक हैं। इस धरती का हर व्यक्ति इस शानदार संस्कृति का हिस्सा और उत्तराधिकारी है, चाहे वह किसी भी धर्म का अनुयायी हो, किसी भी जाति का हो, या कोई भी भाषा बोलता हो। एक भारतवासी के रुप में भारतमाता पर सबका अधिकार है। वह भारतमाता जिसकी चर्चा करते हुए जवाहरलाल नेहरू के हवाले से पुरुषोत्तम अग्रवाल अपनी संपादित पुस्तक कौन है भारतमाता? में लिखते हैं कि 'यह भारतमाता कौन है, जिसकी जय आप देखना चाहते हैं?' 1936 की एक सार्वजनिक सभा में जवाहरलाल नेहरू ने लोगों से यह सवाल पूछा। वही जवाहरलाल जो भारत के स्वाधीनता-आन्दोलन के सबसे महत्त्वपूर्ण नायकों में रहे और बाद में देश के पहले प्रधानमंत्री भी बने। फिर उन्होंने कहा— 'बेशक ये पहाड़ और नदियाँ, जंगल और मैदान सबको बहुत प्यारे हैं, लेकिन जो बात जानना सबसे जरूरी है वह यह कि इस विशाल भूमि में फैले भारतवासी सबसे ज़्यादा मायने रखते हैं। भारतमाता यही करोड़ों-करोड़ जनता है और भारतमाता की जय उसकी भूमि पर रहने वाले इन सब की जय है।' राष्ट्रीयता असल में पिछली तरक्की, परम्परा और अनुभवों की एक समाज के साथ सामूहिक याद है। समाजवाद ने, जिसकी पृष्ठभूमि में सर्वहारा वर्ग है, कौमी संस्कृति का मजाक उड़ाया है क्योंकि उसकी समझ से इस संस्कृति का ताल्लुक उस मध्यवर्ग से है जिसका जमाना अब खत्म हो गया है। नेहरू ने समाजवादियों और कम्युनिस्टों को, दूसरे विश्व युद्ध की यह वास्तविकता याद दिलाई कि 'जब कोई संकट आया है, राष्ट्रीयता उठ खड़ी हुई है और उसी का बोलबाला

रहा है और लोगों ने पुरानी परंपराओं में ही ताकत और आराम को ढूँढा है।'[1] मौजूदा जमाने की एक अहम घटना यह है कि गुजरे हुए जमाने की दोबारा खोज हुई है और उसका एक नया रूप सामने आया है।

हम एक नए भारत में अपनी सनातन परंपरा और संस्कृति के साथ प्रवेश कर रहे हैं। निश्चित रूप से, नया भारत शब्द अपने आप में नया नहीं है। यह पुरानी, विस्मृत, निरंतर बदलती परंपराओं पर आधारित है। 19वीं शताब्दी के मध्य में भारत के साथ पहली बार नया उपसर्ग जोड़ा गया था ताकि ब्रिटिश साम्राज्य में इसके औपचारिक विलय का संकेत दिया जा सके। इसने ईस्ट इंडिया कंपनी के शासन से औपनिवेशिक आधुनिकता के एक रूप में संक्रमण का संकेत दिया क्योंकि भारत ब्रिटिश मुक्त-व्यापार साम्राज्यवाद में शामिल हो गया था। 20वीं सदी के अंत तक 'नया भारत' शब्द स्वतंत्रता के स्वप्न का प्रतीक बन गया, एक ऐसा स्वप्न जो 1947 की मध्य रात्रि को साकार हुआ, जब भारत एक साम्राज्यवादी अधिपत्य से बाहर निकलकर एक स्वतंत्र संप्रभु गणराज्य बन गया। 1990 के दशक की शुरुआत में एक बार फिर नए भारत का स्वागत किया गया जब इसने आर्थिक उदारीकरण की ओर कदम बढ़ाया, राजनीतिक स्वतंत्रता को बाजार की स्वतंत्रता के साथ जोड़ा। आज हम पुनः 'विकसित भारत : नव भारत' के संकल्प के साथ नई उड़ान भरने को तैयार खड़े हैं जिसके सामने 2047 का लक्ष्य है। इस नव भारत की संकल्पना एक ऐसे सशक्त, आत्मनिर्भर और विकसित भारत से जुड़ी है जिसे अपने मूल्यों और सिद्धांतों पर खरा उतरना है। इसका उद्देश्य सामाजिक, आर्थिक और सांस्कृतिक विकास के साथ-साथ सुशासन, डिजिटल साक्षरता और पर्यावरण संरक्षण को बढ़ावा देना है। यह विचार केवल सरकारी योजनाओं तक सीमित नहीं है, बल्कि नागरिकों के सक्रिय योगदान, 'पंच प्रण' (पांच प्रतिज्ञाओं) का पालन और 'आत्मनिर्भर भारत' जैसे अभियानों के माध्यम से साकार हो रहा है। दूसरे शब्दों में, भारत के नए होने का दावा एक आवर्ती घटना है।

इन समस्त बातों से जुड़ता एक अन्य विचार यह भी है कि क्या भारतीय मात्र एक शब्द है या विचार? भारतीयता के जितने अर्थ हैं, उतने ही अनर्थ भी हैं। यहाँ तरह-तरह की भारतीयता होना, भारत की बहुधर्मी, बहु-सांस्कृतिक, बहुक्षेत्रीय, बहुभाषी, बहु-जातीय और बहु-विचारधारागत परंपरा का परिणाम है। कुछ लोग ऐसे भी है, जो 'हिंदुस्तान' और 'हिंदुस्तानी' को तो मानते हैं, लेकिन भारतीय और भारतीयता को एक प्रकार की कथित

1. पुरुषोत्तम अग्रवाल, संपा० कौन है भारतमाता? 2022, राजकमल प्रकाशन, नई दिल्ली

सांप्रदायिकता मानते हैं। वे तहजीब के गंगा-जमुनीपन को तो मानते हैं, लेकिन सांस्कृतिक एकता को सांप्रदायिक कहते हैं। भारतीयता न तो किसी व्यक्ति, धर्म, इतिहास या अपनी अपनी मान्यता से तय होती है, न क्षेत्र, जाति और भाषा से। भारतीय होना एक ऐसा मनुष्य होना है, जिसमें महावीर की महानता और बुद्ध की प्रबुद्धता हो और देश का अर्थ यहाँ का प्रत्येक जन, प्रत्येक व्यक्ति से प्यार करे, उसका सम्मान करे और सब मिल-जुल कर उस भारतीयता को जिएँ। भारतीयता में जीने का अर्थ है हम अपने लोकाचार, शिष्टाचार, सामासिक-संस्कृति-बोध, रीति-रिवाज, उत्सव-त्योहार, पूर्वजों के सांस्कृतिक, साहित्यिक और कलात्मक योगदान की स्मृति में जीएँ तो जरूर, लेकिन अपनी आधुनिकता को संवेदनशील, गतिशील और सर्वधर्म समावेशी बनाएँ, वैज्ञानिक सोच से अंधविश्वास, सांप्रदायिकता आदि से मुक्त होकर ऐसे भारतीय दिखें कि सारा विश्व यह कह सके कि यह 'वसुधैव कुटुंबकम' की सभ्यता वाला, सहिष्णु और भावी संभावनाओं का एक ऐसा देश है जिसका हर नागरिक होने पर गर्व करता है।

नए भारत का संकल्प : कितने पास, कितने दूर

मानवता एक नई सदी में प्रवेश कर चुकी है। एक सदी सौ वर्षों की अवधि होती है और एक सहस्त्राब्दी हजार वर्षों की। जिस सदी को हम स्मृतियों की गलियों में पीछे धकेल रहे हैं, उसने ऐसे विकास देखे हैं, जिन्होंने उन 'कुछ' या 'अधिकांश' लोगों की विचार प्रक्रिया को भी बड़े पैमाने पर बदल दिया, जिन्हें मौलिक विचारों का श्रेय दिया जाता है और जिनके कार्यों ने मानवता के लगभग एक बड़े हिस्से की जीवनशैली में महत्वपूर्ण परिवर्तन लाया। पिछली सदी ने दो विश्व युद्ध और देशों के बीच सैकड़ों युद्ध देखे, जिनसे अनगिनत दुख आए। विज्ञान और प्रौद्योगिकी ने कुछ भयानक बीमारियों से लड़ने की असीम संभावनाओं को पैदा किया। साथ ही, इसने घातक परिणामों वाले परमाणु शस्त्रागार भी विकसित कर लिए हैं। दुनिया का आकार छोटा हो गया है और यह तेजी से एक वैश्विक गाँव के रूप में उभर रही है। उपनिवेशवाद मर चुका है और दफ़न हो चुका है। मार्क्स और फ्रायड, जिन्होंने नए दृष्टिकोण प्रस्तुत किए थे, अब केवल ऐतिहासिक मील के पत्थर बन गए हैं। भौतिकवाद और उपभोक्तावाद के प्रलोभन उभरती हुई संस्कृति के नियंत्रक कारक प्रतीत होते हैं। वैकल्पिक मॉडलों के लिए प्रयासरत गांधी जैसे लोगों की आवाज़ें उस सर्व-आकर्षक वैश्वीकरण के शोर और चकाचौंध में दब जाती हैं जिसकी गिरफ्त में आज पूरी मानवता है। पिछले दशकों पर नज़र डालने पर पता चलता है कि स्वतंत्रता के बाद के दौर में भारत की

उपलब्धियाँ काफी बड़ी हैं। सांस्कृतिक, सामाजिक, राजनीतिक, आर्थिक और धार्मिक विविधताओं के बावजूद भारत ने एक राष्ट्र के रूप में कार्य किया है। यहाँ एक जीवंत लोकतंत्र, स्वतंत्र न्यायपालिका और एक विविध एवं व्यापक उद्योग है। आर्थिक या सैन्य ताकत के बावजूद भारत ने एक समतामूलक विश्व व्यवस्था की स्थापना में महत्वपूर्ण योगदान दिया है।

वर्तमान में, नव भारत का औपचारिक शुभारंभ एक महत्त्वपूर्ण मील का पत्थर है। भारत की स्वतंत्रता के 100 वर्ष, यानी वर्ष 2047 तक भारत को विकसित राष्ट्र की श्रेणी में लाने की संभावना वास्तव में मनोरम है। देश की तीव्र प्रगति को देखते हुए इस महत्त्वाकांक्षी लक्ष्य को साकार कर सकना संभव नजर आता है। यह क्षण इच्छित विकास की अवधारणा (concept of intended development) का मूल्यांकन करने का भी अवसर प्रदान करता है। विकास की प्राथमिकताओं और फोकस क्षेत्र का चयन दोनों जटिल और महत्त्वपूर्ण है। 'विकसित भारत' के तहत आर्थिक विकास पर अत्यधिक बल दिया गया है। नए भारत की संकल्पना भी तार्किक परिस्थितियों पर आधारित संकल्पना है। इसमें एक ऐसे विशिष्ट भारत की कल्पना की गई है जिसमें लोगों के लिये एलपीजी, बिजली, इंटरनेट कनेक्शन तथा शौचालय युक्त घर होगा। लोग उच्च व पूर्ण शिक्षित होंगे। अत्याधुनिक व विशाल आधारभूत संरचना का नेटवर्क होगा। सभी के पास गाड़ियाँ (दोपहिया या चारपहिया) होंगी। देश पर्यावरणीय रूप से स्वच्छ होगा। यहाँ की हवा, पानी, गाँव, शहर स्वच्छ होंगे और यह वैश्विक रूप से प्रभावशाली देश होगा। जो गरीबी बेरोजगारी, तथा भ्रष्ट्राचार इत्यादि से मुक्त होगा। आज भारत की जीडीपी लगभग 2.5 ट्रिलियन डॉलर की है जो क्रय शक्ति समता के आधार पर विश्व की तीसरी सबसे बड़ी अर्थव्यवस्था है। यह विश्व में सर्वाधिक तेजी से विकास कर रही अर्थव्यवस्थाओं में से एक है। आर्थिक विकास ने इसे अंतरराष्ट्रीय मंच पर एक छोटे से खिलाड़ी से एक अग्रणी अभिनेता में बदल दिया है। फिर भी, पूरे देश में यह व्यापक भावना है कि भारत जो अब पश्चिमी मीडिया में हाल तक भिखारियों और गुरुओं के रूप में चित्रित किए जाने वाले देश के रूप से बहुत दूर आ चुका है, को अपने आकार, उपलब्धियों और जीवंत लोकतंत्र के बावजूद वैश्विक मंच पर अभी तक उचित स्थान नहीं मिला है। यह कोई संयोग नहीं है कि नई दिल्ली की सरकारें लंबे समय से अंतरराष्ट्रीय समुदाय से आग्रह कर रही हैं कि वे विश्व शक्तियों के उच्च मंच पर एक बड़ी वैश्विक आवाज के साथ भारत के उदय को मान्यता दें और संयुक्त राष्ट्र सुरक्षा परिषद जैसी वैश्विक संस्थाओं में बड़ी

भूमिका प्रदान करें। उभरती अर्थव्यवस्थाओं के बढ़ते प्रभाव और बदलते हितों को ध्यान में रखते हुए, आईएमएफ और विश्व बैंक जैसे बीसवीं सदी के संगठनों में सुधार करने के लिए भारत का दबाव देश के बढ़ते आत्मविश्वास का एक और उदाहरण है।

भारत आज विश्व व्यापार संगठन (WTO) और ग्रुप ऑफ ट्वेंटी (₹20) जैसी वैश्विक संस्थाओं के एक मुखर सदस्य के रूप में एक प्रमुख नेतृत्वकारी भूमिका भी निभा रहा है। विदेश मंत्री सुषमा स्वराज ने 2019 की शुरुआत में एक सार्वजनिक भाषण में कहा था 'भारत एक लोकतांत्रिक और नियम-आधारित अंतरराष्ट्रीय व्यवस्था के लिए खड़ा है।' उन्होंने आगे कहा, 'यद्यपि भारतीयों की समृद्धि और सुरक्षा, देश और विदेश दोनों में, सर्वोपरि है।' इस तरह की प्रतिबद्धता ऐसे समय में कोई छोटी उपलब्धि नहीं है जब उदार लोकतांत्रिक विश्व व्यवस्था और उसकी बहुपक्षीय संस्थाएँ खतरे में हैं। वैश्विक अनिश्चितता के इस दौर के बावजूद, भारत निस्संदेह एक क्षेत्रीय और वैश्विक शक्ति बनने की राह पर है। वह किस तरह की वैश्विक शक्ति बनना चाहता है? उसकी प्रतिबद्धताओं ने यह स्पष्ट कर दिया है। हालाँकि, यह तो समय ही बताएगा कि क्या वह अपने कार्यों, कानूनों और बदलावों के प्रति अपनी प्रतिक्रिया में इन प्रतिबद्धताओं को अमल में ला पाएगा।

इस दौरान भारत की 'पड़ोसी पहले' नीति ने क्षेत्रीय संबंधों के प्रति एक साहसिक और दूरदर्शी दृष्टिकोण को आकार दिया है। यह नीति भूटान, नेपाल, श्रीलंका, मालदीव, म्यांमार, बांग्लादेश और अफगानिस्तान जैसे पड़ोसियों के साथ मजबूत भौतिक, डिजिटल और सांस्कृतिक संबंधों को प्राथमिकता देती है। यह सम्मान, संवाद, शांति और समृद्धि के सिद्धांतों द्वारा निर्देशित है। भारत का समर्थन उच्च-स्तरीय बुनियादी ढाँचे से लेकर स्थानीय विकास परियोजनाओं तक रहा है। भूटान में जलविद्युत और संपर्क परियोजनाएँ, श्रीलंका, नेपाल, म्यांमार और बांग्लादेश में विकास साझेदारी परियोजनाएँ, और अफगानिस्तान को मानवीय सहायता, द्विपक्षीय संबंधों को बढ़ाने और लोगों के बीच संबंधों को मजबूत करने के लिए तैयार हैं। भारत ने सामुदायिक विकास परियोजनाओं के तहत नेपाल में अस्पताल और स्कूल भी बनवाए हैं। श्रीलंका और मालदीव में, रक्षा सहयोग और समुद्री साझेदारी गहरी हुई है। म्यांमार के लिए, भारत ने सहायता और बुनियादी ढाँचे दोनों का समर्थन बढ़ाया है। यह नीति परामर्शात्मक, गैर-पारस्परिक और परिणाम-केंद्रित है। भारत की वैश्विक कूटनीति ने बहुपक्षीय मंचों पर रणनीतिक साझेदारियों के माध्यम से आकार लिया है। ब्रिक्स में, भारत ने वैश्विक

व्यवस्था को अधिक प्रतिनिधित्वपूर्ण और बहुध्रुवीय बनाने के लिए काम किया है। क्वाड के माध्यम से, भारत हिंद-प्रशांत क्षेत्र में सुरक्षा और आर्थिक ढाँचे को आकार दे रहा है। जी-20 शिखर सम्मेलन में, भारत ने भारत-मध्य पूर्व-यूरोप आर्थिक गलियारा समझौते को अंतिम रूप देने में मदद की और वैश्विक जैव ईंधन गठबंधन के गठन का नेतृत्व किया है। ये उपलब्धियाँ न केवल भारत के नेतृत्व को दर्शाती हैं, बल्कि जटिल वैश्विक मुद्दों पर आम सहमति बनाने की उसकी क्षमता को भी दर्शाती हैं। इस पूरी प्रक्रिया में, भारत ने संप्रभुता, सुरक्षा और अपने नागरिकों के हितों को अपनी कूटनीति के केंद्र में रखा है।

पिछले 11 वर्षों में भारत की यात्रा एक आत्मविश्वासी वैश्विक शक्ति के रूप में उसके परिवर्तन को दर्शाती है। जी 20 की मेजबानों से लेकर अंतरराष्ट्रीय सौर गठबंधन तक, रणनीतिक पहलों के माध्यम से, भारत ने उद्देश्यपूर्ण और व्यावहारिकता के साथ नेतृत्व किया है। मानवीय सहायता, क्षेत्रीय साझेदारी और आतंकवाद-निरोध के प्रति इसकी प्रतिबद्धता एक ऐसे राष्ट्र को दर्शाती है जो वैश्विक स्थिरता में योगदान देते हुए अपने लोगों को सर्वोपरि रखता है। रक्षा उत्पादन से लेकर तकनीकी नवाचार तक, आत्मनिर्भरता पर ध्यान केंद्रित करते हुए, भारत ने अपनी संप्रभुता और वैश्विक प्रतिष्ठा को मजबूत किया है। साहसिक नेतृत्व और समावेशी कूटनीति का यह युग भारत को एक संतुलित, समृद्ध विश्व व्यवस्था को आकार देने में महत्वपूर्ण शक्ति के रूप में स्थापित करता है। भारत के बैंक मजबूत स्थिति में हैं और बेहद तकलीफदेह महामारी का सामना करने के बावजूद भारत सरकार का खज़ाना स्थिर है। इसमें कोई शक नहीं कि देश में उम्मीद की एक लहर दिखती है। वो चांद के दक्षिणी ध्रुव पर उतरने वाला दुनिया का पहला देश बन गया और पिछले एक दशक में भारत में दर्जनों यूनिकॉर्न (1 अरब डॉलर से ज़्यादा मूल्य वाली कंपनी) उभरी हैं। ऊपरी तौर पर बहुत सुंदर तस्वीर दिखाई पड़ती है लेकिन, जब गहराई से पड़ताल करते हैं तो तस्वीर थोड़ी पेचीदा नजर आती है। 1.4 अरब आबादी वाले विशाल भारत देश में ऐसे करोड़ों लोग हैं, जिन्हें आज भी दो वक्त की रोटी जुटाने के लिए खासी मशक्कत करनी पड़ती है। ऐसे तबके के लिए तरक्की का सुनहरा दौर आना अभी बाकी है ।

अपनी खूबियों के बावजूद, भारत को कई आंतरिक बाधाओं का सामना करना पड़ रहा है जो उसके विकास लक्ष्यों में बाधा बन सकती हैं। गरीबी, स्वास्थ्य सेवा और शिक्षा तक असमान पहुँच, और ग्रामीण व शहरी

क्षेत्रों के बीच भारी असमानताएँ, लगातार बनी रहने वाली समस्याओं में शामिल हैं। ये कारक अमीर और गरीब के बीच की खाई को बढ़ाने में योगदान करते हैं और कमजोर समुदाय अक्सर सबसे ज़्यादा प्रभावित होते हैं। भारत के तेजी से बढ़ते शहरीकरण और औद्योगीकरण के परिणामस्वरूप, विशेष रूप से महानगरीय क्षेत्रों में, गंभीर वायु और जल प्रदूषण हुआ है। देश जलवायु परिवर्तन के प्रभावों के प्रति भी अत्यधिक संवेदनशील है, जिसमें मौसम की विकट समस्याएँ भी शामिल हैं जो कृषि के लिए खतरा हैं और विस्थापन का कारण बनती हैं। उच्च बेरोजगारी दर, विशेष रूप से शिक्षित युवाओं में, लगातार समस्याएँ बनी हुई है। रोजगार बाजार अक्सर शैक्षणिक संस्थानों में सिखाए जाने वाले कौशल के अनुरूप नहीं हो पाता। जाति व्यवस्था, धार्मिक संघर्ष, लिंग आधारित हिंसा और क्षेत्रवाद जैसी चुनौतियाँ बनी हुई हैं जो सामाजिक एकता को कमजोर करती हैं। पूर्वोत्तर में नक्सलवाद और उग्रवाद सहित आंतरिक सुरक्षा के खतरे, राज्य को और अधिक सतर्क होने की आवश्यकता पर जोर देते हैं। शासन और बुनियादी ढाँचे में कमियों के कारण भ्रष्टाचार और नौकरशाही प्रगति में बाधा बन रही हैं। सार्वजनिक परिवहन, स्वच्छता और शहरी नियोजन के लिए जरूरी बुनियादी ढाँचा बढ़ती आबादी के लिए पर्याप्त नहीं है।

'नए भारत' को प्रभावित करने वाली वैश्विक चुनौतियाँ

नए भारत के स्वप्न की वास्तविक परीक्षा व्यापक वैश्विक रुझानों और दबावों से होती है। वैश्विक मुद्रास्फीति, अधिमूल्यित विनिमय दरें और बढ़ता संरक्षणवाद भारत की अर्थव्यवस्था और निर्यात क्षेत्रों के लिए जोखिम पैदा करते हैं। 2020 के बाद कोविड-19 महामारी,आपूर्ति श्रृंखलाओं में व्यवधान रूस-यूक्रेन युद्ध और ऊर्जा संकट जैसी घटनाओं ने अंतरराष्ट्रीय बाजारों में मूल्यस्तर को काफी ऊपर पहुँचा दिया। भारत में इसका प्रभाव अनेक स्तरों पर देखा जा सकता है। भारत अपनी ऊर्जा जरूरतों का लगभग अस्सी प्रतिशत तेल आयात से पूरा करता है। जब वैश्विक कीमतें बढ़ती हैं तो भारत के व्यापार घाटे और चालू खाते का संतुलन बिगड़ता है। कच्चे माल, उर्वरक, धातु और ऊर्जा की कीमतों में वृद्धि से घरेलू उद्योगों की लागत बढ़ती है, जिससे निर्यात प्रतिस्पर्धा कमजोर पड़ती है। बढ़ती वैश्विक कीमतें घरेलू मुद्रास्फीति को भी बढ़ावा देती हैं, जिससे उपभोक्ता मांग घटती है और विकास दर पर नकारात्मक असर पड़ता है। यदि भारतीय रुपया अपेक्षाकृत मजबूत बना रहता है तो निर्यात वस्तुएँ अंतरराष्ट्रीय बाजार में महंगी पड़ने लगती हैं। वैश्विक आर्थिक परिदृश्य में अनिश्चितता के इस दौर में भारत को

अपनी विनिमय दर नीति, मुद्रास्फीति प्रबंधन और निर्यात रणनीति के बीच संतुलन बनाना होगा। वैश्विक मुद्रास्फीति, अधिमूल्यित मुद्रा और संरक्षणवाद के जोखिम केवल चुनौतियाँ नहीं, बल्कि भारत के लिए आत्मनिर्भरता और नवाचार-आधारित विकास का अवसर भी प्रस्तुत करते हैं।

रूस-यूक्रेन संघर्ष जैसी भू-राजनीतिक घटनाओं ने ऊर्जा, खाद्य और खनिजों की वैश्विक आपूर्ति श्रृंखलाओं में कमजोरियाँ पैदा कर दी हैं, जिससे मुद्रास्फीति और आर्थिक संकट पैदा हुआ है। रूस-यूक्रेन संघर्ष ने 21वीं सदी की वैश्विक अर्थव्यवस्था को गहराई से प्रभावित किया है। यह केवल दो देशों के बीच का युद्ध नहीं रहा, बल्कि इसके प्रभाव ऊर्जा, खाद्य और खनिजों की पूरी वैश्विक आपूर्ति श्रृंखला (Global Supply Chain) तक फैल गए हैं। इस संघर्ष ने यह स्पष्ट कर दिया कि आधुनिक विश्व कितनी गहराई से परस्पर निर्भर (interdependent) है, और किसी एक क्षेत्र में अस्थिरता कैसे पूरी दुनिया की अर्थव्यवस्था को झकझोर सकती है। यूक्रेन और रूस दोनों गेहूँ, मक्का, सूरजमुखी तेल जैसे खाद्यान्नों के बड़े निर्यातक हैं। युद्ध से इन वस्तुओं की आपूर्ति घटने के कारण वैश्विक स्तर पर खाद्य-संकट गहराया है। भारत में खाद्य-वस्तुओं की कीमतें जैसे गेहूँ, खाद्य तेल आदि में तीव्र वृद्धि हुई। घरेलू बाजार को स्थिर रखने हेतु भारत सरकार ने 2022 में गेहूँ निर्यात पर अस्थायी प्रतिबंध लगाया। आयात-आधारित खाद्य तेल (विशेषतः सूरजमुखी तेल) के दाम बढ़ने से आम जनता पर महँगाई का बोझ पड़ा। भारत को प्रमुख अर्थव्यवस्थाओं के साथ व्यापार संघर्ष का सामना करना पड़ रहा है, जिसमें नए टैरिफ और अपने घरेलू बाजारों को खोलने का दबाव शामिल है। इस संघर्ष से भारत ने यह सीखा कि आत्मनिर्भरता और विविधीकृत आपूर्ति श्रृंखलाएँ ही भविष्य की वैश्विक अस्थिरताओं से सुरक्षा प्रदान कर सकती हैं।

विश्व राजनीति में अमेरिका, चीन, रूस और यूरोपीय संघ जैसी महाशक्तियों के बीच बढ़ती प्रतिस्पर्धा ने भारत को संतुलित कूटनीति अपनाने के लिए प्रेरित किया है। भारत ने क्वाड (क्ष्ष्ठ) अमेरिका, जापान, ऑस्ट्रेलिया और भारत के माध्यम से हिंद-प्रशांत क्षेत्र में चीन की बढ़ती दखलअंदाजी का संतुलन बनाया। साथ ही, भारत ने रूस और ब्रिक्स (BRICS) जैसे मंचों के साथ भी अपने संबंध बनाए रखे, जिससे उसकी रणनीतिक स्वायत्तता (strategic autonomy) बनी रही । चीन के साथ वास्तविक नियंत्रण रेखा (ख्र्ष्ट) पर लगातार तनाव, जैसे 2020 का गलवान संघर्ष, ने भारत को अपनी सीमाई नीतियों और रक्षा प्रबंधन को नए सिरे से विचार करने पर मजबूर किया।

भारत ने आत्मनिर्भर रक्षा उत्पादन और सीमा अधो संरचना (border infrastructure) में भारी निवेश बढ़ाया। अंतरराष्ट्रीय मंचों पर भारत ने चीन की विस्तारवादी नीति का विरोध कर लोकतांत्रिक साझेदारियों को मजबूत किया। एक राष्ट्र के रूप में, भारत अपनी विशाल आबादी के लिए ऊर्जा सुरक्षा और सतत विकास सुनिश्चित करते हुए कार्बन उत्सर्जन को कम करने के लिए अंतरराष्ट्रीय दबाव का सामना कर रहा है। भारत एक क्रमिक और संतुलित दृष्टिकोण का समर्थन करता है जो साझा लेकिन विकेंद्रित जिम्मेदारियों के सिद्धांत को स्वीकार करता है ।

नए भारत में नया क्या है ...

इन सभी उपलब्धियों के बावजूद, कई विकट चुनौतियाँ अभी भी बनी हुई हैं— बढ़ती जनसंख्या, व्यापक गरीबी, निरक्षरता, गंदगी, क्षेत्र, धर्म, भाषा और लिंग के आधार पर मौजूद विषमताएँ सामाजिक ताने-बाने को प्रभावित करती हैं। आज लगभग उतने ही भारतीय गरीबी रेखा से नीचे और निरक्षर हैं जितने 1950 में भारत की पूरी आबादी थी। वैश्वीकरण ने अर्थव्यवस्था और भू-राजनीति दोनों के संदर्भ में इस चुनौती में एक और आयाम जोड़ दिया है। मानव जाति के इतिहास में पहले कभी भी किसी लोकतांत्रिक व्यवस्था वाले देश को इतने गरीबों को खाना नहीं खिलाना पड़ा, इतने निरक्षरों को नहीं पढ़ाना पड़ा और साथ ही दुनिया के सबसे उन्नत देशों के साथ दुनिया में जगह बनाने के लिए प्रतिस्पर्धा भी नहीं करनी पड़ी। इसलिए, नई सहस्त्राब्दी में बड़ी चुनौतियाँ सामने हैं। इन चुनौतियों का सामना करने और एक नए भारत के निर्माण के लिए, एक राष्ट्रीय एजेंडा बनाने की आवश्यकता है। हमें इस बात का गर्व है कि भारत विश्व की सबसे बड़ी प्रजातान्त्रिक व्यवस्था है। बतीस लाख उनहत्तर हजार वर्ग किलोमीटर क्षेत्रफल और एक अरब तीस करोड़ जनसंख्या के साथ यह चीन के बाद सर्वाधिक जनसंख्या वाला देश भी है। 2011 की जनगणना में भारतीयों की औसत जीवन अवधि सड़सठ वर्ष हो चुकी थी। हमारी जनसंख्या में स्त्री-पुरुष अनुपात 930 महिला प्रति हजार पुरुष का है। इसी प्रकार भारत के इकतीस प्रतिशत स्त्री-पुरुष नगरों में और उनसठ प्रतिशत ग्रामीण क्षेत्रों में रहते हैं। हम 2027 तक विश्व का सर्वाधिक युवा राष्ट्र होने जा रहे हैं क्योंकि तबतक देश की चौसठ प्रतिशत जनसंख्या हमारी श्रमशक्ति का हिस्सा हो जाएगी। आज भी भारत में सैंतालीस करोड़ कामगार हैं। इनमें चौरानवे प्रतिशत अनौपचारिक क्षेत्र में कार्यरत हैं। देश की श्रमशक्ति में महिलाओं का बतीस प्रतिशत योगदान है। 21वीं शताब्दी में प्रवेश के बाद से हमारी अर्थव्यवस्था में सकल राष्ट्रीय उत्पाद की दृष्टि से कृषि क्षेत्र

का अठारह प्रतिशत, उद्योगों का छब्बीस प्रतिशत और सेवाक्षेत्र का पचपन प्रतिशत योगदान रहता है।

लेकिन अभी भी भारत की आबादी का पांचवा भाग असहनीय दरिद्रता के दलदल में फंसा हुआ है। हमारे एक तिहाई बच्चे-बच्चियाँ खतरनाक हद तक कुपोषण के शिकार हैं। मानवीय विकास के मापदंड के अनुसार संयुक्त राष्ट्रसंघ की गणना में हमारा देश विश्व के 188 देशों में से 131 वें पायदान पर है जो हमारे पड़ोसी चीन ही नहीं बल्कि बांग्लादेश और श्रीलंका से भी पीछे है। हमारे देश के शासन-प्रबंध और आर्थिक-राजनीतिक दायरों में काले धन के बढ़ते बल के कारण चौतरफा भ्रष्ट्राचार का विस्तार जारी है है जिससे 176 देशों में हम 76 वें स्थान पर फंसे हुए हैं। देश के गतिशील और पिछड़े हुए प्रदेशों के बीच तीन गुना आर्थिक अंतर है। लेकिन 'नयी आर्थिक नीतियों' के पक्षधरों में इस तस्वीर के बारे में असंतोष नहीं है। विकल्प की जरुरत पर भी चुप्पी कायम है।

यह कहना कि अधिकांश भारतीय आधुनिक भारत चाहते हैं, एक ऐसे देश में बहुत बड़ा दावा है जहां मध्ययुगीन काल के बहुत सारे अवशेष मौजूद हैं। दहेज प्रथा, कन्या भ्रूण हत्या और उपेक्षा, सम्मान के नाम पर हत्या, पर्दा प्रथा, जातिगत भेदभाव, तर्क-विरोधी विचारधारा, चिकित्सा में नीम हकीमी, अंधविश्वास, खाप फतवे, और भी बहुत कुछ। फिर भी, एक स्पष्ट आधुनिक मूल्य है जो निरंतर फैल रहा है और वह है भारत में हर जगह शिक्षा की चाह। अगर किसी आधुनिक समाज की कोई एक सर्वोत्कृष्ट विशेषता है, तो वह है हर बच्चे के स्कूल जाने की चाह। भारतीय इतिहास में पहली बार, सभी भारतीय शिक्षित होने का सपना देख रहे हैं। यही भारत की सबसे बड़ी आशा है। भारतीय आधुनिकता चाहते हैं, लेकिन वे व्यक्तिगत और सामाजिक जीवन में संयम भी चाहते हैं। ऐतिहासिक रूप से, भारत में ऐसी कोई विचारधारा नहीं है जो व्यक्तिगत अतिरेक को प्रोत्साहित करती हो। यहाँ संयमित जीवन को व्यापक रूप से एक अच्छा जीवन माना जाता है। भारतीयों के भौतिक सपने भी ज़्यादा हैं। वे भारत को एक मध्यम आय वाले देश के रूप में देखते हैं। ज़्यादातर भारतीय इस बात को लेकर काफी यथार्थवादी हैं कि उनकी सरकार, व्यावसायिक अधिकारी, मजदूर, किसान, पेशेवर, बुद्धिजीवी और नागरिक समाज संगठन क्या कर सकते हैं। वे अपने आस-पास की प्राकृतिक दुनिया की सीमाओं से भी वाकिफ हैं। वे दिल से जानते हैं कि अगले 20-30 सालों में (शायद कभी भी) एक समृद्ध, प्रथम-विश्व भारत न तो संभव है और न ही वांछनीय। आज, क्रय शक्ति समानता के मामले में थाईलैंड की

प्रति व्यक्ति जीडीपी भारत की तुलना में लगभग तीन गुना है, जबकि ब्राजील की लगभग चार गुना। अंततः भारतीय एक सुव्यवस्थित देश का सपना देखते हैं।

भारत अभी भी एक कृषि प्रधान देश है और गांवों की परिस्थितियाँ देश के लिए महत्वपूर्ण हैं और उनकी उपेक्षा नहीं होनी चाहिए। खाद्यान्न उत्पादन में विविधता की दृष्टि से मोटे अनाज, तिलहन तथा दलहन को बढ़ावा देने के उपक्रम और तेज होने चाहिए। किसानों के पिछले आंदोलन की दुखद स्मृति अभी भी बनी हुई है। खाद, बीज, सिंचाई की व्यवस्था और बाजार से जुड़ी नीतियों पर संवेदना के साथ विचार जरूरी है। आशा है बिना भूले उन मुद्दों के समाधान की राह निकलेगी। पेस्टीसाइड के घातक प्रभावों को देखते हुए देसी बीज और जैविक खेती को प्रोत्साहित करने की आवश्यकता है। स्वास्थ्य की दृष्टि से दूध, फलों और सब्जियों के उत्पादन में वृद्धि जरूरी है। स्वास्थ्य की चुनौती विकराल हो रही है। पर्यावरण प्रदूषण, भोज्य पदार्थ में मिलावट, मंहगी दवाएँ, अस्पतालों की कमी और स्वास्थ्य सेवाओं का बाजारीकरण स्वास्थ्य को आम आदमी की पहुँच से दूर कर रहा है। स्वास्थ्य सेवा के क्षेत्र में नैतिकता एक बड़ा सवाल बनता जा रहा है। टेलीमेडिसिन की सेवाओं का विस्तार तेजी से किया जाना चाहिए। देश की जनसंख्या को देखते हुए चिकित्सकों की संख्या अपर्याप्त है। इसलिए स्तरीय स्वास्थ्य-शिक्षा के विस्तार पर वरीयता के साथ काम करना जरूरी होगा। कोविड की लड़ाई में देश की उपलब्धि सराहनीय थी और उससे उबर कर देश का आर्थिक विकास पटरी पर आ रहा है। कोविड की नई दस्तक पर सजगता जरूरी होगी।

मीडिया और खास तौर पर इलेक्ट्रानिक और सोशल नेटवर्क साइट्स का जिस तरह का कल्पनातीत विस्तार हुआ है, उसने लोगों की मानसिकता, आचरण और वैचारिक परिपक्वता सबको हिला दिया है। उसकी प्रभाव-क्षमता रोचक सामग्री, तीव्र गति और इंटेरैक्टिव होने के कारण बहुत बढ़ गई है। संवाद और संचार की दुनिया पर इस तरह का कब्जा जमाकर समाज का मन-मस्तिष्क कब्जे में लेने की यह कोशिश न केवल नए सामाजिक वर्ग और भेद बना रही है, बल्कि मनुष्यता का भी मशीनीकरण करती जा रही है। उसका विवेक, उसकी सामाजिकता और आत्मबोध सबको समेटते और ध्वस्त करते हुए यह प्रौद्योगिकी निजी और सामाजिक रिश्ते-नातों को खंडित करती जा रही है। इसके दुरुपयोग के चलते मानसिक और सामाजिक स्वास्थ्य को सुरक्षित रखना कठिन हो रहा है। इसे नियमित करने की व्यवस्था करना अत्यंत आवश्यक है।

न्याय का क्षेत्र एक दुखती रग है। इधर अभी तक व्यवस्थित रूप से ध्यान नहीं दिया जा सका है। न्यायाधीशों की कमी और करोड़ों की संख्या में प्रतीक्षारत मुकदमे ऐसे तथ्य हैं, जिनकी उपेक्षा घातक हो रही है। न्याय व्यवस्था को औपनिवेशक आधारभूमि से अभी पूरी तरह से निजात नहीं मिल सकी है। सस्ता, शीघ्र और संतोषप्रद न्याय पाना अभी भी टेढ़ी खीर है। इसी तरह भ्रष्टाचारमुक्त, पारदर्शी शासन या सुशासन स्थापित करना अभी भी अधूरा सपना है। बढ़ते आर्थिक अपराध, पद और अधिकार का दुरुपयोग, संस्थाओं की स्वायत्तता का नाश और राजनीति में अनपढ़, धनी, वंशवाद और अपराधी लोगों का बढ़ता वर्चस्व ऐसी स्थितियों को बना रहे हैं जो आम जनों के मन में राज्यव्यवस्था के प्रति संदेह पैदा करती हैं। बाजार, वैश्वीकरण और व्यक्ति के निजी सुख की बेतहाशा बढ़ती चाहत ने सामाजिकता को हाशिए पर भेजने में कोई कसर नहीं छोड़ी है। राजनीतिक दलों में वैचारिकता और अनुशासन की गहराती कमी चिन्ताजनक होती जा रही है। यह दुखद है जाति, आरक्षण, भाषा, शिक्षा और मजहब से जुड़े मुद्दे अक्सर अल्पकालिक राजनीतिक स्वार्थ के चलते सद्भाव के साथ नहीं सुलझाए जाते। आज देश-सेवा के मूल्य को पुनः प्रतिष्ठित करना अत्यंत आवश्यक हो गया है। निजी लाभ और समाज कल्याण के बीच द्वंद्व की जगह उनकी परस्परपूरकता को पहचानने की जरूरत है। अमृत-काल हमसे पुण्यकारी संकल्प की मांग करता है और यह अवसर देता है कि अपने मनोदेश में हम भारत को स्थान दें। यदि भारत हमारा है तो हमें भी भारत का होना चाहिए। भारत की समृद्धि से ही सभी समृद्ध होंगे।

नवोदित भारत : स्त्रियों की नजर से

नए भारत के संकल्प की नारीवादी आलोचना पितृसत्तात्मक संस्कृति, महिलाओं के विरुद्ध हिंसा, शिक्षा और संपत्ति तक असमान पहुँच जैसे मौजूदा मुद्दों पर प्रकाश डालती है। साथ ही, मुख्यधारा के नारीवादी आंदोलनों और हालिया नीतियों की सीमाओं की भी आलोचना करती है। आलोचनाएँ जाति, धर्म और वर्ग के साथ लिंग के अंतर्संबंध (intersectionality) की ओर इशारा करती हैं और तर्क देती हैं कि तटस्थ कानूनों और नीतियों द्वारा कई समस्याओं का पर्याप्त समाधान नहीं किया गया है, जिसके कारण नया भारत कई आयामों से अभी भी वास्तविक लैंगिक समानता हासिल करने के लक्ष्य से पीछे रह गया है। भारत लंबे समय तक औपनिवेशिक काल के दंडात्मक कानूनों द्वारा शासित रहा। ये आपराधिक कानून वर्तमान भारतीय समाज की गतिशीलता और आवश्यकताओं का प्रतिनिधित्व नहीं करते थे। एक

ऐतिहासिक विधायी सुधार में, भारत सरकार ने भारतीय दंड संहिता, दंड प्रक्रिया संहिता और भारतीय साक्ष्य अधिनियम को भारतीय न्याय संहिता (बीएनएस) 2023, भारतीय नागरिक सुरक्षा संहिता (बीएनएसएस) 2023 और भारतीय साक्ष्य अधिनियम (बीएसए) 2023 से प्रतिस्थापित किया। इन नए कानूनों का मुख्य उद्देश्य आपराधिक न्याय प्रणाली को उपनिवेश मुक्त करना और पहले से मौजूद आपराधिक प्रावधानों की कमियों को प्रभावी ढंग से दूर करना था। सरकार ने कहा कि उनका उद्देश्य न्याय देना है, दंड नहीं। हालांकि ये नए दंडात्मक प्रावधान महिलाओं, बच्चों, राज्य और समग्र रूप से समाज के विरुद्ध अपराधों से संबंधित समकालीन चिंताओं का समाधान करते हैं। इनमें संवैधानिक मूल्यों और सर्वोच्च न्यायालय के दिशानिर्देशों को भी शामिल किया गया है, जिससे इन्हें वैधानिक मान्यता प्राप्त हुई है।[1]

लैंगिक दृष्टिकोण से नए भारत का निर्माण महिला कल्याण से हटकर महिलाओं के नेतृत्व वाले विकास की ओर एक रणनीतिक बदलाव का संकेत देता है, जिसका ध्यान आर्थिक सशक्तिकरण, राजनीतिक प्रतिनिधित्व और सामाजिक समावेश पर केंद्रित है। यह लैंगिक संवेदनशील बजट जैसी नीतियों द्वारा संचालित हो रहा है, जो समान परिणाम सुनिश्चित करने के लिए सरकारी व्यय का विश्लेषण करती हैं और कानूनी सुधार जो स्त्री सुरक्षा और भागीदारी को बढ़ावा देते हैं, का प्रावधान करती है। महिला उद्यमिता को बढ़ावा देना, डिजिटल और वित्तीय समावेशन में सुधार करना और राजनीति में उनकी उपस्थिति को बढ़ाने जैसे पहल भी इस परिवर्तन के प्रमुख घटक हैं। भारतीय महिलाएँ ऊर्जावान, दूरदर्शी और सभी बाधाओं और चुनौतियों के बावजूद अपने जीवन में सफलता की नई ऊँचाइयों को छूने के लिए उत्साह और प्रतिबद्धता से भरी हुई हैं। भारत के प्रथम नोबेल पुरस्कार विजेता रवींद्रनाथ टैगोर के शब्दों में, 'हमारे लिए महिलाएँ न केवल घरेलू देवी हैं, बल्कि स्वयं आत्मा की ज्वाला हैं।' महिलाएँ कभी हार न मानने वाली भावना का एक बेहतरीन उदाहरण हैं और अनादि काल से मानवता के लिए प्रेरणा का स्रोत रही हैं। झांसी की रानी लक्ष्मीबाई से लेकर भारत की पहली महिला शिक्षिका सावित्रीबाई फुले तक, महिलाओं ने बड़े पैमाने पर समाज के लिए बड़े और बेहतर उदाहरण स्थापित करने के लिए अवसर पर उठने में अकथनीय दृढ़ संकल्प और भावना दिखाई है। हम 2030 तक पृथ्वी को रहने के लिए एक बेहतर स्थान बनाने के लिए सतत विकास लक्ष्यों (एसडीजी) को प्राप्त करने के दशक में प्रवेश कर चुके हैं। सभी महिलाओं और

1. गिरीश्वर मिश्र, नए वर्ष की चुनौतियाँ और सम्भावनाएँ, विकास के मार्ग पर अग्रसर भारत

लड़कियों की लैंगिक समानता और सशक्तिकरण भी प्रमुख एसडीजी में से एक है। सतत भविष्य का जलवायु संकट प्रबंधन, पर्यावरण संरक्षण और सुरक्षा, और समावेशी आर्थिक और सामाजिक विकास जैसे महत्वपूर्ण क्षेत्रों में महिलाओं की भागीदारी से बहुत कुछ लेना-देना है। मनुष्य और समाज के बीच बढ़ता अलगाव, जिसका आधुनिक प्रबंधन प्रथाओं को सामना करना पड़ रहा है, उसका समाधान उस प्रबंधन पद्धति में मिल सकता है जो माँ द्वारा अपने परिवार को छोटे-बड़े तरीकों से प्रबंधित करने के तरीके से शक्ति प्राप्त करती है, अर्थात, 'मातृ संस्कृति'! ये विचार हमें इस कठोर अहसास की ओर वापस ले जाते हैं कि हमने न केवल 'मातृ संस्कृति' का सार, बल्कि महिला-केंद्रित परिवार की अवधारणा को भी कहीं खो दिया है। एक ओर तीव्र लैंगिक असमानताएँ और दूसरी ओर निरंतर कन्या-शिशु हत्या इस वास्तविकता की ओर इशारा करती हैं। संयुक्त राष्ट्र ने 1994 को परिवार वर्ष के रूप में इस बात पर जोर देते हुए अपनाया था कि परिवार समाज के केंद्र में सबसे छोटा लोकतंत्र है। लेकिन दूसरी ओर, मानव विकास रिपोर्ट 1993 में कहा गया था, "कोई भी देश अपनी महिलाओं के साथ अपने पुरुषों जैसा व्यवहार नहीं करता।" यहाँ एक विरोधाभास है जिसका समाधान किया जाना है। एक महिला-केंद्रित परिवार वह होगा जहाँ महिला का सम्मान किया जाएगा, उसे उसके कर्तव्यों और अधिकारों के प्रति जागरूक किया जाएगा, उसे आत्मविश्वासी और स्वतंत्र बनाया जाएगा, जहाँ उसे अपनी क्षमताओं की पूर्ण अभिव्यक्ति की अनुमति दी जाएगी, जिससे वह हमारे सपनों के नए भारत के निर्माण में एक गतिशील भागीदार बनने के लिए सशक्त बनेगी। कई बुनियादी बातों पर पुनर्विचार की आवश्यकता है। किसी लड़की को उसकी इच्छा के विरुद्ध कम उम्र में विवाह के लिए मजबूर करना, उसे जाति से बाहर विवाह करने की स्वतंत्रता से वंचित करना, उसे अयोग्य साथी के साथ वैवाहिक जीवन जीने के लिए मजबूर करना, यहाँ तक कि उसे पुनर्विवाह करने के अधिकार से भी वंचित करना ये सभी वर्तमान भारत में उत्पीड़न का रूप लेते हैं जिनमें बदलाव की आवश्यकता है।

भारत के विकास और परिवर्तन की प्रक्रिया में महिलाओं की भूमिका अत्यंत महत्त्वपूर्ण रही है। नया भारत या विकसित भारत केवल आर्थिक प्रगति का प्रतीक नहीं, बल्कि एक ऐसे समाज का स्वप्न है जहाँ समानता, अवसर, और मानवीय गरिमा का संतुलित विस्तार हो। इस दृष्टि से महिलाओं की सक्रिय भागीदारी ही इस स्वप्न को साकार कर सकती है। महिलाओं की शिक्षा और नवाचार क्षमता को केंद्र में रखती हैं। स्वच्छता, पर्यावरण संरक्षण,

स्वास्थ्य और लैंगिक समानता के अभियानों में महिलाओं की सक्रिय भागीदारी नए सामाजिक भारत की आधारशिला है। स्वच्छ भारत मिशन और बेटी बचाओ, बेटी पढ़ाओ जैसे अभियानों में महिलाओं की भूमिका परिवर्तनकारी रही है। भारत के प्रथम प्रधानमंत्री पंडित जवाहर लाल नेहरू का मानना था कि जब एक महिला आगे बढ़ती है, तो परिवार, समाज और राष्ट्र आगे बढ़ता है। इसलिए नए भारत का निर्माण तभी संभव है जब विकास की धारा में महिलाओं की भागीदारी समान रूप से सुनिश्चित की जाए। महिला सशक्तिकरण केवल नीति नहीं, बल्कि राष्ट्र की चेतना का आधार होना चाहिए।

■

जागरण हो देश-भाव का!

अच्युतानंद मिश्र

डॉक्टर विद्यानिवास मिश्र से मेरा प्रत्यक्ष परिचय उस समय हुआ था जब वह आगरा में कन्हैया लाल माणिक लाल मुंशी पीठ के निदेशक थे और एक कार्यक्रम में मेरी उनसे भेंट हो गई। उन्होंने मुझसे कहा कि तुम कहाँ रूके हो? मैं उस समय अमर उजाला अखबार में काम कर रहा था। अमर उजाला के संपादक माननीय डोरी लाल अग्रवाल जी मेरे अभिभावक भी थे। उनके ही घर पर रूका था। उनको बता दिया तो उन्होंने कहा कि कल सुबह 9:30 बजे के आसपास तुम मिल सकते हो? मैंने कहा 'जी हाँ, मैं ख़ुद भी मिलना चाहता था। डोरी लाल जी से उनका पारिवारिक संबंध था। दूसरे दिन डोरी लाल अग्रवाल जी को एक फोन आया एक लड़का तुम्हारे यहाँ रुका हुआ है उसको मेरे पास भेज दो। डोरी लाल जी ने मुझसे पूछा कि विद्यानिवास जी आपको कैसे जानते हैं? मैंने कहा मैं तो नहीं जानता, यह उनकी कृपा है। तो उन्होंने कहा कि उन्होंने बुलाया है। उनका निवास स्थान वहाँ से ज्यादा दूर नहीं था। डोरी लाल जी मुझे स्वयं उनके यहाँ गए, साथ ले कर गए।

थोड़ा औपचारिक परिचय हो गया और उसके बाद उनकी मेरी भेंट जिस संवाद से शुरू हुई, वह यही संवाद था कि 'भारत को तुम कितना जानते हो'? मैंने कहा, 'मैं तो जो आप लोगों ने लिखा-पढ़ा है उसी को पढ़ के जानता हूँ'। तो उन्होंने कहा 'तुमने समझा क्या है भारत को'? मैं चुप था। फिर उन्होंने भारत-बोध पर छोटा-सा संकेत-सा दिया कि भारत बोध का मतलब क्या है, और कहा तुम इस पर एक टिप्पणी लिखकर मुझे भेज सकते हो? मैंने कहा, 'सर तो मैं तो टिप्पणी क्या लिखूँगा लेकिन ऐसा अवसर हो सकता है कि इस पर आपकी जो राय है उसे प्रस्तुत करने का प्रयास कर सकूँगा'।

दूसरी भेंट हुई लखनऊ में भैया साहब पंडित श्री नारायण चतुर्वेदी के घर पर। चतुर्वेदी जी का घर लखनऊ के और आसपास के साहित्यकारों के लिए तीर्थ जैसा था। सारे साहित्यकार वहाँ आते थे, रुकते थे और अपनी

भारत-बोध : स्वरूप एवं आयाम विषय पर दिया गया उद्‌बोधन।

समस्याएँ भी हल करते थे। चतुर्वेदी जी के यहाँ जब मैं मिलने गया उनसे, तो उन्होंने फिर भारत-बोध का प्रश्न उठाया। उन्होंने कहा कि अंग्रेजों ने जो कुछ लेना था वह सब तो ले लिया, जो छीनना था वह तो छीन लिया। जो लादना था उन्होंने लाद लिया, भाषा संस्कृति सब। इसके बाद भी भारत में कुछ बचा हुआ है क्या? और थोड़ी देर तक चुप थे। फिर उन्होंने कहा कि तुम्हारी अपनी क्या राय है कि भारत में अंग्रेजों ने कुछ छोड़ा है, कुछ है जिसकी रक्षा की जा सकती है या सब कुछ लूट लिया? उसके बाद मैंने विद्यानिवास जी का एक और लेख पढ़ा था। मिश्र जी ने कहा कि अगर तुमको लगता है कि अंग्रेजों ने हमारी भाषा-संस्कृति का कुछ भी छोड़ा है तो वहाँ से शुरू कर सकते हैं क्या? मेरे लिए यह सब सवाल थोड़े कठिन थे। पत्रकारिता का विद्यार्थी था और ये संस्कृति के सवाल थे और उसके बाद से उनका नियमित रूप से मेरे लिए आशीर्वाद मिला था। मैं अमर उजाला से छुट्टी लेकर जनसत्ता में काम करता था। जनसत्ता अखबार से छुट्टी लेकर अमर उजाला को नियमित रूप से निकालने के लिए मैं अलीगढ़ गया था।

उसके बाद उन्होंने मुझे फोन किया कि जो नव भारत टाइम्स के मालिक थे उन्होंने उनको बुलाया और कहा कि नवभारत टाइम्स आप निकालेंगे और उनका बहुत आग्रह है। उसके पहले की एक कथा है कि जब आदरणीय अज्ञेय जी नवभारत टाइम्स के संपादक थे तो उन्होंने लेखों की एक शृंखला शुरू की थी और उस शृंखला में विद्यानिवास जी से भी प्रति सप्ताह एक लेख लिखवाते थे और वह भारत की परंपरा और भारत के बोध पर ही होता था। बाद में टाइम्स के मालिकों को यह शायद पसंद नहीं आया। तो उन्होंने अज्ञेय जी को कहा कि और भी विद्वानों से लिखवाया जाए। अज्ञेय जी उसका आशय समझ गए। उन्होंने विद्यानिवास जी से कहा कि हमारे मालिक नहीं चाहते के आपका लेख छपे, तो इस शृंखला को तो बंद कर दिया जाए, लेकिन इस विषय पर विस्तृत रूप से चर्चा की जाए ।

अगली बार जब भैया साहब के यहाँ बातचीत हुई तो उन्होंने मुझसे पूछा कि देश में कितने ऐसे लोग हैं जिनको तुम अपनी समझ से ऐसा मानते हो कि वे देश के बारे में सोचते हैं? तो मुझे तुरंत उनका एक लेख याद आ गया जिसमें पंडित जी ने ये सवाल उठाया था कि देश क्या है? और अंग्रेजों ने अगर कुछ छोड़ा है तो देश के रूप में छोड़ा है। और एक लेख उन्होंने ये लिखा कि देश की कल्पना क्या है? इस पर आगे लंबी बातचीत भी हुई थी। उस लेख में उन्होंने यह लिखा था कि आजकल लोगों के मन से देश की कल्पना निकल गई है। देश ही एकमात्र चीज है जिसको लेकर हम सोच

सकते हैं और आगे विचारधारा तैयार कर सकते हैं। आज का जो युवा वर्ग है, पढ़ा-लिखा वर्ग है, उसने देश को छोड़ दिया है। उस समय मार्क्सवाद का जमाना था और मार्क्सवाद पर खूब चर्चाएँ चलती रहती थीं और विद्यानिवास जी की यह विशेषता थी कि उनका चारों तरफ सम्मान होता था और सबके साथ उनके समन्वयात्मक संबंध थे। मैंने बड़े-बड़े मार्क्सवादियों को उनका आदर-सम्मान करते देखा है। डॉ. नामवर सिंह जी को मैंने उनके पैर छूते हुए बड़े आग्रह से देखा है। तो सबसे पहले मुझे उनकी बात इसी बात पर याद आती है कि देश का कल्पना कैसी है और बिना देश के क्या कोई समाज जिंदा रह सकता है! वह चाहे जितनी अंतरराष्ट्रीय बातें करे, उसका जीवन भी संभव नहीं हो सकता।

अपने पूर्ण समग्र लेखन में मुझे विद्यानिवास जी की यही बात सबसे आवश्यक और सार्थक लगती है कि उन्होंने देश के भाव को जागृत किया है। लोगों को यह बताया है कि जब तक देश जिंदा नहीं रहेगा तब तक जो देश ने उपलब्धियाँ की हैं, हमारे समाज, संस्कृति की जितनी उपलब्धियाँ हैं उनको सँभाल कर रखने वाला कोई नहीं बचेगा। फिर दूसरे दिन उनके साथ लंबी वार्ता हुई हुई। नयी बात यह थी कि इसमें उनके साथ उनका सहयोगी मैं भी था। दो वर्ष तक हम लोग उनके साथ रहे। एक उनके स्वभाव में विशेष बात थी कि वामपंथी विचारधारा के लोग बड़े स्तर पर जितना सम्मान करते थे, उनके पैर छूते थे, उनका आदर करते थे; छोटे स्तर पर मार्क्सवादी लोग उनका विरोध करते थे। विरोध इसलिए करते थे के ये देश की बात करते थे। मेरा विश्वास है जब तक किसी देश की चिंता, चर्चा और उसके हालचाल लेने वाले, उसके युवाओं को प्रेरित करने वाले, समाज जगाने वाले, उनका बोध जगाने वाले ऐसे ऋषि महर्षि जीवित नहीं होंगे तब तक किसी देश का युवा समाज खड़ा नहीं हो सकता। विद्यानिवास जी की यही बात मुझे सबसे अच्छी लगती है। अन्य आचार्यों की तुलना में विद्यानिवास जी के साथ यह विशेष बात लगती है कि भारत के जिस देश की कल्पना वह करते हैं, ग्राह्य लगती है। वह कहते हैं कि देश बचेगा, देश की रक्षा पहले होगी, उसके बाद ही देश के नौजवानों का काम बनेगा।

मैंने मिश्र जी को बहुत नजदीक से देखा है और पूरा तो नहीं पढ़ा है उनको, पर उनके जितने लेखों का मुझे स्मरण है उनमें एक का जिक्र करूँगा। वह लेख है 'मेरे राम का मुकुट भीग रहा है'। वह बहुत प्रसिद्ध लेख है और उसको पढ़ने के बाद यह लगता है कि वह किस बात पर बल दे रहे हैं। भगवान राम के मुकुट के देखते हुए मुकुट की जो कल्पना की थी उन्होंने वह

नीचे से की थी, घर से की थी, परिवार से की थी। मिश्र जी अपने परिवार से इस कदर जुड़े हुए थे कि परिवार में बोलचाल की भाषा भोजपुरी जो उनकी मातृभाषा थी उसी का उपयोग करते थे। विद्वानों से अलग-अलग भाषाओं में बात करते थे। उन्होंने जगह-जगह अपने लेखों में अपनी ग्रामीण संस्कृति का वर्णन किया है और उस संस्कृति का वर्णन किया है जो घर में, परिवार में बरती जाती है। यदि समग्रता में किसी व्यक्ति की कल्पना करनी हो तो उसके घर-परिवार, उसके निकटतम लोग तथा वह किन लोगों के बीच में रह रहा है, किन लोगों के साथ रहता है उस पर पूरी तरह से विचार करके तब उसका एक मूल्यांकन कर उसके व्यक्तित्व का निर्धारण किया जा सकता है। आदरणीय विद्यानिवास जी जिस दौर के लेखक रहे और जो उनके दौर का संवाद रहा है, जिन गुरूओं के साथ उन्होंने समय बिताया है, जिनके साथ उन्होंने अध्ययन किया है वे अद्‌भुत किस्म के लोग थे। वे राहुल सांकृत्यायन के साथ रहे थे। राहुल सांकृत्यायन जी पूरी दुनिया घूम आए, जाने कहाँ-कहाँ तक गए थे। वे भोजपुरी में मार्क्सवाद समझाते थे। ये उस दौर की बात है जब मार्क्सवाद पूरी दुनिया में फैल रहा था। मिश्र जी बताते थे कि उनका चयन अंग्रेजी भाषा में हुआ था। उनकी इच्छा भी थी कि वह अंग्रेजी से एमए करें। लेकिन तब तक उनको उनके गुरु जी मिल गए। उन्होंने कहा कि तुमने एडमिशन ले लिया, तो उन्होंने कहा नहीं तो, हमने एडमिशन ले लिया अंग्रेजी में। अंग्रेजी क्यों पढ़ोगे, तुमको संस्कृत पढ़ना है और उनके गुरुजी कौन थे, जो सुभाष चंद्र बोस के क्लास फेलो थे क्षेत्रेशचंद्र चट्टोपाध्याय। उन्होंने विद्यानिवास जी को अंग्रेजी की क्लास में से उठाकर और संस्कृत कक्षा में बिठाया, पढ़ाया और आगे की कथा सबको मालूम है।

मुझे एक अवसर मिला जब मैं भोपाल में माखनलाल चतुर्वेदी विश्वविद्यालय का कुलपति था, बिल्कुल अंतिम समय में, जैसे ही मैं कुलपति बना, उसके बाद उन्होंने फोन किया। पूछा कि कहाँ हो तुम, मैंने कहा कि मैं तो भोपाल आ गया हूँ। तो उन्होंने कहा कि तुम भोपाल आ गए हो ये तो मुझे बताया नहीं। वह भोपाल जब भी आते थे, वह इंदौर जब भी आते थे, तो आदरणीय नर्मदा प्रसाद जी के घर पर रुकते थे। मैं उनसे मिलने नर्मदा प्रसाद जी के घर गया तो उन्होंने कहा मैं विश्वविद्यालय ही आ रहा हूँ। फिर विश्वविद्यालय आए। आते ही पहला सवाल उन्होंने पूछा कि तुम्हारे यहाँ फिल्म पत्रकारिता नहीं पढ़ाई जाती? फिल्म पत्रकारिता, मनोरंजन की पत्रकारिता, और उस पर विद्यानिवास जी प्रश्न पूछ रहे हैं! तो उन्होंने कहा कि जल्दी से जल्दी फिल्म पत्रकारिता यहाँ शुरू होनी चाहिए। आपको पता है कि

फिल्म पत्रकारिता में कितना पैसा लगता है? इतनी बड़ी प्रतिभा लगी हुई है फिल्म पत्रकारिता में। लाखों लोग लगे हुए हैं मनोरंजन की दुनिया में, और इतनी बड़ी दुनिया को संबोधित कर सकते हैं आप। आपको आश्चर्य होगा कि उसी दिन मुंबई पत्र लिखा गुलजार साहब को संपर्क किया हम लोगों ने। गुलजार साहब भोपाल आने को तैयार हुए। तो उनकी सोच और चिंतन का दायरा व्यापक था। हर विधा में देश कैसे आगे जाए, देश कैसे आगे बढ़े इसकी उनको चिंता रहती थी।

ये घटनाएँ तो मैंने उदाहरण के रूप में बता दीं। मैं मिश्र जी की इसी बात को फिर से मैं दोहराना चाहूँगा कि देश हमारी सोच के केंद्र में होना चाहिए। देश की बात वे सबसे पहले छेड़ते थे। देश की उनकी कल्पना जो सबसे बड़ी थी, जिस कल्पना को लेकर वह पूरे जीवन जिए, उस कल्पना को हमें आगे बढ़ाना होगा। उस सोच को आगे बढ़ाएँगे तभी शायद हम उनके साथ बहुत न्याय कर पाएँगे।

■

भारत एक देश नहीं, एक बड़ा परिवार है

विद्यानिवास मिश्र

'परिवार'—कलपना ही भारतीय जीवन-दर्शन का मुख्य आधार है। वेदों में एक सौमनस्य सूक्त आता है—

संगच्छध्वं संवदध्वं सं वो मनांसि जानताम्।
देवा भागं यथापूर्वे संजानाना उपासते॥
समानो मन्त्रः समितिः समानी समानं मनः सहचित्तमेषाम्।
समानं मन्त्रमभिमन्त्रये वः समानेन वो हविषा जुहोमि॥
समानी व आकूतिः समाना हृदयानि वः।
समानमस्तु वो मनो यथाः वः सुसहासति॥

इसका अर्थ यह है—

तुम सब लोग एक साथ मिलकर सोचो, एक साथ मिलकर अपनी शक्तियों का आवाहन करो, तुम लोगों का मन एकचित्त हो, यही होता आया है। प्राचीन काल के देवता भी एकमन होकर हविर्भाग स्वीकार करते आए हैं, तुम लोग भी एकमन, एकचित्त होकर अपना दाय परस्पर बाँटकर उपयोग करो। तुम लोगों की वाणी में यह एकता मुखरित हो, तुम लोगों की चेष्टा में यह एकता संचारित हो। तुम लोगों के सोचने में और अनुभव करने में यह एकता प्रवाहित हो। तुम्हारा अध्यवसाय एक हो, तुम्हारे हृदय एक हों और तुम्हारा अन्त:करण एक हो। तुम लोगों का एक पूर्ण संघटन हो।

इस सूक्त में डण्डामार एकता का विधान नहीं है; पारिवारिक एकता का विधान है, सामरस्य की एकता का विधान है जिसमें प्रत्येक व्यक्ति की अपनी अलग-अलग विशेषता बनी रही है, पर वह विशेषता परिवार की एकता की रक्षा और अभिवृद्धि करने वाली होती है, न कि उसमें विरसता या वैमनस्य पैदा करने वाली। अथर्ववेद के प्रसिद्ध पृथिवी सूक्त के एक मंत्र में परिवार के सदस्यों की विविधता की चर्चा इस प्रकार की गई है कि पृथिवी माता नाना प्रकार की भाषा बोलनेवाले, नाना प्रकार के धार्मिक आचरण करने वाले लोगों को धारण करती है और वे कभी-कभी एक-दूसरे से लड़ते-झगड़ते हुए भी धारण की हुई माता के स्मरण के द्वारा एक-दूसरे से जुड़े रहते हैं। परिवार में

भी यही होता है। बच्चे आपस में लड़ते हैं, फिर एक हो जाते हैं। भारत के सोचने का तरीका ही ऐसा है जिसमें 'मैं' को, व्यक्ति को कोई इकाई का दर्जा प्राप्त नहीं प्राप्त है; यहाँ सम्पत्ति कभी भी किसी एक की नहीं मानी गई। दायभाग में सपिण्डता की कल्पना का अर्थ ही यही है कि चार-चार पीढ़ियाँ एक पिण्ड में साझीदार होती हैं। दूसरे देशों में भले ही पिता एक आतंकित करने वाली संस्था हो पर हिंदुस्तान के परिवार में कोई मालिक नहीं होता, कोई शासक नहीं होता, चाहे वह माता हो, पिता हो या बड़ा भाई। परिवार में एक कर्ता होता है, वह कर्ता उम्र में छोटा भी हो सकता है, वह पिता भी हो सकता है, पुत्र भी हो सकता है, भाई भी हो सकता है। वह कर्ता परिवार को गति देनेवाला, परिवार की ओर से परिवार के लिए सारे कार्य करनेवाला एक घटक या एजेंट मात्र होता है; वह बड़ा या छोटा नहीं होता; वह सबकी ओर से सबके लिए अपने को उत्सर्ग करनेवाला कर्ता होता है।

इस वैचारिक पृष्ठभूमि में जब हम भारतवर्ष की पारिवारिक एकता की बात सोचते हैं तो हमारे सामने भारतीय संस्कृति की जितनी भी विशेषताएँ उभरती हैं उनमें उनके ऊपर पारिवारिक सौमनस्य की गहरी छाप दिखाई पड़ती है। भारत में सात कुल-पर्वत माने गए हैं—महेन्द्र, मलय, सह्य, शुक्तिमान (सतपुड़ा), विंध्य, पारिमात्र और हिमालय। उम्र के लिहाज़ से हिमालय विंध्य से तो निश्चय ही छोटा है, पर पर्वतकुल में वह कर्ता इसलिए माना गया है कि वह अपनी दोनों बाँहों से भारतीय महाद्वीप की प्राकृतिक, ऐतिहासिक, भौगोलिक एकताओं को सुरक्षित रखता है। वह अपनी ऊँचाई, अपनी उज्ज्वलता और अपनी दुर्गमता के द्वारा भारतीय संस्कृति के महनीय गुणों का मानदण्ड है। वह केवल पासबां नहीं है, वह ऊँचे उठने की हमारी समस्त आकांक्षा का प्रतिमान है। इसी प्रकार गंगा, सिंधु, कावेरी, गोदावरी, कृष्णा, नर्मदा, यमुना प्रभृति कुल-नदियों में गंगा सिंधु से छोटी है, पर गंगा में सबसे अधिक सबको अपने साथ ले चलने और समेटने की क्षमता है। वह न जाने कितने पर्वतों के हृदय से रसस्रोतों का जल खींचती है, वह न जाने कितनी संस्कृतियों के पवित्र प्रवाहों को एकोन्मुख करती है, इसीलिए नदियों में सर्वश्रेष्ठ है। वह सारे नदी-परिवार की प्रतीक है। नस्ल की दृष्टि से, प्रजाति की दृष्टि से, हिंदुस्तान में न जाने कितनी शक्लें हैं, न जाने कितने प्रकार की कपाल-रचनाएँ हैं, कितने प्रकार की नासिकाएँ हैं, केश-रचनाएँ हैं, पर उन सब में आदर्श के रूप में, जीवन के लक्ष्य के रूप में एक आर्य-गुण पूज्य है। वह आर्यगुण है सत्य, ऐसा सत्य जो अखण्ड है, किसी एक का नहीं है, पर उन हर एक से अलग-अलग अपने-अपने वर्चस्व से लिया गया सत्य

है, वह अखिल संसृति का सत्य है। इसी सत्य पर दूसरे आर्यगुण अहिसा, अस्तेय, अपिरग्रह, अप्रमाद आदि आधारित हैं, क्योंकि जो सत्य को अखण्ड और अविभक्त रूप में देखेगा, वह दूसरे के सत्य के स्वीकार न करने को सतय का खण्डन मानेगा। सत्य का आग्रह उसे अपने-आप नकारने की प्रक्रिया अर्थात् हिंसा से विरत करेगा, दूसरे के प्राप्य के लोभ से विरत करेगा, अपनी आवश्यकता से अधिक जोड़कर दूसरे को उसके उपभोग से वंचित करनेवाली कृपणता से विरत करेगा। यह आकस्मिक नहीं है कि हमारे महान् और प्रेरक काव्यों के नायक शौर्य के कारण नायक नहीं हैं; वे नायक हैं अपनी सत्य-संधता के कारण। राम हों, युधिष्ठिर हों—दोनों ही सत्य-संध हैं। सत्य-संध होने ही के कारण वे कृपावंत हैं, शत्रु के प्रति भी करुण हैं। राम रावण को मारते हैं पर रावण के राज्य का अधिग्रहण नहीं करते; युधिष्ठिर विजयी होने पर भी राज्य के उपभोग से घबड़ाते हैं। यह भी आकस्मिक नहीं है कि हिंदुस्तान में राजनीतिक उपनिवेश नहीं बनाया गया। हिंदुस्तान की राजनीति समुद्र पार नहीं गई; हिंदुस्तान के विचार समुद्र पार गए। सुवर्णद्वीप, कम्बोज, यवद्वीप, मध्य एशिया, कोरिया, चीन, जापान जिन लोगों के माध्यम से पहुँचे, वे न तो शासक थे न योद्धा। वे नादिहंग भिक्षुक थे। वे देने के लिए नहीं गए। इन तमाम देशों के लोगों से, राजा-रंग से, उनके चित्त की अशांति माँगने गए—उनके चित्त की अशांति, उनके मन का ताप, उनकी इंद्रियों का छल माँगने गए। उन्होंने हाथ पसारकर लिया, यही कारण है कि इन देशों की संस्कृतियों पर, इन देशों की शिल्प-कला पर भारतीय शांति, करुणा, समरसता और अन्त:स्मित ज्योति तो मिलती है, पर शरीर की आकृति और उसके बाह्य परिवेश उन्हीं देशों के बने रहते हैं; भारत ने उनकी निजता नहीं ली। वे एक बड़े भारतीय परिवार के सदस्य बनाए गए जो काम पश्चिमी संस्कृतियों के प्रचारकों ने किया, वह बिलकुल भिन्न था। उन्होंने अपनी भाषा, अपना पहनवा, अपना आचरण—सब कुछ विजित संस्कृतियों पर थोपा, और जब वे बिलकुल समर्पित भाव से विजेता संस्कृति में खप गए तो रंग के आधार पर उन्हें ठुकराकर अलग कर दिया, या जो न खप पाया उन्हें ईश्वर की कृपा का अपात्र घोषित कर दिया। उसका मुख्य कारण यही है कि हिंदुस्तान की तरह पारिवारिक भावना का विकास इन संस्कृतियों में नहीं हुआ। वहाँ आदम और हौवा अभी तक एक-दूसरे के लिए अपरिचित और शंकालु बने हुए हैं। वहाँ पति और पत्नी की निजताएँ अलग-अलग हैं। हिंदुस्तान में निजताएँ तो हैं, पर एकान्त नहीं है, इसलिए हिंदुस्तान के आदमी में पश्चिमी शिक्षा के प्रभाव के बावजूद अभी तक दूसरे आदमी में, चाहे वह किसी देश का हो, किसी जाति

का हो, एक गहरी उत्सुकता रहती है, एक गहरी चिंता रहती है। हिंदुस्तानी आदमी हर आदमी को परिवार के सदस्य के रूप में पाना चाहता है, चाहे अपने देश का हो या पराए देश का।

1967 में बिहार में भयंकर सूखा पड़ा था और उसी समय मैं देश से बाहर गया हुआ था। एक नगर में मुझे लेखकों के संगठन का रात्रिभोज का आमंत्रण मिला। मुझे कुछ काली कॉफी के सिवा खाना-पीना था नहीं। तभी मुझसे उस मण्डली में से एक सज्जन ने बड़ी अदा के साथ एक शरारत-भरा प्रश्न पूछा, ''आमोद-प्रमोद में शरीक होते समय क्या आपको अपने देश के भूखों मरते हुए असंख्य लोगों की सुधि आती है या नहीं और आप सुधि आने पर किसी अपराध की भावना से पीड़ित होते हैं या नहीं?'' प्रश्न बड़ा तीखा था और अवसर बड़ा कुअवसर, पर मेहमान होते हुए भी देश के स्वाभिमान का ध्यान करके मुझे विवश होकर यह उत्तर देना पड़ा कि ''एक तो यह प्रश्न भोज के लिए निमंत्रित व्यक्ति से भोज के समय नहीं पूछा जाना चाहिए था, और दूसरी बात यह है कि किसी भी देश में एक भी आदमी यदि भूखों मरता है तो यह संसार के हर एक सम्पन्न देश के लिए और हर सम्पन्न व्यक्ति के लिए लज्जा और ग्लानि का विषय है। क्या अपराध अकेले हिंदुस्तान का है कि वहाँ के कुछ आदमी भूखों मर रहे हैं? क्या उसके बराबर न सही पर उससे कम अपराध उन खुशहाल देशों का नहीं है जो अपनीखपत से बेशी उपज फूँक देना चाहेंगे, सड़ा देना चाहेंगे, पर ग़रीब और जरूरतमंद देश को मुफ्त या कम दाम पर नहीं देना चाहेंगे?'' मुझे उत्तर देने के बाद लगा कि जो बात मेरे लिए बड़ी मोआी-सी बात है, वह उस बेचारे अपने ग़म में ग़मगीन, अपने अकेलेपन में परेशान लेखक की समझ में आएगी ही नहीं। जो आदमी अपने चारों ओर एकांत दर्द का घेरा बनाए हुए है वह भला महाभारत की इस बात को क्या समझेगा—

न जानपदिकं दुःखमेकः शोचितुमर्हसि

तुम अकेले इसे अपना दुःख क्यों मान रहे हो? कोई दुःख तुम्हारा अकेला हो भी सकता है? दुःख तो भाई, सारे जनपद का होता है।

जब हम सांस्कृतिक दृष्टि से भारत को एक बड़े परिवार के रूप में देखने की कोशिश करते हैं तो एक साथ दो चीजें नजर आती हैं—एक ो यह कि रामेश्वर को गंगोत्री के जल से ही तृप्ति होती है, बद्रीनारायण को केरलीय पुजारी के हाथों चढ़ाया ही भोज रुचता है, राम और कृष्ण जन्म लेते हैं उत्तर में पर उनकी भक्ति के द्वारा अपने को और अपने परिवेश को पहचानने की प्रतिभा जन्म लेती है और दक्षिण में। उत्तर का वसन्त दक्षिण के प्रवन की

प्रतीक्षा करता है और दक्षिण की शरद् ऋतु उत्तर के खंजन की प्रतीक्षा करती है। इस प्रकार एक-दूसरे के लिए साकांक्ष भाव उत्तर और दक्षिण में और पूर्व और पश्चिम में बराबर बना रहता है। सबकी अपनी-अपनी विशेषता बनी रहती है। हर प्रदेश की मिट्टी की प्रतिमा में उस प्रदेश की छटा दिखाई पड़ती है। हर प्रदेश की वेश-भूषा में उसके परिवेश की रंगत झलकती रहती है, पर दूसरी ओर बैठने, चलने और सोचने के तरीके में एक अद्भुत एकता दिखाई देती है। हिंदू हो, मुसलमान हो, ईसाई हो, काला हो, गोरा हो, गेहुँआ हो, साक्षर हो, अनपढ़ हो—पूरे भारत में बैठने के तरीके में एक संतुलन है, चलने में एक लालित्य है, हाथ की उँगलियों में एक लचीलापन है, सोचने में एक अद्भुत तितिक्षा है। हम भेद को स्वीकार कर लेते हैं क्योंकि हम यह भली-भाँति जानते हैं कि भेद वास्तविक नहीं। अवास्तविकता के पीछे लड़ना ही बेकार है। हिंदुस्तान की संस्कृति ने लिया है, निःसंकोच लिया है लेकिन हीनभाव से नहीं लिया है, उधार के रूप में भी नहीं लिया; इस भाव से लिया है कि जहाँ कहीं सत्त्व हो, जहाँ कहीं अर्जित हो, जहाँ कहीं विशेष सौंदर्य हो, जहाँ कहीं विभूति हो, वहाँ सबका प्राप्य होता है। उसे मुक्त हस्त लेना चाहिए; जिससे लेना चाहिए उसके प्रति कृतज्ञ होना चाहिए, किन्तु कृतज्ञ होने से अधिक उसके प्रति आत्मीय होना चाहिए। हिंदुस्तान धन्यवाद की औपचारिकता इसीलिए नहीं मानता है कि वह सोचता है कि अपने स्वजन को क्या धन्यवाद दें! बच्चे के लिए पिता गुब्बारा लाता है तो बच्चे का खिला हुआ चेहरा ही वास्तविक धन्यवाद है। धन्यवाद शब्द का उच्चारण तो बच्चे की आंतरिक खुशी को विरस बना सकता है। हिंदुस्तान में संस्कृतियों के संगम और आदान-प्रदान की बात की जाती है, हिंदुस्तान की सामासिक संस्कृति की बात की जाती है, पर प्रायः यह भुला दिया जाता है कि संगम और आदान-प्रदान के पीछे भावना कौन-सा काम कर रही है। वह भावना संगम और आदान-प्रदान की बात से बड़ी है। वह भावना है—न केवल मनुष्य मात्र को, न केवलल भारत के मनुष्य मात्र को, न केवल पूरी वसुधा को, बल्कि निखिल विश्व को, निखिल सत्ता को, एक न चुकने वाले भाव के रूप में पाने की कभी भी तृप्य न होने वाली आकांक्षा।

भारत की जब हम सांस्कृतिक एकता की बात करते हैं तो यह स्मरण रखना चाहिए कि एकरसता या एकरूपता की बात हम नहीं करते हैं, जैसे हर प्रकार के उत्सव के अनुरूप अलग-अलग लय होती है, कोई हल्की, कोई भारी, कोई मंद, कोई क्षिप्र, जैसे परिवार के प्रत्येक सदस्य की अपनी भूमिका होती है, मचलने की, रूठने की, प्यार करने की, वैसे ही हिंदुस्तान की

प्रादेशिक उपसंस्कृतियों, कलात्मक शैयिों (नागर द्राविड़, बेसर) और रीतियों की अपनी अलग-अलग लय और सौंदर्य है, कहीं भी एकरूपता नहीं है। एकरूपता अगर हो जाए तो परिवार परिवार न रह जाए। परिवार में सब भाई बन जाएँ या बाप बन जाएँ तो ईश्वर ही जाने उस परिवार का क्या होगा! पर जैसा कि अभी-अभी मैंने न चुकने वाले भाव की बात की है, परस्पर सापेक्ष्य की बात की है, वही सभी लयों को, सभी छंदों को सभी शैलियों को, सभी विन्यासों को, सभी श्वासों-प्रश्वासों को लक्ष्य की ओर उन्मुख करता है, एक चैतन्य-प्रवाह की ओर उन्मुख करता है जो सबके लिए सोचता है तो भगवान् हो जाता है और अपने लिए सोचता है तो एक छोटा-सा पिण्ड रह जाता है।

■

लेखकीय पते

1. **डॉ० दयानिधि मिश्र**, अभिलाषा कालोनी, निकट एक्सेल टॉवर, वरुणापुल, नदेसर, वाराणसी–221002, मोबाइल : 9415776312
2. **प्रो० गिरीश्वर मिश्र**, टावर–1, फ्लैट नं० 307, पार्श्वनाथ मिजिस्तिक फ्लोर 18ए, वैभव खण्ड, इन्दिरमपुरम्, गाजियाबाद–201014, मोबाइल : 9922399666
3. **प्रो० रामेश्वर मिश्र पंकज**, ए–141, आकृति हाइलैंड, डाकघर फंदा कला, भोपाल–462030, मोबाइल : 8349350267
4. **प्रो० मीरा द्विवेदी**, संस्कृत विभाग, दिल्ली विश्वविद्यालय, दिल्ली–110007, मोबाइल : 9871871071
5. **प्रो० सरोज कौशल**, 73–बी, अभयगढ़, के०वी० नं० 1 के सामने, जोधपुर–342001 (राजस्थान), मोबाइल : 9928024824
6. **प्रो० अनन्त मिश्र**, 5 सी, नलिनी निवास, दाऊदपुर, बिलन्दपुर, गोरखपुर–273001, मोबाइल : 9450441227
7. **प्रो० कृष्णकान्त शर्मा**, बी–33/33–16, रोहित नगर, नरिया, वाराणसी–221005, मोबाइल : 9935426008
8. **डॉ० विद्या विन्दु सिंह**, श्रीवत्स, 45 गोखले विहार मार्ग, लखनऊ–226001, मोबाइल : 9335904929
9. **प्रो० राजवन्त राव**, अध्यक्ष, प्राचीन इतिहास, पुरातत्त्व एवं संस्कृति विभाग, दीनदयाल उपाध्याय गोरखपुर विश्वविद्यालय, गोरखपुर, मोबाइल : 9415243952
10. **श्री नर्मदा प्रसाद उपाध्याय**, 85, इंदिरा नगर, केसरबाग रोड, इन्दौर, 452009 (म०प्र०), मोबाइल : 9425092893
11. **डॉ० राजेन्द्र रंजन चतुर्वेदी**, 1828, हाउसिंग बोर्ड कालोनी, सेक्टर–13–17, पानीपत–132103 (हरियाणा), मोबाइल : 9996007186
12. **प्रो० चित्तरंजन मिश्र**, 162, संत हुसैन नगर, पादरी बाजार रोड, गोरखपुर–273014, मोबाइल : 9415314472

13. **प्रो० नन्दकिशोर आचार्य**, सुधारी की बड़ी, गुवाड़, बीकानेर-334001 (राजस्थान), मोबाइल : 9413381045
14. **डॉ० विश्वास पाटील**, 34ब, 'कृष्णांबरी', सरस्वती कालोनी, शहादा-425409, मोबाइल : 9403848907
15. **श्री अजयेंद्रनाथ त्रिवेदी**, 3/3 बी, सुगम सुधीर, प्रतापगढ़, कोलकाता-700103, मोबाइल : 9874459767
16. **प्रो० बृजेन्द्र पाण्डेय**, ई-1, आर०के० पुरम्, कल्याणपुर पश्चिम, लखनऊ-226022, मोबाइल : 8081791801
17. **प्रो० अम्बिकादत्त शर्मा**, बी-31/80ए-एस-2एन-आर, भोगावीर, नरिया, लंका, वाराणसी-221005, मोबाइल : 9406519498
18. **श्री राजेश कुमार व्यास**, शंकर विहार, ई-28ए, सिद्धार्थ नगर, जयपुर-302017, मोबाइल : 9829102862
19. **डॉ० नीरजा माधव**, मधुवन, एसए 14/96 एन-5, सारंगनाथ कालोनी, सारनाथ, वाराणसी-221007, मोबाइल : 9792411451
20. **प्रो० हीरामन तिवारी**, Professor and Chairperson Centre for Historical Studies School of Social Sciences, Jawaharlal Nehru University, New Delhi, Mobile : 9821280081
21. **प्रो० संजय कुमार**, सह आचार्य, संस्कृत विभाग, दिल्ली विश्वविद्यालय, दिल्ली-110007, मोबाइल : 8989713997
22. **प्रो० श्यामसुन्दर दूबे**, श्री चंडीबाई वार्ड, हटा, दमोह-470661 (मध्य प्रदेश), मोबाइल : 9977421629
23. **प्रो० भागवत शरण शुक्ल**, 'आचार्य निलयम्', प्लाट नं० 619, वैष्णव नगर कालोनी, छित्तूपुर, सामनेघाट एरिया, वाराणसी-221005, मोबाइल : 9452300602
24. **श्री अरविन्द मोहन**, ए-504, जनसत्ता अपार्टमेंट, सेक्टर-9, वसुंधरा, गाजियाबाद-201012, मोबाइल : 9811826111
25. **प्रो० अरुण कुमार त्रिपाठी**, प्रोफेसर ऑफ प्रैक्टिस, आईटीएम यूनिवर्सिटी, ग्वालियर-474001 (म०प्र०), मोबाइल : 9818801766
26. **डॉ० विजय शर्मा**, 326, न्यू सीताराम डेरा, एग्रीको, जमशेदपुर-831009, मोबाइल : 8789001919

27. **प्रो० संजय कुमार,** आचार्य एवं समन्वयक, मालवीय मूल्य अनुशीलन केन्द्र, काशी हिन्दू विश्वविद्यालय, वाराणसी-221005, मोबाइल : 9532682476

28. **डॉ० मिथिलेश तिवारी**, सहायक आचार्य, वर्धा समाज कार्य संस्थान, क्षेत्रीय केन्द्र, प्रयागराज-442005, मोबाइल : 9764969689

29. **डॉ० सुप्रिया पाठक**, सह-आचार्य, स्त्री अध्ययन विभाग, क्षेत्रीय केंद्र, प्रयागराज-442005, मोबाइल : 9850200918

30. **अच्युतानंद मिश्र**, 3/25, पत्रकारपुरम्, गोमती नगर, लखनऊ-226010, मोबाइल : 9560110055

31. **विद्यानिवास मिश्र**, (स्व०) प्रख्यात निबन्धकार, चिंतक एवं भारत विद्या के गम्भीर अध्येता

■

www.ingramcontent.com/pod-product-compliance
Lightning Source LLC
LaVergne TN
LVHW101236071026
849558LV00068B/446/J
* 9 7 8 9 3 5 8 6 9 5 0 5 2 *